비루한 것의 카니발

비루한 것의 카니발

황종연 평론집

문학동네

책머리에

비평가가 종종 문학의 본질을 작가보다 더 잘 알듯이, 작가는 종종 비평의 본질을 비평가보다 더 잘 안다. 밀란 쿤데라는 비평의 의의를 강조하는 가운데 "비평이 없다면 예술이 가져온 발견은 이름을 얻지 못하여 예술의 역사에 부재하는 것으로 남게 된다. (……) 비평이라는 명상의 배경이 없다면 작품들은 고립된 제스처, 몰역사적 우연이 되어 머지않아 잊혀진다"고 썼다. 현재 문학비평은 무척 다양한 종류의 계기, 활동, 사업에 관여하고 있지만 문학비평의 본분이 문학작품에 의해 이루어진 발견을 알아보고 명명하는 것임은 의심할 여지가 없다. 문학비평가에게 충성을 요구하는 것은 어떤 철학적 체계나 정치적 대의라기보다 과거 및 현재의 문학작품이 산출한 새로운 지각과 인식이다.

문학작품이 지각과 인식에 가져오는 새로움을 식별하고 확인하려면 물론 특별히 훈련된 능력이 있어야 한다. 문학작품 자체의 언어적 · 형식적 · 예술적 자질을 감식하지 못한다면, 그리고 그 작품이 문학적 발견의 역사 속에서 차지하는 위상을 가늠하지 못한다면 그 작품이 산출한 새로움을 알아볼 도리가 없다. 본분에 충실한 비평은 따라서 문학작품의 언어·형식·양식에 대한, 문학의 관습과 전통에 대한 정밀한 이해를 조건으로 한다. 문학작품 자체, 문학 자체라는 말은 한국 비평가들에게는 전통적으로 그리 인기 있는 표어가 아니다. 하지만 문학 특유의 자질과 역사에 대한 감각을 바탕으로 문학작품의 새로움을 세심하고 정성스런 작품 읽기 끝에 확인하는 작업을 떠나서 문학비평의 독자성과 창조성을 구하기란 불가능한 일이다. 문학비평의 영광은 문학작품을 그 모든 읽기의 가능성 속에서 읽는 고단한 명상 끝에 휘황하게 번쩍이는 새로움의 섬광 속에 있다.

문학작품이 산출하는 새로움을 알아보고 명명하는 일은 아무리 심원한 명상을 토대로 삼는다 하더라도 불안정하고 모험적이다. 그것은 본질적으로 도박이다. 이 책에 실려 있는 평론 중 대다수처럼 동시대의 문학을 대상으로 하는 확인과 명명은 특히 그러하다. 대상 작품과 시대를 같이하는 비평은 그 동시대성에서 연유하는 축복과 저주 — 새로운 것에 최초의 이름을 지어줄 특권을 누린다는 축복과 덧없는 유행의 제물이 되고 만다는 저주를 함께 받고 있다. 비평의 성공 여부는 궁극적으로 비평가가 예측하지 못하는 문학의 역사에 의해 판정된다. 비평가는 도박꾼과 마찬가지로 믿지 못할 우연의 행운에 위태롭게 의지한다. 그러나 비평가다운 비평가라면 자신이 도박을 하고 있음을 뉘우치진 않을 것이다. 오히려 짧은 밑천, 낮은 지능, 약한 용기를 가지고 도박을 하고 있음을 아쉬워할 것이다.

문학이 가져오는 발견과 혁신은 작가 개인의 재능에 달려 있는 만큼이나 비평가 개인의 능력에 달려 있다. 그것은 비평가 개인이 가지고 있는 문학적 조예, 비평적 지성, 역사 감각을 통해 판별되고 확인된다. 그러나 비평가는 흔히 비평가들 스스로 믿고 있는 바와 달리 문학의 광활한 우주와 홀로 대면한 단독적 개인이 아니다. 비평가는 그에게 앞서서 문학을 읽은 사람들이 만들어낸 어휘, 개념, 이론을 가지고 문학을 읽으며, 그들의 언어를 흉내내고 그들과 대화하는 가운데 자신의 언어를 마련한다. 비평가가 말한다기보다는 비평이라는 담론적·문화적 전통이 비평가를 통해서 말한다. 비평가에 대한 가장 적절한 은유는 키츠가 말한 '카멜레온 시인'이다. 그는 자아를 가지고 있지 않은 시인, 다른 누군가를 대리하는 시인이다. 비평가가 시도때도없이 일인칭 주어를 쓰는 것은 우스운 노릇이다. 비평가의 자아는 그가 존경하는, 사랑하는, 욕망하는 타자이다. 나는 너다.

비평가가 자신을 비평가로 만들어준 사람들을, 자신에게 비평적 언어와 문화를 길러준 사람들을 모두 기억하기란 불가능하다. 그러나 워낙 많은 개인적 부채를 졌기에 결코 머리에서 떠나지 않는 이름은 있다. 내게는 홍기삼 선생님과 유종호 선생님이 특히 그런 이름이다. 홍 선생님은 나를 당신의 학생으로 삼으신 이십여 년 전부터 당신의 동료로 만드신 지금까지 그때그때마다 내가 필요로 하는 모든 종류의 도움을 주셨다. 유 선생님은 비평가로 활동할 계기를 만들어주시고 언제나 문학비평의 본분을 잊지 않게 해주셨다. 비평가로서의 나를 생각할 때면 감사의 마음으로 떠올리게 되는 분들 중에는 나와 국적이 다른 비평가도 한둘 있다. 그러나 그 타자는 타자에 어울리게 익명으로 남겨두고 싶다. 끝으로, 이 책의 편집 및 제작을 담당한 문학동네 김현정씨와 그 밖의 직원들의 노고에 고마움을 표한다.

2001년 2월
황종연

차례

책머리에 5

I

비루한 것의 카니발—90년대 소설의 한 단면 13
1. 라모의 조카 2. 장정일, 비루한 영웅으로서의 소설가 3. 최인석, 야수의 세계, 원한
의 문학 4. 불우한 사람들의 진정성

편모슬하, 혹은 성장의 고행—성장소설의 한 맥락 33
여성소설과 전설의 우물 59
민족을 상상하는 문학—한국소설의 민족주의 비판 84

II

내향적 인간의 진실—신경숙, 윤대녕, 내면성의 문학에 대한 고찰 113
1. 내면성의 문학 2. 자기 정의적 주체의 발견 3. 신경숙, 혹은 자아의 존재론 4. 윤대
녕, 혹은 진정성의 미학

현대적 실존과의 접촉 138
1. 일상적 경험의 소설화 2. 내적 독백, 혹은 방심의 문체 3. 어머니라는 총총한 별빛
4. 신경숙 소설의 아름다움

유적의 신화, 신생의 소설—윤대녕론 156
'바깥'을 향한 글쓰기—하창수와 윤대녕의 소설 172
개인 주체의 귀환—90년대 젊은 작가들의 소설 194
1. 리얼리즘과 그 이후 2. 구효서 : 원한의 소리 3. 박상우 : 탈정치의 수사학 4. 신경
숙 : 삶의 기미를 위한 언어 5. 채영주 : 실존적 기획으로서의 허구 6. 전체의 관념과 개
인의 진실

Ⅲ

문제적 개인의 행방 221

1. 창작, 픽션, 문제적 개인   2. 전승과 객담   3. 극적 독백의 유행   4. 소아증의 이야기들

삶의 화음과 소음 사이 239

1. 목수(木手)와 돈키호테   2. 문화의 잡음과 소음   3. 90년대의 김유정(金裕貞)들   4. 실루엣과 비유담

진정성, 개인주의, 소설 259

1. 자기 연출의 시대   2. 세간을 넘어서   3. 나르시시스트들의 자화상   4. 사랑의 윤리학과 해부학   5. 민중주의의 잔여물

Ⅳ

나르시시즘과 사랑의 탈낭만화—은희경론 281

1. 연기(演技)로서의 삶   2. 나르시시스트들의 욕망   3. 사랑의 탈낭만화 혹은 '나비'의 사랑

이졸데의 손녀들, 그들의 불륜과 소설—서하진, 전경린의 소설에 관하여 299

1. 트리스탄과 이졸데   2. 현실을 낳는 정열의 로맨스—서하진의 소설   3. 불온한 정열의 비극—전경린의 소설   4. 강렬한 비원(悲願)의 성

서민적 삶의 훈기와 활력—한창훈의 소설 319

소설의 악몽—백민석의 『목화밭 엽기전』 330

1. '초과'의 환상   2. '뷰티풀 피플'의 아이러니   3. 권력은 숭고하다   4. 매저키즘, 새디즘, 인간화의 논리   5. 하위문화로서의 소설

V

모더니즘의 망령을 찾아서—마셜 버먼의 『단단한 것은 모두 녹아 날아간다』에 관하여 353
1. 과거를 기억하는 모더니즘   2. 근대화와 모더니즘의 변증법   3. 파우스트적 발전 이념과 자본주의의 동력학   4. 도시, 근대의 원초적 장면   5. 근대성의 열린 지평   6. 모더니즘과 아이러니의 철학

근대성을 둘러싼 모험—서영채, 이광호의 비평에 관하여 382
1. 근대성 논의의 새로운 맥락   2. 근대의 변증법, 혹은 부정의 정신   3. 무수하고 이질적인 근대성들   4. 미적 근대성의 이론을 위하여

현대성, 혹은 번화한 폐허—이형기의 시론에 관하여 402

반근대(反近代)의 정신—식민지시대 이태준의 단편소설에 관한 고찰 426

I

비루한 것의 카니발

—90년대 소설의 한 단면

1. 라모의 조카

"예술가는 범죄자와 미치광이의 형제다." 토마스 만의 『파우스트 박사』에 나오는 이 말에서 일말의 진실을 느끼지 못할 문학 독자는 아마 드물 것이다. 금기나 규범을 위반하는 일탈적 행동에 대한 열광적인 관심, 억압된 욕망과 금지된 정열에 매혹된 영혼은 현대의 삶과 세계를 이해하는 데에 중요한 모델을 제시한 문학작품들에서 흔히 접하는 현상이기 때문이다. 현대문학의 가장 현대적인 성과는 광기와 통하는 영감, 패륜과 벗하는 창의에서 나왔다고 해도 그리 지나친 말이 아니다. 기성문화에 대해서 근본적으로 적대적인 이러한 문학적 현대성은 이제 한국문학 독자들에게도 전혀 낯설지 않다. 20세기 마지막 십 년간 한국소설이 드러낸, 종잡기 어려울 정도로 다양해 보이는 지형 속에는 기성 문화에 대한 도저한 적의의 표현들이 돌출되어 있기에 그러하다. 예를 들어 90년대 소설에 더러는 조롱하는 듯한 표정으로, 더러는 울분 맺힌 기색으로 그 얼굴을 내민 수많은 일탈자, 패덕자, 범죄자를 생각해보라. 스무 살 연하의 십대 소녀와 새도-매저키즘적 성희에 탐닉하는 삼십대 작가. 인간 해방의 염원을 미망이라고 부른 운동권 출신의 여성을 강간하여 지식인의 반역에 복수하려는 젊은 룸펜. 결혼이 자신에게서 앗아간 자아의 회복을 꿈꾸며 비 내리는 저녁 검은 염소를 몰고 아파트 단지의 일상에서 탈출하는 주부. 모든 정열과 사랑의 이면에 감춰진 무상함과 고통스럽게 조우한 끝에 낯선 남자에게 몸을 내맡겨 뱃속의 아이를 유산시키고 마는 여점원. 술집에 나가는 애인을 모욕한 남자들에게 복수하려고 폭력을 휘둘렀다가 경찰에 쫓겨 도망치는 거리의 양아치. 그리고 어린 남자아이를 집으로 납치해다가 포르노그라피 필름을 찍고 그런 다음에는 죽여서 집 앞 둔덕에 거름으로 주어버리는 대학강사. 이러한 90년대 소설의 인물들이 대표하고 있는 가치 혹은 가치의 탈가치화는 일률적으로 규정하기 어렵다. 그러나 명백한 것은 그 인물들의 행동이 기성 질서의 관점에서 보면 지극히 도발적인 위반충동을 공통적으로 표출하고 있다는 점이다. 그들의 등장과 함께 한국소설은, '반문화 counter-culture' 의 면모를 뚜렷이 획득하기 시작한 것으로 보인다.

지난 십 년 사이에 성행한 패덕과 불륜의 소설은 한국소설의 어떤 선구적 작품을 상기시키기보다는 언어와 국가의 경계를 넘어선 문학의 현대적 관행을 연상시킨다. 현대사회에서 문학은 정치나 도덕으로부터의 자유를 주장하는 가운데 기성 질서 속에서는 충족이 불가능한 억압된 욕망에 출구를 열어준다. 그러한 억압에 대한 보상의 관행 중에는 미적 형식이나 스타일을 통한 승화가 고전적인 방식으로 남아 있지만 그보다 훨씬 해방적인 탈승화 desublimation 혹은 반승화 counter-sublimation의 방식도 있다. 무엇보다 먼저 뇌리에 떠오르는 것은 카니발의 무정부적 세계로부터 자라나온 문학 전통, 즉 바흐친적 의미에서의 카니발레스크의 전통이다. 모든 서열적 위계, 특권, 규범, 금기를 유

예시켜 기성 질서로부터의 해방을 잠정적으로 구가한 중세 시대와 르네상스 시대 유럽의 민중 카니발이 위반과 전복의 언어를 풍부하게 발전시켰고, 그 카니발의 언어로부터 현대의 많은 작가들이 억압된 욕망을 발견하고 표출하는 방식을 배웠다는 것은 널리 알려진 바와 같다. 근래의 한국소설에 등장한 패덕자, 범죄자, 미치광이를 관찰하다 보면 우리는 그 카니발레스크의 전통 속에 있는 허구적 인물들의 족보를 자연스럽게 떠올리게 된다. 그 족보의 머릿자리에는, 공교로운 우연의 일치로, 바로 문제의 90년대에 비로소 한국어로 번역된 디드로의 한 고전적 작품의 작중인물, 그 제목(*Le Neveu de Rameau*)과 같은 이름인 라모의 조카가 있다.[1] 이 라모의 조카는 역사상으로 수많은 문학적 천재들을 매혹시키고 그들에게 영감을 불어넣은 인간상 중의 하나이다. 그에게 매료된 천재들의 이름은 괴테와 쉴러에서 시작하여 도스토예프스키와 밀란 쿤데라에 이른다. 90년대의 작가들이 『라모의 조카』를 읽었다면 그들은 자신들이 소설에서 추구한 일탈과 전복의 수사학적 원형이 라모의 조카가 펼치는 익살과 독설에 들어 있다는 것을, 그들이 다룬 패덕과 범죄와 광기의 선구적 화신이 그 정체 불명의 인물 속에 존재한다는 것을 틀림없이 발견했을 것이다.

　라모의 조카는 그 인물론적 계보를 거슬러올라가면 가깝게는 셰익스피어의 희곡에 나오는 희극적 재담에 능한 어릿광대들, 예컨대 『십이야 *Twelfth Night*』의 페스트 Feste 같은 인물에 이르고, 멀리는 호라티우스의 풍자시에 나오는 주제넘은 노예 다부스 Davus와 만난다. 그가 속해 있는 인물론적 계보는 이른바 '허가받은 바보 licensed fool'의 그것이다. 『라모의 조카』에 디드로-'나'의 상대로 등장하는 라모의 조카-'그'는 역사상 실재한 인물, 즉 18세기 프랑스 바로크 오페라의 대가 장-필립 라모를 삼촌으로 두었으나 그 자신은 재능도 별로 없었고 성품도 그리 좋지 않아 고작 환심 사는 광대 노릇으로 부잣집에 기식하며 살

---

1) 드니 디드로, 『라모의 조카』, 황현산 옮김, 세계사, 1998.

았던 건달이다. 그의 이력은 천재의 행운을 입지 못한 자들이 무수히 남긴 미미한 행적 중 하나에 불과하지만 그가 작가 디드로의 붓끝에서 행한 역할은 문학의 가공인물의 역사에서 모든 영웅을 무색케 하는 불멸의 연기로 남아 있다. 노예 다부스가 사투르누스제(Saturnalia : 고대 로마에서 농경의 신 사투르누스를 경배하여 매년 12월 17일에서 19일까지 벌어진 카니발) 기간중에 허용된 자유를 기회로 그의 주인 호라티우스와 대화를 나누듯이, 건달 라모는 오후 다섯시, 낮도 밤도 아닌, 오페라 개막을 앞두고 있는 유흥의 시간에 철학자 디드로와 대화에 들어간다. 음악과 연극에서 도덕과 교육에 이르는 수많은 문제가 화제에 오르고, 익살맞은 재담과 신랄한 풍자와 심오한 논변이 줄줄이 이어지고 라모의 가창과 팬터마임이 끼어드는 그 대화는 18세기 부르주아-지식인 사회의 지배적 규범과 관념들을 전복시키는 시니시즘의 일대 장관을 연출한다. 그 자신의 비굴한 처지와 비범한 재능을 스스로 의식하고 있는 건달의 입장에서 나온 라모의 발언은 모든 종류의 도덕주의를 가차없이 웃음거리로 만들어버린다. 그의 날카로운 풍자는 디드로와 적대적 관계에 있었던 당대의 지식인들만이 아니라 디드로를 포함한 계몽철학자들까지도 가만히 놓아두지 않는다. 라모는 자기 나름으로 어떤 진실을 내세우지만 그것은 그의 비열함과 교만함, 무엇보다도 그의 광기에 오염되어 있어서 결코 진실의 권위를 갖지 못한다. 『라모의 조카』의 대화는 소크라테스의 대화처럼 독특하고, 궁극적으로 보편적인 진실의 계시로 나아가기는커녕 현자와 바보, 진실과 허위, 선행과 악행의 구별이 불가능한 혼돈의 소용돌이를 불러놓고 끝난다. 디드로-'나'와 라모-'그'가 대화를 나눈 파리의 레장스 카페는 온갖 광태가 난무하는 가운데 인간세계가 뒤집히던 저 카니발 광장의 근대적 치환인 셈이다.

　『라모의 조카』와 같은 카니발적 대화 장르는 타락자나 방외인처럼 지배문화에서 유리된 사람들은 그 지배문화에 소속된 사람들이 다가가지 못할 진실들에 특별히 접근할 능력을 갖고 있다는 것을 기본적으로 가정한다. 기식객이자 뚜쟁이이고 어릿광대이자 미치광이인 라모가 그 경이로운 시니시즘의 퍼포먼스를 통해 보여주는 것은 바로 그 타락한, 비루한 신원에서 연유하는 특권의 영웅적 실현이다. 라모가 지니고 있는 여러 특성 중에서 이 비루함과 영웅성의 복합은 그를 문학적으로 중요하게 만든 주요 원인임에 틀림없다. 라모의 조카라는 인물 유형, 비평가 마이클 안드레 번스타인의 적절한 명명에 따르면, '비루한 영웅 the abject hero' 유형은 도스토예프스키의 『지하생활자의 수기』와 그 밖의 여러 작품, 루이-페르디낭 셀린의 '전쟁' 삼부작 등과 같은 소설들을 통해서 특출한 의의가 있는 한 계보를 이루고 있다.[2] 이 비루한 영웅은 인간 심리의 보다 넓은 관점에서 보면 쥘리아 크리스테바가 『공포의 힘』에서 이론화한 '비루한 것the abject' —내버리다, 폐기하다를 뜻하는 그 라틴어 어원 abjicere을 감안하여 직역하면 '폐기된 것' —과 중첩된다. 여기서 비루한 것은 똥, 오줌, 월경혈, 분비물, 구토물, 시신 등과 같은 신체로부터의 폐기물을 가리키는 한편, 법률의 취약성과 도덕의 느슨함을 이용한 각종 범죄들, 흉포하고 악마적이기보다는 야비하고 치사하고 음험한 범죄들도 가리킨다. 그 비루한 것이 개인적 · 집단적 삶에 중요한 것은 그것이 "정체성, 체계, 질서"를 위반함으로써 자아 ego가 존재하기 위해 떨어져나온 원초적 융합의 상태 속으로, 혹은 바꿔 말하면 자아를 지탱해주는 모든 경계들이 사라진 혼돈 속으로 자아를 복귀시키기 때문이다. 사람 자신을 비루하게 만드는 이런저런 타락과 퇴폐와 위반의 행위 — '비루하게 만들기 혹은 폐기 abjection' —의 극점은 따라서 죽음이다. "시체, 신이 없는 상태에서, 과학의 외부에서 보이는 시체는 최고도의 폐기이다. 그것은 삶에 전염되는 죽음이다."[3] 비루한 영웅의 심리나 비루하게 만들기는 카니발레스크의 전통에서 자라나온 위반과 전복의 문학에서 불가결한 기능을 한다. 그것은 기성의

---

2) Michael Andre Bernstein, *Bitter Carnival : Ressentiment and the Abject Hero*, Princeton : Princeton University Press, 1992.

3) Julia Kristeva, *Powers of Horror : An Essay on Abjection*, trans. Leon S. Roudiez, New York : Columbia University Press, 1982, 4쪽.

문화체계를 어지럽히는 일탈과 범죄에 대한 문학적 찬양이면 대체로 어디서나 많게든 적게든 발견된다. 장정일, 최인석(그리고 이 글에서는 애석하게도 다루지 못하지만, 성석제) 소설이 예시하는, 90년대 한국문학에 출현한 반문화에서도 비루한 것의 카니발은 엄연한 현실이다.

2. 장정일, 비루한 영웅으로서의 소설가

위반이나 전복이라는 용어는 90년대 문학비평에서 가장 중요하게 사용된 어휘에 속한다. 그것은 종전의 비평 담론에서 변혁이나 해방이라는 용어가 점유하던 위상을 차지했다 해도 틀리지 않을 것이다. 이러한 비평 용어의 전이는 자본주의의 세계 제패, 포스트모더니즘의 쇄도, 대중 소비문화의 확산, 전자 정보매체의 우세 등과 같은 시대 변화가 비평 담론에 가한 변신의 압력에 대한 반응이면서 또한 시대 변화에 걸맞은 새로움을 표방한 젊은 세대 작가들의 작업을 의미 있게 만들려는 시도의 결과였다. 위반과 전복의 개념에 실제적 적합성을 보증해준 90년대 작가 중에서 가장 중요한 사람은 말할 것도 없이 장정일이다. 체계와 질서를 교란하는 글쓰기 실험에서 장정일만큼 거침없이 발랄하고 황당하게 도발적인, 한마디로 그토록 천진한 악마성을 드러낸 작가는 달리 없다. 그의 소설은 우선 인간에 대한 모든 종류의 도덕주의적 관념에서 자유롭다. 그는 선과 악, 고급과 저급, 정상과 이상의 구별이 무의미한 정황 속으로 작중인물을 끌어가고 그러한 구별의 원칙을 오히려 어리석거나 수상쩍게 만드는 이야기를 펼치곤 한다. 그의 소설의 초점이 모여 있는 곳은, 일반적으로, 난잡한 성과 같은 기성 문화의 규범과 어긋나는 행동들이다. 『너희가 재즈를 믿느냐』의 회사원이 마음속에서 아름다운 처제와의 동침을 꿈꾸듯이 그의 소설은 그 '거짓말'이라는 특권을 이용하여 곳곳에서 분방한 위반의 자유를 표현한다. 그러나 장정일 소설을 위반과 전복의 문학적 전범으로 만든 것은 거기에 그려진 이런

저런 인물들의 방종한 행동이라기보다는 문학적인 글 그 자체의 규범을 의도적으로 무시하는 글쓰기 방식이다. 기성 문화의 일부를 이루는 문학 규범에 대해 적대적인, 특히 80년대까지 한국문학을 풍미한 리얼리즘에 대해 적대적인 입장을 그는 종종 직설적으로 표명한 바 있지만 그의 소설은 독창적인 작품, 사실적 재현, 통일된 서사, 예술적인 문체 등과 같은 전통적으로 권위 있는 규범을 보란 듯이 모독한다. 만화풍의 장난, 그로테스크한 과장, 순전한 공상이 넘쳐나는 그의 소설은 문학 그 자체를 난장으로 만드는 글쓰기를 극히 유희적인 형태로 보여준다.

이처럼 그 주제에서나 형식에서나 장정일 소설의 현저한 특징을 이루는 위반은 유희적인 것이면서 동시에 자각적인 것이다. 장정일 소설의 위반적 성격을 이해하는 데에 가장 유용한 관점을 제공한 사람은 어느 누구보다도 장정일 자신이다. 그가 의존하길 좋아하는 오이디푸스 서사는 그의 소설에 펼쳐진 문화적 게릴라전의 의미를 결정하는 일종의 메타서사에 해당한다. 그 오이디푸스 서사에 의하면 그의 소설이 대항하고자 하는 기성 문화의 본질은 '아버지'라는 말로 요약된다. 여기서 아버지는 아들에게 존재의 테두리가 되는 한 세계의 창조자이자 주재자이고, 아들을 그 세계에 동화시키는 금지와 명령의 체계이다. 이러한 권력의 화신으로서의 아버지에 대하여 소설가 장정일이 발표한 가장 널리 알려진 항전 선언문은 물론 「아담이 눈뜰 때」이다. 자신이 '가짜 낙원'에 처해 있음을 알게 되는 '아담'의 각성을 둘러싼 그 이야기는 아버지가 만든 세계가 원천적으로 타락한 질서라는 인식과 자신의 자유를 확인하고 표출하려는 아들의 결의를 전달한다. 장정일 소설에서 아들의 자유는 그러나 현재의 아버지를 대신할 아버지가 되려는 노력, 다시 말해 기성 권력을 대체할 권력의 탐색으로 나아가지 않는다. 기성의 타락한 질서를 교정할 새로운 질서를 향한 의지는 장정일 소설 어디에도 보이지 않는다. 「아담이 눈뜰 때」 이후 그의 소설이 제시한 것은 어떤 근본적으로 새로운 세계가 생성중인 상태가 아니라 타락이 극한에 이르러 세계 전체가 카니발화된 상태이다. 장정일 소설 속의 아들들은 '부권정부 patriarchy' 대신에 '무정부 anarchy'를, 정연한 일상 대신에 난잡한 축제를 살고 있는 것이다. 이러한 카니발레스크로의 전환은 장정일 소설의 형식에서도 발견된다. 글쓰기의 층위에서 말하면 아버지란 허구상으로 독창적인 세계를 창조하고 그 세계에 대해 권리를 갖고 있는 존재, 한마디로 저자이다. 그래서 저자가 되고자 하는 문학상의 아들이라면 누구나 아버지만큼 독창적인 작품을 써야 한다는 압력을 받아야 했다. 그러나 장정일은 그러한 압력에서 상당히 자유롭다. 그의 소설은 새로운 허구적 세계를 창작한다기보다는 기존의 허구적 세계들을 가지고 장난을 친다. 『너에게 나를 보낸다』나 『보트 하우스』에 들어 있는 도스토예프스키의 텍스트를 비롯해서 그의 소설에는 아마 보통 짐작하는 것 이상으로 많을지 모를 하위 텍스트가 있다. 장정일 소설이 주제상으로 세계를 카니발화한다면, 형식상으로 그 카니발화에 상응하는 것은 패러디이다.

장정일 소설이 보여주는 바와 같은 세계의 카니발화에 대한 욕망은 세계에 이성적 질서를 부여하려는 욕망만큼이나 인간 문화에 근본적인 것이다. 이성은 세계 속에 그 자신이 구현되어 있기를 원하는 가운데 그 자신과는 다른 뭔가의 유혹에 직면하지 않은 적이 없다. 광기는 이성에 대한 타자이지만 또한 이성의 친근한 반려이기도 하다. 현대문학과 예술의 역사에서 보게 되는 일련의 건설과 해체, 구심성과 원심성의 운동은 그러한 이성과 광기의 기묘한 더부살이를 알려준다. 장정일 소설의 카니발적 세계에서 뭔가 강조할 점이 있다면, 그것은 이성의 폭정(暴政)으로부터, 즉 경직성과 불변성의 상태로부터 벗어나고자 하는 삶의 충동을 전면적으로 방출한다는 점이다. 이 카니발레스크의 기제를 전형적으로 증거하는 것은 장정일 소설에 종종 재연되고 있는 몇 가지 모티프들, 그중에서도 이른바 '인생유전' 모티프이다. 장정일이 『너에게 나를 보낸다』의 작중인물의 입을 빌려 "인간의 삶이 얼마나 가변적인 것이고, 각 개인이 상정한 삶의 목표가 얼마나 불확정적인 것인가"를 인식한 결과라고 밝힌 그 인생유전은 그의 주요 작중인물들이 드러낸 개인적 이력에 공통적으로 나타난다. 『너에게 나를 보낸다』의 '바지 입은 여자'는 섬유공장 직공에서 문화계 유력자의 정부로, 이어 각광받는 모델이자 배우로 변신하며, 『보트 하우스』의 애라는 명문대학 러시아문학과 학생에서 파키스탄인 노동자들의 동거녀로, 다시 늙은 전당포 주인의 노예로 둔갑한다. 장정일 소설에서 특별히 흥미로운 작중인물의 하나임에 틀림없을 은행원은 『너에게 나를 보낸다』에서는 베스트셀러 작가로, 『너희가 재즈를 믿느냐』에서는 신흥종교 교주로, 『보트 하우스』에서는 한국과 중국을 잇는 폭력조직의 마약운반책으로 판이한 모습을 보인다. 이러한 인생유전은 물론 한 개인이 그를 둘러싼 보다 넓은 사회적 환경과의 관련 속에서 그의 자아를 발전시켜가는 부르주아적 인간 서사에 대한 패러디이다. 그것은 어떤 이성의 원리 속에 있는 개인과 사회의 조화를 향한 움직임을 폐기하고 그 대신에 현대사회를 채우고 있는 풍부한 유동성과 우연성의 에너지에 개인 자신의 존재를 맡기는 방종의 자유를 설정한다. 유전중인 개인이 특징적으로 보여주는 정체성의 결여, 그 미치광이적 증후는 윤리적 교정이나 정신분석 치료를 요하는 심각한 문제가 아니라 도리어 그 개인이 삶다운 삶을 살고 있다는 증표이다. 정해진 정체성, 그리고 그에 연관된 필연과 기율에 순응하는 삶은 장정일 소설에서는 삶이 아니라 죽음이다. 이것은 『너희가 재즈를 믿느냐』의 회사원에게 처제와 동침하는 꿈을 꾸지 못하는 일상이란 곧 무덤인 것과 같다.

　반복되는 일상이 아니라 유전하는 인생을 사는 인물들은 확실히 비범한 존재이다. 그들은 일상생활의 내면에서 들끓고 있는 파괴와 탈출의 억압된 욕망 —『너희가 재즈를 믿느냐』의 장면들 곳곳에서 울리는 '탕, 탕, 탕' 소리 —을 이례적으로 달성한 예이다. 그들이 경험하는 '존재의 전이'는 전체적으로 추상화되고 희화화된 세계 속의 사건이긴 해도, 장정일 소설의 논리에 따르면, 선악의 구별을 넘어서 죽음에 대항하는 삶이라는 비장한 색조마저 띤다. 그런 점에서 그들은 영웅이다. 그러나 그들이 살고 있는 세계가 카니발적 전복의 휘모리에 들려 있는 만큼 그들의 영웅성은 낭만적인, 이를테면 바이런적인 풍모를 처음부터 갖지 못한다. 여기서 주목할 것은 그들이 경험하는 인생유전 속에는 그들 자신을 비루하게 만드는 계기가 빈출한다는 사실이다. 『너에게 나를 보낸다』를 보면 표절 시비에 올라 있는 소설가 '나'는 '바지 입은 여자'의 '가방모찌'로 변신하는 과정중에 스스로를 '도색소설' 작가로 만드는 타락을 거치고, 『보트 하우스』의 애라는 대학 졸업의 꿈을 버리고 결국 전당포 주인의 노예가 되는 과정에서 파키스탄인 노동자들에게 처녀인 자신의 몸을 던진다. 도덕적으로 구축된 자아를 자신으로부터 내버리는 이러한 종류의 행동이 그들의 영웅성을 특수하게 한정시킨다는 것은 말할 것도 없다. 그들을 영웅이라 부르기로 한다면 그들에게 적합한 호칭은 비루한 영웅이다. 사실, 장정일 소설의 영웅적 인물들은 디드로의 『라모의 조카』나 도스토예프스키의 소설에 등장하는 저 비루한 영웅 유형을 무척 닮았다. 그들은 건달 라모나 지하생활자가 그렇듯이 기성 사회의 타락한 본질을 기민하게 간파하고 있는 만큼이나 자신의 비굴한 처지를 날카롭게 의식하고 있으며, 기성의 권위를 능멸하고 조롱하는 데서 즐거움을 누리는 한편으로 자신에 대한 하염없는 증오와 연민과 모멸에 빠져든다. 장정일 소설은 그 영웅적 인물들의 유형적 특징, 혹은 모방품적 성격을 간혹 실토하기도 한다. 예컨대, 『너에게 나를 보낸다』의 은행원이 악몽에서 깨어난 밤중에 직장 근무중 자신에게 굴욕을 안겨준 뚱보 여인에게 대들지 못한 일을 돌이켜 생각하고 괴로워하는 대목에서 그의 행동은 '지하생활자'와의 유사성에 대한 명시적 언급과 함께 서술되어 있다.

아버지에게 대항하는 아들이라는 오이디푸스 서사 속에서 장정일 소설이 말하고 있는 것은 기성 문화의 명령에 따라서가 아니라 자율성의 원리에 따라서 자아를 갖고자 하는 개인의 집념이다. 그 서사의 중심에는 자신의 자아가 주어진 모형의 복제가 아니라 자유의 표현이기를 원하는 소망, 즉 진정한 자아에 대한 소망이 있다. 그러나 진정한 자아를 갖고자 하는 아들의 소망은 아들이 허위라고 믿고 있는 바로 그 세계를 창조한 아버지의 소망과 별로 다르지 않다. 진정성에 대한 소망은 자신이 자신의 삶의 저자이고자 하는 소망이며 그 저자이고자 하는 소망은 본래 아버지의 소망이기 때문이다. 광활한 우주 속을 떠도는 거대한 남근에 관한 은행원의 꿈이 뜻하는 바와 같은, 막강한 생식력 – 창조력 – 주재력에 대한 한없이 들끓는 욕망 앞에서 아버지와 아들의 차이란 무의미하다. 『내게 거짓말을 해봐』에서 제이가 들려주는, "그토록 미워했던 '신버지(신격화된 아버지의 줄임말—인용자)'와 자신이 점점 닮아가며 거기에 투항하고" 있다는 고백이나 "신버지는 따로 있는 것이 아니라 자신의 내적 욕구에 의해 만들어진 가상이 아닌가" 하는 자문처럼 아버지와 아들의 동일성을 시사하는 발언이 나오는 것은 불가피한 일이다. 아버지에게 대항하는 아들의 이러한 아이러니는 비루한 영웅이 일반적으로 처하는 상황이기도 하다. 건달 라모는 비굴한 처지가 가져다 준 지혜를 이용하여 부자들의 위선과 탐욕을 마음껏 조롱하지만 정작 그가 원하는 새로운 삶은 그가 부잣집에서 관찰한 풍요와 향락을 반영한다. 또한 지하생활자는 추레한 고독의 체험으로부터 사회세계의 통념과 관습을 능멸하지만 그의 깊은 앙심의 원천은 사회적 인정에 대한 그 자신의 욕구이다. 이처럼 비루한 영웅의 욕망이 그가 부정하는 기성의 가치 바로 그것을 조건으로 하는 만큼 그의 반항은 대안적 삶을 창출하지 못한다. 그는 자신의 권력을 증대시키려고 하면 할수록 기성 권력의 존재에 더욱 의존하게 되는 아이러니컬한 상태를 더욱 심화시키게 된다. 따라서 비루한 영웅에게 진정성의 이상이 요구하는 반항은 그 자신을 더욱 깊은 나락에 빠뜨리는 자학의 형식이 될 수밖에 없다. 이러한 비루하게 만들기의 도착된 정열을 정확히 알고 있는 것은 역시 장정일 자신이다. 『내게 거짓말을 해봐』는 한 초라한 남근중심적 의식의 자기 고양과 자기 비하의 양극을 보여주는 안쓰러운 포르노그라피를 이루고, 『보트 하우스』에 제시된 인생유전의 축제는 이제 젊은 여자가 타자기로 변신하는 카프카적 그로테스크까지 포함한다.

3. 최인석, 야수의 세계, 원한의 문학

기성 문화의 주변에 존재하는 사람들이 삶의 진실에 대한 특권을 갖고 있다는 카니발레스크 담론의 가정은 장정일 소설의 만화적 웃음만이 아니라 그것과 아주 대조적인 최인석 소설의 비극적 절규에서도 유효하다. 최인석이 그의 소설에 그려낸 인물들은 교도소에 복역중인 범죄자, 공사장을 전전하는 잡역부, 사창가의 도덕적으로 황폐한 빈민, 보통 사람의 생활이 불가능한 폐인처럼 기성 질서에서 이탈했거나 아니면 추방된 존재들이다. 게다가 그의 소설은 그런 종류의 주변적 인물들의 특권이 한껏 발현될 만한 특정 장소에 이야기를 한정하곤 한다. 감옥, 수용소, 매음굴, 공사장, 고아원, 군대, 벽촌 등과 같은 고립된 장소는 인생에 관한 상식과 통념이 유예되고 인간 존재의 어떤 끔찍한 진실이 계시되는 다분히 연극적인 공간을 이룬다. 최인석 소설이 초점을 맞추고 있는 주변적 인물들은 전통적으로 정치적 급진주의를 촉진시킨 인간 유형에 속한다. 그들은 70년대와 80년대 문학을 풍미한 민중이라는 이름의 인간 집단과 대체로 부합되는 사회적 신원을 가지고 있다. 부정한 권력의 압제에 신음하는 민중이라는 친숙한 이미지의 잔영은 삼청교육대 사건에서 취재한 「노래에 관하여」 같은 작품에서 발견되기도 한다. 그러나 최인석이 제시한 주변적 인물들의 이야기는 이른바 민중적 리얼리즘과 커다란 차이가 있다. 그들의 사연은 80년대 민중이 역사 발전의 메타서사 속에서 누렸던 주체성의 신화로부터 은총을 받은 흔적이 보이지 않으며, 그들의 현실에 대한 언급은 리얼리즘적 재현의 기율을 저버리고 흔히 추상적 관념으로 비약한다. 최인석은 그 주변적 인물을 통해 이데올로기상으로 의미 있는 인간 집단의 그럴듯한 표상을 제공한다기보다는 인간 존재에 관한 알레고리를 구축한다. 그들의 비참한 존재 조건은 근원적 진실의 발현이 필요로 하는 어떤 극한 상황, 그 진실의 공포로부터 인간을 보호해줄 모든 문화적 위장이 제거된 상태처럼 느껴지기도 한다. 그것은 마치 항해중 사고를 만나 망망대해에 버려진 헐벗고 굶주린 인간 야수들의 뗏목과도 같다.

　인간의 끔찍한 야수성은 실제로 그 극한 상황의 이야기를 통해서 최인석이 지루할 만큼 반복해서 강조하고 있는 인간 현실이다. 군복무중 경험한 폭력 속에서 세상의 '지옥'과 대면한 한 배교자의 고백을 들려주는 「세상의 다리 밑」, 비명과 욕설과 고함이 난무하는 인간수용소의 처참한 내부를 보여주는 「노래에 관하여」, 주민 모두가 타락에 물들어 있는 매음굴의 세계를 투시한 「심해에서」, 건축 공사장 노동자들의 황폐한 생태를 묘사한 「지리산에 저 바다」, 그리고 그 밖의 여러 작품에서 문제의 현실은 언제나 인간의 위엄과 자유가 사라진 야수성의 세계이다. 그의 소설에 묘사된 온갖 비열하고 추잡하고 난폭한 행동은 인간 내부에 깊숙이 숨어 있는 어둠을 거침없이 발산하는 듯하다. 게다가 최인석은 그처럼 나락에 빠진 인간세계에 어딘가 향상의 여지가 있으리라는 믿음을 주지 않는다. 그는 세계와 갈등하는 작중인물을 통해 오히려 그 세계가 달라질 가망이라곤 전혀 없음을 흔히 역설한다. 「세상의 다리 밑」의 배교자는 "오늘날의 이 세상은 고스란히 지옥이"며 "나 자신부터가 지옥이"라고 말한다. 인간세계가 총체적인 타락 속에 있다는 것, 이것은 최인석 소설이 되풀이해서 전하는 명제 중의 하나이다. 그 타락한 세계의 주민들은 비참한 굴욕을 당하고 있음에도 그들의 처지를 변화시키기 위한 노력에 합세하기는커녕 서로가 서로를 착취하는 관계를 반복하고 있다. 도탄에 빠진 민중 이야기에 그토록 흔한 공동체적 유대는 여기에 없다. 그 타락한 세계에 맞서는 소수의 사람을 기다리고 있는 것은 더욱 무자비한 희생뿐이다. 「세상의 다리 밑」에서 여호와의 증인인 젊은 사병은 상관들의 폭행과 그 신앙 자체의 도그마 때문에 목숨을 잃게 되고, 「노래에 관하여」에서 짐승의 상태로부터 탈출하려던 순식은 병사들의 총격에 쓰러지고 만다. 이처럼 인간 야수의 세계를 제시하는 가운데 최인석은 착취와 유린이 일종의 불변적 구조를 이루고 있음을 상기시킨다. 그의 인간사회의 알레고리는 언제나 그 절망적인 형국에 초점을 맞추고 있다.

최인석 소설에 그려진 인간 야수의 세계는 비루한 것이 창궐하는 세계이기도 하다. 그 착취와 유린의 구조 속에서 살아가는 인물들은 비루함을 면할 도리가 없다. 「내 영혼의 우물」에서 인간의 지천한 상태를 예시하는 범죄자들, 「심해에서」의 여관집 딸이 혐오하고 저주하는 매음굴의 주민들, 「지리산에 저 바다」에 등장하는 야비한 공사장 인부들 — 이들은 모두 타락한 환경에서 비롯된 인간 왜곡의 결과들이다. 그들의 비루함은 특히 그들 자신이 착취하고 유린하는 생활에 길들여져 있다는 데서 특히 명백하게 드러난다. 「내 영혼의 우물」의 범틀은 감방살이를 같이하는 똥별을 자살로 몰고 가고, 「심해에서」의 아버지는 아내가 딸을 위해 마련한 돈을 갈취하여 도망치며, 「지리산에 저 바다」의 야비한 인부들은 자신들이 저지른 범죄를 다른 동료에게 뒤집어씌운다. 그러나 이러한 먹이사슬의 논리에 충실한 패덕한 행동은 최인석이 보여준 비루한 인간의 반면에 지나지 않는다. 그 다른 반면에는 비루한 자신으로부터 벗어나고 싶어하는 간절한 염원이 있다. 비루함의 극한적인 체험으로부터 태어나는 그러한 염원은 「노래에 관하여」 같은 작품에 뜨겁게 표현되어 있다. 삼청교육대에 끌려온 민간인들이 군인들의 폭행과 학대에 시달리는 수용생활 중에 한자리에 모여 돌아가며 부르는 그 일련의 노래는 자신들이 '벌레'가 아니라는 부정의 항변이자 벌레의 세계와는 다른 세계를 꿈꾸는 동경의 표현이다. 그 다른 세계에 대한 동경은 타락한 인간세계에 대한 저주만큼이나 빈번하게 최인석 소설에서 나타난다. 예컨대, 「내 영혼의 우물」의 영배는 '아이들의 영혼의 빛깔'이 반짝이는 반문화적 천진성의 세계를, 「혼돈을 향하여 한 걸음」의 아비는 음악이 열어주는 '극락'을, 「나를 사랑한 폐인」의 정순은 바다 너머 어딘가에 있다는 『산해경』풍의 신화적 자연을, 「지리산에 저 바다」의 만덕은 할아버지가 들려준 '구름바다' 너머의 사람 없는 세상을 각각 꿈꾼다. 그들이 희구하는 다른 세계는 서로 이름도 다르고 이미지도 다르지만 근본적으로는 동일하다. 그들의 비루한 삶으로부터의 해방을 가능하게 해줄 유토피아라는 점에서 그러하다.

최인석 소설에서 유토피아는 부재하는 세계라는 그 원래의 의미에 충실하다. 그것은 현재의 인간세계에 내재한 어떤 가능성의 실현이 아니라 인간세계와 완전히 단절된 별개의 공상적 세계이다. 그것에 대한 동경은 세계의 현실에 대한 희망의 표현이라기보다는 오히려 절망의 표현이다. 유토피아에 대한 염원은 언제나 비루한 자신에 대한 모멸과 학대를 동반한다. 그 염원이 간절한 정도에 비례해서 자기 모멸은 혹독함을 더해간다. 하지만 유토피아 의식은 개인에게 고통스러운 자기 분열을 가져온다고 할지라도 그 개인을 인간 야수의 법칙에 순응하는 사람들과 구별되게 한다. 그 유토피아 의식은 그 개인을 짐승의 무리 중의 익명의 존재에 머물지 않고 어떤 독특하고 진정한 존재가 되게 해주는 것이다. 이러한 유토피아주의와 진정성 관념의 결합은 「나를 사랑한 폐인」에서 분명하게 발견된다. 시인의 꿈을 버리고 타락한 사회의 일원으로 살아온 자신을 괴롭게 의식하고 있는 인물 동찬과 누추한 연명과 노역의 일상 속에서 유토피아에 대한 몽상에 빠져 있는 인물 정순의 사랑을 이야기한 이 작품은 한 비루한 인간이 자기 내면의 진정성에 대한 요구에 눈뜸으로써 겪게 되는 광기 어린 자기 부정의 과정을 보여준다. 정순과의 일탈적인 사랑과 함께 동찬이 경험하는 그 자기 부정의 핵심은 동찬이 타락한 사회의 일원으로서 획득한 자아를 폐기하는 것, 자신을 '폐인'으로 만드는 것이다. 이러한 폐인 되기는 중요한 아이러니를 내포한다. 그것은 비루한 자신에게서 벗어나려는 욕망의 표현이지만 그 실상은 어떤 공인된 가치에 따라 자신을 고상하게 변화시키는 행위가 아니라 반대로 자신의 비루함을 극단화하는 행위이다. 그것은 자신을 파멸시키는 것, 비루하게 만드는 최고의 행위, 즉 죽음으로 자신을 몰아가는 것이다. 여기서, 동찬이 정순을 만난 바닷가 카페의 이름인 '귀허(歸墟)'가, 작품에 들어 있는 지나치게 친절한 설명 그대로, 죽음과 연관되어 있다는 것은 실로 우연이 아니다. 동찬과 같은 비루한 인물들에게 기존 세계가 그 인간 정글의 상태에서 달라질 가능성이 없는 것과 마찬가지로 그들에게 진정성을 회복시켜줄 도덕적 원천은 기존 세계에 존재하지 않는다. 그들에게 남아 있는 진정성 실현의 길은 퇴폐나 죽음과 같은 비루함의 '심해(深海)'로 보다 깊이 잠행하는 길뿐이다.

최인석 소설의 인물들은 자신이 속해 있는 타락한 세계를 독하게 증오하고, 자신이 지옥, 짐승 혹은 벌레라는 의식을 갖고 있으며, 그러한 의식으로부터 자신을 구제할 유토피아에 관한 공상에 탐닉한다. 이러한 세계에 대한 증오, 극단적인 자기 모멸, 해방에 대한 동경이 암시하는 것은 어떤 깊은 앙심이다. 그 앙심은 최인석의 많은 작품에 걸쳐 지루할 정도로 재연되고 있어서 한 전체로서의 최인석 소설은 앙심에 대한 기억을 수행한다 해도 좋을 정도다. 그런가 하면 그 반복되는 앙심은 종종 복수의 꿈을 낳는다. 「심해에서」에 나오는 여자아이는 자기가 살고 있는 매음굴의 여관을 증오한 나머지 방화할 궁리를 하고, 「숨은 길」에 나오는 젊은 룸펜은 그들이 많은 희생을 치르며 품어온 희망을 그의 죽은 동생의 애인이었던 여자가 환멸의 어조로 '미망'이라 부르자 그녀를 강간하기로 한다. 이처럼 복수와 연결된 앙심은 도스토예프스키 독자라면 아마 조금도 낯설어하지 않을 감정이다. 지하생활자는 자신이 당한 모욕을 거듭 상기하고 보복을 꿈꾸고 그러면서 또한 무력한 자신을 끊임없이 고문하는 독특한 행동 속에서 바로 그 감정을 전형적으로 보여준다. 비루한 영웅에게 전형적인 이 감정에 대한 정확한 명칭은 니체가 말한 '원한ressentiment'이다. 니체는 『도덕의 계보』 중에서 원한의 특징을 "진실한 반응, 즉 행동이라는 반응을 하지 못하고 상상의 복수로 벌충하는 성질"이라고 묘사했다.[4] 최인석 소설은 원한의 감정을 곳곳에서 끊임없이 표출하지만 인간 야수의 세계에 도전하는 행동을 제시하는 대신에 그 세계에 대한 총체적 부정의 독설이나 유토피아에 대한 공상을 되풀이한다. 상상의 복수는 사실상 최인석의 비루한 영웅이 보여주는 모든 행동에 공통된 요소이다. 원한의 이러한 특징, 그

---

4) Friedrich Nietzsche, *On the Genealogy of Morals*, in *Basic Writings of Nietzsche*, translated and edited with commentaries by Walter Kaufmann, New York : Modern Library, 1968, 472쪽.

허약함과 무능함은 최인석 소설을 둘러싼 논의에 중요한 사안이라고 생각된다. 원한에 사무친 최인석의 비루한 영웅 속에서 우리는 어쩌면 80년대 민중주의의 몰락 이후 어떤 신화적 후광도, 정치적 권력도, 도덕적 위엄도 갖지 못한 대다수 익명의 사람들 내면의 비참한 광경 하나를 발견할 수 있을지 모른다.

4. 불우한 사람들의 진정성

장정일과 최인석의 소설은 그 스타일에서나 주제에서나 대극적이라고 해도 좋을 만큼 판이하지만 지금까지 살펴본 것처럼 비루한 것에의 매혹을 공유한다. 장정일이 인간의 불확정적인 삶을 구가하는 대목에서, 최인석이 인간 야수의 세계에 대한 상상적 복수를 기록하는 순간에 비루한 것은 중요하게 재가치화(再價値化)된다. 비루하게 만들기는 그들 소설의 모든 반문화적 충동이 집약되어 있는 심리 기제이다. 장정일 소설에서 그것은 문학 자체를 포함한 기성 문화의 질서를 어지럽히는 카니발화의 주요 기능을 수행하며, 최인석 소설에서 그것은 현존하는 세계에 대한 총체적 거절을 표현한다. 비루하게 만들기는 특히 기성 문화나 세계에 대한 저항이 개인의 외부가 아니라 내부에서 일어나고 있음을 알려준다. 그들의 소설에서 저항의 에너지는 정체성을 스스로 더럽히거나 내버리는 작중인물들의 행동, 바로 거기에서 가장 폭발적으로 발산되고 있다. 비루하게 만들기에 대한 이러한 찬양은 지난 십 년 사이 한국문학의 급진적 상상력이 겪어온 중요한 변화를 예시하는 것으로 보인다. 그것이 우리에게 상기시키는 것은 '역사적 민중'처럼 공동체의 기억에 뿌리박은 인간 주체성의 이념이 이미 효력을 잃어버렸고, 삶의 모든 영역이 속절없이 자본주의 시장의 식민지로 전락한 사정이다. 장정일의 '가짜 낙원'이나 최인석의 '지옥'과 같은, 세계에 대한 극도의 부정적 인식은 그 세계의 가변성에 대한 모든 환상이 소멸되었음을 의미하는 동시에 그 세계의 권력 앞에 무력하게 노출된 개인들의 누추함을 암시한다. 기성 세계가 사악한 허위의 체계에 불과하고 그 체계 내부에 어떤 변화의 여지도 없다면, 이제 그 체계에 속박된 개인들의 자기 부정의 욕망을 이야기하는 것은 논리적으로 당연한 수순이다. 비루하게 만들기 찬양은 어쩌면 정치적으로나 이념적으로 빈곤한 의식에게 유일하게 가능한 저항의 책략일지 모른다. 비루한 영웅의 원조, 라모의 조카가 보여준 기성 질서에 대한 도전에 대해 앙리 르페브르는 이렇게 말한 적이 있다. "내면에서의 반항, 즉 자신을 비루하게 만들고 자신에게 상처를 입히는 바로 그 행위를 통한 불우한 사람의 완전한 해방."5)

그러나 비루하게 만들기, 그 일탈과 패덕의 찬양이 그 자체로 기성 문화에 대한 대안이 되지는 못한다. 90년대 한국문화에서는 특히 대중문화를 중심으로 탈억압, 보다 정확하게 말하면, '탈승화'가 널리 유행했고, 그것을 지지하는 각종 해방과 탈주의 담론들이 시세를 얻었지만, 그러한 현상이 진실로 문화의 갱생에 대한 약속인가는 적잖게 의문이다. 사회를 지배하는 타락한 이성이 억압된 광기의 복권을 통해 타파되리라고 믿는다면 그것은 아무래도 순진한 생각이다. 광기는 근본적으로 이성에 의존하여 자신을 표현한다. 노예 다부스로 하여금 기성의 권위를 풍자하게 만든 것은 호라티우스가 구현한 고전적 로마문화였고, 라모의 조카로 하여금 시니시즘의 퍼포먼스를 벌이게 해준 것은 디드로가 대표한 프랑스 계몽주의였으며, 지하생활자로 하여금 원한 맺힌 미치광이의 요설에 빠지게 만든 것은 그가 '신사'라고 부른 뻬쩨르부르그 부르주아들의 합리주의였다. 더욱이 그 자신의 위력을 알고 있고, 그 자신의 특전을 믿고 있는 이성에게 광기란 오묘한 유흥의 재료이거나 아니면 새로운 활력의 원천이 되기 십상이다. 부르주아는 자신들의 상징적 질서를 교란하는 카니발레스크의 경험을 통해 자신들의 헤게모

---

5) Michael Andre Bernstein, 앞의 책, 70쪽에서 재인용.

니를 폐지하는 방법을 배우기는커녕 자신들의 쾌락과 욕망을 발견하는 흥분을 누렸다. 광기의 카니발은 부르주아적 정체성을 파괴하는 효과가 있다기보다는 오히려 재건을 돕는 효과가 있다고 해야 옳다. 기성 질서에 역설적으로 기여하는 광기의 운명은 온갖 폭력과 외설과 불륜이 활개치는 대중문화상품 생산에서 이미 조직적으로 이용되고 있지 않은가. 민중 카니발은 그것에 대한 낭만적 미화를 일삼는 사람들의 해석과 다르게 애초부터 기성 권력 자체가 허용한 헤게모니의 일시적 균열에 불과하다. 명민한 작가라면 기성 문화의 공인된 틈새에 기생하는 난동의 한계를 모를 리가 없다. 『너에게 나를 보낸다』에서 수정궁에 총쏘기로서의 글쓰기를 말한 장정일은 『보트 하우스』에 강북의 초라한 젊은이들이 강남을 더럽히겠다며 백화점으로 몰려가 오줌누는 장면을 남겼다. 불우한 남근의 '총쏘기' 라는 자못 도발적인 반란은 그 이면에 백화점 화장실에서 '오줌누기' 라는 애처로운 애교를 갖고 있다.

그렇다고 해서 90년대 소설에 나타난 비루한 것의 카니발을 그저 대안 없는 장난 정도로 취급하는 것은 온당치 않다. 일탈자, 패덕자, 범죄자에 대한 90년대 젊은 작가들의 열광 속에는 인간사회의 윤리적 통합에 대한 어떤 종류의 믿음보다 오히려 건전한 도덕적 감각이 있다. 그 도덕적 감각의 핵심은 앞에서 장정일과 최인석의 소설을 검토하는 가운데 언급한 진정성의 이상이다. 진정성은 실정적으로 정의된 어떤 행위나 상태를 표시하지 않는다. 그것은 오히려 부정의 용어이다. 진정성은 진정성이 부재한다는 인식 속에, 진정성을 추구하는 행동 속에 존재한다. 진정성 추구의 기본적인 충동은 그것이 어떤 내용의, 어떤 품질의 삶이든지 간에 개인 자신에게 진실한 삶을 살려는 파토스이다. 진정성의 파토스는 개인으로 하여금 그의 삶이 사회적으로 인정된 원칙과 일치하는가가 아니라 그 자신의 자아, 감정, 신념과 일치하는가를 묻게 한다. 따라서 그것은 개인 스스로 그 자신의 삶의 방식이나 모양을 만들려는 열정을 포함한다. 진정성을 추구한다는 것은 달리 말하면 개인의 자기 창조적 자유를 실현하는 것이다. 진정성을 추구하는 가운데 기성의 윤리적 질서와 갈등이 빚어지는 것은 불가피한 사태이다. 기성 윤리가 허위를 강요하거나 자아를 왜곡하는 압제적 기율이라고 판단되는 상황에서는 진정성의 이름으로 그것에 거역하는 각종 일탈과 범죄가 찬양되기도 한다. 하지만 오늘날 진정성의 관념이 언제나 갖고 있는 반사회적, 반윤리적 전환의 가능성에도 불구하고 그 관념은 간단히 배격하기 어려운 문화적 현대성의 일부이다. 현대사회를 지배하는 억압의 기제들을 발견하고 그것들에 대항할 능력의 도덕적 원천은 진정성의 관념 바로 거기에 있기 때문이다. 개인과 사회의 조화를 위한 새로운 윤리의 창출은 현대문화가 당면한 막중한 과제이지만 파시즘 같은 유령을 불러들이지 않으려면 그것은 언제나 진정성의 요구라는 테스트를 거쳐야 한다. 그런 점에서 장정일, 최인석과 그 밖의 많은 90년대 작가들의 소설에 나타난 진정성의 파토스는 존중되어야 마땅하다. 그것은 아마도 한국문학의 20세기가 21세기에 남긴 중요한 유산 중의 하나일 것이다.

(『문학동네』 1999년 겨울호)

편모슬하, 혹은 성장의 고행
―성장소설의 한 맥락

1

김원일의 소설 『마당 깊은 집』은 한국사회가 잊어버리고 싶어하는 역사적 악몽 속의 한 장면을 불러낸다. 그것은 육이오전쟁 직후, 끔찍한 정신적 공황과 물질적 궁핍 속에서 대다수 사람들이 악랄한 아귀(餓鬼)를 닮아가던 시절이다. 작가는 그의 가족이 대구 장관동의 한 대갓집에 다른 여러 가구와 함께 세 들어 살던 그의 십대 전반기의 체험을 술회하는 가운데 전후 사회의 황량한 생태를 생생하게 증언하고 있다. 그의 이야기는 이승만 정권의 부정한 권력 아래 남한 사회체제가 새롭게 형성되어가는 전체적 테두리 안에서, 삼엄한 공안 정치와 사상 통제, 고향과 가족을 잃어버린 사람들의 고난, 부유 계층의 타락과 방종, 향락을 탐하는 집단적 광증, 먹고살려는 노력의 애처로운 광경 등을 풍부하게 전해준다. 그의 회상을 따라가다 보면 전란의 참화를 입은 사람의 생존이 근본적으로 왜곡된 성격을 가질 수밖에 없음을 알게 된다. 전후 경기에 편승하여 신흥 자본가로 입신하는 친일파 가문의 자손이든, 남한 사회에서 철저하게 배척을 당하는 좌익계 민족운동가 집안의 후예이든, 헤어진 가족들을 애타게 찾아다니는 월남한 난민이든, 미군 장교의 아내가 되어 한국을 떠나고 싶어하는 되바라진 처녀든, 그들은 모두 전쟁이 초래한 혼란과 궁핍에 의해 심각하게 훼손된 존재들이다. 전후 사회를 지배하는 그러한 인간 존재의 왜곡과 손상은 작품에서 중요하게 다루어진 작중화자의 어머니의 삶에서도 발견된다. 아버지가 전란중에 실종됨으로써 기생들 상대의 삯바느질로 간신히 가족의 생계를 꾸려가는 어머니는 그 곤궁하고 굴욕적인 생활에서 비롯되는 정신적 황폐함의 흔적을 감추지 못한다. 작중화자인 길남에게 "호랑이"로 비쳤던 그녀의 사납고 박정한 풍모는 전후의 "더러운 세월"이 그녀의 심성에 일으킨 왜곡의 증후에 해당하는 것이다. 화자는 자신에게 엄혹했던 어머니를 결국은 용서하는 방향으로 이야기를 펼쳐가고 있지만 어머니의 폭정으로 인한 시련은 매우 뚜렷하게 그의 회상 속에 남아 있다. 홀어머니 슬하에서 집안의 장자로서 그가 겪어야 했던 내면의 고통은 그의 굶주린 뱃속의 기억만큼이나 선명하다.

여기서 『마당 깊은 집』이 우리의 관심을 끄는 것은 그것이 인간 개체의 성장에 관하여 특히 시사적인 일화를 담고 있기 때문이다. 편모슬하에 있는 어린 장자의 자아 형성에 얽힌 그 이야기는 육이오전쟁 이후 한국사회에서 개인의 성장이 어떤 일반적 조건 아래 있었던가를 살피는 추론에 유용한 예화가 되어준다. 편모슬하, 혹은 보다 넓게 말해, 아버지의 부재라는 결손된 가족관계는 성장 체험을 다룬 일련의 현대 한국 소설들에서 반복해서 탐구된 결과, 이제는 성장의 서사를 추동시키는 기본적인 결핍의 토포스와 같은 것이 되었다. 김주영의 『아들의 겨울』(1978)에서 임철우의 『등대 아래서 휘파람』(1993)에 이르는, 오정희의 「유년의 뜰」(1980)에서 박완서의 『그 많던 싱아는 누가 다 먹었을까』(1992)에 이르는 성장체험소설에서 주인공이 경험하는 시련과 각성의 기원에는 항시적으로든, 일시적으로든 편모슬하의 상황이 유독 중요하게 자리잡고 있는 터이다. 이 편모슬하의 상황은 한국사회 전체가 대대로 심각한 혼란과 변동을 거치는 과정에서 개인의 성장이 일종의 '고행'이 되어버린 사정을 압축하여 보여주는 것임에 틀림없다. 조금 구체적으로 말하면 그것은 개인에게서 안정된 가족적·사회적 관계를 앗아간 현실을 환기하면서, 또한 거기에 내포된 부계의 단락을 통하여 역사적 지속성이 약화된 인간 성숙의 특수한 조건을 암시하는 것으로 생각된다. 우리가 편모슬하의 상황에서 보게 되는 것은 결국 성장이 그 자체로 문제적이 되어버린 상황이다. 타고난 혈연적·계층적 관계 안에서 세습된 지위와 역할을 수행함으로써 자동적으로 성인의 공증을 얻는 식의 인간 형성은 여기서 원천적으로 불가능한 것이다. 개인의 성장은 이제 그에게 생래적으로 주어진 신원의 경계를 넘어서면서 사회 안에서 의미 있는 생존의 자리를 추구하는 탐색의 성격을 갖게 된다. 이러한 탐색에 나선 개인은 가변적이고 불확정적인 삶의 관계 속으로 불가피하게 말려들 뿐만 아니라 그 관계 속에서 그의 존재를 스스로 기획해야 하는 과제에 부딪힌다. 따라서 그는 사회적 가동성(可動性)이 주는 새로운 삶의 희망에 민감한 만큼이나 개인적 자유 혹은 자결의 원리를 부담스럽게 짊어질 수밖에 없다.

요컨대, 『마당 깊은 집』에 보이는 편모슬하는 성장이 단순히 나이 먹기가 아니라 개인에게 모험이면서 동시에 부담이 되는 역사적·사회적 상황의 축도이다. 그런데 그 작품의 이야기는 성장이 문제화된 상황을 표시하는 것에 그치지 않고 전후 한국사회에서 개인의 성장을 왜곡하는 제약 또한 알려주고 있어 흥미롭다. 여기서 중요한 것은 작중화자 길남이 어머니의 굴욕적인 노동에 생계가 맡겨져 있는 영락한 집안의 장자라는 사실 때문에 직면한 곤경이다. 그는 개인적 성장을 미처 욕망하기도 전에 장자의 역할에 대한 기대에 압도된 것으로 나타나고 있다. 어머니가 폭군처럼 집안에 군림하면서, 그의 일시적인 가출을 유발할 만큼 무섭게 가한 통제는 바로 장자의 역할을 그에게 심어주기 위한 것이다. 그것은 전통적인 가족의식에 비추어보면 자연스러울지 모를 훈육이지만, 그것이 길남에게 명하는 사회적 성공이 그의 자아 발전과 배치된다는 점에서 그것은 중요한 모순을 포함하고 있다. 길남에게 "악심"을 명하는 훈계에서 전형적으로 나타나는 바와 같이, 어머니의 훈육은 장자의 사회적 성공에 필요한 악착같은 자기 기율에 한정되어 있으며, 가족의 영달을 넘어선 삶의 가치나 규범에 대해서는 침묵한다. 그러나 길남이 성공을 추구할 전후 사회는 구조적인 부패 속에 있고, 그것을 교정할 세력을 체제 내부에 남겨두지 않기 때문에, 그의 성공을 위한 노력은 처음부터 윤리적 정당성을 결하게 되어 있다. 어머니의 현실주의적 훈육이 생존이나 출세를 위한 발악이 지상명령이었던 궁핍한 현실을 반영한다면, 그것은 동시에 개인의 자율적인 성장을 가능케 해줄 인륜적·문화적 가치들이 부재하거나 아니면 허약한 상태를 말해주는 것이다. 『마당 깊은 집』의 작중화자는 어머니로 말미암은 심리적 갈등을 동화적인 플롯으로 해소하고 있지만, 개인의 자율적 성장과 사회적 통합 사이의 모순은 여전히 남아 있다. 소년 길남의 성장이 성장의 이상에 어긋나리라는 것, 개인과 가족의 생존을 위한 치사한 노릇의 반복 이상이 되기 어려우리라는 것은 불가피한 추단이다. 그런 점에서 "어서 세월이 흘러 머리 허옇게 센 노인이 되고 싶다"는 그의 고백은 결코 어린애다운 응석으로만 들리지 않는다.

『마당 깊은 집』에서 추출되는 왜곡된 성장의 예화가 어떤 범례적인 의미를 가진다면, 우리는 그것으로 미루어 유럽의 고전적인 교양소설과 같은 성장의 서사가 한국소설에서는 용이하지 않다는 생각도 해봄 직하다. 『빌헬름 마이스터』로 대표되는 고전적 교양소설은, 한편으로는 개인이 그 자신의 운명을 자유롭게 상상하고 구축할 권리를 가지고 자아 발전을 위해 노력하는 과정을 서술하면서, 다른 한편으로는 그러한 자아 발전의 추구를 통하여 사회와 유기적인 관련을 맺게 되는 계기를 제시한다. 이러한 개인과 사회의 조화로운 균형은, 빌헬름 딜타이에서 시작되는 교양소설론에서 충분히 강조된 바대로, '교양Bildung',

즉 개체적 인성의 함양과 발전을 최고의 삶의 이상으로 여기는 독일 문화의 개인주의에서 자라나온 것이다. 『마당 깊은 집』의 한국사회에는 물론 그러한 개인의 행복한 사회화를 유도할 문화가 존재하지 않는다. 거기서 사회화는 개인적 성장의 욕망과 무연한, 혹은 배치되는 사회적 역할의 수행이기 십상이다. 이처럼 한국사회에서 개인의 성장이 '교양 영웅 Bildungsheld' 의 이야기를 이루지 못한다는 것은 이미 정확히 관찰된 선례가 있다. 예컨대 김병익은 「성장소설의 문화적 의미」에서 "개인적 자아와 집단적 문화 이념이 괴리로서가 아니라 연속으로서 관계지어져 있"음을 표현할 성장소설이 우리에게는 아직 가능성으로 남아 있음을 지적한 바 있다. 그러나, 김병익 스스로도 감안하고 있다시피, 한국의 성장소설이 독일의 고전적 교양소설을 추수할 이유는 없는 것이다. 고전적 교양소설은 성장소설의 유일한 형식이 아닐뿐더러 모범적인 형식도 아니다. 이탈리아의 맑스주의 비평가 프랑코 모레티는 『빌헬름 마이스터』가 보여준 개인과 사회의 조화가 모더니티의 경험에 충실한 성장소설에서는 허위로 판명될 수밖에 없는 이념임을 밝혀주기도 했다. 따라서 우리는 한국소설이 특수한 역사적 경험과 문화적 조건 속에서 개인의 자기 성장을 문제화하는 방식에 주목하고 그것의 맥락을 그것대로 존중하여 이해할 필요가 있다. 한국 작가들의 성장소설에 표출된 개인의 욕망과 각성, 사회와의 갈등과 통합의 이야기들에 주목함으로써, 인간 성장을 왜곡하는 온갖 결핍과 제약에도 불구하고 개인의 자기 초월적 모험을 이야기하려는 정열이 한국소설에 부단히 생성되고 있으며, 그로부터 또한 한국소설 전체에 중요한 현안들이 도출되고 있다는 것을 확인할 수 있을 것이다. 이러한 기대에 따라 여기서는 김주영의 『고기잡이는 갈대를 꺾지 않는다』, 송기원의 『너에게 가마 나에게 오라』, 장정일의 『아담이 눈뜰 때』를 대상으로 삼아 간략한 고찰을 시도하려 한다.

2

　김주영의 『고기잡이는 갈대를 꺾지 않는다』(앞으로는 『고기잡이』로 줄여 부름)는 김원일의 『마당 깊은 집』과 마찬가지로 작가가 그 자신의 십대 전반기 체험을 회상하는 형식으로 되어 있다. 소년기에 육이오전쟁을 목격한 비슷한 연배의 작가여서 그렇겠지만, 그들이 기록하고 있는 일화들 가운데는 서로 흡사하거나 조응되는 것이 적지 않다. 그들 작품의 소년 작중화자가 반드시 동일한 가족이나 지역 환경에 속해 있지 않음에도, 혹독한 굶주림, 미국의 유혹적인 출현, 공안형사의 좌익 수색 등과 같은 전후 사회의 특징적인 경험들은 공통적으로 화제가 되고 있다. 게다가 작중화자들이 모두 어머니의 삯바느질로 연명하는, 아버지 없는 집안의 장남인 것은 흥미로운 우연의 일치이다. 『마당 깊은 집』의 아버지는 인민군의 서울 점령 기간중에 부역으로 추측되는 미심쩍은 활동을 하다가 남한 정부의 서울 수복 이후 행방을 감춘 것으로 되어 있고, 『고기잡이』의 아버지는 이유는 확실하지 않으나 어머니와의 불화 끝에 가족을 버린 것으로 되어 있다. 전자의 작품에서처럼 후자의 작품에서도 아버지의 부재라는 상황은 당연히 작중화자가 체험하는 모든 결핍의 중요한 원인으로 자리잡고 있다. 특히 후자에서는 아버지의 부재라는 것이 어떤 종류의 결핍인가, 아들의 성장에 어떤 결과를 갖는 결핍인가 하는 문제가 중요한 관심사를 구성하고 있다. 어머니에게 장자가 느끼는 심리적 갈등과 그 해소에 치중하고 있는 『마당 깊은 집』과 달리, 『고기잡이』는 아버지의 부재, 바로 그것으로 야기된 두 형제의 정신적 방황에 주목하고 있으며, 또한 그들의 방황을 인간 성숙의 도정에서 겪게 되는 시련과 각성의 틀 속에서 서술하고 있다. 『고기잡이』에서 이야기 서술은 체험된 과거를 단순히 회상하는 데에 머물지 않고 그것에 포함된 각성의 순간들을—세상의 이치를 나름대로 깨달은 계몽의 순간들을 돋보이게 강조한다. 성장의 개념이 암암리에 개입되어 있는 이러한 서사방식 덕택에 『고기잡이』는 아버지 없이 진행되는 성장의 문제적 성격을 뚜렷이 알아보게 해준다.

아버지 없는 불행을 체험하고 있는 형제 중에서 그 불행의 의미를 확연하게 예시하는 것은 아우인 형호의 행동이다. 그는 작중화자인 그의 형 형석보다도 아버지의 부재라는 결핍의 고통을 훨씬 강렬하게 표현한다. 형호의 여러 일화 중에서 삼손이라는 별명을 가진 술도가의 잡역부 장석도를 숭배한 것은 아버지의 부재를 벌충하려는 욕망의 발현과 다를 바가 없다. 그는 장석도가 아버지와 닮았다고 생각하고 있었으며 장차 장석도 같은 사내가 되기를 원했다. 그러나 장석도에 관한 환상이 깨지면서 대리적 부성(父性)도 사라지고 그는 아버지 없는 삶의 내면적 궁지로 내몰린다. 여기서 특히 주목을 요하는 것은 형호가 아버지의 알 수 없는 정체를 두고 고뇌에 빠져 있는 것과 병행하여, 자신이 처한 현실을 심오한 혼돈으로 느끼고 있다는 점이다. 그는 백령도 군복무중에 형에게 보낸 편지에서 "모든 것은 껍데기"라고 말한다. 그에게 지독한 환멸과 불신을 안겨준 혼돈 체험은 분단 현실을 몸으로 확인하려는 충동을 낳고, 취중에 북녘 땅으로 건너가는 만용까지 불러 결국은 그의 어이없는 죽음을 초래한다. 여기서 아버지의 부재와 현실의 혼돈 사이에 평행관계가 성립한다는 것은 명백해 보인다. 형호의 죽음을 알리는 화자의 서술은 형호가 아버지를 연상시켰던 옥희 아버지를 공산주의자로 추정하고 있다는 것, 그리고 아버지에 관한 이야기가 집안에서는 '금기'였다는 것을 알려주는 가운데, 형호의 의문스러운 만용이 아버지 찾기와 혼돈과의 싸움이라는 이중적 성격을 띤다는 암시까지 담고 있다. 그러므로 아버지의 부재는 형호의 정신적 삶에 실로 치명적인 결핍일 수밖에 없다. 그것은 그가 직면한 현실의 개념적·이념적 구성을 불가능하게 하고, 따라서 그에게 의미 있는 삶의 경험도 허락하지 않는 것이다. 형호의 이야기에서 그가 처음 굶주림의 형태로 느꼈고 죽기 직전까지 그를 괴롭힌 '허기'라는 것, 그것은 부성이 결여된 세계에 사는 한 면치 못할, 의미의 부재라는 운명의 상징인지도 모른다.

형호는 그의 편지에서 그들 형제가 "그토록 어른이 되고자 노력했던" 이유가 생리적인 '허기'였으며, 그가 성인이 되어서 '무료한 일상'에서 '탈출'하려는 시도를 계속한 이유도 심정적인 '허기'였다는 고백을 하고 있다. 이 형호의 '허기증'은 그의 주어진 생존 조건을 언제나 불만이게 하면서 그것을 넘어서려는 충동을 끊임없이 유발하는 그의 내면의 어떤 것이다. 그의 존재를 자기 부정의 운동 속으로 몰아넣는다는 점에서 그것은 가동성으로 충만한 근대사회에서 개인의 성장을 특징짓는 역동적인 활력의 다른 표현으로 읽어도 무방하다. 그러나 부성이 결여된 삶의 상황에서 '허기'란 개인의 진정한 자기 초월로 이어지기는커녕 도리어 그의 자아마저 위협하는 혼돈을 심화시킨다는 것이 형호 이야기의 결론이다. 그의 개인적 성장에 적대적인 실존적 상황의 성격은 그에게 한때 어른의 모형이었던 장석도의 불운을 통해 우회적으로 드러난다. 장석도는 뚝심으로는 마을에서 겨룰 자가 없는 장사이지만 심성은 순진하기 짝이 없는 인간이다. 그가 시계포 주인 최씨의 꼬임에 넘어가 돌덩이를 들고 버티는 힘자랑을 하다가 그만 구경꾼들의 놀림감이 되고, 이어 최씨의 간교한 셈술을 눈치채고도 힘껏 버티며 눈물을 흘리는 장면 같은 데서 그의 미욱할 만큼 순진한 성격은 여실히 나타난다. 그러나 그의 순진성은 조만간 멸종될 수밖에 없는 덕목이다. 그가 살고 있는 사회는 투명한 진실에 대한 믿음으로 사람들의 관계가 유지되는 세계가 아닌 것이다. 괴력의 장사인 그가 술도가 파수꾼 노릇을 하고 있다는 사정이, 혹은 정의를 지킨다는 형사가 진실의 날조를 강제하는 대목이 암시하듯이, 외양과 현실이 일치하지 않고, 거짓과 진실이 뒤섞여 있는 모순이 그가 살고 있는 사회의 특성이다. 그런 점에서 장석도가 간계에 속아 몰락한 영웅의 이름인 삼손으로 불리고, "섬들이 노구솥만한 돌덩이를 높이 쳐들고 석양빛 속에서 포효하던 삼손의 모습"이 부각되는 것은 그럴 법한 일이다. 그가 표상하는 천연(天然)의 영웅 시대는 이제 황혼에 접어든 것이다. 그가 최씨의 농간과 형사들의 심문에 시달린 이후 무기력한 몰골이 되어 마침내는 그의 고향을 떠나버렸을 때 마을 사람들은 일순간 허탈감에 빠지지만, 그곳에는 그의 인간적 덕목을 살아 있게 해줄 투명한 소통과 유대가 더이상 가능하지 않은 것이다.

『고기잡이』에 제시되어 있는 아버지 부재의 상황에는 이처럼 진실과 거짓이 착종된 세계가 존재한다. 작중화자 형석은 그의 회상 속에서 혼돈에 빠져 있는 세상의 각성을 중요하게 다루고 있을 뿐만 아니라 바로 그러한 각성이 그의 정신적 성숙에 거름이 되었음을 이야기한다. 그의 성장과 아우의 성장에 결정적으로 다른 점이 있다면 그것은 그가 어른들의 세계가 지닌 모순과 혼돈의 성격을 일찍부터 깨닫고 그것에 적응할 정신적 태세를 갖추었다는 점이다. 그의 회고는 모순과 혼돈을 견뎌내기에 적합한 학습을 그가 나름대로 반복해서 거쳤음을 알려준다. 그에게 경이로운 경험으로 기억되고 있는 '거울 속의 여행'이나 마룻장 '마루 밑의 미로 찾기' 같은 것은 그러한 학습의 예가 된다. 이발소의 거울에 잡힌 사물들의 영상을 관찰하는 데에 재미를 붙인 장난을 통해 그가 체득한 것은 현실의 표상이 언제나 현실 자체와 일치하지는 않는다는 것이다. 지각이나 관념으로 알고 있는 현실이 실제의 현실이 아닐지 모른다는 회의는 따라서 필연적이다. 그리고 교실 마루 밑의 미로를 헤매는 동안 그는 시각의 위치에 따라 대상의 현실이 규정된다는 것, 어느 시각도 대상의 실체를 보증하지 못한다는 것을 깨닫게 된다. 그러니까 형석의 학습이란 자명한 듯이 경험되는 현실이 실은 허상이기 십상이라는 인식의 획득으로 요약되는 셈이다. 이러한 인식의 연장으로 그는 또한 어른들의 행동이 내포하는 양면적이고 모순된 성격에 대해서도 예민한 감각을 터득한다. 그것이 비굴한 처신과 광포한 행패 같은 상반된 행동이 모두 가능한 사람의 이중성이든, 사람의 체통을 높여주는 유식이 신세를 망치는 원인이 되기도 하는 세상의 아이러니든, 사람들 사이에서 신뢰를 앗아가는 농간과 계략이든, 그는 어른들의 사회가 기만적인 혼돈 속에 있음을 예시해주는 사태들을 주의 깊게 관찰한다. 그래서 나중에 형호를 덮쳐 그의 목숨까지 앗아간 세상의 혼돈이 형석에게는 그렇게 곤혹스러운 것이 아니게 된다.

『고기잡이』의 화자는 세상의 혼돈에 적응하는 학습을 어른이 되기 위한 시련 극복의 과정처럼 서술하고 있다. 그러나, 혼돈의 실상에 대한 체험적 각성이 그의 개인적 성장과 반드시 같은 것이라고 말하기는 어렵다. 그의 회상에는 혼돈의 각성이 그의 내면적 자아를 함양시키고 사회와 성숙한 관계를 맺도록 인도했다는 충분한 암시가 없다. 그의 이야기 자체가 그의 자아 성장을 납득시켜줄 성격 발전의 플롯을 가지고 있지 못한 것이다. 이런 맥락에서 주목할 필요가 있는 것이 이발소의 장식용 '수채화'에 얽힌 일화이다. 달빛 아래 골짜기를 걷는 젊은 연인의 모습을 담은 그 수채화는 형석에게 은밀한 어른들의 세계를 엿보았다는 느낌을 주면서 그의 상상을 촉발시켜 이발소 주인인 젊은 남자와 그가 다니는 학교의 여선생을 그림 속의 연인으로 여기게 한다. 이러한 공상은 여선생이 이발소 주인에게 비밀리에 쪽지를 전달해달라고 그에게 부탁함으로써, 그리고 빨갱이로 판명된 이발소 주인이 종적을 감춘 것과 동시에 여선생 역시 사라짐으로써 그럴듯해진다. 그들이 떠난 이후 그는 어른들의 비밀을 소유하겠다는 욕심에서 이발소의 수채화를 훔쳐오고 그로 인해 장석도와 어머니가 억울하게 형사들의 취조를 당하게 된다. 대략 이러한 이야기에서 수채화는 형석으로 하여금 자기가 어른들의 세계에 속하며 세상이 모르는 무엇인가를 안다는 자부의 계기를 마련한 것이 분명하다. 하지만, 수채화가 야기한 것은 화자의 말마따나 "혼돈의 뼈저린 체험"이지 어른들의 비밀에 대한 이해가 아니다. 이발소 주인과 여선생 사이의 진상은 그가 심부름으로 개입한 이후에도 여전히 그의 상상에 맡겨져 있다. 여기서 그가 방심한 나머지 여선생의 비밀 쪽지를 심부름 도중에 잃어버렸다는 것은 흥미로운 대목이다. 쪽지를 잃어버림으로써 그는 어른들의 비밀을, 어쩌면 허상이나 미로의 경험을 넘어서 성숙한 인간의 내면을 알게 해주었을지도 모를 그 비밀을 결국 탐지하지 못한 것이 아닌가. 쪽지를 잃어버린 결과, 어른다운 삶의 실체는 그에게 미지의 것으로 남는다. 수채화를 남몰래 가지려는 그의 욕망이 대리적 부성에 대한 형호의 집착보다 덜 허망하리라는 보장은 없다. 그는 형호가 아버지의 정체로 고민했듯이 어른됨의 의미를 묻는 방황을 거듭해야 했는지도 모른다.

『고기잡이』에 서술된 편모슬하 형제의 이야기에서 우리는 아버지라는 존재가 인간 문화의 '패밀리 로맨스'에서 담당하는 역할을 상기하지 않을 수 없다. 아버지의 역할이란 아들을 자연의 상태로부터 끌어내어 인간 질서 속에 자리잡게 하는 것이다. 그는 아들로 하여금 금지와 허용의 규칙에 따라 욕망을 스스로 통제하는 법을 익히게 하며, 그렇게 하는 가운데 일정한 질서로 이루어진 세계를 아들에게 제공한다. 아들에게 복속을 요구하는 아버지의 권위는 그가 대행하고 있는 인간 질서의 세계, 그것으로부터 온다. 이렇듯 근본적으로 보수적인 부성은 물론 근대의 아들들에게는 종종 적의와 도전의 대상이 되어왔다. 그러나 『고기잡이』에서는 사정이 다르다. 작가는 부성의 결락에서 비롯되는 문제적 현실을 적극적으로 추구한다. 아버지의 부재는 바로 혼돈된 세계의 현존과 연결되어 인식되고 있으며, 그로 인한 아들의 불행이 두드러지게 강조되고 있는 것이다. 거기서 세계의 혼돈은 개인적 자아의 성장에 대하여 좀처럼 극복하기 힘든 장애가 되어 있다. 그것은 형호의 경우처럼 혼돈에 대한 통렬한 의식과 들끓는 탈출의 욕망 사이를 헛되이 오가는 방황을 낳거나 형석의 경우처럼 자아의 발전이 없는, 세상에 대한 체념적 적응을 부르고 만다. 그러므로 그 편모슬하에서의 성장이란 결국 실패로 끝나거나 그게 아니라면 중단으로 끝날 운명인 것이다. 작가는 『고기잡이』의 후기에서 그들 형제가 "생리적으로 한참 성장의 욕구에 보채임을 받던 그 시절," "성장을 잃어버린 한 늙은 감꽃나무에서 떨어진 꽃을 먹"고 허기를 달랬다는 일화를 소개하고 있다. 우리가 소년 형석의 시련과 각성의 이야기에서 최종적으로 느끼게 되는 것은 그것이 성장을 멈춘 감꽃나무와 별로 다르지 않다는 것이다. 세상이 혼란해도 소년은 자라지만 혼란에의 적응만으로 성숙에 이르지는 못한다.

3

『고기잡이』에 그려진 개인 성장의 환경에서 눈길을 끄는 특징 중의 하나는 그곳이 농촌 취락이 아니라 저자가 서는 소읍이라는 사실이다. 장석도와 같은 천연의 인간이 견디지 못해 떠나는 곳, 소년으로 하여금 세상의 타락과 혼란에 눈뜨게 하는 곳이 바로 그 장터이다. 이렇게, 개인 성장의 문제적 성격을 알려주는 소설에서 장터가 중요한 사회적 공간으로 등장한다는 것은 흥미를 돋우는 대목이다. 아버지라는 기성 질서의 대행자가 존재하지 않고 어머니의 악착같은 생존의 논리가 지배하는 상황은 장터가 지니고 있는 구조적 특성 ─ 사람들의 윤리적 관계의 필요보다는 물질적 충족의 욕구가 절실하게 느껴지고, 정치적·문화적 권위를 중심으로 편성된 서열적 질서 대신에 서로 이질적인 사람들 사이의 거래가 주도적인 사회적 기능을 하는 장터의 특성과 어딘가 합치되기 때문이다. 그러나 『고기잡이』에서 작중화자의 장터 체험은 범위가 상당히 제한되어 있다. 그는 장터에서 중요한 발견을 하고 있으면서도 자기의 존재가 거기에 속한다고는 생각하지 않는다. 이것은 그의 어머니가 비록 드난살이는 하고 있어도 장터의 아낙네는 아니라는 사정과 무관하지 않을 것이다. 편모슬하라는 문제적 상황의 확장된 사회적 표상으로서의 장터가 우리에게 실감나게 다가오는 것은 다른 작가의 성장소설, 송기원의 『너에게 가마 나에게 오라』(앞으로는 『너에게 가마』로 줄여 부름)에서다. 열여덟 살 무렵 학교에서 퇴학을 당하고 장터에 내려가 건달들의 똘마니 노릇을 하며 지냈다는 작가 자신의 체험이 허구적 인물을 통해 토로되고 있는 이 작품에서 작가는 장터라는 공간을 생생하게 묘파하여 그것의 함축을 충분히 드러내는 동시에, 사생아로 버려진 한 젊은이가 자신의 저주스러운 신원과 싸우며 그곳에서 성장하는 과정을 서술하고 있다. 장돌뱅이 아낙네에게서 태어난 사생아의 처지가 불행한 편모슬하의 한 극단이라면, 그의 내면적 체험은 또한 반(反)성장적 세계에서 생성되는 성장을 향한 욕망의 변증법을 극적

44

으로 보여준다.

『너에게 가마』는 춘근이 고향의 장터로 돌아오는 서두에서부터 장터의 인간과 풍물에 관한 세세한 지시를 나열하여 독자를 사로잡는다. 서울에서 건달 노릇을 하다가 오랜만에 고향에 돌아온 춘근의 들뜬 기분 속에서, 마침 장날을 맞은 장터는 푸근할 만큼 친근한 가운데 생기 있는 공간으로 떠오른다. 거리와 골목을 메운 점포와 난전, 북적대는 인파와 어린 장돌뱅이들의 광경을 보며 그는 호기로운 의욕을 느낀다. 그러나 장터의 생기가 그저 싱싱하기만 한 것은 아니다. 춘근이 좋아하는 장터의 냄새가 "비릿비릿한 썩은 생선 냄새"라고 하고 그것이 다시 "꼭 게으른 갈보년들 밑구녕에서 나는 냄새하고 똑같"다고 하는 것은 심상치 않은 암시이다. 퇴폐의 기미는 장터에서 풍기는 생기와 분리할 수 없게 뒤섞여 있는 것이다. 여기서 장터를 갈보의 성기에 견주어 그 여성적 성격을 상기시키는 표현은 더욱 함축적이다. 장터의 삶을 대표하는 것은 바로 갈보와 같은 여성들이, 가족과 사회로부터 버림받고 자신의 육체밖에는 생활 밑천이 없는 박복한 여성들이 그날그날 힘겹게 치러가는 물질적 궁핍과의 투쟁이기 때문이다. 춘근과 마찬가지로, 그러나 그와는 다른 이유에서 귀향한 윤호의 기억 속에서 장터의 이러한 참혹한 이면은 뚜렷하게 드러난다. 그곳은 전쟁으로 너나없이 갈 곳 잃은 사람들이 모여들어 이루어진 곳이며, 남편이 없거나 있더라도 무능한 아낙네들이 가족을 먹여 살리기 위해 악을 쓰는 곳이다. 그 생존을 위한 절박한 싸움 속에서 인간 심성의 황폐화와 윤리적 규범의 이완은 불가피하다. 생활풍속은 난폭하고 야비할 수밖에 없고, 인간의 육체성을 긍정하는 카니발리즘이 번성한다. 육체적 본능과 욕구에 솔직한 행동이야말로 그곳을 여성적 공간이 되게 하는 특징일 것이다. 그러나 바로 그러한 이유에서 장터는 사회 내부에 자리잡은 가장 퇴폐적인 게토 중의 하나이다. 공식적인 문화의 관점에서 보면 장돌뱅이의 야성만큼 비천하고 악마적인 것은 없다.

『너에게 가마』에 그려진 장터는 이렇게, 아버지가 부재하는, 혹은 부성적 보호와 규율이 사라진 황폐한 사회의 한 극단적 형태를 이루고 있다. 거기서 자라난 젊은이들은 신원의 비천함으로 인한 고통을 고질적으로 겪는다. 장터를 다른 어느 젊은이보다도 편하게 느끼는 듯한 춘근만 해도 주위의 천대로부터 벗어나고 싶다는 욕구, '잭나이프'로든 다른 무엇으로든 어쨌거나 위세를 인정받고 싶다는 욕구에 사로잡혀 있다. 이런 종류의 욕구는 '학삐리' 윤호의 경우 보다 뚜렷하다. 어머니의 헌신적인 뒷바라지 덕택에 도청 소재지의 고등학교로 진학하여 주위의 선망을 샀던 그는 장돌뱅이 사회에서 탈출하고자 실제로 노력한 인물이다. 정도의 차이가 있긴 하지만 그들은 모두 자아 발전의 욕망을 간절히 느끼고 있는 것이다. 그러나 그러한 욕망은 그들이 고향으로 돌아온 현재, 좌절된 것으로 나타난다. 춘근은 서울에서 건달 노릇을 하다가 징역을 사는 곤욕을 치렀고, 윤호는 도시의 세계와 자기의 신원 사이의 엄청난 격차를 느낀 나머지 학업을 포기한 것으로 되어 있다. 여기서 특히 문제적인 것은 윤호의 처지이다. 그는 번화한 도시 문화를 체험한 결과로 그의 자아가 얼마나 비천하고 추악한 세계에 뿌리박고 있는가를 경악스럽게 깨달았으며, 또한 장돌뱅이 사회에서 탈출하려는 시도가 결국은 어머니까지도 스스로 '치부'로 만드는 죄악임을 의식하게 된 것이다. 그러나 그렇다고 해서 고향 장터에 그의 소속이 있는 것은 아니다. 그가 장바닥 사생아의 낙인을 저주하고 있는 만큼 그의 장터 세계로부터의 소외는 필연적이다. 그래서 그는 장터의 세계와 도시의 세계, 그 어느 쪽에도 정처를 갖지 못한 '반거치기'가 되어 고립과 자학에 빠져든다. 장돌뱅이 출신임을 스스로 긍정하고 있는 춘근과는 다르게, 그는 자아 발전의 욕망을 스스로 포기하고 장터의 '인간 쓰레기'가 되거나 아니면 자기의 출신과 고향을 완전히 망각하거나 해야 하는 갈림길에 놓여 있다.

윤호가 직면한 이러한 곤경은 개인의 발전을 위한 탐색에서 그리 드물지 않은 시련에 속한다. 일반적으로 말해서, 그것은 개인이 주어진 연고(緣故)를 넘어서 자신의 성장에 필요한 사회적 관계를 만들어야 할 때 필연적으로 겪게 마련인 심리적 혼란이다. 다만 윤호의 경험에서는 장터의 사생아라는 신원에 대한 부끄러움과 그럼에도 신원을 중시하는 윤리적 감각이 길항하여 그 자기 초월적 제의의 시련을 보다 강렬하게 만들고 있는 것이다. 그런 점에서 절망에 빠진 그의 삶이, 그의 유년 체험에서 비롯된 섹스혐오증을 비롯한 여러 암시를 통하여, 극심한 자폐적 고립의 형태로 나타나는 것은 자연스럽다. 그의 자아가 필요로 하는 것은 결국 타자들과의 새로운 제휴인 것이다. 윤호를 둘러싼 사건들에서 그러한 제휴의 가능성은 '따스한 물길'이라고 명명되고 있는 사랑의 발견으로부터 생겨난다. 처음에는 춘근이 술집 작부 옥희와 나누는 사랑에서, 나중에는 그 자신에게 전해진 서울 처녀 연희의 사랑에서 그는 절망에서 헤어날 방법이 있음을 깨닫기 시작한다. 여기서 주목할 것은 그들의 사랑이 세상에서 버림받았다는 공통된 불행을 바탕으로 한다는 사실이다. 옥희는 학창 시절 불량배들에게 윤간을 당하고 그 자리에서 자기가 좋아하던 남학생에게 배신까지 당한 충격으로 인생을 포기한 인물이며, 연희는 아버지가 공산당 활동을 하다 행방불명이 되었고, 어머니마저 도망쳐버려 조부모의 손에서 자란 인물이다. 그들의 사랑은 실패로 끝나지만, 사람이 저마다 가진 불행의 깊은 속내로부터 태어나는 인간적 유대의 체험은 윤호에게 새로운 시작의 희망을 엿보게 해준다. 그는 특히, 장터를 떠나고 싶어했으나 그것이 불가능해지자 잇달아 자살한 선봉과 현숙의 비극을 계기로, 그때까지 무시했던 장돌뱅이들을 이해하기에 이른다. 그저 자신들을 방기하고 있는 듯이 보이던 그들에게 불우한 젊음의 고통과 자기 갱생의 염원이 있음을 깨달으면서 그들과 일체가 되는 감동을 느낀다. 이것은 그가 자아 발전의 욕망을 회복할 뿐만 아니라 그것의 실현을 공동체적 유대 속에서 꿈꾸기 시작하는 순간이기도 하다.

『너에게 가마』에서 윤호는 그의 자아에 위협적인 상황에 직면하여 스스로 성장의 활로를 찾아가는 내면적 역정을 보여준다. 그것은 그의 개인적 정체성을 보다 넓은 사회적 테두리 안에서 발견하고 그의 존재의 사회적 재생을 기약하는 초월적 계기들을 포함한다는 점에서 그 자체로 자아 발전의 국면을 나타낸다. 우리는 여기서 그의 내면적 도약이 장터 사회의 재발견을 수반한다는 점을 간과할 수 없다. 윤호에게 처음에는 추악한 궁핍과 퇴폐의 세계로 비췄던 장터 사회가 나중에는 따스한 인간적 유대의 고장으로 변형되는 것이다. 이것은 장터 사회의 삶에 내포된 여성성이 윤리적인 내용을 획득한 결과라고 해도 좋을 것이다. 윤호가 체험한 불행한 사람들끼리의 일체화는 어떤 인위적인 통합의 원리로부터 오는 것이 아니라 억눌린 삶에 대한 연민과 사랑으로부터 오는 것이다. 그것은 작중의 장돌뱅이들처럼 그 자신 책임이 없는 역사적 재난 때문에 비천한 신원을 타고났으며, 그로 인해 외부 사회로부터도 배척을 당하고 있는 사람들에게 소통과 공생의 공간을 마련해준다. 이러한 장터 사회의 새롭게 발견된 덕성, 한마디로 민중적 연대의 덕성은 윤호 개인의 성장에도 중요한 의미를 갖는다. 그가 애초에 시도한 자기 부정에 결여되어 있었던 윤리적 정당성이 바로 그것을 내면화함으로써 생겨나기 때문이다. 그러나, 장터라는 한정된 공간에서 펼쳐지는 내면적 체험의 이야기만으로는 그의 개인 성장의 가능성을 충분히 신뢰하기 어렵다. 여성적·민중적 사랑의 회복은 분명히 개인의 성장에 유익하지만, 그것이 장터 너머의 사회에서도 조화로운 발전의 공간을 열어주리라는 보장은 없다. 현대사회가 개인의 성장에 중대한 문제를 야기한다면, 그것은 처지가 같은 사람끼리의 사랑이 부족해서라기보다는 동질적인 인간관계 속에 머무는 것이 불가능하기 때문이다. 장터 너머의 이질적인 사회로 나아가 민중적 연대성을 추구하려 노력하면서 윤호는 비로소 진정한 성장의 시련을 겪게 되는 것이 아닐까. 이런 이유에서 『너에게 가마』의 성장의 서사는 미완이다.

4

『너에게 가마』에서 젊은이들에게 발전을 위한 도전과 모험의 장소로 나타나는 것은 도시이다. 도시적인 것에서 그들이 느낀 유혹은 장터 사회에 대한 애정의 회복이 강조되는 가운데서도 예사롭지 않은 기억으로 남아 있다. 춘근은 어린 시절부터 미장원 앞을 지날 때마다 맡았던 '야릇한 냄새'에서 서울의 '화려하고 행복한 세계'를 발견했으며, 윤호는 도시의 현란한 풍물에서 자기 고향에 결여된 풍요롭고 고양된 삶의 양상들을 체험했다. 그러나 도시에 대한 그들의 동경은 일단 허망한 환상이었던 것으로 판명된다. 거기서 도시는 변두리의 젊은이들에게 유혹적인 것이면서 동시에 배척적인 것이다. 자아 발전을 꿈꾸는 사람들에게 도시가 드러내는 이러한 양면성은 조금도 신기한 것이 아니다. 70년대 이후 우리 문학에는 도시에 입성한 시골 출신 젊은이들의 경이와 환멸, 흥분과 낙망의 기록이 무수히 산재되어 있다. 『너에게 가마』 외에, 현재 사오십대의 시골 태생 작가들이 성장기의 체험을 고백한 자전적 작품들에서도 도시의 양면성은 그들이 눈뜬 사회적 현실의 중요한 부분을 이루고 있다. 예컨대, 임철우의 『등대 아래서 휘파람』에서 어머니를 따라 도시로 이주한 열두 살 소년이 처음 갖게 되는 충격적인 경험에는 도시의 '동화 속의 세계' 같은 놀라운 광경과 그로부터 소외된 자기 가족의 초라한 신세에 대한 동시적 발견이 포함되어 있고, 이러한 인식은 그가 그의 자아와 소속을 깨닫게 되는 과정을 원천적으로 결정한다. 도시에서 비정한 배제를 체험한 세대들의 작품에서 떠나온 고향과의 화해는 거의 정형화된 플롯이다. 그러나 그 화해의 플롯은 그것이 얼마나 절실한 체험의 반영이든지 간에 개인 성장의 문제적 성격에 대한 탐구를 미진한 채로 남겨둔다. 편모슬하의 상징에 축약된 성장의 곤경은 도시 문화의 내부에서 보다 첨예하고 완전하게 체험되는 것이기 때문이다. 가변적이고 불확정적인 사회적 삶의 공간인 도시에서 사회와의 성숙한 조화를 구하는 개인의 노력은 그 중단 없는 고행의 성격을 여실히 드러낸다.

　이런 맥락에서 장정일의 『아담이 눈뜰 때』는 지금까지 적지 않은 검토와 논란이 있었음에도 불구하고 다시 읽을 가치가 있는 작품이다. 이 소설은 소년에서 청년으로 이행하는 길목에 들어선 주인공 ‘아담’이 일련의 이례적인 체험을 거쳐 세계가 가짜 낙원임을 깨닫는다는, 다시 말하여, 개인의 자기 형성과 세계에 대한 환멸의 동시적 경험이라는 성장소설에 아주 흔한 플롯을 제시하고 있으나, 그 주인공의 성격이나 정황은 종래에 우리 성장소설에서 보아온 것들과는 판이한 차이가 있다. 무엇보다도 그가 개체로서의 독립된 자아를 형성하는 과정에서 그의 가족 환경은 특별한 영향을 미치지 않는 것으로 나타난다. 그는 지하도 상가에서 청소부 노릇을 하고 있는 홀어머니의 뒷바라지로 대학 재수를 하고 있지만, 아버지 없는 가난한 집안의 아들이라는 사실이 그에게 중요한 문제로 의식되고 있지 않을뿐더러 그가 성취하는 세계 인식의 내용과도 본질적인 연관을 갖지 않는다. 이것은, 우리가 앞에서 살펴본 작품들에서처럼, 자기가 속해 있는 가족관계와 그에 따라 정해진 사회적 신원이 개인의 실존적 정황을 근본적으로 제약하고 있음을 보여주는 우리 소설의 관행적 발상과는 엄청난 거리가 있는 것이다. 아담의 자아와 세계 인식에서 중요한 학습의 계기를 이루는 것은 자기의 타고난 신원이나 환경과의 싸움이 아니라 음악, 미술, 문학과 같은 예술품의 감상이나 정보화된 지식과 관념들의 획득, 한마디로 말해서, 문화 경험이다. 아담의 이야기에서 록 음악을 비롯한 문화적 텍스트들을 소비하거나 그러한 텍스트들에 비추어 현실을 규정하는 행동은 일일이 예거하기 불가능할 만큼 높은 빈도를 보이고 있을 뿐만 아니라 그에게 발견과 각성을 가져다 준 특별한 사건으로 등장하고 있다. 그런 점에서 아담이 생활하는 주요 공간 중의 하나가 ‘도서관’이라는 것은 하찮은 우연이 아니다. 그것은 아담의 성장을 둘러싼 특수한 정황, 즉 가족적·지역적·사회적 관계를 넘어 보편적으로 공유하는 문화의 획득과 경험이 사람들 각자의 내면적 성장을 결정적으로 좌우하고 있는 정황을 표시하는 것이다.

　이러한 보편적 문화와의 접촉 속에서 진행되는 인간 성장은 특정 가족·지역·집단의 역사적 경험에 참여함으로써 개인적 정체성을 확보하는 인간 성장과는 성질상 많은 차이가 있다. 보편적 문화는 특정한 연고나 관계에 국한되지 않는 인간 현실의 표상들을 제공하며, 또한 그러한 표상들을 가지고 자기가 살아가는 세계를 능동적으로 구성하게 한다. 보편적 문화의 습득을 통해 개인은 자기의 삶이 사회적·지역적으로 한정된 경험의 테두리를 넘어서는 넓은 지평 속에 있다는 것을 알게 되는 동시에 자기의 실존적 세계를 구성할 재료가 되는 무수히 많은 표상이나 지식이 자기의 재량에 맡겨져 있다는 것을 깨닫게 된다. 따라서 자유의 느낌은 보편적 문화 속에서 독립된 자아 감각을 획득한 개인의 의식에 핵심적인 것이다. 이런 맥락에서 보면 아담의 이야기 이곳저곳에서 개인의 자유의 문제가 최대의 실존적 현안으로 나타나는 것은 자연스럽다. 그의 이야기에서 가장 중요한 대목을 이루는 '가짜 낙원'의 발견은 사실, 개인을 사회 체제의 부품으로 전락시키는 무서운 메커니즘에 눈뜸으로써 촉진되고 있다. 대학입시에 낙방하여 정해진 성장의 코스에서 이탈한 결과, 그가 깨닫기 시작하는 것은 사회 체제의 재생산을 위한 인력 양성 '공장'이 되어버린 공식 교육의 타락이며, 경쟁과 순응의 압력에 의해 자연스러운 욕망과 의지를 훼손당한 젊은이들의 고통이다. 개인의 자유의지를 박탈하는 끔찍한 통제와 규율은 아담이 기성 사회 전반에서 발견한 가장 공포스러운 세력이기도 하다. 후기산업사회의 징후들을 광범위하게 보이면서 '파시스트적 가속도'의 템포를 타고 있는 것으로 규정되는 그 사회는, '탬버린 치는 남자'의 삽화가 말해주는 바 그대로, 자본에 의한 인간의 식민지화를 보다 전면적으로, 조직적으로 진행하고 있다. 개인의 자유가 말살되고 있는 상황에 대한 이러한 민감한 인식은 아담이 은선이나 현재와의 관계에서 성적 쾌락에 탐닉한다거나 저항적 록 음악에 도취한다거나 하는 이유를 설명해준다. 그것이 뜻하는 일탈의 학습 혹은 '반문화counter-culture'의 추구는 자신에게 남아 있는 자유의 느낌을 확인하고 표출하려는 안간힘의 표시가 된다.

결국, 『아담이 눈뜰 때』에서 작가가 주목하고 있는 인간 성장의 과제는 자율적인 개성의 성취에 걸려 있다. 그러나 거기에 그려진 사회는 자율적인 개인의 가능성을 극히 위태롭게 만들고 있는 것으로 보인다. 자본주의의 통제와 규율로부터 개인의 자유를 지키는 일이 근본적으로 정치적인 요구라면, 아담이 목격한 기성 정치는 그런 종류의 요구와 무연한 정치 모리배들의 각축장으로 변질된 상태이다. 1987년 대통령 선거를 통해 그 추악한 실상을 낱낱이 보여준 정치는 오히려 세상에 대한 철저한 불신과 냉소에 결정적 원인을 제공하고 있다. 이처럼 개인적 자유의 요구가 그것을 올바로 표현해줄 정치 사회를 만나지 못한 이상, 자유의 추구는 불가피하게 퇴폐의 증후를 띠게 된다. 자유의 퇴폐적인 왜곡에 대한 암시는 아담과 은선, 현재라는 인물 사이에서 전개되는 이야기에서 쉽사리 찾아진다. 아담과의 섹스로 함께 성인식을 치른 은선의 경우, 자아의 독립을 위한 모색은 시인으로 입신하려는 노력의 양상을 띤다. 고등학교 시절에는 최승자 스타일의 시를 쓰다가 대학에 들어가서는 민중시를 쓴 그녀는 명백히 '허영'에 사로잡힌 여성을 느끼게 한다. 그녀의 속물적 성격은 작중에서 실제로 조롱거리가 되고 있으나 그보다 더욱 흥미로운 것은 그녀의 변신이 내포하는 '연극적인 자아 performing self'이다. 그녀는 집체시 창작에 참여하는 동안 "주체 없는 이름과 명분만의 가속운동"에 휘말려 "진짜 나"를 잃어버렸다고 후회하듯 말하면서 새로운 시작을 결의하고 있지만, 정작 의심스러운 것은 그 "진짜 나"를 회복할 가망이 아니라 그 "진짜 나"의 실재이다. 변신할 용기가 항상 비축되어 있는 듯한 그녀의 편력은 그녀 내면의 자아가 스스로를 실현하는 발전적 과정보다는 주어진 사회적 관계에 따라 자아를 연출하는 유희의 반복에 가까운 것이다. 그런 점에서 은선과 현재의 대조는 뚜렷하다. 여고 삼년생인 현재는 사람들 사이의 관계라는 것을 철저히 불신한다. 사랑이란 타인에게 "필요해서 자신을 잠시 빌려주고 다시 되돌려받는 거"라고 말하는 그녀는 개인주의의 한 극단을 보여준다. 그녀를 강박적으로 사로잡고 있는 음악과 섹스는 모두 "순수 고독의 형식"이며, 그것의 목적은 자기 만족 외에는 없다. 자기 몰입의 쾌락에 중독된 현재의 삶은 개인적 자유를 추구하는 한 가지 방식임에 틀림없다. 순수 고독은 '주체'로 현전하는 자아의 감각을 그녀의 내면에 증폭시킴으로써 현실적으로는 가능하지 않은 자유의 세계를 상상하게 해주는 것이다. 그러나 극단의 자기 몰입이 그녀에게 삶을 스스로 주재(主宰)하는 능력을 가져다 주지는 않는다. 방종한 생활 끝에 호스테스로 전락하고 마침내 자살한 그녀의 행적은 모든 윤리적·사회적 관계와 절연된 자기 탐닉이 그녀의 자아를 충실하게 길러주기는커녕 오히려 그것의 공허함을 절감케 했다는 것을 암시하는 것이다.

은선의 이력에서 발견되는 변신의 유희나 현재의 행동에서 읽게 되는 공허한 자아는 비록 표출된 양상은 서로 다르지만, 자아의 발전과 괴리된 개인적 자유 추구의 병리학적 특성을 공통적으로 보여준다. 그것은 간단히 말해 나르시시즘이다. 그들의 언표나 행동을 살펴보면, 나르시시즘적 퍼스낼리티의 특징들 — 자아에의 격심한 몰두, 타인의 선망과 찬사를 탐하는 욕망, 사랑과 우정 같은 사인적 관계에서의 불능, 인생을 연극처럼 사는 퍼포먼스, 삶의 공허함에 대한 극도의 민감성 등등의 기미가 적지 않게 엿보인다. 이러한 나르시시즘의 증후들은 당연히 그들의 삶을 내면적 성장으로 보지 못하게 한다. 여기서 문제는 아담이다. 그는 은선, 현재를 포함한 여러 사람들을 체험함으로써, 그리고 그 체험으로부터 얻은 각성에 힘입어 자율적인 삶의 길을 찾아가는 것으로 그려지고 있다. 인간을 타락과 복종으로 몰아넣는 가속도의 세계에 살고 있음을 깨닫고, 그 "가속도에 브레이크를 걸기" 위해, 출세의 길 대신에 문학의 길을 선택한다는 것은 그가 서술하고 있는 자기 형성의 줄거리이다. 아담을 은선이나 현재와 구별되게 하는 성격적 특징이 있다면, 그것은 그가 "주체적인" 삶에 대한 열정을 포기하지 않는다는 것이다. 그의 주체적 삶의 모색은 구체적으로는 "창조의 아픔"을 누리려는 시도로 나타난다. 그가 대학을 포기하고 문학을 선택한 동기 중에는 스스로를 창조적인 인간으로 세우려는 실존적 기획이 있다. 그러나 그가 꿈꾸는 창조성의 실현이 나르시시즘적 충족과 확연히 다른 것인가는 의문이다. 여기에 대해서는, 다른 것은 모두 차치하고, 그가 진학을 포기하고 서울을 떠나는 길에 창녀의 위무를 받는 장면이 뭔가를 말해 줄 것이다. 그가 갑자기 사정 불능이 되어 곤욕을 치르는 그 장면에서 그의 남성적 생식력에 일어난 변고는 서울로 대표되는 기성 체제가 그의 창조적인 자기 실현에 침해를 가하고 있음을 상징적으로 보여준다. 그러나 생식력과 창조성을 등치시킨 그 비유에서 우리는 또한 그의 창조성에 대한 집착이 자아를 '발기' 시키려는 욕망, 즉 타인들의 시선 앞에 권위 있는 존재로 서려고 하는 나르시시즘적 욕망과 통한다는 것을 읽어낼 수 있다. 창녀의 이례적인 호의가 마치 어머니의 자애로운 보살핌처럼 그에게 느껴지고 있는 대목에 이르면, 그의 성격의 나르시시즘적 구조—자아의 위세와 매력에 집착하면서 아울러 타인의 정서적 시혜에 의존하는 성격 구조가 뚜렷이 드러난다. 따라서 그가 내보인 문학도의 결의는 자기 형성의 플롯으로 위장된 자기 현시적 욕망 선언과 크게 다르지 않다는 추측도 가능하다.

『아담이 눈뜰 때』는 도시의 보편적 문화라는 새롭게 조성된 개인적 삶의 조건에 주목하고 있는 것과 비례하여, 이전의 소설에서 보았던 성장의 서사와는 아주 다른 방식으로 개인 성장의 문제를 인식하고 있다. 편모슬하의 상황은 여전히 반복되고 있으나 그것이 성장의 주체에게 갖는 의의는 판이하다. 아버지의 부재는 이제 개인의 자기 함양에 필요한 물질적·문화적 보호의 결핍을 뜻하는 것이 아니라 보편적 문화 속에서 개인이 누리는 추상적 자유와 은유적 연관을 맺고 있는 것이다. 특히, 『아담이 눈뜰 때』가 내포하는 기독교 창세기 신화의 인유를 감안하여 읽으면, 부성이란 오히려 개인적 자유를 말살하는 폭력적인 체제와 동일한 것이다. 낙원의 허구성을 깨닫고 창조적인 남성이 되기를 선택한 아담의 이야기에서 부재하는 동시에 편재하는 아버지와의 싸움은 그의 개인적 성장에 가장 중요한 동기를 이룬다. 아버지의 전면적 부정에 기초하여 있는 만큼, 그가 나르시시즘에 걸려 있는 것은 불가피하기도 하다. 그러나 나르시시즘이 개인의 자기 성장에 미치는 기형화의 영향은 의심할 여지가 없는 것이다. 역사적 경험에서 단절되고, 사회적 관계에서 고립되어 있을 뿐만 아니라 그러한 상태에 흔연히 자족하고 있는 개인에게 발전적으로 이루어지는 자아 성장은 무망한 기대이다. 나르시시즘적 개인이 추구하는 자아의 변화, 작중의 표현을 빌리면, '존재의 전이'는 우발적인 이벤트와 불확실한 투기에서 벗어날 길이 없다. 그것은 개인에게 다가오는 가동적인 삶의 순간에 민감하지만, 그만큼 그의 삶은 서로 단절된 경험들의 파편과 흡사한 것일 수밖에 없다. 장정일의 『너에게 나를 보낸다』를 읽은 사람이라면, 이러한 나르시시즘적 개인의 성장이 구체적으로 어떤 형상인가를 어렵지 않게 짐작할 것이다. 가난한 여공이 인기 모델이 되고 은행 직원이 소설가로 성공하는 식의 인생유전이 그것이다. 사회적 신원이 고정되어 있지 않은 삶의 가능성은 나르시시스트에게는 확실히 매혹적인 것이다. 그러나 나르시시스트의 인생유전은 스릴은 있어도 의미는 없다. 그것은 현대사회가 사람들 사이에 풀어놓는 가동성의 자유를 최대한 만끽하지만 가동적인 삶의 정당성에 관해 고민하게 하지는 않는다. 그것은 인간 성장의 문제를, 그것에 얽혀 있는 모든 정치적·이념적·경제적 맥락을 떠나서 인식하도록 유도하는 것이다. 속물들의 입지전적 출세담이 성장소설에 대한 모욕이라면, 사인적 자유를 구가하는 나르시시스트의 모험담은 성장소설의 추문화된 형태이다.

5

프랑코 모레티가 그의 교양소설론 『세상살이』에서 지적하고 있듯이, 교양소설 혹은 성장소설은 모더니티의 경험에 발생론적 기원을 두고 있는 장르이다. 연고에 따른 역할의 세습이 사람의 일생을 지배하는 정태적인 공동체 사회에서 개인의 성장은 그리 곤란한 문제가 되지 않는다. 어른이란 어떤 존재인가를 알려주는 확실한 모형이 이미 주어져 있으며, 설사 그것을 모방하는 데에 실패한다고 하더라도 '어른답지 못한 철부지'라는 낙인 이상의 고통을 겪지는 않는다. 그러나 모더니티의 성립과 더불어, 사회적·지리적 이동의 에너지가 사회 전반에 침투하고, 삶을 스스로 기획하고 추구하는 자율적 능력이 개인에게 필연이자 당위가 되면서 성장은 비로소 문제적인 성격을 띤다. 이제 어른이 되기 위한 학습은 유혹과 기회로 충만한 불확실한 세계 속에서 자아를 발견하는 일로부터 시작되고, 자신의 신원과 소속을 스스로 창출해야 하며, 그러지 못하면 영원히 익명적 인간의 수치를 안게 된다는 압력 아래 진행된다. 그래서 자기에게 확고한 개인적·사회적 정체성이 없다는 불안감, 끊임없이 자아 갱신과 상승을 원하는 초조감은 근절되지 않는 숙환처럼 근대적 개인을 괴롭힌다. 내면에 불안과 초조를 감추고 유랑과 투기의 길을 가는 근대인의 보편적 경험은 유럽 근대소설에서 이채로운 인간 형상을 낳았다. 업둥이, 사생아, 돌팔이, 벼락부자, 부랑자 등이 바로 그것이다. 그러한 인물들의 착잡한 내면과 고단한 편력은 그것 자체로 모더니티에 특징적인 역동성과 가변성의 이미지를 구성하는 동시에 거기에 담긴 삶의 목가와 비가, 희극과 비극을 극명하게 보여준다. 그런 점에서 유럽의 교양소설, 혹은 성장소설을 '모더니티의 상징적 형식'이라고 보는 모레티의 주장은 확실히 일리가 있다.

그러면 한국의 성장소설은 어떠한가. 한국은 유럽과는 다른 조건에서, 다른 방식으로 모더니티를 경험한 만큼, 한국의 성장소설은 유럽의 그것과 상이한 양상을 보일 수밖에 없다. 이를테면, 한국이 경험한 모더니티는 전근대사회 내부의 자기 갱신의 움직임으로부터 자라나온 것이 아닐뿐더러 제국주의 외세의 압력으로 인한 해체와 파괴에 수반된 것이어서, 한국소설은 전반적으로 모더니티의 경험에서 개인적·집단적 재앙을 찾아내는 데는 열심이지만 그것의 해방적이고 혁신적인 효력에 대해서는 소홀한 경향이 있다. 이러한 모더니티 인식에 있어서의 편향은 개인의 자아 성장과 사회 체험의 이야기가 유럽 성장소설에서 보는 바와 같은 규모와 밀도를 갖지 못하게 한다. '거대한 가망Great Expectations'과 '잃어버린 환상Illusions Perdues' 사이에서 전개되는 도전와 좌절, 상승과 몰락의 대로망을 한국소설에서는 만나기 어려운 것이다. 그러나, 그렇다고 해서, 한국 성장소설이 모더니티가 개인에게 초래한 성장의 과제에 대해 침묵하고 있는 것은 아니다. 앞에서 주목한 편모슬하의 상황은 그것이 각각의 작품들 속에서 갖는 특수한 사정들을 넘어서, 모더니티의 충격에 의해 새롭게 형성된 개인 성장의 환경을 암암리에 표상한다. 한국사회의 문화적 관습에 비추어보면, 편모슬하란 주어진 신원에 자족하기 불가능한, 자아 발전을 위한 모색이 삶의 정언이 되어버린 상황을 대표하는 것이 아닌가. 편모슬하가 뜻하는 결핍은 젊은이로 하여금 괴로운 자의식에 빠져들게 하고, 허영과 모험을 무릅쓰게 하는 모든 욕망의 원점과 다를 바가 없다. 『고기잡이』는 사람들 사이에서 순진한 유대가 사라지고 더불어 정의와 질서의 원리도 사라진 세상을 만나 그것에 적응해가는 소년의 체험을 이야기하고, 『너에게 가마』는 자신의 타고난 신원과 씨름하며 보다 넓은 사회적 공간 속에서 자아 발전의 방향을 찾아가는 젊은이의 방황을 기록하고, 『아담이 눈뜰 때』는 보편적 문화의 경험으로 자기의 세계를 스스로 구성하는 나르시시스트의 행로를 제시한다. 이러한 작품들에서 자기 부정, 혹은 자기 초월을 꿈꾸는 주인공들은 분명히 근대적 개인의 욕망을 알고 있다.

그러나 그들의 이야기는 모더니티를 조건으로 하는 개인의 성장에 관한 탐구로서는 만족스럽지 못하다. 『고기잡이』는 타락한, 혼돈된 세상에 대한 소년의 각성을 서술하는 데에 주력하고 그가 어떤 사회적 관계 속에 자리잡는지를 보여주지 못한다. 『너에게 가마』는 개인과 사회의 조화를, 떠나온 고향에 대한 긍정이라는, 근본적으로 퇴행적인 방식으로 성취하는 지점에서 이야기를 끝낸다. 『아담이 눈뜰 때』는 사인적 삶의 영역에 고립된 나르시시즘적 자기 현시로 인간 성장의 문제를 축소한다. 이러한 약점은, 간단히 말하면, 한국 성장소설이 근대적 개인의 자아 발전을 이야기하면서도 자아 발전에 필요한 인간사회의 형식은 제대로 탐구하지 않았다는 것을 뜻한다. 근대적 개인의 자유가 타고난 연고와 신분의 속박에서 벗어날 자유일 뿐만 아니라 새로운 사회적 연합의 형식을 창출할 자유이기도 하다는 것은 모더니티의 역사가 수많은 정치적 실험의 사례를 통해 일깨워준 사실이다. 물론, 모더니티의 조건하에서는 어떠한 사회적 연합의 형식도 잠정적일 수밖에 없으며, 개인에게 확고한 소속을 제공한다고 주장하지는 못한다. 역사적 기억의 상실, 관료주의 체제, 대중매체와 대중소비, 전 지구적 문화 등과 같은 근대적—탈근대적 경험과 제도 속에서 『아담이 눈뜰 때』가 예시하고 있는 바와 같은 나르시시즘적 자아 왜곡에 면역되기란 쉽지 않은 일이다. 그럼에도, 그것이 비록 실패의 연속일지라도, 사회적 제휴를 향한 탐색은 근대적 개인이 스스로를 넘어서는 데에, 스스로를 자율적인 존재로 실현하는 데에 필수적인 과정임에 틀림없다. 그런 점에서 인간사회를 기성품적인, 근본적으로 불변적인 세계로 가정하고, 자아 발전을 개인 내면의 사건처럼 처리하는 것은 근대적 개인의 자유와 곤경에 철저한 성장소설이 되지 못한다. 사인적 삶의 일화들이 나름대로의 명분을 가지고 성행하는 것이 요즘 시대이긴 해도, 개인의 자아 발전과 사회적 제휴의 창출이 별개의 것이 아니라는 지혜는 섣불리 철회할 수 없는 것이다. 지금까지 한국소설은 편모슬하의 고행에 관해서 많은 이야기를 들려주었지만, 그것은 아직 못다 한 숙제로 남아 있다.

(『문학과사회』 1996년 여름호)

여성소설과 전설의 우물

1

　문학은 동서양을 막론하고 오랜 역사가 있는 어휘이지만, 오늘날 통용되고 있는 문학 개념은 근대라는 세계사적 경험과 불가분의 관계에 있다. 창조적이고 상상적인 글, 미적 자율성을 갖는 글이라는 의미에서의 문학은 근대 서양에서 부르주아 계급의 정치적·문화적 패권을 배경으로 지식과 담론이 새롭게 편성되는 과정에서 창안된 것이다. 레이먼드 윌리엄즈의 독자라면 창조적·상상적 저작으로 특수화된 문학은 적어도 18세기 이전에는 존재하지 않았다는 것을 납득할 것이다. 문학이 이처럼 근대의 발명이라는 사실을 감안한다면, 생물이 환경에 적응하여 생존하면서 새로운 형질을 획득하듯이, 그것이 근대의 독특한 규범이나 가치를 스스로 구현하고 있는 현상은 별로 놀라운 일이 아니다. 문학의 근대적인 에토스는 무엇보다도, 폭발적인 사회적·지리적 이동을 일으켜 보편적이고 추상적인 사회적 관계를 창출하는 근대사회의 동력학을 문학 또한 닮고 있다는 데서 찾아진다. 근대사회가 자본주의 시장의 전 지구적 지배를 바탕으로 언어적·지리적·계층적·민족적 경계를 넘어서는 삶을 가능케 만든 것과 마찬가지로, 문학은 특수한 언어나 문화에 국한되지 않는 의미와 가치의 영역을 사람들에게 열어준다. 문학적 세련이 사람을 천부적 기원에서 떼어내고 인습과 미신의 협착한 세계로부터 자유롭게 한다는 믿음이 계몽주의 이래 문학의 중요한 동력이 되어왔음은 새삼스레 부연할 필요가 없을 것이다. 동서양 근대문학사는 고향과 신분과 국적을 불문에 부치는 문학의 제국을 기꺼이 자신의 조국으로 삼았던 부랑자·망명자·이민자들의 방명록과 다를 바 없지 않은가. 맑스가 근대 부르주아 사회의 해체적·발전적 동력학에 힙입어 비로소 '세계문학'이 성립되었다고 말한 것과 같은 맥락에서, 우리는 문학이 보편화의 근대적 지향을 내면화함으로써 오늘날의 그것이 되었다고 말할 수 있다.

　문학의 보편성에 대한 믿음은 문화의 모든 영역에서 탈근대적 전회가 관찰되고 주장되고 있는 요즘에도 쉽사리 잊지 못할 근대의 은혜이다. 다국적 문화 생산과 소비가 종래에 보지 못한 활기를 띠고 있는 지금은 오히려 문학적 보편의 이념이 훨씬 강화되고 있는 실정이다. 그러나 근대사회의 진전과 더불어 문학이 보편성 실현의 과정을 순차적으로 밟아왔다고 한다면 그것은 아마도 지나치게 순진한 진화론적 서사일 것이다. 문학이 실상은 진정한 보편의 이념에 역행했다는 것, 통제적이고 억압적인 권력과 공모했다는 것은 근대 비판의 격랑을 타고 있는 여러 갈래의 문학정치학이 우리에게 끊임없이 상기시키고 있는 사실이다. 특히 페미니즘 비평의 축적과 더불어, 문학의 보편화 지향을 액면 그대로 수긍하기는 불가능하게 되었다. 근대문학이 인간 보편의 의미와 가치들을 추구하고 함양한다는 명분 아래 실제로는 문학을 철저하게 남성 권력의 기구로 삼아왔다는 것은 페미니즘 비평가들이 열성을 다해 실증하여 이제는 누구도 외면하기 어려운 문학의 거대한 추문이 되었다. 예컨대,『다락방의 미친 여자』(1979)에서 샌드라 길버트와 수잔 구바는 문학 창조에 관한 기존의 통설들에 남성의 문학 독점을 보증하는 담론이 잠복되어 있음을 확인하는 가운데 문학의 가부장제 비판의 한 전범을 보여주었다. 그들이 전통적인 문학론에서 찾아낸 것은 문학을 남성적인 능력, 무엇보다도 생식력의 신비로운 현현으로 간주하고, 그럼으로써 문학에 대한 소유와 통제의 특권을 남성에 한해 인정하는 논리이다. '펜'과 '페니스'의 은유적 일치가 관철되고 있는 그러한 담론은 자연히 여성에게 존재하는 문학적 창조성을 부정하고 여성의 저작을 주변으로 몰아내는 문학 체제를 성립시킨다. 그들의 주장에 따르면, 문학은 여성에 대한 남성의 정치적 지배를 정당화하는 방식으로 인식되고 실천됨으로써 그 자체로 가부장제의 문화적 기구가 되어온 셈이다.

페미니즘 비평가들이 말하는 문학의 가부장제가 실제로 문학 제도에서 어떻게 작용해왔는가는 많은 조사를 요하는 문제이지만, 문학을 둘러싼 이론적·비평적 작업들이 문학을 본질적으로 남성들의 사업으로 여기게 만드는 기능을 해왔다는 것은 허다한 물증이 있는 사실이다. 여성의 창조성을 부정하는 효과를 갖는, 다시 말해 여성의 경험과 문화에 담긴 문학적 가능성을 부정하는 효과를 갖는 관념들이 문학이론과 비평에서 논란의 여지 없이 당연하다는 듯이 전제되는 사례를 우리는 종종 발견한다. 의심 많은 독자라면 한동안 문학이론의 바이블처럼 읽힌 루카치의『소설의 이론』을 다시 펼쳐보는 것도 좋을 것이다. 거기에서 소설은 서사시가 재현한 삶의 전체성에 대하여 선험적인 향수를 품고 있어서 그것이 부재하는 현실에 처해 있음에도 불구하고 그것의 실현을 보고자 열망하는 서사 형식이라고 규정되고 있다. 소설의 그러한 서사시적 정신을 체현한 주인공의 문제적인 행동은 "나는 내 영혼을 입증하기 위해 길을 나선다"는, 적절히 인용된 브라우닝의 구절이 말해주듯이 기본적으로 '탐색quest'의 성격을 가지고 있다. 루카치의 논의에서 신화적 영웅들의 모험과 진배없는 웅장함과 치열함을 띠고 나타나는 그 형이상학적 탐색은 남성적인 삶의 관습적 이미지를 떠올리게 한다. 존재와 당위의 거리를 인정하지 않고 자신의 영혼이 원하는 삶의 의미를 찾아가는 주인공의 행동은 생존의 여건을 넘어서는 추구와 투쟁과 성취의 과정으로 이루어진 남성성의 세계를 연상시키는 것이다. 탐색이라는 행동 자체가 실은 남성성과 여성성의 문화적 분절에서 생겨난, 모든 남성적 역할에 대한 일종의 환유에 해당하는 것이다. 루카치가 규정한 소설의 세계에서 여성적인 경험, 이를테면 집안에서의 일상적 노동과 같은 여성들의 경험은 진지한 표현을 얻을 자리가 없다. 그것은 철저하게 배제되지 않는다면 고작해야 주인공이 펼치는 남성적 탐색의 흐릿한 배경을 이룰 뿐이다. 그러므로, 루카치가 '소설은 성숙한 남성의 형식'이라는 정의를 내리고 있는 것은 그의 논법으로서는 필연적인 수사학적 귀착이다. 소설의 철학적 본질을 정의하는 루카치의 담론이 비록 남성중심적이라고 해서 계발적 가치마저 잃어버리는 것은 아닐 테지만, 그것이 여성적 경험에 잠재된 소설의 가능성을 부정하는 방식으로 소설의 보편을 규정하고 있다는 것은 명백하다.

최근 들어 한국문학에서는 여성작가들의 약진이라고 부를 만한 현상이 눈에 띄게 나타나고 있다. 60대에서 20대에 이르는 여러 세대에 걸쳐 숫자상으로도 급증을 보인 현역 여성작가들은 다산성을 자랑하는 작가군을 형성하면서 한국문학 전체에 상당한 활기를 불어넣고 있다. 그들 중에는 문학 시장에서 각별한 인기를 누리면서 작가적 역량 또한 인정받고 있는 사람들이 적지 않다. 베스트셀러 목록에 여성작가들의 소설이 진입했다거나 소설 부문 주요 문학상들이 여성에게 돌아갔다거나 하는 일이 이제는 조금도 신선한 사건이 아니다. 이러한 여성작가들의 활약이 무엇을 의미하는가는 관점 여하에 따라서 당연히 달라질 것이다. 그들의 소설은 90년대 우리 문학 안팎의 형세와 관련하여 쟁점을 제공하기에 충분한 특징들을 보여주고 있어서, 그것을 소설의 사사화(私事化)와 결부시켜 비판하거나 문학적 변별성의 회복이라는 측면에서 지원하는, 혹은 서사의 정신이 약화된 일종의 문학적 인상주의로 규정하거나 거대 이념의 제약에서 벗어난 체험적 진실의 탐구로 인정하는 식의 논란은 예상하고도 남는다. 그러나 있을 법한 시비를 젖혀두면, 여성작가들의 소설이 메타서사의 권위 때문이었든, 리얼리즘의 압력 때문이었든 간에 종전의 한국문학이 제대로 표현하지 못한 많은 경험들에 새로운 출구를 열어주고 있다는 것은 인정할 만한 일이다. 무엇보다도 여성적인 삶의 내밀한 양상들이 솔직하고 정련된 표현을 만나게 해준 것은 90년대 여성소설이 이룩한 특히 뚜렷한 성과에 속한다. 여성작가들의 작업 덕택에 노출된 여성적 삶이라면 『무소의 뿔처럼 혼자서 가라』가 선정적으로 고발하고 있는 바와 같은 여성에 대한 억압과 차별의 원통한 현실부터 떠올리는 사람이 있을지 모르겠다. 하지만, 최근의 여성소설에 표출된 여성적 경험은 반드시 성의 정치에 국한되지 않는 넓은 저변을 가지고 있다. 앞으로 살펴보고자 하는 『깊은 슬픔』과 『길 위의 집』 같은 작품들은 오랜 세월을 거치며 형성된 여성 특유의 문화, 그것 속에서 길러진 감성과 의식을 그들 나름의 방식으로 드러내고 있으며, 나아가서는 여성 문화 속에 잠재된 문학적 창조성이 무엇인가를 돌이켜 생각하게 한다. 그것들은 페미니즘의 강령과는 별로 관계가 없는, 그것에 비추어보면 오히려 미흡할지도 모를 작품이지만, 우리는 문학에 대한 남성중심적 담론들이 간과하거나 배제하기 십상인 여성문학의 흥미로운 가능성을 오히려 거기에서 발견할 수 있다.

2

　현역 여성작가 중에서는 신경숙만큼 자신이 지은 소설이 여성의 작품임을 끊임없이 의식하게 만드는 작가도 없다. 그녀의 소설은 인물에서 문체에 이르는 소설의 모든 국면에서 여성들의 독특한 경험과 문화를 상기시킨다. 그녀의 소설에 어떤 지배적인 모럴이 있다면 그것은 여성의 모럴이라고 말할 수밖에 없는 종류의 것이다. 신경숙에 대한, 길이는 짧지만 통찰력 있는 에세이에서 장정일은 그녀의 소설에 등장하는 여성들이 가부장 사회의 도덕에 부합되는 여성적 특징을 가지고 있다는 점에 주목한 적이 있다. 신경숙 소설의 여성화자나 여성인물들에게서는 남성들이 일반적으로, 무반성적으로, '여성다움'이라고 간주하는 성격이나 행동 양식이 빈번하게 나타날 뿐만 아니라 때로는 깊은 공감과 애정에 실려 표현되기도 한다. 그들은 수동성, 민감함, 섬세함, 모성, 감정 등과 같은, 통념화된 여성적 자질을 잊기 힘들 만큼 생생하고 풍부하게 보여주고 있다. 재래의 농촌 어머니들에서 도시의 젊은 여성들에 이르기까지 모두 그러하다. 그러한 여성적 자질은, 이미 많은 페미니스트들이 지적했듯이, 여성들이 자연으로부터 획득한 운명적 형질이 아니라 가부장 문화의 전통 속에서 형성되고 정착된 의미 분절의 결과이다. 그것은 능동성, 분별성, 대담성, 부성, 이성 등의 남성적 자질과 대립관계를 이루면서 동시에 그러한 남성적 자질의 결여 혹은 부정이라는 의미를 갖는다. 우리는 그러한 여성적 자질 속에서 여성에 대한 남성의 욕망이 투사된 타자성, 궁극적으로 여성에 대한 억압과 통제의 권력을 남성에게 확보해주는 타자성의 이미지를 찾아볼 수 있다. 그것은 말하자면 가부장제적 의미 체계 내부에 자리잡은 여성성의 계열체를 이루고 있는 것이다. 그런 점에서 보면 신경숙의 소설은 장정일이 은근히 암시하고 있듯이 가부장제적 통념을 흔들기는커녕 그것을 오히려 온존시키는 역할을 하고 있는 것이 아닌가 하는 비판이 가능하다. 그녀의 소설을 읽으면서 자신이 보고 싶은 여성을 보았다는 안도와 충족의 느낌을 갖는 남성 독자들은 추측건대 그리 적지 않을 것이다.

그러나 신경숙의 소설이 가부장제에 대해서 어떤 기능을 하는가는 거기에 표현된 여성적 자질을 그 자체로 고립시켜 바라보아서는 해명하기 어렵다. 그 여성적 특징이 작품 전체와 어떤 관련을 맺고 있는가, 작품 전체의 구조 속에서 어떤 은유적·환유적 기능을 하는가를 제대로 살피지 못했다면 신경숙 소설의, 이를테면 정치적 과오에 대한 어떠한 비판도 의미가 없다. 특히 우리는 이데올로기 비판을 즐기는 사람들이 흔히 빠지기 쉬운 오류가 신경숙 소설의 독법에서도 저질러지기 쉽다는 것을 염두에 두어야 한다. 남성성/여성성의 가부장제적 이분법에서 벗어나 여성을 이야기하기가 과연 그렇게 용이한가. 가부장제적 담론의 '바깥'이 정녕 그렇게 자명한가. 여성들은 남성들의 나르시시즘적이고 여성혐오적인 담론들로 인하여 그들 자신의 경험으로부터 소외되어 있을 뿐만 아니라, 그 경험을 표현하는 데에 필요한 그들 자신의 언어로부터도 소외되어 있지 아니한가? 순진한 여성작가들은 남성들의 폭력에 대항하는 여성을 그려냄으로써 여성의 진실을 올바로 보여줄 수 있다고 생각하는 버릇이 있다. 그러나 그런 종류의 투쟁하는 여성의 이미지란 결국 남성중심적 담론들이 남성적이라 규정한 속성들을 고스란히 베낀 것에 불과하며, 따라서 여성의 자기로부터의 소외를 여전히 반복할 따름이다. 모든 이데올로기가 삶의 현실의 상상적 표상들을 제공함으로써 삶의 의미 있는 실행에 개입하는 것과 마찬가지로 가부장제적·남성중심적 담론들은 여성적 경험에서 의미를 찾아내는 방식을 기본적으로 결정한다. 그것들은 여성에 대해 말하는 문학적 작업에 대해서 일종의 이데올로기적 자료가 되는 것이다. 여성소설에 어떤 해방적인 기능이 있다면 그것은 일차적으로 남성중심적 담론을 가공하고 변형하는 과정을 통해서 그것에 의해 배제되거나 억압되거나 왜곡된 여성의 경험이 무엇인가를 인지하게 하는 일로부터 시작된다. 신경숙의 『깊은 슬픔』은 물론 그러한 해방적·계몽적 의도가 보이는 작품은 아니지만 관습적인 여성 이미지의 소설적 가공이라는 측면에서 새롭게 읽을 여지가 많다.

『깊은 슬픔』의 주인공 은서에게 존재하는 관습적인 여성 이미지는, 예를 들면, 그녀가 화실에 나가 있는 남편 세를 위해 점심 도시락을 만드는 장면 같은 데서 쉽게 찾아볼 수 있다. 남편이나 가족의 식사를 준비하는 일은 가정주부의 일상적인 노동에 속하는 만큼 그것이 결혼한 은서의 일상에 대한 묘사 속에 등장하는 것은 조금도 이상한 일이 아니지만, 작품에서 그것은 은서의 정황을 나타내주는 정보 이상의 역할을 한다. 꼼꼼한 독자라면 『깊은 슬픔』에는 음식을 만들거나 끼니를 챙겨주는 여성들의 행동이 자주 나오고 그것도 상당히 구체적인 묘사를 동반한다는 것을 흥미롭게 보았을 것이다. 도시락을 만드는 장면 같은 데서 느끼게 되는 것은 가족을 먹이고 살리는 노동에 익숙할 뿐만 아니라 그것을 소중히 여기는 어떤 의식이다. 도시락 장면의 한 대목은 이렇다. "은서는 프라이팬이 올라가 있는 가스레인지에 불을 켰다. 달구어진 프라이팬에 물을 꼭 짜놓은 토란대를 넣고, 새우와 조갯살을, 마늘과 붉은 고추를 넣었다. 조선간장으로 간을 하고 들깨즙을 붓고 국물이 자작자작하게 볶는데 부엌이 금세 들깨 냄새로 가득 찼다. 토란대는 미리 삶아 익혀놓고 있다가 나중에 새우와 조갯살을 넣고 볶아 식혀내라, 던 시어머니의 목소리가 또 따라붙었다. 다른 건 몰라도 토란대 나물은 식혀서 먹어라, 뜨거울 때보다는 차가울 때가 더 고소하거든." 남성작가라면 지나쳐버리기 쉬울 요리의 세목들을 살려서, 게다가 여성들이 친숙한 요리법 어휘들을 능란하게 구사하여 묘사하고 있는 이러한 대목에서 요리는 깊은 정성과 애정이 담긴 살림의 표상으로 나타난다. 시어머니가 일러준 조리법을 떠올리며 남편을 위해 음식을 만드는 은서의 행동은 대대로 반복되는 가사노동 속에서 여성들이 길러내고 전수한 덕목인 모성적인 배려와 하나가 된다.

은서의 모성적 이미지는 그녀가 다른 인물들과의 관계에서 보여주는 행동에서도 특징적으로 나타난다. 남동생 이수나 이웃의 여성 화연과의 관계에서 특히 그러하다. 동생과의 전화 통화에서 애잔한 인정이 묻어나는 대화를 나눈다거나, 밤늦도록 그와 한 방에서 다정한 교감의 시간을 보낸다거나, 입대하는 그를 배웅하기 위해 폭설이 내린 길을 동행한다거나 하는 그녀의 행동은 우리가 아는 누나-동생의 일반적인 관계에서보다는 훨씬 절절한 정감을 띠고 있는 것이다. 그녀가 고향에 외롭게 남아 있는 동생에게 보여주는 깊은 연민과 동정은 불우한 아들의 처지를 자신의 운명으로 여기는 어머니의 태도와 방불하다. 그러한 모성적 동일시는 은서가 화연과 맺고 있는 끈끈한 정서적 유대 속에서도 발견된다. 불행한 사랑의 이력을 가지고 있는 화연에게 은서가 보여주는 행동은 화연과 그녀가 쌍생아적 존재인 것처럼 보이게 만들 만큼, 혹은 동성애 관계에 있다는 의혹을 불러일으킬 만큼 철저한 동일화와 헌신적인 보살핌의 특성을 갖는다. 은서가 이수, 화연과 마찬가지로 외로움에 혹독하게 시달리고 있다는 사정으로 인해서 더욱 증폭된 그러한 행동은 여성심리학자들이 '모성적 사고'라고 부르는 여성 특유의 심리를 농후하게 보여준다. 외롭고 힘없는 존재에 대해 유별난 연민을 드러내고 있는 그녀의 행동은 유약한 생명에게 '사랑으로 대기하는' 어머니의 심리를 연상시키기에 충분하다. 은서는 방송국 스크립터 직업을 가지고 있고, 여러 가지 점에서 도시 여성의 라이프 스타일을 보여주지만 그녀의 내면적 삶은 모성적 사고의 면면한 세습을 느끼게 한다.

　여기서 중요한 것은 은서가 표현하는 모성적 사랑은 그녀가 알고 있는 사랑의 유일한 형태이기도 하다는 사실이다. 그녀가 추억하는 행복한 유년의 순간들은 예외 없이 그녀의 존재가 그것을 보호해주고 양육해주는 푸근한 사랑의 기류 속에 있음을 섬세하게 감지한 체험과 긴밀하게 얽혀 있다. 그녀는 겨울날 이른 아침 새로 넣은 아궁이 불로 온기가 돌아오는 아랫목에 누워서 마당의 눈을 쓰는 아버지의 빗자루 소리, 부엌에서 아침 준비를 하는 어머니의 기척을 들었던 일을 잊지 못한다. 그렇다고 해서 그녀가 성장기에 체험한 그녀의 가족관계가 평화와 사랑으로 충만되어 있었던 것은 아니다. 어떤 이유에서였는지는 확실치 않으나 그녀의 어머니는 일시적으로 가출을 했으며 그로 인해 어머니와 진심으로 소통하는 관계가 그녀에게서 사라진 것으로 되어 있다. 어머니가 가출한 동안 그녀가 고통스럽게 겪어야 했던 외로움은 그녀의 삶에 치명적인 결과를 낳게 되는 일종의 트라우마로 남아 그녀를 괴롭힌다. 어머니에게서 버려진 자아의 충격적인 발견은 사랑을 구하는 그녀의 심리적 행동의 형태를 근본적으로 결정하고 있어서 그녀는 모성적 보살핌 속에 있는 것과 흡사한 몰아적(沒我的) 융합의 상태를 타인과의 관계에서도 원한다. 완에 대한 기묘한 사랑 속에서 그녀가 드러내고 있는 것도 실은 남성이라는 타자에 대한 욕망이기보다는 그녀의 삶에 어머니가 복원되기를 바라는 욕망이다. 완과 어머니가 어딘가 묘하게 닮았다고 하는 은서의 발언은 하찮게 지나칠 대목이 아니다. 완에 대한 그녀의 사랑은 어머니에 대한 그녀의 미련과 은유적으로 일치한다. 어머니의 일시적이나마 매정한 행동으로 인해 어긋나버린 어머니와의 관계를 복구하기 위한 노력을 대행하는 방식으로 그녀는 냉정하고 무심한 완을 그녀의 곁에 두려고 하는 것이다. 그래서 그녀는 완의 매정함이 커지면 커질수록 더욱 강렬해지는 그의 보호에 대한 기대 속에서 그를 사랑한다.

『깊은 슬픔』에서 은서의 이야기는 모성적 사랑에 대한 그녀의 집착이 남성 배우자들에게 이해되지 않음으로써 그들의 관계가 왜곡되었음을 알려준다. 완과 세가 은서에게 느끼는 사랑은 유년의 고향에 대한 그리움과 결부되어 있다. 그들은 모성적인 여인 은서에게서 떠나온 고향 이슬어지를 느끼고 자궁-고향으로의 회귀와 동일한 심리적 기제에서 은서의 사랑을 구한다. 사실, 완과 세는 은서를 사이에 두고 서로 경쟁하는 모양을 하고 있으나 일반적인 삼각관계의 이야기에서처럼 서로 대립되는 가치들을 구현하고 있지는 않다. 그들은 이슬어지의 모성에 집착하는 강도에 차이가 있을 뿐이지 은서를 갈등에 빠뜨리는 선택의 압력이 되지는 않는다. 은서가 겪는 사랑의 고통은 그들의 경쟁이 야기하는 번민에서 오는 것이 아니라 그들이 은서에게서 원초적인 안락과 평화의 표상만을, 그들이 보고 싶어하는 것만을 보고 있다는 데서 오는 것이다. 은서의 고통은 여성에게서 자신들의 욕망이 투사된 여성만을 보는 남성들의 심리가 어떻게 여성의 존재를 파괴하는가를 예시하는 것인지도 모른다. 완과 세는 고향을 잃어버린 현재의 삭막한 삶에 대한 위안을 은서와의 사랑을 통해 얻으려는 욕망에 사로잡혀 있을 따름이며, 그녀의 이슬어지는 단지 행복의 원형이 깃들인 곳만이 아니라 삶의 공포가 시작된 곳이기도 하다는 것, 그녀가 어머니의 보호를 잃어버린 외로움의 체험을 통해 삶의 근저에 열려 있는 어떤 무서운 공허함과 접촉했다는 것을 알아보지 못한다. 그녀가 도시생활의 낯설음과 두려움에 떨면서 계속 체감하는 그러한 삶의 공허함은 유년의 고향에 대한 추억으로 이겨내기에는 너무도 현실적이고 위협적이다. 그녀가 사랑이라는 이름으로 구하는 것은 고향의 환상으로 도시의 현실을 대치하는 것이 아니라 도시의 현실 속에 원초적인 행복을 복원하는 것이다. 그런 점에서 그것은 불가능한 사랑이다. 완과 세 양쪽 모두로부터 공명을 얻지 못한 사랑의 실패로 인해서 그녀는 결국 그녀의 존재를 칠흑의 어둠 속으로 빨아들이는 근본적인 공허함의 포로가 된다. 그 불가능한 사랑의 추구가 결과적으로 야기하는 참혹한 고통은 은서가 세에게서 싸늘하게 버림을 받은 이후의 장면에 인상 깊게 표현되어 있다. 그녀는 집안에 스스로 갇혀, 지독한 냄새를 풍기며 썩어가는 음식들 사이에서 늙고 병든 모습으로 변하고 마는 것이다.

『깊은 슬픔』에서 은서의 불행이 우리에게 전달하는 메시지의 요지는 인간 존재의 외로움이 내포하는 있는 근원적이고 운명적인 성격에 대한 인식이다. 존재의 외로움은 그녀에게 실로 예민하고 철저하게 감촉되고 있어서 그녀가 지은 것으로 작중에 소개된 두 편의 단편에서 명징한 표현을 보고 있을 뿐만 아니라 그녀의 일상적인 경험의 맥락 속에서도 여러 가지 일화의 형태로 이야기된다. 은서가 체험한 외로움은 그녀가 두 차례에 걸쳐 겪는 사랑의 실패를 계기로 그 운명적 성격을 뚜렷이 드러낸다. 사랑의 추구를 중심으로 하는 은서의 이야기는 사실상 존재의 불가피한 외로움을 시인하게 만드는 반복적인 체험의 형식을 가지고 있다. 사계절의 순환이라는 시간성 속에서 서술된 그녀의 이야기는 사랑의 거듭되는 실패라는 중심적 사건 외에도, 방송국 앞에서 노래를 부르는 노인의 반복된 출현과 같은, 외로움의 항상성(恒常性)을 암시하는 주변적인 사건들을 포함하고 있다. 그러한 삶의 반복적 형식은 은서 자신이 깊은 절망 속에서 인식하게 되는 무서운 진실이기도 하다. "그 자리에 고스란히 되돌아가 있다니. 그 긴 터널 같은 날들을 지나 고작 이 자리에 다시 돌아와 있다니"라고 그녀는 말한다. 그녀의 삶의 내용을 이루는 '깊은 슬픔' 이란 그래서 반복의 슬픔과 다를 바 없다. 그녀의 삶을 지배하는 슬픈 반복은 그녀의 삶이 어머니의 그것을 닮음으로써 마침내 완성된다. 그녀가 불가능한 사랑의 고통을 계속 겪는 동안 어머니에 대한 그녀의 태도에 미묘한 변화들이 생겨난다는 것을 독자들은 아마도 눈치챘을 것이다. 그녀가 비록 어머니와 극적인 화해를 하는 것은 아닐지라도, 어머니에 대한 원망은 서서히 동정과 이해로 바뀌어간다. 이야기의 후반부, 은서와 어머니의 마지막 재회가 서술된 일화의 말미에는 은서가 어머니의 발자국을 남겨진 그대로 밟으며 산길을 따라가서 산짐승들이 먹을 곡식을 사방으로 뿌리는 어머니의 행동을 지켜보는 장면이 나온다. 거기에서 우리는 은서의 모성적 이미지의 원판이라고 부를 만한 이미지가 그녀의 어머니에게 생생하게 살아 있음을 확인한다. 그러나 은서는 어머니와 같은 슬픈 모성으로 남아 있기를 거부하고 스스로 목숨을 버림으로써 반복의 운명에서 탈출한다.

자살로 생애를 마감하는 은서의 행동은 그녀가 모성의 여인임에도 불구하고 농경사회의 도덕적 관습에 안주하지 못한다는 사실을, 한마디로 도시의 여성이라는 사실을 상기시킨다. 그녀가 이수에게 남긴 유서에서 하고 있는, "너는 너 이외의 다른 것에 닿으려고 하지 말아라. 오로지 너에게 가는 일에 길을 내렴. 큰 길로 못 가면 작은 길로, 그것도 안 되면 그 밑으로라도 가서 너를 믿고 살거라"는 말은 그녀가 개인 존재의 고립을 불가역의 실존적 조건으로 수락함으로써 도시인의 개인주의에 동의하기에 이르렀음을 알려준다. 은서의 비참한 이야기는, 보다 알레고리적 확대를 해서 읽으면, 농촌의 가족과 촌락 공동체의 유기적인 삶으로부터 떨어져나와 있으면서 동시에, 낯선 사람들의 유동적인 연합이라는 도시적 삶의 관계에 제대로 적응하지 못하고 있는 현대 도시 여성의 곤경을 시사한다고 생각된다. 그러나 『깊은 슬픔』은 도시 여성의 비극이 되기에는 미흡한 구석이 많다. 무엇보다도, 작가의 관심이 외로움의 체험에 유난히 집중되어 있어서 도시 여성들의 욕구와 의식이 충분하게 드러날 가능성을 스스로 좁히고 말았다는 것을 지적하지 않을 수 없다. 외로움이 개인에게 절박한 실존적 문제임은 인정된다고 하더라도 그것에 편중된 극히 감성적인 이야기로는 여성들의 도시적 삶과 정면으로 씨름하는 장편소설의 풍격을 갖추기 어렵다. 그러나 그러한 결함에도 불구하고 『깊은 슬픔』이 여성적 경험의 소설화라는 측면에서 갖는 의의는 분명하다. 모성적 사고 양식에는 도시적 삶의 불만이 무엇에서 연유하는가, 무엇이 결핍된 결과인가를 계시해주는 중요한 인간적 가치들이 잠복되어 있음을 그것은 실증적으로 보여주고 있기 때문이다. 은서의 이야기와 더불어 개인 존재의 근원적인 불안이 두렵게 되살아났다면 그것은 어머니 문화의 창조적 전용에서 비롯된 효과이다.

3

『깊은 슬픔』에서 주요 인물들에게 회귀의 욕망을 일으키는 모성의 세계는 신경숙과 같은 여성작가들만이 아니라 남성작가들 또한 방식이 다르기는 해도 마찬가지로 주목하고 있는 여성 문화의 두드러진 속성이다. 예컨대, 윤흥길의 『에미』나 김원일의 『마당 깊은 집』 같은 소설에 그려진 어머니의 기념비적 초상은 해방 후 남성작가들이 여성들의 삶에 대한 역사적 기억의 지층 속에서 찾아낸 가장 숭고하고 신비로운 여성성을 담고 있다. 그 어머니 재발견의 소설들에서 어머니는 숱한 고통과 재앙을 겪으면서도 놀라운 희생과 인고의 노력으로 개인과 가족의 삶을 보존함으로써 역사적 격변과 사회적 동요에도 불구하고 한국사회의 존속을 가능케 해준 거대한 생명력으로 기억되고 있다. 그렇게 경건하게 그려진 모성적인 여성상은 남성들의 창조적인 역사(役事)라는 것이 실은 얼마나 광포하고 허황한 행각이었던가를 말해주는 근대 한국사의 온갖 희비극을 배경으로 숭고함의 광채를 발산한다. 그러나 모성에 대한 그런 종류의 외경은 페미니즘의 도전에 직면하여 어딘가 수상쩍다는 의심을 사기 좋게 되어버렸다. 여성들의 모성에 대해서 페미니스트들이 반드시 일치된 견해를 가지고 있는 것은 아니지만, 모성에 집중된 여성성 숭배가 여성의 역할을 남성의 통제하에 묶어두는 일종의 책략이라는 생각은 페미니즘의 유행 속에서 여성들이 획득한 정치 의식의 기본적인 내용에 속한다. 페미니즘의 주장을 떠나서도, 여성들의 개인적 독립과 자율이 사회의 발전적 변화와 맞물려 있는 작금의 상황에서는 모성을 숭배하는 낭만적 습벽이 여성성에 대한 올바른 인식과 결합되기란 쉽지 않은 일이다. 적어도, 모성적 역할과 여성의 욕망 사이에 존재하는 갈등에 대한 이해는 이제 여성성에 대한 인식에서 불가결한 전제이다. 이혜경의 소설『길 위의 집』은 그러한 여성성 인식의 방향에서 가족사의 전체적인 파악을 위한 의욕적인 시도를 보여주어 우리의 눈길을 끄는 작품이다.

『길 위의 집』에서 전개되는 이야기는 길중씨 일가의 사람들이 살아온 개인적인, 가족적인 삶의 단면들을 포괄적으로 다루고 있다. 그 일가의 법률적 주인은 명백히 길중씨이고, 그 일가의 나머지 사람들의 삶에 결정적인 영향을 미친 인물 또한 길중씨이지만, 이야기 서술은 흥미롭게도, 치매증에 걸린 어머니 윤씨가 서울에서 길을 잃고 헤매다가 가까스로 발견되어 가족들 곁으로 돌아와 있는 장면에서 시작해서 윤씨가 실종되었다는 소식을 듣고 가족들이 혼란에 빠진 장면에서 끝난다. 길중씨네 가족사의 심층적인 의미에 대해 암시하는 바가 적지 않은 것으로 보이는 이러한 서술은 우선 길중씨 일가의 존립에 심리적인 지주가 되는 인물이 길중씨가 아니라 윤씨임을 알려준다. 윤씨의 노망과 실종은 물리적인 의미에서뿐만 아니라 정신적인 의미에서도 해체된 상태에 있는 길중씨 일가의 현실에 대한 최종의 상징적 증언이라고 생각된다. 이야기가 전개되면서 드러나는 윤씨의 이력은 그녀가 전통적인 가부장제 문화에 순응한 재래의 수많은 순박한 어머니들 중의 하나임을 말해준다. 그녀는 여성 차별의 인습에 사로잡힌 아버지의 본처가 정해준 대로 가난한 일중씨네로 내쫓기듯 시집와서는, 시어머니의 학대와

72

길중씨의 폭력에 시달리면서도 자식들의 성장을 위안 삼아 묵묵히 살아온 것으로 되어 있다. 그녀가 실종된 이후 아들들이 보이는 착잡한 심경에서도 확인되듯이 그녀의 삶은 인정 깊고 희생적인 어머니의 그것이다. 그러나 윤씨에게는 자신의 성적 정체성을 스스로 증오할 만큼 가부장제 문화의 폭력을 혹독하게 겪으면서 결국은 처참하게 피폐해진 여성이 있다. 늙고 병든 윤씨의 몸을 묘사한 구절, "한때 비옥했을 배는 살가죽의 주름 몇 겹으로 남았고, 젊은 날 풍성했을 거웃은 몇 오라기의 회색털로 남아, 불가해한 느낌이었다. 출산할 때마다 무너질 듯 뒤틀렸을 골반은 그 윤곽을 적나라하게 드러냈다. 살이 없어 삭정이 같은 느낌을 주는 무릎은 은용이 세워놓자마자 피그르, 맥없이 무너졌다. 한평생을 버텨온 묵은 뼈들이, 이제 더이상 지탱하지 못하겠노라고 시위하듯이" 같은 구절은 모성의 신화로도 감추어지지 않는, 가부장제 사회에서의 여성성의 비참한 몰골을 보여준다.

『길 위의 집』에서 이야기되고 있는 길중씨 가족의 해체는 일차적으로 가부장제에 원인이 있다. 전통적으로 개인들을 가족관계 속에 통합시키는 역할을 했던 가장의 권력이 이제는 가족 통합의 심리적 기반을 결정적으로 와해시키고 있다는 것은 그것이 시사하는 현대가족사의 중요한 사실이다. 길중이라는 인물은 현대 한국사회의 노년층에서는 그리 드물지 않은 가장의 풍모를 가지고 있다. 가난한 부모 밑에서 태어나 고생 끝에 자력으로 가정을 이룬 그에게서는 전래의 가난과 전란의 폐허 속에서 가부장제의 인습이 시키는 대로 성역할을 했던 남성이 발견된다. "대장장이의 팔뚝에서 불끈불끈 솟는 근육"에 홀려서 대장간일을 시작했고, "쇳덩이가 (자기)의 의지대로 변하는 기쁨을 누렸다"는 구절이 적절히 말해주듯이 그는 전통적인 남성성을 내면화한 인물이다. 그는 자력 성공의 이력을 스스로 자랑스럽게 여기며, 가계의 영달을 위해 가장의 권위를 삼엄하게 행사한다. 그러나 그의 엄격한 통제와 간섭으로 인해 그의 아들들은 오히려 그가 바라는 '사내'와는 어긋나게 성장한다. 첫째아들 효기는 엄격한 아버지 밑에서 자란 장남이 흔히 그러하듯이 순종적이며 옹졸한 성격이 되어 일찍부터 길중씨의 눈밖에 나버린 채로 무기력한 생활을 하며, 가업을 이어받은 이후에는 늙은 길중씨에게 비열한 방식으로 박대에 대한 보복을 하기에 이른다. 사내다운 패기가 있다는 이유에서 길중씨의 은밀하고 각별한 애정을 입은 둘째아들 윤기는 보다 문제적이다. 그의 패기는 바로 길중씨의 권위에 대한 저항이라는 형태로 고착되어서, 그는 집을 뛰쳐나와 애인과의 동거를 감행하며 그것이 실패로 끝난 이후에는 인생을 탕진하는 생활에 빠져든다. 길중씨와 그의 아들들 사이에 펼쳐지는 이러한 반목과 알력은 가정을 이룸으로써 공증을 얻은 남성의 권위가 바로 그의 가족의 분열을 불러온다는, 어딘가 역설적이면서도 가족사에는 빈번한 사태를 전형적으로 예시하고 있다.

길중씨 일가의 분열된 양상은 초점을 자유롭게 이동해가며 그 일가의 사람들 개개인의 의식을 골고루 보여주는 총람적 서술에 의해서 독자들에게 실감나게 전달된다. 그러한 서술방식으로 인해 이야기의 흐름을 종잡기 힘들게 되는 경우가 가끔 있지만, 가족적 일체성의 가상 속에 존재하는 개인들의 차이와 갈등을 명확히 해주는 효과는 뚜렷하다. 그 길중씨 일가 사람들의 이야기 중에서 가족의 해체와 관련하여 주목을 요하는 것은 둘째아들 윤기와 막내인 넷째아들 인기의 것이다. 윤기는 길중씨가 가족들에게 부린 전횡, 특히 윤씨에게 가한 폭력에 대한 울분 속에서 아들 중에서는 유일하게 길중씨의 권위에 도전한다. 하지만 그의 반항에는 어머니의 부당한 피해에 대한 분노만으로는 충분히 설명되지 않는 이유가 있다. 길중씨의 공장 종업원의 응대에서 '저 팔자좋은 놈'이라는 야유를 읽고 자기 모멸에 빠진다거나 하는 데서 알 수 있듯이 그는 아버지로부터 독립하여 스스로 권위를 갖고자 하는 장성한 남성의 욕망을 품고 있는 것이다. 그러한 자아의 권위에 대한 욕망을 감안하면, 그의 열정적인 사랑이 실패로 끝나고 길중씨에게 굴복한 이후, 그가 자신을 방기하고 학대하는 것은 이해가 가는 일이다. 결혼하여 일가를 이룬 이후에도 자신의 인생을 공허함 속에 버려두는 그의 행동은 권위의 쟁취에 실패한 남성의 절망을 알려준다. 그런가 하면 인기는 윤기와는 대조적으로 자아를 위한 광포한 열정이 없고 따라서 자학과 같은 심리적 도착도 없다. 그는, 학생시위에서 느낀 폭력에 대한 공포 때문에 겉도는 대학생활을 하면서도 자신의 그러한 행동이 더욱 커다란 폭력을 불렀다고 자책하거나, 사람다운 삶을 찾아 노동자 생활을 하면서도 그것이 본래 신분이 다른 자신에게는 허위일 수밖에 없다고 괴로워하는 식으로, 어떠한 이념이나 집단에도 안주하지 못하고 부유하는 삶을 산다. 그러나 그의 서성이는 젊음은 윤기의 독기 어린 반항과 방식은 달라도 길중씨의 이력과 뚜렷한 차이가 나는 행적을 낳는다. 자식에 대해서까지 사유 관념을 배격하는 농장 공동생활에 투신하기로 작정하는 대목에서 확연히 드러나듯이, 그것은 혈연의 범위를 넘어서는 공공의 삶의 추구라는 성격을 띠는 것이다. 윤기나 인기나 모두 결국은 자신의 가족으로부터 유리된 남성의 모습을 하고 있는 셈이다.

이러한 길중씨네 아들들의 이야기에서 우리는 그것이 유신체제에서 노태우 정권에 이르는 시대의 변화를 배경으로 전개되고 있다는 사실에 유념하지 않을 수 없다. 길중씨 일가의 일화 곳곳에서는 정치사의 주요 사건들이 예사롭지 않게 환기되고 있어서 그 일가의 역사는 자연스럽게 보다 넓은 정치사회사의 맥락 속에서 읽히게 된다. 추측하건대 작가는 길중씨네의 가족사와 그것을 둘러싼 역사의 추이 사이에 어떤 평행관계를 암시하고자 했는지 모른다. 유신체제의 성립과 비슷한 시기에 길중씨가 비로소 버젓한 '집'을 마련하는 공사를 벌이고, 유신체제의 종말 이후의 혼란과 변혁의 시대를 배경으로 길중씨의 지배에서 벗어난 아들들이 서로 분산되는 행로를 밟는다는 이야기의 흐름에서, 우리는 가부장제적 권위주의의 점진적 몰락이라는 일종의 주종서사(主宗敍事, master narrative)가 가족사와 정치사 양쪽에 공통적으로 작용한다는 것을 알게 된다. 그런 점에서 이야기의 후반부에 이르러 노년의 길중씨가 포악한 가장의 풍모를 잃어버리고 회한에 잠긴 측은한 모습으로 등장하는 것은 서사의 논리상 필연적이다. 아들들이 하나같이 그의 기대를 저버린 결과로 크게 낙심해 있을 뿐만 아니라 스스로 자랑스럽게 여기던 성취의 이력이 허무하게 끝났음을 인정하는 그는 가부장적 권위의 쓸쓸하고 무력한 말로를 보여준다. 길중씨의 이러한 비애로운 노년 외에, 인기의 유전(流轉)하는 삶의 역정 또한 권위주의의 몰락을 알려주는 확실한 증표가 된다. 출판사 사원에서 방직공장 노동자로, 잡지사 기자에서 집단농장 농부로 전전하는 그의 역정은 엄격한 서열사회가 다원적이고 분산적인 사회로 대치되어가는 전환의 와중에서 젊은 이가 겪는 방황을 예시하는 것이다.

길중씨네 가족사를 관통하는 가부장제적 권위주의의 성장-분열-해체의 발전적인 플롯에서 우리는 현대 한국인의 삶을 전체적으로 인식하게 해주는 그럴듯한 형식을 만난다. 하지만 그것이 어디까지나 길중씨네 가족 중에서도 남성들의 행동으로부터 구성되는 플롯이라는 점을 잊어서는 곤란하다. 『길 위의 집』에서 진정한 미덕은 그와 같은 발전적인, 남성적인 플롯으로는 제대로 인식되지 않는 경험의 세계, 즉 여성적 경험의 세계가 엄연히 존재한다는 것을 그러한 플롯을 제시함과 동시에 일깨우고 있다는 데에 있다. 『길 위의 집』의 서술방식은 사실상 남성 중심의 플롯으로 한국의 보편적 현실을 대표하는 서사적 관행에 대한 비판을 이루고 있다. 그러한 비판을 이해하려면 우리는 작중의 여성 인물, 특히 길중씨의 아들들과 동일한 세대를 살아가는 은용에게 주목할 필요가 있다. 길중씨의 외동딸인 그녀는 남존여비의 관념이 철저한 지난 시대의 가정에서 딸들이 당하곤 하던 차별을 톡톡히 겪으면서 어머니 윤씨와 마찬가지로 가족을 위해 스스로를 희생해온 여성이다. 길중씨의 고루한 편견으로 말미암아 자기 개발의 기회를 제대로 가져보지 못하고 성인이 되자마자 집안 살림의 노예가 되어버린 그녀는 완전히 길중씨네 남성들의 짙은 그늘에 묻혀 있다. 가부장제 문화에 순응하고 있는 그녀의 가련한 상태를 단적으로 환기하는 것은 그녀의 일기이다. 작중에서 그녀의 존재를 느끼게 해주는 것이 다른 식구들과의 관계 속에서 그녀의 자아를 주장하는 어떤 가시적인 행동이 아니라 그녀가 남몰래 심정을 토로한 일기라는 사실은 그것 자체로, 다른 어느 것보다도 가슴 저리게, 그녀의 숨죽인 삶의 고통을 실감하게 한다. 더욱이 그녀의 일기는 '늘 있는 듯 없는 듯했던 은용'이 가족의 굴레로부터 벗어나 자신을 독립시키고 싶은 간절한 욕망이 있었으나 그것을 표현하지 못했고 자신의 젊음이 덧없이 소모되는 아픔을 묵묵히 견뎌야 했음을 분명하게 알려준다. 이러한 은용의 침묵하는 고통은 길중씨네 남성들의 삶을 단순히 가부장적 권력을 둘러싼 갈등과 대립으로 보도록 놓아두지 않는다. 그것은 그들의 삶 전체의 윤리적 정당성에 대해서 심각한 의문을 제기하는 것이다.

은용은 유순한 딸이자 다정한 누이라는, 전통적 여성의 규범에 순치된 인물로 나타나면서도 여성작가들이 즐겨 내세우는 어떤 도발적이고 전투적인 여성보다도 훨씬 통렬하게 남성중심주의의 야만성을 인식케 해준다. 그런데 우리는 그녀의 생활이 가부장제의 해악을 입증하는 체험들을 포함하면서 아울러 가족 해체의 현실과 상충되는 가치들을 표현한다는 점에 주의해야 한다. 서로 반목하는 부자간으로 인해 깊이 근심하고 있고, 식구들에게 공경과 동정의 태도를 힘써 지키는 그녀의 행동은 조화롭게 통합된 가족에 대한 염원과 불가분의 관계에 있다. 이를테면 그녀는 실종된 어머니를 윤기네 서울집으로 데려온 장면에서 가족의 해체를 불러온 남자 형제들에게, "외딴섬에 언제 누가 세웠는지 모를 입상들처럼 단독적으로 앉거나 선 남자들"에게 참고 참았던 울분을 마침내 터뜨려 "이 개새끼들아!"라고 외친다. 가족과의 관계에서 은용에게 유일하게 나타난 공격적 행동인 그 욕설은 명백히 가족의 분열에 대한 분노의 표현이다. 은용이 맡고 있는 일상적인 가사노동 자체가 그러하듯이 그녀는 가족의 일체적 보존이라는 가치를 견지하고 있는 셈이다. 그녀의 가족주의는 당연히 그녀의 남성 가족들이 초래한 가족 해체를 가부장제적 권위주의의 몰락이라는 추상적인 테두리 속에서만 해석하지 못하게 하며, 거기에 담긴 심각한 불행을 인정하지 않을 수 없게 만든다. 『길 위의 집』에는 실제로 가족 분열의 아픔을 뒤늦게 절감하는, 그래서 은용의 가족주의를 추인하는 결과를 갖는 남성인물들의 행동이 그려지고 있다. 윤씨가 실종되었음을 알고 난 이후 길중씨가 가족에게 폭군처럼 군림한 과거를 스스로 참회하고 있는 것은 그러한 행동의 대표적인 예이다. 이렇게 해서 은용은 가부장제의 폭력을 고발하면서 아울러 가족의 해체에서 삶의 중대한 위기를 보는 비판적 인식에 기여한다.

『길 위의 집』은 전통적 질서의 해체를 겪으면서 사람들 사이의 유기적인 관계가 소멸된 현대 한국사회의 전반적인 현실을 우리에게 다시금 상기시킨다. 그것은 특히 개인화의 과정이 전통적 질서의 기본적인 토대였던 가족, 그것 내부에서 난폭하게 진행되어왔음을 정확히 간파하고 있다. 그러면서 또한 가족의 해체가 우리의 삶에 얼마나 커다란 결손인가를 인식하도록 촉구한다. 윤씨라는 토종의 모성이 집을 찾아 돌아오지 못한다는 극히 상징적인 정황에 둘러싸인 길중씨네 가족사는 개인주의적 분열에서 연유하는 인간의 불행, 친근하고 포용적인 인간관계의 상실에 대한 회한 어린 상념으로 독자를 유도한다. 『길 위의 집』의 이야기는 길중씨가 자신의 과오를 늘그막에 고백한다거나 그의 아들들이 어머니에게 무정했음을 반성한다거나 하는 대목에서 멜로드라마적 가족사가 되어버리는 약점이 있긴 해도 가족 해체의 상황을 문제화하는 방식은 음미할 가치가 충분하다. 『길 위의 집』의 이러한 성과는 앞에서 얼마간 암시한 바대로 그것이 여성적 경험에 대한 깊이 있는 천착이라는 사실과도 통한다. 윤씨나 은용의 생활에 부분적으로 예시되어 있는 전통적인 여성들의 삶은 같은 종류의 노동을 계속해서 반복하는 가사의 영역에 한정되어 있는 만큼 남성들이 체험하거나 상상하는 발전적이고 선조적(線條的)인 플롯을 모른다. 여성문화는 '살림'이라는 말이 가리키는 바 그대로 개인과 집단의 생명을 지키는 일상적이고 반복적인 노동에 기초하며, 획득보다는 보존을, 탐색보다는 유지를 중시한다. 그것은 근본적으로 보수적인 문화이다. 그래서 여성문화는 역사적·사회적 변화의 행복에 대해 둔감한 만큼이나 그 변화의 불행에 대해 민감하다. 『길 위의 집』에서 가부장제적 가족주의의 몰락과 그것에 수반된 삶의 다원적인 변화를 이야기하면서도, 그것이 내포하는 가족 공동체 상실의 불행한 현실을 정확히 포착하고 있는 것은 바로 그러한 여성문화의 태반에서 자라나온 감각이다. 윤씨의 실종 사건에 감싸여 있는 길중씨네 가족사는 남성적인 삶의 플롯으로부터 모든 신화를 박탈하는 여성문화의 저력을 보여주는 것인지도 모른다.

4

90년대에 발표된 여성작가들의 작품 중에는 떠들썩하게 화제에 오른 적은 없지만 여성소설에 흔치 않은 귀감이 된다고 판단되는 작품이 하나 있다. 오정희가 1994년, 오랜 침묵 끝에 내놓은 신작「옛 우물」이 그것이다. 이 작품에는 오정희 소설의 독자들에게는 매우 친숙한 중산층 가정주부가 주인공으로 등장하고, 관찰, 추억, 명상 등의 여러 가지 형태로 펼쳐지는 그녀의 의식이 일인칭 서술로 꼼꼼하게 기록되어 있다. 그녀는 오정희 소설의 여주인공들이 대체로 그러하듯이 일상적 삶의 질서에 순응하고 있는 자신의 존재에서 어떤 공허함을 감지하고 있다. 마흔다섯 살의 중년인 그녀는 삶에 대한 부박한 환상들에 현혹되지 않을 만큼은 지혜롭고, 적당히 체념하고 적당히 긴장하면서 안정된 생활을 누리는 노련함도 있지만, 자신의 존재가 본질적으로 덧없는 소멸의 운명 속에 있다는 것을 강박적으로 의식하고 있다. 그녀가 투시하고 있는 무상한 실존적 세계의 풍경은 작중에서 그녀의 세심한 관찰을 통해 전달되는 연당집의 변모에 집약되어 있다. 여름이 되면 수련이 장관을 이루는 연못이 있어서 그렇게 부른다는 연당집은 넉넉한 정원에 연당과 누각과 정자를 갖춘, 이백 년도 넘은 명문가의 고택(古宅)이지만, 지금은 그것을 허물고 거기에 음식점을 차리기 위한 공사가 한창 진행중이다. 공사장에는 연당집에 남아 있는 마지막 자손인 바보 아들이 나와

서 자신이 하고 있는 일이 무엇인지도 모르는 채로 고가 철거를 돕는다. 이백 년의 세월이 재처럼 삭아드는 과정을 자신도 까닭을 모르는 집요한 관심으로 지켜보던 여주인공은 무너진 건물의 잔해들 주위를 돌아다니며 '무엇인가 찾으려는 몸짓'을 하는 바보에게 마지막 눈길을 던진다. 바보의 그러한 황망한 몸짓에서 우리는 익숙한 세계의 소멸을 영문도 모르고 겪게 마련인 인간 존재의 서글픈 운명을 어렴풋이 발견한다. 작중에서 여주인공이 텅 빈 아파트의 '자기만의 방'에서 펼치는 외로운 성찰은 바로 그러한 운명과의 정신적인 싸움이다.

존재의 무상함이라는 어쩌면 일개의 관념적 구성물에 불과할지도 모르는 문제가 「옛 우물」에서는 매우 절박한 실존적 의미를 띤다. 그것은 중년의 여주인공이 폐경기가 임박함으로써 직면하기 시작한 여성성 상실의 위기와 직결되어 있기 때문이다. 마흔다섯 살 되는 생일의 아침, 그녀는 현재의 자신과 엇비슷한 나이에 그녀의 어머니가 다산 끝에 "자궁은 말린 오얏처럼 쭈그러들었다"는 것을 상기한다. 무상함의 운명과 싸우는 그녀의 성찰은 그래서 그녀의 여성적 정체성을 새롭게 확인하려는 노력으로 나타나게 된다. 그녀의 노력은 특히 시간의 흐름과 더불어 사라진 많은 존재들이 그녀의 내부에는 계속해서 현전한다는, 오히려 그녀의 육체를 빌려 "금빛 햇살 속에" 살아난다는 깨달음을 반복하는 방식으로 진행된다. 그러한 깨달음의 심리적 과정에서 중요한 역할을 하는 것은 그녀가 이미 결혼한 처지임에도 사랑에 빠졌던 '그'라는 유부남에 대한 기억이다. 그녀가 열렬히 사랑했지만 불륜의 고통을 이기지 못하고 헤어져야 했던 그는 이미 세상을 떠나고 없다. 그러나 그의 존재에 대한 그녀의 기억은 그녀로 하여금 과거와 현재가 공존하는 삶을 살게 한다. 그녀에게 있어서 가장 중요한 발견은 그렇게 존재의 소멸을 낳는 시간의 선조적인, 발전적인 진행에 거슬러 겹겹이 중첩된 시간을 살고 있는 자기 자신을 인식함으로써 이루어진다. 여성이 다시간성의 삶을 산다는 인식과 관련하여 그녀가 러시아 민속인형을 언급하고 있는 대목은 상당히 흥미롭다. 내부에 겹겹이 작은 인형들을 담고 있는 러시아 민속인형에서 그녀는 서로 다른 시간에 속하는 자신의 자아들을 내부에 온전히 보유하고 있는 여성의 이미지를 찾아내고 있는 것이다. 그처럼 누적적이고 다층적인 시간을 자신의 내부에 끌어안고 있는 만큼 여성의 삶은 일회적인 존재의 경험을 넘어서 그것의 시원에서 그것의 궁극까지 무한히 펼쳐진 시간적 과정에 참여한다. 우리는 여기서 작품에서 중요하게 쓰이고 있는 옛 우물의 상징에 비로소 접근한다.

여주인공의 어린 시절 마을 사람들이 옛 우물이라고 불렀던 공동 우물은 신비로운 전설에 둘러싸여 있다. 그녀는 증조할머니가 일러준 전설, 즉 그 우물에는 '금빛 잉어'가 살고 있는데, 그것이 천년이 지나면 이무기가 되고, 또 천년이 지나면 용이 되어 하늘로 올라간다는 전설을 기억한다. 그녀의 어린 시절 마을에서 그 우물은, 옛날 사람들의 의식에 비춰진 우물이 일반적으로 그러했듯이, 자연의 생명과 인간세계 사이에 통로를 열어주는 신성한 공간이라는 의미를 갖는다. 그녀의 기억 속에서 그것은 세계에 인간의 생명을 산출하는 자연의 조화(造化)와 연결되어 있다. 그녀의 어머니가 해산하는 장면에서 마을의 우물과, 집 안의 살림살이 공간과, 어머니의 산방(産房) 사이에 등가의 계열적 관계를 연출하는 할머니의 주술적인 행동이 알려주는 바와 같이 그것의 성격은 철저하게 여성적이다. 우물의 깊고 습하고 그윽한 공간은 생명의 자궁을 지닌 여성 그 자체와 은유적으로 일치한다. 우물 속의 금빛 잉어가 본래는 옛날에 어느 젊은 각시가 빠뜨린, 그래서 그녀의 목숨까지 앗아간 금비녀였다는 전설은 생명을 길러내는 자연의 오묘한 조화와 연결되어 있어서 영원한 생명의 연쇄 속으로 들어가는 여성의 신비를 두드러지게 한다. 요컨대, 옛 우물이 표상하는 것은 자기 내부에 자리잡은 생명을 길러내 생명의 유장한 과정에 참여하면서 바로 그러한 참여를 통해서 그녀 자신도 일회적 존재의 운명을 넘어서는 여성의 비의적인 삶이다. 「옛 우물」에서 그러한 우물의 이미지는 자신의 여성적 정체성을 탐구하는 여주인공에게 결정적인 계시로 다가온다. 그녀는, '그'를 비롯한 모든 사라진 존재를 끌어안고 그것들이 자신의 내부에서 더욱 찬연한 존재가 되어 살아 있게 함으로써 그녀 자신이 장구한 삶의 질서 속에 있음을 감격적으로 깨닫는다. 그녀가 자신의 생명보다 오래 지속될 자연의 생명과 교감하며 "산산이 해체되어 흰 빛의 다발로 흩어지는 듯한 짧은 희열을" 느끼는 장면에는 자신의 여성성을 새롭게 확인한 감격이 표출되어 있다.

이처럼 모든 존재의 덧없음을 예민하게 감지하는 중년의 여성이 자신의 여성성을 새롭게 발견함으로써 소멸의 운명을 넘어서는 존재의 신비에 대한 직관에 도달한다는 「옛 우물」의 이야기는 여성적 창조성의 문제에 관련된 하나의 우화로 고쳐 읽어도 무방하다. 여주인공이 여성적 정체성을 새롭게 확인하는 체험은 "다산의 축복을 받은 농경민의 마지막 후예"인 어머니의 창조성이 그녀의 내부에 변형된 형태로 살아있음을 알게 되는 각성과 흡사하다. 그녀가 깨달은 풍요로운 여성적 창조성의 세계는 잉태와 출산이라는 여성 고유의 생물학적 능력이 전통사회의 생활양식 속에서 인정받고 있었던 경이와 신비를 완전히 회복한 세계이다. 거기에서 여성은 역사의 굴곡과 사회의 흥망보다 훨씬 근원적인 지속의 시간을 체험하고 우주의 생명 과정에 통합되어 존재함으로써 자신의 창조적 권능을 발휘한다. 이러한 여성적 창조성의 발견에서 특히 중요한 절차를 이루고 있는 것은 유년기의 기억이라는 형태로, 전통사회의 여성들이 남성들의 활동과 구별되는 생물적·사회적 활동의 영역에서 산출하고 전수한 독특한 문화에 접근하는 과정이다. 여주인공이 옛 우물의 기억에 집착하는 행동은 옛날 여성들이 모성적 권능에 대하여 가지고 있었던 우주적·신화적 상징들의 체계와의 관련 속에서 그녀의 문화적 성별을 이해한다는 의미를 갖는다. 우리는 여기서 여성이 자신의 창조성을 발견하는 작업과 여성의 변별적인 문화를 인식하는 작업이 전혀 별개의 것이 아니라는 교훈을 얻게 된다. 「옛 우물」의 이야기는 그 나름대로의 미학과 윤리, 지식과 규범을 가지고 있는 여성문화의 전통을 새롭게 천착하고 포용하는 일로부터 여성적 창조성의 충만한 비전이 자라나온다는 것을 우리에게 일깨우고 있는 것이다. 이러한 교훈은 문학적 가부장제의 지배 아래서 스스로 창조성을 입증해야 하는 과제를 짊어지고 있는 여성문학에 대해서도 시사하는 바가 적지 않으리라고 생각한다. 「옛 우물」의 여주인공이 덧없는 소멸의 운명으로부터 스스로를 구원하기 위해 전설 속의 우물을 들여다보듯이, 여성문학은 여성 고유의 문화에 잠재되어 있는 의미와 가치들을 돌이켜보아야 한다. 그러한 반성의 작업은 여성문학에 유일무이한 가능성은 아닐지라도 아마도 가장 풍부하고 흥미로운 가능성을 열어줄 것이다.

(『문학동네』 1995년 가을호)

민족을 상상하는 문학
—한국소설의 민족주의 비판

1

푸른 하늘을 배경으로 펄럭이는 만국기의 행렬은 지금 우리가 어떤 세계에 살고 있는가를 간명하게 말해준다. 그것은 민족국가를 단위로 인류가 분할되어 있는 세계, 민족국가의 흥망이 인간의 운명을 좌우하는 세계이다. 민족적 자만이 활개치고, 국경분쟁이 끊이지 않고, 민족주의가 수많은 정당들의 기치가 되어 있는 세계에 우리는 살고 있다. 민족의 테두리를 떠난 인간생활을 생각한다는 것은 무인도 생활을 꿈꾸는 것만큼이나 공상에 가깝다. 사람들의 신원은 다른 무엇보다도 그들이 속해 있는 민족에 의해서 정해지며, 그들의 생활 또한 대부분 그들이 살고 있는 민족국가의 규제 아래 이루어진다. 전쟁, 평화, 무역, 여행, 교육, 복지, 모두가 민족국가에 의해서 결정되고 있는 형편이다. 민족 또는 민족국가의 압도적인 존재는 생활의 비근한 구석 속에서도 수많은 상징과 제의와 제도를 통해 끊임없이 환기되고 있다. '민족의 영령' 이 잠들어 있는 국립묘지를 비롯한 민족의 각종 성소들, 국가 연주로 시작해서 끝나는 텔레비전 방송, 공식 행사 식순에 으레 포함되는 국민의례, 해마다 빠짐없이 찾아오는 국경일, 경제에서 스포츠에 이르기까지 국가별 경쟁을 보도하기에 여념이 없는 신문은 민족국가가 국민들이 스스로 희생하여 수호할 가치가 있는 집단임을 공공연히 가르치고 있다. 민족국가의 이념은 특히 일본에 의한 식민지화의 고난을 겪었고 그로 인해 온전한 민족국가 체제를 이룩하지 못한 우리에게는 다른 어떤 사회적 결속의 형식보다도 우월한 것으로 여겨지고 있다. 모든 민족은 단일하고 자주적인 국가체제를 가질 권리가 있다는 민족주의의 핵심적인 강령이 우리 사회에서는 지극히 당연한 상식처럼 통한다.

근대세계에 널리 퍼져 있는 민족주의는 인간생활의 자연스럽고 보편적인 요구가 아니라 근대 특유의 역사적 과정들과 맞물려 있는 정치 이념이다. 민족주의에서 자명한 정치적 단위로 가정되는 민족이라는 것이 정치적 자율성을 성취하거나 복구할 자격이 있는 집단으로 애초부터 존재했다고 생각하는 것은 환상에 지나지 않는다. 근래의 많은 민족주의 연구에서 충분히 강조되었듯이, 민족은 — 혹은, 단군을 시조로 하는 단일민족이라는 관념에 길들여진 우리의 사정을 감안하여 말하면 근대민족은 — 출판-자본주의, 중앙집권적 국가행정, 산업사회의 정착 등과 같은 근대적인 조건들에 의해 새롭게 형성된 사회적 결속의 형식이다. 민족이 정치적 공동체의 권리를 주장하는 근거가 되어주는 집단적 동질성의 요소들은 그러한 근대사회의 기구와 제도들이 작용한 결과라고 보는 것이 근래의 통설이다. 민족은 물론 전근대 사회에 존재하는 영토적·정치적·문화적 조직들에 의존하여 형성되지만 그것들이 오늘날 우리가 민족으로 이해하는 공동체와 필연적인 관계를 맺고 있는 것은 아니다. 근래에 우리말로 번역되어 나온 『1780년 이후의 민족과 민족주의』에서 에릭 홉스봄은 전근대 대중들의 '원형민족적 결속' 을 언어, 종족, 종교, 정체 등과 같은 민족 정의의 중요한 기준들과 관련하여 고찰하면서 원형민족주의와 근대민족주의 사이에 존재하는 간극을 명확히 해주고 있다. "원형민족주의만으로는 국가는커녕 민족을 형성하는 데도 불충분함이 명백하다"는 것이다. 이러한 종류의 지적은 우리가 상식적으로 인정하는 민족주의와 민족의 관계가 실은 잘못된 것임을 말해준다. 민족이 민족주의를 낳는 것이 아니라 민족주의가 민족을 낳는 것이다. 민족 형성의 근본적으로 인위적인 성격을 강조한 어니스트 겔너의 유명한 표현을 빌리자면, "민족주의는 자기 의식을 향한 민족들의 각성이 아니다. 그것은 민족들이 존재하지 않는 곳에 그것들을 창안하는 것이다".

겔너가 말하는 민족의 창안은 민족이라는 사회적 결속의 형식이 역사적으로 특수한 일종의 허구임을 암시한다. 그러나 민족을 형성하는 민족주의적 기획과 운동이 진공 상태에서 시작되는 것은 아니다. 그것은 잠재적 민족, 혹은 전근대 민족 속에 존재하는 역사적 문화를 재료로 하여 민족적 정체성을 구성하며 그것을 중심으로 민족적 통합을 추구한다. 그러한 민족의 형성에서 문화가 차지하는 비중은 실로 크다. 문화야말로 사람들에게 자신들이 속해 있다고 여겨지는 민족과의 심리적 유대를 지탱하게 해주는 특출한 효과를 발휘하는 것이다. 역사적 문화에 근거하는 이러한 민족적 통합의 기획을 위해 민족주의는 교육에서 언론에 이르는 수많은 근대적인 문화 기구와 제도들을 동원한다. 그러한 기구와 제도들 중에는 문학 또한 포함된다. 문학은 물론 민족주의적 정의를 넘어서는 속성들을 가지고 있다. 근대에 있어서 문학이 민족적 경계를 넘어서는 인간 보편의 원리에 대한 믿음을 품고 있다는 것은 부인할 수 없는 사실이다. 그러나 자국어를 매체로 하는 근대문학은 불가피하게 민족의식의 함양에 봉사하는 역할을 담당하게 마련이다. 비록 민족적 주제를 내세우지 않는 작품의 경우에도 자국어 문학은 자국어에 실려 있는 민족 집단 특유의 역사적 기억과 경험을 보존하고 전수하며 그것을 해득하는 민족 집단과 다른 집단을 구별시킴으로써 민족 집단의 일체성을 강화하는 데에 기여한다. 자국어 문학에 잠재된 이러한 민족주의적 효용은 다른 누구보다도 자국 문학을 공식 교육 과정에 포함시킨 정치가, 행정가, 교육자들이 익히 알고 있었다.

근대적 민족 형성을 위한 문화 형식이라는 관점에서 보자면 한국 근대문학은 어쩌면 민족주의와의 연관이 특히 긴밀한 문학적 사례 중 하나일지 모른다. 조동일은 그의 『한국문학통사』에서 1919년의 3·1운동 이후 근대문학의 성립은 역사적으로는 '중세적 보편주의'에 대한 '근대적 민족주의의 승리'를 뜻하며, "근대 민족문학을 민족어 사용에서뿐만 아니라 민족적 형식에서도 확립하고, 일제와 대결해 민족 해방을 쟁취하는 데 기여하는 것은 당시에는 분명하게 인식되지 않았어도 반론의 여지가 없는 확고한 노선이었다"고 강조하고 있다. 조동일의 이러한 근대문학 인식은 근대적 이념의 여러 종류 중에서도 유독 민족주의에 역점을 두는 그의 역사적 관점을 감안하여 받아들이더라도 식민지 시대 근대문학의 실상에 근본적으로 부합되는 것이다. 일제로부터의 정치적 독립을 위한 민족의 정신적 갱생과 민족의식의 배양은 근대 문인들이 지녔던 신념이나 사상의 다양함에도 불구하고 근대문학의 가장 중요한 동력이었기 때문이다. 민족에 대한 문학의 헌신은 비단 식민지 시대에만 국한된 사정이 아니다. 우리는 지난 70년대와 80년대, 해방 후 한국문학이 보기 드문 풍작을 이룬 시기에도 민족주의가 비록 단일한 형태로는 아닐지라도 창작과 비평 양면에서 주도적인 역할을 했음을 기억하고 있다. '민족 중흥의 역사적 사명'을 역설한 권위주의적 국가기구나 그것에 저항한 민족통일 지향의 민중운동 모두 민족의 관념에 호소하는 시대적 상황 속에서 문학은 수많은 민족 주체성의 상상적 표상들을 만들어냈다. 70년대 이래 한국소설의 대표적인 성과로 손꼽히는 『토지』류의 대하소설들이나 분단 극복의 주제를 다룬 일군의 소설들은 많든 적든 그러한 민족 표상의 창출과 관련되어 있다. 이렇게 보면 민족주의와의 긴밀한 제휴는 한국 근대문학에서 지배적인 경향이 되어왔다고 해도 결코 지나친 말이 아니다.

그러나 시대 변화의 착잡한 징후들이 한국사회와 문화의 여러 영역에서 현저하게 나타나고 있는 지금, 문학에서 민족주의가 누려온 권위는 심각한 도전에 직면해 있는 듯하다. 종래에 민족주의 문학운동의 가장 진지하고 진보적인 노선을 형성한 '민족문학'이 주변 환경의 급격한 변화가 가져온 침체와 혼란으로부터 좀처럼 벗어나지 못하고 있는 가운데, 민족주의는 상업주의적 대중소설들이 즐겨 활용하는 이념적 소재로 전락하고 있다. 역사인물전기류의 소설들에서 빈번히 나타나는, 각종 '민족적' 신앙과 비결에 대한 뻔뻔스런 숭배, 『무궁화꽃이 피었습니다』가 전형적으로 보여준 민족 자존의 패러노이아는 한국사회의 대중 심리를 지배하는 민족주의를 극히 광포하고 우직한 형태로 반영하고 있다. 민족주의가 이처럼 대중의 호응을 사는 헐값의 소재가 되어 있는 반면에, 현재의 진지한 젊은 작가들에게서 민족 공동의 역사적·정치적 경험에 대한 관심은 급속히 약화되고 있는 추세다. 근래에 주목받고 있는 젊은 작가들의 문학적 성취가 민족주의의 이념적 동기들과 관계가 희박하다는 것은 의심할 나위가 없다. 이제는 민족주의가 아니라 오히려 탈민족주의가 시대의 변화에 민감한 문화운동 집단에서는 상당한 활기를 띠고 있는 것으로 보인다. 예컨대 『대화』(1994년 여름호)의 특집 중에는 '세계-지방화'라는 추세에 부응하여, 문화적 민족주의에 대한 대안을 모색하는 입장이 당당히 천명되어 있기도 하다. 민족주의를 둘러싼 이러한 기류의 변화는 물론 민족주의가 문학에서 사명을 다했음을 뜻하는 것은 아닐 것이다. 민족국가의 몰락이라는 단정이 우리의 실정과 동떨어진 것처럼 민족주의의 무효 선고 또한 우리 사회에서는 섣부른 것이기 쉽다. 그러나 분명한 것은 문학과 민족주의의 관련이 종전처럼 당연하거나 자명한 것으로 통하기 어렵게 되었다는 점이다. 민족, 혹은 민족적 통합을 상상하는 문학의 관행은 이제 냉정한 반성과 검토를 필요로 하는 문제이다.

2

　우리가 알고 있는 민족은 가족, 친족, 종족, 계층 등의 사회적 유대의 형식들을 포괄하면서 그것들을 넘어서 성립하는 하나의 일체화된 집단이다. 민족이 자신의 정치적 주권을 주장하는 데에는 그 민족의 가정된 일체성 혹은 동질성이 가장 중요한 조건이 된다. 그러나 민족이라는 단수의 내부에는 다수의 개체와 집단이 자리잡고 있다. 민족은 스스로 단수임을 주장하지만 그러한 다수들을 떠나서는 존재하지 않는다. 개인의 관점에서 보면 민족은 사회생활의 추상적인 형식일 수밖에 없다. 사람들의 사회적 소통이 종족적·지역적·계층적 차이에 의해 크게 제약되어 있었던 옛날에는 물론, 관제교육이나 대중매체와 같은 근대적 기구의 영향에 힘입어 민족의 삶을 공유한다는 감각이 강화된 오늘날에도 민족은, 이를테면, 가족을 느끼듯이 그것의 존재를 실감할 도리가 없는 추상으로 남아 있다. 그런 점에서 민족이란 불가피하게, 베네딕트 앤더슨의 표현에 따르면, '상상된 공동체'이다. 사람은 자신을 포함한 다수의 사람들이 서로 결속되어 단일한 민족을 이룬다는 것을 어디까지나 상상을 통해 아는 것이다. 문학이 민족주의의 유용한 매체라면 그것은 문학이 바로 그러한 민족에 대한 상상을 촉진하고 조정하는 기능을 갖는다는 점에서다. 문학 장르들 중에서도 소설은 민족을 상상하는 혹은 상상하게 하는 특별한 효과를 원천적으로 지니고 있는 것으로 보인다. 장르적 특성상 다수의 개인이나 집단들이 공유하는 세계를 그려낼 수 있을 뿐만 아니라 그 세계가 저자와 독자가 실제로 속해 있는 세계라는 환상을 심어줄 수 있는 소설은 민족을 실재하는 공동체로 경험하게 하는 데에 더할 나위 없이 적합한 형식이다. 이러한 소설의 효능에 주목하여, 앤더슨은 앞에 인용한 구절을 표제로 삼은 그의 뛰어난 민족주의 연구서에서 그것을 신문과 더불어 민족의 형성에 결정적으로 공헌한 문화 매체로 지목하고 있다. 그의 설명에 의하면 "소설 내부의 세계와 외부의 세계를 융합시키는 고정된 사회학적 풍경"을 제시함으로써 소설은 민족이라는 공동체에 대한 상상적 인식을 가능케 하는 것이다.

　민족이 자신의 존재를 실현하는 근거로서 그것의 일체성 못지않게 중요한 것은 동일성이다. 민족은 자신이 충분한 길이의 역사가 있는 집단임을 주장하면서 아울러 본질적으로 변함이 없는 동일한 집단임을 주장한다. 어떤 민족이 다른 민족에 대해서, 혹은 세계에 대해서 존중을 요구하기에 충분할 만큼 유구한 역사를 가지고 있음과 동시에 그것의 신성한 기원에서 비롯되는 고유한 본질을 일관되게 지켜왔다는 것은 우리가 민족주의에서 흔히 접하는 선언 중의 하나이다. 그러나 이러한 민족의 주장들은 민족을 문학적으로 재현하는 데에 상당히 곤란한 딜레마를 야기한다. 어떻게 하나의 집단이 시간을 통과해 나오면서도 여전히 동일한 상태로 남아 있음을 현실로 증명할 수 있는가? 이러한 딜레마에 직면한 '민족시인'들은 그것을 해소하는, 그러나 실은 회피하는, 유명한 방법을 고안했다. 민족이 거주하는 영토의 자연이 모든 시간의 풍상에도 불구하고 여전히 한결같음을 노래함으로써 불멸의 민족적 현존을 암시하는 것이다. 그러나 민족 재현의 딜레마는 소설가에게는 자연의 상징과 같은 우회적이고 궁색한 방법에 의존해야 할 만큼 난감한 것이 아니다. 삶의 시간성을 구조화하는 기법을 다양하게 개발해 가지고 있는 소설에서는 민족의 동일한 현존을 축적되고 지속되는 시간 속에서 드러내 보이기가 수월하다. 여기서, 바흐친이 그의 교양소설론에서 괴테의 『이탈리아 기행』을 사례로 들어 지적한 '시간의 충만성'에 대한 감각은 참고가 된다. 바흐친은 이탈리아라는 향토적 공간이 사람들을 위한 역사적 삶의 한 장소로, 역사적 세계의 한 구역으로 변형되어 나타나는 것은 과거가 현재 속에 본질적이고 살아 있는 흔적을 남기고 있음을 보여주는 시간 감각에 의한 것임을 밝혀주고 있다. 소설의 서사는 경험된 시간들의 필연적 연결에 대한 인식을 기본으로 하는 만큼, 민족의 반복적이면서 동시에 역사적인 현존의 이미지를 만들어내는 작업에서 소설의 역할은 단연 발군일 수밖에 없다. 소설은 이렇게 민족에 대한 상상에 긴요한 공간의 이미지를 만들어낼 뿐만 아니라 시간의 이미지 또한 빚어낸다.

한국소설에서 민족의 시간적·공간적 이미지들이 어떤 방식으로 만들어지고 있는가는 많은 조사와 검토를 요하는 문제이다. 그러나 예비적 연구가 부족한 지금으로서도 민족을 상상하는 한국소설의 중요한 갈래 중에 대하소설군이 있다는 지적은 가능하다. 안수길의 『북간도』에서 김원일의 『늘 푸른 소나무』에 이르기까지 여러 세대를 거치며 꾸준히 씌어진 대하소설들, 특히 고난과 시련의 근대사를 배경으로 민족적 삶의 다양하고 연속적인 양상들을 총괄적으로 그려낸다는 야심적인 취지를 담은 대하소설들은 회고라는 형식이 갖는 이점을 적극적으로 활용하여 민족의 상상적 이미지 창출에 중대한 기여를 해왔다. 민족의 자연적·지리적 공간 속에서 서로 다른 가문, 지연, 신분, 계층의 사람들이 그들 나름의 삶을 살아가며 민족 공동의 역사를 이루는 모습은 대하소설이 재현하는 인간생활의 형상에서 가장 특징적인 부분이다. 최근에 제1, 2부 여섯 권이 출간된 조정래의 『아리랑』에서도 우리는 민족을 상상하는 대하소설 형식의 특출한 기능을 확인한다. 일제의 강점이 임박한 1904년부터 만주의 독립군에 대한 일본군의 토벌이 진행된 1920년까지의 시기를 다루고 있는 제1, 2부는 전라도 군산과 그 주변의 농촌을 중심으로 북간도, 하와이, 러시아, 일본에 걸쳐 근대 한국사의 파장이 닿아 있는 광활한 공간을 배경으로 삼고, 전통 한국사회의 구조적 변화를 반영하는 여러 신분과 계층의 사람들이 식민지화의 상황에 직면해 유전하는 양상들을 폭넓게 수렴하여 민족이 살았던 공동의 역사적 삶을 장대한 규모로 재현하고 있다. 이 소설 곳곳에는 특히, 근대 민족사의 전체적이고 사실적인 재현을 위해 작가가 기울인 정성과 노고가 상당하다는 것을 알려주는 흔적들이 무수히 산재되어 있다. 식민주의의 침탈로 인하여 한편으로는 심각한 부패와 분열을 겪으면서도 다른 한편으로는 반식민투쟁의 면면한 흐름을 낳는 민족의 집단적 삶은 일상생활의 세목에 철저한 박물학자, 민족운동사의 굵직한 맥락을 짚어내는 역사편찬가, 인간의 욕망과 정열의 깊이를 헤아리는 심리분석가의 조예를 골고루 갖춘 듯한 작가의 뛰어난 역량에 의해 생생하고 풍부한 표현을 얻고 있다. 그래서 민족이 한국인들의 생활 현실의 전체적인 테두리를 이루면서 동시에 그들의 운명에 결정적으로 개입한다는 느낌은 『아리랑』을 읽은 사람이라면 누구나 가질 만한 것이다.

『아리랑』은 지금까지 간행된 분량만도 방대한데다가, 아직 완결을 보지 못한 만큼 여기의 한정된 지면에서 본격적인 논의를 하기는 불가능하다. 그러나 한국소설의 민족주의와 관련하여 간과하기 어려운 중요한 문제들이 그것에는 포함되어 있다. 우리는 우선, 『아리랑』이 종래의 어떤 대하소설들보다도 강력하게 민족의 관념을 앞세우고, 정면으로 민족주의를 표방한 소설이라는 점에 유념하는 것이 좋겠다. 작가는 제1부 제1권의 서문에서 "민족정기는 소멸되어가고, 민족정신은 혼탁해졌으며, 민족 자존은 훼손되는 결과를 초래"한 남북한의 왜곡된 역사 기술에 맞서서 "민족통일의 역사 위에서 식민지 시대의 민족 수난과 투쟁을 직시하고자 하는 의도"에서 『아리랑』을 썼다고 밝히고 있다. 이러한 발언의 바탕에는, 분단의 세월을 하찮게 만들 만큼 장구한 역사를 지닌 민족, 모든 이념을 떠나서 영원히 통일된 조국을 가질 권리가 있는 민족, 그것에 대한 강직한 신념이 깔려 있다. 사실 『아리랑』의 독자들은 누구나 느끼겠지만, 이 작품에 서술된 모든 이야기의 궁극적인 주인공은 민족이라는 집합적 단수이다. 이것은 단순히 일본의 식민 지배 아래 있는 민족의 백성, 영토, 풍속, 역사가 이야기의 주류를 이룬다는 의미에서가 아니라 정치적 주권을 상실하고 그것의 회복을 염원하는, 본질적으로 민족적인 경험이 모든 사건과 정황의 내용을 결정하고 있다는 의미에서 그러하다. 동학농민군이었던 남편을 잃은 후로 온갖 고생을 하다가 결국 일본군의 독립군 토벌의 와중에 살해되고 마는 감골댁과 뿔뿔이 흩어져 고난의 역정을 밟는 그녀의 자식들을 비롯해서 작중에 그려진 수많은 인물들의 불행은 철저하게 망국 민족의 불행이라는 성격을 띠고 있다. 『아리랑』의 민족주의 서사에서 특히 중요한 것은 그러한 망국의 불행으로 처참한 전락과 분열을 겪으면서도 끈질기게 민족으로 남고자 하는 민족 자신의 의지이다. 조정래는 의병전쟁에서 만주 독립군의 무장투쟁, 개화양반의 애국운동에서 농민들의 식민정책에 대한 저항에 이르는 범민족적이고 지속적인 항쟁의 양상들에 세심한 조명을 가하는 가운데 일본의 지배에 굴하지 않는 민족의 자주적 생존 의지를 극명하게 부각시키고 있다. 이러한 특성은 『아리랑』의 이야기를 민족의식의 강인하고 폭발적인 표현의 연쇄처럼 보이게 한다.

　『아리랑』에서 민족의식의 지속적인 성장은 식민주의가 한국사회에 초래한 심각한 동요와 변화에 대한 인식을 바탕으로 이야기되고 있다. 소설의 초반부에서 치안권이 일본군에게 넘어감으로써 식민지화의 위협을 받기 시작한 한국사회는 무엇보다도 장기간에 걸친 사회의 내분과 외세의 침탈을 거쳐오면서 증폭된 도덕적 혼란이 실로 극심한 상태에 도달한 것으로 나타난다. 작중에 그려진 20세기 초반 사회에서 가장 두드러진 혼란은 민족사회의 통합을 가능케 하는 윤리적 규범이나 원리가 사실상 존재하지 않는다는 데에 있다. 일본의 강점이 가져온 '개명세상' 속에서 사람들을 지배하고 있는 것은 고삐 풀린 출세의 욕망이다. 『아리랑』 제1, 2부에서 특히 인상적으로 그려진 인물인 백종두나 장덕풍은 바로 그러한 욕망의 화신들이다. 아전 출신인 백종두와 보부상 출신인 장덕풍은 모두 고질화된 신분 차별 사회의 특징적인 심리적 유산인 강렬한 신분 상승의 욕망에 붙잡혀 도덕적으로는 불구가 되어 있으며, 일본인과의 연줄을 바탕으로 집요하게 자신들의 욕망을 추구한다. 백종두나 장덕풍과 같은 눈치 빠른 모리배들뿐만 아니라 대다수 민중들로부터도 반감을 사고 있는 양반계급 또한 부패하기는 마찬가지다. 몰락양반인 이동만은 일본이 지배하는 새로운 세상을 경제적 재기의 호기로 삼고, 양반지주인 정재규는 일본 관헌에 의지해서라도 자신의 권세와 재물을 지키기에 급급하다. 양반계급은 자신의 특권을 스스로 폐기하고 독립운동에 나서는 송수익이나 자영농이 되기를 결심하는 신세호의 행동이 보여주듯이 스스로를 지양하지 않고서는 도덕적 갱생이 불가능한 집단이 되어 있다. 『아리랑』은 이렇게 민족국가 수립에 실패한 한국사회의 혼란과 결합하여 식민주의가 민족의 내부에 분열을 심화시키고 민족에 대한 지배과 약탈의 기반을 강화하는 양상들을 명쾌하게 제시하고 있다.

『아리랑』제1, 2부에서 이야기의 중심적인 배경을 이루는 군산과 그 주변의 호남평야는 국권을 잃은 민족의 암울한 현실을 대표할 만한 장소이다. 약탈적 무역, 인력 수탈, 토지 강점이라는 제국주의적 침략의 주요 과정이 집중적으로 전개된 그곳에는 한국이 일본을 위한 원료 공급지이자 소비재 시장으로 전락하면서 당면한 처참한 고난이 집약되어 있다. 『아리랑』에서 그러한 고난에 특히 시달리고 있는 것은 민족의 대다수를 차지하는 농민들이다. 부패한 양반지배체제 아래서 당한 핍박과 수탈의 기억, 그리고 그 체제에 항거하여 봉기했다가 외세의 개입으로 입은 쓰라린 좌절의 기억을 공유하고 있는 그들은 이제 일본인들의 노예로 전락한 민족의 고통과 울분을 극심하게 체험하고 있는 것으로 그려진다. 나라 잃은 설움을 처절하게 실감하고 있는 만큼, 그들은 또한 나라의 필요를 다른 어떤 집단보다도 간절히 느끼고 있다. 『아리랑』의 작가는 생존을 위한 농민들의 절박한 투쟁 속에서 민족적 의지의 탁월한 표현을 발견하고 있는 것으로 보인다. 이를테면, 땅은 바로 목숨이라는 믿음에서 빼앗긴 땅은 어떠한 고초를 겪더라도 끝끝내 찾아야 한다는 유언을 남기고 세상을 떠난 늙은 농부 박병진의 집념은 소설의 곳곳에서 끊임없이 강조되는 민족의 자주를 향한 투쟁의 의지, 혹은 '민족혼'의 모범 사례처럼 그려져 있다. 농민들은 이렇게 그들의 강인한 생존의 집념 속에 민족적 의지를 구현하고 있는 존재인 만큼 국권회복을 위한 민족운동에서 그들은 자연히 주체적인 위치를 차지한다. 『아리랑』은 의병운동에서 만주독립군 활동에 이르는 민족운동에서 농민, 혹은 농민을 중심으로 하는 민중이 실질적인 주체였음을 강조하고 있을 뿐만 아니라 민족운동의 이념적 노선이 그러한 민중의 변화된 위상을 반영하는 형태로 발전되었음을 상기시키고 있다. 민족적 의지의 구현을 통하여 자신이 나라의 주인임을 증명한 민중의 성장은 민족운동의 사상적 방향, 즉 복벽주의에서 공화주의로의 발전을 결정하고 있다.

지금까지 대충 훑어본 바와 같이, 『아리랑』은 제국주의의 지배로 인한 분열과 왜곡의 한가운데에서 민족 자주의 전투적인 의지가 생성되고 전개되는 양상들을 총괄적으로 정리하여 보여준다. 민족의 의지와 그 발현에 집중된 그러한 총괄적인 서술은 일제하의 민족이 국가의 상실에도 불구하고 엄존하는 정치적·영토적 삶의 주체임을 웅변적으로 증명하는 효과를 낳는다. 『아리랑』의 독자들은 어쩌면 거기에서 지난 80년대를 풍미한 민족 주체라는 관념의 서사적 등가물을 발견할지도 모른다. 그러나 『아리랑』의 민족주의 서사가 제공하는 민족 주체의 이미지는 근대 민족의 형성을 둘러싸고 있는 문제들의 복잡성에 대한 충분한 인식을 담고 있지 못하다. 우리는 유사 이래 단일민족이라는, 혹은 근대적 국가 수립 이전부터 단일한 민족이라는 대중적 통념에 대해 『아리랑』은 아무런 반성도 보여주지 않는다. 그것은 오히려 그러한 통속적인 민족관에 편승하여 이야기의 곳곳에서 한국인이 역사와 풍토 속에서 길러온 특유한 기질을 강조하는 식으로, 아니면 그것과는 다른 기질을 지녔다고 가정되는 일본인을 추악하게 묘사하는 식으로 민족적 나르시시즘을 즐기는 경향마저 있다. 우리는 근대 이전에도 단일한 국가 체제를 이루고 비교적 높은 수준의 종족적·언어적 동질성을 유지하며 살아온 역사가 있으므로 우리 근대 민족의 형성을 민족형성론의 일반적 차원에서만 바라보는 것은 잘못이다. 그러나 우리 민족의 특수성을 감안한다 하더라도 한반도에 살았던 '역사적 민족'이 바로 근대적인 의미에서의 민족과 동일한 것은 아니다. 밖으로는 민족간의 관계가 세계 질서의 보편적 원리라는 인식에서 자신의 정치적 운명을 결정할 권리가 자신에게 있음을 주장하고, 안으로는 가족적·지역적·계급적 신원이 다른 사람들에게 충성과 헌신을 요구할 자격이 있는 민족—그것은 그것을 구성하는 사람들이 자신들의 동질성을 인식하고 그러한 동질성을 바탕으로 사회적·정치적 통합을 추구함으로써 형성된다. 말하자면, 우리 민족은 누구나 김치를 먹는다는 사실로부터 자연히 성립되는 것이 아니라 누구나 김치를 중심으로 뭉쳐야 한다는 의식의 사회적 공유로부터 성립하는 것이다. 그런 점에서『아리랑』과 같은 근대 민족운동사의 소설적 재현에서 진실로 중요한 것은 민족이 국권을 찾기 위해 얼마나 끈질기게 싸웠는가를 보여주는 일이라기보다는 민족의 동질성이 어떻게 정의되었고 어떻게 정치적 행동과 맺어졌는가를 밝혀내는 일이다. 궁극적으로는 식민지 시대 한국 민족주의의 이념적 본질에 대한 점검으로 이어질 그러한 탐구의 뒷받침이 없다면 '민족혼'이나 민족적 주체성이란 공허한 추상일 수밖에 없다.

『아리랑』의 이야기가 전개되는 20세기 초반의 시대는 한국사회가 문화적 동질성을 확보했다기보다는 그것이 오히려 약화되기 시작한 시대이다. 전통 조선사회에서 이월된 계급적으로 차별화된 문화들이 혼재하는 상태에서 일본 자본주의의 충격이 생활에 흔적을 남기기 시작한 것은 이 시대의 두드러진 문화적 특징이었다고 말할 수 있다. 그러한 문화적 혼란은『아리랑』에서는 근왕사상을 비롯한 유교적 관료주의, 농촌 촌락사회의 공동체적 풍습, 자본주의적 산업문명의 기구 등과 같은 이질적인 문화적 요소들이 공존하는 상황으로 나타나고 있다. 따라서 20세기 초반의 민족운동에서는 민족의 문화적 정체성을 새롭게 규정하고 함양하는 것이 무엇보다도 중요한 과제였다.『아리랑』의 이야기에서도 짤막하게 언급되고 지나가는 대종교와 같은 신흥종교는 그러한 과제에 부응했던 민족주의적 이념의 하나이다. 그러나『아리랑』의 작가는 문화적 혼란의 상황에서 한국사회에 문화적 동질성을 새롭게 부여하려는 움직임에 주의를 기울이는 대신에 농촌 문화가 민족의 문화적 본질이라는 생각에 매달려 있다.『아리랑』의 서두에서부터 독자에게 강렬한 인상을 남기는 넓디넓은 농토는 작중에서 상상되고 있는 민족의 가장 원초적인 물질적 표상이다. 그래서 농토에 상처를 내고 뚫리는 철도의 이미지만큼 일본제국의 속국으로 전락한 민족의 비극을 함축적으로 알려주는 것도 없다.『아리랑』에서 농촌 문화는, 죽산면 마을

어귀의 당산나무 아래서 의병에 참가했던 사람들이 일체감을 나누는 제2권 말미의 감명 깊은 장면 그리고 그 밖의 여러 대목에 드러나 있듯이, 민족이라는 공동체적 삶의 원형적 형식을 보전하고 있는 곳으로 인식되고 있다. 이러한 농본주의적 민족문화 인식은 그 나름의 근거가 있기는 해도 근대 민족이 필요로 하는 문화적 정체성에 대한 새로운 정의의 조건을 충족시키는 것은 아니다. 근대 민족이 추구하는 합리적 국가의 원리는 농촌 촌락사회의 집단주의로부터 저절로 자라나오는 것이 아니기 때문이다. 민족국가는 농촌의 촌락사회보다 상위에 존재하는 사회적 공속의 형식이며, 따라서 불가피하게 촌락 단위의 집단적 유대를 지양할 것을 요구한다. 농촌의 토착적 문화가 민족의 국권 회복에 필요한 원리나 가치를 전담하지 못한다는 것은 작가보다도 작가가 그려낸 애국적 인물들이 더 잘 아는 사실이다. 그들은 누구나 '신식교육' 이 나라를 찾는 중요한 길임을 헤아리고 있는 것이다.

『아리랑』제1, 2부의 이야기 중에서 민족의 의지가 장려하게 드러난 대목은 뭐니뭐니 해도 1919년 3월 1일과 그 직후 전국 곳곳에서 일어난 만세시위 장면이다. 종로 탑골공원의 만세 소리는 민족은 하나라는 감격적인 자각을 동족의 마음속에 새기며 열풍처럼 남쪽으로 내려간다. 한국에서 언제부터 만세를 부르는 집단적 의식이 행해졌는지는 확실치 않다. 근대 한국만이 아니라 근대 중국과 일본에서도 발견되는 그것은 추측건대 국가 연주나 국기 게양이 그러하듯이 민족국가라는 근대의 정치적 신화를 둘러싸고 만들어진 신종 의식의 일종일 것이다. 시기상으로 보면 만세 의식의 원조는 메이지 일본일 공산이 크다. 1889년 2월 11일, 대일본제국헌법을 공표하는 엄숙한 의식을 마친 메이지 천황이 아오야마 광장의 군대 사열식을 위해 니주바시 궁으로부터 나타났을 때, 그가 있는 자리에서는 처음으로 '반자이' 의 함성이 들렸다고 기록에는 나와 있다. 그러나 민족국가의 거룩함을 칭송하는 그 양식화된 소리는 일본인들의 발명은 아니다. 천황의 영속적 지위를 명문화한 제국 헌법이 독일의 군주제 헌법을 본떠 만든 것이었듯이, '반자이' 는 유럽

인들이 그들의 국왕을 맞이할 때 외치는 환호의 소리 '후레이'를 흉내
낸 것이었다. 이러한 만세 의식의 바탕에 흐르는 모방의 심리는 민족국
가의 이념에 대해서 무엇인가 중요한 암시를 한다. 민족주의는 예외 없
이 그것이 섬기는 민족이라는 공동체의 토착적 기원을 강조하지만 민
족의 근대적 통합은 그것 이전에 존재한다고 가정되는 어떤 민족적 본
질의 자발적인 발로가 아니다. 만세의 외침을 충동하는 욕망은 단순히
민족의 내부에 있는 전통적인 사회관계를 보존하려는 욕망이 아니라
민족의 외부에 있는 타자와의 관계 속에서 그것을 개조하려는 욕망이
다. 여기서 민족의 타자는 민족의 자아에 대해 잠재적인 혹은 현실적인
위협이면서 동시에 그것의 형성을 자극하고 촉진하는 모델이다. 개인
의 경우에든, 집단의 경우에든, 주체의 욕망은 모방된 욕망, 결국은 타
자의 욕망이 아닌가. 이러한 민족 주체의 아이러니는 한국처럼 제국주
의의 침략에 의해 말살의 위기를 겪은 민족에게는 시인하기가 실로 괴
로운 일이다. 민족의 '순수한' 본질과 그 정치적 표현에 대한 신앙은 우
리가 공유하고 있는 정치적 무의식의 가장 단단한 기층인지도 모른다.
그러나 『아리랑』에 드러난 바와 같이 민족의 순수 의지를 강변하는 민
족주의는 일제하에서 심각한 모순과 분열을 겪은 민족의 경험에 대해
서뿐만 아니라 여전히 근대적 통합의 과제를 안고 있는 현재의 민족 현
실에 대해서도 공정하고 비판적인 사려를 허락하지 않는다. 『아리랑』
의 전투적인 민족주의에서 위안과 용기를 얻을 사람은 혹시 국제화 시
대의 국가 경쟁이라는 이름으로 국민들의 이념적 동원에 나선 정치가,
기업가들이 아닐까. 민족주의든 무엇이든, 자기 내부의 미궁을 들여다
보지 않는 이념은 언제나 위험하다.

3

『아리랑』에 재현되어 있는 20세기 초반 민족 내부의 분열과 혼란은

근대사를 통하여 더욱 가중되고 심화되는 과정을 밟아왔다. 전근대 한국사회의 누적된 모순과 결합하여 식민주의가 한국사회에 가한 왜곡은 민족 내부에 잠재된 통합의 정신적·문화적 자원들을 파괴했을 뿐만 아니라 민족적 통합을 위한 근대적인 기획들에 깊은 좌절과 변질을 안겨주었다. 반식민투쟁에 나름대로 기여한 근대적 이념들이 식민지 사회에 배양된 갈등의 구조에 얽혀들어 민족의 내분을 더욱 조장하고 해방후에는 외세의 정치적 이해와 맞물려 결국에는 분단체제의 성립을 돕기에 이른 것은 한국근대사의 비극적인 사실로 남아 있다. 근대적 민족형성이 우리에게는 실로 엄청난 시련의 연속이면서 아직도 미완의 과제임을 상기한다면 지난 여러 세대에 걸쳐서 한국소설의 주요 흐름이 민족의 분열을 극복하기 위한 정치적·문화적 의식 발양과 관련되었던 것은 조금도 이상한 일이 아니다. 아무리 늦게 잡아도 70년대부터 한국소설에서는 정치적·이념적 대립의 역사가 남긴 상처를 치유하려는 의욕이나 통일된 정치적 조직을 필연적으로 요구하는 민족의 동일성에 대한 감각으로부터 많은 문제적 작품들이 생겨났다. 그러한 부류의 작품들 중에서도 중요한 성과로 널리 인정을 받은 것은 분단소설이라고 통칭되는 일군의 작품들이다. 분단소설에서 민족 문제에 대한 인식이 어떤 일률적인 성격을 지니고 있는 것은 아닐지라도 민족의 화해와 통합이 그것을 지배하는 가장 중요한 충동이라는 것은 논란의 여지가 없다. 민족 화해의 비전은 육이오 체험 세대의 대표적 작가들이 분단 문제를 다루면서 관심을 집중하고 있는 주제이다. 윤흥길이 수년 전 일어판(1989)으로 발표하고 현재 한국어판 출간을 위해 개작에 들어간 장편『낫』, 그리고 이청준이 근래에 내놓아 화제를 모은 장편『흰옷』은 화해를 지향하는 민족적 상상의 세련된 경지를 보여준다는 점에서 여기서 특별히 언급할 가치가 있다.

『낫』의 이야기는 엄귀수라는 중년의 도시 샐러리맨이 아내와 아들을 데리고 생전 가본 적이 없는 아버지의 고향 산서면을 찾아가 이틀간 겪게 되는 일련의 사건들로 이루어져 있다. 귀수의 산서면 방문은 그에게는 지금까지 모르고 지냈던 아버지의 역사적 실체와 마주치고 그의 새로운 신원을 획득하는 계기가 된다. 친부가 백낙철임을 알려주고 친부 묘소의 벌초를 부탁한 어머니의 유언에 따라 산서면을 방문한 그는 그곳에 도착하자마자 자신이 백낙철의 아들임을 스스로 시인하지 않을 수 없게 하는 예기치 못한 사건들에 부딪친다. 그러나 백낙철과의 혈연이란 귀수에게 곤혹스러운 것일 뿐만 아니라 치욕스러운 것이기도 하다. 백낙철은 육이오 전란기에 산서 주민들에게 무참한 살상을 가한 좌익 테러의 주도자이며 지금도 주민들 사이에서는 낫을 쥐고 다니던 그의 살기 어린 모습 때문에 백낫칠이라는 악명으로 통하는 죄인이기 때문이다. 그는 엄청난 심리적 동요 속에서 백낙철과의 혈연적 연계의 의미를 애써 외면하려 하지만, 백낙철의 만행으로 여전히 원한을 품고 있는 주민들은 그와 그의 가족의 목숨을 위태롭게 만든다. 그는 벌초용으로 구입한 낫을 휘두르며 산서 주민들의 추격을 뿌리치던 끝에 최씨 일가의 재실로 가족과 함께 피신하는 신세가 된다. 산서면으로 오는 버스 안에서 우연히 만났다가 친해진 젊은 여성 최미금의 도움으로 간신히 위기를 넘긴 그는 날이 밝으면서 그녀의 오빠인 최부용의 중재를 받게 된다. 이처럼 귀수라는 평범한 도시인이 아버지의 고향에 내려가 처하게 되는 곤경이 우리에게 암시하는 것은 육이오를 겪으면서 민족이 경험한 분열과 상잔의 유산이 여전히 민족의 현재를 구속하며 정직한 대면을 요구하고 있다는 사실이다. 작중에서 육이오의 비극은 도시문명이라는 삶의 표면 아래 깊숙이 숨어 개인들의 역사적 신원을 둘러싸고 있으면서, 언제든 표면을 뚫고 나와 재연될 무서운 폭발성을 지니고 있는 것으로 나타난다. 그것은 개인에게나 민족 전체에게나 인정하기 부끄러운 유산이지만 그것을 망각하고서는 민족의 진정한 존립은 불가능하다는 것이 『낫』의 이야기에 깔린 민족 현실에 대한 인식의 핵심이다.

『낫』에서 이야기의 중요한 발전은 귀수가 그의 개인적 정체성을 둘러싸고 있는 역사적 진실과 대면하고 그것을 고통스러운 내면적 갈등 끝에 인정하는 과정을 따라 이루어진다. 이러한 이야기 속에는 육이오의 비극을 청산하고 민족 내부의 화해를 이룩할 가능성이 무엇인가에 대한 작가 윤흥길 나름의 탐구 결과가 투영되어 있다. 작중에서 민족 화해의 정신은 누구보다도 최부용이라는 인물을 통하여 표현되고 있다. 산서 마을의 악덕 대지주였던 최명길의 아들이며 지금은 마을의 정신적 지도자로 추앙을 받는 교장 선생인 그는 육이오를 전후하여 산서면이 좌우익 갈등에 휩싸였을 무렵 그의 가족을 포함한 수많은 인명을 앗아간 재앙에 대한 책임이 그의 아버지에게 있음을 통감하고 전쟁이 끝나자 자기 몫의 재산을 모두 육영사업에 바쳤고, 아버지가 죽은 이후에는 스스로 토지개혁을 단행한 것으로 서술되고 있다. 최 교장의 이러한 이력 속에 나타나는 휴머니즘은 백낙철에 대해서도 흉악한 빨갱이라는 차원을 넘어서는 인간적인 해석을 낳는다. 최 교장의 회고를 통해서 알려지는 백낙철은 해방 후 산서 마을에서 토지개혁을 실현하려다 최명길이 동원한 우익청년단의 반격으로 실패했고, 인민군이 마을을 점령하자 게릴라 활동에서 돌아와 최명길 일가에 대한 인민재판을 실시하는 것을 시작으로 수많은 인명을 희생시킨 인물이다. 식민지 시대부터 사회주의 활동을 했던 그의 행적 속에는 맑스-레닌주의 이념에 노예가 되어버린 한 청년의 전율적인 광기가 서려 있다. 그러나 그의 광기는 또한 비범한 재능과 정열을 지녔으나 민족 전체의 불행으로 말미암아 심각하게 훼손된 젊은 영혼의 절규이기도 하다. 그래서 최 교장은 백낙철의 광기와 만행을 불행한 민족의 성원이라면 누구나 불가피하게 겪게 마련인 인간적 파탄으로 이해한다. 산서 주민들에게 씻기 힘든 원한을 남긴 가해자를 이렇게 비애의 역사를 살아온 민족 공통의 피해자로 파악하는 탈이념적 휴머니즘은 『낫』에서 구상되고 있는 민족 화해의 중요한 정신적 지표가 된다.

그러나 『낫』에서 민족 화해의 탐색은 이념을 넘어서는 인간 이해와 옹호를 천명하는 데에 그치지 않는다. 그것은 윤흥길이 일찍이 「장마」와 같은 작품에서 관심을 기울인 바 있는 민족의 문화적 동질성과 관련하여 휴머니즘의 원리를 상정하는 데까지 나아간다. 여기서 주의할 필요가 있는 것은 작중에서 극히 중요하게 활용되고 있는 '낫'이라는 상징이다. 그것은, 백낙철의 죄악을 민족 공동의 비극적 운명에 통합시켜 용서하면서 그를 "임자에게 은혜를 받지 못한 불행한 낫"에 비유하는 최 교장의 발언에서 보듯이, 정치적·이념적 현실보다 근원적이며 그만큼 포용적인 것으로 믿어지는 민족의 정체성을 나타낸다. 평화로운 시대에는 농경에 사용되어 훌륭한 목적을 달성하는 이기이지만 격동하는 시대에는 인명에 위해를 가하는 흉기의 역할을 하는 낫은 농촌생활의 장구한 전통 속에서 형성된 민족의 심리적 본질을 표상하는 것으로 제시되어 있다. 작중에서 낫으로서의 민족적 자아, 농촌사회의 역사적·문화적 경험에 뿌리를 두고 있는 민족의 동질적인 자아에 대한 각성은 바로 민족 내부의 분열을 극복하게 해줄 원리로 강조되고 있다. 흥미롭게도, 귀수가 산서면 농촌에 들어온 이후 그의 아버지의 실체를 발견하고 그와의 혈연적 동일성을 마음으로부터 인정하게 되는 과정 속에는 자기의 내부에 존재하는 낫으로서의 자아를 표출하거나 의식하는 순간들이 반복해서 나타난다. 그는 산서 주민들의 추격으로부터 그와 그의 가족을 보호하기 위해 난폭하게 낫을 휘두르는가 하면 그러한 행동의 결과로 자신도 흉악한 낫으로 돌변할 수 있음을 깨닫는다. 더욱이 서울에서 태어나 성장한 그는 산서면 농촌에 들어와 자신의 진정한 정체성을 획득함과 동시에 농민의 세계와 깊은 심리적 유대를 맺기에 이른다. 『낫』에서 우리는 농촌문화의 전통에서 발원하는 민족적 동질성의 회복이 분열된 민족에게 새로운 통합을 가능케 한다고 보는 작가의 생각을 어렵지 않게 확인한다.

『낫』에 그려진 농촌은 과거의 망령들이 여전히 현재의 삶을 속박하고 있는 곳이며, 역사 속에 맺힌 원한이 지금도 생생히 남아 보복의 욕망을 기르고 있는 곳이다. 가뭄에 찌들어 갈라진 산서면 농토는 비극적인 과거의 유산을 짊어지고 분열의 고통을 당하고 있는 민족의 척박한 삶을 단적으로 환기시킨다. 그러나 윤흥길에게 농촌사회는 민족 분열의 상처를 스스로 치유할 잠재적 능력을 보유하고 있는 장소이기도 하다. 낫으로 표상되는 민족의 농민적 심성의 회복이 결국은 화해의 성취로 이어지리라는 이야기는 농촌사회에 축적된 그러한 문화적 능력에 대한 예사롭지 않은 믿음을 전해준다. 『낫』에 있어서 그처럼 농본주의적으로 규정된 민족의 이야기는 격변과 고난의 역사 속에서 치욕적인 경험들로 동요를 겪으면서도, 그것 자체의 도덕적·문화적 중심에 대한 새로운 인준을 통하여 스스로 질서를 유지하는 유기적 공동체의 이미지를 민족에게 부여한다. 『낫』의 이야기를 읽다 보면 소설은 요컨대 '추문'과 '신화'로 이루어진다는 영국의 비평가 프랭크 커모드의 말이 저절로 떠오른다. 민족 내부에 대립과 분열을 심어준 육이오의 참극은 추문이며 낫의 심성을 본질로 하는 민족적 정체성은 신화이다. 사실, 『낫』의 서사 구조는 추문에 대한 신화의 승리를 확인하는 공동체적 제의의 플롯을 가지고 있다. 귀수가 산서 마을을 방문하면서 육이오의 악몽이 재연될 위기가 고조되고 그것이 마을 공민회관에서의 자율적인 심판에 의해 해소되는 절차는, 문화인류학자 빅터 터너가 '사회극'이라고 부르는 것과 일치한다. 그것은 모든 정치적·사회적 집단들의 삶에 공통적으로 나타나며, 일반적으로 위반−위기−시정의 세 단계로 구성되는 집단적 자기 보존과 갱생의 역동적인 과정을 압축하여 보여주는 것이다. 특히, 플롯의 절정에서 서술되고 있는 공민회관에서의 집회는 사회극 중 시정의 단계에서 실행되는 제의에 해당한다. 거기서는 민족 내분의 추문이 정체성의 신화에 대한 호소에 의해 제압되면서 통합의 새로운 기운이 조성되는 것이다. 『낫』에서 발견되는 이러한 유기적이고 자율적인 공동체의 이미지는 민족 분단의 극복이라는 동기 아래 한국소설이 지금까지 만들어낸 민족의 상상적 이미지 중에서는 아마도 단연 선연한 것에 속할 것이다.

민족적 화해의 탐색에 있어서 윤흥길의 『낫』이 몰랐던 고향의 발견으로부터 시작한다면, 이청준의 『흰옷』은 잃어버린 고향에 대한 그리움을 원점으로 삼는다. 『흰옷』에서 이야기되고 있는 가장 문제적인 실존적 조건은 유년의 고향을 잃어버리고 원망과 회한 속에 살아갈 수밖에 없는 사람의 운명이다. 이야기의 주인공 종선씨는 육이오의 혼란이 한창이던 무렵, 아버지 황 영감을 따라 고향 마을을 떠나와 산간 객지에 정착하여 살아오는 동안, 좌절과 실패를 거듭한 결과 이제는 자기 인생의 허망함을 뼈아프게 느끼고 있는 노년의 농민이다. 낭패만을 일삼아 왔다는 추연한 자각으로 괴로워하는 그에게 유일한 위안은 육이오를 전후하여 고향 해변의 국민학교에서 보낸 어린 시절의 추억이다. 유년의 행복과 희망을 만끽했던 국민학교 시절은 그가 그의 아들 동우와 함께 생애 중에 자랑스럽게 간직해온 거의 유일한 마음의 재산이다. 『흰옷』의 이야기는 종선씨에게 그처럼 소중한 고향에서의 유년의 진실이 불현듯 흔들리게 되면서부터 펼쳐지기 시작한다. 고향을 그리워하는 종선씨의 애틋한 마음을 헤아리고 그의 고향의 국민학교에 부임한 아들 동우는 종선씨의 유년 체험을 역사적 사실로 입증해줄 흔적이나 기록이 거의 남아 있지 않음을 알려온다. 특히 종선씨의 보람과 추억이 깃들여 있는 임시분교 시절의 학교에 관해서는 아무런 물증이 없어서 아예 없었던 것과 한가지라고 전한다. 종선씨로 보아서는 그의 삶에서 모든 의미를 앗아가는 충격과도 같은 그 체험적 진실에 대한 왜곡은 그가 다닌 임시분교 시절의 역사 조사에 나선 동우의 편견에 의해 더욱 배가 되기까지 한다. 동우는 아버지를 가르친 선생들의 행적 속에서 좌익과의 관련이 발견된다는 이유에서 그들의 교육활동을 사회주의 사상운동의 일환으로 해석하려 하는 것이다. 『흰옷』에서 민족 화해의 문제는 이렇게 왜곡될 위기에 처한 개인적 진실을 지켜내고자 종선씨가 행하는 회고와 성찰의 맥락 속에서 제기된다.

『흰옷』에서 종선씨가 추억하는 고향의 국민학교는 육이오 전란으로 말미암아 실현을 보지 못한 신생의 희망이 한때는 찬란히 빛나던 곳이다. 그것은 해방된 조국에서 젊은이들이 숭고한 사명과 뜨거운 열정으로 투신하여 일군, 그야말로 새로운 시작의 산물이다. 학교의 역사는 마을의 청년과 유지들이 아이들을 사람답게 가르쳐야 한다는 일념에서 임시로 어업조합의 창고를 빌려 쓰는 것으로 시작되었고, 그곳 벽지에 부임한 젊은 교사들은 자신들의 생이 바로 거기에서 시작된다고 믿었다. 그러나 그들의 새로운 시작은 육이오의 혼란에 휘말리면서 파행에 접어든 것으로 서술되고 있다. 인민군이 마을을 점령하자 교사 중의 일부가 이력 있는 좌익운동가라는 소문이 나돌았고 학교에서는 점령군의 지침에 따라 교육을 시행했으며, 세상이 바뀌고 인민군이 패퇴하자 이번에는 젊은 교장과 여자 음악 선생이 학교를 버리고 유치산 공산유격대에 합류했다가 진중에서 사망했다는 것이다. 이러한 젊은 교사들의 행적에서 동우가 어림잡아 찾아내고 있는 것은 정치적으로 열악한 상황에도 굴하지 않는, 민족 주체성의 수립을 위한 헌신이며 그것에 잠재된 사회주의 사상과의 필연적인 연계이다. 임시분교의 젊은 교사들의 활동을 바라보는 동우의 관점은 사회주의운동에 역사적 정통성을 부여하는 민중-민족주의적 역사관에 기대고 있다. 그러나 그러한 동우의 역사 해석은 종선씨에게는 임시분교 선생들의 내면적 진실을 참혹하게 왜곡한 것에 지나지 않는다. 종선씨의 추억에 따르면 그들의 교육은 민족의 신생을 향한 염원 속에서 행해진 사랑의 실천이었으며 그들의 생활은 애초에는 어떠한 교조적 이념과도 무관했던 것이다. 그가 기억하는 임시분교 선생들의 진실은 그들에게서 풍금 반주로 배운, 순결한 희망을 담은 밝고 힘찬 노래들 속에 있다. 인민군에 대한 부역이나 공산유격대 참여는 오히려 그러한 노래들에 담긴 희망과 사랑이 정치적, 이념적 갈등이 지배하는 현실의 압력에 의해 변질되고 훼손되었다는 증거이다. 종선씨의 회고에서 노래는 결국 이념의 제물이 되고 말았던 것으로 드러난다.

『흰옷』에서 임시분교의 역사적 진실을 아들 동우의 편향적 해석으로부터 지키고자 하는 종선씨의 노력이 민족-민중 주체의 변혁 이념에 치중한 80년대적 역사주의에 대한 비판을 함축한다는 것은 명백하다. 『흰옷』에 따르면 육이오를 전후해서 민족을 들끓게 만든 이념이란, 당시의 사람들을 사로잡은 삶의 혁신에 대한 열정 ─임시분교의 선생들에게서는 교육에의 헌신으로, 종선씨의 아버지에게서는 '사나운 바람기'로 표출되는 열정 — 이 스스로 불러들인 질곡과도 같다. 그것은 삶의 혁신을 실제로 가져다 준 것이 아니라 사람들을 대립과 상쟁 속으로 몰아넣은 것이다. 그 신생의 희망을 품었던 사람들의 희생은 이제 이념적 대결의 차원에서 해석할 문제가 아니라 인간적 좌절의 차원에서 이해할 문제이다. 작중의 이야기에서 민족 화해의 비전은 유년의 고향을 그리워하는 종선씨와 신생의 꿈에 집착하고 있는 방진모 노인 사이의 유비적 관계 속에서 태어난다. 종선씨는 그의 고향에 내려가 그가 기억하는 유년의 고향이 이미 사라졌음을 목격하고 나서 그가 살아온 세월의 흔적들을 있는 그대로 소중히 여기기 시작하며, 방 노인은 풍금 소리가 고스란히 살려낸 옛날의 꿈 앞에 절망을 느끼게 되자 그의 삶을 스스로 황폐하게 만들면서까지 지켜온 그것에 대한 집념이 미망이었음을 깨닫는다. 이러한 종선씨와 방 노인의 심리적 추이에 공통되는 것은, 실패와 좌절을 일종의 운명으로 감내하면서 현재의 삶을 긍정하는 체념의 정서, 이른바 '한'의 정서이다. 『흰옷』은 바로 그러한 한을 매개로 하여 민족 분열의 비극적 유산을 포용하고 해소하는 데에서 민족 화해의 바탕이 마련되리라는 생각을 담고 있다. 그래서 이야기상으로 긴장이 풀리는 지점에서는 임시학교 선생들의 억울한 혼백을 그들의 이념적 차이를 떠나 한자리에 불러모으는 위령굿이 벌어진다. 그 굿에서 혼주 노릇을 맡은 방 노인이 하고 있는 회한 어린 술회는 신생에 대한 희망이 몹쓸 질곡의 사슬로 변한 내력에 대한 고통스러운 승인과 함께, 삶의 미래를 위해 과거의 모든 질곡으로부터의 해방을 희구하는 간곡한 염원을 드러냄으로써 화해로 나아가는 집단의 심리적 드라마를 절정에 끌어올린다. 『흰옷』의 위령굿판은 아마도 한의 제의적 처리를 중심으로 하는 민족 화해의 형식을 상징적으로 보여준다 해도 좋을 것이다.

『흰옷』의 말미에 붙인 「작가의 말」에서 이청준은 한의 정서 속에는 우리 선조들이 고난과 아픔의 삶을 살면서 길러온 "삶에 대한 일종의 역설적 사랑의 양식"이 담겨 있다고 보고 있다. 그는 "인생살이의 모든 일을 넓게 받아들이고 의연히 삭여내어 그렇듯 값지고 뜨거운 사랑의 삶을 빚어온 그 누님들과 어머니들의 모습 속에" 한의 정서가 함축되어 있다고 하면서 "한의 본질은 흔히 말하듯 어떤 아픔이나 원망이 쌓여가고 풀리는 상대적 감정태로서가 아니라, 그 아픔을 껴안고 초극해 넘어서는 창조적 생명력의 미학으로 읽고 싶다"고 피력한다. 이청준이 말하는 한의 정서 혹은 미학이 무엇인가는 구체적으로 검증하기 어렵지만 그것이 사회적 삶을 사는 특징적인 방식과 관련되어 있다는 추측은 가능하다. 한이 내포하는 체념과 인내의 태도는 그것을 유발한 좌절의 경험을, 현존하는 사회적 관계를 있는 그대로 수락하면서 내면적으로 통제하고 극복하는 심리적 기술을 의미한다. 한의 정서에 모태가 되었음이 분명한 한국 전통사회에서는 알다시피 혈연과 지연을 중심으로 하는 동질적이며 정의(情意)적인 관계가 지배적이었고, 더욱이 그러한 연고(緣故)는 가족과 촌락의 단위를 넘어서는 사회적 관계 속에서도 중요한 통합의 원리로 작용했다. 모든 개인, 신분, 집단 사이의 관계를 가족관계의 연장으로 파악하는 이른바 가족주의는 연고의 보편적 확대를 특징으로 하는 전통사회의 전형적 특징을 예시한다. 한의 정서는 그처럼 모든 사회적 관계를 동질화하는 연고의 명령에 순응하는 정서, 동질적인 공동체의 보존을 위해 개인의 희생을 감수하는 정서이다. 이러한 맥락에서 『흰옷』에 나오는 위령굿이 분열과 대립의 가족주의적 지양이라는 성격을 내포한다는 사실은 지나칠 수 없는 대목이다. 신생의 희망으로 희생된 사람들의 원혼 앞에서 그 희망에 대한 집착을 스스로 철회하는 방 노인의 심정 속에서 우리는 민족의 내일을 살아갈 아이들에 대한 부친적 사랑의 윤리를 발견한다. 이렇게 보면, 『흰옷』에 나타나는 민족 화해의 비전은 한국 전통사회에서 물려받은 삶의 가족적, 집단적 통합에 대한 근원적인 애착에 크게 의존하고 있다는 잠정적 결론이 가능해진다.

윤흥길의 『낫』과 이청준의 『흰옷』에서 민족 분열의 극복을 위한 정신적 원리의 탐색은 서로 방식은 다르지만 전근대 한국의 문화적 유산에 대한 재인식과 일정한 관련을 맺고 있다. 『낫』에서의 농민적 심성이나

『흰옷』에서의 한의 정서는 전근대의 공동체 생활에서 발원하는 화해와 통합의 원리들이다. 이들 작품에 나타난 민족 화해의 비전은 문화적 기억의 심층에 자리잡고 있는 집단주의적 이미지에 호소함으로써 적지 않은 감명을 준다. 그러나 우리는 그것이 근대에 들어서 민족이 겪고 있는 사회적 · 문화적 변화들을 공정하게 감안하지 못한 상상적 구성물임을 지적하지 않을 수 없다. 민족의 역사에서 이념적 갈등이 갖는 의의를 격하시키면서 그것이 아울러 배제하고 있는 것은 민족이 경험한 근대성의 흔적들이다. 그러나 『낫』이나 『흰옷』이 제안하는 방식대로 민족의 화해를 상상하기에는 산업화, 도시화의 과정 속에서 민족의 생활에 일어난 변화가 너무 치명적이다. 농민적 심성이나 한의 정서를 밑받침하던 사회적 · 문화적 기반은 근대화의 파괴적인 작용에 의해 이미 해체되었거나 아니면 해체되고 있는 상태이다. 칼 폴라니는 『거대한 전환』에서 시장경제의 성립이 인간생활에 야기한 결정적인 변화에 대해 이야기하면서 "노동이 다른 생존활동에서 떨어져나와 시장 법칙에 종속된 결과, 모든 유기적인 생활 형태는 근절되고 전혀 다른 원자적, 개인주의적 조직으로 대체되었다"고 말한 바 있다. 그처럼 유동적인 사회적 관계 속에서, 다수의 생활세계 속에서 살아가는 개인들의 존재는 한국사회에서도 두드러진 사회학적 사실이다. 농민적 심성이나 한의 정서에 동력이 되어주는 불변적이고 동질적인 사회적 공속의 느낌은 당연히 박약할 수밖에 없다. 『낫』과 『흰옷』은 이러한 근대적 변화의 결과를 대변하기보다 외면하는 자리에서 민족 통합을 상상하고 있다. 이것은 그 소설들이 다루고 있는 민족 분열의 문제가 육이오와 그것을 둘러싼 정치적 · 이념적 대립에 집중되어 있다는 사정에서 연유하는 한계라고 하더라도, 지나치게 전통적인 공동체 감각에 매달리고 있다는 비판을 면하기 어렵다.

　농민적 심성이나 한의 정서와 같은 한국인의 전통적 심정을 강조하는 데에서 느끼게 되는 것은 근대의 사회적, 문화적 과정에 대한 모종의 반감이다. 우리는 그것에서 이문구의 『관촌수필』이나 김지하의 담시가 진작에 보여준 근대 비판의 정신이 공명하고 있는 것을 감지할 수 있다. 문학이나 문화에서 민족 관념의 득세는 따지고 보면 근대적 삶의 모든 영역에서 진행되는 해체와 쇄신의 곤혹스러운 경험에 대한 반발의 일 종이기도 하다. 민족의 관념은 근대화가 전통적인 사회적 관계들을 파괴함으로써 생겨난 혼란으로부터 사회 통합의 안정된 형식을 만들려는 의지의 표현이라고 보아도 무방하다. 근대성에 저항하는 민족 통합의 노력에서 민족이 내부에 지니고 있는 여러 형태의 전근대적 공동체의식이 중요한 자원으로 인식되는 것은 따라서 당연한 일이다. 재래의 농촌사회에 존재하는 유기적 일체감은 특히 민족주의 수사가들이 즐겨 활용하는 민족의식에 대한 환유이다. 그러나 전근대적 공동체의식에 의존하여 민족을 상상하는 것은 근대라는 '창조적 파괴'와 '파괴적 창조'의 세력 앞에서 언제나 불안하고 위태롭다. 예컨대, 자본주의 시장은 사회 내부에 엄청난 사회적, 지리적 이동을 일으키고 개인들로 하여금 다수의 생활세계 속에 참여하게 함으로써 모든 사회적 유대를 근본적으로 잠정적이거나 불확정적이게 한다. 근대사회를 사는 개인의 특징적인 형상을 게오르그 짐멜은 언젠가 '이방인'으로 규정한 적이 있다. 상인에게서 전형적으로 나타나는 이방인은 한 집단에 속해 있으면서 동시에 떨어져 있는, 그 집단에 대하여 귀속과 분리의 이중적 관계를 맺고 있는 사람이다. 이러한 이방인들의 세계는 민족이라는 사회적 통합의 형식을 상상하는 데에 중대한 도전이 되는 것임에 틀림없다. 그러나 사람들 사이의 유기적인 관계가 사라진 근대성의 조건을 직시하지 않고 민족적 일체성을 꿈꾸는 것은 그야말로 낭만적인 몽상에 그치기 십상이다. 한국소설에서 민족에 대한 상상은 이념적 대립을 넘어서는 민족 화해에 대한 열망만이 아니라 근대성이 민족의 일체화된 삶의 이상에 가하는 제약과 조건에 대한 보다 철저한 이해를 필요로 한다.

(『문학동네』1994년 겨울호)

내향적 인간의 진실
―신경숙, 윤대녕, 내면성의 문학에 대한 고찰

1. 내면성의 문학

자아를 갖고 있다는 느낌은 아마도 사람에게 보편적인 현상일 것이다. 사람은 적어도 정상적인, 정신적으로 건강한 성인이라면 자신을 타인과 혼동하거나 어떤 미분화된 전체와 한몸이라고 느끼지 않는다. 그는 자신이 경계가 정해져 있고 고유한 뭔가가 있는 하나의 심리적 실재 entity라고 느낀다. 그 심리적 실재로서의 자아는 스스로 반성하는 순간에 현전하는 것이며 어떤 실체로 존재하는 것은 아니다. 그렇지만 그것은 느끼거나 지각하거나 판단하거나 행동하거나 하는 모든 의식활동을 통하여 대체로 일관되게 존재하는 것으로 여겨진다. 그러면서 그것은 또한 개인의 의식 속에서 모든 경험과 활동을 조직하고 통일하는 하나의 역동적인 중심에 해당하는 것으로 생각된다. 그 일관하여 존속하면서도 의식의 중심 역할을 하는 자아의 존재 덕택에 개인의 삶은 하나의 변별적인 전체로, 다른 사람들이 이루는 삶의 전체들에 대하여 대조적으로 존립하면서 움직이는 하나의 전체로 인식된다. 한 개인이 자아를 갖고 있다는 것은 말하자면 그가 자서전의 주인공과 같은 존재라는 뜻이다. 더욱이 그러한 자아의 존재는 개인으로 하여금 그의 삶을 자주적이고 능동적인 형태로 인식하게 한다. 개인의 자아는 실제로는 자연적 · 문화적 규정 아래 있지만 그것에 대한 의식은 개인적 삶의 저자는 바로 개인 자신이라는 생각, 개인적 삶에 대한 주권은 바로 개인 자신에게 있다는 생각을 가능하게 한다. 그래서 자유로운 개인을 지고의 가치로 여기는 문화에서는 자아의 존재가 불가결한 인간 조건으로 간주되곤 한다. "인간은 자아를 느끼기 원한다. (……) 자아를 느끼지 못하면 죽음이다"라고 노래한 것은 18세기 독일의 개인주의 문화가 길러낸 시인 횔덜린이었다.

자아를 갖고 있다는 느낌은 사람의 신체적 · 심리적 경험에 깊이 뿌리를 내리고 있어서 자아는 마치 자연의 선물인 것처럼 느껴질 정도다. 그러나 자아란 자아에 대한 의식을 떠나서는 존재하지 않으며, 자아에 대한 의식은 역사와 문화에 따라 달라지게 마련이다. 앞에서 우리는 개인의식의 중심으로서의 자아, 자유로운 개인성의 원리로서의 자아에 대해 주목했지만, 그것은 비록 오늘날 자연스럽고 보편적인 인간적 사실처럼 통하고 있긴 해도 엄밀히 말하면 근대 서양에 특수한 자아 개념이다. 자아라고 불리는 것은 결국 근대 서양의 자아 개념에 대해 비판적인 학자들이 즐겨 말하듯이 허구, 즉 문화적 구성물이다. 인간이 자아를 인식하고 표현함으로써 문화를 이루었다는 말이 진실이라면, 반대로 문화가 자아의 구축을 가져왔다는 말도 그것 못지않게, 어쩌면 그것 이상으로 진실이다. 근대 서양에서 자아의 관념을 육성한 문화적 실천의 증거들을 확인하기란 실로 간단한 일이다. 무엇보다도 유럽의 낭만주의 문학은 자아와의 접촉을 중시하는 이른바 내면성의 전통을 형성함으로써 저 횔덜린의 시구에 드러난 바와 같은 자아에 대한 신앙을 정착시켰다. 예를 들면, 자아의 진실을 향한 열정을 지고한 도덕으로 만들고 자아의식에 내재한 창조성을 명인적 연기의 수준에서 보여준 루소의 『고백 confessions』이나 분열과 소외의 험난한 길을 거쳐 마침내 자신과의 화해로운 통일에 도달하는 자아의 서사시적 여정을 기록한 워즈워드의 『서곡 The Prelude』을 떠올려도 좋을 것이다. 유럽 근대문학이 자아를 세계로부터 분리시키고 자아성 selfhood의 내면적 확인에 몰두하는 주제상의 관습을 통해 근대적 자아 구축 작업에 참여했다는 것은 충분히 타당한 생각이다.

여기서 중요한 것은 근대적 자아의 구축에 기여한 내면성의 문학이 서양 근대문학 자체에서 중요한 전통으로 의식되었을 뿐만 아니라 근대 서양의 경계를 넘어 문학의 보편적 특징으로 널리 인식되었다는 사실이다. 서양 근대문학이 동아시아에 영향을 미치기 시작했을 때 특히 유혹적이었던 것은 서양 작가들이 정밀한 관찰과 묘사로 보여준 개인의 내면이었다. 셰익스피어를 비롯한 영문학을 공부한 경험을 바탕으로 『소설신수(小說神髓)』를 저술하여 일본소설 개량의 이론적 기초를 놓은 쓰보우치 쇼요(坪內逍遙)는 소설의 첫째 목표는 '인정(人情)'이라 하여 깊이와 밀도가 있는 인간 심리 묘사의 의의를 천명했으며, 쓰보우치의 이론을 실행에 옮겼다고 평가되는 「뜬구름」에서 후타바테이 시메이(二葉亭四迷)는 일본 근대소설의 시작과 동시에 분조라는 이름의 내면적 인간의 탄생을 알렸다. 한국에서도 사정은 비슷하다. 이광수는 「문학이란 하(何)오」에서 문학의 신흥을 기획하는 가운데 쓰보우치 식으로 '정(情)'의 문학을 역설했고, 『무정』에서는 이형식을 성격화하는 가운데 그의 내면적 경험을 부각시켰다. 이러한 문학사의 사실이 우리에게 말해주는 것은 문학이 일차적으로 개인의 내면에 관여한다는 생각이 문학에 대한 근대적인 관념의 주요 요소라는 것이다. 쓰보우치나 이광수 이후 문학 이해의 방식은 몰라보게 세련되었지만, 개인의 내면을 문학의 본령으로 여기는 근대적 사고는 여전히 문학 창작과 비평을 크게 제약하고 있다. '문학다운 문학'을 요망하는, 무수히 거듭되고 있는 발언들에서 흔히 확인하게 되는 것도 바로 개인 내면의 탐구에 대한 기대이다. 90년대 전반에 나온, 문학 고유의 사명을 위한 강력한 비평적 언명 중 하나인 유종호의 「가망 없는 희망」은 아마도 유용한 참조 사례일 것이다. "문학이 가지고 있는 고유의 위엄"에 대한 휴머니즘적 신념을 기조로 하는 이 글에는 문학에서의 급진주의에 대한 비판과 함께 내면성을 변호하는 논의가 담겨 있다. 내면성의 문화를 모멸하는 근거들을 찾아내 반박하면서 유종호는 문학이 교조화와 비속화의 위기를 극복하고 스스로를 회복하는 데는 내면성에 대한 존중이 변함없이 유효하다는 것을 강조한다.[1]

　이처럼 내면성을 중심으로 문학 본연의 책무를 생각하는 관행이 한국문학에 자리잡고 있음을 생각하면, '문학주의'라는 말이 통용될 정도로 문학 고유의 글쓰기가 장려된 90년대 문학에서 내향화 경향이 우세하게 나타난 것은 당연한 일인지도 모른다. 시대의 변화가 낳은 젊은 희망의 시신(屍身)들의 넋두리든, 후광을 상실한 소설가의 괴로운 자의식의 기록이든, 반란과 탈출을 꿈꾸는 여성의 내면적 초상이든, 나르시시스트들의 열광적인 자기 현시든, 90년대 문학의 주류를 형성한 소설의 테마들은 대체로 심리적으로 동요와 변화를 겪고 있는 개인의 그 자신과의 접촉으로 수렴된다. 이러한 내향화 경향의 소설에서는 특히 민족적, 민중적 정체성의 오랜 속박으로부터 벗어난 개인의 자기 성찰과 표현이 다채롭게 나타난다. 그 반성적이고 표현적인 개인의 풍모는 다원화된 정체성의 정치라는 새로운 상황이 도래했음을 말해주는 동시에 자아 정의 혹은 구축의 자유에 대한 욕구가 확산되었음을 알려주는 것 같다. 문학계 일각에서는 90년대 문학을 신경숙과 윤대녕으로 대표시키는 발상이 통하고 있지만, 그들이 거둔 문학적 성공이란 따지고 보면 90년대 문학에서 진행된 내면성의 회복이라는 사정의 돌출된 표현에 해당하는 것이다. 그러나 신경숙, 윤대녕의 성공에도 불구하고 내면성의 문학을 둘러싼 지금의 환경은 반드시 우호적이지만은 않은 것으로

---

1) 유종호, 「가망 없는 희망」, 『문학의 즐거움』, 민음사, 1995.

보인다. 탈근대적 삶의 징후들과 맞물려 제기되고 있는 새로운 문학에 대한 요구 속에서 개인 내면의 탐구는 따분하고 억압적인 관습으로 취급되는 경향이 있다. 무엇보다도 후구조주의 또는 포스트모더니즘의 쇄도 이후 자아, 주체, 내면과 같은 휴머니즘의 언어와 신념으로 진정한 문학을 생각하기는 갈수록 어려워지고 있다. 그 자체가 근대의 산물인 내면성의 문학은 근대 비판의 강력하고도 다발적인 공세로부터 결코 안전한 지대에 놓여 있지 않은 것이다. 그런 만큼 우리는 내면성의 문학, 그것의 조건을 돌이켜보고 아울러 그것의 의의를 점검할 필요가 있다.

2. 자기 정의적 주체의 발견

내면이란 말이 보통 뜻하는 것은 욕망, 기억, 지각, 사고 등와 같은 인간의 심리적 활동 일체가 이루어지는 영역이다. 그것은 대체로 마음의 개념과 일치한다. 하지만 그것은 마음을 하나의 특별한 장소, 즉 사람의 '내부'에 존재하는 것으로 상정한다는 특징이 있다. 마음을 '장소화 localize' 하는 그러한 수사법은 마음과 구별되는 일체의 사물, 현실, 세계 따위를 '외부'에 귀속시킨다. 그러므로 내면은 은폐성, 분리성, 고립성이라는 독특한 성질을 갖는다. 그처럼 마음의 존재를 안과 밖, 내부와 외부의 비유로 이해하는 방식은 철학적 사유가 발달한 문화에서 일반적으로 발견된다. 인간에 대한 위대한 종교적, 철학적 해석이 공통적으로 전하는 교훈은 인간의 내면에 어떤 좋은 삶의 원천이 있다는 것이다. 아우구스티누스는 신의 빛은 인간 자신 속에 존재하는 영혼의 빛이라고 생각했고, 주희(朱熹)는 인간이 하늘로부터 부여받은 본성 속에서 성인(聖人)됨의 가능성을 찾았다. 인간 자신의 내면에 좋은 삶의 원천이 자리잡고 있다고 믿게 되면 그것의 발견과 함양을 목표로 하는 성찰적 행위는 당연히 중요한 실천적 과제가 된다. 내면성의 문학이 성립하게 되는 사상적 근거는 바로 그러한 성찰성 혹은 내향성을 장려하는 생각들에 있다. 그러나 인간의 자기 성찰을 존중하는 사상이면 모두 우리가 근대문학에서 보는 바와 같은 내면으로의 잠행에 책임이 있는 것은 아니다. 사사롭고 은밀한, 심지어는 사악한 욕망까지도 거침없이 탐구하는 문학, 예이츠가 "마음의 악취 나는 넝마전"이라고 부른 것이 가능하려면 인간의 자아에 대한 좀더 특별한 이해가 전제되어야 한다. 기독교나 성리학은 개인의 그 자아와의 내향적 접촉을 권장하지만 그것을 그 자체로 존중하도록 허락하지는 않는다. 신이라거나 이(理)라거나 하는, 좋은 삶을 보장한다고 가정되는 어떤 초월적 질서의 관념은 자아에 대한 인식과 관용을 일정하게 제한하는 것이다. 완전과 조화, 의미와 목적의 개념으로 해석된 초월적 질서의 관념이 개인을 지배하는 한, 그의 내면으로의 여행은 자유롭지 못하다.

그런 이유에서, 16세기 후반 갈릴레오적-뉴턴적 과학의 탄생이 가져온 세계관의 변화라는 서양사상사의 유명한 이야기는 여기서도 중요하게 언급되어야 한다. 갈릴레오적-뉴턴적 과학에서 세계는 이데아의 건축이든, 신의 섭리든, 어떤 신성한 생명의 리듬이든 간에 인간을 그 운명이 정해진 작은 부분으로 포함하는 하나의 의미 있는 질서가 더이상 아니다. 인간의 이성적 사고에 의한 세계의 합법칙성의 발견은 마음 혹은 의식의 내적 영역과 물리적 세계의 외적 영역 사이의 근본적인 구분을 가져왔다. 계몽사상에서 외적 자연의 영역은 기계론적이고 유물론적인 방식으로, 다시 말해 인간적 의미를 완전히 결여하고 단지 순수한 인과 법칙에 따르는 우발적인 상관관계의 영역으로 간주되었으며, 의미와 목적의 범주는 자연에 투사된 환상이라고 배격되거나 아니면 오로지 인간 경험의 내적 영역에만 적용된다고 생각되었다. 이러한 세계의 '탈마법화'를 초래한 갈릴레오적-뉴턴적 세계관은 인간 본성을 이해하는 두 가지 주요 방식을 열어놓았다. 그 첫째는 인간이란 다른 자연의 사물과 마찬가지라고 보는 것, 즉 동일한 객관적 관찰의 방법으로 연구되어야 하고, 동일한 기계론적·원자론적 인과율에 따르는 존재로 이해되어야 한다고 보는 것이다. 마음을 물질과 동질화시키는 이러한 관점은 흄, 콩도르세, 벤담 등의 인간학에서 발견된다. 그 둘째는 첫째 관점과는 대조적으로 인간의식을 자연세계의 현상과는 근본적으로 다르다고 보는 것이다. 이것을 대표하는 관점은 데카르트의 것이다. 데카르트의 저 유명한 회의의 방법은 의심스러운 것으로 가정되는 외부 세계로부터 물러나 의심할 여지가 없는 것으로 가정되는 의식의 내적 영역에 집중하는 일을 가리킨다. 그리고 그러한 내향적 집중은 의식의 주체(주관)에게 스스로 자신을 정의하고 통제하는 능력을 부여한다. 이처럼 인간의 내향적 자기 인식을 제창한 데카르트의 방법은 세계에 대한 객관적 관찰을 추구한 결정론적 과학의 방법과는 대조적인 것처럼 보인다. 하지만 그것들은 실은 서로 보완하는 관계에 있다. 의식의 주체가 모든 자연적 제약에서 독립하여 스스로를 자유롭게 정의하고 통제한다는 생각이 가능한 것은 세계가 순수하게 우발적이고 무의미한 법칙에 따라 결정되어 있다고 생각되기 때문이다. 데카르트의 코기토라는 근대적 주체의 원형은 어디까지나 갈릴레오적-뉴턴적 과학이 그려낸 세계상(像)과 함께 성립한다. 찰스 테일러가 서양 근대사상의 뛰어난 해석 가운데 말한 바와 같이, "탈마법화된 세계는 자기 정의적 주체와 상관관계에 있는 것이다".[2]

탈마법화된 세계와 상관성을 갖고 있는 자기 정의적 주체가 개인의 내면 탐구를 정당화하는 철학적 사고의 발전에 있어 결정적 전기를 이룬다는 것은 새삼스레 부연할 필요도 없을 것이다. 데카르트적 주체는 개인으로 하여금 어떤 의미 있는 질서를 찾아 세계를 관찰하고 판단하는 대신에 개인 자신을 의식에 현전시키는 데에 몰두하도록 유도한다. 그 '자기 현전 self-presence'의 관념에는 근대적 개인의 자기 몰입이 띠게 되는 모든 치열성과 도저함의 단초가 마련되어 있다. 하지만, 데카르트적 주체에서 낭만적 내면성에 이르는 역사 속에는 근대적 자아 개

---

2) Charles Taylor, *Hegel*, Cambridge : Cambridge University Press, 1975, 8쪽.

념의 진화에 관한 많은 이야기가 남아 있다. 찰스 테일러가 그의 『헤겔』, 그리고 그에 이어 훨씬 방대한 규모로 『자아의 원천들 — 근대적 정체성의 형성』에서 서술한 바에 따르면 데카르트 이후 근대적 자아 개념에 일어난 중요한 발전은 대체로 '자율'의 관념을 중심으로 하는 인간관과 '표현'의 관념을 중심으로 하는 인간관, 두 가지로 정리가 가능하다. 여기서 자율론은 우선 인간 주체를 또하나의 객체로서 연구하는 것이 가능하다고 보는 계몽사상에 대한 비판이라는 성격을 띤다. 자율론의 가장 중요한 창도자에 해당하는 칸트는 인간은 자연적 존재로서가 아니라 순수한 도덕적 의지로서 자기를 규정한다고, 근본적인 의미에서 자유롭다고 주장했다. 그는 도덕의 원천을 인간 내면에서 찾은 루소의 견해를 이어받고 나아가 도덕을 형식적 법칙, 즉 이성적 의지에 기초하여 수락한 속박이라는 측면에서 정의함으로써 자율적 존재로서의 인간을 두드러지게 했다. 근대적 윤리에 특유한 개인의 도덕적 자율성이란 관념은 그러한 칸트의 근본적 자유 개념에서 연원한다. 그런가 하면 표현론은 주관적 의식과 객관화된 세계의 양극화에 대한 반동이라는 성격이 강하다. 표현론의 핵심은 주관과 객관, 인간의 내적 삶과 자연의 외적 세계 사이의 통교(通交)나 공명(共鳴)이라는 관념이며, 이것은 기계론에 대립되는 유기론에 의해 뒷받침된다. 헤르더를 비롯한 표현론자들에게 인간의 자기 표현이란 어떤 광대한 생명과의 조화 속에서 그 자아에 내재한 가능성을 전개하여 실현하는 것을 뜻한다. 그리고 그러한 자기 표현과 자기 전개의 과정에 대하여 예술은 — 아리스토텔레스적 미메시스가 아니라 낭만적 유기론의 모형에 기초한 예술은 — 으뜸가는 범례가 된다.

자율론적 인간관과 표현론적 인간관은 근대 휴머니즘의 서로 다른 측면을 각각 나타내는 것으로 보인다. 전자가 인간의 자기 통제와 자기 규율을 강조한다면, 후자는 자기 탐구와 자기 표현을 중시한다. 그러나 여기서 주목할 것은 그것들 사이에 존재하는 차이보다는 친연성이다. 찰스 테일러가 말한 대로, 그것들은 인간을 기계론적·결정론적으로 이해하는 계몽사상에 반발하여 일어났고 그래서 자유, 다시 말해 자기 결정의 자유 속에서의 인간 실현을 이상으로 삼았다. 자율론적·표현론적 인간관에서 인간은 인간됨의 원천을 자기 내부에 가지고 있으며, 자기를 정의하거나 표현하는 자유를 행사함으로써 자기를 실현하는 존재이다. 이처럼 인간이 자족적이고 자유롭다고 인식된 만큼 개인이 그 자신과 어떤 관계를 맺느냐는 당연히 중요한 문제가 된다. 근대적 인간관은 개인으로 하여금 그에게 가해지는 물질적·사회적·역사적 침해에 굴하지 않고 그의 경험과 의식 속에서 그 자신을 탐구하도록, 그리하여 그의 정체성을 스스로 정의하도록 요구한다. 우리가 서양 근대문학에서 접하는 내면성의 전통은 바로 이러한 근대적 인간관을 그 중요한 조건으로 하여 성립한다. 근대적 개인이 획득한 자기 결정의 자유라는 관념에는 내면의 자유로운 탐험이 시도하고 기록할 가치가 있는 활동으로 인정받게 되는 근거가 담겨 있다. 개인의 그 자신과의 진실하고 제한 없는 접촉이 필수적인 실존적 정황은 내면 탐구의 문학을 번창하게 해주는 비옥한 토양임에 틀림없다. 더욱이 근대적 개인의 자유는 그의 자아에 대한 성찰만이 아니라 상상도 요구한다. 어떠한 외부적인 모형에도 의거하지 않고 자기 내부로부터 자기의 정체성을 정의하려면 자기의 모든 경험을 어떤 통일된 전체로 조직하는 상상적 능력이 따라야 한다. 장 스타로뱅스키가 그의 고전적인 루소론에서 말했듯이 "자아와의 만남은 상상력과의 만남과 동시에 일어난다. 그 만남들은 동일한 발견을 이룬다".[3] 루소를 비롯한 낭만적 내면성의 화신들이 서양 근대문학에 출현한 것은 그처럼 자아에 대한 상상의 임무를 타고난 근대적 개인의 운명과 긴밀한 관련이 있다.

어떤 문학적 전통을 가능하게 만든 조건을 특정 사상에서만 찾는 것은 일면적인 역사적 설명일 수밖에 없지만 자기 정의적 주체의 개념을

---

3) Jean Starobinski, *Jean-Jacques Rousseau : La transparence et l'obstacle*, Paris : Gallimard, 1971, 17쪽.

가진 휴머니즘이 내면성 문학의 주요 조건임은 명백하다고 생각된다. 엄밀하게 말하면, 내면이라고 하는, 외부 세계에서 분리되고 은폐된 마음 자체가 실은 자아에 대한 자유로운 성찰과 상상(좀더 정확하게는, 그 성찰과 상상을 수행하는 언어)에서 발명된 가공의 영역이다. 그러므로 휴머니즘에 대한 서양 쪽에서의 회의가 국내에서 지난 어느 때보다도 폭넓고 열렬한 동의를 얻은 90년대에 이르러 내면성의 문학이 재고와 비판의 표적으로 떠오른 것은 조금도 이상한 일이 아니다. 푸코의 '인간의 죽음', 바르트의 '저자의 죽음', 데리다의 주체성 해체 등과 같은 반휴머니즘 사상은 자아를 성찰하고 상상하는 내면성의 문학을 비판적으로 보게 하는 유력한 거점에 해당한다. 그러나 휴머니즘과 그 문학적 표현이 재고되어야 한다면 그것은 반드시 인간, 주체, 자아의 미망을 폭로한 후구조주의의 압력 때문만은 아니다. 휴머니즘은 이미 그 자기 전개의 역사 속에서 근대에 일어난 많은 재앙에 연루되었음을 드러냈다. 그것의 중심에 놓인 주체성의 관념은 공동체의 상실와 도덕적 아나키, 도구적 이성의 승리와 몰인간적 사회 기제의 성립, 서양 제국주의의 세계 정복, 전 지구적 자연 생태의 위기 등과 같은 근대의 온갖 질병과 비극의 사상적 기원에서 공통적으로 적출되고 있다. 무엇보다도, 자기 결정의 자유를 획득한 인간이 바로 그 자유를 정벌하는 인간사회를 낳았다는 것은 휴머니즘의 가장 수치스러운 아이러니이다. 따라서 근대 비판의 소리가 높은 가운데 새로운 문학의 세기를 앞두고 있는 지금의 시점에서 내면성의 문학을 진지하게 반성하고 전망해야 한다면, 후구조주의의 수사를 빌려 그것의 시효를 의심하는 단순한 발상으로는 족하지 않을 것이다. 우리는 내면성의 문학이 어떤 방식으로 자아를 구축하는가, 그 휴머니즘적 토대에 어떻게 관여하고 있는가, 휴머니즘적 인간관에 대한 어떤 대안을 모색하고 있는가를 살펴보아야 한다. 그것이 근대적 주체성의 원리를 어떻게 실현하는가는 특히 중요한 고려 사항이다.

3. 신경숙, 혹은 자아의 존재론

90년대 문학에서 내면성의 회복을 생각할 때 신경숙은 누구보다도 먼저 뇌리에 떠오르는 작가일 것이다. 신경숙 소설에 대해서는 그간 인간 존재의 탐구라든가, 여성 경험의 형상화라든가, 고백적 글쓰기라든가, 신종 민족문학이라든가 하는 다양한 해석이 나왔지만, 신경숙 소설의 모든 주제의 바탕은 개인의 내면에 대한 관심이다. 세상으로부터 감추어진 마음의 오지(奧地)를 탐험하는 것, 불확실하고 유동적인 마음의 진실을 붙잡아 고정시키는 것만큼 지속적으로 신경숙을 사로잡고 있는 문학적 현안은 없다. 많은 독자들에게 깊은 인상을 남긴 그녀의 문체는 한 개인의 마음을 감각적 구체의 형태로 현전시키려는 열정과 불가분의 관계에 있다. 투명한 마음이 그녀의 문학적 목표이기에 그녀의 문체는 일인칭 담론을 주종으로 하고, 「풍금이 있던 자리」나 「감자 먹는 사람들」에서처럼 서간체에 기울며, 쇄말성과 장황함을 무릅쓸 만큼 수식어적이다. 그녀가 공들여 추구하는 문체 미학은 마음의 현전은 결국 언어의 효과라는, 투명한 마음의 이상은 언제나 새로운 언어를 주문한다는 루소적 깨달음의 연장선 위에 있다. 신경숙 소설은 개인의 내면적 진실에 대한 서약에 입각한 만큼 현실에 대한 사람들의 합의는 그것에 그리 중요하지 않다. 그녀의 소설은 오히려 외부적 현실에서 독립된 마음의 작용들, 즉 기억, 몽상, 환각 등이 다른 어떤 경험에 못지않게 리얼하다는 믿음을 표시한다. 초기작 「聖日」에서부터 최근작 「오래 전 집을 떠날 때」에 이르기까지 사라진 것, 사멸한 것, 부재하는 것과 조우한 경험은 신경숙 소설에서 가장 빈번하게 다루어지고 있는 소재이다. 한 개인의 내면에 은밀하게 감추어진, 스스로를 표현할 언어를 아직 갖고 있지 못한 경험들에 신경숙은 계속해서 이끌리고 있다. 벙어리의 이야기를 다룬 탁월한 단편 「새야 새야」는 그 세상에서 은폐되어 침묵하고 있는 마음에 대한 경사라는 신경숙 소설의 주요 성향을 특히 생생하게 증거한다.

신경숙에게 개인의 진실이란 그의 내면 깊숙이 숨겨져 있는 어떤 것,

세상의 통속한 언어와 의식 앞에는 그 정체가 드러나지 않는 어떤 것이다. 그것은 일차적으로 비밀이라는 형태로 존재한다. 그러나 그것은 개인이 은폐하기를 원하는 비밀이면서 또한 노출하기를 원하는 비밀이다. 그것은 세상에서 진실임을 인정받기 어려운 까닭에 감추었지만 진실임을 증명하려면 드러내야 하고, 세상으로부터 버림을 받을까 봐 감추었지만 영원한 외로움에서 벗어나려면 드러내야 한다. 이처럼 개인의 진실이 은폐와 노출의 모순된 충동 속에 있기에 그것에 다가가려는 노력은 당연히 복잡한 양상을 띤다. 예컨대 「멀리, 끝없는 길 위에」에서 이숙이라는 인물의 진실을 전하고자 하는 작중화자는 그 진실을 암시한다고 믿어지는 이런저런 '기미'를 둘러싼 추측과 회상과 성찰의 고역을 치르며, 『외딴방』에서 지나간 자신의 체험에 진실하고자 하는 작중화자는 과거와 현재를 오가면서 속행과 지연, 우회와 반복의 지난한 과정을 통과한다. 신경숙 소설에서는 개인의 진실이 은폐와 노출의 이중적 충동 속에 있는 사정에 걸맞게, 사람 사이의 소통에 대한 갈망과 회의가 아울러 나타난다. 신경숙의 작중인물 중에는 소통을 바라다가 좌절하는 인물들이 적지 않다. 신경숙 소설에서 특히 상징적인 인물인 이숙은 친구들에게 응답 없는 외로움의 호소를 반복하던 끝에 거식증에 걸려 죽고, 「배드민턴 치는 여자」의 여주인공은 어떤 젊은 남자의 사소한 배려에 자극을 받아 사랑에 대한 환상을 키웠다가 낯선 치한에게 능욕을 당하게 되며, 「빈집」의 기타리스트는 그의 기타가 귀머거리 애인에게 사랑과 함께 고통을 주었다는 역설에 접하게 된다. 「새야 새야」의 벙어리는 역시 암시적인 존재이다. 세상에 자신을 이해시키지 못하고 자기의 어두운 내부에 갇혀 있는 벙어리는 소통의 어려움을 체험하는 그 외로운 개인들의 처지를 대표하는 것으로 보인다.

여기서 신경숙 소설의 인물들이 직면한 소통의 장애는 물론 단순한 언어상의 문제가 아니다. 그것은 그들이 세상으로부터 소외되어 있다는 보다 일반적인 정황의 표현이다. 신경숙 소설의 이야기에서 그들은 고향과 가족을 상실하거나 사랑의 지독한 환멸을 거치거나 삭막한 노동의 일상을 견디거나 하면서 대체로 외로움과 익명성을 고통스럽게 체험한다. 그리고 그러한 체험의 끝에는 이숙이나 희재언니 같은 여러 인물들이 예시하는 바와 같이 죽음이 자리잡고 있다. 개인을 소외의 고통으로부터 건져줄 어떤 인간 유대의 가능성에 대하여, 적어도 『외딴방』 이전의 신경숙은 회의적인 눈길을 던지고 있다. 예를 들어 「멀리, 끝없는 길 위에」의 작중화자는 외롭게 죽어가는 이숙을 외면하고 자신과 친구들이 빠져들었던 80년대의 정치화한 거리의 '열풍'에 대해 언급하면서 거기에서 느낀 인간적 융합의 희망이 일시적 착각에 지나지 않았음을 지적한다. 그래서 신경숙은 외로움이란 인간의 자연적 조건임을 반복해서 이야기하고 있는 것처럼 보이기도 한다. 그러나 소외된 개인의 내면에 대한 신경숙의 관심이 그처럼 통속한 실존주의에 그치는 것은 아니다. 개인의 내면적 진실에 다가가려는 열정 속에서 신경숙이 환기시키는 것은 그 개인이 미미하고 연약한 가운데서도 갖고 있는 살아 있는 인간성의 느낌이다. 신경숙 소설의 인물들은 이를테면 사랑과 같은 인간의 근본적 욕구에 기인하는 환희와 고통을 절실하게 구현함으로써 그들이 현실적으로 처한 익명성의 상태에서 탈피하여 보편적인 인간성의 화신으로 나타난다. 그들은 사회적으로 인정받지 못한 개인적 자아를, 그들의 내면을 묘사하는 신경숙의 언어 바로 거기에서 획득하는 것으로 보인다. 미미한 개인에게 신경숙의 언어가 제공하는 보상과 관련하여 중요하게 참조할 것은 「멀리, 끝없는 길 위에」의 작중화자의 희망이다. 그녀는 주위의 무관심 속에 외롭게 죽은 이숙의 삶을 글에 옮기면서 그것이 이숙의 '무덤'이었으면 한다고 말하고 있다. 그러니까 개인의 감춰진 내면을 기록하는 신경숙의 언어는 단순히 그의 세상으로부터의 고립을 확인하는 것이 아니라 그에게 자기 보존 혹은 자기 표현의 가능성을 열어주는 것이다.

소통에 좌절한, 어눌하거나 침묵하는 자아에게 풍요로운 언어를 제공하는 신경숙 소설에서 우리는 자아와 언어 사이의 관계를 떠올리게 된다. 언어로 스스로를 표현하지는 못하나 존재하긴 하는 자아란 상상조차 불가능할 정도로 자아와 언어는 밀접한 관계에 있다. 자아는 처음부터 언어행위의 미로를 통과하여 구성되고 언어행위의 주체로서 존재한다. 동일하고 통일된 자아(혹은 그러한 자아의 관념)가 가능한 원천 또한 자아에게 주어(주체)의 자리를 제공하는 언어 내지 담론에 있다. 개인이 숱한 체험을 거치면서도 자신을 동일한 자아로 인식한다면 그것은 일인칭의 말하기나 이야기하기를 통해 그 체험을 통일적으로 조직하고 소유하는 능력을 갖고 있기 때문이다. 자아는 언제나 이미 그의 말, 그의 이야기 속에서 스스로를 이해하고 있는, 그리고 스스로를 변화시킬 능력을 갖고 있는 말하는 자아, 이야기하는 자아이다. 이러한 자아와 언어의 밀접한 관계는 신경숙 소설 자체가 우아하게 입증하는 것이기도 하다. 일인칭 화자가 등장하는 신경숙의 소설들은 말하는 자아가 갖고 있는, 스스로를 구축하는 창조적인 능력을 특히 뚜렷이 보여준다. 그 대표적인 예 가운데 하나가 「풍금이 있던 자리」이다. 이 소설의 텍스트를 이루는 일련의 편지에서 여성 작중화자는 그녀가 사랑하고 있는 기혼 남자에게 그들의 불륜의 사랑을 중단하기로 결심했음을 이야기하려 한다. 그녀가 직면한 과제는 함께 떠나자는 남자의 제안을 받고 고향에 머무는 동안 돌연히 일어난 그녀의 변심을 남자가 이해하도록 만들어야 한다는 것이다. 이것은 바꿔 말하면 남자의 사랑을 수락한 자신과 그것을 거부하는 자신이라는 모순을 해결하는 일이며, 그녀 자신을 남자가 모르고 있는, 그러나 납득이 가능한 새로운 통일된 자아로 구축하는 일이다. 그러한 작업을 그녀의 편지는 물론 성공적으로 펼친다. 그녀의 어린 시절 아버지와 사랑에 빠져 집안살림까지 맡았던 아름다운 도시 여자는 그녀가 가장 닮고 싶은 여자였지만 또한 닮아서는 안 되는 여자였다는 회상, 젊어서 잠시 외도를 했으나 이후 가장으로서의 삶을 성실히 살아온 늙은 아버지에게 공경과 연민을 표시하고 있는 진술 등을 포함한 고백적·자전적 서술을 통해 그녀는 사랑의 궁극을 가족의 보존에서 찾는 윤리적 인간으로 스스로를 갱신한다.

신경숙 소설의 특징을 이루는 개인의 내면적 진실의 탐구는 이렇듯

자아 구축의 계기를 내포하고 있다. 「풍금이 있던 자리」의 일인칭 화자
는 자기 내부에서 서로 갈등하는 다른 욕망과 가치를 이해하는 동시에
자율적인 도덕적 의지로 자신을 통일한다. 그 일인칭 서술은 자유롭게
자신을 정의하는 개인이라는 관념을 문학적으로 추인한다고 보아도 무
방하다. 그러나 그것이 암시하는 자유는 근대 휴머니즘이 산출한 저 군
주(君主)적 개인의 자유와는 다르다. 신경숙 소설은 개인 각자의 지고
한 도덕적 권리를 승인하는 대신에, 개인에 앞서서 존재하고 개인에게
실존적 지평이 되는 어떤 인륜성의 세계를 상기시킨다. 「풍금이 있던
자리」의 경우, 불륜의 사랑을 철회하게 만드는 그 가족의 발견은 서로
의존하여 살아가는 인간의 본성에 내재하면서 또한 자연의 깊은 이치
에 이어져 있다고 생각되는 인륜성에 대한 자각과 일치한다. 그러니까
신경숙 소설에서 개인의 진정한 자아는 자아에 선재(先在)하는, 그리고
자아와 타자의 분리에 선행하는, 어떤 더불어 사는 삶의 세계 속에 성립
하는 것이다. 근작에 올수록 뚜렷한, 신경숙 소설의 성숙함을 알려주는
이러한 자아 관념은 특히 「감자 먹는 사람들」에 감명 깊게 표현되어 있
다. 아버지의 병상을 지키고 있는 한 여성이 윤희언니라는 젊은 과부에
게 보내는 편지 형식으로 되어 있는 이 작품에서 화자는 아버지의 죽음
에 대한 예감으로 흔들리는 그녀 자신의 마음을 토로하며 갖가지 추억,
상념, 관찰을 제시하는 가운데 자아가 세계에 관여하는 한 가지 근본적
인 방식을 열어 보인다. 가족 윤리를 포함하여 삶의 원천이 되는 특수한
역사적 기억과 문화, 그 단독적 개체성 속에서는 모두 연약한 사람들의
동질성, 사멸의 운명이 사람들 사이에 소생시키는 공감과 유대를 일깨
우면서 그녀는 유아론과는 대척적인 지점에서 자아를 상상하게 한다.
자아란 세계로부터 고립되어 그것과 대면하지 않고 세계 속에 존재론
적으로 뿌리박고 있다는 것, 배려, 근심, 사랑 등의 양태로 세계와 관여
하고 있다는 것, 타자들과 공유하는 세계가 바로 자신의 세계라는 것을
알려주는 것이다. '세계-내-존재'라는 하이데거적 개념에 근접한 것
으로 보이는 그러한 자아 구축은 신경숙의 언어가 빚어내는 가장 빛나

는 효과임에 틀림없다. 신경숙 소설은 세계에 대해 은폐된 개인으로부터 출발하지만 아이러니컬하게도 세계 속으로 개인을 개방하고 끝난다. 이것은 물론 휴머니즘적 인간관으로부터의 전회를 촉진하는 아이러니이기도 하다.

4. 윤대녕, 혹은 진정성의 미학

개인의 내면적 진실에 충실하고자 한다는 것은 달리 말하면 기성의 정체성들에 얽매이지 않고 개인 자신의 욕망과 의식에 즉하여 개인을 이해하는 것이다. 개인을 그 내부로부터 이해하려는 그러한 노력은 문학의 일반적인 특징이지만 그것은 특히 90년대에 들어 새로운 강세를 얻었다고 판단된다. 지난 수세대의 한국문학에서 정체성의 정치를 주도한 민족주의나 민중주의는 개인의 특수한 내면적 경험의 분방한 탐험에 자리를 내주었다. 90년대 문학에 어떤 우세한 모럴이 있다면 그것은 관습적 정체성들에 순종하지 않는 것, 개인 자신에게 진실해지는 것이다. 간단히 말해 '진정성 authenticity'의 모럴이 그것이다. 진정성에 대한 지지는 90년대 소설의 서사적 권역—변혁의 희망이 기만이었음을 시인하는 환멸의 이야기들, 여성성의 규범과 갈등하는 자신을 긍정하고자 하는 여성들의 이야기들, 도덕에 대한 조롱 혹은 금기의 위반에 매혹된 이야기들, '신세대적' 체험을 보란 듯이 내세우는 이야기들—속에서 어렵지 않게 감지된다. 신경숙과 함께 90년대 내면성의 문학을 대표하는 윤대녕은 특히 그의 소설의 원점에 진정성의 이상을 갖고 있는 작가이다. 그의 작가활동 초기에 발표된 단편들에서 그가 문제삼은 실존적 위기의 핵심은 개인들 각자가 사회적으로 통제된 인간관계의 그물에 갇혀 자기 자신과 유리된 삶을 살고 있다는 데에 있다. 「그를 만나는 깊은 봄날 저녁」「그들과 헤어지는 깊은 겨울밤」「January 9, 1993 미아리 통신」 등은 자본주의 사회와 타협한 개인들이 모두 허위와 미혹에 빠져 있으며, 그들이 갖고 있는 사회적 정체성은 그들의 자기 상실의 표현에 불과하다는 생각을 공통적으로 담고 있다. 사회란 개인의 자율성에 대한 위협이라는, 진정성의 개인주의적 이상에 기초가 되는 관념은 윤대녕이 그의 초기작들에, 때로는 푸코의 권력론을 활용하여, 제시해놓은 90년대적 상황에 대한 비판적 해석의 바탕을 이루고 있다. 90년대에 들어 일어난 민족적 – 민중적 정체성의 충격적인 무력화가 사회적으로 산출된 권위에 의존하는 개인을 불신하고 자신으로부터 권위를 얻는 self-authorized 개인을 이상화할 가능성을 열어주었다면, 윤대녕 소설은 그러한 급진적 개인주의를 문학적으로 예각화하고 있는 것으로 보인다.

윤대녕 소설에서 관찰되는 바와 같은 진정성의 이상이 계보학상으로 근대 휴머니즘에 연결되어 있음은 물론이다. 그것은 아마도 자기 정의적 주체의 관념이 도덕의 영역에서 도달한 한 정점에 해당할 것이다. 그것의 목표는 이른바 '나는 나다' 라는 원리, 즉 자아의 권위를 주장하는 개인적 자유의 원리를 실제의 도덕적 삶에서 관철하는 것이다. 진정성의 이상이 지닌 그러한 특징을 감안하면 윤대녕이 그의 소설에서 개인들의 삶을 그리기는 하되, 사회와는 극히 외면적으로만 관계하고 그들 자신에게 탐닉하는 양상으로 그리고 있는 것은 당연한 일이다. 그가 중요하게 여기는 것은 한 개인이 그의 일상적, 사회적 삶을 지배하는 허위의 구조를 뚫고 그 자신과 진실하게 접촉하는 내면적 경험이다. 그리고 그 내면적 경험은 자아의 투명한 현전에 도달하는 집중된 성찰이 아니라 정반대로 자아의 근본적인 낯설음과의 우연한 만남이라는 형태를 띤다. 윤대녕 소설에서 흥미로운 부분은 바로 자아와 진실하게 접촉하는 일은 그 자아 혹은 자아 정체성이란 허구에 불과함을 체험하는 일과 같다는 통찰 언저리에서 벌어진다. 예컨대, 그의 뛰어난 단편 가운데 하나인 「카메라 옵스큐라」를 보자. 여기에 등장하는 어느 기업체 홍보실 직원은 정신착란 증세가 있는 한 젊은 여자에게 자기도 모르게 이끌려 서서히 그의 일상에서 이탈하며, 이어 황학동 벼룩시장에서 우연히 그녀를 발견한 어느 날에는 그녀의 뒤를 밟아 그녀의 집을 찾아간다. 그의 의식이 혼몽한 가운데 찾아간 그녀의 집에서 그는 어두운 본능과 광기의 세계와 마주치게 되고 극심한 혼란과 충격에 들린 나머지 마침내 '갑충'의 몸짓을 한다. 한 평범한 샐러리맨이 일련의 우연한 계기 끝에 갑각류적 존재로 변신한다는 이러한 이야기는 개인의 자아가 그 정체성의 이면에 감추고 있는 어떤 낯설고 난폭한 타자의 존재를 상기시킨다. 황학동 벼룩시장이라는 상징적 장소, 신화적 함축이 역력한 일식(日蝕) 장면 등으로 이루어진 상상적 질서 속에서 그 이야기는 특히 자아가 그것의 억압된 타자에게 잠식을 당하는, 다시 말해 자아의 타자성이 체험되는 순간을 휘황하게 조명하고 있다.

「카메라 옵스큐라」와 그 밖의 여러 작품에서 윤대녕이 지속적으로 상기시키는 심리학적 명제는 개인의 자아가 실은 통일성을 결하고 있다는 것이다. 윤대녕 소설은 통일성을 갖고 있는, 그래서 또한 정체성을 갖고 있는 자아는 그 개인이 일상적·사회적 관계에 순응함으로써 획득한 가상에 불과하며, 자아의 실상은 그것의 타자를 포함하고 있는 상태, 다시 말해 스스로 분열되어 있는 상태라는 생각을 보여준다. 「국화 옆에서」에 등장하는 자경이라는 인물 ─마치 환영처럼 존재하는, "합성된 음성"을 가진 여자는 아마도 윤대녕 소설의 심리학이 내포하는 분열된 자아 개념의 가장 명확한 상관물일 것이다. 윤대녕 소설의 작중인물들이 행하는 그 자신과의 진실한 접촉은 그래서 언제나 자신을 낯설게 체험하거나 표출하는 양상을 동반한다. 「카메라 옵스큐라」의 '갑충', 「은어낚시통신」의 '은어', 「말발굽 소리를 듣는다」의 '말' 등은 모두 작중인물들에게 심리적 혼란을 일으키면서 그들 내부로부터 출현하는 타자(혹은 또다른 자아)에 대한 비유들이다. 그처럼 억압이나 망각의 장막을 뚫고 나오는 타자의 복귀는 그것을 체험하는 인물들의 삶에 진정성이 회복되는 일종의 제의(祭儀)적 계기를 이룬다. 진정성의 회복, 즉 삶의 의미를 충만하게 하는 자아와의 완전한 일치는 『은어낚시통신』에 실린 소설들에서 집중적으로 다루어진 몽환적이고 비의적인 사건들의 핵심을 이루고 있다. 특히 그 소설집 표제작에는 타자와의 만남에서 촉발되어 진정성의 회복으로 나아가는 개인의 내면적 역정이 은어라는 회유성 물고기의 비유를 통해 조리 있게 묘사되어 있다. (남진우가 사용한 이후 윤대녕론의 상투어구가 된 "시원으로의 회귀"는 진정성 회복의 다른 이름이다. 독일어 Eigentlichkeit의 경우에 좀더 뚜렷하지만, 진정성은 본래성 本來性, 본연성 本然性 등과 개념적으로 상통하는 용어다.) 그런가 하면 〈십우도(十牛圖)〉의 상징을 포함하고 있는 「소는 여관으로 들어온다 가끔」 같은 작품은 '자성(自性)'을 찾아가는 불교적 회향(廻向)의 관념을 빌려 이야기하고 있다.

『은어낚시통신』의 소설들에 따르면, 자아와의 진실한 일치는 세계를 일상에서 접하는 바와는 전혀 다르게 체험하는 일이기도 하다. 일상적 의식 속에서 세계는 대체로 사람들이 그것에 대해 갖고 있는 표상들을 통해 사람들의 판단과 통제에 따르는 사물들의 집합으로 나타나지만, 자아와의 진실한 일치에 이르는 과정에서 그러한 친숙하고 유한한 세계의 이미지는 사라진다. 세계는 이제 사람들의 이성적·계산적 사고에 대해서는 생소한 어떤 장엄하고 총체적인 실재로, 사람들의 삶과 연속되는 동시에 그 사람들의 삶을 포함하는 거대한 생명의 우주로 나타난다. 그것은 자아의 본향(本鄉)에 해당하는 세계이자, 신비와 마법이 살아 있는 세계이며, 영원회귀의 법칙이 지배하는 세계이다. 그러한 신화적 본향의 세계는 물론 인류의 역사 속에서 파괴되고 망각되었지만, 윤대녕 소설의 인물들은 그 세계로부터 멀리 떨어져나온 현대적 삶의 풍경 속에서, 심지어는 유행의 첨단을 달리는 후기 자본주의적 삶의 풍경 속에서 그 세계의 경이로운 현시(顯示)를 체험한다. 윤대녕 소설을 특징짓는 현란하고 풍부한, 그러면서도 그 배후에 정연한 체계를 거느리고 있는 감각적 이미지들은 언제나 작중인물에게 정신적으로 지고한 의의를 갖는 그러한 세계의 현존을 향하여 모여든다. 일찍이 페이터가 '비전 vision'이라 부른 것, 조이스가 '이피퍼니 epiphany(顯現)'라고 부른 것을 윤대녕의 미학은 겨냥하고 있는 셈이다. 그러한 비전이나 이피퍼니의 낭만적–탈낭만적 모티프는 진정성의 테마에 대해 당연히 중요한 결과를 갖는다. 그것은 한편으로는 사회적 정체성을 허위에 불과하다고 여기는 개인을 사회로부터 더욱 고립시키고 그의 자기 탐닉을 배가시킨다. 그러나 다른 한편으로는 그 자신을 독특하고 특권적인, 무엇보다도, 자유를 향유하는 존재로 의식하도록 만든다. 이피퍼니의 체험으로부터 자라나오는 그 자족적이고 자유로운 개인은 실제로 「신라의 푸른 길」을 비롯한 윤대녕 소설들 곳곳에 모습을 드러내고 있다.

윤대녕이 그의 소설에서 보여준 진정성의 추구는 문학적으로는 낭만적 의식과 연관되어 있다. 그 진정성의 추구가 이루는 자아의 서사는 자아와 세계 사이의 원초적 일체성의 상실과 회복으로 요약되는 낭만주의 문학의 토포스에 충실하다. '시원'의 담론에 의존하지 않은 윤대녕의 작품, 가령 「피아노와 백합의 사막」 같은 데서도 자아와 세계가 어떤 초월적 질서 속에서 융합하는 이피퍼니에 대한 낭만적 편향은 변함이 없다. 그러므로 윤대녕의 소설에 나타난 진정성의 추구는 낭만적 전통의 자아 구축과 연속되어 있는 셈이다. 세계와의 내면적 공명 속에서 자유를 확인하는 낭만적 자아의 풍모는 윤대녕 소설의 인물들에게 실로 역력하다. 「신라의 푸른 길」 같은 작품에 이르면 그것은 구체적이고도 현시적인 이미지를 획득한다. 성(聖)과 속(俗), 초월적 비의와 세속적 사실 사이의 경계에서 유랑하며 자족적으로 인생을 사는 행려자의 이미지가 그것이다. 그러한 낭만적 자아는 윤대녕 소설의 기초에 놓인 휴머니즘, 좀더 정확히는 표현론적 휴머니즘을 다시 상기시킨다. 그러나 중요한 것은 그의 소설이 보여준 자아 구축은 타자를 배제하는 자아의 건전화, 세계의 희생을 담보로 하는 자아의 확장과는 구분되어야 한다는 사실이다. 앞에서 살폈듯이, 그것은 개인적 자아의 정체성에 대한 회의를 포함하며, 자아의 가능성을 어떤 초월적 세계에 의한 한정 속에서 상상한다. 더욱이 윤대녕의 근작에서는 낭만적 자아가 초월적인 삶의 질서 속에서 탈주체화되는 경향마저 보인다. 예컨대 「천지간」에서 그러하다. 문상을 가는 중이던 작중화자가 여행중에 우연히 만난, 살기를 체념한 한 여인을 죽음으로부터 구해낸다는 이야기를 담고 있는 「천지간」은 천지간의 어둠을 배경으로 따뜻하게 빛나는 '백색'의 이미지를 통해 죽음의 운명 가운데서도 아름답게 살아 있는 생명의 존재를 일깨우고, 그 생명에 대한 사랑이 천지간에 존재하는 모든 생명의 이치임을 강조한다. 작중에서 여인의 목숨을 구하는 작중화자의 행동은 그의 주체성의 표현이 아니라 작중화자의 오묘한 '인연' 속에 애초부터 작용하고 있는 그 우주적 이치의 발로이다. 이처럼 삶의 초월적 질서에 대한 감각을 표현하면서 윤대녕 소설이 시사하는 것은 인간과 세계에 대한, 휴머니즘의 테두리를 넘어선 이해의 가능성이다. 그것은 다분히 신비적이고 종교적인 이해—어쩌면 레비나스가 "근본적 외재성"이라고 부른, 인간 경험의 경제(經濟) 바깥에 관계할지도 모를 이해의 가능성이다.

5. 미적 주체성의 원리

신경숙, 윤대녕 소설이 다루고 있는 인간의 내면적 경험은 모두 사회로부터 소외된 개인의 것이다. 신경숙은 세상에 적응하지 못하고 자신을 은폐한 개인의 내면에서, 윤대녕은 사회적 삶의 허위와 기만에서 벗어나기를 열망하는 개인의 내면에서 어떤 인간 존재의 진실을 찾고자 한다. 그러나 그들이 시도한 개인 내면의 탐구는 단순히 그 개인의 소외를 존재론적 사실로 확인하는 데에 그치지 않는다. 그들은 개인의, 그 자신과 세계에 대한 의식을 일정한 형태로 재현하는 가운데 그 개인의 자아를 어떤 통일된 형상으로 구축한다. 신경숙, 윤대녕 소설이 보여주는 자아 구축의 작업은 근대적 개인이 초월적 의미의 질서를 상실함과 동시에 결정론적, 기계론적 법칙의 세계에 대항하여 획득한 자기 정의의 자유에서 연원하는 것으로 보인다. 누군가에게 쓰는 편지나 자신과의 내면적 대화에서 그 자신을 현전시키고자 애쓰는 신경숙 소설의 말하는 자아, 사회적으로 규정된 정체성을 부정하고 자아와의 진실하고 완전한 일치를 꿈꾸는 윤대녕 소설의 몽상적 자아—이들의 선조는 근대 휴머니즘이 발견한 자기 정의적 주체이다. 신경숙 소설에서 은폐된 마음의 노출, 윤대녕 소설에서 진정성의 추구는 자신이 누구인가를 스스로 정의하고자 하고, 정의해야 하는 근대적 개인의 고민과 열정을 표현한다. 그들이 소설의 실제에서 보여준 자아 구축은 언어를 가진 인간의 스스로를 개발하고 창조하는 능력에 대한 예증이기도 하다. 신경숙은 인간 경험을 주체적으로 조직하고 소유하게 해주는 일인칭의 언어 수행을 예술적으로 정련함으로써, 윤대녕은 자아와 세계의 일체성을 지향하는 낭만적 주체성의 서사를 가동시킴으로써 각각 독특한 자아의 가능성을 확인한다. 그렇게 하여 그들의 소설은 진정한 자아란 결국 개인 자신의 작품이라는 휴머니즘의 믿음을 떠올리게 한다.

그러나 신경숙, 윤대녕의 소설은 주체성의 원리가 직면한, 이미 익히 알려진 곤경에서 자유롭지 않다. 그들의 소설이 기록한 바와 같은, 한 개인의 그 자신과의 주체적 접촉은 자아의 미궁 속에 빠져버리는 사태로 귀착되기 쉽다. 즉, 자아에 대한 자아의 일치를 영원히 반복할 위험이 있다. 여기에는 당연히 세계 상실이라는 결과가 따른다. 자아와의 일치에 골몰하는 자아에게 세계는 자아를 한정하고, 자아에게 관여하고, 자아와 대립하는 실재로서의 의미를 잃어버린다. 그것은 단지 자아의 반영을 제공하는, 그래서 자아 자체를 확인케 해주는 자아의 거울일 따름이다. 이것은 다시 생각하면 자기 정의적 주체성의 모든 근대적 형태를 괴롭히는 문제이기도 하다. 자기 정체성을 정의할 준거를 자기 내부에서 발견하는 개인은 그의 존재를 규정하는 자연적, 사회적 관계를 무시하고 그의 자유를 일종의 군주적 권능으로 인식하고 표현하기 십상이다. 하지만 그를 둘러싼, 혹은 넘어선 세계 속에 확고한 기반을 갖고 있다는 느낌을 결여한 만큼 '참을 수 없는 존재의 가벼움'에 만성적으로 시달릴 수밖에 없다. 신경숙, 윤대녕 소설이 자아의 미궁에 전혀 빠지지 않았다고 말하기는 아마도 어려울 것이다. 자아의 흔적을 구원하려는 강박적 욕망에 사로잡힌 신경숙 소설의 내성적 독백, 세계와 융합된 자아의 환상에 탐닉하는 윤대녕 소설의 이피퍼니에는 얼마간 나르시시즘의 기미가 있다. 하지만, 앞에서 이미 지적했듯이, 신경숙, 윤대녕 소설은 자아와 자아 바깥 세계와의 관계를 그 나름대로 복구하는 방식으로 자아를 구축하고 있는 것이 사실이다. 신경숙은 공동의 기억과 역사를 가지고 있는 사람들 사이에 가능한 공감을 통해 자아가 이미 타자들과 더불어 세계 속에 존재함을 깨닫게 하며, 윤대녕은 자아의 근본적 타자성을 음미하는 가운데 넓은 우주적 삶의 질서 속에서 진정한 자아의 근거를 찾는다. 그러면서 신경숙은 인류를, 윤대녕은 초월을 — 근대의 자족적 개인이 망각한 의미 있는 삶의 원천들을 각각 상기시킨다. 신경숙, 윤대녕 소설의 자아 구축의 원리는 근대적 주체성이지만 마법이란 이름으로 배척된 자아와 세계 사이의 조화로운 감응을 기억한다는 점에서 특별한 주체성이다. 휴머니즘의 자기 반성과 비판을 낳는 그 특별함을 존중하려면 그것은 미적 주체성이라고 불러야 옳을 것이다.

그러나 신경숙, 윤대녕 소설이 보여주는 바와 같은 자아에 대한 관심은 근자에 유행하는 비평 담론에서는 미심쩍게 보일 공산이 크다. 자아란 결국 서구의 질병에 불과하다는 식의 생각은 예전부터 있었지만, 자아에 대한 의혹은 휴머니즘 비판가들, 주로 후구조주의 계열의 프랑스 사상가들의 영향력이 커지면서 함께 증대되고 있다. 라캉, 푸코, 데리다, 료타르, 들뢰즈와 가타리 등은 제각기 진정한 혹은 통일된 자아를 상정하는 철학적 사고에 어떤 허위나 억압이 잠복되어 있음을 가르쳤다. 그들의 주장에 따르면, 그러한 자아란 허구에 불과한 것일뿐더러 그러한 자아에 대한 집착은 해방을 위장한 기율에 가까운 것이다. 휴머니즘적 자아 개념에 대한 후구조주의적 회의와 비판은 교훈적임에 틀림없지만 반드시 그렇게 생산적이지는 않다. 예를 들어, 자아에 관한 라캉의 이론 가운데 자아의 언어와의 관계를 강조한 이론을 생각해보자. 라캉은 언어가 어떻게 개인으로 하여금 자신이 경험의 주체라는 느낌을 갖도록 만드는가를 설명하면서 그러한 느낌은 '나'라는 단어의 사용에 근본적으로 의존한다고 말한다. 하지만, '나'가 어느 누구에게도 고유하게 속하지 않으며, 대화중인 사람들 사이에서 옮겨다니는 어사인 것과 마찬가지로, 주체로서의 자아라는 느낌은 한 개인에게 선험적으로 내재하는 자질이 아니라 덧없다고 해야 옳을 정도로 붙잡아두기 어려운 문법상의 실재이다. 라캉에 따르면, 의식을 통제하는 어떤 중심이나 원인의 효능을 갖는 어떤 통일된 원천이 있다는 느낌은 결국 언어의 효과에 불과하다. 여기서 역설적인 것은 사람이 그러한 언어의 효과를 경험하려면 언어라는, 사람에 앞서서 존재하는 선험적이고 초인격적인 체계에 자신이 접수되도록 놓아두어야 한다는 것이다. "나는 나 자신을 언어 속에서 알아보지만, 오직 나 자신을 마치 목적어처럼 언어 속에 잃어버림으로써 그렇게 한다"고 라캉은 쓰고 있다.[4] 구조주의의 언어 개념에 기초한 라캉의 자아론은 그것이 담고 있는 자아와 언어, 자아와 타자 관계에 대한 많은 계시에도 불구하고 선선히 수긍하기 어렵다. 라캉은 인간 주체에 대한 휴머니즘의 환상을 격파하는 수준을 넘어서 휴머니즘이 극복하고자 했던 결정론적, 기계론적 인간관을 다시 도입하고 있지 않은가 하는 의문이 든다. 그의 자아론은 자본주의 시장의 기제나 관료주의 체제 아래서 자신의 자유를 실감하기 점점 어려워진 현대인에게는 그럴듯하게 들릴지 모르지만, 휴머니즘에 대한 대안이 되기는 어렵다. 프레드릭 제임슨이 포스트모더니즘에 가한 논평을 번안하여 말하면, 그것이 우리에게 약속하는 희망은 소외를 극복하는 것이 아니라 소외된 상태를 편하게 여기는 것이다.

자아가 허구라는 소식은 이제 조금도 추문의 느낌이 없다. 허구라는 말을 그렇게 사용하기로 한다면, 인간 문화 전체가 허구다. 자아를 허구라고 말한다고 해서 자아에 대해 고민하고 탐구해야 하는 과제에서 면제되진 않는다. 우리는 자아가 언어적·문화적·정치적 연관 속에서 구축된다는 후구조주의적 교정으로부터 뭔가를 배워야 하지만 자아의 이상이 인간의 자기 해방에서 중요한 역할을 담당했다는 역사적 사

---

4) Jacques Lacan, *Écrits: A Selection*, trans. Alan Sheridan, New York : W. W. Norton, 1977, 86쪽.

실도 아울러 기억해야 한다. 낡은 권위와 인습으로부터 벗어나려는 노력, 전체주의적 정치와 도덕에 대한 저항, 인류 공동의 인간화를 위한 기획 등을 촉진시킨 사유와 상상의 중심에는 자아의 관념이 엄연히 자리잡고 있다. 자유로운 인간사회에 대한 전망이 날이 갈수록 어두운 시대를 살면서 자아에 대한 관심을 조롱하거나 배척하는 것은 기율과 통제에 저항하는 중요한 정신적 거점을 잃어버리는 것과 다를 바가 없다. 그런 점에서 시사적인 것은 『말과 사물』에서 '인간의 죽음'을 이야기하고 『감시와 처벌』에서 개인을 마치 권력 앞에 유순한 신체처럼 취급한 푸코가 만년에 이르러서는 '자아의 윤리학'에 몰두했다는 사실이다. 『성의 역사』 제2권 「쾌락의 효용」과 제3권 「자아에의 배려」에서 그는 개인들을 개별화 관리의 규범적 세력에 저항하게 해주는 대안적 윤리를 찾으려 했고, 「계몽이란 무엇인가」에서는 계몽사상의 유산으로부터 인간의 자율성 속에 존재하는 인간의 영원한 자기 창조의 원리를 구제하고자 했다. 푸코 만년의 사상적 역정이 시사하는 바에 따르면, 자기 시대와 사회와의 구체적인 관계 속에서 자아를 다시 인식하고 상상하는 작업은 인간의 존엄함을 알고 있는 인간에게는 여전히 필수적인 과제로 남아 있는 것이다. 그렇다면, 우리가 지금까지 논의한 내면성의 문학 또한 스스로를 반성하고 갱신할 책임을 짊어지고 있는 셈이다. 신경숙, 윤대녕의 소설은 민족-민중적 정체성의 무력화 이후 자아를 구축하는 미적 주체성의 원리를 나름대로 실현했지만, 자아를 둘러싼 현안들은 계속해서 태어나고 있으며 자아와 진실하게 만나는 내향성의 원리 또한 변함없이 유효하다. 개인의 그 자신과의 접촉에 담긴 문학적 가능성을 신뢰하는 뜻에서 아우구스티누스의 유명한 구절을 빌려 걸어를 대신하고 싶다. "밖으로 나가지 말라, 돌아와 너 자신 속에 머물라. 내향적 인간에게 진실은 깃들이나니. Noli foras ire, in teipsum redi ; in interiore homine habitat veritas."

(『21세기 문학이란 무엇인가』, 민음사, 1999년)

현대적 실존과의 접촉

비극은 세상에서 아무도 모르게
혼자서 고통을 겪고 있는 평범한 개인에게 있다.
— 조지 엘리엇, 『플로스 강의 물방앗간』

1. 일상적 경험의 소설화

사람이 그렇듯이 문학작품은 출생의 흔적을 갖고 있다. 문학작품을 이루는 언어, 형식, 주제 성분들은 갖가지 방식으로 그것이 특정한 시대의 산물임을 느끼게 한다. 문학작품은 그 출생을 가져온 시대를 넘어 반향을 일으키는 것이 사실이지만 동시에 그 시대의 독특한 느낌을 보존하는 것도 사실이다. 『강물이 될 때까지』를 읽다 보면 어느덧 기억의 저편으로 사라진 1980년대를 간간이 떠올리게 된다. 여기에 실린 신경숙의 데뷔작 「겨울 우화」를 비롯한 열한 편의 작품에는 동시대의 초상과 풍경, 동시대의 문학이 널리 공유하고 있었던 삶의 표상들이 다소곳이 자리잡고 있다. 가령, 작중인물 가운데 젊은이, 특히 남자는 정치적 현실에 희생된 존재로 그려지곤 한다. 「겨울 우화」의 혁수는 학생운동에 관여했다는 이유로 대학에서 제적을 당하고 그 이후 계속해서 몰락하는 삶을 살게 되며, 「어떤 실종」에서 희옥이 '투사'라고 불렀던 그녀의 오빠는 휴학을 거듭하다 강제로 징집되어 군복무를 하던 중에 비참하게 죽고, 「初經」에서 양희의 오빠는 검거를 피하기 위해 학업을 중단하고 고향집에 내려와 은신하고 있으며, 「강물이 될 때까지」의 은섭은 전경으로 복무하는 동안 모교의 학생들과 격전을 벌여야 했던 괴로운 체험의 결과로 종전의 자신을 잃어버렸다고 느낀다. 그런가 하면, 육이오의 역사적 유산도 때때로 일깨워진다. 「지붕」의 원희는 전쟁의 피해를 입어 심신이 온전치 않은 '곰배팔이'에게 겁탈을 당한 상처를 안고 있으며, 「聖日」의 전용수는 그에게서 사랑스런 소녀를 앗아간 전쟁의 공포를 이야기하고, 「강물이 될 때까지」의 아버지는 전쟁중에 자기를 보호해준 한 동네 어느 아낙네의 은혜에 보답하여 그녀의 묘소를 선산에 마련하고 지금까지 돌보고 있다. 이처럼 공동의 역사적·사회적 경험에 대한 80년대적 관심을 부분적으로 반영한 삶의 표상들은 신경숙이 1985년 이십대 초반의 나이에 데뷔한 작가라는 사실을 새삼스레 상기시킨다.

그러나 출생의 흔적이란 그 사람 스스로 형성한 자아만큼 흥미로운 것은 아니다. 『강물이 될 때까지』에서도 우리의 관심을 끄는 것은 신경숙이 여러 갈래의 모색을 거쳐 획득하기 시작한 그녀 나름의 세계이다. 신경숙의 80년대 작품들은 운동권 학생의 고난으로 불우한 젊음을 대표시키는 발상이 예시하듯이 동시대의 소설 일반과 그럴듯함의 문화적 코드를 공유하고 있지만, 그럼에도 동시대의 주류 리얼리즘 문학에서 충분히 독립된 한 세계가 형성중임을 몰라보게 되진 않는다. 그것이 어떠한 세계인가를 알려면 『강물이 될 때까지』에서 특히 뛰어난 단편인 「밤길」에 잠시 주목할 필요가 있다. 이 작품의 여성화자는 서울에서 'J시'까지 여행하는 동안 그녀의 친구 이숙에 대한 가슴 아픈 기억을 돌이킨다. 그녀의 회상에 따르면 이숙은 유년기에 이미 어머니의 무심하고 난폭한 행동에서 깊은 상처를 입었고, 사회에 적응하지 못하는 외로운 생활을 하던 끝에 스스로 굶어죽었다. '집 잃은 달팽이'의 생생한 비유가 말해주듯이 이숙은 외부의 위험과 폭력으로부터 스스로를 보호할 방도가 없는 연약한 개인을 나타낸다. 「밤길」의 화자가 야간 여행을 통해 발견하는 숨겨진 진실은 이숙과 같은 연약한 개인이 사람 각자의 본질일지 모른다는 것이다. 이숙 외에 화자가 여행중에 만나거나 기억하는 인물들 — 남편이 죽은 다음 비로소 사랑을 깨닫고 혼자서 아이를 기르고 있는 무유증(無乳症)의 여자, 이웃들이 버리고 떠난 텅 빈 마을에 남아 아버지의 임종을 혼자서 지킨 어머니, 불우한 성장의 이력을 뒤로하고 마치 세상에서 스스로를 말소하듯 수녀가 되어버린 명실 등은 모두 인간이라는 존재의 가련한 연약함을 가리키고 있다. 이러한 인간 존재의 인식을 배경으로 이숙이 민감하게 체험한 그 소통과 공감의 부재라는 정황은 절박한 실존적 문제로 다가온다. 이숙에 대한 추억 속에서 화자가 확인하고 있는 것도 진심의 유대가 이루어지기 어려운 인간관계의 현실이다. 그녀는 이숙을 죽게 만든 것이 그녀 자신을 포함하여 이숙의 고통을 외면한 친구들이며, 각자 자신만을 사랑하는 사람들이라고 알려주고 있는 터이다. 「밤길」이 연약하고 외로운 고통을 절절한 느낌으로 전달한다면 그것은 또한 인간적 친밀성에 대한 간절한 희원의 표현이기도 하다.

　80년대에 이숙이라는 인물이 소설에 등장했다는 것, 그리고 그녀의 욕망이 깊은 공감으로 처리되었다는 것은 얼마간 음미할 가치가 있는 사실이다. 그녀가 구현하고 있는 친밀성에 대한 갈망은 80년대 주류 리얼리즘 소설에서는 자리를 얻기 어려운 것이었기 때문이다. 그것은 순정만화의 레퍼토리이거나 아니면 부르주아적 퇴영성의 발로에 불과하다고 여겨졌을지도 모른다. 그럼에도 신경숙은 우리가 보는 바와 같이 그것을 정교한 소설로 만들어놓았다. 「밤길」은 그래서 동시대의 소설을 풍미한 정치적 서사에 대한 모종의 항의가 아닌가 하는 추측마저 불러일으킨다. 작품에는 실제로 그러한 추측을 뒷받침하는 대목이 있다. 작중화자는 뉘우치듯 고백하는 가운데 "이숙이 혼자 있는 시간을 견디지 못해 쓰러져갈 때 우리는 (민주열사의) 장례식 행렬을 따라 시청엘

갔었다. (……) 그때에 우리는 어떤 열기에 설레이며 혼자 있는 그녀를 까마득히 잊고, 인파 속에 섞여 터질 듯한 갈망으로 (……) 거리를 헤 맸다"고 말한다. 정치적 열광에 잠재된 자기 기만을 암시하고 있는 이러한 발언은 신경숙 소설의 도덕적 감각이 80년대 리얼리즘 소설의 그것과는 사뭇 다르다는 것을 확인케 한다. 도식적으로 말해서, 신경숙 소설은 주어진 사회의 역사적 가능성에 참여하는 영웅적인 삶이 아니라 사람들이 스스로를 보존하고 서로 의지하여 영위하는 평범한 일상을 존중하는 것이다. 「밤길」에서 신경숙이 관심을 기울인 경험적 현실은 처음부터 가족, 결혼, 우정과 같은 일상적인 인간관계의 영역에 한정되어 있다. 어떻게 보면 일상적 삶에 대한 긍정은 「밤길」에 숨어 있는 가장 중요한 주제라고 해도 좋을 정도이다. 기차간에서 작중화자가 만난 여자가 "별을 품고 있듯 아기를 품고 있다"고 찬탄과 공감 속에 묘사된 장면을 생각해보라. 아이에게 젖을 먹이기 위해서라면 어떠한 고통도 감수하겠다는 마음을 다지는 그 모성의 여자는 일상의 윤리, 그것의 화신과도 같다. 「밤길」을 모형으로 삼아 말하자면, 80년대 리얼리즘 서사와 변별되는 신경숙 소설의 기반은 바로 보통의 일상적 삶에 대한 새로운 긍정에 있는 셈이다.

일상적 삶에 대한 긍정이란 90년대가 저물어가는 지금의 시점에서 보면 특별한 소설의 모럴은 아니다. 가족과 직장의 테두리 안에서 그날 그날 살아가는 사람들을 이해하고 그들의 비근한 삶에서 문제를 발견하는 것은 90년대 소설의 상례이기 때문이다. 그것은 특히 일상의 생활, 도덕, 정치에 대해 예민한 감각을 갖춘 여성작가들의 활발한 활동을 통해 하나의 조류를 이루었다. 돌이켜보면, 일상적 경험의 소설화는 90년대의 시대적 상황에서는 하나의 문학적 당위였는지도 모른다. 90년대에 들어 한국문학에서는, 이미 여러 사람들이 지적한 바와 같이, 개인의 특수한 현실을 보편화하는 역사적 서사에 대한 신뢰가 사라졌다. 자본주의의 사멸에 대한 믿음에 기초한 변혁과 해방의 서사는 현존 사회주의의 붕괴와 함께 한낱 허구임이 드러났고, 포스트모더니즘의 물결을 타고 보편화의 서사 혹은 메타서사에 대한 회의가 널리 유행했다. 그러한 역사적 서사에 대한 불신이 소설에 초래한 것은 한마디로 재현의 위기이다. 종래의 소설은 리얼리즘의 미학적 전통에 따라 주어진 사회의 발전적 속성의 최대치를 드러내는 방식으로 재현에 역점을 두었지만, 서사에 대한 불신과 함께 그러한 재현의 기반도 무너진 것이다. 따라서 발전의 플롯으로 통일되지 않는 삶을 이해하는 것, 그날그날 반복되는 삶에 대해 아량을 갖는 것은 소설이 짊어진 새로운 미학적, 도덕적 책무가 되었다. 역사적 서사가 허구일 뿐만 아니라 폭력이기도 하다면, 자아를 보존하고 발전시키려는 사람 각자의 욕망을 존중하는 것은 소설의 당연한 방법적 선회가 아닌가. 『강물이 될 때까지』에 실린 소설들은 모두 인간 해방의 서사가 아직 신뢰를 누리고 있던 시기에 씌어졌지만 신경숙은 일상적 삶의 탐구가 소설의 중요한 과제임을 표명하고 있을 뿐만 아니라 그로부터 소설의 예술적 순화와 세련이 가능함을 보여주고 있다. 90년대 소설의 판도 속에서 보면 신경숙의 80년대 작품들은 선구적이었다고 생각된다. 서사를 불신하는 시대를 살아갈 소설은 그 작품들에서 안전한 활로 하나를 얻었다 해도 좋을 것이다.

2. 내적 독백, 혹은 방심의 문제

일상적 삶에 대한 긍정은 따지고 보면 소설 장르에 기본적인 것이다. 주어진 사회의 역사적 운명을 대표적으로 살아가는 개인의 이야기라는 것도 그의 일상적 경험과 유리되면 소설이 아니라 서사시의 변종으로 떨어지고 만다. 소설이 일차적으로 다루는 개인의 행동은 자기 보존이라는 목적에 봉사하는 행동이며, 그의 능력과 자원에 따라 그가 친밀하고 편안하게 거주할 하나의 세계를 형성하는 행동이다. 소설이 취급하는 것은 '그의' 욕망, '그의' 행동, '그의' 세계라는 점에서 특수한 것이다. 소설은 인간의 보편적 역사가 있다는 것을 모르지 않지만 그것을 언제나 특수한 개인의 일상이라는 관점에서 가공하여 제시한다. 더욱이 소설은 보편적 역사를 소설 나름의 양식으로 가공하되 무엇보다 개인의 특수성을 풍부하게 하려는 목적에서 그렇게 한다. 개인이 그의 타고난 능력과 자원을 개발하여 세계 가운데 그의 안락한 자리를 차지하는 것은 소설이 일상적 삶에 대한 긍정이라는 철학 속에서 터득한 전형적인 이야기이다. 개인적 행복의 성취는 소설에서, 특히 교양소설이나 성장소설의 전통에서 특권적인 플롯을 이룬다. 그러나 그러한 플롯이 어느 사회, 어느 문화에서나 가능한 것은 아니다. 개인의 자기 발전을 가능케 하는 조건과 자원이 빈곤한 사회에서 일상적 삶은 그것이 본래 갖고 있는 직접성, 친숙성, 반복성의 삭막한 표현이기 쉽다. 그것의 서사적 플롯은 역사, 축제, 모험과 자연스럽고 유기적인 연관을 맺지 못한다. 신경숙의 80년대 작품에 암시되어 있는 한국사회는 대다수 개인의 자기 보존 자체가 힘에 벅찬 노역이 되어 있는 사회이다. 이것은 무엇보다도 그녀의 소설에 그려진 불우한 젊은이들—마지못해 정치 집회에 가담한 대가로 대학에서 쫓겨난 이후 전락의 길을 걷는 「겨울 우화」의 혁수, 서울에서 사랑에 실패한 상처를 안고 고향에 돌아와 자기와 자기 세계의 몰락을 깨닫는 「강물이 될 때까지」의 덕인 등의 젊은이들이 예시하는 바와 같다. 그렇다면 일상적 삶이란 신경숙 소설에 가능성의 원천이 되어주는 것일 뿐만 아니라 만만치 않은 과업을 부과하는 것이기도 하다. 만사가 자기 보존의 노역에 종속되어 있는 일상으로부터, 역사, 축제, 모험과 유리된 일상으로부터 소설을 만들어내려면 당연히 특별한 예술이 필요할 수밖에 없는 것이다.

　신경숙의 특별한 예술이 무엇인가는 이미 어느 정도 알려져 있다. 섬세하다거나 감각적이라거나 여성적이라거나 하는 말로 수식되는 문체가 그것이다. 그러나 신경숙 소설의 문체는 명성이 자자하고 많은 모방을 낳고 있음에도 불구하고 그것의 특징에 대해서는 아직 언급할 여지가 많이 남아 있다. 우선 우리는 신경숙 소설의 문체가 주관적 의식의 재현에 치중한다는 기본적인 특징을 확인할 필요가 있다. 그녀의 소설에는 생생하고 구체적인, 특히 대상의 세목을 파고드는 묘사가 풍성하게 자리잡고 있지만 그것은 의식의 외부에 존재하는 대상을 사실적으로 그려내려는 목적과는 그리 관계가 없다. 외부의 대상들은 대개 작중 인물들의 의식 속에서의 반영을 거쳐 나타난다. 게다가 그 대상들은 그 자체로서 중요하다기보다는 느낌, 지각, 기억, 생각, 상상 등과 같은 의식의 활동을 촉발하기에 중요하다. 「聖日」에 나오는 전용수의 이야기를 예로 들어보자. 전용수는 방송 대본 작가인 작중화자가 소개한 그의 일련의 엽서에서 어린 시절 육이오를 겪으면서 체험한 공포를 정희라는 소녀의 죽음을 중심으로 이야기한다. 그의 사연은 공교롭게도 같은 이름의 소녀를 어려서 만난 적이 있는 작중화자의 회상과 함께 제시된다. 여기서 전용수의 이야기가 중요한 것은 전쟁의 참상에 대한 증언이기 때문이 아니라 작중화자로 하여금 그의 현재 속에는 부재하는 것과 조우하게 하는 계기이기 때문이다. 「聖日」의 주요 관심은 부재하는 것이 작중화자의 의식에 현전한 비상한 경험의 순간 — '聖日'이라는 그 조금은 엉뚱한 제목이 가리키는 것도 아마 이것일 것이다 — 바로 거기에 있다. 전용수라는 이야기상의 인물이 실재하지 않을지도 모른다는 추측을 남기는 「聖日」의 결말은 기경(奇驚)하고도 상징적이다. 신경숙은 대상에서 독립된 주관적 의식, 즉 내면적 경험이 그녀의 관심사임을 은근히 노출시킨 셈이 아닌가.

　전통적인 소설에서 의식은 행동을 위한 준비나 동기가 되지만, 신경숙 소설에서는 정반대다. 신경숙 소설에서는 언제나 행동이 의식보다 빈약하고 의식에 종속되어 있다. 「겨울 우화」의 경우, 화자를 겸하고 있는 인물 명혜는 서술상의 현재, 집에서 외출, 창규 만남, 혁수 면회, 기차 여행, 혁수 어머니 방문 순으로 일련의 행동을 하고 있지만, 이것은 하나의 스토리로서는 전혀 대수롭지도 흥미롭지도 않다. 「겨울 우화」를 내용이 풍부한 소설로 만들어준 것은 명혜의 행동을 테두리로 하여 그 속에 들어오는 명혜의 갖가지 지각, 기억, 상념이다. 명혜의 의식은 그녀가 행동하고 있는 시간과 공간에 별로 구속을 받지 않고 그 나름의 리듬에 따라 움직인다. 「겨울 우화」의 텍스트에서 확증하자면, 네번째 장에 나오는 명혜의 기차 여행 장면에 주목해도 좋을 것이다. 기차 창 밖의 풍경에 대한 언급 그리고 그 풍경에서 촉발된 생각의 재현과 함께 시작되는 그 장면은 명혜의 의식이 상당히 자유롭고 유동적인 과정 속에 있음을 알려준다. 그녀의 의식은 어떤 목적도 없이 우연한 인상이나 자극에 따라 대상을 이리저리 옮겨다닌다. 그 장면의 서두를 보면, 앞자리에 앉은 잉부를 관찰하던 명혜는 탄광으로 일하러 떠나던 시절의 혁수를 떠올리고, 이어 그녀의 맞선 상대에게 사과하고 있을 어머니를 생각하다가, 아버지가 자동차 사고를 당한 순간을 회상하고, 다시 현재로 돌아와 귤을 먹기 시작하는 잉부를 바라본다. 이처럼 기차간 장면에서 명희의 의식을 배회하는 듯한 형태로 재현하는 데에 사용된 원리는 이른바 '내적 독백monologue intérieur' 이라고 불리는 것이다. 그 작중 인물의 의식을 재현하는, 현재 시제와 일인칭 지시의 담론은『율리시즈』로 대표되는 '의식의 흐름' 에 비하면 온건하고 정돈된 편이지만 플롯에서 탈선한 감각적 인상이나 상념을 수용할 정도는 된다. 명희는 현재의 객관적 현실에서 심리적으로 분리되어 잡다하고 순간적인 인상이나 상념에 빠지곤 해서 종종 마음을 방임하고 있다는 느낌을 준다. 「겨울 우화」가 스토리가 그렇게 빈약한데도 사랑의 회복을 향한 내면적 싸움의 기록으로 읽히는 것은 바로 명희의 방심 덕택이다.

신경숙이 이해하고 있는 인간의 마음은 서로 다른 시간과 공간에 속하는 이미지, 인상, 상념들이 더불어 살아가는 장소이다. 마음은 그것들에 넉넉한 양분을 제공할 뿐만 아니라 그것들을 변용시키고 그것들 사이의 새로운 관계를 만들어 외부의 세계와는 구별되는 가공의 세계를 생성시킨다. 그런 점에서 그것은 창조적인 것이다. 「조용한 비명」이라는 특이한 단편을 보면 마음의 창조적인 자유가 대담하게 발휘되고 있음을 알게 된다. 한 여자가 해안에 있는 장면에서 시작하여 그와 유사한 장면에서 끝나는 그 단편은 그 여자가 해안의 어느 마을에서 고시를 준비하며 혼자 살고 있는 애인을 만나 함께 여관에 들었다가 그들의 희망 없는 생활을 괴로워한 끝에 결별하고 마는 이야기 같다. 그러나 자세히 읽으면 알게 되듯 그것 모두가 실은 그녀의 마음속에서 일어난 일이다. 그녀가 해안의 입구에서 지어낸 환상이었던 것이다. 그처럼 환상의 마술까지 부리는 마음속에서는 일상의 삶이란 그저 기계적인 것, 반복적인 것, 직접적인 것이 아니다. 마음이 어떤 마술을 부리느냐에 따라 하루하루는 곳곳에서 감추어진 경이와 비의를 드러내며 '생의 일요일' 또는, 신경숙식으로는, '聖日'이 된다. 신경숙 소설에서 그 경이와 비의는 종종 은유의 원리로부터 나온다. 「聖日」에서 전용수가 사랑한 벙어리 소녀 정희와 작중화자가 알았던 병약한 소녀 정희, 「밤길」에서 외로움에 움츠리다 세상을 떠난 이숙과 세속에서 사라진 수녀 명실, 「강물이 될 때까지」에서 인골의 잔해가 나오는 황량한 마을과 사랑의 실패로 위기에 처한 여자의 내면, 「조용한 비명」에서 여자가 절박한 심정으로 찾아온 해안과 씨름선수들이 뒹구는 모래판 등은 모두 은유적 관계를 맺고 있다. 신경숙 소설에서 일상적 경험은 그것이 비록 자기 보존을 위한 노역의 연속일지라도 어느 순간 경이와 비의의 시로 둔갑한다. 일상성에 대한 신경숙의 긍정은 다른 어디에서보다 창조적인 마음을 재현하는 그 내적 독백의 문체에서 가장 빛나는 표현을 얻었다 해도 무리한 주장은 아니다. 여기서 말라르메가 내적 독백을 창시한 작가 에두아르드 뒤자르댕에게 보낸 그의 편지에서 찬사와 함께 남긴 다음과 같은 말을 참조하는 것도 괜찮을지 모르겠다. "(내적 독백은) 그토록 귀중하고 그토록 파악하기 어려운 일상생활을 표현하는 것이 그 유일한 존재 이유입니다."

3. 어머니라는 총총한 별빛

80년대를 풍미한 인간 해방의 서사나 그 밖의 보편적 역사의 관점에서 보면 신경숙 소설에 담긴 이야기는 사소하고 시시한 것이다. 신경숙의 작중인물들은 그들의 특수한 세계에 갇혀서 자신과 집단의 생명을 지속시켜야 한다는 일상의 도리에 규정된 생활을 반복하고 있는 것으로 보인다. 그들은 물론 나름대로 존재에 대한 물음과 마주치지만, 그것은 인류의 운명에 값하지 못하는 번민, 즉 근심에 불과하다. 「겨울 우화」의 명혜를 비롯한 인물들이 가끔 화두처럼 떠올리는 '희망'이라는 것도 무슨 장엄한 비전을 함축하는 것이 아니다. 그러나 신경숙 소설은 일상적 삶이 하찮은 것의 반복만은 아니라는 것, 그것이 인간의 자연스럽고도 심오한 자기 표현이라는 것을 느끼게 한다. 신경숙 소설의 인물들은, 일상의 산문이 시로 변하듯, 인간성의 정화(精華)로 현현하는 경이의 순간이 있다. 그러한 순간, 그들이 구현하는 것은 일상성의 문화에서 자라나온 자애로운 감성과 모럴, 주로 배려이다. 여기서 배려라는 말은 생명에 대한, 특히 스스로를 유지하기 힘든 약하고 가엾은 생명에 대한 연민, 동정, 돌봄을 총괄하여 가리킨다. 신경숙 소설에서 배려는 무엇보다도 가족관계에 있는 인물들 사이에서 두드러지게 나타난다. 「어떤 실종」을 비롯하여, 불행한 가족의 이야기를 담은 소설들은 거의 예외 없이 연민과 동정의 정감이 농후한 장면들을 포함하고 있다. 하지만 그러한 배려가 가족관계에 국한되어 있진 않다. 「밤길」에 나오는 두 삽화 ─기차간에서 어느 검은 살갗의 건강한 여자가 배고파 우는 아이를 받아 안고 젖이 나오지 않는 여자를 대신해서 거침없이 젖을 먹이는 장면, 그리고 명혜가 불우하게 성장한 학교 동기인 명실이 결국 수녀가 되었음을 알고 나서, 짐작건대 용기를 내자는 뜻으로, 명실과 눈을 한 줌씩 먹는 장면은 좋은 예가 된다. 「밤길」에서 그 순정한 배려의 삽화는 개인의 숙명적 외로움이 강조된, 전체적으로 어두운 이야기의 틈새에서 영롱한 빛을 발하는 것이기도 하다.

일상적 삶과 문화를 긍정하는 신경숙 소설의 모럴을 감안하면, 그녀의 작품들에 가족이 중요하게 부각되어 있는 것은 전혀 이상한 일이 아니다. 사람들이 스스로를 보존하는 친밀한 공간으로서의 가족, 돌봄과 사랑의 보호 아래 있는 인간관계로서의 가족에 대해 신경숙의 인물들이 드러낸 애착은 워낙 가족주의적 모럴이 우세한 한국소설의 도덕적 관습을 고려하더라도 유별난 것이다. 신경숙의 데뷔작인, 그런 만큼 신경숙적 세계의 맹아를 보였다고 말할 수 있을 「겨울 우화」는 극히 단순화하면 결국 가족이라는 인간 유대의 형식에 대한 추인을 뜻하는 이야기다. 명혜가 느끼고 있는 갈등, 즉 사회적 상승에 대한 욕구와 혁수에 대한 미련 사이의 갈등이 최종적으로 해소되게 만드는 것은 혁수의 어머니가 구현하고 있는 가족적 인륜성에 대한 공감인 것이다. 자기 확신이 없는 명혜가 혁수 어머니의 집에서 나오는 길에 저녁밥 짓는 연기가 솟아오르는 마을을 바라보는 대목에는 이런 말이 나온다. "저들에겐, 식구들의 저녁을 짓기 위해 아궁이 앞에서 짚불을 때며 연기 눈물을 흘리고 있을 저들에게는 확실한 무엇이 있을 것 같다." 가족에 대한 애착은 지금 인용한 구절에서처럼 그것이 약속하는 평온한 정착에 대한 찬양을 통해서는 물론 가족의 위기에서 심한 충격을 느끼는 작중인물들의 심리를 통해서도 표현된다. 「어떤 실종」은 이것의 적절한 예다. 이 작품에서 희옥은 그녀의 가족이 무섭고 비정한 세상 속에서 힘없이 붕괴하고 있음을 발견한다. 새벽녘 음습한 지하실 하숙방에서 그녀가 늙어버린 아버지와 함께 그들의 비참한 처지를 확인하는 장면은 그 부녀 간의 사랑을 절절하게 전해주는 한편, 가족의 훼손이란 끔찍한 재앙이라는 느낌을 환기시킨다. 연약하고 자신 없는 그녀의 의식 속에서 가족은 사람이 필요로 하는 모든 보호와 평화, 그것의 집단적 등가물로 나타난다.

『강물이 될 때까지』에서 가족에 대한 애착이 표현된 방식을 보면 신경숙의 도덕적 감성이 다분히 전통적이라는 인상을 받게 된다. 「등대댁」에는 자신과 가족을 동일시하는 토종의 여성에 대한 특별한 찬사가 담겨 있기도 하다. 장남과 남편을 차례로 잃은 이후 남은 가족을 살리려는 일념에서 온갖 궂은 일을 맡아했고, 자기 몸 속이 썩어가고 있는 지금도 자식들을 위한 밭일을 걱정하는 등대댁의 이야기를 작가-화자는 깊은 동정과 경의의 어조로 서술한다. 아예 "밤을 내려다보고 있는 저별"에 비유하여 등대댁을 예찬하기도 한다. 등대댁은, 사내는 부엌에 들어가는 것이 아니라는 그녀 자신의 말에서 보다시피, 전통적인 가부장 사회의 산물이지만 신경숙은 그녀에게서 억압된 여성을 보는 대신에 거룩한 인간을 본다. 사실, 『강물이 될 때까지』에는 '어머니의 신화'가 여기저기 잠복되어 있다. 「겨울 우화」에서 명혜는 그녀와 마주 앉은 잉부를 바라보다 "무엇이 여자를 저렇게 반짝거리게 하지"라고 속으로 감탄하는가 하면 잉부가 작별하며 남긴 웃음을 "천사의 웃음"이라고 말한다. 「初經」의 화자는 틈만 나면 장독대 청소를 하는 어머니에 대해 언급하고 이어 "반짝 빛나고 있는 장독들을 보면 양희는 어떤 밝은 세계를 엿보고 있는 것 같아 절로 환해진다"고 덧붙인다. 「겨울 우화」의 명혜를 표본으로 삼아 말하건대, 어두운 하늘에 박힌 "총총한 별빛"처럼 "은밀하게 반짝이"는 것이 신경숙의 여성인물들의 희망이라면, 그러한 반짝임은 흥미롭게도 어머니로서의 여성이 갖고 있는 이미지이다. 신경숙 소설에 나타나는 어머니의 신화는, 페미니즘 정치학에 익숙한 눈에는 수상쩍게 보일 소지가 많다. 하지만, 생각해보면, 그것은 일상성의 긍정을 기반으로 하는 신경숙 소설에서는 불가피한 성분인지도 모른다. 안락한 친밀성의 일상세계를 존속시키는 노동과 배려의 화신으로 어머니―여성만큼 전형적인 것은 없으니 말이다.

그러나 그 가족에 대한 강렬한 애착에도 불구하고 신경숙 소설을 가족주의 선언처럼 읽는 것은 잘못이다. 『강물이 될 때까지』에는 가족적 친밀성에 대한 환멸과 동시적으로 이루어지는 개체적 자아의 태동을 기록한 작품이 있다. 「初經」이 그것이다. 양희라는 이름의 여자아이는 어느 여름 그녀를 둘러싼 세계가 동요하고 있음을 느끼기 시작한다. 서울에서 대학을 다니던 오빠는 갑자기 집에 돌아와 어둠 속에 짐승처럼 숨어 있고, 언니는 아버지에게 매질을 당한 끝에 집을 나갔다. 가뭄이 들어 어른들 사이에 물싸움이 벌어지고 된장독 안에서는 벌레가 꾸물럭거리고 있다. 양희의 가족이 누려온 안락한 일상은 무너졌다. 그녀에게 행복한 유년의 상징과도 같은, 오빠와 함께 샛강에 나가 물고기를 잡는 편안한 밤의 어둠은 오지 않고 대기는 온통 햇빛으로 채워져 있다. "모든 것을 하얗게 질식시키는 햇빛" 아래 양희는 낯선 것들의 난데없는 출현을 목격한다. 집 옆에서는 남새밭 하나를 사이에 두고 교회가 건축중이고, 거리에서는 정읍의 시(市) 승격을 기념하는 밴드대의 합주가 펼쳐지고, 학교에는 풍금을 치는 하얀 얼굴의 전학생 정희가 있다. 자신의 세계가 낯선 것들의 침입을 받고 있음을 감지하는 가운데 양희는 또한 여성으로서의 자아를 의식하게 된다. 양희가 성적 정체성을 습득하는 과정은 그녀 자신에게 수치를 느끼는 자기 비하의 계기를 포함한다. 친밀성의 세계를 상실하고 수치스러운 자아를 발견한 양희는 하얀 얼굴의 풍금 치는 정희로 대표되는 낯선 것의 매혹에 이끌린다. 그녀는 문득 "어디로 어디로 아주 먼데로 갔으면" 한다. 그녀에게 일체화된 가족은 허구다. 바람을 피우고 있는 아버지가 양희에게 목격되는 소설 말미의 장면은 양희가 이미 간파한 진실에 최종적인 인준을 가하는 것에 불과하다. 「初經」에 제시되어 있는 것은 가족과의 심리적 유대를 상실하면서 개인적 독립의 과제에 직면하는 인간 성장의 법칙이다. 양희는 이제 가족 너머에 있는 낯선 세계 속에서 그녀의 자리를 찾아야 한다. 그러나 「初經」은 그녀의 성숙이 행복의 전조가 아니라는 암시를 준다. 그녀보다 먼저 가족 너머의 세계에 들어간 오빠와 언니는 모두 난관에 부딪히지 않았는가. 오빠는 서울에서의 좌절과 함께 영원히 젊음을 잃어버렸는지 모르고, 언니는 미친 여자가 되어 어느 도시의 거리를 유랑하고 있을지 모른다. 친밀한 가족의 환상 속에 남아 있지도 못하고 그것에 대한 대안을 발견하지도 못하는 곤경―이것은 신경숙 독자들에겐 아마도 친숙한 실존적 정황일 것이다.

4. 신경숙 소설의 아름다움

「初經」에서 양희가 성인이 되기 위한 이니시에이션을 거치는 것은 한 여름의 햇빛 아래서이다. 그 햇빛은 양희에게 그때까지 감추어져 있던 세상의 '비밀'을 노출시키고 낯선 것의 매혹을 가르쳐준다. 그러나 신경숙 소설에서 햇빛은 계몽의 담론에서처럼 마법의 사슬로부터의 해방, 이성의 인도를 받는 인간 성숙을 의미하지 않는다. 그것은 개인에게서 그의 친근한 세계를 앗아가고, 그를 무서운 공허함 속에 홀로 남겨두는 재앙을 나타낼 따름이다. "모든 것을 하얗게 질식시키는 햇빛"은 「初經」이외의 작품에서도 나타난다. 「강물이 될 때까지」의 덕인에게 고향의 충만한 세계가 사라졌음을 깨닫게 하는 황량한 집 안과 마을은 한여름의 "폭양" 아래 있으며, 「조용한 비명」의 여자의 뇌리에는 공허하고 굴욕적인 도시생활의 기억과 함께 "도시의 강렬한 햇빛"이 떠오른다. 햇빛 아래 출현하는 낯선 것, 미지의 것, 타자적인 것과의 접촉은 따라서 신경숙의 인물들에게 일반적으로 불행의 징조가 된다. 예컨대, 신경숙 소설에 기이하리만큼 빈번히 등장하는 성당과 교회를 보자. "햇빛 아래 성당은 늘, 학기가 반이나 지난 어느 날 불현듯 전학 와 운동장 포플러나무 밑을 겉도는 도회의 여자애 같다"는 「황성옛터」의 구절이 말해주듯이, 그것은 신경숙의 인물들이 자기들 것이라고 여기는 가족과 소읍의 특수한 세계에 대해서 하나의 타자, 그 잦은 출현을 고려하여 말한다면, 모든 타자들의 대표이다. 그런데 성당과 교회는 그 종교적 연관에서 생기기 쉬운 예상과는 달리, 치명적인 침해의 이미지를 띤다. 「지붕」에서 원희가 어린 시절에 곰배팔이에게 강간을 당한 장소는 바로 성당이며, 「初經」에서 양희의 언니를 망쳐놓은 남자는 교회 건물을 짓고 있던 인부이다. 이러한 성당과 교회로 대표되는 타자의 이미지는 타자와의 관계 속에 잠재된 자아 발전의 가능성이 신경숙 소설에서는 탐구되기 어렵다는 것을 시사한다.

실제로 『강물이 될 때까지』에서 우세한 것은 타자의 세계에 참여하는 자기 초월의 서사가 아니라 자기 세계의 상실을 슬퍼하는 감상적 엘레지이다. 「황성옛터」를 보면, 서울에서 교사를 하고 있는 은선은 아버지를 돕기 위해 고향에 들렀다가 그녀의 세계가 속절없이 몰락하고 있음을 발견한다. 그녀에게 언제나 든든한 의지가 되어주었던 아버지는 병이 들어 스스로 몸을 가누기 어려울 정도이다. 아버지에겐 자랑스러운 아들이었고 그녀에겐 다정한 이성이었던 그녀의 오빠는 오래 전에 죽었다. 이러한 남성적 보호의 소멸과 은유적 관계에 있는 것이 전래의 모습을 잃어가는 고향 마을의 변모이다. 고향의 명칭이 정읍에서 정주로 바뀌었는가 하면 어설프게 도시개발사업이 벌어지는 중이다. 도로공사를 이유로 반쯤 끊어진 채 방치된 다리 아래로 어느 남녀가 추락한 사건이 암시하듯이, 고향 마을의 변화는 은선에게 위협적인 것으로 비쳐진다. 「황성옛터」에서 은선의 본래적 세계가 폐허로 변한 느낌은 자기 존중이 결여된 그녀의 연약한 심리와 합성되어 처연한 여운을 남기고 있다. 「강물이 될 때까지」에서도 그와 유사한 느낌이 스토리의 정서적 배음(倍音)을 이룬다. 'S시'에서 사랑에 실패한 상처를 안고 고향집에 내려온 덕인은 아무 정열도 없이, 세상에 투신하지 못하고 살아온 자신을 후회하며 그 도시에서 보낸 몇 해가 공백으로 끝났음을 괴롭게 시인한다. 그 허망한 도시생활과는 대조적으로 고향에서의 생활은 "무엇엔가 충만했던" 것으로 그녀에게 기억되어 있다. 그러나 그녀가 고향에 돌아와 새삼스레 깨닫는 것은 세월은 무엇 하나 그대로 두지 않는다는 것이다. "……이젠 여기도 생기롭지 않아…… 어머닌 울고…… 고양이들은 눈 번뜩이고…… 어디서나 묘지 냄새가 나……"라며 그녀는 마침내 울먹인다. 그녀에게 행복은 오직 추억의 회랑에서만 발견되는 것처럼 보인다.

낯선 도시의 사람들 사이에 투신하지 못하는 자신을 고통스럽게 의식하면서 친밀성과 충만함이 그녀의 세계에서 사라졌음을 무력하게 확인하는 덕인—그녀의 처지는 신경숙 소설이 그리고자 하는 현대적 삶의 정황을 압축적으로 보여준다. 신경숙의 데뷔작은 사랑으로 충만한 생활을 향한 희망의 소생을 말하고 있지만, 그 이후에 발표된 작품들은 마치 그것을 철회하는 듯하다. 「강물이 될 때까지」는 서정인의 명작 「강」과의 상호텍스트성 intertextuality 속에서 갈수록 회한만 늘어갈 따름인 생에 대한 비감을 전해준다. 「조용한 비명」처럼 타인과의 관계에서 공허함을 느끼는 신경숙 인물들의 심정이 명시적으로 드러난 작품에서 그들의 일상은 그 황량한 실상을 감추지 못한다. 한 여자가 해안의 입구에 서서 그녀와 약혼한 남자를 바라보는 장면에서 시작되는 「조용한 비명」은 그녀가 당면한 현실에 절망한 나머지 약혼을 스스로 파기한다는 이야기를 담고 있다. 그녀는 약혼한 남자와의 사랑이 이미 권태에 침윤되었음을 감지하고 있을 뿐만 아니라 고시에 매달리고 있는 그의 도박에서 아무런 희망도 느끼질 못한다. 남자를 배반하기로 작정한, 게다가 남자 역시 같은 생각이었음을 발견한 그녀의 마음에 그날그날의 삶은 막막하고 지루한 싸움의 연속으로 비쳐진다. 그녀가 텔레비전 화면에서 보고 있는 모래판의 씨름경기는 바로 그러한 삭막한 일상의 구체적인 이미지이다. 신경숙의 소설이 흔히 그렇듯이 비유가 많은 「조용한 비명」에서 특히 상징적인 것은 해안에서 중년남자와 테니스를 치던 어느 여자의 자살이다. 불륜을 무릅쓰고 투신한 사랑이 남자에겐 장난에 불과함을 깨닫고 고뇌에 빠져 있었을지도 모를 그녀는 우연하게도 옛날에 주위로부터 버림받은 사팔뜨기 소녀가 익사한 바로 그 바다에 스스로 몸을 던져 죽는다. 약혼한 여자의 배반을 알려주는 일련의 사건이 실은 그 여자의 내면에 전개된 환상이라는 사실을 생각하면, 테니스 치던 여자의 죽음은 실제로 일어난 사고가 아니라 그 여자 자신의 상상적인 자살이다. 그러하기에 그녀는 "그 여자는 죽었고 나는 간다"고 말한다. 그녀의 상상적인 자살을 통해 아무런 전율도 희망도 없는 삭막한 일상은 죽음의 사막이라는 이미지를 완성한다.

신경숙 소설의 음표에서는 때때로 자살의 비명이 들려온다. 「밤길」의 이숙은 세상과 격리된 외로움의 고통을 호소하다가 굶어죽었고, 「외딴방」의 희재언니는 결혼의 희망이 사라지자 목숨을 버렸다. 실제로 자살을 하지 않았다 뿐이지 세상에서 스스로를 말소하고 싶어하는 인물은 신경숙 소설 곳곳에 자리잡고 있다. 그들은 마치 자기 보존이란 얼마나 짓궂은 자연의 명령인가를 말해주는 듯하다. 신경숙 소설에 표현된 궁핍과 고통은 낡은 철학적 통념에 따르면 비극이라는 이름엔 값하지 못하는 것이다. 헤겔 식으로 말하면 비극이란 양립이 불가능한 두 가지 윤리 체계 사이의 갈등에 내재하는 것이고, 역사의 위기가 발양하는 순간에 일어나는 것이다. 비극적 인간은 역사 속에서의 갈등과 폭력을 통해 인류가 스스로를 창조하고 해방시킨다는 것을 예시하는 인간이다. 하지만 그러한 거창한 비극의 개념이 과연 타당한 것인가. 그것을 뒷받침하는 창조와 해방의 보편적 서사가 정녕 믿을 만한 것인가. 이숙의 고통을 외면하게 만들고, 희재언니를 침묵하게 만든 것은 혹시 그러한 서사가 아닌가. 신경숙 소설은 보편적 역사가 아니라 보통의 사연에서 비극을 느끼도록 요구한다. 아랫목 이불 밑에 밥그릇 두 개를 묻어놓고 언제 돌아올지 모르는 아들을 기다리는 노인, 대중목욕탕의 샤워기 아래서 실컷 울음을 터뜨리고 성당으로 총총히 돌아가는 수녀, 아들과 아내를 잃고 하나 남은 딸의 지하실 하숙방에서 백발가를 부르는 아버지, 혹은 이백만원이 모이면 동생에게 주고 결혼을 한다는 희망으로 열악한 생활을 견디는 여공 —이들의 외롭고 가련한 존재에서 비극적 진실을 찾으라고 주문한다. 이러한 비극의 범속화는 물론 일상의 삶에 대한 긍정과 별개의 것이 아니다. 신경숙은 노동, 배려, 근심의 일상에 내재하는 비극을 조명함으로써 그것이 보다 나은 삶을 향한 모든 노력과 기획의 중심이 되는 영역임을 알려주고 있는 것이다. 하루하루가 회한의 강물이며, 죽음의 사막이라고 말하는 것은 그런 점에서 행복한 일상에 대한 애착을 표현하는 반어법이다.

신경숙 소설에 화답하여 말하건대 일성성의 미학적, 도덕적 복권은 정당한 것이다. 일상이란 단순히 하찮은 물건의 집합, 시시한 사건의 반복, 무료한 노동의 지속이 아니라 삶의 모든 가능성의 출처이다. 하루하루 살아가는 시간과 공간에서가 아니라면 인간으로서의 삶을 어디에서 충족시키겠는가. 나날의 삶에서가 아니라면 육체의 진실, 영혼의 진실이 어디에서 스스로를 드러내겠는가. 찰스 테일러가 서양사상사의 맥락에서 지적했듯이 일상의 평범한 삶에 대한 긍정은 현대성의 중요한 윤리적 내용이다. 정녕 현대적인 인간이라면 자기 아들을 신에게 제물로 바치는 아버지나 패배한 전쟁에서 자기 가족의 목숨을 스스로 빼앗아 가문의 명예를 지키는 아버지를 칭송할 수 없다. 현재 대중소비 사회라는 모습으로 나타난 현대사회의 발전은 일상생활에서의 만족을 증진시키려는 욕구에 따라 전개되어왔다. 현대 민주정치의 중심 현안은 만족스러운 일상에 대한 욕구를 어떻게 충족시키느냐, 한마디로 어떻게 복지(福祉)를 창출하고 유지하느냐 하는 것이다. 현대성의 관점에서 보면 인간이 기억하고 보전할 가치가 있는 것은 모두 일상생활에서 비극을 줄이려는 노력으로부터 생겨났다. 이러한 사실을 모르는 것은 삶을 산다기보다 관조하는 철학자들, 히스테리아와 패러노이아를 숭배하는 예술가들, 시대의 풍운아를 꿈꾸는 보나파르티스트들이다. 개인이라는 가련한 존재를 일깨우고, 배려와 사랑의 윤리를 요청하고 일상의 시를 쓰고 있는 신경숙 소설은 현대인의 깊고도 정당한 실존적 욕구를 표현하는 것이다. 신경숙 소설의 아름다움은 바로 여기에서, 섬세하고 서정적인 문체나 어떤 '대지적 모성'이나 공동체적 모럴이 아니라 현대적 실존과의 구체적인 접촉에서 온다. 『강물이 될 때까지』가 보여주는 것은 물론 그러한 접촉의 시작에 불과하다. 현대의 일상적 삶에 대한 진실한 탐구가 되기에는 내용이 빈약하기도 하다. 여기에 그려진 일상의 비극은 이숙에게서 보이는 바와 같은 소아증(小兒症), 즉 세계와의 분리를 극렬한 고통으로 받아들이는 나르시시즘적 심리에 제한되어, 한 범례를 이룰 만큼 충분히 고양되지 못하고 있다. 하지만 『강물이 될 때까지』 이후 신경숙은 그녀의 문학적 생애에서뿐만 아니라 90년대 소설 전체에서도 중요한 성취에 속하는 「배드민턴 치는 여자」와 「감자 먹는 사람들」, 그리고 장편 『외딴방』을 썼다. 신경숙의 현대적 실존과의 접촉은 깊이와 실감을 더해가는 중이다.

(『강물이 될 때까지』 해설, 문학동네, 1998)

유적의 신화, 신생의 소설
—윤대녕론

1

　1994년 첫 작품집 『은어낚시통신』의 출간과 함께 두각을 나타내기 시작한 윤대녕은 이제 한국소설의 90년대와 떼어놓을 수 없는 이름이 되었다. 첫 작품집의 출간 이후 만 이 년도 되지 않는 기간 동안 그는, 문학의 위기를 입버릇처럼 운운하는 중론을 비웃기라도 하듯, 첫 장편소설을 위시한 많은 작품들을 연달아 발표하여 왕성한 생산성을 과시했을 뿐만 아니라 자기 세계의 완성에 골몰하는 장인적 예술가의 모습을 일관되게 보여주었다. 윤대녕의 이러한 활발한 활동과 장인적 집념은 근래에 들어 대중문화산업의 팽창을 중심으로 하는 문화적 지형 재편의 충격 속에서 진지한 문학이 전반적으로 겪고 있는 위축을 생각하면 확실히 고무적인 것이다. 90년대의 젊은 작가들에게서 소설의 새로운 활로를 기대하는 사람들이 종종 그의 작업에 각별히 주목하는 것은 그런 점에서 조금도 이상한 일이 아니다. 게다가 윤대녕이 추구하고 있는 소설세계는 90년대의 소설에 출현한 새로움의 표본이 되기에 충분할 만큼 독특하다. 서사성에 대한 이미지의 우위를 고집하는 소설 기법에서부터 시원으로의 회귀라는 모티프의 반복적인 변주에 이르기까지, 혹은 다국적 소비문화 시대의 라이프 스타일에 대한 관찰에서부터 광기와 환각에 대한 탐구에 이르기까지, 그의 독자들에게 강렬한 인상을 남긴 여러 특징들은 비록 그것들 하나하나가 반드시 유례 없을 만큼 특이한 것은 아닐지라도 종전의 우리 소설의 관행에 비추어 희귀하거나 아니면 그처럼 돌출된 적이 없었던 것으로 여겨진다. 윤대녕 소설의 새로움에 대한 지금까지의 반응은 적지 않은 편차가 있는 것으로 알고 있지만 그의 작업이 소설의 쇄신을 도모하는 젊은 세대 작가들의 노력을 특히 치열한 형태로 예시해주고 있다는 것은 의심할 나위가 없다.

윤대녕의 새로움이 90년대 문학에서 중요한 의미를 갖는다면 그것은 일차적으로 변화하는 현실에 대응하는 소설적 방법의 모색이라는 측면에서다. 젊은 작가들이 대체로 그러하듯이, 그는 우리의 역사적 삶에서 90년대가 갖고 있는 전환기적 성격을 그 나름대로 분명히 의식하고 있고, 또한 그러한 시대적 변화에 적합한 소설의 탐구를 자신의 과제로 삼고 있다. 윤대녕의 소설이 내포하고 있는 동시대와의 관련은 무엇보다도 거기에 제시된 삶의 표상들이 90년대의 물질적 기호들을 대담하게 수용하고 있다는 데서 확인된다. 『옛날 영화를 보러 갔다』를 비롯한 그의 작품들에는 정보의 생산, 유통, 관리에 관련된 업종에 종사하는 인물들이 다수 등장하고, 레코드 청취에서 영화 관람에 이르기까지 문화 산업의 발달이 가능케 해준 문화 경험이 현시적이다 싶을 만큼 빈번하게 강조되며, 다국적적이고 양식화된 소비생활의 단면들이 카페, 극장, 백화점, 편의점 등의 장소를 배경으로 뚜렷이 부각되곤 한다. 우리가 윤대녕의 인물들, 특히 감각이 도시화되고 예술 취미가 상당한 인물들의 생활에서 보는 것은 어림잡아 '일상생활의 심미화aestheticization of everyday life' 라고 규정할 만한, 감각적으로 풍부한 생활 스타일의 추구이다. 구미의 몇몇 사회학자들이 탈근대성의 중요한 표지로 간주하고 있는 그 일상생활의 심미적 변형은 문화가 대중적 삶의 곳곳에 침투하여 문화적 기호를 해독하고 운용하는 감각이 개인의 정체성을 크게 좌우하기에 이른 새로운 상황과 밀접한 관련이 있다. 윤대녕의 소설은 바로 그와 같은, 이제 우리에게도 생소하지 않은 근대적-탈근대적 상황이 개인에게 불가피한 삶의 환경이 되었을 뿐만 아니라 그러한 상황의 창조적인 전유가 중요한 실존적 문제가 되어 있음을 알려준다. 그의 소설에서는 사진, 조각, 영화 등과 같은 문화적 인공품과의 만남이 종종 작중인물의 영혼을 뒤흔드는 비상한 체험으로 나타난다는 것을 주목한 독자라면 그의 소설이 동시대의 물질적, 문화적 변화에 얼마나 민감하게 응수하고 있는가는 알고도 남을 것이다.

그러나 이렇게 말하는 것은 그의 소설이 단순히 생활양식의 탈근대적 전회에 대한 순응으로 일관한다는 뜻은 아니며 포스트모더니즘의 한국판을 실험하고 있다는 뜻은 더욱 아니다. 우리는 그의 소설에서 90년대의 새로운 풍속이나 문화와의 관련 못지않게, 어쩌면 그보다 더욱 중요하게, 우리의 삶이 자본의 전면적 지배 아래 놓인 위기에 대한 감각이 드러난다는 사실에 유념해야 한다. 윤대녕 소설의 원형적 구도를 보여주는 초기작 「눈과 화살」은 흥미롭게도 자본이라는 외눈박이 괴물의 감시 체계에 저항하는 개인의 도발을 중심으로 하는 이야기이다. 거기에서 자본주의는 먹이사슬의 사육제적 구조로 규정되고, 그것에 도전하는 개인의 광기는 자유의 실현이라는 의미를 얻는다. 자본주의가 이처럼 하나의 전면적인 통제의 체계이며 그것에 편입된 개인은 본질적으로 미혹과 자멸의 삶을 살게 되어 있다는 인식은 「눈과 화살」 이후 윤대녕 소설의 향방에 대해서도 알려주는 바가 많다. 그의 소설에 제시된 가장 문제적인 행동은 작품에 따라 표현된 양상이 조금씩 다르긴 해도 자본주의 도시의 일상적, 사회적 삶에 대한 부정이라는 성격을 기본적으로 가지고 있는 것이다. 그래서 그의 작중인물들은 도시의 현실에서 흔히 '사막'이라는 이미지로 표상되는 황폐화된 세계를 체험하고 신생에 대한 열망에 몰입하거나, 미아리 점집촌이나 황학동 벼룩시장과 같은 도시 자본주의의 변방에서 자신들의 존재와 새롭게 대면하며, 일반적으로는, 아예 도시적 일상의 경계를 벗어나 미지의 세계로 이행하는 돌연한 환각에 탐닉한다. 자본주의에 대한 윤대녕의 비판적 인식이 얼마나 철저하고 조리 있는 것인가 하는 문제와는 별도로, 그의 소설에서는 자본의 괴력에 조종되는 일상의 삶을 전면적으로 부정하는 논리가 관철되고 있는 것이다.

결국 윤대녕의 소설이 90년대의 상황과 맺고 있는 관계는 상당히 복합적이고 양면적이다. 그것은 한편으로는 자본의 전면적인 지배가 초래한 물질적, 문화적 환경의 변화에 적응하면서 다른 한편으로는 그것에 담긴 황폐화의 위험을 간파하고 저항하는 성격을 아울러 드러내고 있다. 90년대의 근대적–탈근대적 상황에 대한 이러한 복합적 관계는 윤대녕 소설의 핵심에 이어져 있어서 그것의 두드러진 형식적, 기법적 특징들 또한 그러한 관계와 무연하지 않아 보인다. 무엇보다도 이미지 제시에 유달리 집착하는 경향이 그러하다. 작중에 나오는 선연하고 풍성한 이미지들 —예컨대 그가 즐겨 구사하는 안개의 음습하고 몽롱한 액체 이미지나 푸름의 그윽하고 환각적인 색채 이미지들은 서술되고 있는 대상에 대하여 감각적 표상이 되어주는 기능에 그치지 않고 서사 전개와 분리되어 그것들 자체로 극히 고양된 경험의 순간을 이룬다. 서사성의 제약에서 풀려난 그러한 이미지가 우리에게 전달하는 것은 삶의 '강렬화', 삶의 현재를, 그 내용이 어떻든지 간에, 감각적인 의미에서 충일한 상태로 체험하는 황홀한 흥분 혹은 쾌락이다. 프레드릭 제임슨은 그러한 종류의 감각적 쾌락을 가리켜 '희열감euphoria'이라고 부른 적이 있다. 제임슨의 주장이 옳다면, 이미지의 황홀경에 대한 편집은 아마도 윤대녕의 소설이 탈근대적 문화에 특징적인 지각 양식과 관련이 있다는 증거일 것이다. 그러나 윤대녕 소설의 이미지들은 또한 근대적–탈근대적 삶에 대한 부정의 내포를 분명히 지니고 있다. 그 환각적 이미지들은 근대–탈근대의 개념 자체를 탈각시키는, 삶의 역사성 자체를 소거하는, 어떤 초월적인 비의를 향해 있는 것이다. 환각적 이미지가 본래 부재, 결핍, 상실을 벌충하려는 욕망에 연결되어 있듯이, 그의 소설의 이미지들은 자본주의 시장의 논리가 침묵하도록 강제하는 삶의 비의와 몽환을 소생시켜 불러들인다. 따라서 윤대녕의 이미지의 미학에는 근대적·탈근대적 상황에 대한 적응과 반발, 전용과 배격의 복합적인 태도가 극명하게 각인되어 있는 셈이다. 이러한 복합적인 태도는, 주장하건대, 그의 소설을 공정하게 검토하려면 간과해서는 안 될 중요한 대목이다. 그의 소설이 90년대의 시점에서 문제성을 띠게 되는 이유, 그의 소설을 반복해서 논의하게 되는 이유는 일차적으로 거기에 있다고 보이기 때문이다.

2

윤대녕의 소설에서 만나게 되는 인물이나 사건들은 결코 다채로운 편은 아니다. 그러나 그것들이 이루어내는 이야기는 인간 생존의 이면에 자리잡은 정체 불명의 불안과 혼돈을 공포스럽게 들추어내고 우리를 헤어나기 어려운 존재론적 근심 속으로 몰아넣는다. 그의 소설에서 존재의 근본적인 불안은 외형적으로는 사람 사이의 진정한 결합이나 유대가 사라진 정황으로 나타나곤 한다. 그의 작품을 읽은 사람이라면 누구나 알겠지만 그가 그려낸 인물들은 대부분 가족이나 연인을 포함한 타인들과의 관계에서 좌절을 겪었거나 겪고 있으며, 사회적인 관계 속에서 살기는 해도 극히 형식적으로 사는 인물들이다. 타인과 진정한 유대를 맺지 못하는 개인의 정황이 어떤 것인가는 그의 작품들에서 다수를 차지하는 남녀간의 기묘한 인연담 혹은 연애담을 훑어보면 명백하게 드러난다. 그러한 이야기에서 서술자이자 주인공인 젊은 남자는 자신에게 낯선 존재로 다가오는 여성에게 모종의 유혹을 느끼며 그녀의 정체에 접근하려 하지만 그녀의 낯설음 혹은 타자성은 결국 그와 그녀 사이에 존재하는 거리를 더욱 철저히 깨닫게 하는 것으로 끝난다. 「은어낚시통신」「불귀」「국화 옆에서」「소는 여관으로 들어온다 가끔」 등과 같은 작품들에서 여성인물들의 공통된 행동으로 나타나는 '사라짐'은 아마도 사람들 사이에는 어떠한 관계도 마침내는 허망하게 만드는 숙명적인 차이가 가로놓여 있다는 표현일 것이다. 물론 『옛날 영화를 보러 갔다』의 결말처럼 사랑의 성취가 암시되는 경우가 아주 없는 것은 아니지만, 개인들간의 근본적인 괴리가 윤대녕의 인물들에게 벗어나기 힘든 실존적 조건으로 의식되고 있음에는 변함이 없다. 사라진 누이의 행방을 추적하다가 그것이 불가능한 기도임을 깨달은 「불귀」의 주인공이 "우리는 제각기 다른 세계에 속해 있는 낯익은 타인들"이라고 체념하듯 말하는 구절은 그러한 의식의 일단을 전해주고 있다.

　윤대녕의 여러 작품 중에서도 「지나가는 자의 초상」은 그처럼 서로 격리된 타인들의 불안정한 관계로 이루어진 삶의 양상을 특히 구체적으로 제시한다. 서른다섯 살의 한 남자가 희미한 기억의 목록을 뒤지다가 자신에게 나타났다가 사라진 두 여자를 떠올리는 것으로 시작되는 이 작품의 이야기에서 불안정한 인간관계는 그것에 내재한 절망적인 공허함의 한 극한을 느끼게 해준다. 주인공이 엇비슷한 시기에 만난 두 여자, 김은애와 서하숙은 윤대녕의 여성인물들이 대체로 그러하듯이 자신들의 현재의 삶을 구성하는 모든 관계들에서 근본적으로 유리되어 있다. 그러한 무정주성(無定住性)은 김은애의 경우 자신이 속했던 세계를 잃어버렸다는, 그래서 자신의 존재도 현실로 느껴지지 않는다는 착란의 엄습으로 나타난다. 그녀를 사로잡고 있는 강렬한 부재감의 충격으로 인해 그녀는 일상에서의 태연한 모습에서 불현듯 뛰쳐나와 유령처럼 배회하는 기벽에 빠져 있다. 서하숙의 경우에도 정착할 세계를 갖지 못한 존재라는 속성은 동일하게 나타난다. 그녀의 욕망에 관한 진술 속에 나오는 '고래'의 비유가 암시하듯이, 그녀는 자신이 본래의 장소로부터 떨어져나와 감금된 상태에 있다고 느끼고 있으며, 거듭 변신을 시도하고 이곳저곳을 전전하는 방식으로 안쓰러운 탈출의 노력을 한다. 주인공은 그 두 여자에게서 모두 무언가를 간절히 전달하려고 하는 기미를 감지하지만 그들 사이의 소통은, 그 두 여자의 심리적 정황에서 예상할 수 있는 바대로, 그 두 여자의 유리된 존재를 바꿔놓지는 못한다. 은애는 그와의 사랑에 대한 확신을 갖지 못해 번민하던 끝에 떠나버리며, 하숙은 그의 앞에서 돌발적인 출현을 간헐적으로 되풀이하다가 역시 종적을 감추는 것이다. 이러한 사라진 여자들에 대한 주인공의 회고에서 최종적으로 접하게 되는 것은 확고한 실체란 전혀 없는, 조만간 덧없이 증발할 우발적인 관계들 사이에서 부유하는 인간 존재의 이미지이다. 그러한 존재는 텔레비전 화면 위에 출몰하는 사물들의 환영만큼이나 환각적이다. 그것은 어쩌면 환각을 통해서 스스로를 드러내는 부재라고 해야 옳을지 모른다.

이처럼 자신과 관계한 타인들의 존재에 대한 경험을 일종의 명멸하는 환각으로 느끼는 주인공의 회고는 인간관계의 근원적인 불가능성을 매우 통렬하게 환기시킨다. 여기서 우리는 문제의 두 여성인물이 그러한 환각의 인상에 어울리는 심리적 특성을 가지고 있다는 사실에 주목할 필요가 있다. 현실의 자아를 잃어버렸다는 상실감에 끊임없이 시달리는 은애에게서는 자아 분열의 증후가 나타나며, 자신이 존재의 본향에서 분리되었다고 여기는 하숙에게서는 자아 변신의 공허한 연극이 엿보인다. 「지나가는 자의 초상」에서 인간관계가 애초부터 일과성의 운명을 지니게 되는 원인이 있다면 그것은 바로 그들 개인의 정체성이 극심한 혼란을 겪고 있다는 데에 있다. 주인공과 그들과의 인연에 내포된 덧없음 혹은 공허함은 단순히 그들이 그의 주변에 잠시 머물다가 사라졌다는 데서 비롯된다기보다는 그들이 일종의 환영으로 느껴질 만큼 그들의 자아가 불명확하다는 데서 연유하는 것이다. 사실, 「지나가는 자의 초상」만이 아니라 인간 존재의 근원적인 불안에 대한 윤대녕의 모든 묘사에서 정체성의 혼란은 빠짐없이 강조되고 있는 문제적인 심리적 현실이다. 「카메라 옵스큐라」나 「배암에 물린 자국」처럼 개인의 자아 내부 어딘가로부터 낯선 타자가 폭발적으로 돌출한 사건을 기록하고 있는 작품들에서부터 「국화 옆에서」나 「남쪽 계단을 보라」처럼 현재의 일상 속에는 부재하는 어떤 세계의 환영 혹은 호출에 접한 인물의 정신적 혼란을 다루고 있는 작품들에 이르기까지, 윤대녕의 소설은 개인의 자아가 정체성을 잃게 되는 분열의 계기들을 부단히 적시한다. 그러한 자아의 분열은 작품에 따라서 가공할 허무의 편재(偏在)를 실감하게 하는 형벌이 되기도 하고, 자아의 갱신으로 나아가는 발판이 되기도 하지만, 그것은 언제나 윤대녕 소설의 존재론에서 가장 원초적인 문제를 이룬다.

자아 정체성의 동요를 예민하게 지각하는 감각은 윤대녕 소설의 존재론적, 심리학적 인간학의 핵심에 이어져 있으면서 또한 개인의 실존적 현실을 그 사회적, 역사적 연장 속에서 재현하는 관습이 승했던 종전의 한국소설에서 그의 소설을 확연히 구별되게 한다. 그는 사회나 역사를 개인의 경험 속에 현전하게 하는 장소인 자기 동일적이고 의식적인 주체의 개념을 지우고 거기에 정체가 모호한 심리적 흔적과 충동과 흐름을 채워넣는 것이다. 윤대녕이 그려낸 인간 이미지는 물론 프로이트 이후의 문학에서는 조금도 낯선 것이 아니다. 그의 인간 이미지는 프로이트가 구성한 정신분석상의 인간과 흡사하게 의식과 무의식, 이성과 광기를 양극으로 분열된 자아를 품고 있으며, 스스로 의식하고 있는 자아를 한낱 허구로 만드는 폭발적인 심리적 에너지로 가득하다. 그러나 이러한 프로이트류의, 자아 정체성이 위태로운 인간 개체의 이미지는 하나의 이론적 구성물에 불과한 것이 아니라, 근대 성립 이후의 심리적·사회적 삶에서 사람들이 실제로 경험하는 자신의 일부이기도 하다. 근대성과 그것의 급진화한 형태로서의 탈근대성의 조건이 개인에게 열어주는 자아 정체성 획득의 가능성은 자아 개념 자체를 미혹으로 만들기에 충분할 만큼 풍부하다. 무엇보다도 현대의 발달된 이미지 문화는 무수히 많은 동일시와 본뜨기의 모델들을 제공함으로써 개인에게 정체성을 연출할 자유를 증대시키며 그만큼 동일성이 허약한 삶을 살아가게 한다. 그래서 동일한 자아는 문화 산업이 생산하는 수많은 이미지들로 대치되었다고 해도 지나친 말이 아니다. 윤대녕의 소설에서 자아 정체성의 동요는 물론 근대성 ·탈근대성의 경험적 맥락에서 이야기되고 있지 않다. 그러나 이미지 문화의 쾌락을 아는 60년대생 작가의 소설에서 그것이 집중적으로 문제되고 있는 것을 그저 우연으로 돌리기는 어렵다. 자아를 정체 불명의 신비로 체험하는 그의 작중인물들의 심리 구조는 혹시 불확실한 자아의 공포와 매혹이 나날의 경험이 되어버린 지금 시대의 실존적 정황을 축약하고 있는 것이 아닐까.

3

자아 정체성이 불안한 개인의 삶은 하나의 정연한 이야기를 이루지 못한다. 그것의 두드러진 내용은 단절과 결락과 전이의 조각난 사건들이며 경험의 역사적인 지속을 위태롭게 하는 우연의 반복이다. 윤대녕의 소설이 자아의 혼란에 민감한 만큼, '문득' '불현듯' '돌연히' '홀연히' 같은 부사들을 그의 어느 작품에서든 수시로 만나게 되는 것은 당연한 일이다. 그의 소설은 일상적 삶의 지속성을 단박에 깨뜨리는 예기치 못한 순간에 대해 본능적으로 예민하다. 그러한 순간의 습격을 당한 작중인물들은 은폐되거나 억압된 채로 있던 타자를 자기의 내부에서나 타인의 존재 속에서 발견한다. 그렇게 돌연히 타자와 조우한 그들은 자신들이 하루하루 살아가는 삶이라는 것이 얼마나 허약하고 불안한가를 깨달으며 타자의 위력에 이끌려 일상적 삶의 경계를 스스로 넘어가는 자신을 어쩌지 못한다. 이러한 이탈의 심리적 과정에 주목한 윤대녕의 소설에서 특히 중요하게 다루어지고 있는 것은 경험적 자아, 혹은 일상의 현실에서 동일한 것으로 가정되는 자아로부터의 탈피이다. 예컨대, 「카메라 옵스큐라」에서 주인공은 정신착란 증세를 보이는 괴상한 젊은 여자에게 저도 모르게 이끌려 세상으로부터 격리된 그녀의 세계에 진입하는 순간 자신에 대한 이성적인 통제력을 잃어버리고 전혀 낯선 존재로 둔갑한다. 그녀의 세계를 지배하고 있는 광기와 본능의 어두운 세력에 그의 자아가 완전히 잠식당하고 마는 것이다. 더욱이 「말발굽 소리를 듣는다」에서는 개인의 내면에서 솟구치는 자아 갱신의 강렬한 욕망을 이야기한다. 거기에서 주인공 집안의 아버지대의 어른들이 예시하는 탈출과 유랑의 행로는 "자신의 개벽"을 향한 모험으로 나타난다. 이처럼 윤대녕의 소설에서 경험적 자아는 일거에 그것의 외피를 뚫고 나올 충동들을 품고 있는 불안한 구조일 뿐만 아니라 개인 존재의 갱신을 위해 해소해야 하는 업장과도 같다.

윤대녕 소설에서 이야기되는 경험적 자아의 부정은 보다 넓게 보면 자본주의 사회에 복속된 인간 개체성의 부정과 통한다. 「눈과 화살」 「그를 만나는 깊은 봄날 저녁」 같은 작품의 암시에 따르면 윤대녕에게 개인의 일상적, 경험적 자아란 자본의 점령하에 들어가 아무런 자발성도 갖지 못하는 인간 심리의 영역에 해당한다. 그것은 자본주의 사회에 반하는 욕망을 스스로 억제함으로써 유지되며, 그것을 움직이는 욕망이 조종되고 있는 욕망임을 모른다. 그러한 경험적 자아는 이를테면 자본-권력의 전면적인 통제에 길들여져, 그것의 재생산에 봉사하는 주체 위치들의 심리학적 표현이라고 할 수 있다. 윤대녕 자신의 용어를 쓰면 "순종하는 전형"에 지나지 않는 것이다. 그래서 「불귀」나 「소는 여관으로 들어온다 가끔」 같은 작품에서 보여지듯이, 그의 소설에서는 일상의 자아를 버리고 떠나간 인물들이 일상의 자리에 남아 있는 사람에게는 비상한 당혹감과 아울러 미묘한 초조감을 유발하는 것이다. 그러나 자아의 부정에 대한 윤대녕의 관심을 그저 자본주의 사회나 부르주아적 개인에 대한 반감의 소산으로만 풀이하는 것은 옳지 않을 것이다. 우리는 그것이 불교적 인간 관념에 깊이 관련되어 있다는 사실에도 유념해야 한다. 윤대녕의 인간학이 불교에서 입고 있는 혜택은 결코 적은 것이 아니어서, 「소는 여관으로 들어온다 가끔」이나 「신라의 푸른 길」처럼 명백히 불교적인 전언을 담고 있는 작품은 물론 그렇지 않은 작품에서도 인간과 세계에 대한 불교의 철학적 가정들은 암암리에 전제되어 있다. 그러한 불교적 가정들 중에서 가장 중요한 것은 아마도 자아 관념의 허구성에 관한 교의일 것이다. 붓다의 교의에 의하면, 경험적 자아는 인간이 타고난 신체적 능력들(이른바 오온 五蘊)로부터 만들어낸 상상적 구성물이며, 그로부터 인간을 인간 본래의 존재로부터 분리된 유적(流謫)의 상태에 매어두는 중대한 구속이 생겨나는 것으로 되어 있다. 그래서 불교 수행의 근본은 자아라는 미망에 대한 나르시시즘적 고착에서 벗어나는 일로부터 시작한다. 이러한 불교의 무아론을 감안해서 읽으면 우리는 윤대녕의 소설에서 종종 경험적 자아의 혼란을 둘러싸고 벌어지는 삶의 비의에 좀더 가까이 다가갈 수 있을지 모른다.

일상을 살아가는 우리가 실은 유적의 상태에 처해 있다는 생각은 실제로 윤대녕의 작중인물들에게서 공통적으로 발견하게 되는 관념 중의 하나다. 「국화 옆에서」의 중국 태생의 여자를 비롯한 그의 몇몇 인물들은 본래의 존재론적 시원으로부터 유리되어 있다는 의식에 사로잡혀 정신병리학적 질환에 가까운 고통을 당하고 있거나 아니면 자발적으로든 타율적으로든 그 시원으로 돌아가려는 모험을 벌인다. 그들에게 그들 자신의 존재가 비롯된 시간과 공간은 진부하고 공허한 일상의 삶에 종지부를 찍고 그들을 새로이 태어나게 해주는 신성한 세계로 의식되거나 체험된다. 이러한 시원으로의 회귀라는 자아 갱신의 제의적 행동은 이미 종종 지적된 대로 인간과 우주의 삶을 반복되는 탄생과 죽음과 재생의 리듬으로 파악하는 신화적 · 종교적 관념을 배경으로 하고 있다. 『옛날 영화를 보러 갔다』에 제시된 이야기의 현재 시간, 즉 시베리아산 철새인 되새떼가 한반도를 다시 찾아와 머무르다 떠나간 사건을 배경으로 주인공이 잊었던 과거와 해후하고 인생을 긍정하기에 이르는 겨울은 태초의 회복이 준비되는 성스러운 시간이라는 의미가 있다. 그런가 하면 「소는 여관으로 들어온다 가끔」에서 기구한 내력의 부모 밑에서 태어난 젊은 여성이 자신의 정체를 두고 방황하던 차에 찾아들어 갔다는 고향 춘천의 청평리는 그녀에게 삶의 초월적 가능성을 열어주는 성별(聖別)된 공간이라는 의미를 내포한다. 이러한 종류의 성스럽고

166

초월적인 세계는 윤대녕이 구사하는 감각적으로 충일한 이미지들을 통해 일상의 동질적인 시간이나 공간과는 확연하게 구별되는 환상을 빚어낸다. 그러나 그 존재의 시원 혹은 "미지의 저쪽"은 어느 순간 엄청난 충격과 신비를 거느리고 일상 속으로 틈입하기는 해도 하나의 실체로서 존재하는 것은 아니다. 그것은 떠올랐다 사라지는 하나의 환영, 그것에 도달하려는 노력을 끊임없이 헛되게 만들고 계속해서 반복하게 만드는 환영이다. 불교 존재론의 전통에서는 자아 부정의 수행을 통해 도달하고자 하는 절대적 존재는 그것의 실체를 긍정하는 순간 이미 절대적 존재이기를 그친다고 가르친다. 「신라의 푸른 길」에서 주인공은 "길에 끝이 어디 있으랴"라고 말한다. 윤대녕의 소설에 묘사된 비의의 경험에서 중요한 것은 일상 너머의 세계에 대한 실체론적 정의가 아니라 그것에 대한 지향 속에서 펼쳐지는 자아 부정의 드라마이다.

지금까지 윤대녕 소설에서 내용을 바꾸어가며 지속적으로 다루어진 자아의 죽음과 재생의 드라마는 근래에 발표된 「피아노와 백합의 사막」에 이르러 특히 깊이 있는 표현에 다다르지 않았나 한다. 이 작품에 나오는 사막은 그의 다른 작품에서 시원이란 이름으로 환기되는 성스러운 세계의 이미지를 가지고 있지 않다. 그곳은 실존적 충일에 대한 약속으로 사람을 이끄는 어떤 유토피아가 아니다. 그럼에도 그곳은 주인공이 살고 있는 자본주의 사회의 일상적 현실에 분명히 반하는 세계를 구성한다. 어린 시절 한동안 주인공을 강력히 사로잡았다가 잊혀진 사막의 이미지는 자본주의 사회에서의 안정된 일상이 보지 못하게 만드는 존재의 근원적인 공허함과 관련되어 있다. 그것은, 부유했던 집안이 갑자기 몰락하면서 마음의 상처를 입은 어린 시절 친구의 낙백한 영혼과 더불어 연상되는 데서 추측이 가듯이, 생의 이면에 도사리고 있는 공포스럽고 불가항력적인 부정성을 나타낸다. 소시민적 안락을 얻는 대가로 사막의 기억을 잃고 있었던 주인공이 실크로드 여행을 시작하면서 빠져드는 경험은 그러한 이미지의 사막이 주인공의 의식에 현전하게 되는 과정으로 이루어진다. 그의 내면에 막연히 황량한 형상으로 각인되어 있던 사막은 서서히 일체를 무화시키는 죽음의 장소로 다가오고 이것을 계기로 그는 실재라고 믿었던 그의 자아가 환영으로 느껴지는 혼란을 체험한다. 사막의 체험에서 나르시시즘적인 자아 관념을 잃어버린 결과 그는, 인생의 허무를 통렬히 겪은 나머지 이제는 쇠락한 모습을 하고 있던 그의 친구와 마찬가지로, 생에 대한 절망의 포로가 된다. 그러나 이 작품에서 사막은 일상의 자아를 멸각시키는 장소이면서 동시에 자아의 신생을 가능케 하는 장소이다. 그가 여행중에 만난 여류화가는 그녀 나름의 혹독한 죽음의 경험을 거쳐 부활에 이르는 심리적 체험을 하고, 그러한 체험의 비의를 사막에서 구한 백합 구근을 빌려 그에게 전한다. 그가 이야기의 끝에서 떠올리는 그 자신과 동일시된 사막의 환상 ─ 친구가 치는 피아노 소리가 사방으로 물주름처럼 번지고 그 소리를 따라 백합이 구석구석 피어나는 사막의 환상은 자아의 근원적인 부재의 체험 속에서 자라나오는 새로운 자아의 감각을 집약하고 있다. 이렇게 「피아노와 백합의 사막」이 전하는 자아의 죽음과 재생의 이야기는 자본주의 사회에서의 개인의 실존적 문제를 인식하는 윤대녕의 입장을 명확하게 알려준다. 우리는 여기서 그가 자본주의 사회에서 관리되는 경험적 자아의 철저한 부정 속에서 신생의 가능성을 엿보고 있음을 재차 확인한다.

4

두번째 창작집 『남쪽 계단을 보라』는 윤대녕이 자신의 문학적 개성을 정련하는 작업에 몰두하고 있음을 말해주면서 동시에 그의 소설이 변화의 국면에 들어섰음을 느끼게 한다. 그 변화의 징후는 거기에 실린 작품들 중에서 우선 「신라의 푸른 길」에 미묘하게 드러나 있다. 이 작품은 일상의 삶에 지친 한 젊은 남자가 서울을 벗어나 경주에서 강릉까지 가는 국도를 따라 여행을 하는 동안 우연히 버스에 동승한 젊은 여자와 내밀한 교감을 하다 헤어진 이야기를 들려준다. 작중에서 신라의 많은 전설과 관련하여 한껏 신비로움을 머금고 있는 경주-강릉의 여행길은 윤대녕이 상상하는 삶의 전형적 이미지를 이루고 있다. 바다와 육지가 만나는 지점들을 따라 펼쳐진 그 길은 성(聖)과 속(俗), 초월적 비의와 진부한 사실의 세계 사이에 끼어 유랑하는 인간의 운명을 암시한다. 윤대녕 소설의 투식(套式)을 아는 독자라면 거기서 여행중인 남자에게 극심한 심리적 동요를 일으키는 어떤 타자의 돌연한 출현을 예상할지 모른다. 그러나 그러한 예상은 어긋난다. 그의 여행은 오히려 마음의 평정을 유지하기 위한 규율로 나타난다. 그는 그의 마음이 맺힘에서 풀림으로 나아가는 것을, 초월을 향한 욕망으로 달아오른 "붉디붉은 마음"이 "푸른 포말로 흩어져 바다에 섞이"도록 내버려둔다. 마음을 스스로 규율하고자 하는 그는 그와 동승한 여자와의 사이에 은밀한 연정이 싹텄음을 느끼면서도 그의 마음이 구속되는 것을 결국은 허락하지 않는다. 그가 기꺼이 '생불'이라고 칭송하는 탈속한 삼촌을 찾아 동해로 가는 그의 행로에서 보다시피, 그가 원하는 것은 자아에 대한 집착으로부터의 해방이다. "우리는 모두가 타인이며 이렇게 모두가 타인이 아니다"라는 그의 진술은 자아-타자의 분별을 넘어서는 삶에 대한 지향을 단적으로 말해준다. 그러한 정신적 지향 속에서 자아와 타자의 관계는 「지나가는 자의 초상」에 암시된 바와 같은 절망적인 불가능성과는 자연히 다른 것이 된다. 그것은 아마도 서로간의 머나먼 거리를 인정하면서도 서로 교감하고 소통하는 관계라고 말할 수 있을 것이다.

「신라의 푸른 길」에서 자아-타자의 관계에 대한 이러한 인식의 변화는 윤대녕 소설의 주제상의 발전에 적잖이 중요한 의미를 갖는 것으로 보인다. 그것은 고립된 개인의 유아론적 자기 확인의 차원을 넘어선 인간 이해의 방향을 가리켜 보이고 있기 때문이다. 실제로 그의 근작 「가족사진첩」은 그러한 방향으로 윤대녕 소설이 진전되고 있다는 심증을 갖게 한다. 신혼여행에서 돌아오는 길에 고향 공주에 들른 남자 주인공이 그의 가족관계를 둘러싸고 펼치는 회상이 주요 내용을 이루고 있는 이 작품에서 흥미의 초점은 우선 일찍 세상을 떠난 그의 아버지에 있다. 남다른 포부가 있었으나 그것을 펴지 못하고 고등학교에서 한문 선생을 하다가 타계한 것으로 알려진 아버지는 윤대녕의 다른 작품들에 등장하는 아버지들과 얼마간 비슷하게 자기가 처한 현실에 안주하지 못하는 낭만적 영혼을 느끼게 한다. 아버지는 그를 비롯한 가족들에게 언제나 멀리 있는 친척처럼 느껴질 만큼 세속적인 부성과는 거리가 있었다. 아버지가 홀로 있는 낯선 존재라는 인상을 남겼고 게다가 일찍 세상을 떠남으로써 그가 입은 영향은 대단히 흥미롭다. 아버지의 부재를 일찌감치 경험한 결과 그는 "가까운 사람이 내게서 홀연히 사라질지 모른다는 불안감"을 체득했고 그로 인해 타인과의 관계에서 실패를 겪었다는 것이다. 그러나 이 작품에서 그의 회상은 그가 그러한 불안감에서 벗어나 타인에 대한 관용으로 나아가는 과정을 보여준다. 출가까지 고려할 만큼 심각한 방황의 시절을 보내기도 했던 그가 결국은 결혼이라는 타인과의 친화에 도달한 배경에는 아들에게서 죽은 남편의 잔영을 보고 남편 잃은 마음을 수습했던 그의 어머니의 일깨움이 자리잡고 있다. 그것은 타인들이 공유하는 근본적인 동질성, 멀리 있는 사람들 사이의 은밀한 근접성에 대한 가르침이다. 어머니의 도움으로 낯설기만 했던 아버지의 모습이 그 자신에게 있음을 깨달은 그는 지금은 그의 아내인 여자에게서 그의 내부에 존재하는 타자 혹은 그의 어머니의 모습을 보고 결혼할 결심을 했다고 되어 있다. 「가족사진첩」의 가족사적 이야기에 주목할 만한 것은 그처럼 자아—타자의 현상적인 대립을 넘어서 서로간의 동질성을 확인하려는 사람들의 노력이 강조되어 있다는 사실이다. 윤대녕의 소설로서는 이례적일 만큼 따뜻한 화해의 정서로 물들어 있는 이 작품에서 그러한 동질성 확인의 노력으로부터 자라나오는 인간 친화의 가능성은 넉넉한 신뢰를 받고 있다.

　「가족사진첩」에 서술된 인간 화해의 이야기는 윤대녕의 소설에서 타자의 발견을 매개로 하는 자아의 신생에 대한 탐구가 어떤 단계에 이르렀는가를 적절히 예시해준다. 자아 내부에 숨어 있는 타자에서 허구적 동일성의 패각을 깨뜨리는 심리적 충동을 찾아냈던 그는 이제 사람 사이의 소통과 유대를 가능케 하는 동력을 그곳에서 발견하고 있다. 타자는 자아를 혼란에 빠뜨리는 미지의 세력으로만 작용하는 것이 아니라 자아를 보다 넓은 인간관계 속에 자리잡게 해주는 것으로 인식되기에 이른 셈이다. 타자에 대한 이러한 인식의 진전은 자아의 신생이라는 문제가 심리적 현실로 다뤄지는 데에 머물지 않고 사회적인 관계 속에서 이해되기 시작했음을 넌지시 알려준다. 「가족사진첩」에서는 사람 사이의 소통의 경험이 아직 가족의 테두리에 국한되어 있으나 그것은 윤대녕 소설에서 개인들이 추구하는 새로운 자기 정의에 중요하고 불가피한 맥락을 제시하는 것임에 틀림없다. 그런 점에서 「배암에 물린 자국」에서 작중화자가 뱀에게 물린 이후 자신이 정체 모를 흉포한 인간으로 돌변한 사건을 서술하는 방식은 상당히 흥미롭다. 거기서 화자의 자기 자신에 대한 관찰은 그가 만난 낯선 가족, 그의 포악함과는 극히 대조적인, 어쩌면 그와 같은 포악함의 행패를 피해 숨어들었을지도 모를 온유한 풍모의 가족이 자신을 바라보는 시선에 대한 긴장된 의식 속에서 진행되고 있는 것이다. 그러한 사회적인, 도덕적인 타자를 의식한 결과 그는 자신에게 잠재된 가해성과 비겁함에 대해서도 각성하게 된다. 윤대녕 소설에서 인간관계의 실재하는, 그리고 가능한 형태들에 대한 탐구가 앞으로 어떻게 전개될지는 예측하기 어렵다. 하지만 90년대의 새로운 풍속과 문화에 대응하면서 그가 지금까지 이룩한 문학적 성과로 미루어 말하건대, 그의 소설은 동시대의 근대적–탈근대적 개인들이 필요로 하는 자기 인식의 언어를 꾸준히 산출할 것이다. 앞으로의 그의 소설이 삶의 갱신을 원하는 사람들의 열망을 향해 보다 넓게 열려 있기를 바란다.

(『문예중앙』 1995년 겨울호)

'바깥'을 향한 글쓰기

—하창수와 윤대녕의 소설

1

최근 젊은 작가들의 소설에 두드러진 현상 가운데 하나는 개인의 특수한 경험에 대한 관심이 크게 늘었다는 것이다. 젊은 작가들이 그려내고자 하는 경험의 진실은 물론 다양하지만, 그것은 자기 반성적인 혹은 자기 탐닉적인 개인의 진실이라는 특징을 전반적으로 보여주고 있다. 지난 시대의 소설이 이른바 '과학적' 개념들의 지도에 따라 공공의 현실을 인식하고 재현하는 데에 주력했던 것을 생각하면 이것은 흥미로운 변화이다. 이 개인 주체의 귀환은 어떻게 보면 한국소설이 소설 본래의 권능을 회복하려는 조짐 같기도 하다. 개별적인 경험 주체를 거점으로 리얼리티를 창조하는 원근법은 근대소설의 정통 규범에 속하는 것이기 때문이다. 그러나 젊은 작가들의 소설에서 접하게 되는 개인적 진실과의 협약은 개인의 인식론적 권위에 대한 새삼스런 추인과는 적지

172

않은 차이가 있다. 그들의 소설은 진실에 대한 특권을 개인 주체에게 회복시킨다기보다는 오히려 개인 주체의 내면적 불안을 문제삼고 있는 것이다. 그들의 소설에 표현된 개인의 자기의식은 주체라는 정체성 그 자체의 동요를 표시하고 있는 것처럼 보인다. 이것은 예컨대 90년대에 나온 문제적인 작품 중의 하나인 구효서의 장편 『늪을 건너는 법』을 보더라도 쉽게 확인되는 사실이다. 글쓰기의 의미를 묻는 글쓰기의 형식으로 되어 있는 이 작품에서 작중화자를 괴롭히고 있는 모든 문제들은 그가 안정된 정체성을 잃어버렸다는 데서 비롯된다. 더군다나 진정한 자아를 찾고자 하는 그의 노력은 그것의 근원적인 결여에 대한 인식을 강화시키는 것으로 끝날 따름이다. 구효서의 작중화자가 말하고 있는 것은 자아의 정체성은 영원한 미궁 속으로 사라졌고 글쓰기는 그러한 혼란을 은폐하고 위장하는 허구에 지나지 않는다는 것이다.

젊은 작가들의 소설이 기록하고 있는 개인적 정체성의 위기는 넓게 보면 80년대 후반 이래 사회주의의 붕괴를 비롯한 일련의 역사적 변화의 결과로 널리 퍼진 환멸의 기류와 무관한 것이 아니다. 근본적인 사회 변혁의 희망이 사라졌다는 것, 그러한 희망을 뒷받침한 유형무형의 조건들이 무너졌다는 것은 그 역사의 새로운 추이에 대한 부정적 관찰에서 흔히 내려진 진단 중의 하나이다. 그러나 엄밀히 말하면 사라진 것은 희망이나 희망의 조건이라기보다는 그것들을 바로 그렇게 인식하게 해주던 이념들의 권위이다. 지난 시대에 과학적이라거나 진보적이라는 이름을 얻은 이념들은 변혁과 해방의 대의에 공감하는 사람들에게 삶의 주체로 거듭나는 진리를 제공한다고 여겨졌고, 그러한 이념들의 세례 속에서 그들은 스스로를 새롭게 인식하고 변화시키는 자기 형성의 과정을 거치기도 했다. 그러나 근래에 경험한 역사적 격변은 그 변혁과 해방이 환상에 지나지 않는다는 것, 그것에 기초한 개인적·집단적 주체가 미신과 다를 바 없다는 것을 충격적으로 깨닫게 했다. '탈이념'이 마치 시대의 복음처럼 전파되고 있는 지금의 현실에서 자신의 정체를 의심하는 개인들의 고백이 소설의 유행을 이루는 것은 무리가 아니다.

주체라는 가공의 허구에서 깨어난 그들은 이제 자본주의 사회가 호명하는 대로 자신들을 인식하고 연출하라는 유혹을 받고 있다. 그들의 삶은 역사 혹은 민중과 일체가 되는 장엄함 대신에 자본주의 시장의 기제에 의해 관리되는 일상을 얻는다. 어떠한 자기 초월의 계기도 갖지 못하고 밖으로부터 주어진 리듬과 규칙에 따라 스스로의 삶을 재생산하는 인간 개체가 바로 그들의 모습이다. 사실, 젊은 작가들의 소설에서 개인이 토로하는 정체성에 대한 회의는 그 자신의 존재가 진정성을 잃어버리고 일상사에 침윤되어 속절없이 훼손되어가고 있다는 두려움과 동행하곤 한다. 개인의 일상이 불가항력의 거대하고 조직적인 체계 속에 있다는 각성이나 일상의 관행에서 삶을 불모화하는 위협을 느끼는 감각은 그들의 소설에서 발견되는 반성적 의식의 주요 내용을 이루고 있는 것으로 보인다.

　지금까지 나타난 현상들로 미루어보면 젊은 작가들의 소설의 새로운 가능성은 개인적 정체성의 위기라는 문제에 어떻게 대응하느냐에 달려 있는 듯하다. 정체성의 혼란과 싸우는 일은 물론 그렇게 용이한 과제가 아니다. 자아의 진정성을 지탱해줄 원리나 가치들의 부재를 혹독하게 경험하고 있는 지금의 상황에서 그것은 정체성 위기의 극복에 기여하기보다는 위기를 더욱 가중시키는 결과를 초래할지 모른다. 그런 점에서 정체성의 문제에 남달리 민감하게 반응한 몇몇 젊은 작가들이 안이한 문제 해결의 유혹에 이끌리는 경향을 보이고 있다는 것은 우려할 만한 일이다. 그러한 경향의 한 극단에는 자아의 본질적인 공허함을 삶의 무궁한 가능성으로 반전시키는 방식이 자리잡고 있다. 세상의 새로운 충격에 따라 유전하는 무정형의 인생 희극을 존재의 전이라는 맥락에서 변호하고 있는 장정일의 『너에게 나를 보낸다』는 아마도 그 대표적인 예일 것이다. 그런가 하면 또다른 극단에서는 민족이나 국가의 거룩한 권위를 배경으로 하는 카리스마에 대한 동경의 징후가 보인다. 이인화의 『영원한 제국』을 읽은 독자라면 개인의 정체성 혼란에 대한 낭만적 과장이 어떻게 집단적 권위에 대한 자발적인 복종과 결합되는가를 알아보기란 별로 어렵지 않을 것이다. 이러한 인생유전의 희극이나 카리스마에 대한 동경이 정체성의 위기를 둘러싼 고민에 그다지 기여하는 바가 없으리라는 것은 명백하다. 젊은 작가들에게 바람직한 것은 자아의 불확실성이라는 문제적 현실을 해소하는 것이 아니라 그것을 구체적인 일상적, 세속적 경험과의 관련 속에서 궁리하는 것이다. 특히, 개인의 존재를 위태롭게 하는 일상의 세계를 탐사하는 것, 그 세계와의 긴장된 대결 속에서 자아의 갱신을 상상하는 것은 젊은 작가들의 노력을 기다리고 있는 90년대 소설의 과제이다. 자자분한 일상과의 씨름이란 어쩌면 빛좋고 신나는 일은 아닐지 모른다. 그러나 소설은 본디 일상 밖에는 거처가 따로 없는 속인의 문학, 그야말로 '일상의 산문'에 서식하는 문학이 아닌가.

2

하창수의 두번째 작품집 『수선화를 꺾다』는 자본주의적 일상성의 승리라는 현실 앞에서 날로 주눅들고 있는 삶의 양태들을 다양하게 보여준다. 하창수의 인물들이 겪고 있는 심리적 위축은 여러 가지 동기나 원인이 있지만 일차적으로는 삶의 변화에 대한 희망이 사라졌다는 인식과 관련이 있는 것으로 보인다. 그러한 인식은 「둔주곡」처럼 정치적 상황에 대한 명백한 지시를 담고 있는 작품에서부터 「춘음」처럼 좌절한 사람들의 암울한 내면을 묘파한 작품에 이르기까지 폭넓게 하창수 소설의 배면을 물들이고 있다. 그의 소설에 등장하는 주요 인물들은 「눈」이나 「무비 로드, 혹은 길의 환상」에서처럼 방관과 냉소의 가벼움을 보여주는가 하면 그와는 대조적으로 「먼 새벽」이나 「춘음」에서처럼 회한과 절망의 무거움을 드러내기도 하지만 그러한 서로 다른 외형적 풍모는 환멸의 뼈저린 체험을 통과한 결과라는 성격을 공통으로 지니고 있다. 희망을 잃어버린 삶의 황폐함은 하창수 특유의 서정적 표현력이 유려하게 발휘된 작품인 「빈집의 사랑」에서 특히 명확하게 부각되고 있다. 이 소설에서 "쓸쓸한 날에는 아무것도 해서는 안 된다"는 독백을 시작으로 모습을 드러내는 주인공은 공사판을 기웃거리는 실업자의 상태에서 활자화되지 않는 시를 쓰고 있을 뿐인 젊은 시인이다. 작중에서 고향을 떠나온 할머니가 홀로 지키고 있는 것으로 이야기되고 있는 재개발 지역의 을씨년스런 판잣집의 이미지에는 그가 처해 있는 암담한 현실이 집약되어 있다. 이러한 가난한 젊은 시인이나 재개발 지역 판잣집은 지난 시대 문학에서 줄기차게 사용되어서 이제는 아무런 충격도 주지 못하는 형상들이다. 그처럼 낡을 대로 낡은 관습적 형상을 하창수가 태연히 다시 차용하고 있는 데에는 아마도 개발독재의 종결 이후 우리 사회가 겉으로 보여온 발전적 변화가 근본적으로는 허상에 지나지 않는다는 생각이 깔려 있을 것이다. 실제로 「빈집의 사랑」에서 시인의 고뇌를 통하여 강조되고 있는 현실 인식의 핵심은 '처음부터 희망이란 건 없었다'는 것, 삶은 조금도 달라지지 않았다는 것이다.

　하창수의 소설에서 다각적으로 조명되고 있는 환멸이란 주제가 변혁에 대한 기대가 컸던 만큼 실망도 컸던 지난 수년간의 우리 사회의 쓰디쓴 경험을 반영하고 있다는 것은 의심할 여지가 없다. 변혁의 이상과 현실 정치의 괴리에 대한 뼈저린 교훈을 안겨준 최근의 경험에 대해서 하창수는 나름대로 진지한 반성을 시도하고 있다. 특히 1992년의 대통령 선거를 배경으로 한국의 정치 현실에 직접적으로 언급하고 있는 「둔주곡」에서는 정치에 대한 의혹과 환멸을 피력한다. 이 작품에서 소설가가 정치에 대해 느끼고 있는 불신의 뿌리에는 우선 모든 정치 세력들을 적과 동지의 관계로 파악하는 이분법적 통념이 존재한다. 그래서 3당 합당이라는 타협적, 배신적 행동에서 비롯된 새로운 판도의 정치는 그에게는 한낱 사기로밖에는 보이지 않는다. 그러나 이러한 소설가의 정치 의식은, 전설적인 승진의 이력을 쌓다가 DMZ에서의 매복 작전중에 일어난 사고로 인해 퇴역한, 그의 군복무 시절의 전임 대대장을 선거 유세장에서 우연히 만나 그의 영욕의 의미에 다가가게 되면서 마침내 순진한 것으로 판명된다. 군에서 권력의 비호로 화려한 성공을 누렸고, 역시 권력의 개입으로 가정까지 잃어버리는 참담한 몰락을 겪은 전임 대대장의 신산한 권력 체험은 소설가에게 '적'의 본질에 대한 새로운 이해의 방향을 열어준다. 적을 상정한다는 것은 "세상을 살아가기 위한 하나의 방법"이라는 것, 즉 적은 정복이나 타도의 대상으로서 실재하는 것이 아니라 권력을 목표로 하는 세상에서 만들어낸 가공의 관념에 불과하다는 것이다. 적의 허구성에 대한 이러한 발견은 소설가로 하여금 적이 누구인가를 찾는 정치적 고려가 쓸모없음을 깨닫고, 정치의 소음에서 벗어난 삶을 그리워하게 만든다. 「둔주곡」에서 소설가를 사로잡고 있는 고요함에 대한 갈망에서 우리는 권력 쟁취를 위한 모략으로서의 정치에 대해 지금의 많은 사람들이 품고 있는 혐오의 다른 표현을 만날 수 있을 것이다. 그러나 여기서 보다 중요한 사실은 종래에 사람들의 정치적 판단과 행동을 좌우해온 관념에 대한 반성이 그것에 수반되어 있다는 것이다. 「둔주곡」에 있어서 환멸은 단순히 정치가들의 타락한 행태에서 연유하는 것이 아니라 정치 현실의 인식에 개입된 관념적 허위에 대한 뒤늦은 발견과 긴밀하게 결부되어 있는 것이다.

적과 동지 같은 관념은 사람들의 관계에 대한 일종의 지식을 제공하고 그 관계를 현실로서 경험하게 하는 역할을 한다는 점에서 우리가 이념, 또는 이데올로기라고 부르고 있는 것의 일부이다. 이념을 내면화함으로써 사람은 자신이 처한 삶의 현실이 무엇인가를 알게 되고 그 현실을 사는 방법을 터득하게 된다. 대립의 정치란 허구에 불과하다는 「둔주곡」의 각성은 바꿔 말하면 개인과 사회를 존속시키는 이념들 그 자체에 대한 본격적인 회의의 시작을 나타내는 것이다. 종래에 삶을 위한 처방이 되어준 이념들이 실은 가공의 관념이 아닌가 하창수는 묻고 있는 셈이다. 이렇게 보면 『수선화를 꺾다』에 실린 작품들의 주요 인물들 중에 신념의 동요를 겪고 있는 인물이 적지 않다는 것은 주목할 만한 일이다. 그러한 인물의 두드러진 예는 「먼 새벽」의 신부 루치아노와 운동권 청년, 「춘음」의 목사 수업중인 사내와 만행중인 승려에서 찾을 수 있다.

「먼 새벽」의 경우 루치아노 신부는 마리아 수녀에 대한 날로 깊어가는 사랑 속에서 사제의 의무와 권리에 대한 회의가 자신의 내면 속에 커져 가고 있음을 의식한다. "우리들의 기도는 파계를 위한 간특한 음모에 다름아"닐지 모른다는 그의 고뇌는 자신의 종교적 선택의 근원적인 맹목성에 대한 인식으로 이어진다. 경찰의 검거를 피해 성당에 들어왔다가 결국 스스로 목숨을 끊는 운동권 청년 역시 신념의 붕괴를 겪기는 마찬가지다. 그를 자살로 이끈 것은 "암흑 속에서 나는 비로소 정신을 덮쳐 누르는 거대한 혼미를 찾아내었다"는 삶의 근본적인 혼돈으로 인한 절망이다. 「춘음」의 경우 사내와 승려는 모두 반항의 젊음을 덧없이 보내고 마침내 종교적 구원에 희망을 걸기에 이른 사람들이지만 그들을 엄습하는 니힐리즘의 거대한 공세를 막아내지 못한다. 학적 변동으로 들어간 군대에서 받은 정신적 상처에 시달리며 목사 수업을 하고 있는 사내는 성경 강독에는 자신이 없고 오히려 불교적 업보의 관념에 경도되어 있으며, 목사가 되기를 바라던 기독교 집안의 기대를 저버리고 불가에 들어간 승려는 종교의 타락에 염증을 느낀 나머지 해탈의 삶이 아니라 미망의 삶을 긍정하고 있다. 이와 같이 「먼 새벽」과 「춘음」에서 이야기되고 있는 신앙인들의 자기 회의가 반드시 그 특정 종교의 맥락 속에서만 의미를 갖는 것이 아님은 두말할 필요가 없을 것이다. 그것은 80년대의 황혼을 거치면서 우리에게 들이닥친 이념의 몰락과 그에 따른 혼돈과의 당혹스러운 대면을 시사하는 것이다. 「춘음」에서 사내의 아내이자 승려의 누이인 여성인물의 다음과 같은 절망적인 발언은 이념의 붕괴로 처참하게 드러난 삶의 혼란과 허무에 대한 하창수의 인식을 대변하고 있는 것처럼 보인다.

얼마나 외로웠을까 싶기도 하지예. 우리 집안 곳곳에 얼마나 구멍이 많이 터지고, 쌀알 벌라꼬 갖은 고생 하면서도 주님 말씀 따라 살아보겠다고 얼마나 기도하며 살았는지, 그것도 잘 알지예. 오빠가 스님 되고 접어 집 떠나고, 저 사람 학생운동 하다가 골병들고, 마음껏정 못 쓰게 되었는 거,

그거도 알지예. 그래도 지는 우리가 와 이리 살아야 하는지, 그것만 생각하며 모르겠어예. 숨이 꽉꽉 막히고, 가슴이 터질 것 같아서, 미칠 것만 같은 거라예. 세상을 어떻게 살아가야 하는지, 살아가다가 보며, 정말로 봄이 오머 피는 꽃맹크로 우리도 활짝 필 수 있는지…… 정말로, 참말로, 모르겠어예!(『수선화를 꺾다』, 산책, 1994, 321~322쪽)

이념의 붕괴는 그것에 의존하여 성립된 개인의 자아에도 자연히 극심한 혼란을 가져온다. 자신의 신앙이나 이념의 동요를 뼈저리게 느끼고 있는 하창수의 인물들은 자신들 앞에 무섭게 다가온 세계의 암흑을 둘러보면서 동시에 자신들의 내부에 새롭게 태어난 어둠을 들여다본다. 자기 존재의 불확실성으로 인해 흔들리는 인물들과 관련하여 우리의 관심을 끄는 것은 하창수가 여러 각도에서 흥미로운 형상으로 그려낸 소설가들이다. 「눈」「무비 로드, 혹은 길의 환상」「수선화를 꺾다」「마 1」「마 2」등에 등장하는 소설가들은 종교나 이념에 투신했다가 절망한 다른 인물들에 비하면 정체성 혼란의 심리적 경험을 극명하게 드러내지는 않는다. 대신에 그들은 소설가라는 존재를 불안하게 만드는 외부 세력과 긴장된 대치를 벌이는 지점에 위치한다. 소설가의 정체성을 침해하는 그 외부 세력은 간단히 말하면 자본주의이다. 예컨대 '이오네스코의 『대머리 여가수』에는 왜 머리가 벗겨진 여가수가 나오지 않을까'라는 부제를 달고 있는 작품「마 1」을 보자. 이 작품의 이야기에서 초점화자의 역할을 하는 소설가의 아내는 소설가의 형상으로부터 직업적 공공성의 외양을 걷어내고 그의 사인적, 일상적 삶의 실상을 폭로하는 효과를 발휘한다. 아내의 의식에 투영된 소설가는 사람들과 어울리지 못하고 능력도 변변치 못하며 아내 자신에게 끊임없이 연민과 근심을 유발하는 애처롭고 천덕스런 인물이다. 그런 점에서 그는 그의 어린아이와 별로 다를 바가 없다. 「마 1」이 보여주는 이러한 소설가의 탈신비화에서 특히 중요한 내용을 이루는 것은 글쓰는 행위가 전통적으로 지녔던 권위의 소멸이다. 이야기의 서두에서는 '문헌서제'라는 이름을 두고 글쓰기의 거룩함을 믿는 소설가의 생각이 소개되지만 그것은 이야기의 전개를 통하여 허황된 환상으로 판명된다. 그가 하는 글쓰기란 상품으로서의 소설을 만들어내는 작업에 지나지 않는 것으로 밝혀지는 것이다. 「마 1」의 소설가는 결국 자본주의의 시장에 생계를 의존하고 있는, 나약하고 무력한 상품생산자에 불과하다.

이처럼 '후광'을 상실한 소설가의 곤경에 대한 하창수의 관심이 특히 강렬한 표현을 얻은 것은 「수선화를 꺾다」에서다. 여기에서 작가는 강간치사 혐의로 경찰서에 잡혀간 소설가와 그를 심문하는 형사의 대립을 통해서 후광을 상실한 소설가의 고난을 극적으로 부각시키고 있다. 작중 이야기에 따르면 소설가가 받고 있는 강간 혐의의 동기는 소설가 자신의 감상적인 자기애에 있다. 소설가가 지하철에서 우연히 마주친 지저분한 매무시의 여자가 실은 매춘을 하는 재수생임을 모르는 상태에서 그녀를 두고 펼친 갖가지 공상은 본질적으로 가난하고 추레한 자기 자신에 대한 연민의 표현이다. 소설가에게는 거금인 작품 출판 계약금 전액을 그녀에게 선뜻 주어버린 우발적인 행동은 그녀가 상기시킨 그 자신의 피폐한 삶을 스스로 위로하려는 욕망과 분리할 수 없다. 그러므로 소설가가 취조를 받으며 온갖 굴욕을 당한다는 이야기가 뜻하는 것은 감상적인 자기애의 처참한 말로인 셈이다. 그러나 「수선화를 꺾다」에서 소설가의 존재를 위태롭게 만든 것은 그의 나르시시즘 자체는 아니다. 그것은 보다 정확히 말하면 소설가에게 특유한 공감과 상상의 능력을 용납하지 않는 사회이다. 작중의 냉혹한 형사는 바로 그러한 사회의 폭력을 표상하는 인물이다. 소설가를 존경한다고 자처하는 이 형사는 "논리적으로 설명되어질 수 없는 일들이란 소설에서도 현실에도 있을 수가 없"다고 믿고 있으며, 그러한 믿음 위에서 소설가를 범인으로 몰아가려는 집요한 추궁을 계속한다. 논리를 신봉하는 그에게 소설가의 고백은 "거짓말"로, 소설가의 자기애적 행동은 "정신병자"의 기행으로밖에는 보이지 않는다. 소설가의 혐의를 현실로 확인하려는 목적에서 그가 행하는 분석과 추론과 배제의 과정은 도구적 합리성의 가장 야만적인 형태를 보여준다고 할 만하다. 「수선화를 꺾다」에서 소설가를 곤경에 빠뜨린 것은 바로 그러한 도구적 합리성에 의해 지배되고 있는 사회 전체이다.

소설가를 작중인물로 등장시킨 하창수의 작품들은 지금의 사회적 환경이 소설가에게 적대적이라는 것을 반복해서 환기시킨다. 그래서 그의 작품을 읽다 보면 자신의 권능을 지키기 위한 소설가의 싸움이 어떻게 전개되는가를 궁금히 여길 수밖에 없다. 그런 점에서 『수선화를 꺾다』에 수록된 여러 작품들 가운데서도 「무비 로드, 혹은 길의 환상」은 특히 주목할 만한 소설이다. 이 작품은 비디오테이프를 빌린다며 집을 나갔다가 사흘이 지나도록 돌아오지 않는 소설가의 지나온 행적을 추적하는 과정을 중심으로 사회적, 일상적 현실과의 화해를 거부하는 그의 정신적 방황을 이야기하고 있다. 이 작품에서는 많은 영화작품들에 대한 간략한 소개가, 실종된 소설가와 어떤 문화센터의 동료관계에 있는 영어 강사의 일인칭 서술과 함께 병기되고 있는데, 이것은 소설가가 살아온 일상적 삶의 특징적인 표지에 해당하는 것으로 보인다. 그 각양각색의 영화들에 대한 소개로부터 우리는 우리의 일상을 구성하는 경험이 무의미한 차이들의 연속에 지나지 않는다는 것을 감지하게 된다. 작중에는 "암흑이라는 이 세계의 본질에 대한 참을성의 부족을 사람들에게 영화가 심어주었"다는 소설가의 진술이 나오지만, 영화의 유행으로 상징되는 우리의 일상이 다채롭고 변화하는 삶의 '길' 을 간다는 환상 속에 있다는 것은 「무비 로드, 혹은 길의 환상」에 깔린 기본적 인식이다. 소설가의 실종이라는 사건은 그러한 환상이 은폐하고 있는 진실, 즉 삶의 근본적인 부동성(不動性)에 대한 자각에서 비롯된 것이라고 말할 수 있다. 영어 강사의 기억 속에 남아 있는 소설가는 그의 삶의 활동성을 제약하는 미분화된 '형식' 들의 위력을 절감하고 있었으며 그러한 형식들로부터 벗어나기 위해 어디론가 사라졌다는 암시가 있다. 부자유한 일상의 반복을 괴로워한 나머지 감행된 소설가의 일상 탈출은 작중에서 영어 강사에 의해 모방됨으로써 정당성을 얻는다. 소설가의 실종 동기를 알아내고자 노력하는 과정에서 그는 점차 일상의 공허한 지속에 염증을 느끼게 되고 "그 익숙한 원리와 본질을 하나도 흩뜨리지 않은 채로 살아"가는 삶을 스스로 중단하려 하는 것이다.

「무비 로드, 혹은 길의 환상」이 보여주는 소설가의 일상과의 싸움에는 영웅적인 풍모라고는 조금도 없다. 그의 탈출은 극복하기 힘든 무력감과 절망감의 충동적인 발현이라고 해야 옳을 것이다. 그러나 하창수의 소설이 변화의 희망이 사라진 세계와 냉철하게 대면하고 그것의 어둡고 황폐한 현실을 세세히 확인하고 있다는 사실을 감안하면, 삶의 전체적인 변혁을 꿈꾸지 않고 대신에 일상과의 싸움을 이야기한다는 것은 오히려 그가 정직한 작가임을 말해주는 증거일지 모른다. 그의 일상생활 비판에서 주목할 만한 것은 그것이 환상에서 위안을 얻느니 차라리 절망을 택하는 강직한 현실관을 수반한다는 사실이다. 구체적으로 그것은 자본주의 문화의 광휘로운 스펙터클에 현혹되지 않고 암흑의 현실을 끈질기게 주시하려는 정열을 내비치고 있다. 왜곡된 이성으로 통제되는 삶에 대한 하창수의 대립적 자세는 강인한 집념 같은 것을 느끼게 한다. 「무비 로드, 혹은 길의 환상」에서 일상 탈출을 시도한 소설가의 행동은, 그것을 미제로 끝난 과거의 사건과 결부시켜 해석하려는 형사의 수사와 대조되면서, 대항적 성격을 명확히 드러내고 있다. 사회에서 통하지 않는 개인의 내면적 진실에 대한 열정적인 옹호는 5월 광주에서 비롯된 일련의 충격으로 인하여 정신분열증을 얻은 촬영기사의 이야기를 들려주는 「눈」과 같은 작품에서도 역시 확인된다. 그러나 하창수가 제시한 저항하는 소설가의 형상에는 어딘가 불안한 구석이 있다. 그는 일상에서 탈출하여 어쩌면 영영 돌아오지 않을 것 같다는 우려가 든다. 그의 실종은 「춘음」에서 고통과 번뇌에 시달려온 승려가 마침내 내뱉은, "죽어버리자"는 절규를 연상시키기 때문이다.

3

1994년에 『은어낚시통신』이라는 표제로 처음 묶여나온 윤대녕의 소설은 다른 젊은 작가들의 소설과 비교하면 신선한 특징을 여러 가지 가지고 있다. 그중에서 특히 돋보이는 것은 도시적 삶의 공간에 대한 섬세한 관심이다. 도시 공간에 대한 관심이 그의 소설에 얼마나 중요한 비중을 차지하는가는 『은어낚시통신』에 수록된 작품 중의 절반 이상이 서울의 특정 지역을 중요한 서사적 공간으로 삼고 있을 뿐만 아니라 그 지역에 대단히 구체적이고 감각적인 이미지를 부여하고 있다는 사실을 통해 간단히 확인된다. 그의 소설에 등장하는, 서울 시민이라면 누구나 알아볼 만한 특정 지역들 ―「January 9, 1993 미아리통신」의 미아리 점집 군락지, 「은어낚시통신」의 홍익대 카페촌 골목, 「말발굽 소리를 듣는다」의 경복궁 일대, 「국화 옆에서」의 사당동 까치고개, 「카메라 옵스큐라」의 황학동 벼룩시장 등은 단순히 이야기가 전개되는 물리적 배경의 표지에 그치지 않고, 작중인물의 의식과 행동에 깊숙이 개입하고 작중인물에 의해 공명되고 체험됨으로써 생생한 리얼리티를 획득한다. 윤대녕 소설에 나타나는 도시 공간은 기왕의 소설들, 이를테면 이순원의 『압구정동엔 비상구가 없다』나 하재봉의 『블루스 하우스』에서 발견되는 도시의 풍모와는 크게 다른 것이다. 이순원의 작품은 풍속과 세태에 대한 관심의 차원에서 도시의 현실에 접근하는, 한국소설에 이미 수많은 전례가 있는 친숙한 시각에 따르고 있고, 하재봉의 작품은 세태소설의 도덕적 관점에서 벗어나 도시적 경험의 단면들을 다루고 있음에도 불구하고 도시를 여전히 추상적인 형태로 남겨두고 있다. 윤대녕 소설에서 도시 공간의 독특한 성질은 한국소설에는 희귀한 도시 인식의 한 방식과 관련되어 있는 것으로 보인다. 그것은 간단히 말하면 도시라는 공간을 의미로 충만된 일종의 상징적 세계로 가정하는 것이다. 윤대녕에게 도시의 장면과 세목들은 단순히 사람에게 감응을 일으키는 물질적 대상이 아니라 풍부하고 불확정적인 의미를 머금고 해독을 기다리는 상징들이라고 할 수 있다.

　윤대녕이 제시한 도시 공간의 상징적 차원을 이해하는 데에는 그의 뛰어난 단편 중의 하나인 「카메라 옵스큐라」가 그의 다른 어떤 작품보다도 표본적인 예가 될 것이다. 이 작품에 나오는 황학동 벼룩시장은 온갖 생활 폐품들이 유통되고 있는, 윤대녕 자신의 구절을 빌리면, "모든 낡은 것들의 소굴"이다. 언제나 새로운 상품이 판치는 자본주의 시장의 그늘 속에 음성적으로 존재하는 그곳은 윤대녕 소설에서 서로 다른 이름으로 반복해서 등장하는 화려한 도시의 이면, 예컨대 카페촌 골목의 지하창고, 음습한 분위기의 점집, 후미진 골목의 홍등 걸린 중국집, 산동네의 판잣집 등과 동족성을 띠고 있다. 말하자면 그곳은 도시의 '지하세계'라고 부를 만한 윤대녕 소설의 특징적인 공간적 패러다임에 속하는 것이다. 「카메라 옵스큐라」의 이야기는 모기업체의 홍보실 직원인 젊은 남자가 우연히 만난 진이라는 낯선 여자에게 끌려들면서 시작된다. 자신의 의부에게 농락당한 충격으로 정신분열 증세를 보이는 그녀에게서 이상한 유혹을 느낀 그는 그녀가 이끄는 대로 서서히 그녀의 세계 속으로 빨려든다. 그가 "괴로운 환각"이란 형태로 체험하는 그녀의 매력이란 그의 무의식을 억압과 통제로부터 벗어나게 하는 자극과 같다. 그가 벼룩시장 근처 낡은 아파트의 그녀의 집을 찾아가서 비로소 대면하게 되는 그녀의 세계 ― "검붉은 빛"이 흘러나오는 "암실 같은 집안", "나병 환자 같은 표정"을 하고 있는 그녀의 어머니, "오랜 고문에 시달리다가 출감한 사람의 무서운" 얼굴을 하고 있는 그녀의 의부로 표상되는 세계는 어두운 본능과 광기의 세계이다. 그는 그러한 세계에 접하는 순간 그의 내부에서 "본능적인 살의"가 솟아오름을 느끼고 그 자신도 그녀가 있는 "휘황한 어둠 속"으로 들어간다. 평범한 생활을 하고 있던 젊은 남자가 한 낯선 여자와의 우연한 만남 끝에 "갑충"과 같은 존재로 돌변한다는 이러한 이야기는 마음의 심층에 살아 있는 무의식의 폭발적인 활동성을 우리에게 상기시킨다. 윤대녕은 특히 정교한 이미지 구성을 통해서 무의식적 욕망과 충동의 세계를 강렬하게 부각시키

184

고 있다. 「카메라 옵스큐라」에서 무의식의 에너지가 활력을 얻는 과정은 도시 공간의 이미지가 그것의 명확한 물체적 윤곽을 잃어버리고 "녹아내리"는 과정에 상응한다. 액체적 성질을 띠어가던 도시는 무의식이 용출하는 결정적 순간, 가히 초현실적인 풍경으로 변한다.

돌연 정전이 된 듯 복도가 어두워지더니 일시에 어둠이 사위로 켜켜이 몰려들었다. 영문을 몰라 나는 복도 끝 창문이 있는 곳으로 급히 달려갔다.

밖은 감광막에 싸인 듯 부유스름한 어둠에 뒤덮여 수신 상태가 나쁜 텔레비전 화면처럼 떨고 있는 참이었다. 갑자기 거리의 소음이 씻은 듯 사라지고 여기저기서 수런대는 사람들의 말소리만이 거리 곳곳을 떠다니고 있었다. 그들은 너나없이 일손을 놓고 일제히 하늘을 향해 고개를 치켜들고 있었다. 거리는 낯선 형해를 하고 점점 붉은 어둠 속으로 가라앉아가고 있었다.

무슨 일인가 싶어 급히 아파트 계단을 뛰어내려온 나는 아래층 현관 앞에 우뚝 멈춰서고 말았다. 휠휠 쏟아져내리는 반투명의 어둠 속에서 나는 아예 고개를 뒤로 꺾어버리고 하늘을 올려다보았다. 지글지글 끓고 있는 해가 달의 몸통에 둥그렇게 말아먹히고 있는 중이었다. 불에 달구어진 쇳덩이가 물 속에 처넣어지듯 말이다. 나는 뱃속 깊은 곳에서부터 밀려올라오는 뜨거운 것을 이를 앙다물고 참아내면서, 내가 들어왔던 길이라고 생각되는 방향을 향해 무작정 걷기 시작했다.(『은어낚시통신』, 문학동네, 1994, 215~216쪽)

윤대녕의 소설에서 황학동 벼룩시장을 비롯한 도시의 지하세계는 상징적인 차원에서 인간의 무의식과 일치한다. 그곳은 사회가 개인에게 억압하도록 강요하는 욕망과 충동을 보존하고 있으며 그곳에 들어서는 사람들에게서 일상적 자아의 안정된 성격을 빼앗아버린다. 그곳은 일상적 자아에게는 죽음의 장소이다. 그러나 그 죽음은 단지 자아의 소멸을 뜻하는 것이 아니라 자아의 재생을 위한 일종의 제의(祭儀)를 뜻하는 것이다. 위의 인용문에 나와 있는 해를 말아먹는 달의 이미지는 그런 점에서 주목할 필요가 있다. 신화적 상징에 친숙한 사람들에게는 상식적인 이야기지만, 달은 언제나 동일하고 변치 않는 해와는 다르게 생성과 소멸의 과정을 거친다는 점에서 죽을 운명을 타고난 모든 생명의 대표적인 상징이다. 그러나 어둠 속으로 사라지는 달의 죽음 뒤에는 언제나 재생이 뒤따른다. 엘리아데의 표현을 빌리면 "달은 스스로의 운명에 의해서, 스스로의 본질로부터 재생한다". 인용문 중의 일식 광경은 바로 그러한 달의 상징적 의미에 충실하다. 개인의 자아가 동일성을 잃어버리고 새롭게 태어난다는 암시가 거기에는 함축되어 있는 것이다. 이와 같이 도시의 후미진 공간을 무의식의 세계로 치환하고 그곳에서 인간적 재생의 계기를 보는 윤대녕의 도시 인식은 매우 독특하다. 그것은 지금까지 도시적 삶의 경험에 관심을 기울이되 그것을 빈부의 양극화, 인간 소외, 규범과 가치의 혼란 등과 같은 사회학적 개념틀 속에서 파악하는 경향이 강했던 한국소설의 관행과는 분명히 구별되는 것이다. 충남 예산 출생인 윤대녕이 어떠한 도시 체험을 했는지 알지 못하지만 그의 소설에서는 도시 세대의 감성에 뿌리박은 상징적 도시지지학(都市地誌學)의 가능성이 엿보인다.

윤대녕이 「카메라 옵스큐라」에서 제시하고 있는 자아의 재생이라는 주제는 사실상 『은어낚시통신』에 수록된 소설 전체에 핵심적인 것이다. 윤대녕의 소설은 한 개인이 예기치 못한 어떤 사건을 계기로 일상의 질서로부터 이탈하여 존재의 신비와 맞닥뜨리는 체험을 집중적으로 이야기하고 있다. 그러한 일상 탈출과 신비 체험의 계기들은, 어떤 사진작가가 "은어낚시모임"이라는 낯선 집단으로부터 느닷없는 초청을 받고 그것이 상기시킨 과거의 여자에 대한 추억에 사로잡혀 그 여자가 포함된 지하 서클에 들어가게 된다는 줄거리를 가진 「은어낚시통신」, 청라 소읍에서 중학교 교사를 하던 중에 갑자기 실종된 여동생의 행방을 찾아다니는 과정에서 자신이 세상으로부터 스스로 잠적하고 있음을 발견하는 한 남자의 일화인 「불귀」, 어느 날 우연히 텔레비전 프로그램에서 말발굽 소리를 들은 젊은 가장이 자기 집안에 얽힌 역마살의 내력을 회상하던 끝에 이름 모를 강렬한 충동에 이끌려 집을 떠나게 되는 과정을 기록한 「말발굽 소리를 듣는다」, 한 남자가 세속을 등지고 춘천으로 떠나간 한 여자의 뒤를 따라가는 것을 시작으로 결국은 존재의 본래적 상태에 회귀하기에 이른다는 이야기를 담은 「소는 여관으로 들어온다 가끔」 등에서 뚜렷이 나타나고 있다. 이러한 작품들에서 공통적으로 보이는 탈일상성의 공간은 남진우가 그의 해설에서 명석한 분석으로 입증했다시피, 일련의 풍부한 신화적 이미지들로 구성되어 있다. 그 공간은 특히 달과 물의 지배 아래 있어서 어둡고 축축하며 차가운 물질적 속성을 갖는다. 죽음과 재생의 의미를 내포하는 그러한 탈일상성의 신화적 공간은 윤대녕 소설의 곳곳에 침투해 있어서, 이를테면, 그것의 대표적인 물질적 표상인 안개는 「소는 여관으로 들어온다 가끔」에서는 춘천의 밤을 흥건히 적시고 있으며, 「January 9, 1993 미아리통신」에서는 미아리고개를 잔뜩 흐려놓는 물기로 변하고, 「은어」에서는 지하 카페의 어두운 실내에 눅눅한 습기를 만들고 있다. 이러한 어둠과 물기 속에서 윤대녕의 인물들은 몽환의 상태에 빠져들며 자신들의 자아가 전환되는 신비를 체험한다.

윤대녕의 소설에서 존재의 신비가 체험되는 과정은 흔히 사라진 사람에 대한 추적의 형식을 취한다. 작중에서 주인공의 기억의 저층 속에 묻혀 있거나 아니면 그의 신변에서 돌연히 행방을 감춘 것으로 알려지고 있는 그 사라진 사람은 주인공에게 두려우면서도 유혹적인 타자로서 인식되며, 그 타자의 매력에 이끌린 주인공은 일상 탈출의 계기를 가져다 주는 추적의 길에 나선다. 이러한 타자의 추적은 겉으로는 주인공과는 다른 인물의 행방을 좇는 모양을 하고 있지만, 실은 주인공 자신의 내부에 숨어 있는 타자를 스스로 깨달아가는 과정이다. 이것은 「소는 여관으로 들어온다 가끔」의 주인공이 추적에 실패한 뒤에 "그토록 찾아 헤매던 먼 것이 내 가슴 안에서 이렇듯 조용히 흐느끼고 있었다"고 말하는 데에서 단적으로 드러나는 바와 같다. 윤대녕 소설에서 낯선 타자를 추적하는 인물은 그가 일상적 삶의 관행에 길들여진 까닭에 의식하지 못한, 따라서 그에게는 낯선 것으로 남아 있는 자기 내부의 어떤 세력을 발견하게 되고, 그러한 발견 속에서 그의 자아가 진정성을 회복하는 계기를 잡게 된다. 무의식으로 하강하는 내향적 행로가 개인에게 자아 재생의 길을 열어준다는 생각은 「소는 여관으로 들어온다 가끔」과 같은 작품에서는 인간 본래의 자성(自性)으로 돌아가는 정신적 수련이라는 불교적 관념과 결합되어 한층 확고한 표현을 얻고 있다. 윤대녕에게 무의식은 사람의 삶을 그것 본연의 순수하고 충만한 상태와 연결시켜주는 유일한 통로이다. 바로 이러한 이유에서 개인이 자신의 내부에 존재하는 타자를 발견하는 일은 '존재의 시원'으로 회귀하는 일과 같은 것이 된다. 윤대녕 소설에서 우리가 만나게 되는, 달과 물의 속성을 풍부하게 지니고 있는 여성인물들 —「국화 옆에서」의 중국인 여자는 그러한 여성인물 중에서도 특히 강렬한 인상을 풍기는 인물이다 — 은 존재의 시원으로 돌아감으로써 구원을 얻고자 하는 간절한 욕망을 체현하면서 동시에 전염시키는 역할을 하고 있다. 그의 소설에 활용된 중요한 상징 중의 하나인 은어라는 회유성 물고기는 회귀의 욕망에 사로잡힌 그의 여성인물들의 독특한 영혼을 표상한다.

「은어낚시통신」은 아마도 존재의 시원을 향한 회귀의 모험을 다룬 그의 여러 작품 중에서도 특히 성공적인 사례에 속할 것이다. 이 작품에서 젊은 사진작가가 삼 년 전 그의 앞에 나타났다가 사라진 청미라는 여자로부터 은밀한 부름을 받고 이어 밟아가게 되는 내면적 행로는 그가 지금까지 살아온 서른 해의 시간을 거슬러오르는 과정을 이룬다. 그는 그와 같은 고향에서, 같은 생년월에 태어난 젊은이들의 지하 모임에 처음 합류하여 다시 만난 그녀에게서 "산란중인 은어"의 모습을 느끼고 그녀와의 비의적 교감 속에서 그 역시 정신적 회유의 동작을 한다. 이러한 회귀의 이야기에서 우리의 관심을 끄는 것은 그가 세월을 거슬러 돌아간 장소인 '언더'의 성격이다. 그것은 작중에 명시되어 있는 바와 같이 사회에서 깊은 상처를 받고 밀려난 젊은이들이 모여 신생을 꿈꾸는 음성의 부락이라는 성격을 띠고 있다. 「January 9, 1993 미아리통신」에서 미아리 점집을 묘사한 구절을 빌려 말하자면 그곳은 그들이 "쫓기다 못해 숨어들어갈 수 있는 최후의 마을" "마치 소도(蘇塗) 같은 곳"이다.

물론 그들은 겉으로는 아무 이상이 없는 사람들처럼 살아요. 하지만 역시 삶에 제대로 뿌리박지 못하는 사람들이죠. 아무튼 우리는 한두 달에 한 번쯤 모였다가 헤어지곤 해요. 어떻게 보면 두 겹의 삶을 살고 있는 사람들이죠. 현실적인 삶을 더이상 용납할 수 없으니까, 그렇게는 살아지지 않으니까, 말하자면 지하에다 다른 삶의 부락을 하나 더 세운 거예요. 우리가 은어를 문장으로 한 것도 다른 뜻이 아녜요. 말하자면 우린 여기서 거듭나기 연습을 해요. 어떻게든 우리 방식으로 버티고 사는 법을 배운단 말이죠.(앞의 책, 74쪽)

이 지하의 비밀 모임을 결성하여 거듭나기를 꿈꾸는 젊은이들은 작중의 '호피 인디언' 이미지와 은유적으로 결합하여 현대 문명사회로부터 생존의 위협을 당하고 있는 순종의 인간이란 의미를 얻는다. 그러나 "우리 방식으로 버티고 사는 법"을 고집하는 그들의 집단적 결사에는 기성 질서와 규범에 대한 저항의 암시 또한 담겨 있다. 사진기자를 지하 모임으로 데려다준 한 젊은 여자가 들려주는 그 모임의 헌법에 대한 설명은 그러한 저항의 속성을 보다 뚜렷하게 알려준다. "제1조 1항 엘뤼아르의 시 자유, 2항 슈바이거의 책 깨어나 슬픔을 보라, 3항 짐 자무시의 영화 천국보다 낯선, 4항 모차르트, 5항 고흐와 뭉크. 제2조 1항 마리화나, 2항 카메라와 프리 섹스, 3항 우주비행선, 4항 인도와 티베트. 제3조 1항 캔맥주와 모래사장, 2항 마리아 칼라스와 마이크 올드필드, 3항 롤랑 바르트와 파스칼 레네……"라는 그 헌법은 다국적 자본주의 시대의 라이프 스타일을 반영하는 가운데서도 기존의 규범화된 삶에 대항하는 청년 문화의 구색을 갖추고 있다. 「은어낚시통신」에 제시되어 있는 존재의 시원적 장소는 얼마간 경박성을 보이고 있긴 해도 윤대녕의 다른 작품에서 이야기되고 있는 무의식의 도시 공간들과 조응하여 개인적 자유에 대한 비전을 내포하고 있는 것이다.

　윤대녕의 소설에서 존재의 시원으로의 회귀라는 주제가 일상적, 사회적 삶에 대한 급진적 부정과 맞물려 있다는 것은 그의 여러 작품에 충분히 암시되어 있는 사실이다. 대체로 삼십대인 그의 소설의 주요 인물들은, "희망의 밥그릇은 비워진 지 오래고 혁명을 꿈꾸기에는 벌써 나약해져 있는 나이들"이라는 「January 3, 1993 미아리통신」의 서술자의 발언이 알려주는 것처럼 극도의 환멸과 절망에 빠져 있다. 기성사회에는 삶다운 삶의 어떠한 가망도 없다고 그들은 믿고 있다. 「그를 만나는 깊은 봄날 저녁」에 등장하는 소시민들은 이러한 비관적 사회관을 좀더 구체적으로 표현한다. 그들에게 자본주의 사회란 '먹이사슬'에 지나지 않으며 그것 안에서의 사람 사이의 관계는 일회적이고 피상적인 것에 그친다. 타락한 사회적 관계 속에 존재하는 그들 자신을 "민주시민사회의 폐기물"이자 "독재국가의 잉여생산물"이라고 자학적으로 규정하고 있는 그들은 더욱이 자신들의 일상이 가공할 권력의 통제 아래 있다는 것을 의식하고 있다. 작중의 이야기에 드러나 있듯이, 서로를 기억조차 못하는 사이임에도 친분을 가장하고 이루어진 그들의 만남은 자신들을 만나게 만든 것이 사람들 사이에 샅샅이 퍼져 있는 "정체 모를 힘"의 결과임을 섬뜩하게 깨닫는 것으로 끝난다. 윤대녕의 소설에서 자본주의적 일상성에 대한 부정은 그것이 사람의 의식과 행동에서 모든 자유를 박탈하는 미시권력 체제라는 인식을 수반한다. 그는 자본주의의 화려한 광경으로 이루어진 도시 역시 감시와 통제의 체제라는 관점에서 파악하고 있다. 「눈과 화살」에서 '샤토'라는 육십층짜리 신축 백화점 옥상 철제 관제탑의 굽어보는 시계(視界) 안에 존재하는 도시는 거대한 감옥의 형상으로 나타난다. 이처럼 윤대녕 소설이 자본주의 도시의 일상에 대한 단호한 부정을 근저에 깔고 있다는 사실은 그것이 반복해서 제시하는 무의식으로의 하강, 혹은 존재의 시원으로의 회귀를 자연히 보다 절박하고, 보다 문제적인 실존적 모색이 되게 한다. 그 하강이나 회귀의 행동은 그의 소설에서 다분히 도피적인 성격을 띠고 있고, 또한 언제나 성공하는 것도 아니지만, 그것은 자본-권력 체제가 허락하는 것과는 다른 방식으로 욕망하고 활동하는 삶에 대한 희구를 표현하는 것이다.

4

하창수와 윤대녕의 소설에는 그들이 공유하고 있는 세대적 경험의 흔적이 곳곳에 남아 있다. 무엇보다도 젊음의 어느 순간엔가 삶의 개벽이 정말 가능하다고 믿었던 그들 세대의 모험의 자취가 남아 있다. 가령 하창수의 「먼 새벽」에는 당국의 수배를 피해 천주교 성당으로 숨어든 "흉칙한 짐승" 같은 청년이 있고, 윤대녕의 「January 3, 1993 미아리통신」에는 대학 시절 이념 서적을 탐독하고 시위를 주동한 이력을 가진 여자가 있다. 지난 시절 한때 희망의 표현이었던 그러한 모험의 자취가 이제 의미하는 바는 회한이다. 「먼 새벽」의 청년은 그를 휩싸고 있는 어둠을 이기지 못해 결국 불을 지르고 목숨을 끊으며, 「January 3, 1993 미아리통신」의 여자는 애인의 우발적인 죽음이 자기에게 끼어 있는 업살 때문이었다고 믿고 그 업살을 풀기 위해 점쟁이 노릇을 하고 있다. 하창수와 윤대녕이 그려낸 회한에 젖은 인물들은 그들이 지금까지 보낸 시간만큼이나 많은 시간을 삶의 길 위에서 보내야 한다는 점에서 아직 젊다. 그러나 그들이 현재 가고 있는 삶의 길은 앞을 향하여 움직이는 길이 아니다. 하창수 소설의 인물은 그 길이 매일매일 제자리를 맴돈다고 말하고, 윤대녕 소설의 인물은 그 길을 거슬러 그것의 원점으로 돌아가려 한다. 그들은 한마디로 현재의 삶의 지평이 닫혀 있다는 것을 날카롭게 의식하고 있는 인물들이다. 이러한 닫혀 있는 실존적 지평에 대한 의식이 이념적인 자기 형성의 허망함을 체험한 결과이면서 또한 자본주의적 관리 체제가 삶의 전역에서 작동하고 있다는 비판적 의식의 발로이기도 하다는 것은 앞에서 검토한 바와 같다. 하창수, 윤대녕의 소설에서 가장 흥미로운 대목은 바로 자본주의적 관리 체제 아래 있는 삶의 일상성을 주시하고, 그것과 충돌하는 개인의 실존적 욕구를 탐구한다는 데 있다. 그러한 탐구가 낳은 중요한 결과의 하나는 일상에 순치된 자아를 스스로 부정하는 폭발적인 충동이 개인의 내부에 살아 있다는 확인이다. 하창수, 윤대녕의 소설에 나타난 일상 탈출의 심리에서 우리는 일상이라는 체제의 '바깥'으로 나가려는 새로운 욕망의 형식이 태동하고 있음을 발견한다. 바깥을 향한 욕망은 특히 신비로운 초월의 경험에 주목한 윤대녕의 소설에서 도저한 표현을 얻고 있는 것으로 보인다.

그러나 하창수와 윤대녕의 바깥을 향한 글쓰기는 자본주의적 일상과 싸우는 소설의 가능성을 아직은 충분히 실현했다고 보기 어렵다. 그들의 소설에서 일상 탈출의 이야기를 읽고, 한편으로는 거기에 담긴 개인적 자유의 비전에 공감하면서도 다른 한편으로는 그것이 한계가 자명한 전략이 아닌가 의심하는 독자는 아마도 한둘이 아닐 것이다. 특히 서사구조상으로 '탐색담'의 변안이 많은 윤대녕의 소설은 그 풍성한 이미지를 비롯한 여러 참신한 미학적 자질에도 불구하고 동어반복의 운명을 피하기 힘든 일상 탈출 이야기의 곤경을 암시한다. 우리는 여기서 그들의 소설에 깔려 있는 일상적 삶에 대한 부정적 인식이 과연 타당하고 생산적인 것인가 반문해볼 필요가 있다. 앞에서 지적한 대로 그들은 일상의 삶이 개인을 전면적으로 잠식하고 조종하는 어떤 억압적 체제를 이룬다는 생각을 내비치고 있다. 그러나 실제의 일상은 그러한 체제의 관념이 가정하는 것처럼 반드시 그렇게 균일하고 태평한 것이 아니다. 하루하루를 살아가면서 사람들은 오히려 서로 다른 욕구, 가치, 규범들 사이의 충돌을 빈번히 경험하고 있다. 서울에 압구정동 로데오 거리와 미아리고개 점집촌이 공존하는 것처럼 우리의 일상 속에는 이질적인 사회적 · 문화적 세력들이 잠재적인, 혹은 현실적인 대립을 펼쳐놓고 있는 것이다. 이렇게 보면 일상은 삼엄한 부동의 체제이기는커녕 정반대로 순응과 저항, 복속과 투쟁의 긴장된 세계이다. 바라건대, 하창수와 윤대녕이 일상 탈출이라는 개인적 구원에 대한 집착에서 벗어나 일상적 경험 속에 존재하는 모순과 갈등을 보다 폭넓게 천착하고 극화했으면 한다. 이러한 주문은 아마도 그들에게 터무니없는 것은 아닐 것이다. 왜냐하면 그들이 그려낸 자기 부정의 모험은 일상의 체제가 사람들을 억압하고 복속시키는 동시에 그것에 대한 저항의 욕망 또한 산출하고 있다는, 그 자체로 모순된 진실을 직관한 결과이기 때문이다.

(『작가세계』 1994년 여름호)

개인 주체의 귀환

—90년대 젊은 작가들의 소설

1. 리얼리즘과 그 이후

90년대 한국소설의 새로운 가능성에 대한 기대가 지난 어느 때보다도 높아진 지금, 우리는 일군의 젊은 작가들과 그들의 작품이 빈번히 비평적 화제에 오르는 것을 보고 있다. 현재 자주 이름이 거론되는 젊은 작가들은 공지영·구효서·김남일·김인숙·김하기·박상우·신경숙·심상대·이순원·장정일·주인석·채영주·하재봉·하창수 등, 대체로 1960년을 전후한 시기에 태어나, 80년대 후반부터 창작활동을 하고 있는 작가들이다. 창작의 연조가 깊지 않은 젊은 작가들이 평단의 주목을 끌고 있는 현상은 십 년 단위로 시대가 바뀔 때마다 또는 세대론의 맥락 속에서 항상 신진 세대의 작업에서 새로운 문학의 활로를 찾아온 비평의 관행을 생각하면 조금도 희한한 일이 아니다. 그러나 젊은 작가들에 관한 근래의 비평적 논의는 아직은 피상적이고 독단적이라는 느낌을 주는 것이 사실이다. 그들의 소설을 놓고, 한편에서는 문학사적 전환의 징후를 찾으려 하고, 다른 한편에서는 대중소비문학이라는 혐의를 걸고 있지만, 특정 작가, 작품, 기법에 편중된 해석의 무리한 일반화라는 점에서는 별로 차이가 없다. 사실, 젊은 작가들의 소설은 그 세대적 기원의 동일성을 제외하면 일괄해서 말하기가 어려울 정도로 다양하다. 그런 만큼 우리는 그들을 둘러싼 신화와 추문에서 벗어나 개개의 작가와 작품에 대한 보다 공정한 분별로 나아갈 필요가 있을 것이다.

젊은 작가들의 소설이 보여주는 다양한 분화의 양상과는 별도로 그들의 소설이 전반적으로 80년대 소설과 상당한 차이가 있다는 것은 종종 지적되고 있는 사실이다. 80년대 소설에서 주류를 이룬 것은 알다시피 역사적·사회적 관심을 전면에 내세운 리얼리즘 소설이었다. 개인이나 집단의 경험을 구체적으로 재현하면서 아울러 그것을 에워싸고 있는 보다 넓은 역사적·사회적 현실에 대한 전체적인 계시에 도달하고자 하는 노력은 사회 변혁을 위한 민중운동의 성장 속에서 역사적·구조적 현실 인식이 일반에 확산된 사정에 상응하여 광범위하고 지속적인 지지를 받았다. 그러나 그 전체성 지향의 리얼리즘은 현재 부상중인 젊은 작가들의 소설에서 급속히 약화되고 있는 것으로 보인다. 가령, 한국사회의 후기 산업사회적 국면에 적극적으로 반응함으로써 주목을 받고 있는 몇몇 작가들은 그것의 사회적·역사적 맥락의 탐구가 배제된 사실적 묘사나 폭로의 방법에 치우쳐 있다. 삶을 투시하는 전체적 관점의 유효성을 여전히 신뢰하는 듯한 작가들의 경우에도 집단적, 역사적 범주들과 관련하여 현실을 규정하고 해석하는 자세는 그다지 뚜렷하게 느껴지지 않는다. 이른바 민중문학 진영에 속하는 젊은 작가들에서조차 이념적으로 결정된 전체성의 관점에서 사회 현실을 재현하기보다는 노동자나 지식인 개인의 내면적 진실에 주목하는 경향이 날로 두드러지는 추세다.

이러한 리얼리즘의 약화는 소설의 해석과 평가에서 전체성 개념을 금과옥조처럼 여겨온 일반적 시각에서 보면 극히 염려스러운 것인지 모른다. 재현의 의지가 약화된 젊은 작가들의 소설은 현실적인 것과의 진지한 연관을 상실한 허구적인 것의 방종이거나 아니면 소설의 위엄을 손상시키는 자자분한 사실의 기록 정도로 여겨질지도 모른다. 젊은 작가들의 소설에 대하여 회의적인 몇몇 평론가들에게서 전체성의 회복을 요구하는 주장이 이미 제기된 것은 그런 점에서 조금도 놀라운 일이 아니다. 그러나 현실의 전체적 인식을 가능하게 해주리라 여겨졌던 이념적 원리들이 현실 자체의 변화에 의해 어쩌면 폐기 선고로 끝날지 모르는 혹독한 검증을 받고 있는 지금, 소설에서 전체성의 회복이란 그렇게 자명한 문제가 아니다. 더욱이 전체성의 이상에 대한 집착은 현재의 이념적 혼란을 정직하게 승인하면서 소설의 신생을 위해 나름대로 분투하고 있는 젊은 작가들의 노력을 제대로 평가하지 못하는 결과를 가져오기 쉽다. 그러므로 우리 소설이 예사롭지 않은 변화의 징후를 보이고 있는 지금으로서는 소설과 현실의 관계에 대한 기왕의 통념을 고집하기보다 80년대 리얼리즘 소설의 관습과 그 이념적 전제를 반성하고 있는, 또는 반성하게 하는 젊은 작가들의 작업에 보다 깊은 관심을 기울이는 것이 현명한 태도일 것이다. 이 글에서는 80년대 소설에 대하여 각별한 반성적, 대타적 의식을 드러내고 있다고 판단되는 네 사람의 작가, 구효서·박상우·신경숙·채영주의 소설을 대상으로 삼아, 전체성 지향의 리얼리즘을 넘어서려는 실험과 모색의 양상을 간단히 검토하고자 한다.

2. 구효서 : 원한의 소리

　1987년에 데뷔한 이래 활발하게 작품활동을 하고 있는 구효서는 90년대의 젊은 작가 중에서 누구보다도 다양한 소설 형식과 기법에 능통한 작가인 것처럼 보인다. 그의 첫 소설집 『노을은 다시 뜨는가』에서는 리얼리즘 전통의 스토리텔링이 주도적이고, 『늪을 건너는 법』에서는 글쓰기 자체를 문제화하는 반성적 글쓰기가 돋보이며, 『슬픈 바다』에서는 알레고리 양식의 환상적이고 엽기적인 일화들이 두드러진다. 소설에 대한 전략적 사고가 다채롭게 드러난 최근의 소설집 『확성기가 있었고 저격병이 있었다』를 보면, 그의 소설이 형식상으로 대단히 진폭이 넓다는 것을 실감하게 된다. 구효서가 지금까지 펼쳐온 발랄한 시도와 변신의 동기가 무엇인가는 아직 자신 있게 말하기는 어려우나, 명백한 것은 그의 작업이 소설을 제약하는 관습적 규범들에 대한 깊은 불신을 표현한다는 사실이다. 특히 반성적, 실험적 성격이 강한 작품들에서 그는 리얼리즘 소설을 준거로 형성된 소설의 규범을 비판적 재고의 대상으로 만들곤 한다. 현실의 올바른 재현에 대한 기대를 고의로 저버릴 뿐만 아니라 소설과 현실의 관계가 문제적임을 오히려 의식하게 만드는 것이다. 그는 어느 글에선가 소설을 쓰는 일이 세계라는 가상의 누각에 또하나의 가상의 누각을 세우는 일이 아닌가 하고 자문한 적이 있지만, 그의 소설을 읽는 일은 소설이 현실에 관계하는 방식이 근본적으로 불안정하고 작위적이라는 사실에 대면하는 것과 같다.

소설을 바라보는 구효서의 급진적 관점을 이해하기 위해서는 우선 그의 장편 『늪을 건너는 법』을 간단하게나마 살펴볼 필요가 있을 것이다. 이 작품에 제시되어 있는 것은 전봉구라는 사십대 후반의 남자가 스스로 쓰고 있는 글이다. 전봉구가 전달하는 이야기의 주인공은 바로 그 자신이며 이야기의 주요 내용은 그가 어머니의 신원을 알아내려는 목적에서 고향 강화도에 내려가 벌였던 조사와 탐문으로 이루어져 있다. 어머니의 신원을 알아내기 위한 전봉구의 행동은 그에게 친어머니가 따로 있음을 알려준 익명의 문서에서 촉발된 것이지만, 그러한 행동을 결행한 동기는 보다 깊은 곳에 자리잡고 있다. 그의 내부에 일상의 '나'와는 다른 '나'가 존재하고 있다는 자각이 그것이다. 어머니 찾기라는 그의 행동은, 따라서, 나스럽지 않은 나의 기원을 추적하는 일, 나의 현실적 혼란을 해결해줄 근원적인 진실을 발견하는 일이라는 의미를 띠게 된다. 그러나 강화도에서 벌어지는 그의 탐색은 진행이 되면 될수록 그를 더욱 깊은 미궁 속으로 몰아넣는다. 그는 일제 말기에 아버지가 운영하던 회사의 노동자였던 이포전이 자신의 어머니일지 모른다는 추정에 이르게 되지만 그가 이어서 접하게 되는 수많은 증언, 상당량의 문건은 이포전이라는 존재와 그녀를 둘러싼 사회적·역사적 정황에 대하여 서로 엇갈리는 정보를 제공하고 있어서 진실의 발견은 계속해서 지연될 뿐이다. 이포전에 관련된 각종 모순된 담론들과의 싸움을 통해서 그가 최종적으로 직면하게 되는 것은 진실이 아니라 진실의 부재이다. 전봉구의 탐색은 결국 그의 존재가 혼돈 속에 방치되어 있음을 확인하는 것으로 끝난다.

『늪을 건너는 법』에서 구효서가 말하고 있는 것은 진실의 표상임을 주장하는 담론들이 실은 허구적 구성물에 지나지 않는다는 그리 낯설지 않은 명제이다. 처음 전봉구에게 전달된 익명의 팩스에서부터 가문의 족보에 이르기까지 담론화된 모든 정보들은 신빙성을 인정하기 어려운 것으로 판명된다. 담론의 허구적 성격에 대한 반성적 고찰은 특히 역사적 담론을 대상으로 치열하게 진행되고 있다. 역사가 모든 현상들의 의미를 결정하는 객관적 기초라는 역사주의적 통념은 전봉구가 행하는 탐색의 과정 속에서 순진하기 짝이 없는 믿음으로 드러난다. 전봉구는 이포전의 비밀을 밝혀줄 열쇠가 나림이라는 그녀의 출신 집단에 있다는 판단에서 나림의 역사에 대하여 조사를 계속하지만 그의 앞에 나타나는 역사는 객관적 사실로서의 역사가 아니라 일정한 방식으로 조직된 담론으로서의 역사이다. 더욱이 나림 무리의 기원과 계보에 관해서는 서로 다른 역사적 담론들이 그 나름의 증거와 논리를 가지고 경합하고 있으며 그것들의 시비를 가릴 기준은 어디에서도 발견되지 않는다. 전봉구의 관점에서 보면 역사적 담론은 있었던 사실 그대로의 기록이 아니라 담론 주체의 위상에 따라 다르게 구성되어, 담론 주체에게 안정된 권위 또는 권력을 부여하는 허구의 일종인 것이다. 『늪을 건너는 법』에서 발견되는 담론과 권력의 관계에 대한 이러한 인식은 어머니찾기의 혼미한 행로를 서술하면서 글쓰기라는 행위의 의미와 관련하여

전봉구가 도달하게 되는 각성 속에서도 거듭 확인된다. 그에게 글쓰기란 "수사학적 전략"에 의해 무질서한 현실에 질서를 부여하고 타인을 설득하는 권능을 행사하는 일이다. 담론의 미궁에 빠져 격심한 동요를 겪었던 그는 이제 글쓰기라는 전략을 통하여 자신을 수습하고 안정된 일상 속으로 복귀한다.

『늪을 건너는 법』에 제시되어 있는 글쓰기 개념이 재현론의 맥락에서 글쓰는 행위가 전통적으로 지녔던 의의를 철저하게 격하시키는 결과를 가져온다는 것은 명백해 보인다. 그것에 따르면 역사적 · 경험적 사실에 충실을 기하고 그것을 통일적으로 서술함으로써 진실에 이른다는 리얼리즘의 원칙은 철학적으로 오류일 뿐만 아니라 실제에서도 수상적은 전략일 수밖에 없다. 리얼리즘 서사는 진실의 현존을 가장한 기율과 통제의 전략에 지나지 않게 되는 것이다. 미셸 푸코를 위시한 후구조주의자들에게 많은 빚을 지고 있는 것으로 보이는 이러한 글쓰기 개념은 재현적 서사를 넘어서는 글쓰기를 필연적으로 요구한다. 혼란된 경험에 통일성을 부여하고자 하는 서사적 관습이 일상적 의식의 관성에 봉사하는 것이라면 현실과의 긴장된 대결을 벌이는 방법은 그러한 서사적 관습을 해체하는 것으로부터 시작할 수밖에 없다. 구효서의 최근 중단편들이 파격적인 실험에 치중된 이유가 아마도 여기에 있을 것이다.

『확성기가 있었고 저격병이 있었다』에 수록된 작품 중에서 실험적 성격이 특히 현저한 것은 제1부에 수록된 단편들이다. 그 단편들에는 『늪을 건너는 법』에 이어지는 권력과 담론의 관계에 대한 탐구가 좀더 파격적으로 시도되어 있다. 권력에 봉사하는 담론의 사례로서 만들어진 언어 기호들이 만들어진 상태 그대로, 서술자의 개입 없이 제시되어 있는 것이다. 가령 창작집 표제의 작품은 전방에서의 저격 사고에 관한 군부대 내부의 보고서를, 「아이 엠 어 소피스트」는 한 시민을 감시하려는 목적에서 만들어진 정보관리센터의 파일을, 「죽은 시인의 사회」는 고등학교 교사가 작성한 학생행동 관찰기록을, 「테러, 테러리스트, 테러리즘」은 연구저작물 배타적 사용권 계약서를 각각 제시한다. 소설은 현실의 모방이 아니라 담론의 모방이라는 명제를 가시적으로 예증하는 듯한 이러한 작품들은 일상적, 사회적 담론이 얼마나 긴밀하게 권력과 유착되어 있는가를 스스로 말하게 하는 참신한 효과를 거두고 있다. 예컨대,「아이 엠 어 소피스트」를 구성하는 언어—관찰대상자의 이력과 일상을 속속들이 조사한 결과를 수록한 정보언어의 공식성과 비정함은 그 배후에 숨은 삼엄한 권력의 작용을 즉물적으로 감지하게 하며, 나아가서는 정보 산업의 발달에 따라 감시와 통제가 더욱 원활해지는 가공할 사태까지도 충격적으로 상기시킨다.

『확성기가 있었고 저격병이 있었다』에서 구효서가 역점을 두어 말하고 있는 것은 우리가 살아가는 삶의 모든 관계 속에 권력이 편재되어 있다는 것이다. 그는 군대, 학교, 법조계, 방송국, 기업체 등과 같은 제도 속에 작용하는 권력의 기제를 주시하면서 우리의 일상이 전면적인 감시와 관리 체제하에 놓여 있다는 것을 보여준다. 「확성기가 있었고 저격병이 있었다」에서 언급되고 있는 전방 부대는 그러한 전방위 감시체제의 노골화된 형태에 해당한다. 그곳 부대에는 푸코의 『감시와 처벌』에서 묘사된 원형감옥의 중앙감시대를 연상시키는 모습으로, 확성기가 CP막사 위에 높다랗게 걸려 있고, 그곳에서 기율과 감시에 반발하던 젊은 병사는 동료군인들의 무자비한 저격으로 목숨을 잃고 만다. 이처럼 사람 사이의 제도화된 사회적 관계들을 권력과 기율이라는 측면에서 인식하는 구효서의 입장은 「영혼에 생선가시가 박혀」 같은 작품에서 특히 재기 넘치는 표현을 얻고 있다. 서통이라는 뽕타운의 젊은이가 소설가로 입신하기까지의 과정을 희극적으로 서술하고 있는 이 작품에서 관심의 초점은 서통에게 소설가의 공식적 자격을 부여하는 문학제도에 있다. 서통은 "'궁중'이라는 글자가 들어간 상점의 물건을 너는 결코 사거나 먹지 말라"는 금기에서부터 '문장관'의 칠십 먹은 원로의 방사(房事) 중에 흘러나오는 여인의 교성을 사흘 낮밤 동안 듣고 있어야 하는 훈련에 이르는 각종 수업을 거치며, 문장관 회원들은 자기들만의

'비법'을 다섯 겹의 아연판으로 만들어진 튼튼한 금고에 넣어두고 회원들의 동의를 얻어 조금씩 시중에 내다 팔고, 때로는 그것으로 만들어진 제품을 정치가, 기업가, 종교가에게 헌납한다. 이러한 희극적 우화는 문학제도에 개입된 권력의 기제를 상기시키면서 나아가서는 소설가라는 정체성이 그 제도화된 기율의 산물임을 암시한다.

『확성기가 있었고 저격병이 있었다』에서 일상적, 사회적 삶에 대하여 구효서가 내리고 있는 진단은 대단히 암담하다. 감시와 통제가 미치지 않는 사회적 권역(圈域)은 어디에도 없는 듯하다. 더욱이 그러한 권력의 기제는 자본주의 시장의 승리에 의해 더욱 완벽해지고 철저해졌다는 것을 구효서는 일깨우고 있다. 「아이 엠 어 소피스트」가 정보화 사회에 잠재된 효율적인 인간 통제의 가능성을 지적한다면, 「자동차는 날지 못한다」는 소비문화에 의해 생활뿐만 아니라 욕망까지 관리되고 있음을 이야기한다. 모처럼 친구들과 술자리를 벌이는 것을 계기로 물신이 지배하는 세태를 고통스럽게 확인한 가난한 소설가가 우정을 나누고 싶다는 자신의 욕망이 실은 상품광고의 자극에서 비롯되었음을 깨닫기에 이른다는 그 이야기는 사람들이 전면적으로 조종된 삶을 살고 있다는 음울한 인식을 담고 있다. 현대의 관리된 사회에서는 자유라는 것이 환상에 불과함을 끈질기게 증언하고 있는 구효서의 소설은 어떻게 보면 비관주의적 과장에 빠져 있는 것처럼 느껴진다. 그러나 자유에 대한 희망을 부추기는 일보다 자유롭지 않음을 응시하는 일이 더욱 성실한 행동일 수밖에 없는 사회에서 우리가 살아가고 있다는 것은 부인하기 어렵다. 더욱이 자유의 상실은 자유롭지 않음을 망각하는 순간부터 시작된다면, 자유의 환상을 경계하는 것이야말로 자유를 꿈꾸는 진정한 방식인지 모른다. 사실 이것은 구효서의 「노래」라는 작품이 우리에게 전하는 교훈이기도 하다. 그 노래라는 것은 무수히 많은 사람들이 타락한 권력에 의해 수탈과 핍박을 받으면서 생겨나 항간에 퍼진 원한의 소리이다. 그러나 폭압적인 체제에 길들여진 나머지 이제는 오히려 행복한 사람들은 어느 누구도 그것을 기억하지 못한다. 그 노래를 부르는 것은 천년 묵은 나무 한 그루일 뿐이다. 구효서가 말하고 있는 대로 사람들이 모두 체제의 부품으로 전락한 것이 작금의 시대라면 소설의 사명이란 그 나무 한 그루로 남는 것인지도 모른다.

3. 박상우 : 탈정치의 수사학

페시미즘은 구효서만이 아니라 90년대의 젊은 작가들 대다수에게 물리치기 힘든 유혹인 것 같다. 젊은 작가들 중에서 박상우는 특히 우리 시대 삶의 근저에 자리잡은 허무에 강도 높은 수사적, 소설적 표현을 부여하고 있는 작가이다. 그의 첫 소설집의 표제작인 1990년의 단편 「샤갈의 마을에 내리는 눈」에서 상실과 절망의 묵중한 기류에 휩싸인 새로운 연대의 벽두를 이야기한 바 있는 그는 올해에 발표된 단편 「호텔 캘리포니아」에서도 전망의 문제로 고민하는 것이 허망한 노릇이 되어버린 시대의 현실에 언급하고 있다. 최근의 야심적인 장편 『블랙 리포트 : 나는 인간의 빙하기로 간다』를 보면 그의 환멸과 절망의 수사학이 이제 극치에 다다른 것이 아닌가 하는 느낌을 가지게 된다. 박상우의 소설에 나타나는 허무주의는 우리가 지금 혼란과 모순으로 팽만한 세계에 살고 있다는 인식의 도저한 표현이다. 그러나 그의 소설에서 그 혼란과 모순의 세계가 구체적인 환경 속에서 구체적인 인물이 벌이는 행동의 연쇄를 통해 객관적 현실의 모양을 갖추어 드러나는 경우는 드물다. 그것은 대체로 소설의 주인공들 —대부분 지식인, 또는 예술가의 직함을 가지고 있고, 그들의 생활을 규정하는 일정한 사회적 관계의 특징 대신에 관념적이고 사변적인 기질을 압도적으로 내보이는 개인들의 상념을 매개로 전달된다. 더욱이 그들은 분열과 모순의 세계를 경험하고 의식하는 존재로 그려지고 있을 뿐, 그들 자신이 분열과 모순의 증표로 나타나지는 않는다. 그들은 말하자면 분열과 모순에 대해 거리를 두고 사유하는 개인 주체로서 자신을 유지하고 있는 것이다. 박상우 소설의 주인공들이 드러내는 그러한 명상적 주체의 성격은 그가 허무주의를 문제삼는 심층적인 동기가 무엇인가를 암시하는 것으로 보인다. 그것은 어쩌면 삶의 허무를 부정하고 싶어하는 욕망, 혼란과 모순을 제어하고자 하는 욕망인지도 모른다.

박상우의 소설이 혼란과 모순을 이야기하는 배경에는 지난 70년대, 80년대에 정치 현실을 강박적으로 의식하면서 젊은 시절을 보내야 했던 그의 세대의 경험이 깔려 있다. 그의 소설에서 중요하게 다루어진 주제들이 대부분 정치 현실의 경험에 관련되어 있다는 것은 그의 소설집 『샤갈의 마을에 내리는 눈』을 읽어본 사람이라면 누구나가 아는 것이다. 그 소설집에 수록된 작품들에서 박상우가 특히 강조하고 있는 것은 사람의 운명이 정치적으로 결정되는 시대의 불행이다. 그것은 특히 정치적 이해(利害)와는 근본적으로 무관한 사람들의 영혼을 그것이 어떻게 무참히 파괴하는가를 보여주는 이야기를 통해서 주로 제시된다. 예컨대 「돌아오지 않는 시인을 위한 심야의 허밍코러스」와 같은 강렬한 인상의 작품에서 그러하다. 이 작품에서 'Café 문화통신'이라는 이름으로 나오는 주점은 80년대 초반 "출구를 찾을 수 없이 차단된 현실"로 인하여 격심한 울분과 절망에 빠져 있는 사람들에게 마지막 남은 정신적 위안의 공간이다. 그 주점 단골들의 기억 속에 〈찔레꽃〉이라는 청승맞은 노래와 함께 선명하게 남아 있는 지용회라는 인물 —타락한 세상에 전혀 물들지 않은 순결한 영혼의 소유자, "그 존재 자체로 이미 시인이 되어 있는지도 모를 사람"으로 소개되는 인물은, 말하자면, 그들을 사로잡고 있는 자유로운 삶에 대한 열망을 구현하고 있는 존재이다. 이 작품의 통렬한 효과는 바로 그러한 자유의 화신이 그의 삶을 동경은 하면서도 정치적 관심에서 헤어나지 못하는 사람들 자신에 의해 추방되었다는 데에서 마련된다. 언젠가 불순분자의 혐의를 받아 모진 고문까지 당한 것으로 전해지는 지용회는 대공분실을 자처한 그의 친구들의 악의 없는 장난전화를 받자 불현듯 종적을 감추고 마는 것이다. 'Café 문화통신'을 배경으로 전개되는 이러한 이야기에서 우리는 일상적인 차원에서조차 사람들의 생활을 구속하는 정치 현실에 광포한 폭력이 숨어 있음을 발견하게 된다.

박상우 소설의 인물들이 희구하는 삶의 진정한 가치는 정치적인 것과는 원천적으로 다른 종류의 것이다. 흔히 예술이라는 형태로 표출되곤 하는 그것은 『시인 마태오』에 나오는 구절을 빌려 말하자면 '완전한 자유'를 요체로 한다. 박상우가 그려낸 예술가는 시대와 환경의 압력에 맞서서 스스로 삶의 자율적 주체가 되고자 하는 열정으로 가득 차 있다. 「스러지지 않는 빛」에 나오는 조각가 출신의 상병 한수리는 아마도 그러한 주체성에의 열정을 가장 뜨겁게 드러내고 있는 인물일 것이다. 진정한 예술은 현실과의 타협을 거부하는 순수 의지의 관철로부터 태어난다고 믿는 그는 군대사회의 엄격한 서열이 요구하는 비굴한 처세를 끝끝내 거부하고 마침내는 자살하는 것으로 되어 있다. 박상우 소설에서 예술가들은 억압적인 현실의 고통을 천형처럼 겪는 존재들이자, 정치에 의해 규제된 실존적 조건을 누구보다 혹독한 불행으로 체험하는 존재들이다. 그러나 완전한 자유를 향한 예술의 충동이 왜곡된 정치적 관계로부터의 해방에 대한 갈망과 상통한다는 것 또한 사실이다. 이러한 사실은 박상우의 작품들, 예컨대 「샤갈의 마을에 내리는 눈」이나 「白馬, 그 폐허」와 같은 작품들에서 정치에 열광하고 절망한 이력이 인물들의 회고 속에 중요하게 부각되어 있는 이유를 설명해준다. 지난 시대에 한국사회가 경험한 정치적 변화는 박상우의 인물들이 지닌 유토피아적 열망의 부침과 행보를 같이하는 것이다. 그러나 그들은 현재, 억압의 세월 속에서 정치적 변혁에 걸었던 자신들의 기대가 무참하게 배반되었다는 것을 뼈아프게 깨닫고 있다. 「白馬, 그 폐허」를 보면, 시대의 변방을 떠돌면서 진정한 자유와 해방을 꿈꾸었던 그들은 정치의 파행으로 말미암아 이제는 자신들의 노력이 모두 허사가 되었으며, "귀의하고 싶은 의식의 본향"마저 상실했다는 참담한 인식에 이르고 있다.

이처럼 정치에 대한 회의와 환멸이라는 주제를 다각적으로 다루고 있는 박상우의 소설이 정치적 변혁의 이념에 따라서 삶의 현실을 이해하던 관행에 대한 비판적 성찰의 의의를 갖는다는 것은 두말할 나위가 없다. 그의 소설은 정치에 의한 인간 구원이라는 것이 환상으로 드러난 현실에 직면하여 삶의 허무감에 시달리는 인물들을 적극적으로 그려내고 있다. 그 인물들의 내면적 정황을 묘사한 작품 가운데 눈길을 끄는 것은 그의 첫 장편인 『지구인의 늦은 하오』이다. 이 작품에서 이야기의 서술자이자 주인공으로 등장하는 소설가는 "희망"과 "낙관"이라는 말이 이제 무용한 언어가 되어버린 세계에 살고 있다는 비관적인 인식에 사로잡혀 있으며, 지난 시대의 정치적 혼란 속에 생겨난 신흥종교와 유흥 산업의 번창이라는 현상에서 구원에 대한 모든 전망이 사라진 현실의 상서롭지 못한 징후를 발견하고 있다. 이야기는 그처럼 '패악한' 시대에 대한 절망으로 인해 글을 쓰지 못하고 있는 소설가에게 변혁운동에 투신했던 그의 옛날 애인의 동생이 수년 만에 나타나면서 시작된다. 남궁국이라는 이름의 그는 이제 자신의 "자아가 정치에 얽매어 있지 않다"고 토로하면서 세계의 거대한 혼돈과 무질서로부터 인간을 구원할 새로운 방법을 모색하고 있음을 밝힌다. 소설가는 남궁국이 지은 소설「지구인의 늦은 하오」를 읽고 그가 종말론에 빠져 있음을 발견하게 된다. 이어서 전개되는 이야기는 한편으로는 세계의 종말론적 징후들에 관련된 자료들을 조사하고, 다른 한편으로는 남궁국의 행적을 추적하는 소설가의 행동을 중심으로 펼쳐지는데, 인간의 회복을 위해 종말론적 세계관을 방법적으로 이용하고자 했던 남궁국의 전략을 소설가 스스로 납득하는 것으로 끝난다. 당면한 현실에 절망하고 있을 뿐만 아니라 현실의 혼란과 모순이 예언된 말세의 징후들과 동일하다는 것을 확인한 소설가는 종말론이 "타락한 현실을 공략할 수 있는 역공의 병서(兵書)가 될 수도 있으리라는 생각"에 도달하는 것이다.

『지구인의 늦은 하오』에서 정치적 변혁의 이상을 스스로 폐기하고 종말론적 세계관에 경도되기에 이른 남궁국과 소설가의 행동은 박상우가 모색하고 있는 사회 현실에 대한 탈정치적 응전의 한 형식을 보여주는 것으로 생각된다. 그것은 도식적으로 말해서 정치적 이념이 아니라 도덕적 관심에 입각해서 현실을 파악하고 변화시키고자 하는 의지이다. 박상우의 장편『블랙 리포트 : 나는 인간의 빙하기로 간다』는 종말론을 현재 사회의 황폐한 현실을 진단하는 기본구도로 활용하면서 인간의 도덕적 갱생에 대한 관심을 표출하고 있는 작품이다. 형식상으로 보면 그것은 대단히 파격적이어서 "블랙 리포트"의 작성자인 한 시인이 변혁운동가의 이력을 지닌 그의 과거의 애인 루시아를 찾아가는 행로에 의해 서사적 지속성이 마련된다는 점을 제외하면 소설에 대한 통념에 부합되는 요소는 찾아보기 어렵다. 거기에 제시된 이야기는 주위의 세상이 "사막"으로 변했음을 어느 날 불현듯 깨달은 시인이 "사막"을 떠나기로 작정하고 루시아를 찾아서 온갖 광기와 폭력과 탐욕이 난무하는 아홉 개의 사막 "통제구역"을 통과하여 사각지대에 당도하지만 루시아는 만나지 못하고 자신이 떠난 원래의 자리에 돌아와 있음을 발견한다는 것이다. 이것은 사회의 온갖 말세적 양상들에 신음하면서 사랑의 회복을 꿈꾸는 한 시인의 몽상으로 바꿔 읽어도 무방하다. 『블랙 리포트……』가 제공하는 것은 종말론적 세계관이 사람들에게 유발하는 각성의 효과를 계산에 넣어 만들어진 가상의 세계이다. 공상과학소설적 장치나 장르혼성적 글쓰기의 방법이 동원되어 있음에도 불구하고 그것을 지배하는 것은 소설 형식의 유희가 아니라 독자의 도덕적 감각에 호소하는 수사이다. 박상우의 수사는 타락을 고발함으로써 구원을 꿈꾸게 하고 절망을 역설함으로써 희망을 일깨우는 반어적 화법에 충실하다. 종말론의 소설적 활용이 혹시 작가—주체의 독선적인 자기 확인으로 귀착되지 않을까 하는 우려가 들기도 하지만, 그것을 통해 드러난 사회의 도덕적 갱생에 대한 열망은 환멸과 허무의 고통을 기록한 작가의 그것답게 매우 뜨겁다.

4. 신경숙 : 삶의 기미를 위한 언어

최근 들어 신경숙의 소설이 높은 평판을 누리고 있는 것은 우리 소설이 80년대와는 전혀 다른 환경 속에 놓여 있다는 것을 실감케 하는 현상 중의 하나이다. 그녀의 소설이 갖고 있는 미덕은 80년대 소설과 소설비평을 지배한 리얼리즘의 관점에서 보자면 특별하게 평가할 만한 것이 아니다. 개인의 실존적 경험을 계급, 사회, 민족, 국가 등과 같은 집단적이고 역사적인 삶의 범주 속에서 인식하고 재현하고자 하는 서사적 충동은 그녀의 작품 어디에서도 느껴지지 않는다. 신경숙의 소설은 오히려 전체성 인식의 범주들을 무력하게 만드는 개인적 경험의 특수한 세목들, 특히 감각적 지각과 경험의 세목들에 치중하고 있다. 가령, 한 농촌의 가정에 잠시 머물다가 사라져버린 도회풍의 세련된 여인을 통해서 농촌 소녀가 체험한 매혹적인 타자를 시골 국민학교를 울리는 풍금의 이미지로 대신하고 있는 「풍금이 있던 자리」나, 어떤 남자가 우연히 팔뚝에 "좁쌀같이 수두룩이 난 소름을 매만졌던 것"에 놀란 한 여인의 신체의 기억이 그녀의 내면 속에 사랑에 대한 갈증을 일으키고 그녀를 마침내 강간을 당하는 사태로까지 몰아가는 과정을 그리고 있는 「배드민턴 치는 여자」 같은 작품은 그 미학적 기반에 있어서 80년대의 주류 리얼리즘 소설과는 분명히 다른 것이다. 그와 같은 작품에서 신경숙은 어떤 공동의 역사적 · 사회적 현실이란 관념에 구애받지 않고 작중인물의 개인적 정황을 그려내고 있으며, 그 인물의 내면을 암시하는 감각적 표상들의 창출에 주력하고 있다. 신경숙에게 삶의 경험적 진실이란 개념적으로 고정되지 않는 어떤 것, 민감한 신체의 지각에 의해 이미지로나 포착되는 어떤 것으로 보인다. 그것은, 「멀리, 끝없는 길 위에」라는 작품에 나오는 말을 빌리면, "삶의 기미"로밖에는 드러나지 않는 것이다.

신경숙이 감각적 이미지와 서정적 울림이 풍부한 문체를 통해 이야기하고 있는 것은 대체로 세계 속에 정주하지 못하는 개인의 곤경에 관련되어 있다. 신경숙 소설의 인물들은 그들의 존재를 보호해줄 인간적 관계들이 훼손된 상태에서 처절한 고독감에 시달리고 있는 것으로 나타난다. 신경숙 소설에서 외로운 개인이 자기 자신을 최초로 발견하는 것은 가족관계 속에서다. 『겨울 우화』에 수록된 작품들은 대부분 가족의 내부에 일어난 분열을 민감하고 고통스럽게 체험하는 개인의 이야기를 들려준다. 어느 시골 소녀가 세상에 눈뜨는 과정을 섬세하게 추적하고 있는 작품인 「밤고기」는 그 전형적인 예다. 이 작품에서 국민학교 학생인 양희의 시선을 통해 드러나는 가족은 어두운 쇠락의 분위기에 휩싸여 있다. 그녀의 오빠는 학생운동에 관여하다가 학교를 그만두고 집에 돌아와 '어둠 속의 짐승'처럼 은신을 하고 있고, 그녀의 언니는 아내가 있는 목수의 유혹에 넘어가 몸을 버린 이후 가출해서 돌아오지 않고 있으며, 언니에게 매질을 하여 결국 가출하게 만든 아버지는 도회에서 들어온 여자와 바람을 피우고 있다. 이처럼 가족의 평화를 무너뜨린 것은 '도회 사람'으로 대표되는, 가족의 동일성에 대립하는 타자이다. 도시에서 전학 온, 얼굴이 희고 풍금을 치는 정희라는 소녀에 대해 보이는 반응에서 보다시피 영희 역시 타자에게 매력을 느끼고 있다. 타자의 위협과 유혹에 의해 가족이라는 친근성의 세계가 동요하고 있는 가운데 영희는 "낯선 곳에 와 있다는 느낌으로 어머니조차 아득해지"는 것을 경험한다. 「밤고기」에서 영희가 사회적 세계에 대한 의식을 획득하는 과정은 낯선 타자들 속에 있는 외로운 존재로서 자기 자신을 발견하는 과정과 동일하다.

성인 여성을 주인공으로 삼은 신경숙의 작품들에서도 자아와 타자의 관계는 서술된 이야기의 의미를 궁극적으로 결정하는 기본구도가 되어 있다. 그런데 그러한 작품에서 특징적으로 나타나는 사연은 가족 외부의 타자와 관계를 맺으려는 그들의 노력이 예외 없이 실패로 끝났거나 끝난다는 것이다. 예컨대, 「강물이 될 때까지」의 '그녀'는 '그'의 사랑이 극히 유희적이고 즉흥적이라는 것을 깨달은 충격에서 직장에 병가를 내고 고향집에 내려와 "무엇엔가 충만했던" 유년의 세계를 그리워하고,「외딴방」에서 재단사와 결혼할 희망에 부풀어 공장을 그만두고 술집에 나갔던 희재언니는 결국 비좁고 어두운 방에서 시체로 발견되며,「풍금이 있던 자리」의 '나'는 가정이 있는 남자와 사랑에 빠졌으나 고향에 돌아와 머무는 동안 스스로 관계를 포기하기로 결정하고,「배드민턴 치는 여자」에서 어린 시절 좌절된 사랑의 상처를 아파하며 공허한 일상을 살고 있는 화원 점원 '나'는 사랑에의 욕망이 충족되지 않는 현실을 참담하게 확인하며,「해변의 의자」의 '나'는 사랑의 실패 이후 메마른 삶 속에 시들어가고 있는 '나'의 과거를 반추하고 있다. 신경숙의 젊은 여성들이 사랑에 실패한 이유가 무엇인가는 언제나 분명하게 밝혀지고 있는 것이 아니지만 그것은 대체로 보아서 타인들의 세계에 안주하지 못하는 심리와 무관하지 않은 것으로 보인다. "따지고 보면 세상에는 가까이 가선 안 될 게 얼마나 많은지요"라는「풍금이 있던 자리」의 지나가는 발언 속에는 자아와 타자의 숙명적인 괴리를 감지하는, 상실과 부재를 불가피한 실존적 조건으로 수락하는 마음의 기미가 서려 있다.

이런 맥락에서 신경숙의 소설이 가족관계에 의해 떠받쳐지는 폐쇄된 친근성의 세계에 강한 애착을 드러내곤 한다는 사실은 주목을 요한다. 그녀의 소설 가운데 가족 중의 누군가가 세상을 떠남으로써 초래된 불행을 이야기하고 있는 작품들이 독자에게 주는 강렬한 인상은 그 불행을 견디기 힘든 비극으로 체험하고 있는 가족들 당사자의 정서적 일체감이 진하게 표출되어 있다는 데에서 온다. 가령, 아들이 강제징집을 당하여 군복무를 하던 중 사망하고 그로 인해 어머니마저 실성해버린 집안의 딸이 자신의 지하실 방에서 아버지와 함께 보내는 하룻밤의 이야기를 다룬「어떤 실종」은 가족 공동의 비참한 운명에 대한 인식으로 나아가는 뜨거운 육친감(肉親感)을 전해주고 있다. 가족을 삶의 운명적 테두리로 승인하는 관점은「풍금이 있던 자리」에서도 중요한 역할을 한다. 거기에서 작중화자가 자신을 사랑하는 가정 있는 남자와의 도피를 스스로 거부하는 것은 단순히 도덕적 금기의 준수를 뜻하는 것이 아니라 개인의 운명을 좌우하는 가족의 심오한 의의에 대한 긍정을 말해주는 것이다. 신경숙 소설의 기저에 깔려 있는 이러한 가족주의적 감성을 이해하면, 그녀의 작품에서 어머니로서의 여성이 특별히 애정 어린 시선으로 그려지고 있는 것은 별로 이상한 일이 아니다. 「밤길」에서는 "별을 품듯 아기를 품고 있"는 기차간 객실의 여자로, 「등대댁」에서는 남편과 아들을 잃고 그 자신은 자궁암에 걸려 있으면서도 억척스럽게 살림을 하는 시골 촌부로, 「저쪽 언덕」에서는 딸에게 고향을 떠나라고 명하는 피폐한 대종가의 어머니로, 「모여 있는 불빛」에서는 집안의 궂은일을 광고했다고 소설가에게 호통을 치는 고모로 종종 얼굴을 내밀고 있는 모성의 화신들 ―이들은 혈연적 친근성에 의해 매개된 동일성의 가치를 생활 속에 구현하고 있는 존재들이다.

신경숙의 소설에서 가족의 범위를 넘어선 삶의 세계에서는 인간적 친화의 가능성이 좀처럼 보이지 않는다. 사랑을 통한 세계와의 교섭에 실패한 인물들은 세계의 냉혹한 타자성 앞에서 극도로 위축되어 세계로부터 스스로를 감추고 싶어하는 욕망에 사로잡힌다. 그들은 흔히 어머니의 자궁을 연상시키는 폐쇄된 공간 속에 자신들을 은폐시킨다. 「배드민턴 치는 여자」에서 사랑을 갈망한 대가로 능욕을 당한 화원 점원은 포크레인 아가리 속으로 들어가, 흙을 퍼올려 자신의 몸을 묻으며, 「해변의 의자」의 '나'는 지금은 사라진 젊은 날의 '나'가 바닷가의 '파도굴'과 흡사한, 자신이 태어난 집에서 따뜻한 잠을 자고 왔다고 말한다. 원초적 친밀성의 공간으로 퇴행하려는 이러한 심리적 움직임에는 언제나 죽음의 그림자가 어른거린다. 신경숙의 작품 가운데서, 순수한 사랑이 통하지 않는 세계의 폭력에 의해 가혹한 정신적 충격을 받은 벙어리가 스스로 어머니의 무덤 속으로 들어가는 이야기를 전해주고 있는 「새야, 새야」는 삶에 대한 절망 끝에 죽음으로 치닫는 자기 말소의 욕망을 가슴 저리게 표출한 작품이다. 신경숙 소설에서 이처럼 세계와 심각한 불화의 관계에 있는 개인들의 이야기는 독자들로 하여금 사랑의 부재를 인간 현실의 근원적인 공동성(空洞性)으로 체험하게 한다. 「새야,

새야」와 같은 작품이 전형적으로 예증하듯이 신경숙의 소설은 인간의 실존적 조건에 대한 성찰을 유발하는, 다분히 존재론적인 함축을 가지고 있다. 「멀어지는 산」이나 「멀리, 끝없는 길 위에」처럼 개인적 불행의 시대적인 배경에 대한 지시를 담고 있는 소설의 경우에도 그것은 특정한 시간이나 공간에 국한되지 않는 삶의 비의(秘義)에 대한 계시 속에 용해되어버린다. 신경숙 소설이 개인적 친연성을 넘어서 이루어지는 사람들 사이의 관계에 대해 관심이 부족하다는 것, 다시 말해 사인성(私人性)의 영역에 한정하여 인간 경험을 이해하게 만든다는 것은 불만스럽다. 그러나 정치적·이념적 담론 속에서는 응분의 자리를 얻지 못하는 개인의 내밀한 경험을 포용함으로써 신경숙 소설이 던지는 교훈은 적지 않다. 그것은 소설의 본령이 어디에 있는가를, 소설의 떳떳한 분수가 무엇인가를 다시 생각게 한다.

5. 채영주 : 실존적 기획으로서의 허구

채영주의 첫 소설집 표제작인 「가면 지우기」는 그의 소설의 특성을 이해하는 데에 중요한 단서가 되는 작품이다. 이 작품에서 이상적인 사회를 설계하는 사회학도였던 강상일이 정신병원의 환자가 되어버린 배경에는 현실에 대한 깊은 환멸이 자리잡고 있다. 탐욕스럽고 위선적인 아버지의 군림으로 상징되는 현실은 강상일에게 있어서 기만으로 이루어진 '가증스런 허구'이다. 현실의 허구성을 폭로하고 그것으로부터 자신을 지키기 위해 그는 관념의 허구를 스스로 만들어내고 고집하는 방법을 취한다. 그러나 그의 옛날 애인인 잡지사 여기자 정진하의 회고를 통해서, 그리고 정신병원에서의 사이코 드라마에 참여한 강상일의 진술을 통해서 밝혀지고 있는 그의 정신적 편력은 허구에 의지한 결과 그가 더욱 곤혹스러운 지경에 처하게 되었음을 알려준다. 유토피아 건설을 위한 설계가 "알량한 작위에 불과"함을 스스로 인정하고, 성직자

가 되려던 계획 역시 수포로 돌아갔음을 토로한 그는 이제 그토록 혐오
하던 아버지를 그 자신이 닮았다는 것을 깨닫고 고뇌에 빠져 있는 것이
다. 그러나 강상일에게는 그를 단순히 자기 기만의 제물로 간주할 수 없
게 하는 요소가 있다. 정진하가 네번째의 정신병원 방문중에 보았던 사
이코 드라마에서 강상일이 비굴한 행상 아낙과 위선적인 아버지와 광
신도인 아내를 죽여야 했던 이유를 밝히는 대목에 시사되어 있듯이, 그
의 굴절된 이력은 주어진 현실을 불가역의 운명적 조건으로 시인하지
않으려는 부정의 자세에서 비롯된 것이다. 강상일에게서 나타나는 허
구에 대한 집착은 현실에 "가장 빨리 체념하고 가장 빨리 순종하는
(……) 가장 현명한 약자의 태도"와 철저하게 대립된다. 허구의 전략
을 추구한 끝에 위장된 삶의 굴레에 빠졌다는 역설에도 불구하고, 그의
방황은 현실에 복속되지 않으려는 치열한 정신적 고투로 해석된다.
　「가면 지우기」에서 강상일이 현실과 싸우는 전략으로 선택한 허구의
방법은 현실의 고통을 잊게 해주는 환상 속으로의 몰입과는 분명히 구
별된다. 그것은 현실과의 갈등 속에서 자신의 삶 전체를 하나의 의미 있
는 기획으로 만들려는 노력이다. 강상일은 자신의 설계에 따라서 자신
과 세상을 정의하려고 시도하고 있을 뿐만 아니라 그러한 시도가 실패
로 끝나면 그 실패에까지 의미를 부여해주는 또하나의 새로운 허구를
찾아낸다. 자신의 삶에 의미 있는 질서를 부여하려는 그의 집념이 얼마
나 지독한 것인가는 사이코 드라마중에 자신이 살아온 과거 속에서 현
재의 전조를 찾아내고자 온갖 왜곡과 과장을 무릅쓰는 그의 모습에 여
실히 드러나 있다. 그리고 보면 허구에 매달려 살아온 자신이 아버지와
닮았다는 것을 괴롭게 의식하고 있는 강상일의 상태 역시 단지 비참한
파국으로 보이지는 않는다. 정진하는 정신병동의 강상일에 대한 관찰
을 끝내면서 "그에게서 예전과 달라진 점을 찾아낼 수 없었"다고 말하
고 있지만 그는 부자간에 세습되는 운명적 삶이라는 또하나의 허구를
완성하고 있는 참인지도 모른다. 강상일이 보여주는 이러한 전체적 기
획으로서의 삶에 대한 집착은 달리 말하면 자신의 의지에 따라 현실을

조직하고 변화를 도모하려는 인간 주체의 실존적 모험과 동일한 것이다. 허구를 만들고 허무는 일을 통해서 그는 현실로부터 스스로를 방어할 뿐만 아니라 스스로를 의식과 행동의 주체로 견지한다. 그러니까 결국 「가면 지우기」에서 말하고 있는 비극적 현실은 단순히 가증스런 위선을 배양하는 타락한 환경으로서의 현실이 아니라 주체적인 삶의 의지를 광기의 형태로밖에는 존립하지 못하게 하는 가공할 제약으로서의 현실이다.

채영주 소설의 두드러진 관심사는 바로 이러한 개인 주체의 의지와 그것에 대립하는 현실 사이의 착잡한 길항관계에 있다. "삶이란 언제나 질서여야 한다"는 신념을 지닌 젊은이가 험난한 변신의 행로를 걷다가 현실의 장벽에 부딪혀 좌절하는 과정을 다룬 장편 『담장과 포도넝쿨』은 말할 것도 없고, 그 밖의 여러 작품들에서도 채영주는 개인 주체의 의지와 좌절에 주목하는 방식으로 우리가 처해 있는 실존적 상황의 본질을 심문하고 있다. 그의 소설에 등장하는 개인들은 정신적 불구자, 부모 없는 고아, 하층사회의 건달과 룸펜처럼 사회의 공식적 질서의 언저리에 존재하는 인물일 경우에는 물론, 공식적 질서 속에 거주하는 인물일 경우에도 대체로 사회로부터 근본적으로 소외되어 있으며, 정상에서 벗어난 사고와 행동을 흔히 보여준다. 채영주 소설에서 소외된 개인의 일탈적 사고와 행동이 그처럼 중요하게 취급되고 있는 것은 사회의 그늘진 변방에서 살아가는 사람들에 대한 생태학적 관심과는 전혀 동기가 다른 것이다. 그것은, 그의 정신병동 이야기에서 의사와 환자의 차이가 모호하다거나, 고아원 이야기에서 어른들과 고아들의 신세가 유사하다거나 하는 데에서 짐작할 수 있듯이, 인간과 사회를 인식하는 상투화된 방식을 교란하고, 개인의 존재를 근원적으로 불구화시키는 상황의 압력과 제약을 충격적으로 일깨우기 위한 전략이라는 의미를 띤다. 채영주가 제시한 소외와 일탈의 이야기는 우리가 무반성적으로 영위하는 정상의 삶으로부터 바로 그 정상이라는 환상을 걷어내려는 알레고리라고 말할 수 있다.

채영주의 소설에서 개인의 주체적 삶의 가능성을 저해하고 있는 것은 일차적으로 일상의 질서이다. 그의 데뷔작 「노점 사내」는 일상의 안정된 질서에 대한 반란을 꿈꾸는 개인의 심리적 정황과 추이를, 그의 자아와 그에 의해 관찰되는 타자 사이의 동일성의 발견이라는 형식으로 기록하고 있다. 일상성과의 내면적인 싸움을 어떠한 정치적, 이념적 행동보다도 중시하는 듯한 채영주의 입장은 『가면 지우기』에 수록된 작품들 곳곳에서 확인된다. 예를 들어 「새벽 두시 파라다이스 카페」는 지금 시대의 불행은 현실 변혁을 위한 정치적, 이념적 세력의 부재가 아니라 일상에 함몰된 인간 군상의 팽창에서 연유한다는 전언을 담고 있다. "세상 사람들은 특히 남자들은 모두 밤을 향유하기 위해 낮의 삶을 견디고 있다"는 카페 마담의 진술에서 우리가 접하게 되는 것은 일상성의 관철에 의해 변화의 희망이 사라진 현실이다. 「殉葬, 順葬」에서도 일상의 질서에 갇혀 있는 삶에 대한 비극적 감각은 특출하게 표현되고 있다. 수몰지역 발굴 작업을 둘러싸고 전개되는 일련의 사건들로 구성된 이 작품에서는 수몰지역 주민들의 피해와 왕의 분묘에 함께 묻힌 순장자들의 희생 사이에 점진적으로 유비적 관계가 성립되는 가운데, 일상의 질서에 순종하는 삶의 암울함에 관한 통찰이 제시된다. 그 통찰의 핵심은 "우린 단지 스스로의 생명에만 충실할 뿐이라고 생각하지. 하지만 사실은 가장 충실하게 고분의 질서를 지켜주는 존재일지도 몰라"라는 작중화자의 발언에 담겨 있다.

개인적 자유의 불가능성은 고아원 이야기를 담은 '회전목마를 위하여' 연작에서 채영주가 주목한 괴로운 진실이기도 하다. 그 연작의 첫번째 작품 「가출」의 작중화자는 고아원을 악마의 집이라고 느낀 한 소년이 탈출을 시도했으나 결국은 잡혀 돌아오게 된다는 이야기를 들려주면서 존재의 변화를 허락하지 않는 어떤 운명의 힘을 상기시킨다. 자유를 속박하는 질서, 모험을 압도하는 운명에 대한 채영주의 인식은 「백치 세습」에서 특히 인상적인 알레고리 형식을 얻고 있다. 유아살해 미수범으로 기소되었다가 정신병동으로 보내져 감호를 받고 있는 작중화자 우진은 자신의 범행이 운명 또는 "운명을 거슬러야 하는 운명"의 소산이라고 주장한다. 그의 집안에 삼대에 걸쳐 재앙이 계속되리라는 땡중의 예언이 적중하고 있다는 판단에서 그가 운명이라고 부르고 있는 것은 대대로 이어지는 역사적 질곡의 다른 이름이다. 우진이 아버지라고 부르는 수장은 자신과 가깝게 지낸 여인이 포함된 빨치산 유격대가 그의 잘못으로 인해 군경 토벌대에게 몰사를 당하게 되자 심한 충격을 받은 나머지 반푼이가 되었으며, 우진 자신은 대학 시절 반정부 지하운동 단체에 관여하고 있던 중에 기관원에게 끌려가 모진 폭행을 당한 이후부터 정신착란 증세를 보이기 시작한 것으로 서술되어 있다. 그러니까 "백치 세습"의 운명을 끊기 위해 자신과 관계한 적이 있는 옛날 애인의 아이를 죽이려 했던 우진의 범행은 개인적, 집단적 삶의 역사에 대한 일정한 해석을 내포한다. 간단히 말해서 그것은 비극적 재앙의 불가항력적 세습으로 역사를 해석하는 것이다. 작중에서 우진이 자기의 아들이라고 믿고 있는 아이를 결국은 죽이지 못한 것은 그 아이에게서 운명을 믿지 않는 '용기'를 발견한 까닭인 것으로 밝혀지고 있지만, 재앙의 역사가 개인의 용기에 의해 중단되리라는 희망은 좀처럼 보이지 않는다.

「백치 세습」에서 우진의 광기를 통해 드러나는 역사는 어떤 목적의 실현을 향해 나아가는 발전의 과정으로서의 역사가 아니라 인간 주체의 의지와 관계 없는 재앙의 반복으로서의 역사이다. 역사적 시간의 개념으로부터 유토피아적 함축을 제거하는 이러한 인식은 채영주의 최근작 『시간 속의 도적』에서도 이야기의 중요한 바탕을 이루고 있다. 1998년이라는 가까운 미래의 광주를 배경으로 삼아 역사 관념이 일상의 의식 속으로 틈입함으로써 빚어지는 환상과 모험을 다루고 있는 이 소설에서 역사는 우선 사람들 개인의 삶과는 유리된 채로 비극을 반복하면서 그것대로의 행로를 가고 있는 것으로 나타난다. 미래 2047년의 역사 연구가의 권위를 등에 업은 노장윤이라는 괴짜에 의해서 희망 없는 나날을 살고 있는 건달들에게 느닷없이 현전한 역사는 일상의 너머에서,

개인의 의지와는 무관하게 작동하는 초월적인 운세로서의 역사이다. 노장윤 일당이 80년 광주의 비극이 북한사회에서 재연되는 것을 막아야 한다는 사명을 스스로 짊어지고, 남한정부의 음모를 폭로하기 위해 공작을 벌인다는 이야기는 역사로부터 소외된 일상의 무력한 인간이 역사의 주체로 변신하는 모험의 형식을 가지고 있다. 민족의 현실에 자진하여 투신하는 행동 속에서 그들은 비루한 일상에서 해방됨과 동시에 그들의 존재가 쇄신되는 듯한 흥분을 누린다. 그러나 그들의 모험은 비록 그들 자신은 아주 진지하게 수행하고 있지만 나타난 바로는 어지간히 웃기는 활극이다. 그래서 그것이 전개되는 동안 독자는 일상의 인간이 역사에 관여하는 일에 원천적으로 내재한 희극을 떠올리게 되고, 역사의 길과 개인적 삶의 행복한 일치가 불가능한 현실을 새삼스레 깨닫게 된다. 『시간 속의 도적』은 역사에 대한 개인의 책임을 부정하고 있지 않으며, 그 공상소설풍의 유희적인 허구는 오히려 역사의식을 촉구하기 위한 방법적 우회의 성격도 띠고 있다. 하지만, 일상적인 것과 역사적인 것의 괴리는 그것이 노출시키고 있는 엄연한 진실이다. 역사에 개입하는 영웅적 행동이 희극의 모양을 갖는다는 사실에서 우리는 주체화의 가능성이 위축된 개인의 비극을 느끼지 않을 수 없다.

6. 전체의 관념과 개인의 진실

지금까지 살펴본 바와 같이 구효서·박상우·신경숙·채영주의 소설은 80년대 소설을 지배한 리얼리즘적 규율로부터 상당히 자유롭다. 구효서는 소설과 현실 사이의 문제적 관계를 날카롭게 의식하고 있을 뿐만 아니라 재현적 서사의 관습에 도전하는 글쓰기를 실천하고 있고, 박상우는 세계를 혼란과 모순으로부터 구제할 이념적 원리가 존재하지 않는 현실을 승인하면서 동시에 탄핵하는 수사적, 허구적 전략을 추구하고 있다. 신경숙은 상실과 부재를 특징적인 내용으로 하는 개인의 감각적이고 내면적인 경험에 몰두하고 있으며, 채영주는 개인의 자유라는 관점에서 삶의 질곡과 억압을 비판적으로 투시하는 알레고리 구축에 경도되어 있다. 이처럼 네 사람의 젊은 작가에게서 나타나는 탈리얼리즘의 양상들은 보기에 따라서는 그렇게 혁신적인 것이 아닐지도 모른다. 구효서에게서는 이제하의 계보를 잇는 실험적 열정이, 박상우에게서는 이문열의 낭만적 이상주의가, 신경숙에게서는 오정희를 연상시키는 존재론적 취향이, 채영주에게서는 이청준의 자유주의적 개인의식이 때때로 느껴진다. 그러나 그들의 소설은 현실의 전체적 인식과 재현이라는 리얼리즘의 규범에 연연하지 않는다는 점에서 확실히 90년대적이다. 그들의 소설이 지닌 창조적 활력은 역사적, 집단적 범주와 관련하여 인간의 삶을 규정적으로 파악하는 관습에서 탈피하여, 현실이 개인에게 경험되는 다면적이고 유동적인 방식들에 대해 개방된 자세를 취하고 있다는 데에서 온다.

젊은 작가들의 소설에 나타나는 전체성 지향의 약화는 실은 소설의 기법이나 관습을 둘러싼 변화의 문제에 그치지 않는다. 따지고 보면 그것은 삶의 경험들을 하나의 통일적 전체로 인식하게 해줄 이념에 대한 믿음이 사라진 현재의 상황과 무관한 것이 아니다. 삶의 현실을 그 전체성 속에서 파악하는 능력이 감퇴의 조짐을 보이고 있다는 것은 확실히 불행한 일이다. 그것은 우리가 당면한 역사적·사회적 현실이 우리의 주체적인 의지와 상관없는 순전한 객관적 한정으로 체험될 수밖에 없게 되었음을 뜻하는 사태이다. 그러한 불행의 징후는 구효서·박상우·신경숙·채영주의 소설에도 이미 얼마간 드러나 있다. 이를테면, 구효서는 우리의 일상이 전면적인 통제와 관리 체제 아래 있음을 보여주고 있고, 박상우는 모든 이성적, 이념적 기획이 허망하게 끝나버린 폐허의 현실을 지적하고 있으며, 신경숙은 그녀 스스로 '기습'이라고 부른 바 있는 우연의 폭력에 개인의 존재가 노출되어 있음을 의식하고 있고, 채영주는 주체의 요구와 의지를 배반하는 삶의 운명적 테두리를 상기시키고 있다. 그들의 소설에 투영되어 있는 농후한 페시미즘 또는 운명론은 전체성으로의 도약이 어려워진 우리 시대의 제약된 실존적 조건을 말해주는 증좌일지 모른다.

그러나 삶을 전체화하는 서사의 약화는 90년대 소설에 대하여 반드시 음산한 결과만을 갖는 것은 아니다. 우리는 전체성 개념의 패권으로 말미암아 80년대 소설이 현실이라는 것을 다분히 일률적이고 기계적인 방식으로 파악하는 폐습을 길러온 것은 아닌가 반문해볼 필요가 있다. 예컨대, 민족 분단의 상황이라든가 노동운동의 현장에 주목한 작품들은 80년대 소설에 있어서 역사적·사회적 전체성의 추구를 대표하는 성과로 알려져 있지만 그러한 작품들 가운데에서 소설적 서사가 특정 이념에 의해 추상적으로 규정된 삶의 현실을 세부적으로 추인하는 것 이상의 역할을 담당한 예는 그리 많지 않다고 판단된다. 역사적·사회적 전체성에 대한 집착은, 그것이 특히 그 전체성에 접근할 특권이 있는 것처럼 보이는 이념에 대한 신앙과 결합되어 있을 경우, 소설의 창조적 주권을 침해하기 쉽다. 이렇게 보면 현재 젊은 작가들의 소설에 나타나는 전체적 서사의 약화는 이념의 환멸을 경험한 90년대 상황을 반영하는 것이면서 동시에 삶의 경험과 새롭게 교섭하려는 의욕을 나타내는 것이라 해도 좋을 것이다. 실제로, 앞에서 검토한 네 사람의 소설에서는 개인의식과 경험을 중심으로 모든 삶의 관계들을 재고하려는 시도가 정도와 방법의 차이가 있긴 있지만 공통적으로 발견된다. 개인의 실존적 경험을, 그 내면화된 형태에 역점을 두어 세심하게 다루고 있는 신경숙의 작업은 그것을 특히 선명하게 예시한다. 이처럼 젊은 작가들이 알리고 있는 개인 주체의 귀환은 비록 우울하고 비극적인 소식들을 수반하고 있을지라도, 전체성의 폭정에 억눌렸던 많은 진실들에 출구를 열어줄 것이다. 그리고 그러한 개인의 진실을 정의할 적절한 어휘와 개념을 마련하는 일은 90년대 젊은 작가들에게 기대를 걸고 있는 우리 모두의 과제일 것이다.

(『문학과사회』 1993년 겨울호)

문제적 개인의 행방

1. 창작, 픽션, 문제적 개인

현재 창작이라는 말이 문학과 관련하여 사용되는 방식을 보면 그것은 대체로 시, 소설, 희곡과 같은 좁은 의미의 문학 혹은 그 문학을 생산하는 활동을 뜻하는 것 같다. '창작과비평'이라는 제호는 아마도 그러한 창작의 의미를 예시하는 표준 사례일 것이다. 하지만 창작에는 문학이라는 뜻만이 아니라 소설이라는 뜻도 있다. 지금도 창작집이라고 하면 먼저 소설집을 떠올리는 것이 상례다. 과거의 용례들을 찾아보면 창작이 소설과 등가로 쓰인 예가 문학에 대한 명칭으로 쓰인 예보다 오히려 많다. 시는 시라고 부르면서도 소설은 소설이 아니라 창작이라고 부른 경우가 아주 흔하다. 예컨대, 일제 시대 말기의 대표적 문예지인 『문장』의 편집진은 1939년 7월 임시증간호의 소설 특집을 꾸미면서 '창작 32인집'이라는 제목을 달았다. 근대의 문학용어에서 소설이 창작으로 대체되곤 했다는 것, 유독 소설이 창작으로 명명되고 있었다는 것은 상당히 흥미로운 사실이다. 그것은 소설을 둘러싼 낡은 생각들을 일소하고 소설의 의의에 대한 새로운 합의를 창출하려던 근대 작가들의 의욕을 느끼게 한다. 사전(史傳)의 형식에 기생하여 교훈과 오락의 목적에 봉사하는 서사물이라는 전통적인 소설 관념과는 대조적으로, 창작은 소설쓰기에 내재하는 창조적이고 예술적인 속성을 특별히 강조하는 것이다. 창작을 한다는 것은 뭔가를 처음으로 생성시키는 일(創), 원래는 없었던 뭔가를 지어내는 일(作)이다. 그것의 목표는 어떤 새로운, 혹은 창시적인 가공의 물체를 만들어내는 것이다. 그 새로운 가공의 물체를 만들어내려는 욕망은 당연히 현실의 불완전, 불충분, 불만족에 대한 직관과 표리관계에 있다. 창작이 표현하는 것은 현실이 지금의 현실과는 달라지기를 바라는 욕망, 현실에 수정을 가하려는 욕망이다. 한마디로 '시작' 의 욕망이다. 그러므로 창작으로서의 소설은 예로부터 전래되었거나 항간에 떠도는 이야기의 전승과는 본질적으로 차이가 있다. 그것은 창조적인 인간이 스스로를 표현하는 예술적, 문화적 형식에 속하는 것이다.

　소설을 창작이라고 하는 것은 물론 소설은 픽션(허구)이라는 말과 같다. 픽션은, 만들다, 지어내다, 꾸미다는 뜻의 그 라틴어 어원(fingere, fictum)이 말해주듯이, 창작과 뚜렷한 개념적 연관을 갖고 있다. 그것은 인간의 창조적이고 상상적인 작업과 그러한 작업의 산물을 지칭한다. 문학의 영역에서 픽션은 가공의 이야기에 대한 범칭이고 소설보다 훨씬 포괄적인 속명(屬名)이지만 또한 소설의 창조적 성격을 표시하기에 적합한 용어이기도 하다. 알다시피, 픽션은 역사적, 경험적 사실로부터 이탈하지만 혹세무민의 허위는 아니다. 그것은 오히려 사물들에 이치가 통하도록 만들어주고 사람의 생존에 의미가 있음을 느끼게 해준다. 그러한 이치나 의미의 효과가 소설에서 산출되는 인식적, 심미적 효과들 가운데서 특히 중요한 부분임은 누구나 인정하는 바와 같다. 소설은 잡다한 실존적 경험에 플롯이나 패턴을 부여함으로써 거기에 어떤 의미가 자리잡게 만든다. 여기서 중요한 것은 주어진 세계가 이치나 의미를 결하고 있다는 철학적 가정 위에 픽션이 성립한다는 사실이다. 자연적, 역사적 소여(所與)가 그 자체로 형식을 갖추었고 의미로 충만하다면 그것을 고수하는 것만으로 삶은 완전할 것이고 픽션은 존재할 이유가 없을 것이다. 픽션을 정당화하는 것은 세계에는 의미 있는 질서가 원천적으로 부재하며 그것은 오직 인간의 창조적인 활동에서 결과한다는 생각이다. 픽션 제작자는 그를 둘러싼 세계에서 어떤 초월적이고 불변하는 이치의 증거가 아니라 창조적 인간이 살아온 자취들, 그 무수한 작위(作爲)의 흔적들을 읽는다. 픽션의 이념이라는 것이 있다면 그것은 놀라울 정도로 근대적 세계관을 닮아 있다. 「육체문학에서 육체정치까지」라는 글에서 마루야마 마사오는 "근대정신이란 '픽션'의 가치와 효용을 믿고, 그것을 끊임없이 재생산하는 정신으로 나타나는" 것이라고 말한 바도 있다.

문학적 픽션은 물론 근대 이전에도, 다시 말해, 세계의 만사가 이데아의 질서나 신의 의지나 아니면 천리(天理)의 발현이라는 믿음을 지닌 문화에도 존재했다. 하지만 픽션의 철학적 가정이 일종의 공리로 인정되고 그 가능성이 개발된 것은 근대에서다. 근대의 문학적 픽션의 주종인 소설(노블)은 『소설의 이론』의 루카치에서 『시작』의 에드워드 사이드에 이르는 여러 비평가들이 밝혀준 바와 같이 유의미성의 형식을 창출하는 것이 주어진 과업임을 자각한 개인의 작품이다. 그는 삶의 의미를 보증한 전통적인 형식들(예컨대, 주술, 제의, 종교 등)을 불신하고 진정한 형식은 오직 자신의 주체적 능력에 달려 있다고 믿는다. 소설의 저자author는 의미 있는 삶의 형식에 대한 권위authority를 자칭하는 것이다. 그처럼 전통, 제도, 공동체와 결별한 소설의 개인주의적 기질은 소설에 특유한 허구적 인물들, 이른바 '문제적 개인'에서 그 인격적 반영을 얻는다. 문제적 개인이란 전통적 형식들이 권위를 상실함과 동시에 정체성—루카치의 표현으로는 '개성'—이 자명하지 않게 되어버린 개인을 가리킨다. 그는 자신이 누구인지 모르고, 자신을 어떻게 해야 할지 모른다. 고전적인 노블의 실제에서 흔히 여성, 아이, 고아, 광인, 범죄자, 떠돌이 등으로 출현하는 그 개인은 안정된 세습적 신원, 사회적 소속을 갖고 있지 못하며, 따라서 자신의 정체성을 스스로 발견하거나 창조해야 한다. 그가 소설 속에서 펼쳐가는 일련의 행동은 그의 현존하는 관계들에서 탈출하여 그 결말이 희극적이든 비극적이든 그 자신을 새롭게 확인하는 이야기를 이룬다. 이러한 문제적 개인의 존재가 소설을 지배하는 창작의 욕망, 픽션의 이념에 중요한 장치가 된다는 것은 명백하다. 그 개인의 이야기를 서술함으로써 소설은 기성의 사회적 정체성들과 그것들을 떠받치는 관습, 제도, 이념들에 의문을 제기하고 삶의 대안적 형식에 대한 암시를 제공하는 것이다. 문제적 개인의 자기 확인을 향한 전진적 이야기의 플롯 속에서 가변성과 역동성 속에 있는 근대적인 삶은 풍부한 구체성을 띠고 재현되는 동시에 자체에 내재하는 어떤 형식의 가능성을 드러낸다.

돌이켜보면, 창작을 지향한 한국소설의 역사에서 문제적 개인의 이야기는 언제나 그 정점을 이루어왔다. 「무정」과 「만세전」에서 「무진기행」과 「삼포 가는 길」에 이르는 고전적 작품들은 자신이 누구인가를 알고자 하는 개인의 여정을 담고 있음을 우리는 기억한다. 문제적 개인이라는 장치가 한국소설에서 발휘한 효과는 얼마든지 과장해도 좋을 정도다. 그것이 없었다면, 한국의 근대 경험은 구체적인 표상을 갖기 어려웠을 것이고, 민족주의, 자유주의, 사회주의, 민중주의 같은 근대적인 이념들 또한 순전히 관념적인 교리로 남아 있었을 것이다. 그러나 문제적 개인의 이야기라는 형식을 한국작가들이 속 편하게 여겨온 것은 아니다. 그 이야기를 뒷받침하는 개인주의 문화가 부재하고, 노블이 아무래도 낯설고 버거운 형식일 수밖에 없는 한국적 정황 때문에 작가들은 종종 그것을 경원하거나 무시한 것도 사실이다. 예를 들어, 20세기 전반기의 작가들 중에서 창작으로서의 소설에 대한 의식이 누구 못지않게 투철했던, 앞에서 언급한 문예지 『문장』의 편집주간이었던 이태준만 해도 노블형 소설에 이질감을 느낀 나머지 "이 동양에선 서구식

산문소설의 배양이란 워낙 풍토에 맞지 않는 원예인지 모른다"(「동방
정취」)고 말하기도 했다. 한국의 특수한 정황만이 아니라 근대의 물질
적, 사회적 발전의 결과들 때문에도 문제적 개인의 이야기를 만드는 작
업은 고전적 노블의 형식을 따르기 어렵게 되었다. 관료주의, 대중소
비, 문화산업, 스펙터클 사회, 정보사회 등과 같은 그 결과들은 근대의
개인이 당면한 문제의 형질을 심각하게 변화시켰고, 문제적 개인이 스
스로를 추구하는 방식 또한 달라지게 만들었다. 서양의 모더니즘 소설
은 노블 형식을 해체하면서 근대적 자아의 실존적 문제에 대한 고전적
인 해법들을 이미 폐기한 터이다. 개인의 고립과 사회적 인정의 불가능
성을 극단적인 형태로 보여줄 뿐만 아니라 유의미성의 원천은 자아의
내부가 아니라 '성(城)'이든 '법'이든 자아를 넘어선 어디엔가 있다는
것을, 혹은 아예 없을지도 모른다는 것을 암시하는 카프카의 소설은 그
대표적인 사례다. 최근의 한국소설을 읽다 보면, 문제적 개인의 자아
추구는 작가들이 별로 하고 싶지 않은, 혹은 하기 어려운 이야기임을 느
끼게 된다. 이러한 느낌을 구체적으로 확인한다면 소설의 어디에선가
중대한 변화가 진행중이라는 항간의 진단은 좀더 그럴듯한 방증을 갖
게 될지도 모른다.

2. 전승과 객담

소설계의 중진 중에서 이문구만큼 저자의 이념에 반하는 작가도 드
물 것이다. 그의 작품들에 존재하는 여러 증거들(예를 들어, 서술자의 선
택이나 주제상의 편향 등)로부터 알게 되는 작가 이문구는 하나의 허구
적 세계를 자기의 의지에 따라 지어내고 그 위에 군림하는 전능한 창조
자가 아니다. 그는 작품에 재현된 세계가 바로 자신이 존재하는 세계이
고 작중인물들이 자신의 가족, 이웃, 친지임을 알려주며, 결코 그 세계
에 대한 초월적 권위를 주장하지 않는다. 「長川里 소태나무」(『창작과비

평』1998년 여름호)를 보면, 작가는 장천리에 사는 이송학씨의 이야기를 전하는 작중화자와 그 자신을 일치시키고 있으며, 자신이 이송학씨와 동일한 경험적 세계에 거주하면서 작가 노릇을 하고 있음을 간혹 노출시키기까지 한다. 그의 문체 역시 고전적 형태의 저자들의 그것처럼 허구적 세계를 현실적 세계와 분리시키는 글쓰기에 따르지 않는다. 롤랑 바르트의 주장대로 "글쓰기는 모든 목소리들, 모든 원점들의 파괴"라면(「저자의 죽음」), 이문구는 오히려 목소리의 모사를 고집함으로써 작품 속의 세계와 작품 밖의 세계 사이의 연속성을 강화시킨다. 그의 목소리는 작중인물들의 목소리와 마찬가지로 역사적, 향토적 특수성이 생생하게 살아 있는 방언의 세계에 뿌리를 두고 있으며, 그만큼 그것으로 이야기된 인물, 사건, 정황의 현실적 기원을 끈질기게 상기시킨다. 이처럼 근대적 저자와 판이한 작가적 풍모가 말해주는 것은 그의 소설이 앞에서 말한 창작과 이념적으로 구별된다는 사실이다. 그의 소설적 서사를 움직이는 것은 현실이 가변적임을 보여주려는 욕망이 아니라 무엇이 현실인가를 알려주려는 욕망이다. 이문구의 작업은 역사적으로 보면 창작에 밀려난 전통적인 소설의 목적, 즉 전승을 지향하는 것이다. 「장천리 소태나무」는 그의 뛰어난 작품들이 그렇듯이 노블형 소설만이 개인적, 사회적 경험에 충실한 것은 아니라는 것을 일깨워준다.

「장천리 소태나무」가 전승을 지향한다는 점을 염두에 두면 삽화적으로 되어 있는 그 서사 구성도 자연스럽게 이해된다. 전승을 위한 서사에서 중요한 것은 교훈적 가치가 있는 이야기 하나 하나이지 어떤 사태의 시간 속에서의 발전을 보여주는 플롯이 아니다. 이송학씨가 포장마차에서 소주를 마신 데서 시작하여 김아무개의 전화가 없었음을 알고 안도하는 데서 끝나는 일련의 행동은 그 자체로는 아무런 사건의 진행도 보여주지 않는 대신에 여러가지 삽화들을 꿰어들이고 그 주제를 통일시키는 실(絲)의 기능을 한다. 이송학씨의 이야기가 재미있다면 그것은 우선 그 삽화들에서 오는 효과이다. 이송학씨의 "꽤잎짱아찌" 사업, 허영심 많은 필만이 아내, 마을을 동요시킨 카섹스족, 경로당 노인들의

"사건반장" 임명 등의 삽화는 현재 농촌이 처한 정황을 친밀하고도 생생하게 느끼도록 자극한다. 이문구의 뛰어난 작가적 능력 ─농촌 풍속에 대한 풍부한 지식, 구술과 방언의 묘미를 만끽하게 하는 토착어 지향의 담론, 언행의 곳곳에서 웃음의 소지를 발견하는 희극적 감각 ─ 덕택에 어쩌면 심상한 것에 그쳤을지 모를 장면도 각별한 감흥과 지각을 가져다준다. 필만이 아내가 휴대용 전화기로 수다를 떠는 장면, 그 사소하기 짝이 없지만 대중소비에 휘말린 농촌의 우스꽝스러운 세태를 적확히 알아보게 해주는 장면은 그 간단한 예다. 「장천리 소태나무」에서 이문구가 전하고 있는 것은 경제적으로 도시에 의존하는 대가로 재래의 도덕적·문화적 기풍을 잃어가고 있는 농촌의 현실이다. 이송학씨를 보더라도 그는 세상의 허위를 분별하고 서울의 속물들을 경멸하고 있으나 그의 운세는 어쨌든 서울사람들에게 달려 있어서 도덕적 자존을 지키기 힘든 형편이다. 그가 언젠가 마을에 들어온 서울의 카섹스족 남자와 입씨름을 벌였다가 참담하게 지고 말았다는 사실, 다시 말해 도시의 간교한 화술에 농촌의 토착적 구술이 패했다는 사실은 은근히 상징적이다. 작품에 제시된 혼란 속의 농촌은 자신이 늙었음을 느끼는 이송학씨의 씁쓸한 심정과 어울려 몰락의 비감마저 일으킨다.

성석제의 「해방」(『창작과비평』 1998년 여름호)은 「장천리 소태나무」와 비슷하게 화술에 크게 의존하고 있는 작품이다. 성석제 독자들이 좋아하는 의뭉하고 재치 있는 화술은 여기서도 톡톡히 발휘되었다. 이 작품에서 "그"라고 불리는 남자는 남자 세 명, 여자 한 명과 함께 어느 찻집에 앉아 주인이 내놓은 특주를 마셔가며 알코올 중독에 빠졌던 술꾼으로서의 자신의 이력을 털어놓는다. 그의 이야기를 주도하는 것은 그 술꾼 자신이 펼치는 구연풍(口演風)의 말이다. 그런데 그의 말은 그를 삼인칭으로 부르는 숨은 화자가 그의 관찰과 생각을 제시하거나 그의 발언을 옮기거나 하면서 간간이 중단된다. 그러한 화자의 개입은 특히 좌중에서 눈물을 흘리고 있는 여자를 두고 술꾼이 떠올리는 생각을 알려주는 대목에서 중요하게 기능한다. 술꾼은 여자가 우는 이유를 궁금하게 여겨 자세히 관찰하고 갖가지 추측을 하며, 이것은 그의 자전적 서술의 진행을 방해하면서 그 자체로 하나의 이야기를 만들어낼 듯한 인상을 준다. 그가 여자를 향해 "왜 우는 거요"라고 묻는 데서부터 이야기가 시작되고 있어서 독자들은 여자가 우는 이유에 대한 해명이 서사의 목적이라는 생각을 하기 쉽다. 그러나 그것은 착각이다. 이야기가 끝나도 그 이유는 밝혀지지 않는다. 여자의 울음에 대한 반복되는 의문이란 결국 술꾼의 이야기에 계속 기대를 갖도록 독자를 유인하는 술책, 혹은 서사행위 그 자체의 지속을 위한 변속장치의 일종이다. 그것은 말하자면 『아라비안 나이트』의 세헤라자드가 술탄에게서 받고 있는 죽음의 위협과 같은 것이다. 그 의문-해명의 플롯 구조를 가지고 하는 장난이 「해방」의 문학적 성질에 대해 말해주는 바는 적지 않다. 「해방」은 서사적 기법들의 작위성에 대한 의식을 반영하고 있음은 물론, 서사에 잠재된 유희의 실현을 주요 목표로 삼고 있는 작품이다. 여기에 펼쳐진 자의식적이고 유희적인 서사는 우리가 소설이란 이름으로 존중하는 근대적 삶에 대한 진지한 의식과는 다른 것이다. 그것은 이야기는 이야기로서 족하다고 믿는 이야기꾼의 예술, 이른바 우화술fabulation 유형에 속한다.

　장인적 이야기꾼, 혹은 우화술사가 추구하는 것은 이야기를 통한 쾌락이나 교훈이지 의미 있는 삶의 가능성이 아니다. 오락적, 교훈적 효과가 있다면 이야기는 얼마든 황당해도, 유치해도 좋은 것이다. 「해방」이 제시하는 것도 따지고 보면 찻집에서 술꾼이 늘어놓은 객담이 아닌가. 그 술꾼의 이력은 대략 이렇다. 할아버지도 아버지도 소문난 술꾼이었던 집안에서 태어나 고등학생 시절에 이미 취옹(醉翁)의 어떤 경지를 부러워했고, 아버지 장례식을 치르면서 자신이 "타고난 술꾼"임을 깨달은 뒤로는 일년 내내 술에 빠져 살았고, 어느 망가진 여자와 살림까지 차려 속으로 원하던 대로 좀더 완벽한 폐인이 되었으며, 어머니의 부음을 들은 이후 어느 날 그녀와 마지막 밤을 보내고 자살을 시도했다. 이 알코올 중독자의 이력은 술이 초래하는 광태(狂態)의 극치를 예시한다기보다는 중독이라는 것의 본질에 관한 교훈을 담고 있다. 그것은 술에 빠지든, 예술에 빠지든, 다른 무엇에 빠지든, 중독되었다는 것은 "이승을 떠나는 것"이며 따라서 중독의 심오한 경지는 자기 존재의 파멸을 자각적으로 추구하는 것임을 알려준다. 그처럼 자멸의 길에서 인간의 영광 혹은 "해방"을 발견하는 술꾼은 세상에 대해서 확실히 문제적이다. 하지만 그 자신은 전혀 문제적이지 않다. 그는 술꾼의 "집안 내림"을 부끄러워하지 않으며, 자기가 술꾼임을 괴로워하지 않는다. 술꾼의 지극한 경지를 향한 그의 행로는 그가 자명하게 여기는 자아의 실현일 뿐, 정체성을 획득하기 위한 분투와는 아무런 상관이 없는 것이다. "내 멋대로 살아보자, 그래서 망하더라도 떳떳이 보란 듯이 망해보자"는 자기 확신에 가득 찬 그의 말은 그가 반성과 탐색의 운명을 타고난 인간, 근대적 인간이 아니라는 것을 시사한다. 사실, "시시한 세상" 운운하는 그의 무람없는 호걸풍의 포즈에서는 죽림칠현류의 반속주의(反俗主義)가 느껴지기도 한다. 「해방」이라는 우화는 혹시 현대판 선인전(仙人傳)은 아닌가.

3. 극적 독백의 유행

최근 소설들의 담론적 특징 가운데 하나는 인물의 순수한, 서술자에 의해 매개되지 않았다는 의미에서 순수한 말이 우세하다는 것이다. 편지, 고백, 회고, 대화나 그 밖의 형식으로 인물의 생각이나 발언을 담은, 그 인물 자신의 말을 기록하는 기법은 젊은 세대의 작가들, 특히 여성작가들의 소설에서 중요하게 쓰이고 있다. 작중의 한 인물이 부재하거나 침묵하는 다른 인물 혹은 청중에게 말하는 양상으로 나타나는 그러한 담론은 보통 극적 독백 dramatic monologue이라고 부르는 것이다. (평단에서는 극적 독백 대신에 '고백체'라는 말을 쓰는 경향이 있지만 분별이 필요하다. '고백 confession'은 단순히 개인의 내면을 드러내는 언어행위가 아니라 죄악이나 잘못을 자백하는 언어행위를 뜻한다는 것을 염두에 두어야 한다. '고백'을 산문 픽션의 유형 중 하나로 상정한 노스롭 프라이의 이론에 따르더라도 그 자기 폭로의 제의는 유념할 필요가 있다.) 극적 독백체의 유행이 어떤 의미를 갖는가는 사려를 필요로 하는 문제이지만 그것은 90년대에 들어 이야기의 내향화가 강세를 보인 사정과 무관하지 않을 것이다. 극적 독백체의 효과를 살린 작품 가운데 하나인 공선옥의 「이 한 장의 흑백사진」(『실천문학』 1998년 여름호)에서도 관심의 초점은 인간의 내면에 있다. 이 단편에 기록된 말은 한 젊은 여자가 십년 아래의 스물여섯 살 먹은 남동생에게 하는 말이다. 어떤 이유인지는 명확지 않으나 짐작건대 사랑에 실패한 까닭에 슬픔에 잠겨 있는 남동생을 곁에 두고 그녀는 위로의 뜻으로 사랑의 정열에 사로잡혔다가 상처를 입은 그녀 자신의 스물네 살 때의 경험을 이야기한다. 그녀가 동생과 함께 들여다보는 한 장의 흑백사진에는 그녀가 사랑했던 남자의 고향집 부엌의 모습이 잡혀 있다. 그녀 혼자 먼길을 달려 찾아가 사흘간 머물렀던 그 시골집은 남자와의 사랑이 환상이었음을 깨닫게 해준 곳이면서 또한 사랑과는 다른 어떤 충족된 삶의 형식을 만나게 해준 곳이다. 그녀의 극적 독백에서 핵심적인 것은 그 충족된 삶의 형식을 발견한 내면의 경험이다.

「이 한 장의 흑백사진」의 여자는 스물네 살 무렵 어느 재야운동조직에 참여하고 있었고 그녀의 애인 또한 그러했다. 그들 사이의 사랑의 배경에는 젊은이들이 반독재투쟁을 벌인 거리, 그 화염병 불꽃이 타고 최루연기 매캐한 거리가 있다. 그들의 사랑은 시대의 요구에 따라 스스로를 희생한 젊은이들의 동지적 결합과 구분되지 않는다. 한편 그녀가 찾아간 남자의 고향집은 그 교전의 거리와는 대조적인 세계이다. 그 집은 꽃냄새가 진동하고 황톳길이 이어지는 시골 마을에 아름다운 꽃밭을 품고 고요하고 평화롭게 자리잡고 있다. 그 집에 살고 있는 사람은 단 두 사람, 살림에 정성을 다하며 담담하게 살고 있는 순후한 어머니와 향금이라는 이름의 귀엽고 총명한 자연의 아이이다. 그곳에서 머물며 '따스한 보살핌'을 받았던 사흘간을 회상하고 있는 서술상의 현재, 그녀는 사랑이 비록 실패로 끝나긴 했어도 덕택에 그 시골집에 대한 기억을 갖게 되었음을 행운으로 여긴다. 여기서 재야운동가 출신 여성의 그토록 감미롭고 자기 보상적인 회상이 무엇을 뜻하는가는 이해하기 어렵지 않다. 그것은, 흑백사진에 남은 장면이 부엌이라는 사실이 상징하는 바와 같이, 여성성에 대한 재인식을 의미한다. 그녀는 시골집을 아름다운 자연과 살림의 세계로 추억하는 가운데 여성들의 노동과 모럴에 기초한 보살핌의 문화 속에 충족된 삶의 희망이 있음을 암시하고 있다. 이러한 여성문화의 복권은 페미니즘과의 연관 속에서 한국소설이 세련시키고 있는 정치적, 윤리적 사고의 중요한 부분이며, 따라서 그것에 공감하는 데에 인색할 이유는 없다. 그러나 「이 한 장의 흑백사진」의 문화적 여성주의가 근대와의 성실한 싸움인가는 좀더 생각해볼 문제이다. 저 교전의 거리와 그처럼 단절된 시골의 일상이 과연 작중의 여성이 시사하는 대로 믿을 만한 대안적 삶의 형식일까. 그 목가적 일률성의 세계를 추억하면서 그녀는 여성으로서보다는 "누나"로서 말한다. 그 누나는 "엄마야 누나야 강변 살자"의 그 누나, "이, 우물물같이 고이는 푸르름 속에 / 다수굿이 젖어 있는 붉고 흰 木花 꽃은 / 누님 / 누님이 피우셨지요"의 그 누님은 아닌가. 그 누나의 정겨운 목소리는 자아라는 형벌을 타고난 근대의 아들들에겐 위안이 되는 곡조임에 틀림없다. 그러나 그것은 또한 주어진 삶과의 때이른 화해를 부추기는 주술(呪術)이기도 하다.

은희경의 「행복한 사람은 시계를 보지 않는다」(『창작과비평』 1998년 여름호)에서도 우리는 한 여자의 극적 독백을 듣는다. 그녀는 공선옥의 누나처럼 옛날 사진을 들여다보며 추억에 잠긴다. 그러나 그녀의 추억은 기억의 지층 속에 숨어 있는 희망의 발굴과는 전혀 다르다. 그것은 오히려 삶의 시간성에 대한 철저하게 부정적인 관념을 선동한다. 작중에서 그녀가 하고 있는 독백은 대화 형식이고 그 부재하는 대화 상대는 그녀의 자살한 애인이다. 그녀의 독백 가운데서 우선 주목할 만한 것은 세상을 떠날 때까지 그녀와 단둘이서 살았던 엄마에 대한 언급이다. 엄마를 두고 하는 그녀의 말은 주로 엄마가 갖고 있었던 여성다움의 상투형을 가리켜 보인다. 엄마는 늙어 죽을 때까지 "멋쟁이"였고, 텔레비전의 "화려한 쇼" 프로를 좋아했고, "눈물의 여왕"이었다. 여성다움의 규범, 그것도 여성을 남성에 종속시키는 규범에 길들여진 엄마의 성격은 어떻게 보면 결혼 이후 엄마가 겪어야 했던 모든 불행의 원인이기도 하다. 엄마는 처녀 시절 사랑하던 남자에게서 아무런 약속도 받지 못해 그의 친구와 마지못해 결혼했으나 그 남자의 사랑에 여전히 집착하던 나머지 우발적으로 그의 아이를 임신하게 되었고, 남편이 죽은 이후 그 아이를 낳아 기르며 평생을 과부로 살았다. 작중화자는 엄마의 어긋난 인연에서 어떤 "무서운 운명"을 읽는다. 개인의 의지와는 무관한 불운한 변고는 작중 화자-인물에게도 일어난다. 그녀는 엄마가 입원한 병원에서 만난 엄마 친구의 조카와 사랑에 빠지지만 알고 보니 그는 그녀와 근친관계이다. 그녀는 그가 금지된 사랑에 빠졌음을 알고 스스로 목숨을 버린 충격 속에서 다시 운명의 "저주"를 느낀다. 따라서 그녀에게 시간이란 운명이 악의를 부려 개인을 파멸시키는 기회에 지나지 않는다. 잃어버린 시간을 되찾으려 하는 것은 운명의 먹이가 되기를 자초하는 어리석은 짓이다. 행복은 시간을 의식하지 않는 순간, 역사를 알려 하지 않는 순간뿐이다.

「행복한 사람은 시계를 보지 않는다」에서 삶을 위한 망각을 주장하는 화자-인물은 "옛일은 어쩌면 그렇게 생생하게 간직하고 있었는지"라는 개탄을 자아낸 엄마와 대조를 이룬다. 그녀의 독백에 나타난 자기긍정은 전체적으로 엄마에 대한 부정이라는 형태를 띤다. 엄마는 머리를 길게 길렀지만, 자신은 "숏컷"이라고, 엄마는 외상값이 밀린 아가씨를 만나러 술집에 들어갈 엄두를 못 내 울었지만 자신은 엄마를 골목에 세워놓고 "혼자 씩씩하게" 들어갔다고 그녀는 말한다. "여자로서의 고통을 참는 건 엄마 하나로서 충분하다" 같은 발언은 그녀가 여성다움의 상투형으로부터 자신을 분리시키고자 했다는 것을 알려준다. 그녀의 정체성을 전래의 문화가 시키는 대로가 아니라 스스로의 의지에 따라 획득하려고 했다는 점에서 그녀는 근대적인 개인임이 명백하다. 하지만 그녀에게 근대와의 진지한 대결은 기대하기 어렵다. 그녀의 도저한 운명론 때문이다. 엄마와 그녀를 불행하게 만든 원인이 그들의 지식과 통제 너머에 있다고 느낀 그녀는 저주하는 운명이라는 것을 상정하고 그럼으로써 망각의 삶, "무심"한 삶을 정당화한다. 그녀의 운명론은 어떤 거대한 필연에 대한 승인처럼 보이지만 실은 그렇지 않다. "운명이 아니라면 이런 우연을 어떻게 설명할 수 있겠어"라는 말 그대로, 그것은 우연의 힘에 압도된 결과이다. 그렇듯 문제의 핵심이 우연에 휘둘리는 인생이라면, 그것이 반드시 운명론으로 낙착되어야 할 이유는 없다. 우연을 정직하게 살아내는 근대적인 방식은 운명론이 아니라 아이러니이다. 우연을 하나의 경험적 사실로 만든, 저 "단단한 것은 모두 녹아 날아가는" 사회는 아이러니를 통한 자기 교정과 갱신의 모험을 권장한다. 「행복한 사람은 시계를 보지 않는다」에서 은희경이 제시한 젊은 여자는 온갖 발칙한 소리로 자신은 엄마와 다르다고 주장하고 있긴 하나 엄마의 세계로부터 그리 멀리 떨어져 있지 않은 것으로 보인다. 그녀의 독백이 옛날부터 힘없고 한 많은 여성들이 줄창 되뇐 팔자타령을 연상시킨다면 해석의 과잉일까.

4. 소아증의 이야기들

"나는 천구백육십오년 삼월 어느 목요일 서울 필동에 있는 대평의원이란 곳에서 태어났다"는 말로 시작되는 배수아의 「목요일의 점심식사」(『문학동네』 1998년 여름호)는 '나'의 생애를 이야기한다는 점에서는 자전적이고, '나'의 결함이나 잘못(예컨대, 동거인 제이와의 결별을 초래한 가출)을 실토하고 이해를 구한다는 점에서는 고백적이다. 그 자전적, 고백적 성격을 감안하더라도 그 일인칭 여성화자–인물이 보여주는 자기 몰입은 유별나다. 그녀는 일인칭이 없었더라면 그녀의 이야기가 불가능하지 않았을까 싶을 정도로 빈번하게 일인칭 주어를 사용하며, 유치한 자기 노출의 언표를 조금도 망설이지 않는다. 자기 노출의 욕망은 그녀 스스로 시인하는 것이기도 하다. "내가 처음 제이를 알게 되었을 때 나는 제이에게 나의 전부를 말해주고 싶은 욕망에 시달렸다." 그러한 자기 노출의 욕망은 물론 인정(認定)에 대한 욕망과 다르지 않다. 그녀의 이야기에 상정되어 있는 수화자narratee는 그녀가 함께 살긴 했어도 만족스럽게 소통한 사이가 아니었다고 생각하는 제이를 비롯하여 그녀가 어떤 사람인지를 몰라주는 사람들이다. 지금까지 살아온 스물아홉 생애의 처음으로 돌아가 회고를 시작하면서 그녀는, 그녀와 제이 사이의 소통의 단절을 둘러싼 몇몇 삽화와 함께, 그녀가 누구인가를 이해하게 해줄 개인적 체험이나 생각에 관한 진술을 제공한다. 그녀는 자기 자신에 대해, 자신의 출생과 성장과 이력에 대해 말하고 있음이 분명하지만 그것은 반성이라는 성숙한 개인의 자기 의식과는 차이가 있다. 그녀는 자신을 현재의 자신으로 만든 책임을 스스로 지려 하지 않고 가상의 타자에게로 전가한다. 현재 그녀가 체념과 권태 속에 살고 있는 것은 그녀가 저지른 어떤 잘못의 결과가 아니라 그녀로서는 어쩔 도리가 없는 사회적, 자연적 규정의 결과이다. 그녀는 자신이 "많은 폭력 속에서" 자란 "늦된 아이"라고 말하고 있을 따름인 것이다. 그녀의 무반성적인 자기 노출은 타인들의 동정과 배려 속에 남아 있고 싶어 하는 유치한 욕망, 즉 소아증(小兒症, infantilism) 증세를 뚜렷이 갖고 있다. 모든 결함이나 잘못이 자신의 책임 밖에 있음을 강조하는 그녀의 천진한 서술은 불우한 어린아이들의 자기 위안에나 어울리는 동화적 장치를 버젓이 도입하기도 한다. "난 병원에서 바뀐 아이"라는 식이다.

「목요일의 점심식사」의 여성화자-인물은 부모 없는 아이로 자신을 규정하고, 나아가 모든 인연은 덧없다고 생각한다. 다시 말해, 가족이라는 파생적인 관계로부터 스스로를 소외시키는 동시에 사랑과 같은 제휴적인 관계에 절망하고 있다. 그녀는 모든 인간관계에서 고립된 자신을 의식하고 있을 뿐만 아니라 그 고립을 불가피한 운명으로 받아들인다. "나쁜 기생충"처럼 살고 싶다는 말이 시사하듯이 그녀가 원하는 것은 어떠한 인간관계의 윤리에서도 자유로운 자기 방임의 삶이다. 그 자기 방임의 욕망을 충족시켜주는 것이 소비이다. 그 소비생활의 전형은 "요란한 X-JAPAN의 음악"을 들으며 혼자 자동차를 몰고 강원도 산간길을 달려 "지독한 고요 속의 까마귀떼"를 만나고 돌아오는 여행 같은 데서 발견된다. 그녀가 자기 자신을 확인하는 경험이 주로 대중소비문화의 테두리 속에서 발생한다는 것은 중요한 사실이다. 소아증에 걸린 그 배수아의 인물은 대중소비문화가 리얼리티와 판타지를 구분하는 능력을 앗아감으로써 사람들에게 길러낸 나르시시즘적 자아와 정확히 일치한다. 그녀의 서술에서 고독을 정당화하는 구실을 하는 폭력론에 주목하자. "인간의 삶에는 어디에나 짐승의 덫이 있"다는 가정으로부터 출발하여 그녀는 자신에게 상처를 입힌 폭력을 열거한다. 산모와 아이를 착각한 "너스"의 폭력, 어린 시절 자신을 성희롱한 남자의 폭력, 교육을 빙자한 교사들의 폭력, 제이의 분노에 잠재된 "칼"의 폭력, 제이가 타인으로 변한 세월의 폭력, 마지막으로 "운명이라는 이름의 폭력". 이쯤 되면 폭력이라는 말은 아무런 의미도 없다. 그것은 단지 자신이 원하는 대로 돼주지 않는 인생에 대한 체념과 저주의 표현일 따름이다. 그녀의 폭력론은 자아와 세계의 불일치라는 엄연한 실존적 조건을 오히려 형벌이라고 여기는 나르시시스트의 궤변과 같다. 나르시시즘적 자아는 널리 알려진 대로 자기 충족의 욕구와 자기 말소의 충동을 한몸에 가지고 있다. 배수아의 인물 역시 그렇다. 그녀는 타인들이 자신을 알아주기를 간절히 원하면서 또한 "절대의 어둠" 속에 자신을 밀어넣고 싶어한다. 양극의 충동으로 분열된 자아 속에 머물러 있는 그녀의 삶에서는 자기가 필요로 하는 세계를 만들면서 스스로를 확인하는 자기 추구의 움직임은 불가능하다. 그렇다면, 그녀가 들려주는 이야기는 도대체 무엇인가. 배수아 소설에 관한 평론에서 신수정은 "포스트모던 테일"이라는 말을 썼다. 배수아 소설이 "모던 픽션"의 이념과 어긋남을 알아본 것은 정확한 관찰이다.

「목요일의 점심식사」가 포스트모던 테일이라면 「비상구」(『문학과사회』 1998년 여름호)는 김영하판 '펄프 픽션'이다. 본문이 온통 은어와 속어, 욕설과 개그로 도배되어 있고, '막가파'형 젊은 남녀들이 등장하며 외설과 폭력이 여기저기 돌출한다. 재현의 관점에서 소설을 읽는 버릇이 있는 독자라면 사회의 음지에 서식하는 불량한 젊은이들의 현실을 그려낸 소설이라고 생각할지 모른다. 그리고 그 젊은이들의 난잡한 생태를 단지 자연주의적으로 묘사하는 데에 그치고 그 생태를 결정한 사회적 현실의 맥락을 보여주지 못했다고 불만스럽게 여길지도 모른다. 하지만 김영하 소설이 언제나 그렇듯이 그것은 재현을 목표로 하지 않는 작품이다. 그의 소설은 시뮬레이션 문화 세대의 생각, 즉 모든 텍스트는 그것의 기원 혹은 원본으로서의 현실을 갖고 있지 않으며, 그것은 언제나 이미 다른 텍스트에 대한 인유(引喩)의 체계 속에 존재한다는 생각에 기초한다. 「비상구」 경우, 표제에서부터 〈브룩클린으로 가는 마지막 비상구〉를 연상시키는 그 텍스트는 짐작건대 〈저수지의 개들〉 〈열혈남아〉 〈씨클로〉 같은 건달의 좌절을 다룬 영화 텍스트들과 관련을 맺고 있다. 「비상구」의 일인칭 화자-인물이 하고 있는 모든 진술의 배음은 어쩌면 라디오헤드의 노래 "나는 양아치(I am a creep)"인지도 모른다. 이렇듯, 상호텍스트성의 원리에 기초한 글쓰기는 창작이나 저자 등의 근대적인 관념에 대한 중대한 도전을 내포한다. 그것은 이미 있는 텍스트들로부터의 묵시적인 인용이기에 창작이 아니고, 그것의 수행자는 텍스트의 허구적 세계에 대한 절대적 주권을 갖고 있지 않기에 저자가 아니다. 더욱이 그 김영하의 펄프 픽션은 소설이 리얼리즘과 모더니즘의 전통 속에서 획득한 장르적 진지성에 대한 계산된 반란이기도 하다. 「비상구」를 펼쳐놓고 의미 있는 삶의 형식이란 무엇인가를 묻는 것은 마돈나의 노래를 들으며 소나타 형식을 생각하는 것과 마찬가지다.

그러나 「비상구」는 포스트모던한 감각을 보여주긴 해도 소설의 모든 규범에서 이탈하지는 않는다. 우현이라는 양아치가 하는 일련의 행동은 명확한 심리적 동기를 갖고 있으며, 윤곽이 뚜렷한 스토리를 이루고 있다. 게다가, 여관방에 장기투숙을 하면서 "삥치기" 등의 좀도둑질로 용돈을 벌고 술집 여자애와 어울려 지내는 그 양아치는 문제적 개인의 유형에 속한다. 그의 불량한 생존방식은 가난한 집안에 태어나 자기 발전의 기회를 가져보지 못하고 사회의 밑바닥을 전전하는 젊은이들의 궁색하고 암울한 처지를 극적으로 표현한다. 누군가가 "야, 김우현이"라고 부르자 "내 이름을 저렇게 부르는 건 선생들과 짭새들뿐이다"라고 반응하는 대목이 암시하듯이, 그가 당면한 모든 문제의 중심에는 더럽혀진 이름, 사회적으로 승인되지 못한 정체성이 있다. 그의 황폐한 언행 속에서 우리가 관찰하게 되는 것은 사랑과 신뢰에 대한 욕구이다. 그는 여자 애의 몸에 새겨진 화살표 문신을 보다가 "나 같으면 하트부터 그렸을 텐데"라고 생각하는가 하면, 술집에 나간 여자애가 어느 남자에게 모욕과 폭행을 당했다는 사실을 알게 되자 분노한 나머지 보복하러 나선다. 그러나 그가 사랑과 신뢰의 관계 속에서 자기를 발견할 가능성은 바로 「비상구」의 작가가 의심하는 것이기도 하다. 이야기의 결말에서 그는 출동한 경찰에 쫓겨 지붕 위로 달아난다. 여기서 여자애의 "비상구"를 면도하는 행동이 갖는 상징성은 주목할 필요가 있다. 그것은 구겨지고 망가진 성장의 역사를 거슬러 유년으로 퇴행하고자 하는 심리를 나타낸다. "그녀의 비상구에선 나물 냄새가 난다. 아주 어릴 적에 봄이 되면 된장찌개에서 나던 그런 냄새다"라는 말은 그러한 심리적 퇴행의 움직임을 명확히 표현하고 있다. 「비상구」를 단순히 어느 순정파 양아치의 활극이 아니라 소설의 개인주의에 대한 논평으로 읽는다면 그 취지는 자못 심오한 것이다. 개인이 스스로를 표현하고 창조하는 활동을 통해 어떤 의미 있는 삶의 형식에 도달할 가능성은 희박하고, 삶의 형식을 위한 아무런 싸움도 필요치 않았던 유년의 기억 속에서 심리적 보상을 얻으려는 욕구는 억제하기 어렵다. 그렇다면 이제 소설의 철학은 소아증인가.

지난 계절에 발표된 소설 중에서 문제적 개인의 행방에 대해 중요한 뭔가를 시사하는 작품은 한둘 더 있다.(『세계의문학』1998년 여름호에 발표된 한강의 「어느 날 그는」은 그 자체로 출중한 소설일 뿐만 아니라 좋은 참고가 되는 텍스트다. 여기에는 누나들의 추억, 소아들의 응석과는 달리 청년의 침묵이 기록되어 있다. 원래는 이 글의 마지막에 역점을 두어 다룰 계획이었으나 실행에 옮기지 못한다. 안타깝게 생각한다.) 하지만 지금까지의 검토만으로도 문제적 개인이 최근 소설에서 어떻게 발견되고 있는가, 어떤 특성을 갖고 있는가는 얼마간 확인되었으리라 생각한다. 특히 배수아와 김영하의 소설은 문제적 개인을 찾아내고 그의 이야기를 서술하는 새로운 방식을 보여주면서 동시에 그 개인의 자아 추구가 심각한 난관에 봉착했음을 알려준다. 그들의 인물들은 어떤 역동적인 삶의 드라마를, 주어진 역사적 조건에 잠재된 개인과 사회 발전의 가능성을 극한으로 추구하여 그 진위를 판별하게 해주는 드라마를 연기하지 못한다. 그렇게 하기엔 그들의 자아는 너무도 미약하다. 하지만 이것은 그들에게 특유한 결함은 아니다. 문제적 개인의 이야기를 뒷받침하는 근대적 자아의 권능에 대한 믿음은 이제 점점 전설이 되어가고 있다. 이해와 통제의 범위를 넘어선 세계 속에 살고 있다는 느낌, 자신을 움직이는 것이 자기 자신이 아니라는 느낌은 현대의 개인들에게 항상적인 것이다. 그러나 그렇다고 해서 문제적 개인이 대표하는 근대적 삶의 원형적인 상황이 현재에 이르러 해소된 것은 아니다. 개인들이 스스로를 주재해야 하고 개인들의 필요에 부합하는 사회를 창출해야 한다는 요구는 몰개성적인 대중소비문화의 인간 정복에 의해 더욱 절박한 과제가 되어 있다. 이미 그 고전적인 서사 형식을 잃어버린 문제적 개인의 삶을 어떻게 이야기해야 하는가는 답하기 쉬운 물음이 아니다. 그것은 궁극적으로 개인들이 속해 있는 사회의 발전적 가능성을 어떻게 이해하느냐에 달린 문제이다. 우리는 어쩌면 앞으로도 한동안 누나들의 추억과 소아들의 응석과 청년들의 침묵을 들어주어야 할지도 모른다.

(『창작과비평』1998년 가을호)

삶의 화음과 소음 사이

1. 목수(木手)와 돈키호테

　삼십 년 가까이 소설을 써온 작가가 있다. 소설쓰기를 항상 천형처럼 버겁다고 느끼면서도 집필에 열성이었던 그가 근래에는 소설에 염증을 느끼고 있다. 그의 나이 오십대에 들어설 무렵 세상을 휩쓸기 시작한 새로운 풍조가 그의 창작 의욕을 꺾었기 때문이다. 작가라는 존재를 문학 상품 대량 생산을 위한 하청업자처럼 만들어가는 풍조 속에서 그는 자신이 꿈꾸어온 소설의 본령이 훼손되고 있다는 것을, 더욱이 그 자신 그러한 풍조를 이기지 못하고 자기 모방의 노추(老醜)를 보이고 있다는 것을 깨달은 것이다. 그래서 그는 소설에서 그만 손을 떼기로 작심한 중이다. 하지만 그의 머릿속에는 소설을 쓰라고 채근하는 이야기들이 있다. 먼저, 실향민 김승조의 이야기. 그는 월남하여 고향을 잃은 이후 틈만 나면 지도를 들여다보고 고향살이의 추억과 공상에 잠기는 버릇으로 오랜 세월을 보냈고, 고향을 찾을 희망이 사라지자 고향 마을과 지세나 풍광이 비슷한 곳을 남쪽에서 구해 자리잡을 일념으로 답사 여행에 나섰다. 그러나 북쪽에도 남쪽에도 그가 고향을 발견할 가망은 없다. 이어, 목수 최노인의 이야기. 언제나 조상 전래의 목조가옥만을 고집하고, 게다가 주거용 여염집만을 집다운 집이라고 믿은 그는 희한한 괴벽으로 주변에 일화를 남겼다. 특히 그가 범상치 않은 위인임을 알려주는 일화는 평생토록 경향 각지를 떠돌며 남의 집만 짓고 그것을 자기 집이라 여겼을 뿐 자기 집은 끝내 짓지 않았다는 것이다. 이처럼 마지막까지 삶의 정처를 갖지 못한 김승조와 최노인의 이야기는 작가의 뇌리에서 쉽사리 떠나질 않는다. 언젠가 고향에 돌아가 집을 마련하고 여생을 보냈으면 하는 것이 그의 소망이기 때문이다. 그런데 소설에 대한 미련을 떨쳐버릴 속셈으로 고향에 내려간 작가는 개발 사업이 한창임을 목격하고 고향집 설계가 허사가 되었음을 알게 된다. 부재하는 집을 꿈꾼 김승조, 최노인과 졸지에 처지가 같아진 셈이다. 김승조가 그토록 찾아 헤맨 땅이란 무엇인가, 최노인이 끝까지 짓지 않은 집이란 무엇인가 하는 물음과 그는 다시 대면한다. 그리고 궁벽한 바닷가에 살고 있는 동천네에 들렀다가 그 동천네 일가가 펼친 풍물놀이에서 감동을 받은 끝에 불현듯 그 물음에 대한 해답을 얻는다. 그것은 "사람의 마음을 심어 세운 집"이라는 것이다. 사람들 사이의 사랑에서 태어나는 그러한 집은 생활이 척박함에도 애정이 돈독한 그 작가의 고향 친지들만 아니라 자신의 사후 시신을 해부용으로 기증한 어느 해부학 교수와 그 헌신의 교훈을 대물림하는 부자 삼대에게도 존재한다. 그래서 작가의 고향살이 계획은 깨졌으나 마지막 집의 희망까지 사라진 것은 아니다. 마음의 집을 짓는 일이라면 그것은 그가 소설쓰기라는 방식으로 진작부터 해온 일이기도 하다. 마침내 그는 단념하려 했던 소설을 다시 쓰기 시작한다. 집을 꿈꾸는 심정으로.

이청준이 「목수의 집」(『문학과사회』 1997년 겨울호)에서 허세훈이란 작가를 내세워 말하고 있는 집에 대한 꿈꾸기는 우리에게 친숙한 것이다. 집 없음은 이산, 실향, 이주 등을 너나없이 경험한 현대 한국인에게 널리 나타나는 심리적 사실이자, 두루 통하는 비극적 상실의 메타포이다. 집에 대한 염원으로 사람들의 집단적 욕망을 대표시키는 발상은 현대 한국의 정신적 상황을 이해하고자 노력한 작가들에게서 종종 만나게 되는 전의법적(轉義法的, tropical) 사고이기도 하다. 소설은 부재하는 집을 꿈꾸는 형식이라는 허세훈의 생각에는 사람들 공동의 경험과 염원 속에 소설 본연의 자리가 있다는 믿음이 내포되어 있다. 그가 시장을 위한 상품에 대립시켜 생각하고 있는 소설은 근본적으로 윤리적인 것이다. 소설이 꿈꾸는 집이 따뜻한 화기로 충만한 동천의 집이나 사랑을 실천하는 삼대의 "영생의 집"과 같다는 사실이 말해주듯이, 소설은 공동체의 이상이 구현된 삶을 동경한다. 게다가 그러한 소설의 윤리는 작가 개인의 의식이 아니라 사람들의 역사적 삶에 기반을 갖고 있는 것이다. '수공업 시대의 추억'이라는 부제가 붙어 있는 「목수의 집」의 이야기에서 중요한 대목은 바로 목수 최노인이 예시하는, 지난 시대의 문화 속에 살아 있던 공생의 윤리에 관한 기억이다. 그 윤리적 감각이 어떤 종류인가는 집에 관한 최노인의 진술, 즉 "사람의 기운이 함께 화응하고 충만해야" 집이라거나 집의 건축적 요체는 "부드럽게 품어주고 함께 흐르기"에 있다거나 하는 말에 얼마간 암시되어 있다. 그 진술은 별개의 개체들이 서로 양립할 뿐만 아니라 화합하고 있는 전체의 상태, 그리고 그 전체가 스스로를 표현하는 유동적인 흐름을 강조하고 있다. 최노인이 집이라고 여기는 것은 어떻게 보면 유교의 형이상학에서 이질적 개체들의 획일적인 통합인 '동(同)'과 구별하여 '화(和)'라고 부르는 것의 속성을 두드러지게 가지고 있는 셈이다. 그 조화롭고 움직이는 총화의 상태는 비유컨대 우리가 음악에서 경험하는 바와 같은 것이다. 아니나 다를까, 작품에서 집의 의미가 허세훈에게 전율적으로 다가오는 것은 동천네 세 식구가 풍물 합주에서 "뜨겁고 섬뜩한 공감"을 창출하는 장면에서다. 지난 시대의 윤리가 만들어낸 집, 혹은 공동체는 사람 각자가 자신의 삶을 연주하면서 서로 화합하여 이루는 음악적 전체성에서 그 완전한 이미지를 획득한다. 집을 꿈꾸는 형식으로 규정된 소설의 윤리가 그러한 조화로운 공동체의 기억을 기반으로 한다는 것은 두말할 필요도 없다.

「목수의 집」에 피력된 이청준의 소설관은 원칙적으로 존중할 만한 것이다. 소설 일반의 문제적이고 심오한 성격은 일차적으로 삶의 유기적인 조화에 대한 향수로부터 생겨나는 것이기 때문이다. 사람의 삶이 기존의 형식에서 풀려나와 혼란에 방치되어 있다는 고뇌, 그 잡다하게 분열된 삶의 현실에 새로운 형식을 부여하려는 열정은 소설의 본질적인 파토스를 이룬다. 소설의 이념형적 저자나 주인공, 혹은 소설의 주체는 칸트적 의미에서의 주체와 비슷하다. 그는 삶의 경험을 의미 있게 조직하는 능력이 자기 내부에 선험적으로 존재한다고 믿는다. 소설적 서술이란 인식의 선험적 범주들을 적용하여 경험을 구성하는 것과 같은 의미에서 하나의 세계를 구축하는 것이다. 다만 소설에서 소용되는 범주는 인식에 관계하기보다 윤리에 관계한다는 차이가 있을 따름이다. 소설의 윤리적 주체는 삶과 괴리된 낡은 형식과 규범에 순응하는 대신에 그의 흉중(胸中)의 법칙을 세계 구축의 원리로 삼는다. 소설적 주인공의 원조가 돈키호테라는 못 말리는 이상주의자임은 실로 암시적인 사실이다. 자기 내부에서 발견한 자유의 권리를 절대의 경지로까지 고양시키고 싶은 충동은 소설의 주체에게 가히 마력적인 것이다.(말이 나온 김에, 이광수의 계몽소설에서 80년대의 민중문학에 이르기까지, 추상적 이념에 유난히 집착하는 한국소설의 특징이 그 '돈키호테 성향quixotism'의 일종임을 지적해두고 싶다.) 하지만 그가 성숙한 소설적 주체라면 삶과 형식, 존재와 당위의 일치란 불가능하다는 것, 그의 자유란 허구를 만드는 자유에 불과하다는 것을 모르지 않는다. 그는 오히려 그가 창조한 윤리적으로 통일된 세계를 회의하는 아이러니를 통해 그의 외곬의 주체성을 스스로 지양하고 형식이 결여된 삶의 현실에 대한 정직한 반응에 이른다. 루카치의 말을 빌리건대, "작가가 끝에 오는 귀향(歸鄕)을 묘사하는 때조차 아이러니한 태도를 무조건적 긍정으로 대체하여 폐기하지 말아야 하는 것"이 소설이다. 「목수의 집」으로 돌아가 말하면, 소설의 지혜는 집으로 상징되는 조화로운 삶의 형식이란 불가능한 꿈임을 시인하도록 요구하는 것이다. 그러나 이청준은, 앞에서 보았다시피, 그것이 사랑 속에 존재한다는 희망적 사고로 독자를 유도한다. 그의 음악적 전체성이란 은유는 사람들의 조화로운 공생을 아름다운 가상으로 체험하게 하는 동시에 그 공생의 사회적, 정치적 조건에 관한 물음을 유예한다. 그래서 「목수의 집」은 소설의 사명에 관한 상념에 한동안 빠져들게 하지만 소설의 고민을 덜어줄 감동적인 훈화에는 미치지 못한다. 지금 소설에 필요한 것은 어쩌면 부재하는 집을 꿈꾸는 것이기보다는 집이 부재하는 현실과 생생하게 접촉하는 것인지 모른다. 분열과 혼란의 경험에 대해 정직하지 못한 소설에서는 참다운 조화의 이념도 기대하기 어렵다. 화음의 유토피아를 진정으로 꿈꾸게 하는 것은 낡은 조성의 음악이 아니라 정돈된 소음임을 현대음악은 가르치지 않았던가. 우리 소설은 미적, 윤리적 형식화에 고분고분 통섭되지 않는 삶의 잡스러움에 대해 좀더 너그러워야 한다.

2. 문화의 잡음과 소음

삶의 잡스러움을 용납한다는 것은 바꿔 말하면 윤리적인 범주나 개념으로 쉽사리 환원되지 않는 특수한 경험들의 뒤섞임 속에서 인간 현실을 발견하는 일이다. 실제의 인간이 법률과 도덕으로써 알게 되는 인간보다 훨씬 복잡하고 심오하다는 것은 지금까지 위대한 소설들이 하나같이 일깨운 인간학적 공리이다. 특히 리얼리즘 전통의 소설들은 인간의 심오한 현실을 탐구하는 일과 자자분한 사실들을 관찰하는 일이 별개의 것이 아님을 알려주었다. 고전적 리얼리즘의 교훈은 인간 현실이, 그 현실이란 말이 불가피하게 연상시키는, 너절하고 범속한 삶의 영역 바로 거기에 있다는 것이다. 우리가 보통 풍속이라고 부르는 그 영역은 그야말로 잡스러운 것의 소굴이다. 그것은 사람들이 공유하는 문화의 일부이지만 정연한 규칙이나 체계를 갖고 있진 않다. 라이오넬 트릴링 Lionel Trilling의 유명한 에세이에 따르면 "문화의 함축 있는 잡음과 소음a culture's hum and buzz of implication"이라고 부를 만한 것이 풍속이다. 훌륭한 작가는 그 잡음과 소음을 해득하는 비범한 청력을 갖고 있어서 사람들의 말버릇, 복장이나 장식, 일상의례와 같은 사소한 사실을 가지고도 경이로운 현실을 암시할 줄 안다. 풍속에 대한 감각이 그처럼 중요하다는 것은 박완서의 「너무도 쓸쓸한 당신」(『문학동네』 1997년 겨울호)을 읽으면서 재삼 깨닫게 되는 바이기도 하다. 초로의 여성이 초점화자로 나오는 이 작품은 부부라는 인간관계에 대한 원숙한 성찰을 제시하고 있지만 그러한 성취는 풍속의 함축을 존중하는 감각이 없었더라면 불가능했을 것이다. 예컨대, 그녀가 아들의 졸업식장에서 안사돈과 미묘한 긴장을 벌이는 장면을 보자. 여기에는 자식들의 결혼을 둘러싸고 양가 사이에, 특히 안사돈간에 벌어지는 위신 경쟁이라는 친근한 풍속이 등장한다. 그녀가 시어머니로서 은근히 유세를 부리고 싶어했지만 오히려 그녀 자신을 초라하게 느끼게 되고 마는 경위는 세심하고 명확하게 그려져 있다. 그러나 그 장면의 효과는 단지 풍속의 생생한 재현에 그치지 않는다. 그것은 그녀가 남편의 비굴함이 싫어서 별거를 단행했을 정도로 오기와 원칙이 있는 여성이긴 하나 어머니들의 일반적 습성에서 벗어나 있진 않다는 사실을 알려주는 가운데, 그녀의 삶을 제약하는 사회적, 문화적 관습을 상기시키는 것이다. 안사돈간의 알력이라는 풍속의 세목은 그렇게 하여 가족 중심의 삶에 대한 반성의 계기를 마련한다.

「너무도 쓸쓸한 당신」의 그 초로의 부인에게 중요한 경험은 별거중인 남편을 대하는 그녀의 태도에서의 변화이다. 처음 그녀가 남편에게 보이는 반응은 경멸과 증오로 일관되어 있다. 남편이 체제에 순응하는 비굴한 인간이라고 혐오해 마지않는 그녀는 그와의 재결합에 아무런 미련도 가지고 있지 않다. 하지만 안사돈에게 모욕을 당하고 아들을 빼앗겼다고 느낀 이후 그녀의 반응은 달라진다. 그녀의 도덕적 우월감은 어느새 사라지고 초라하고 소심한 남편에게 점점 너그러워진다. 남편과 함께 러브 호텔에 투숙한 장면에 이르면 그녀는 남편에게서 "가부장의 고독한 책무"를 다하려는 안쓰러운 모습을 발견하고 연민을 느끼기까지 한다. 이처럼 남편에 대한 그녀의 태도가 현저히 달라진 중요한 이유는 그녀의 아들 가진 어머니로서의 권세가 허망하게 사라졌다는 데에 있다. 아들에게 집착한 대가로 "거대한 허전함"에 압도된 그녀에게서 우리는 가부장적 전통에서 생겨난 어머니의 모습을 발견한다. 사실, 가부장적 구조는 그녀가 경험한 사회에서 가장 단단한 현실을 이루는 것이기도 하다. 그것은 그녀의 남편이 속해 있었던 체제만이 아니라, 은밀한 형태로는, 사돈간의 풍속에도 나타난다. 가부장적 서열이라는 판도 속에서 상례화된 우열 경쟁에 휘말려 대결과 타협을 반복하는 사람들의 관계는 그녀의 이야기에서 떠오르는 인간사회의 개념이다. 안사돈에게 모욕을 당한 나머지 자신의 삶이 "한없이 추락중"이라고 여기는 그녀의 처지는 교장 선생에서 시골 사람으로 전락한 남편의 그것과 크게 다를 바가 없다. 그렇다면 그들 부부의 쓸쓸한 황혼은 가부장적 권력의 재생산을 위한 성의 분업에 순치되어 살다가 허망하게 쇠락하는 인생에 해당하는 것이 아닌가. 그녀가 호텔방에서 "서로 단절된 몸"을 후회하는 대목은 연령에 의해서만이 아니라 제도에 의해서도 마모되는 슬픈 성(性)을 느끼게 한다. 그러나 「너무도 쓸쓸한 당신」은 가족에 대한 그러한 비판적 인식을 철저하게 밀어붙이진 않는다. 대신에 가족의 굴레에 매인 용렬한 인간에 대한 용서를 이야기한다. 남편의 정강이에 남아 있는 모기 물린 자국을 보며 모기가 잔혹하다고 하거나 그것을 "세월의 때가 낀 고가구를 어루만지듯이" 어루만지는 그녀의 행동은 가부장의 노역 속에 늙어버린 인생을 측은히 감싸안는 깊은 마음을 담고 있다. 그것은 권세 경쟁의 사회에 포섭된 부부의 허망한 협업에 대한 통찰을 배경으로 오래도록 여운을 남기는 장면이다.

날카로운 풍속 감각으로 말하면 윤영수도 빠지지 않는다. 『착한 사람

문성현』에 실린 작품들이 말해주듯이 윤영수 소설은 인간이라는 동물에 대한 무궁한 흥미로부터 출발하고, 인습과 유행이 교차하고 물정과 인심이 뒤엉킨 풍속 속에서 인간을 발견한다는 특징을 갖고 있다. 그녀의 인간 탐구를 뒷받침하는 풍속 감각은 종종 생태학적 관찰을 방불케 하는 정밀함과 지엄함을 보여준다. 인간의 통속한 생태에 대한 관심은 그녀가 최근 주력하고 있는 '옛날이야기' 연작에서도 두드러진다. 그 연작은 대개 재래 민담의 현대적 각색이라는 형식을 취하고 있다. 지금까지 발표된 연작 가운데 비교적 성공적인 작품에 속하는 「옛날이야기 IV」(『작가세계』 1997년 겨울호)의 경우, 작가는 「햇님 달님」이라는 원본 설화의 몇 가지 모티프를 유지하되 그것을 현대사회의 풍속 가운데 배치한다. 호랑이한테 떡장수 어머니를 잡아먹히고 궁지에 몰린 오누이가 타락한 환경에 오염되어 비행을 저지르는 불량 십대로 바뀌고, 호랑이에 대응되는 호안희는 떡장수 어머니가 죽자 그녀에게서 받은 온정을 생각해서 오누이를 도우려는 전과자로 설정되어 있는 식이다. 이러한 민담 다시 쓰기에는 물론 패러디의 충동이 있다. 원본의 서사적 모티프를 차용하면서 그것이 갖고 있는 순진성, 허약함, 우매함 따위를 의식하게 만드는 전복적인 흉내내기의 요소는 얼마간 존재한다. 「햇님 달님」에서 동아줄이라는 상징이 제공하는 바와 같은 최종적 구원의 비전은 「옛날이야기 IV」가 미심쩍게 보고 있는 동화적 낙관주의에 해당한다. 누나 명옥은 하늘에 대고 동아줄을 내려달라고 빌기는커녕 지하실에 내려가 히로뽕을 맞고 음란영화를 찍고 있다. 그러나 '옛날이야기' 연작의 목표는 그 원본 자체에 대한 비판적 주석이 되는 것은 아니다. 그 원본의 친숙함을 이용하여 현대의 풍속에 대한 아픈 각성을 유발하는 것이 목표라고 하는 편이 옳을 것이다. 「옛날이야기 IV」는 호안희라는 인물이 명옥엄마네가 세들어 살던 집의 지하실에서 죽은 이후 여러 관련 인물이 그들을 두고 전하는 말을 통해 외설, 폭력, 마약, 범죄가 만연된 우리 사회의 심각한 도덕적 위기를 상기시키고 있다.

「옛날이야기 IV」에서 도덕적 위기를 감지하게 하는 것은 이야기 서술이 아니라 호안희의 의문의 죽음을 둘러싼 여러 인물들의 말이다—여기에는 '옛날이야기' 풍으로 나무와 바위의 말까지 포함되어 있다—작가는 서술자를 내세우지 않고 마치 항어가담(巷語街談)의 채록자 같은 역할을 맡아 교도소 간수의 증언에서 텔레비전 시사프로 출연자의 보도, 식당 여주인의 응답에서 교회 목사의 설교에 이르는 잡다한 말을 제시한다. 그들의 말은 물론 작가가 창안한 것이며, 거기에는 호안희의 의문스러운 죽음의 전말을 추측할 단서들이 들어 있다. 하지만 그들이 하는 말은 이야기 줄거리를 암시하는 구실을 넘어서 그 자체로 풍속의 타락을 즉물적으로 느끼게 해준다. 예를 들어 명옥엄마의 하나뿐인 동생인 음식점 여주인이 언니의 실종 소식을 처음 듣고 하는 말을 보면, "에구에구 불쌍한 우리 성. 우리 형부 결핵 걸려 세상 떠난 후에 우리 성 고생이야말로 하늘이 알아요"라는 표현은 그녀가 언니에 대한 동정을 상투적으로 과장하고 있다는 것을 알려주고, "아가! 여기 신 사장님 골뱅이 한 접시 맛있게 올려라. 그러니까 골뱅이가, 아니 명옥이가 가만 있어보자" 같은 구절들은 그녀가 언니의 소식에 건성으로 반응하고 있다는 것을 암시하며, "내가 한번 가봐야겠네, 보증금이 어떻게 되었는지"라는 진술은 그녀의 관심이 언니의 행방보다 재물에 있다는 것을 알려준다. 이처럼 작품에서 문제가 되어 있는 도덕적 현실은 억지와 거짓, 몰인정과 난폭함, 무례함과 호들갑으로 가득 찬 인물들의 말과 구별되지 않는 것이다. 「옛날이야기 IV」에서 돋보이는 것은 바로 말을 모사하는 기교이다. 세대, 직업, 계층, 성별, 제도에 따라 분화된 사회적 방언은 능란하고 유창하게 구사되어 다소 수다스럽게 느껴질 정도이다. 사회적 방언에 통달한 복화술사적 재능이 있다는 것은 그 자체로 소중한 작가적 자산이다. 그것은 인간사회 내부의 차이에 대해 열려 있는 감각과 통하는 것이기 때문이다. 사회적 방언의 형상화는 가깝게는 잡다한 풍속의 사실적 탐구에 필수적이며, 멀리는 인간 현실의 모든 획일적 규정과 싸우는 노력에 긴요한 것이다. 하지만, 복화술사적 재능을 「옛날이야기 IV」에서 보는 바와 같이 말의 모자이크 수준에서 발휘하고 마는 것은 아까운 낭비이다. 그러한 재능은 사회적 방언이 함축하는 그 차이와 대립의 현실을 전체적으로 알아보게 만드는 서사 구성에 동원하는 것이 바람직하다. 사회적 방언의 방류(放流)는 자질구레한 풍속 묘사와 마찬가지로 삶의 잡스러움에 대한 관용을 넘어서 소설 자체를 잡스럽게 만들 우려가 있다.

3. 90년대의 김유정(金裕貞)들

한창훈의 「숭어」(『한국문학』 1997년 겨울호)에서도 우리는 방언을 만난다. 그것은 사회적이면서 또한 지역적인 방언, 즉 전라도 서민의 방언이다. 그 지역적, 계층적 차이가 새겨진 말투는 작중인물들의 대화에서 명확하게 드러나며, 삼인칭 서술자의 지문 곳곳에도 자취를 남기고 있다. 서술자는 소설의 관행에 따라 기본적으로 표준말을 쓰고 있으나, 서술의 초점에 해당하는, 전라남도 어느 섬마을의 청년인 문환의 지각이나 생각을 전달하는 말에서 그의 표준말은 종종 문환의 방언과 혼합 내지는 반향을 일으킨다. 또한 그 전라도 서민의 방언은 풍속이나 문화를 알려주는 표지가 되어 있을 뿐만 아니라 구체적인 사회적 경험의 맥락 속에 제시되어 있다. 어촌의 궁핍이라는 현실이 그것이다. 「숭어」에 그려진 어촌은 지역 불평등을 심화시킨 경제 개발의 결과를 심각한 형태로 예시한다. 어장은 점점 고갈되고 젊은이들은 육지로 떠나 공동화(空洞化)의 위기에 몰려 있다. 그러한 어촌의 궁핍한 현실은 여자를 데려와 살림을 차리긴 했으나 가정을 이루었다고 안심할 수 없는 문환의 답답한 사정을 통해 형상화된다. 그가 나이트 클럽에서 처음 만나 하룻밤을 함께 보내고 간청한 끝에 오백만원을 주고 데려온 성자라는 여자는 '나이트' '레스토랑' '커피숍'으로 상징되는 소비와 향락을 탐하고 있다. 시집온 후에도 두 차례 집을 나갔다가 문환을 따라 마지못해 돌아왔고, "평생 섬에서 썩어야" 될까 봐 뱃속의 아이를 지웠다. 하지만, 숭어잡이를 흥겹게 추억하는 대목에서 보듯이, 섬생활에 애착이 많은 문환은 그녀가 어떻게든 섬에 남아 함께 살아주기를 바라는 터라 그녀를 다독이고 구슬리기에 여념이 없다. 「숭어」의 일차적인 줄거리는 섬을 떠나자는 말을 들어주지 않아 토라져버린 성자를 어떻게 달랠까 고심하던 문환이 성자가 좋아하는 숭어를 먹여주지 못해 대신에 자신의 몸을 보시한다는 것이다. 문환이 처한 정황은 처리하기에 따라서는 얼마든지 애처롭고 비참하게 보일 수도 있는 것이지만, 그것을 가지고 한창훈은 순박한 인간의 향기가 느껴지는 정경을 그려냈다. 남녀간의 화합에서 어떠한 문화적 매개보다 본질적인 것으로 취급된 성에서도, 그의 가작 「증인」에 표현된 바와 같은, 육체성에 대한 긍정에 기초한 삶의 건강한 활기가 연상된다. 답답한 궁상 속에서도 인간의 시를 발견하는 한창훈의 솜씨가 약여한 작품이다.

전성태의 「태풍이 오는 계절」(『창작과비평』 1997년 겨울호)은 노식이라는 농촌의 젊은이를 통해 한국사회의 변방으로 밀려난 농촌의 생활과 풍속을 제시한다. 노식의 일인칭 서술에서 우세한 말은 마찬가지로 전라도 서민의 방언이다. 그의 말은 특히 농촌사회의 언어 관습에 남아 있는 토착적 표현을 풍부하게 함유하고 있다. 사투리를 비롯하여 향토적 삶의 특수한 풍정을 자연스럽게 환기시키는 어법, 활기 있는 입말을 모방한 사설풍의 진술은 그의 말에서 무엇보다 우세한 특징을 이룬다. 전성태의 작품에 나타난 향토어 지향의 담론은 단순히 특정 방언에 대한 혈연적 친밀함의 표현이라고는 생각되지 않는다. 그것은 향토적 언어의 재미와 효과를 나름대로 치밀하게 계산한 언어수행임이 명백하며, 그런 점에서 말의 예술적 분절(分節, articulation)이란 수준에서 평가할 만한 것이다. 전성태의 향토적 담론은 우선 그것이 대상으로 하는 농촌 사람들의 경험을 그들 내부의 관점에서 지각하게 만든다. 예컨대, "잘코사니 입이 벙그러졌을 줄로 짐작했던 영감님은 배나무 가지를 울 안으로 휘어잡고 고리눈이다" 같은 구절은 그 노인의 객관적 이미지를 독자들에게 제공하는 것이 아니라 그 노인에 대한 노식의 반응 속에 독자들을 잡아두는 것이다. 작중 이야기 중에는 마을을 지나가던 외지인 가족이 노식의 퇴락한 초가집을 구경하며 '흥부와 놀부' 운운하다가 노식에게 쫓겨나는 삽화가 있는데, 농촌생활에 대한 관찰자적 관점을 그 외지인 가족과 똑같은 민망한 처지로 만들어버리는 것이 전성태의 담론이다. 결국, 「태풍이 오는 계절」에서 중요한 것은 추상화가 용이한 어떤 사건이나 장면이 아니라 구체적인 지각과 경험들의 다발 속에 잠복되어 있는 노식이라는 인물의 성격이다. 동네에서 "반정부족"이니 "당골네 새끼놈"이니 "놀고먹는 노식"이니 하는 소리를 듣는 노식은 공사판이나 돌면서 "촌구석에서 썩고" 있는 자신이 불만이다. 마침 살아온 집이 폐가나 다름없는 터라 태풍으로 집이 파손된 가구에 제공되는 재정 보조를 받아 목돈을 챙길 궁리를 하고 있다. 하지만 그가 단지 약아빠진 건달인 것은 아니다. 봉자라는 여자의 불행한 이력을 감싸주고 사랑에 빠졌다든가 하는 삽화는 그가 근본적으로 순진한 인간임을 암시한다. 자기 집이 태풍에 넘어간 것처럼 꾸몄다가 태풍이 예측을 빗나가는 바람에 결국 우스운 꼴이 되어버린 그에게서도 어리석음이 느껴질지언정 가증스러운 영악함이 느껴지진 않는다. 노식의 서술을 지배하는 향토적 담론은 노식의 성격에서 그 본래적 순진성을 돋보이게 하고 그를 사로잡고 있는 생활의 소박한 욕구를 너그럽게 이해하게 만든다. 그리고 그러한 효과는 전라도 서민의 방언이 능숙하게 구사된 덕택에 독자들의 마음속에서 자연스럽고 흥겹게 일어난다.

　　한창훈이나 전성태의 작품이 문제삼고 있는 사회적 변방의 정황은 지난 시대의 문학이 주목한 민중의 현실과 크게 다르지 않다. 그러나 그들의 작품에는 민중 주체의 정치적 신화가 보이지 않는다. 문환이나 노식은 일정한 경제적, 사회적 현실 속에 존재하는 인물이지만 그들의 현실은 구조적인 사회 개념이나 역사적 인식의 구도 아래 재현되어 있지 않다. 그들의 이야기에서 감지되는 갈등도 어떤 사회적 모순의 표현과는 동떨어져 있으며 그들의 주체화를 가능케 하는 계기가 전혀 아니다. 이러한 민중적 혹은 서민적 경험의 소설화에 있어서의 변화가 민중주의적 이념에 대한 반성에서 생겨난 것인지 아니면 한국사회의 변방으로 밀려난 작중인물들의 객관적 정황 자체에서 비롯된 것인지는 확실치 않다. 반면에 명백한 사실은 민중의 정치적 신화가 사라진 자리를 웃음의 미학이 차지하고 있다는 것이다. 웃음을 유발하는 세목의 선택은 한창훈의 작품과 전성태의 작품 양쪽 모두에서 특징적으로 나타난다. 숭어를 구하지 못한 문환이 성자와 성교를 하면서 이것이 숭어라고 말하는 식의 장난기 많은 육담, 노식이 잔꾀를 부리다가 그만 바보가 되고 만다는 아이러니컬한 퇴행의 플롯은 그 대표적인 사례다. 희극적 효과는 서민 현실에 대한 증언 못지않게 그들 소설의 중요한 목표인 것처럼 보이기도 한다. 하지만 그들의 소설을 단지 희극적이라고 부르는 것은 충분하지 않다. 그들의 소설이 산출하는 웃음은, 이를테면 성석제나 은희경의 소설에서 느끼게 되는 웃음과는 성질이 다른 것이다. 그것은 기성적인 것, 정형적인 것으로부터 자유로워지려는 충동을 표현하는 것이 아니라 저속한 것, 불쌍한 것, 연약한 것을 감싸안는 심리를 표현하는 것이다. 한창훈, 전성태의 소설에서의 희극은 능력이나 환경이라는 면에서 보통 사람들만 못한 인물을 대상으로 하고, 그들의 그러한 인간적 약점에 대한 동정과 이해를 산출한다. 그런 점에서 한창훈, 전성태의 소설은 희극적이라고 하기보다는 해학적이라고 하는 것이 훨씬 정확하다. 우리는 그들의 소설에서 가까이는 「암소」의 이문구, 멀리는 「소낙비」의 김유정으로 소급되는 현대소설에서의 해학의 계보를 떠올리게 된다. 그렇다면 자연스레 생겨나는 물음이 있다. 해학적 소설의 소생은 작금의 문학 판도 속에서 어떤 의미를 갖는가. 민중 현실의 소설적 재현에서 퇴행인가 진전인가. 이른바 글로컬라이제이션 glocalization에 대응하는 한국소설의 어떤 가능성의 예고인가 아닌가. 여기서는 물어두기만 하자.

4. 실루엣과 비유담

삶의 잡스러움, 그 이질적인 것들의 혼효(混淆) 속에 현실이 있다는 것은 소설의 기본적인 가정이다. 그러나 소설은 그 자체가 하나의 문화적 형식인 만큼 현실을 인식하는 그 나름의 관습을 가지고 있으며, 그러한 관습은 삶의 잡스러움에 대한 관용을 종종 저해한다. 소설이 탐구하는 현실은 플라톤적인 의미에서의 현실과는 분명히 다르다. 그것은 감각과 경험의 영역 너머에 자리잡은, 그 존재를 순간의 증거로써 알리는 어떤 자명하고 완전한 실체가 아니다. 플라톤적 관념론의 전통에서 현실은 항상 불변의 모형으로 주어지며, 그것에 관여하는 인간활동은 모방이라는 형태를 띤다. 그러나 현실이 모방을 요구하는 모형 혹은 원본이라는 생각은 소설적 리얼리즘의 철학적 전제가 되지 못한다. 소설에서 생각하는 현실은 원래부터 자명하고 모범적인 것이 아니라 어떤 맥락을 갖추어야 성립하는 것이다. 그것은 하나의 맥락을 시간의 흐름에 따라 자체 내에 실현함으로써 비로소 현실이 된다. 따라서 그것은 본질적으로 서사적일 수밖에 없고, 그것의 존재론적 확실성은 언제나 미래 속에 유보되어 있다. 소설이 삶의 현실을 탐구한다는 것은 그것을 자기 구성적이고 서사적인 맥락으로 인식한다는 것과 같은 뜻이다. 무엇이 현실인가는 항상 끝에 가봐야 안다는 것, 이것은 소설의 상식이 아닌가. 이처럼 어떤 미래의 최종적이고 전체적인 일치를 향한 전진적 움직임 속에서 현실을 탐구하는 만큼, 소설의 리얼리즘을 모방 혹은 재현으로 간주하는 것은 잘못이다. 그것의 요체는 실재하는 사물, 인간, 정황을 모방하는 일이 아니라 그것들이 시간을 거치면서 서로간에 인과적, 논리적 관계를 산출하는 과정을 보여주는 일이다. 그러한 과정은 소설적 리얼리즘의 이상적인 상태에서 하나의 필연적인 과정을 이루며, 최종적으로는 하나의 전체의 형성으로 귀착된다. 이처럼 소설이 현실에 도달하려는 노력 끝에 제시하는 전체화된 세계는 우리가 경험하는 실제의 세계와는 물론 다른 것이다. 그것은 작가에 의해 창조된 세계, 하나의 허구이다. 그러나 아이러니의 예외적 순간이 아니라면 그것이 허구임을 승인하는 정직한 자기 교정은 소설에서 일어나지 않는다. 리얼리즘의 미학적 관습에 충실한 소설들은 오히려 역사적 전체성이 현실의 유일한 가능성이라는 가정을 실증하기에 급급하다. 그 전체성의 허구가 소설이 애초에 부정한 기존의 삶의 형식들과 마찬가지로 경험적 진실을 소외시키지 않는가 하는 의문에 대해서는 침묵한다. 리얼리즘의 미학은 현실을 인식과 통제의 대상으로 만드는 중요한 기술이지만 그것은 동시에 삶과의 생생한 접촉을 제약하는 문화적 관습이기도 하다.

그러나 이러한 리얼리즘의 미학은 우리 소설에 전반적으로 뿌리깊게 남아 있긴 해도 창의적인 작가들 사이에서는 점점 구속력을 잃어가는 중이다. 언제부터인가 우리 소설에서도 흥미로운 작품은 리얼리즘의 서사적 관습에서 이탈하려는 시도에서 나오고 있다. 하성란의 「양파」(『문학과사회』 1997년 겨울호)도 그런 부류에 속하는 작품이다. 리얼리즘을 단순히 박진감의 측면에서 이해하는 사람이라면 「양파」가 탈관습적이라는 논평을 아마도 의아하게 여길 것이다. 이 작품에 두드러진 극사실적(極寫實的) 묘사는 개개의 사물, 인물, 사건, 장소가 실제로 현전하는 듯한 착각을 일으키기 때문이다. 그녀는 특히 원래 혹은 대개 그러한 까닭에 허구라는 느낌을 애초부터 주지 않는 특수한 사항들(예컨대, 견인차는 기중기로 자동차를 끌어올린다, 남자는 주머니를 더듬어 담배를 꺼낸다 같은 동작)을 꼼꼼하게 기록하고 있으며, 작중인물들의 지각, 상념, 행동을 포함한 대상에 대하여 극히 냉정하고 사실적인 보고자의 입장을 취하고 있다. 작품에 등장하는 세목들은 이야기의 경제에 기여하는 수준을 크게 초과하며, 인간사에 대해 보편적인 함축을 갖는 상징으로 쉽사리 비약하지도 않는다. 지엽적인 세목들을 풍부하게 나열하여 현실의 가상을 창출하는 기법이 요령 있게 구사된 것 같다. 그러나 주목할 것은 그러한 자자분한 사항들을 통솔하여 조리 있게 이야기를 만들어가는 서사적 움직임이 「양파」에는 존재하지 않는다는 사실이다. 이 작품에는 "용궁 어린이집"의 직원으로 있던 "여자"와 일식집 "미도리"의 주방장이었던 "남자"가 등장하고 그들은 동해안으로 가는 고속도로 상에서 남자의 운전 실수로 죽지만, 그들이 죽음에 이르기까지의 전말은 어떤 잠재적 현실이 서서히 현재화(顯在化)되는 정연한 과정을 이루지 못하는 것이다. 그들은 우발적으로 만났고 우발적으로 죽었으며, 그러한 우연조차 감춰진 필연의 표현으로 보게 해줄 어떠한 인과의 논리도 보이지 않는다. 여기서 우리는 「양파」의 이야기에 '회상 Erinnerung'의 원리가 없다는 사실에 주목해야 한다. 과거의 기억 속으로 돌아가 삶의 경험에 질서를 부여해줄 어떤 통찰을 건져올리는 그 내향적 움직임은 서술의 시제부터 아예 현재로 되어 있는 이 작품에 전혀 나타나 있지 않다. 대신에 현재적 경험의 파편들을 병치시키는 몽타주가 압도적으로 우세하다. 그래서 결과적으로 그 남자와 여자의 죽음은 마치 하나의 물리적 사실처럼 우리에게 다가온다. 그것은 정통의 소설적 리얼리즘이 탐구하는 현실 — 하나의 전체성을 함축한 현실이 아니다.

하성란식의 극사실적 묘사가 존재론적으로 확실한 현실을 제시한다고 믿는 것은 어리숙한 생각이다. 역사적 전체화에서 유리된 현재의 경험을 그 극미한 세부까지 파고들어 묘사하면 그것은 현실에 가까워지기보다는 오히려 환각에 가까워진다. 과거와 미래에서 고립되어 정밀하게 장면화된 현재는 의미의 인력(引力)에서 풀려난 순수한 이미지로 화하려는 성질을 갖는 것이다. 하성란의 극사실적 묘사에서 떠오르는 삶의 이야기란 그러한 현재의 환각적이고 덧없는 경험의 불연속적 반복에 지나지 않는다. 그것은 플롯 plot이 약하고 대신에 모양 pattern이 강하다. 그것도 희미하고 아슬아슬하게 자신의 존재를 드러내는 모양, 비유컨대 실루엣 silhouette의 모양이다. 그 불확실성이 지배하는 존재론적 정황은 공교롭게도 제목이 '양파'인 이 소설의 주제이기도 하다. 작품에 등장하는 여자는 갓난아이를 깔고 앉아 질식시키는 실수를 저질렀다고 믿는다. '미도리'에서는 넙치의 혀를 보고 놀라 허둥거리다 남자의 얼굴에 상처를 입히고 그것을 계기로 남자와 알게 된다. 남자는 여자를 데리고 동해안으로 차를 몰면서 가정을 꾸릴 희망에 부푼다. 남자와 함께 묵은 산장에서 여자는 자신이 갓난아이를 죽이지 않았다는 사실을 확인하게 되고 동행을 중단하려 한다. 그러나 남자가 도로변 광고판에 그려진 도로 그림을 실제의 도로로 착각하고 속도를 높이다가 사고를 내는 바람에 그들은 모두 죽는다. 대략 이러한 이야기에서 두드러진 것은 그들의 운명을 결정한 것이 하나같이 실수라는 사실이다. 그것은 그들의 존재가 그들의 의지와 무관하다는 것, 우연의 변덕에 맡겨져 있다는 것을 말해준다. 그 일련의 실수 끝에 일어난 그들의 어이없는 죽음은 결국 어떤 근원적인 부조리의 자기 증명이다. 특히 사고현장을 조사한 경찰관이 그들의 죽음을 동반자살로 추정함으로써 조리가 닿지 않는 삶의 불확실성이 특히 뚜렷하게 노출된다. 「양파」는 정통 리얼리즘 미학에서 벗어나 있지만 그렇다고 통절한 실감을 하지 않는 것은 아니다. 고달픈 생존의 흔적을 갖고 있는, 수많은 사물들 틈에 끼어 가까스로 존재하는 그 이름 없는 작중인물들이 돌연한 죽음과 함께 남기는 덧없음의 인상은 작품에 그려진 어떤 경험의 세목보다도 선렬하다. 소설의 마지막, 고속도로에 떨어진 남자의 슬리퍼가 공중에서 방송국 사진기자의 카메라에 잡히는 장면은 남자의 존재가 미미하고 무상하기가 마치 환각 같다는 것을 깨닫게 한다. 그래서 「양파」를 읽고 나면 불확실성이야말로 가장 확실한 현실이라는 소감마저 갖게 된다. 리얼리즘의 서사적 관습이 삶의 경험에 대한 진지한 인식을 독점하고 있지 않다는 것을 하성란의 소설은 성공적으로 보여준 셈이다. 그녀는 어쩌면 미래를 향해 전진하는 가운데 스스로를 펼치는 현실이라는 개념을 미래 없는 사람들의 이름으로 부정하고 있는지도 모른다.

백민석이 소설적 리얼리즘에 대해 취하고 있는 태도는 좀더 과격하고 도발적이다. 재현의 논리를 가지고 소설을 이해하는 버릇이 있는 독자들은 그의 「목화밭」(『문예중앙』1997년 겨울호)을 우롱당하는 듯한 기분으로 읽을 수밖에 없다. 한창림이라는 남자가 과천시가 바라보이는 어느 둔덕에서 구덩이를 파고 "거름"을 묻는 장면으로 시작되는 이 작품에도 기본적인 수준에서의 사실주의는 존재한다. 작품에 동원된 특수한 사항들은 한창림이 존재하는 세계가 우리가 살고 있는 실제 세계와 같다는 환상을 유발한다. 그러나 그러한 환상은 한창림의 생활을 조금 자세히 들여다보게 되자마자 흔들리기 시작한다. 그의 세계를 서술하는 언어는 실제 세계의 사물과 사건을 가리키는 동시에 실제 세계에 대한 정상적인 관념을 고의로 위반하고 있기 때문이다. 예컨대, "거름"이라는 것은 한창림이 자기 집에 납치해다가 포르노그라피를 찍고 그런 다음에 죽여버린 사람의 시체이며, "펫숍"이라는 것은 검찰 직원을 잡아다가 전혀 대수롭지 않게 죽여 없애는 잔혹한 폭력 집단이다. 한창림의 세계는 한마디로 패악의 극치를 보여주지만 그것을 서술하는 언어는 도덕적 시비의 가능성을 처음부터 봉쇄하고 그것을 순전한 사실로 승인하게 만든다. 일체의 도덕적 해석이 배제된 채로 심지어는 장난스럽게 그려진 그 외설과 폭력의 세계는 당혹스러울 만큼 그로테스크하다. 그것은 우리가 실제의 경험으로부터 획득한, 세계에 대한 타성적 확신을 중지하도록 요구한다. 따라서 「목화밭」을 두고 현실의 그림이냐 아니냐를 묻는 것은 어리석기 짝이 없는 질문이다. 그것의 목표는 실제의 세계를 있는 그대로 반영하는 것이 아니라 실제의 세계에 대한 우리의 통념을 수정하는 것이기 때문이다. 「목화밭」의 허구적 세계는 "8mm 무비 카메라" "김대중" 같은 축자적 literal 언어의 층위에 존재하는 하나의 세계와 "거름" "펫숍" 같은 비유적 metaphorical 언어의 층위에 존재하는 또하나의 세계의 복합체이다. 그 축자적 세계에서는 한창림이 강도상해의 부당한 혐의에서 벗어나려고 한다거나 하는, 상식이 통하는 행동이 일어나지만, 비유적 세계에서는 세상이 동물의 왕국으로 취급되는 기괴한 사태가 발생한다. 이러한 이중적인 존재론적 구조는 한창림의 이야기를 실제 세계에서 있을 법한 이야기를 넘어서 실제 세계를 반성적으로 포함하는 일종의 '메타세계meta-world'의 이야기로 만들어준다. 그것은 한마디로 비유담(譬喩譚, parable)이 되는 것이다. 따라서 「목화밭」을 리얼리즘의 미학적 관점에서 바라보는 것은 허방을 짚는 것과 다를 바 없다. 그것은 발자크나 톨스토이 독법이 아니라 카프카나 베케트 독법을 필요로 한다. 백민석의 소설에서 종종 그렇듯 이 「목화밭」에서 지배적인 양식은 알레고리다.

알레고리가 갖고 있는 일반적인 특징 가운데 하나는 작중인물이 어떤 추상적 관념을 대표한다는 것이다. 그는 실제적, 역사적 인간이라기보다는 의인화(擬人化)된 관념이다. 그의 행동은 그가 스스로 의식하든 의식하지 못하든 간에 어떤 관념에 사로잡힌 결과라는 특성을 띤다. 어떤 학자는 알레고리적 인물을 초자연적인 힘을 육화한 존재라는 의미에서의 '마신(魔神, daimon)'에 견주어 정의한 적도 있지만, 마치 마성에 붙잡힌 듯이 특정 관념을 강박적으로 표현하는 것은 알레고리적 인물들에게 공통된 행동 양식이다. 「목화밭」의 한창림 또한 마성에 사로잡힌 인물이다. 겉으로는 비록 대학강사이며 과천시민이라는 역사적 인간의 모습을 하고 있지만 그는 본질적으로 걸어다니는 관념이다. 그의 마성, 혹은 그의 관념은 간단히 말하면 문화적으로 구성된 인간에 대한 부정을 그 골자로 한다. 그는 인간이 자신에게 부여한 모든 도덕적, 문화적 의미를 무시하고 인간을 생물학적 의미의 인류로 환원시키는 발상을 일관되게 보여주고 있다. 그에게 인간은 물질적 성분과 기관으로 이루어진 기계에 지나지 않으며, 선악 같은 인간적 자질도 "좋은 냄새" "나쁜 냄새"로밖에는 이해되지 않는다. 인간에게서 물리적 사실 이상의 무엇인가를 찾는 것은 "호암 아트홀 풍의 진부한 휴먼 드라마"이며 그것은 그가 알고 있는 "휴머니티를 결국엔 외면하게 되는 것"이다. 이러한 인간의 생물학적 환원은 사람을 포르노그라피 자료로 사용하고 간단히 폐기처분하는 그의 행동에 이론적 배경이 된다. 「목화밭」이 시사하는 바에 따르면 한창림의 반인간주의는 세상의 이치에 부합되는 것이다. 그가 살고 있는 세상은 요컨대 "서울랜드"와 "동물원"의 연장이기 때문이다. 세상을 움직이는 것은 가상의 세계 속에서 이루어지는 자족적인 유희의 법칙과 먹고 먹히는 야수적 생존의 법칙이다. 한창림은 그러한 세상에 울분을 느끼지 않는 것은 아니지만 거기에서 벗어난 삶을 믿지 않는다. 폭력 집단의 보스인 삼촌에게 포르노그라피를 만들어 바치고, 자신의 죄악을 경찰에게 감추려 애쓰고 있을 따름이다. 윤리적인 삶을 부정하는 한창림의 이야기를 조금도 역겨워하지 않고 읽어내기란 쉽지 않은 일이다. 하지만 역겹다는 것이 그것을 하찮게 여겨도 좋을 이유가 되지는 않는다. 백민석의 알레고리를 역겨워한다면 그것은 오히려 그의 알레고리가 효과적이라는 증거일지도 모른다. 현실에 대한 각성은 흔히 역겨움을 동반하지 않는가. 백민석식으로 생각하면 삶의 현실을 역사적 전체성의 형식으로 표현한다는 것은 기만이다. 그러한 형식의 가능성을 뒷받침하는 조화롭고 유기적인 삶의 기억은 인간 자체에게서 사라진 것으로 보이기 때문이다. 「목화밭」의 말미에서 한창림은 형사와 그의 집 마당으로 나와 작별 인사를 나누던 중에 마당에 무얼 심으면 좋겠느냐고 물었다가 스스로 "목화밭 같은 것"이라고 불쑥 답하고는 잠시 뒤에 혼란에 빠져 뉘우친다. "세상에 목화밭이라니! 생각지도, 예상치도 못한 단어였다. 그는 그게 뭔지도 모르고, 그걸 본 적도 없었다. 목화밭이 어떻게 생겼는지 전혀 알지 못했다"는 것이다. 리얼리즘 미학의 문화적 원천은 혹시 그 목화밭 신세가 되어 있지 않을까.

(『창작과비평』1998년 봄호)

진정성, 개인주의, 소설

1. 자기 연출의 시대

　세상은 극장이라는 말이 요즘처럼 실감나는 시대가 있었을까. 원래
는 연극에서 쓰이던 어휘인 '역할'은 이제 사람들이 사회적 관계 속에
서 행하는 활동을 가리키는 일반적 용어가 되었다. 사람 각자가 하루하
루 살아가는 삶은 어떤 집단 속에 있느냐, 어떤 관계 속에 있으냐, 어떤
사람을 상대하느냐에 따라 정해지는 다수의 역할 수행으로 이루어진
다. 내가 누구인가는 나의 타고난 신원이 아니라 맡고 있는 역할에 의해
정의되며, 어떤 역할을 어떻게 하느냐는 나의 사회적 성공의 척도가 된
다. 사회생활의 압력이란 연극배우가 받는 긴장과 흡사하다. 우리는 맡
은 역할을 수행하는 데에 필요한 지식, 기술, 예절을 익혀야 하고, 역할
에 알맞도록 우리 자신을 바꿔야 한다. 이러한 변신은 바꿔 말하면 자기
를 연출하는 것이다. 극장이 배우에게 충분한 연기력을 요구하듯이, 사

회는 개인에게 훌륭한 변신술을 요구한다. 변신용 물품과 변신 모델 공급은 소비산업자본이 책임진다. "그의 옷차림엔 전략이 있다"거나 "나의 이미지는 성공을 부른다" 같은 광고 카피는 자기 연출을 조종하여 이윤을 얻는 것이 자본의 업무임을 알려주는 비근한 예이다. 요즘 매력적인 신체를 갖기 위해 여성들이 벌이고 있는 사투도 자본의 지배 아래 진행되는 자기 연출을 위한 신체의 규율 혹은 정체성의 패러디라는 성격이 농후하다. 소비산업자본은 본뜨기의 모델을 무수히 제공하여 사람들을 유혹하고, 나아가 자기 연출에서 쾌락을 찾게 만든다. 그러나 우리 자신을 다채롭게 연출하는 흥분의 이면에는 심오한 실존적 불안감이 있다. 그것은 자기의 정체가 확실치 않다는 불안감이다. 인위적으로 연출된 다수의 자아가 과연 진정한 자아인가. 우리들 각자는 확고한 일체성을 잃어버리고 다수의 정체성, 역할, 이미지로 분열되어 있다는 의식, 허위와 모조의 삶을 살고 있다는 자각에서 자유롭지 못하다. 나는 누구인가는 현대의 연극적 인간이 저마다 마음 깊은 곳에 품고 있는 두려운 의문이다.

나는 누구인가 하는 물음은 장 자크 루소가 그의 동시대와 후대 사람들에게 요구한 정치적, 윤리적 각성의 출발점이기도 했다. 그는 문명이 발전하면서 반대로 도덕이 타락한 아이러니를 관찰하면서 위선이 삶의 조건이 되었음을 개탄했다. 사람들은 타인의 호의와 존경을 얻기 위해 본심과 어긋난 위장을 일삼고 있으며 모든 문명의 성과들은 인간의 진실에서 유리된 장식이 되고 말았다는 것이다. "모든 것이 겉모습이 되고 마니 모든 것이 인위적으로 기만적으로 된다."(「학문과 예술에 관한 담론」) 그처럼 위선적인 사회에 순응하고 있는 사람은 당연히 정직하지 않을 뿐만 아니라 개인적 자율성을 결하고 있다. 루소가 요구한 것은 바로 사람 각자가 자기 자신이 되어야 한다는 것이다. 그는 사람 각자가 타인에게 의존하는 대신에 그의 고유한, 진정한 자아와 접촉함으로써 도덕적 구원을 얻을 수 있으리라 생각했다. 각자의 마음속에는 자연의 스펙터클이 있다는 것, 그리고 그것을 표현함으로써 각자의 존재가 진품이 된다는 것이 루소의 신념이었다. 그는 만년에 『고백』을 저술하여 진정한, 독특한 개인이 되기 위한 자기 성찰이 어떤 것인가를 몸소 보여 주기도 했다. 그러나 진정성을 추구한다는 것은 개인 각자가 내면 속으로 들어가 어떤 자아를 마치 잊었던 물건을 찾아내듯 발견하고 그것과 일치를 꾀하는 것이 아니다. 진정한 자아는 그것을 추구하려는 노력 속에, 다시 말해, 현재의 자아를 부정하고 초월하려는 노력 속에 존재한다. 장 스타로뱅스키는 『장 자크 루소─투명함과 장애』에서 "진정성의 법칙은 작가가 어떤 불변의 과거 속에서 '진짜 자아'를 찾아내기를 포기하고 그 대신에 글쓰기를 통해 하나의 자아를 창조하려는 것을 참아주며, 심지어는 요구한다"고 쓰고 있다. 진정성의 추구란 자아에 잠재된 창조적, 초월적 충동을 표현하는 것이자 자아를 종결 없는 생성에 맡기는 것이다. 나는 누구인가 하는 물음을 올바로 묻는다면 그것은 결국 현재의 나를 넘어서라고 나 자신에게 명하는 것이다.

　루소가 진정성의 이상을 구축하면서 사용한 가설은 대부분 낡아서 이제는 일반 사람들에게 별로 흥미를 끌지 못한다. 역사를 타락의 전일화로 보는 신화적 역사관, 자연에 대한 낭만적 숭배, 문학 직업을 위선교육으로 간주하는 견해 등은 명백히 그의 시대에 제약된 생각들이다. 그러나 진정성의 이념은 현대문화에 막대한 영향을 미쳤고 지금도 계속해서 많은 증식을 보고 있는 그의 사상적 유산이다. 미국의 어느 루소 연구가는 민주적 평등주의에서 반문화운동에 이르는 현대문화의 전역에 그것이 침투해 있다고 말하기도 했다. 루소적인 의미에서 진정성의 추구는 소설에서도 일반적인 주제이다. 동서양의 가장 보편적인 소설유형 가운데 하나인 교양소설과 그 친족들은 진정성을 그 공안(公案)으로 삼고 있다 해도 과언이 아니다. 생각해보면, 소설은 다른 어떤 문학, 예술 형식보다도 진정성 추구를 다루는 데에 적합하다. 우선 진정한 자아가 욕망되고 생성되는 장소인 개인의 내면을 소설보다 효과적으로 그려낼 수 있는 매체는 없다. 이른바 '투명한 마음'을 보여주는 서술기법을 다양하게 갖추어 갖고 있는 소설은 진정한 삶의 경험에 특권적으로 다가간다. 진위, 선악, 미추의 관습적 이분법에 구애될 필요가 없는 가공의 이야기라는 점에서 소설이 갖는 강점도 있다. 소설의 허구는 진정성이 요구하는 개인적 진실과의 계약을 성실히 이행하게 해준다. 더욱이 소설은 형식상으로 개방적이어서 개인의 자기 표현을 폭넓게 수용한다는 특성이 있다. 진정한 자아 표현에 걸맞은 창조적인 담론의 가능성은 반규범적 장르로서의 소설에 풍부하게 열려 있다. 이처럼 소설이 진정성의 이념에 중요한 매체임을 고려하면 최근 한국소설에서 그것이 어떻게 추구되고 있는가는 관심을 가질 만한 문제이다. 요즘처럼 자기 연출이 생존을 위한 필수이자 쾌락인 시대에, 진정성에 대한 욕망이 소설에서 진지하게 다루어졌으면 하는 것은 당연한 기대이다. 그러한 기대에 얼마나 부응하는가는 어쩌면 한국소설의 현실성과 성실성을 가늠하는 한 척도가 될지도 모른다.

2. 세간을 넘어서

최인석의 「나를 사랑한 폐인(廢人)」(『동서문학』 1997년 가을호)은 그의 소설이 지금까지 종종 그랬듯이 하나의 극적 상황을 제시한다. 우선 무엇인가 삶에서 본질적인 것을 순수한 형태로 드러나게 하는 한정된 공간이 있다. 그곳은 동해안의 작은 포구 거진 근처의 외딴 언덕에 바다를 향해 자리잡은 낡은 한옥이다. "카페 귀허(歸墟)"라는 간판을 달고 있는 그 한옥 술집에서는 세상을 삼켜버릴 듯이 무섭게 요동치는 어두운 바다가 바라보인다. 여기에 두 인물이 등장한다. 하나는 동찬이라는 남자. 낙심한 모습으로 귀허에 들어온 그는 애초에 시인을 지망했으나 거짓 기사나 꾸며대는 여성지 기자로 전락한 자신을 스스로 모멸하고 있으며, 비루한 연명을 강요하는 세상에 극도의 염증을 느끼고 있다. 다른 하나는 정순이라는 귀허의 주인 여자. 벼랑 끝 바위에 앉아 어두운 바다를 하염없이 바라보곤 하는 그녀는 착한 사람을 제물로 삼는 세상의 악의에 인생을 망친 여성이다. 「나를 사랑한 폐인」에서 사건다운 사건이 있다면 그것은 동찬과 정순이 그들 각자의 슬픈 처지에 공감하면서 시작하는 사랑이다. 동찬은 정순의 슬픔을 통해 얻는 위안에 이끌려, 귀허에 그대로 남아서 폐인처럼 살아도 좋으리라 생각한다. 그러나 동찬을 유혹하는 자멸은 단지 절망에 압도된 나머지 자신을 포기하는 것을 뜻하지는 않는다. 지옥 같은 세계에 살면서도 낙원을 꿈꾸는 정순은 폐인이 되려는 자멸적 욕망에 색다른 의미를 부여한다. 지옥이 고통스럽기에 낙원을 그리워한다는 이유에서, 지옥이 없으면 낙원도 없다는 이유에서 지옥은 바로 낙원과 통한다. 지옥이 바로 낙원이고 절망적인 것이 바로 희망적인 것이라는 불이(不二)의 진실. 동찬이 감행하려는 자멸은 그러한 역설을 실행에 옮기는 일과 다를 바 없다. 그것은 희망을 찾아서 절망 속으로 더욱 깊이 빠져드는, 낙원을 구하여 지옥 속으로 더욱 깊이 들어가는 자기 구제의 형식이 되는 것이다. 동찬이 귀허로 그를 찾아온 서울 사람들 앞에서 펼치는 자학의 발언들에는 구제에 대한 희원으로 격화된 자멸의 광기가 극렬하게 표출되어 있다.

　「나를 사랑한 폐인」은 극한의 절망적 상황으로부터 이야기를 시작하지만 그것이 최종적으로 확인하는 것은 유토피아에 대한 동경이다. 유토피아를 꿈꾸는 인간의 열정이라면 최인석 소설의 독자들에겐 그리 낯설지 않을 것이다. 그의 최근 소설집 『혼돈 속으로 한 걸음』에 실린 작품들은 여러 가지 방식으로 이곳과는 다른 세상에 대한 간절한 그리움을 기록하고 있다. 그 소설집 표제작은 일탈이 초래하는 삶의 혼돈 속에서 "극락"의 가능성을 발견하고 있는 작품이다. 이러한 유토피아 의식은 세계의 급진적 변혁을 위한 희망의 탐구가 대중의 정치적 욕구와 적잖이 유리되어 있는 것으로 보이는 지금의 현실에서는 공소하다는 느낌을 준다. 그것은 개인적, 사회적 삶의 구체에 대한 인식에서 필연적으로 생성되기보다는 극화된 상황의 이점을 빌려 강변되는 경향이 있다. 그러나 최인석이 표현하는 유토피아 의식이 독자의 마음을 움직이는 열기를 품고 있는 것은 사실이다. 특히 그것이 포함하고 있는 일탈적이고 파괴적인 삶의 충동, 넓은 의미에서의 퇴폐주의는 대단히 흥미롭다. 사실, 「나를 사랑한 폐인」에서도 독자를 매료시키는 것은 동찬의 내면에 들끓고 있는 자기 파멸을 향한 광기이다. 작가가 공들여 묘사하여 압도적으로 다가오는 그 어둡고 난폭한 바다는 바로 그 광기의 객관적 상관물이 아닌가. 최인석이 그려낸 바와 같은 퇴폐주의는 진정한 삶의 추구에 수반되는 부정의 한 극단적 계기를 이룬다. 그것은 본연의 자아를 회복하기 위해 허위에 물든 자아의 사회적, 문화적 동일성을 스스로 파괴하는 것이다. 거짓의 세계에서 살아온 동찬이 시인의 꿈을 잊었음을 깨닫고 폐인되기를 택하는 행로는 진정성의 이상이 개인에게 부과하는 비극적 시련을 예시한다.

「나를 사랑한 폐인」에서 유토피아에 대한 희원 혹은 진정성의 추구는 일상적, 사회적 삶과 격리된 지점에서 표현된다. 그와 유사한 세간에 대한 부정은 정찬의 「적멸」(『문학과사회』 1997년 가을호)에서도 이야기 서술의 전제가 되어 있다. 이 단편에서 일인칭 작중화자는 강선중이라는 선배가 한겨울 오대산의 적멸보궁을 보러 떠났다가 실종되었다는 소식에 접하고 그의 행적을 찾아가면서 그가 남긴 의문을 풀어간다. 작중화자는 불교의 수행법에 관한 구절이 담긴 강선중의 서찰을 소개하는 것을 시작으로 강선중이 불교가 가르친 인간의 자기 구제를 위한 길 찾기에 깊이 침잠한 인물임을 알려준다. 예순두 살인 강선중의 굴곡 많은 이력 중에는 어려서 아버지가 세상을 떠나자 오대산 월정사의 동자승이 되어 강주(講主) 스님에게 불경을 배웠으며, 어머니와 재혼한 남자의 전처 소생인 오수연이라는 여자와 사랑에 빠져 방황한 시기에는 불문에 귀의하기를 다짐하기도 했다는 사실이 있다. 그는 사랑에 실패한 이후 고시에 응시하여 합격했고, 은행집 딸과 결혼하고 변호사로 높은 평판을 누리며 살아왔으나 그에게는 세간의 삶을 회의하게 만든 불행한 업보가 있다. 그는 오수연이 낳아 기른 그의 딸에게 다시 사랑을 바쳤지만 그 딸마저 교통사고로 그의 곁을 떠난 것이다. 작중화자는 강선중이 죽은 딸의 유골함을 들고 소금강을 통과하는 길을 택해 오대산

적멸보궁으로 갔으리라 추정하고 그의 행적을 따라간다. 그의 추적이 진행되면서 강선중이 죽었으리라는 심증은 더욱 커지고, 그의 실종은 강선중이 오대산으로 떠나면서 보낸 편지의 문구들과 합쳐져 예사롭지 않은 의미를 암시하기에 이른다. 강선중의 편지 중에는 그가 동자승이던 시절에 강주 스님이 적멸보궁으로 가는 길에 그를 데리고 갔으며, 그에게 자신의 몸이 '한 송이 꽃'임을 알라는 말을 남기고 입멸(入滅)했다는 구절이 나온다. 이 구절은 강선중이 진실로 사랑했던 딸의 유골을 들고 적멸보궁으로 떠난 것은 바로 입멸의 열락에 들어간 것이라는 추론을 가능케 한다. 강선중은 어쩌면 소금강 골짜기 어디에서 죽었을지도 모르지만, 적멸보궁에 도착한 작중화자는 "머리가 허옇게 센 노인이 눈 덮인 적멸보궁을 향해 나아가"는 모습을 눈여겨본다.

이러한 강선중의 이야기에서 중요성을 갖는 관념 가운데 하나는 인간의 자기 구제를 순수성으로의 귀환과 동일시하는 것이다. 작중에서 강선중은 어머니의 자궁 속에서 접한 "최초의 세계"의 기억은 사람의 몸에서 사라지지 않는다고 말하기도 하지만, 적멸이라는 자기 구제의 형식은 그 원초적 순수성으로 돌아가는 죽음을 나타낸다. 이것은 물론 사람의 본성은 원래 청정하며, 청정한 본성을 회복하면 열반에 든다는 불교적 교리와 연관이 있다. 월정사 강주 스님의 입적과 강선중의 죽음은 모두 순수성으로의 귀환에 대한 신앙을 함축한다. 강주 스님이 데려간 어린 강선중, 강선중이 지녔던 딸의 유골은 모두 그들의 자기 구제를 매개하는 순수성의 상징들이다. 작품의 말미에서 작중화자가 들려주는 강선중의 가상의 진술은 한 송이 꽃이었던 어린 강선중이 강주 스님에게는 적멸의 길을 비추는 등불이었고, 그 자신에게는 딸의 하얀 뼈가 그 등불이 되어준다고 밝히고 있다. 이렇게 보면 「적멸」은 결국 순수성에 대한 찬미이다. 그것은 순수성이 인간 존재의 본래적인 진실이자 인간 존재를 구제하는 진실이라고 말함으로써 순수성의 지고한 의의를 일깨운다. 순수의 향기를 느끼며 죽음의 길을 가는 강선중의 이야기는 그 자체로 향기롭다. 이야기라고 했지만 그것은 어찌 보면 시의 경지를

넘보는 이야기이다. 순수성의 이념과 경합하는 혹은 갈등하는 인간 욕
망에 대해서는 괘념치 않기로 처음부터 작정했기 때문이다. 강주 스님
과 강선중을 움직이는 초월의 욕망이 모두 삼각형의 구조를 가지고 있
으나 르네 지라르의 매개된 욕망과 내용이 판이하다는 것은 흥미를 돋
우는 대목이다. 그것은 인간의 욕망에 대한 정찬의 이해가 현대인들의
사회적, 심리적 현실의 오지(奧地)에 충분히 착근하지 않았다는 증거가
될지도 모른다. 「적멸」은 순수성에 대한 찬미를 통해 우리가 찾아야 하
는 진정한 자아란 무엇인가 하는 물음에 대해 이미 답변한 셈이지만 그
답변은 아마도 관념적이라는 평가를 면하기 어려울 것이다.

3. 나르시시스트들의 자화상

90년대 소설에서는 윤대녕의 소설만큼 진정성의 테마에 지속적으로
관여하고 있는 것도 드물다. 개인적 정체성의 불확실함에 사로잡힌 고
뇌, 자아 내부에 틈입한 허위에 대한 근심, 자신과의 진실한 접촉을 원
하는 욕망, 자아 충족과 갱신의 체험에의 몰입 등은 그의 작품 어디에서
나 크게든 작게든 만나게 되는 주제들이다. '시원으로의 회귀'라고 일
컬어지는 그의 소설 주인공들의 특징적 행동도 따지고 보면 진짜 자아
를 찾기 위한 탐색의 성격을 가지는 것이다. 그의 단편 「빛의 걸음걸이」
(『문학동네』 1997년 가을호)는 종전의 작품에 보인 바와 같은 수준의 강
렬함을 가지고 삶의 진정성을 묻고 있진 않다. 하지만 가족사적 일화와
장면을 배경으로 하는 한 내성적 인간의 자기 노출에는 그 자신의 정체
를 확인하고자 하는 동기가 역력히 작용하고 있다. 이야기상의 현재,
친가에 내려와 있는 작중화자는 마침 부모와 두 누이가 함께 머물고 있
는 집안의 동정을 세밀히 관찰하기도 하고 가족들 각자의, 혹은 공통의
경험을 회상하기도 하고, 그 자신의 심경을 고백하기도 한다. 그중에서
두드러진 것은 작중화자가 "해바라기 방"에서 하루 사이 집 안에 드는

햇빛에 대해 보이는 일련의 반응이다. 마치 탐하기라도 하듯이 빛의 변화를 관찰하는 그의 행동을 따라가는 동안 우리는 그의 가족이 빛으로 상징되는 세계, 즉 일상, 질서, 이성의 세계와 소원하다는 것을 알게 된다. (예컨대, 그의 집에서 연탄을 쓰고 있다는 것은 암시적이다. 연탄의 검은색은 빛이 죽은 색깔이다.) 그의 가족의 어둡고 신비한 삶을 명백하게 보여주는 것은 어머니이다. 병원에서 퇴원한 어머니는 아버지와 불가해한 대화를 나누기도 하고, 집에 들린 처녀 할머니에게서 저승의 부름을 읽기도 하고, 임종하기 직전에 신발을 찾기도 한다. 이 기이한 행동은 그녀의 영혼이 합리적으로 조직된 세계 너머에 속해 있다는 증표이다. 어머니가 예시하는 초월적 영혼은 물론 서술자가 의식하고 있는 그의 자아의 일부이기도 하다. 그는 사람 사이의 관계를 근본적으로 덧없는 것으로 간주하는 발언을 비롯한 여러 대목에서 자신이 단자적 개인이라는, 자신의 삶이 외로운 행려라는 인식을 전달하고 있다.

그러나 「빛의 걸음걸이」에서 주목할 만한 것은 그러한 급진적 개인주의 자체라기보다는 그것을 표현하는 방식이다. 이 작품에서 표현적 효과는 윤대녕의 소설에서는 예외 없이 중추적인 부분을 차지하는 요소인 이미지에서 주로 생겨난다. 여기서 말하는 이미지는 단순히 감각에 호소하는 지각의 대상이 아니라 어떤 고차원적인 정신적 실재를 경험하게 해주는 대상을 가리킨다. 이러한 의미에서 윤대녕이 고심하고 있는 바와 같은 이미지의 발견이란 일찍이 제임스 조이스가 '현현(顯現, epiphany)'이라고 부른 홀연한 계시의 체험과 동일하다. 「빛의 걸음걸이」의 경우, 햇빛, 붉은색, 할머니, 고무신 등의 이미지는 그 대상에 대한 지각의 쇄신을 목표로 하는 것이 아니라 행려로서의 삶을 고양된 실존적 체험으로 만드는 어떤 미지의 섭리를 발현시키는 것이다. 더욱이 윤대녕의 이미지 추구는 토속신앙과 졸탄 코다이, 재래식 가옥과 남국의 호텔, 클로드 모네와 연탄처럼 서로 이질적인 사물이나 경험을 병치시키는 방법에 의존한다는 점에서 모더니즘적이기도 하다. 이처럼 현현에 치중함으로써 윤대녕 소설의 인물은 진정한 존재의 상태에 있다는 인상을 독특하게 획득하는 것으로 보인다. 현현은 본질적으로 개인의 내면에서 일어나는 사건이며 개인이 진실하게 자아와 접촉하는 순간이기 때문이다. 그러나 윤대녕의 모더니즘적 현현의 미학이 낳는 효과를 인정하면서도 신중한 반성이 필요하다는 지적을 하지 않을 수 없다. 그것이 서양 모더니즘 문학의 전성기에 누린 바와 같은 미학적 의의를 오늘날에도 갖고 있는가는 자명한 문제가 아니다. 그것이 부정적인 의미에서 신비주의로 분류되거나 아니면 시뮬라크르 문화에 순종하는 심미적 취향으로 해석될 여지는 충분히 있다. 또한 진정성의 윤리에 비추어 말하면, 현현에 대한 윤대녕의 관심은 나르시시즘의 미학적 정당화에 치우쳐 있지 않은가 하는 의심도 든다. 그의 개인주의가 보다 많은 독자를 감복시키려면 이미지에의 편집(偏執)을 자제하고 현대의 개인들이 당면한 도덕적, 정치적 곤경에 관해 숙고해야 하지 않을까.

그러나 나르시시즘적 개인은 어쨌든 최근 소설, 특히 젊은 세대의 소설에서 지배적인 현상이다. 이응준의 「이미 어둠의 계보를 알고 있었다」(『세계의문학』 1997년 가을호)에서 만나게 되는 문희구라는 인물 역시 자기 충족을 어떤 사회적, 도덕적 가치보다도 우선시키고 있다. 그의 일인칭 서술 속에는, 예컨대 "난 요즘 나 아닌 나에게 시달리고 있어" 같은, 자아에 대한 집착과 근심을 드러낸 구절들이 무수히 널려 있다. 그가 토로하는 자아의 동요는 준기라는 그의 친구의 사망이 남긴 충격에서 기인한다. 그들의 아버지끼리도 절친한 사이였던 까닭에 희구와 우정이 각별했던 준기는 좋은 자질을 가지고 있었음에도 대학에 진학하지 않고 밴드를 만들어 록 음악을 했으며 부모와의 불화 끝에 독립까지 했으나, 점쟁이에게서 "이미 없는 놈"이라는 말을 들은 이후 우울한 기분에서 희구와 함께 삼일째 술을 마시다가 어이없이 죽었다고 되어 있다. 희구는 준기의 죽음이 자신에게 야기한 것을 "공포"라고 부른다. 그는 대학원 종교학과를 다니고 있긴 하지만 "허송세월"하고 있는 그 자신 역시 허망하게 생을 마칠지 모른다는 두려운 생각에 시달리고 있는 것이다. 그가 현재의 시점에서 펼쳐가는 이야기에서는 "죽음의 저편"에 관한 탐문이 주요 내용을 이룬다. 그는 함께 종교학을 전공하고 있는 미오에게서 죽음을 초연하게 받아들인 옛날 사람들의 사상이나 제례에 관한 설명을 듣는다. 다분히 종교적이고 명상적인 인간인 것처럼 그려진 미오가 들려주는 이야기 중에는 티벳의 조장(鳥葬) 풍습이 있다. 티벳인들은 새들이 사람의 영혼을 하늘로 데려다준다는 믿음에서 시신을 토막내 새들에게 먹이로 바친다고 한다. 조장 풍습 외에도 희구가 접한 이런저런 종교적 사생관은 인간 존재가 우주적 질서 속에 있음을 깨달음으로써 구원을 얻으라고 가르치지만, 희구는 좀처럼 그러한 구원의 약속을 믿지 못한다. 그는 결국 준기의 죽음이 인간 존재의 근원적인 무의미성, 혹은 "허망한 죽음의 계보"를 계시했다고 믿고, 스스로 "허무주의자"로 자처한다.

여기서 희구라는 인물을 통해 표현된 실존적 고뇌가 현대인의 정신적 삶에 일반적인 문제임은 두말할 나위가 없다. 현대적인 의미에서 개인은 인간이 어떤 초월적 질서와 맺어져 존재한다는 믿음을 상실하면서, 이른바 '탈마법화'를 조건으로 하여 태어났으며 그러한 조건 때문에 자신에게 허여된 자유의 무한한 가능성에 열광하면서 동시에 자신의 존재가 근본적으로 공허하다는 느낌에 만성적으로 시달린다. 희구의 허무주의란 달리 말하면 마법의 위안 없이 삶을 사는 것이고, 그 삶을 지배하는 우연성에 자신을 맡기는 것이다. 친구의 죽음으로 인해 고뇌에 빠진 자신을 십자가의 예수에 견주기까지 하던 희구가 캠퍼스에서 순진한 여학생을 만난 이후 "불꽃 같은 힘"을 느낀다고 말하는 것은 현대적 감성에는 불가피한 혹은 치료 불능의 변덕일지 모른다. 이처럼 이응준이 희구라는 인물을 내세워 모더니티의 중요한 철학적 현안을 건드린 것은 반가운 일이다. 하지만 그 현안의 소설적 처리에서 만족스러운 성과를 보았다고는 말하기 어렵다. 여기에는 여러 가지 이유가 있으나 한 가지, 정보의 조합에 의존하는 글쓰기는 특별히 언급할 필요가 있다. 이응준은 장례 풍습에 관한 지식을 포함하여 정보화된, 이를테면 백과사전의 형식으로 가공된 지식을 무수히 취합하여 소설 텍스트를 만들었다. 그러한 조합적 글쓰기는 서사에 필요한 공동의 기억이 빈약한 반면에 정보가 풍부한 세대의 작가들에겐 불가피하며 그것이 앞으로 소설의 변화를 촉진하리라는 예상도 무시하기 어렵다. 하지만 정보화된 지식이란, 박물관의 진열품처럼, 인간생활의 역사적, 경험적 맥락과 단절된 지식이라는 것, 그것으로 인간 경험의 구체에 대한 탐구를 대체할 수 없다는 것을 잊어서는 곤란하다. 예컨대, 희구의 허무주의를 필연적이게 하는 세대적, 사회적 현실이 어떤 사람, 세력, 가치들로, 그들 사이의 어떤 관계로 이루어져 있는가를 밝혀내는 것은 "독일에선 유골을 우주선에 싣고 올라가 외계로 쏘아버리는 이른바 우주장 (……)이 인기를 끌고 있다"고 알려주는 것보다 중요한 일이다. 「이미 어둠의 계보를 알고 있었다」는 패기와 재능으로 빛나는 작품이지만 경험적 구체성이 부족한 결과 한 감상적 나르시시스트의 자기 연민을 치장하는 데에 그치고 말았다.

4. 사랑의 윤리학과 해부학

지난 계간지에서는 여성작가들의 활약이 두드러졌다. 『세계의문학』 『문예중앙』 『실천문학』에서는 각각 여성작가 특집란을 마련했다. 사실, 군이 특집을 꾸미려 하지 않더라도 여성작가들의 작품이 중단편란을 석권하다시피 하는 것이 요즘 문예지의 현실이다. 여성작가들은 부지런히 작품을 내고 있는 현역작가 중에서 압도적인 다수를 차지하고 있을 뿐만 아니라 문학 독자를 창출하고 유지하는 역할을 주도하고 있다. 최근에 활약하고 있는 여성작가들이 한국소설에 무엇을 보태고 있는가는 여기서 다룰 문제가 아니다. 하지만 그들의 소설이 추구하는 관심사 가운데 진정성의 모럴이 포함된다는 것은 해볼 만한 주장이다. 여성작가들이 즐겨 다루어온 여성의 자기 발견—인습적인 여성의 역할이나 여성성의 관념에 억압을 당하고 있는 자아의 발견은 자기 초월의 충동을 표출하는 지점에서는 진정성 추구와 맞아떨어진다. 그런가 하면 여성의 특수한 경험에 시야를 한정하지 않은 여성작가의 작품에서도 진정성은 종종 중요한 실존적 가치가 된다. 예컨대 신경숙의 『외딴방』의 성취는 개인의 진실을 정직하게 추궁하려는 노력, 그리고 그 진실에 적합한 언어를 찾아내려는 노력과 불가분의 관계에 있는 것이다. 그러나 여성작가들의 소설은 진정성의 모럴에 활기를 불어넣는 한편으로 그것과 배치되는 결과를 낳기도 한다. 이것은 일반적으로 그들이 멀리 가야 가족의 범위를 벗어나지 않는 삶의 사적 영역에 관심을 편중하고 있고, 또한 그것을 표현하는 투식 —예컨대, 내성적 담론 —을 답습하고 있다는 데서 비롯된다. 진정한 삶이란 언제나 부정의 방식으로 추구되는 것이라면, 그 소설적 표현은 당연히 표현의 관습에 대한 도전을 필요로 한다. 진정성의 이상이 소설에 요구하는 것은 단순히 자기 성찰적 담론이 아니라 자아 갱신과 초월의 충동을 육화한 새로운 형식의 모색인 것이다. 따라서 고정된 주제와 담론을 답습한 소설은 아무리 열심히 진정성을 얘기해도 진정하지 않다.

진정성의 모럴이라는 측면에서 여성작가들의 소설이 종종 띠곤 하는 양면성은 이혜경의 「그 집 앞」(『문예중앙』 1997년 가을호)에서 쉽게 관찰된다. 이 작품에는 메마른 일상을 견디며 결혼생활을 하고 있는 젊은 주부가 작중화자로 등장한다. 그녀는 사랑에서 시작한 결혼생활이 거북한 관행으로 굳어졌음을 괴로워하고 있으며, 구체적으로는 남편의 청력 약화에 따른 생계 불안과 시어머니와의 계속되는 불화로 고민하는 중이다. 그녀의 우울한 상념들 사이로 삭막하게 훼손된 자아의 느낌이 비어져나온다. 그녀의 내면을 지배하고 있는 것은 창조적 삶의 환희를 복구하고 싶다는 욕망이다. 그러한 욕망은 그녀가 지나온 시절을 회상하는 과정에서 일정한 방향을 갖게 된다. 그 회상에서 결정적인 것은 그녀의 어머니들 —아버지의 정실인 '큰어머니', 소실인 어머니, 그리고 시어머니 —의 재발견이다. 저마다 아픈 마음을 싸안고 다독이며 살아온 그들에게서 그녀는 "생에 대한 경건함"이라는 교훈을 발견한다.

어머니들에게 비추어서 그녀는 자신이 "어설픈 사랑"의 기억에 매달려 있었음을 깨닫고, 스스로 생계를 책임지며 청력 잃은 남편과 더불어 살아갈 새로운 기쁨의 나날을 꿈꾼다. 결론적으로 말해서 그녀가 바라는 창조의 환희는 살림의 윤리로 통합되고 있는 것이다. 이처럼 욕망의 윤리적 조절을 희망적으로 묘사함으로써 이혜경은 짐짓 일탈과 해방을 찬양하는 소설적 유행에 반발하는 듯하다. 생명을 기르고 지키는 일상의 삶을 긍정하는 가운데 진정성의 획득과 도덕적 자기 교정이 별개가 아니라는 시사까지 하고 있다. 그렇지만 이야기의 핵심에 놓인 창조성과 일상성의 근본적인 대립을 안이하게 해소했다는 혐의가 적지 않다. 재래의 모성적 덕목을 수락하는 것으로 자신의 내적 동요를 수습하는 작중화자의 행동이 얼마나 창조적 욕망에 충실한 것일까. 그것이 마치 충실한 것처럼 보이는 것은 내성적 담론이 유발하는 착각이다. 그녀의 내면적 경험의 묘사에 치중한 그 담론은, 예를 들면, "모래" / "강물"의 은유적 질서 속에 욕망의 움직임을 가둠으로써 그녀가 살림의 윤리에 눈뜨면서 자신의 불만에서 벗어났다고 믿게 하는 것이다. 따라서 그것은 창조적 삶의 욕망을 표현한다기보다는 봉쇄한다고 보는 편이 진실에 가깝다.

　여성작가들의 소설이 종종 빠져드는 인습을 감안하면 은희경의 소설은 확실히 독보적이다. 은희경 역시 여성작가들이 좋아하는 사랑의 주제에 높은 비중을 두고 있지만 전통적인 여성 윤리나 문화를 부각시키는 경우는 없다. 그녀는 사랑을 현대에 특유한 실존적 환경 속에 위치시켜 다루며, 사랑의 심리와 풍속으로부터 현대생활의 현상학을 이끌어낸다. 은희경식으로 생각하면 사랑만큼 현대인에게 문제적인 경험은 없다. 사랑으로 표현되고, 대표되는 사람들 사이의 일체화된 관계는 현대인의 사랑 바로 거기서 사라지고 있는 것이다. 사랑은 이제 삶의 사회적, 윤리적 이상을 표현한다기보다는 자아 충족을 위한 타인들 사이의 피상적인 거래를 닮아가고 있다. 그러나 그렇다고 해서 인간관계에서 사랑이 갖는 중요성이 줄어든 것은 결코 아니다. 현대사회에는 사람의 정체성을 확고히 결정할 불변의 질서가 존재하지 않으며 사람 각자가 타인에게서 받는 인정(認定)을 통해 자신을 정의할 수밖에 없는 만큼, 사랑은 오히려 더욱 절실한 심리적 욕구이다. 사랑의 경험 속에서 사람은 자신을 발견하고 자신에게 열린 삶의 지평을 인식한다. 그러한 사랑의 경험과 자기 발견의 관계는 은희경의 「명백히 부도덕한 사랑」(『세계의문학』 1997년 가을호)에서도 뚜렷하다. 이 작품에서 미혼의 직장 여성인 작중화자는 삼 년 전 십 년 연상의 유부남과 사랑에 빠져 치러야 했던 고통을 회고한다. 그 회고의 주요 내용은 그녀에게 유부남이 청혼한 직후 그녀의 아버지가 첩을 보아 어머니에게 이혼을 요구했다는 소식이 전해지면서 시작된 마음의 혼란이다. 사랑과 결혼의 이면을 보게 만든 그 이례적인 경험을 작중화자는 '나' – '그의 여자' – '어머니의 딸' – '아버지의 딸' – '어머니의 연적' – '나'의 순서로 서술한다. '나'에서 시작해서 타인들과의 관계 속에서 '나'를 반성하고 다시 '나'로 돌아오는 그 서술의 순환적 모양은 사랑의 경험이 자극하는 자기 발견의 움직임을 명확히 보여준다.

은희경의 다른 좋은 소설에서처럼 「명백히 부도덕한 사랑」에서도 사랑과 결혼을 둘러싼 남녀의 심리에 관한 통찰은 놀라울 정도로 비범하다. 연인이나 부부의 관계에 내포된 범속하고 비열한 거래의 속성, 사랑이란 관념에 흔히 감춰지곤 하는 각자의 자기 충족을 위한 타산, 사랑을 절실하게 하지만 또한 허망하게 만들기도 하는 모순된 욕망 등을 작중화자는 예리하게 투시한다. 그녀는 자신의 처지를 연인과의 관계 속에서만이 아니라 아버지, 어머니와의 관계 속에서도 성찰하는 가운데 사랑이란 일시적으로 현혹된 감정에 불과함을, 사랑에 빠진 사람들의 열정은 자기 기만에 연루되어 있음을 알려준다. 작중화자가 남자의 청혼을 거절한 이유 중에는 "어머니의 연적"이라는 관점에서 그녀 자신을 돌아봄으로써 강화된 도덕적 감각이 중요하게 자리잡고 있지만, 더욱 근본적인 이유는 사랑이 본질적으로 덧없는 것이라는 각성이다. 불륜을 무릅쓰고 사랑의 흥분에 빠졌던 것을 "오랜만에 운동을 한 사람들이 (……) 근육에 통증을 느끼"는 것에 비유하거나, 사랑이 초래한 혼란을 거쳐나온 이후 "한 번쯤 고독에서 벗어나보는 것도 나쁘진 않았다"고 말하는 작중화자의 진술은 사랑에 대한 집착을 우습게 만든다. 「명백히 부도덕한 사랑」의 이야기는 허위와 미망으로부터 개인 자신을 자유롭게 하려는 의지의 발현이라는 점에서 진정성의 이상에 닿아 있다. 거기에 담긴 사랑의 해부학은 이를테면 개인주의적 파사현정(破邪顯正)의 한 절정이다. 그러나 사랑이란 일시적으로는 고독에 대한 위안이며, 항구적으로는 자유의 상실이라고 시사하는 작중화자에게 어떤 자기 초월의 가능성이 열려 있을까. 그녀는 그러한 가능성을 추구하기보다 그것이 불러올지 모를 자아의 동요가 두려워 고독의 평온함을 택하지 않을까. 사랑의 미혹을 파헤치는 데는 열심이지만 자신의 정열을 표현하는 데는 인색한 그녀의 신경증적 절제벽(節制癖)을 두고 하는 소리다.

5. 민중주의의 잔여물

방현석의 「겨울 미포만」(『창작과비평』 1997년 가을호)은 진정성의 문화와는 거리가 있는 소설이다. 사람 각자가 자신의 삶을 스스로 창조할 능력이 있고 그러한 능력의 구체적 실현이 좋은 삶을 보장한다는 믿음은 방현석이 다루고 있는 미포중공업 노조의 우울한 현실과는 아무런 관계가 없다. 개인의 자유 운운하는 것은 노동운동의 장래를 염려하고 있는 그의 입장에서는 관념의 사치일 뿐만 아니라 정치적 오류일지도 모른다. 사실, 「겨울 미포만」은 노동자들의 연대가 약화된 중요한 원인이 노동자들의 '개인주의'에 있다는 판단을 전하고 있다. 작중에서 노조 정책실장으로 나오는 현강은 "나 혼자 잘났고, 나 혼자 잘 먹고 잘살겠다는 개인주의, 그게 우리 노조를 망쳤어!"라고 외친다. (그 개인주의를 수식하는 구절은 개인주의의 본질에 대한 인식이 아니라 그것의 타락한 형태에 대한 통속화된 악의를 담고 있다.) 이러한 개인주의 공격의 배경에는 90년대에 들어 진행된 의식의 변화를 전면적으로 부정하는 관점이 버티고 있다. 현강은 "시대가 어떻고 세기말이 저떻구, 잔치가 끝났느니 마느니 하는 개수작"에 목청을 높이고 박상모는 "90년대처럼 똥오줌 못 가리지는 않았다"며 80년대를 두둔한다. 이러한 90년대에 대한 모욕은 작품에서 지시되고 있는 노동 현실의 맥락에서는 가능한 것이다. 노조에 대한 회사의 탄압이 더욱 간교하고 대담해진데다가 개악된 노동법이 국회에서 날치기로 통과되는 판국에 노동자들은 보다 풍족한 소비에 현혹되어 있고, 노조는 집단주의의 원칙을 잃어가고 있다. 「겨울 미포만」의 주요 내용을 이루는 것은 노조가 무력화에 직면한 상황에서 노동운동의 대의를 회복하고자 하는 노동자들의 의지이다.

여기에 나오는 상모라는 인물은 87년 8월 17일 미포중공업 노동자들의 단결된 투쟁 속에서 "다른 세상을 보아버렸던" 해고자이다. 그를 둘러싼 암담한 노동운동의 환경은 십 년 전 그에게 노동자의 모범이었던 봉식이 지금은 회사의 하수인이 되었고, 그의 든든한 후배인 이현이 동료들에게 절망한 나머지 스스로 회사를 떠나게 되는 사정에 압축되어 있다. 그는 한 집안의 가장으로 살아가는 일상에서는 일하는 사람의 건강한 모럴을 지키고자 노력하고, 노동운동에서는 올곧은 투쟁 노선에 헌신한다. 매일 아침 자신을 벌하는 마음으로 회사 정문으로 출근하는 행동, 후배 창연을 격려하여 노조 조직 재건에 박차를 가하는 행동 등을 통해 그는 노동운동의 정치적, 도덕적 갱생의 방향을 대표하는 것으로 보인다. 상모라는 인물이 구체적 인격으로 살아 있는 덕택에 그가 표현하는 노동운동의 이념은 강력한 기세로 다가온다. 그렇지만, 전체적으로 이념적 당위에 치우친 작품이라는 인상이 남는다. 따지고 보면 상모와 그의 동지들이 추구하는 노동해방의 이념은 그렇게 자명한 것이 아니다. 그것을 떠받치는 가설들, 예컨대 자본과 노동의 모순이 사회에 기본적이라거나 노동자가 인간의 전체적 해방의 가능성을 담지한 보편적 계급이라거나 하는 가설들은 그 동안 다양한 갈래의 이론으로부터 강력한 도전을 받아 지지자를 잃어왔다. 그런 만큼 이념적 확신을 가진 인물을 내세워 기회주의적 노동자들에게 도덕적 비난을 퍼붓는다거나 90년대 전체를 싸잡아 매도한다거나 하는 것은 현명한 방식이 아니다. 노동해방을 목표로 하는 집단적 실천의 정당화는 그것에 대립하는 세력과의 대화적인 관계 속에서, 작품의 실제에서 말하면 봉식 같은 인물의 보다 구체적인 처리를 통해서 이루어졌어야 한다. 이야기의 세목에 의해 검증되지 않는 이념은 무엇이든 추상적인 것으로 남게 마련이고, 그것은 강변하면 할수록 독선적으로 들린다. 노동자들의 정치적 요구를 독선으로 여기게 하는 것은 누구보다도 방현석이 원치 않는 일일 것이다.

김한수의 「숨쉬는 화석」(『당대비평』 1997년 가을호)은 인천에서 부대찌개 전문 식당을 운영하고 있는 작중화자의 이야기를 통해 이 시대의 서민이라면 아마도 빠져들기 십상일 심리적 곤경을 제시한다. 서울에서 회사를 다니다가 그만두고 인천으로 이주한 지 칠팔 년째가 되어가는 그는 아내와 함께 식당을 개업하던 시기에 음식장사를 천직으로 알고 성실하게 자족하며 살자는 결심을 했으나 그 동안 사정이 달라졌다. 그는 한편으로는 타인이나 세상에 폭력을 가하는 공상에 종종 빠져들며, 다른 한편으로는 자신을 하찮은 존재라고 모멸하기도 한다. 그가 이렇듯 자신과 세상 양쪽에 대해 공격적인 충동을 느끼는 것은 환경의 압력에 짓눌린 결과이다. 그는 서울에서 밀려나 인천으로 오면서 "허망한 들러리"가 되었다는 생각, 인천살이를 부끄럽게 여기는 통념을 이기지 못한다. 그리고 소비와 향락에 광분한 세태에 접하면 자신이 "바보"라는 느낌이 들고, 문득 "속물"이 되었으면 한다. 그는 지방 도시에서 음식 장사로 근근이 연명하고 있는 자신의 삶이 한마디로 "억울하다"고 말한다. 그것은 물론 현대사회의 서민계층에 일반적으로 존재하는 상대적 박탈감의 표현이다. 「숨쉬는 화석」에서 작중화자의 자기 분석은 그처럼 내면적 평화를 잃은 자신을 스스로 극복하려는 시도를 보여준다. 그것은 특히 그와 같은 상가에서 장사를 하고 있는 서민들에 대한 공감을 획득하는 방향으로 나아간다. 그가 언급하고 있는 인물들—호프집을 하는 젊은 과부, 중국관 내외, 노래방 주인 등은 체면이나 예의 따위는 아랑곳하지 않고 자기 이익을 챙겨 결코 선하다고는 못 할 사람들이다. 그럼에도 그는 그들의 억세고 끈질긴 생활의 의지를 도덕적 교훈으로 받아들인다. 무엇보다도 향락이라곤 모르는 채로 열심히 일하다 늙어버린 보신탕집 여자의 삶은 세상을 굴러가게 하는 근본적인 힘과 같다고 믿는다. 이처럼 서민들의 억척스러움에 공감하면서 그는 그토록 억울하게 느껴졌던 자신의 처지와 화해하기 시작한다.

「숨쉬는 화석」에 지난 시대에서 이월된 민중주의의 요소가 있다는 것은 두말할 필요가 없다. 상대적으로 가난하고 열등한 처지로 괴로워하다가 서민적 일상성을 수락하기에 이른다는 그 작중화자의 이야기는 어떻게 보면 민중주의를 위한 소설적 변론 같기도 하다. 작중화자가 강조하고 있는 서민의 덕목도 종래에 기층민중이라는 범주 속에서 이미 충분히 인식된 것에 속한다. 하지만 친숙한 모럴이라고 해서 다시 강조할 필요가 없는 것은 아니다. 서민들의 생활에 특징적인 억척스러움이란 모럴은 이혜경식으로 말하면 "생에 대한 경건함"의 본능적 표현이며, 그것을 제쳐두고, 적어도 한국사회와 문화의 저력을 이야기하기란 불가능하다. 게다가 소설에서 도시인들의 병리적 심리가 우세한 요즘에 그것을 만나는 것은 오히려 신선한 경험이기도 하다. 그러나 억척스러움이 과연 작중화자를 도덕적 위기로부터 구출하기에 흡족한 것인가는 의문이다. 억척스러운 삶은 작중화자 스스로도 인정하듯이 정의의 원칙을 가지고 있는 것이 아니다. 살려는 의지 그 자체는 얼마든지 반사회적, 반윤리적 행동을 허락할 수 있고, 삶을 구가하는 카니발은 얼마든지 퇴폐적 향락주의를 조장할 수 있다. "악다구니"란 "건실하게 살고 있다는 자랑"이라고 한다든가, 서민적 일상과 속물들의 생활을 전혀 별개라고 여긴다든가 하는 것은 소박한 생각이다. 또한 작중화자가 품고 있는 "젊은 피"의 욕망, 즉 자기 존재를 생생하게 느껴보고 싶다는 욕망이 억척스러움의 모럴과 일치될 수 있는지도 확실치 않다. 그의 억눌린 자아의 깊은 곳에 원천을 두고 있을 그 욕망은 보신탕집 여자가 구현한 바와 같은 일상에 대한 인종(忍從)의 덕목으로는 진정되기 어렵지 않을까. 그것은 어떤 다른 정치적, 도덕적 표현을 필요로 하는 것이 아닐까. 작중화자와 어쩌면 심리적으로 비슷한 처지였을지 모를 이웃의 한 낙심한 사내를 자살로 몰아감으로써 작가는 서민적 삶과의 화해가 작중화자에게 남은 유일한 희망임을 암시하는 듯하다. 하지만 그것은 진정성에 대한 아량이 부족한 민중주의의 관념적 자기 확인에 불과하다.

(『창작과비평』 1997년 겨울호)

IV

나르시시즘과 사랑의 탈낭만화

—은희경론

1. 연기(演技)로서의 삶

90년대에 나온 장편소설 가운데서 은희경의 『새의 선물』만큼 소설의 재미를 흠뻑 선사하는 작품도 드물 것이다. 소박한 의미에서의 오락을 기대하는 독자들은 물론, 인간 경험의 심오한 표상을 바라는 독자들도 자신들의 취향에 맞는 일화나 장면을 그 작품 곳곳에서 만날 수 있다. 『새의 선물』은 출간 이후 꾸준히 대중적 인기를 누려왔으며 또한 김화영을 비롯한 몇몇 평자들의 정치한 분석을 통해 함축 많은 텍스트로 판명된 바도 있다. 그처럼 다양한 독자들을 매료시킨 『새의 선물』을 놓고 거기서 특히 인상적인 장면을 가려내기란 마치 산조음악에서 어느 특정 장단만 좋다고 취하는 것과 같다. 하지만 흥미롭기로 말하면 작중의 어느 특정 장면 못지않은 사실이 한 가지 있다. 그것은 연기라는 위장된 행동에 대한 관심이 소설 전체에 걸쳐 두드러진다는 것이다. 우선 주인공 진희가 관람자로서 접하거나 혹은 출연자로서 등장하는 공연의 정경들이 『새의 선물』에는 세세하게 그려져 있다. 진희는 허석과의 첫 데이트에서 장구경을 하는 동안 약장수들이 '국극'을 하는 곳으로 허석을 데려간다. 그녀는 국극의 재미를 익히 알고 있어서 "국극을 구경하기 시작하면 중간에 나오기란 쉽지 않다"고 말한다. 그런가 하면 도대항무용대회에 참가한 성서국민학교의 〈홍부전〉에서는 진희가 홍부역으로 출연한다. 그리고 평소에 미워하던 홍부 아내역의 신화영에게 톡톡히 망신을 주고 동시에 그 공연을 성공으로 이끌게 되는 영악한 기지를 발휘한다. 그리고 진희의 이모 영옥은 진희와 대조적으로 그려져 있으나 연극적 위장을 좋아한다는 점에서는 진희와 별로 차이가 없다. 그녀는 〈여진족〉에서 신영균이 윤정희를 상대로 보여준 '능글맞은 사나이'의 연기에서 멋있는 남성을 느끼기도 하고, 〈여자의 일생〉에 나오는 최은희의 '수줍은 몸짓'을 익혀 진희에게 이형렬과의 첫 키스의 사연을 털어놓으며 자연스레 지어 보이기도 한다.

『새의 선물』에 나타나는 연극적 행동에 대한 관심은 일단 연극이나 영화가 신기한 오락이었던 지난 시대의 풍속을 반영한 것처럼 보인다. 그것은 아폴로 11호를 비롯한 수많은 시대의 기호들과 결합하여 『새의 선물』의 이야기에 리얼리티를 부여하는 효과가 있다. 하지만 그것을 그저 풍속적 세목으로 간주하는 것은 작품에 그려진 특정한 삶의 형식을 자칫하면 몰라보게 만들 우려가 있다. 우리는 진희와 영옥 모두가 연극이나 영화를 좋아할 뿐만 아니라 그것이 대표하는 자아 위장의 기술, 바로 그것에 매료되어 있다는 사실에 좀더 유념할 필요가 있다. 작품에서 진희가 딱하다는 듯이 바라보고 있는 영옥의 행동은 대체로 보면 스스로를 그녀 아닌 어떤 사람으로 보이게 하려 한다는 특징을 갖고 있다. 영옥은 잡지책의 모델들을 본떠 맵시를 부리며, 펜팔 편지에서는 자신을 고상한 존재로 보이려 거짓말을 하고, 여배우들의 표정이나 포즈에 맞춰 자신을 연출하는 버릇이 있다. 어쩌면 범속한 흉내에 그쳤을지도 모를 이러한 행동이 유치하고 희극적인 인상을 주는 것은 영옥의 자아 위장에 내재하는 허영의 속성을 부단히 들추어내는 간교한 서술자 진희의 개입 때문이다. 그러나 진희는 인간의 허영을 조롱하긴 해도 위장의 연기를 결코 배격하진 않는다. 이야기 서술자의 유리한 위치를 점하고 있어서 누군가에게 속내를 들키지 않는다는 점에서 영옥과 다를까 위장에 집착하기로는 진희도 영옥 못지않은 것이다. 허석을 두고 영옥과 사랑의 각축을 벌이면서 진희가 하는 말, "며칠 사이에 삶은 여러 번 같은 무대에서 배역을 바꿔가며 우리를 시험했다"고 하는 말에서 보듯이 진희는 삶이란 것을 아예 연극에 비유하여 인식한다. 그리고 장군이를 똥통에 빠뜨려 장군이 엄마의 콧대를 꺾어버린 사건을 비롯한 무수히 많은 삽화들에서 그녀는 능청맞고 교묘한 연기를 일관되게 펼쳐 보인다. 연기로서의 삶을 사는 진희의 태도는 무엇보다도 '보여지는 나'와 '바라보는 나'를 분리시켜 전자에게 삶을 이끌게 하고 후자에게 그것을 보도록 만든다는 일종의 위생학적 비방에 집약되어 있다. 그러한 자아의 전략적 분열이란 달리 말하면 연기자와 연출자를 한몸에 가지고 살아가는 삶의 형식이 아닌가.

이렇게 보면 『새의 선물』은 연기로서의 삶에 관한 이야기이며, 그것의 도덕적 정당화에 관한 이야기가 되는 셈이다. 진희는 허영에 빠진 어리석은 사람들을 조롱함으로써 혹은 자아를 능란하게 연출하지 못하는 사람들의 불행을 관찰함으로써 세상을 극장처럼 대하는 가장과 작위의 삶을 정당화한다. 진희가 작중에서 펼치는 연기로서의 삶을 위한 일련의 변론은 자못 그럴싸하다. 그것은 삶이 악의와 장난으로 가득하다는 것, 한마디로 '농담'이라는 것을 통찰한 사람이 터득하게 되는 철학적 지혜이다. 그것의 목표는 개인의 자아를 위협적인 세상으로부터 감추고 짓궂은 운명의 변덕으로부터 보호하는 것이다. 진희는 자아의 안정에 집착한 나머지 타인에게 자신의 진심이 노출되는 것을 꺼리며 나아가 타인과의 진실한 유대를 믿지 않는다. 연극적인 그녀에게 타인과의 모든 관계란 본래 형식적이고 잠정적일 수밖에 없는 것이기도 하지만 그녀는 사랑으로 대표되는 타인과의 친밀한 결합의 가능성을 극히 냉소적으로 부정한다. 사랑이 하찮은 우연에 따라 생기며 그만큼 덧없다는 것, 요컨대 '미혹'이라는 것은 진희가 간파했다고 자부하는 삶의 비밀 중의 비밀이다. 이러한 사랑에 대한 냉소는 『새의 선물』에 등장하는 다채로운 불운한 사랑의 삽화들과 합쳐져 타인들과의 관계에 진심으로 몰입하지 않는 진희를 정녕 냉철한 현자처럼 보이게 한다. 그러나 그렇다고 해서 그녀가 외로움의 고통에 둔감한 것은 아니다. 『새의 선물』에는 부모에게서 버려져 할머니 밑에서 살고 있는 그녀가 실은 외로움을 괴롭게 의식하고 있음을 알려주는 구절들이 적지 않다. 특히 그녀는 타인과의 결합에 냉소적이면서도 타인의 보호를 받고 싶은 욕구를 감추지 못한다. 예컨대, 영옥에게 박대를 당한 홍기웅이 사랑의 환멸을 아프게 겪은 영옥 앞에 다시 나타나 '순정'을 '타잔'처럼 발휘하는 장면에서 "어떤 여자라도 그의 제인이 되고 싶어질 만큼 강렬한 매력"을 감지하는 진희의 관찰에는 많든 적든 선망하는 마음이 배어 있는 듯하다. 더욱이 진희는 느닷없이 '아저씨' 같은 남자가 나타나 영옥과 시선을 주고받는 이야기 말미의 장면에서 "나라면 서슴없이 이 남자를 택하리라는 엉뚱한 생각"을 하고 "이모에게 질투를" 느끼기까지 한다. 그러니까 진희의 연기로서의 삶을 추동하는 욕망에 관해 말하는 것이 가능하다면, 그것은 자폐적 고립을 향한 충동과 타인의 정서적 시혜에 대한 갈망 사이에서 움직인다 해도 무방하다.

진희가 보여주는 외로운 개인의 독특한 심리를 어떻게 이해해야 할까. 정신분석학에는 그러한 심리적 구성체를 묘사하는 술어가 하나 있다. 나르시시즘이 그것이다. 타인을 향한 개방을 꺼리는 것과 타인의 배려를 탐하는 것은 겉으로 보기에는 다르지만 나르시시즘적 퍼스낼리티 속에서 그것들은 표리관계의 심리적 움직임을 이룬다. 나르시시즘, 보다 정확히 말해서, 정신병리적 나르시시즘은 어린이가 어머니와의 상상적 일체감 속에서 자신을 스스로 동일하다고, 충족과 만능의 마법적 세계에 살고 있다고 느끼는 상태(프로이트가 말한 일차적 나르시시즘)에서 어머니가 자신에게서 독립된 존재임을 배우고 자신을 중심으로 타자들과의 관계를 형성함으로써 유아적 전능감을 대치하는 상태(이차적 나르시시즘)로 이행하는 과정에서 발생한다. 그것은 어린이가 그러한 이행에 성공하지 못함으로써, 다시 말해 세계와 일체화된 자아를 상실하는 고통을 극복하지 못하고 스스로 전일하다는 행복한 상상 속에 남아 있으려 함으로써 생겨나는 것이다. 이러한 정신병리적 나르시시즘에 사로잡힌 개인은 자아-타자의 관계를 조정하는 데에 당연히 장애를 겪는다. 그는 그의 자아에 대해 거창한 환상을 품고 있으며 그것이 타인에게 인정되기를 바란다. 그러나 그 나르시시즘적 자아 조절은 실망으로 끝나게 마련이고 자신이 공허하고 열등하다는 느낌을 면치 못한다. 나르시시스트에게 일반적인 심리는 한편으로는 타인들의 찬탄과 선망을 탐하고 다른 한편으로는 자신이 약하고 상하기 쉽다고 느끼는 것이다. 그는 타인들의 시선 앞에 그 자신을 부러운, 혹은 중요한 존재로 현시하고 싶어하는 한편, 자아의 손상이 두려워 타인과의 친밀한 교섭을 회피한다. 『새의 선물』은 정신병리학적 자료가 물론 아니지만 거기에서 만나는 나르시시즘적 퍼스낼리티의 속성들은 아주 뚜렷하다. 김화영이 지적한 바에 따라, 영옥이 진희와 별개의 인물이 아니라 진희의 분신임을 감안하면 더욱 그러하다. '보여지는 나' 영옥이 고상하고 매력적인 여성이라는 인상을 연출하려고 안달하는 반면에 '바라보는 나' 진희는 본심의 자아가 타인에게 노출되지 않도록 이성을 동원하느라 긴장하지 않는가. 그런 점에서 『새의 선물』이 정당화한 특정한 도덕적 삶의 형식을 가리켜 연극적 작위로서의 삶이라고 말하는 것은 충분치 않다. 그것은 아마도 나르시시스트의 위생학이라고 고쳐 불러야 옳을 것이다.

2. 나르시시스트들의 욕망

『새의 선물』에 제시된 이야기의 맥락 안에서 보면 진희의 나르시시즘은 부모의 보호를 받지 못한 유년기의 결핍과 밀접한 관련이 있다. 진희가 삶의 감추어진 진실들에 관해서 자못 확신에 넘치는 어조로 웅변을 토하는 대목들에서는 당당한 자아에 대한 욕구가 느껴지지만 그것의 이면에는, 그녀 스스로 "자폐를 일으켰을지도 모른다"고 토로할 만큼 심각한, 부모에게서 버려진 아이의 내상(內傷)이 있는 것이다. 그러나 진희에게 나타나는 바와 같은 나르시시즘을 단순히 부모의 결손을 입은 아이들에게 특유한 정신병리라고 여긴다면 그것은 잘못이다. 그것은 어떻게 보면 정신병리라고 규정하는 것이 어색할 정도로 현대사회에 널리 퍼져 있는 심리적 삶의 기제이기 때문이다. 현대의 특징적인 인간 성격과 문화가 나르시시즘과 내밀하게 연결되어 있다는 것은 미국의 역사학자 크리스토퍼 래쉬의 『나르시시즘의 문화』『미미한 자아』 등을 통해서 이미 충분히 밝혀진 바 있다. 현대생활의 두드러진 현상으로서의 나르시시즘은 관료주의, 소비 숭배, 대중매체, 전통의 단절, 역사의 종말 등을 경험하면서 개인들이 불가피하게 체득한 자기 보존 방식에 해당한다. 삶의 모든 영역에서 끊임없는 변화와 쇄신을 야기하는 모더니티의 경험은 개인들로 하여금 자아를 공허한 것으로 느끼게 하고 사적, 공적 관계들을 우발적인 것으로 여기게 하며, 그만큼 사사로운 친화나 공동의 현실에 대한 참여 모두를 어렵게 한다. 그런 점에서 현실적으로 나르시시즘은 현대에서 살아남으려면 모면하기 힘든 자아 왜곡이며, 현대생활의 긴장과 불안에 대처하는 최상의 길로 보이기도 한다. 래쉬의 수사를 빌리면 나르시시즘은 이제 "인간 조건의 은유"인 셈이다. 따라서 『새의 선물』이 나르시시즘적 퍼스낼리티를 인상적으로 그려냈다는 것은 범상치 않은 의미를 갖는다. 그것은 작가 은희경이 우리 시대의 인간 현실의 중요한 오지(奧地)에 감각의 촉수를 뻗쳤다는 뜻이며, 모더니티의 테러에 시달리는 개인들의 희망과 절망에 관해 얘기할 준비가 되어 있다는 뜻이다. 이것이 혹시 미심쩍다면 그녀의 첫 소설집 『타인에게 말 걸기』를 살펴보기로 하자.

　『타인에게 말 걸기』에 수록된 아홉 편의 중단편은 여성작가의 소설답게 모두 여성의 경험에 중심을 두고 있다. 은희경은 남성, 여성을 가리지 않는 초점화자의 이동을 종종 시도하고, 「타인에게 말 걸기」를 비롯한 몇몇 작품에서는 남성화자를 채택하고 있으나 그녀의 소설에서 중요한 사연은 어디까지나 여성들의 경험이다. 사랑이나 결혼에 실패한 여성, 산문적 일상을 견디는 가정주부, 마음의 정처를 갖지 못한 직장 여성 등, 여성작가들의 작품에 빈번히 출몰하는 인물들은 그녀의 소설에서도 발견된다. 그렇지만 그녀의 소설이 여성들이 당하는 억압이나 차별에 대한 증언이나 여성의 정치적 의식화를 위한 참언(讒言)을 목표로 하는 것은 아니다. 은희경이 주목하고 있는 여성의 경험이 조금 색다르다는 것은 여성적 이야기의 상투형을 비교적 많이 따른 것으로 보이는 그녀의 데뷔작 「이중주」에서도 드러난다. 「이중주」에 등장하는 모녀 정순과 인혜는 가정의 행복을 위한 헌신에도 불구하고 결국에는 외로운 존재로 남은 여성 이대(二代)의 모습을 보여준다. 이기적인 남편 때문에 굴욕과 고통을 겪으면서도 가족을 위해 자신을 희생한 정순, 개인적 욕구를 포기하고 성실히 주부의 역할을 했으나 남편의 배신으로 결혼의 파경을 맞은 인혜. 그들은 여성적 삶의 규범에 순응한 결과로 상처를 입었다는 점에서, 그리고 그들의 슬픔을 숙명처럼 견딘다는 점에서 서로 비슷하다. 각자 외로운 처지가 되어 공감을 나누는 그들 모녀의 이야기에서는 여성들에게 세습되고 있는 슬픔의 애처로운 화음이 들려온다. 그러나 「이중주」에는 여성의 슬픈 운명을 확인시켜주는 것으로 끝나지 않는 중요한 대목들이 있다. 특히 우리의 시선을 끄는 것은 정순, 인혜의 불행이 근본적으로 그들과 그들의 남편 사이에 존재하는 현저한 성격 차이에서 연유하는 것으로 그려져 있다는 사실이다. 그들과 그들의 남편들은 공교롭게도 '고지식한 / 허랑방탕한' '답답한 / 호방한' '내성적 / 사교적' 등으로 양극화되는 성격 차이를 뚜렷이 보여주며, 그러한 차이는 그들 부부의 관계를 공허하게 만들고, 인혜의 경우에 분명히 드러나듯이, 결국에는 파탄을 가져온다. 있을 법한 모든 불화의 원인 중에서 유독 인간의 차이가 중요하게 강조되고 있는 데서 우

리가 보게 되는 것은 자아-타자의 소통의 가능성에 대한 깊은 회의이
다. 이러한 회의가 전제되지 않았다면 정순, 인혜의 외로움에 정서적
하중을 걸고, 나아가 외로움을 이기려는 그들의 안쓰러운 노력을 강조
하는 이야기 서술의 태도도 나타나지 않았을 것이다.

「이중주」에 표현된 개인의 근본적 고립에 대한 인식은 은희경이 그
이후에 발표한 중단편들에서도 반복해서 나타난다. 세상에서 격리된,
혹은 타자와 단절된 여성의 모습은 특히 「열쇠」 「연미와 유미」 「타인에
게 말 걸기」 등에서 여러 형상으로 변주되고 있다. 이들 작품 중에서 우
선 주목할 만한 것은 「열쇠」이다. 여기에 등장하는 영신은 세상과의 교
섭에 심리적 장애를 겪고 있는 인물이다. 그녀는 십 년 가까이 구성작가
로 일하고 있지만 사회적 개인이 필요로 하는 동화와 적응의 능력을 제
대로 갖추지 못한 상태이다. 구걸꾼에게 호의를 베풀었다가 핀잔을 들
은 일을 비롯한 많은 삽화들은 그녀가 공동의 현실에 대한 감각이 미약
한데다가 자신의 상황을 주체적으로 제어하지 못하고 있음을 보여준
다. 낯선 사람들 사이에서뿐만 아니라 사사로운 인간관계에서도 그녀
는 지장을 겪는다. 타인과의 '교감'에 워낙 서툰 까닭에 남편을 다른 여
자에게 빼앗긴 것으로 되어 있는 그녀는 자아-타인 관계의 조절에 실
패한 나머지 자폐증 증세를 보인다. 그녀의 유년기 이야기는 그녀가 지
닌 정신병리적 심리의 원점에 "자기의 존재가 거추장스러웠다"고 느낀
충격적인 체험이 자리잡고 있음을 알려준다. 여성으로서의 욕망이 강
했던, 나중에 그녀를 버리고 개가한 어머니는 그녀의 자기 존중에 대한
욕구를 좌절시킨 것이다. 작중에서 그녀의 "감나무를 향한 과장된 감
정"이라고 언표된 것은 아마도 어머니에 대한 미련이기보다는 어머니
처럼 '색스러운' 자아를 갖고 싶은, 타인들의 시선 앞에 자태를 뽐내고
싶은 욕망일 것이다. 그런 의미에서 그것은 나르시시즘적이다. 「열쇠」
의 이야기는 이러한 영신의 나르시시즘적 욕구에 출구를 열어주는 쪽
으로 나아간다. 그녀는 그녀와 같은 아파트 건물의 위층에 사는 남자에
게 추행과 다를 바 없는 접촉을 허락하며, 이어서 그녀의 전남편의 아내

와 대면해야 하는 업무를 맡겨 그녀를 곤혹케 했던 직장을 흔쾌히 그만 둔다. 이 대목에서 "영신은 자기 앞에 완강하게 버텨선 닫힌 문에서 열 쇠구멍을 찾아낸 기분"을 느낀다. 그녀는 세상과 교섭할 조짐을 보이기 시작하는 것이다. 그러나 그녀가 과연 자폐증의 유혹에서 벗어날지 아 직은 의문이다. 그녀는 종종 열쇠를 잃어버리는 버릇이 있지 않은가.

「열쇠」가 고립된 삶에서 탈출하려는 시도를 알리고 있다면, 「타인에 게 말 걸기」는 그와 같은 시도가 성공할 가망이 그리 많지 않다는 것을 느끼게 한다. 「타인에게 말 걸기」에 그려진 '그녀'는 은희경의 뛰어난 관찰력과 묘사력이 산출한 여러 생생한 작중인물들 중에서도 단연 광 채를 발하는 인물이 아닌가 한다. 그녀가 직장 동료 관계인 남성 작중 화자 '나'에게 끈질기게 걸어오는 '전화'에서 짐작이 가듯이, 그리고 작중화자가 알려주는 그녀의 몇몇 일화들에서 완연히 드러나듯이, 그 녀는 타인과의 소통과 친교에 대한 간절한 욕구를 표현하고 있다. 작중 화자는 그녀의 인상에 언급하면서 "검고 깊은 구멍처럼 벌어져" 있는 그녀의 텅 빈 눈을 여러 차례 강조한다. 남성-타자에 대한 욕구를 솔직 히 드러내는 그녀의 행동은 타인과 얽히는 관계를 번거롭게 여기고 단 조로운 사인적, 일상적 생활에 자족하고 있는 작중화자에게는 이해하 기 어렵고 부질없이 돌출된 것으로 여겨진다. 그가 황당한 것으로 기억 하고 있는 그녀의 일련의 행동들은 예외 없이 사람의 선의와 사람 사이 의 유대를 천진하게 믿는다는 특징을 띤다. 우리는 여기서 그녀가 검고 깊은 구멍 같은 눈을 하고 있으면서 또한 얼굴에 끔찍한 흉터를 가지고 있기도 하다는 것을 잊을 수 없다. 호감을 느끼고 있던 직장 상사에게 그녀의 감정을 표시하려고 무리하게 술병을 나르다가 넘어져 얼굴을 다치는 바람에 생긴 그 흉터는 그녀가 지금 시대에 어울리지 않는 순정 한 인간이라는 것을 알려준다. 작중화자가 들려주는 이야기에서 그녀 는 남자들에게 배신과 우롱을 당하면서 갈수록 참담한 신세가 된다. 예 컨대, 비참하게 버려진 어느 젊은 여자의 모습 — 간밤의 사랑 없는 정 사의 흔적이 남은 흐트러진 몰골을 하고 이른 새벽 길가에 나와 손가락에 정액으로 말라붙은 휴지를 이빨로 긁어대는 젊은 여자의 모습 — 이 그녀와 관련하여 작중화자에게 기억되는 장면에서 그녀의 처지는 실로 애처롭게 연상된다. 이처럼 타인에게 신뢰를 걸고 있으나 바로 그렇기 때문에 상처를 입는 그녀의 불행을 통해서 우리는 인간관계의 냉혹한 현실에 접하게 된다. 그것은 현대사회를 지배하고 있는 것이 근본적으로 타인에게 무심한 단자적 개인들간의 형식적인 혹은 기만적인 관계임을 일깨우고 있는 것이다. 「타인에게 말 걸기」가 비록 사랑에 대한 완전한 절망을 표현하고 있는 것은 아닐지라도, 사람들 사이의 진실하고 친밀한 소통이란 이미 사라진 행복임을 직시하도록 그것은 요구한다.

「타인에게 말 걸기」의 종반, 사랑에 대한 순진한 환상의 대가를 톡톡히 치른 듯이 보이는 장면에서 그녀는 작중화자의 '냉정함'이 편하다고 말한다. 사랑의 허위를 깨닫고 외로움이라는 개인의 진실로 돌아오는 마음의 움직임은 「타인에게 말 걸기」만이 아니라 그 밖의 은희경 소설에서도 종종 보인다. 여기서 주의할 필요가 있는 것은 그러한 각성이 타인에게서 보호를 받고자 하는 연약한 심리로부터의 탈피를 수반한다는 것이다. 사실, 남자의 보호는 은희경의 여성인물들에게 공통적으로 나타나는 갈망의 대상이다. 예를 들어 「이중주」는 현석이라는 인혜의 소꿉친구가 그녀 앞에 다시 나타나 다정하게 호의를 베푸는 삽화를 담고 있다. 어린 시절 인혜에게 "미욱한" 시골 머슴애로 보여 박대를 당했던 현석은 이제 다정하고 수완 좋은 "당당"한 남성으로 그려진다. 자신을 초라하게 느끼고 있는 인혜는 그녀를 "귀하디귀한" 존재로 기억하고 있는 현석에게서 "진심 어린 위로"를 받고 그의 품에 안겨 억눌렀던 울음을 터뜨린다. 「열쇠」의 영신이 결혼한 상대가 그녀의 삶을 유년에서부터 다시 시작하게 해주겠다고 호언하던 남자였다거나 「타인에게 말 걸기」의 여자가 작중화자에게 빈번히 구호를 요청하고 있다는 사실에서도 우리는 보호하는 타자를 은희경의 여성들이 얼마나 간절히 원하는가를 짐작할 수 있다. 그러나 부성적(父性的) 보호에 대한 갈망은 그들의 사랑이나 결혼에서 충족되지 않으며 그들 자신을 결국은 누추한 존재로 느끼게 만든다. 그래서 그들에게서는 외로움을 오히려 미화하는 심리적 반전이 일어나기도 한다. 「연미와 유미」는 그런 점에서 참조할 만한 작품이다. 여기에 등장하는 자매 연미와 유미의 관계는 『새의 선물』의 진희와 영옥의 관계와 흡사하다. 즉 그들은 타인에의 정서적 의존과 당당한 자아에 대한 집착이라는 나르시즘적 퍼스낼리티의 양극을 이룬다. "아버지 같은 남자"를 좋아하는 연미는 불륜의 사랑에 빠져 있고, 혼자 영국 유학중인 유미는 부모에게 의존하고 있는 자신을 괴로워한다. 「연미와 유미」의 이야기는 강한 연미의 약함을, 약한 유미의 강함을 들추어 보이면서 '혼자임'의 행복을 강조하는 것으로 귀결된다. "혼자가 될 수 있다면 결혼은 행복한 것이다"라는 역설은 타인에 대한 구차한 의존으로부터 벗어나려는 은희경적 여성들의 심리를 명확히 나타낸다.

3. 사랑의 탈낭만화 혹은 '나비'의 사랑

불행한 나르시시스트들의 이야기를 담은 은희경의 중단편에서는, 「타인에게 말 걸기」에서 특히 그러하듯이, 우리 시대 개인들이 처한 실존적 정황과 한 점 환상 없이 대면하려는 어떤 냉철한 이지 같은 것이 느껴진다. 그녀의 지성은 공동체적 삶에 대한 향수나 각종 사해동포 이념들에 전혀 훼방을 받지 않으며, 단자화된 개인들이 이루는 삭막한 현실의 핵심을 곧바로 관통한다. 그녀는 사람 사이의 끈끈한 유대가 사랑과 결혼이라는 가장 친밀하고 사사로운 영역에서조차 사라졌음을 지적하고 있을 뿐만 아니라 그러한 상실을 벌충하려는 어떠한 낭만적 기획도 꿈꾸지 않는다. 그녀의 소설에서는 오히려 삶의 산문성을 담담하게 수락하는 태도가 소중한 삶의 덕목이 되곤 한다. 「이중주」는 여성의 슬픈 운명을 감내하는 "겉으로 차고 안으로 뜨거운 모녀"를 칭송하고 있

지 않은가. 또한 「연미와 유미」는 외로움과 단조로움과 아름다움을 등
치시키지 않는가. 은희경의 단편 중에서 「빈처」는 특히 산문적인 삶을
진지하게 사는 여성의 모습을 정면으로 보여주어 이채롭다. 이 작품에
서 아내가 느끼는 빈곤은 물론 사랑의 빈곤이다. 그녀는 가정에 배려가
부족한 남편 때문에, "아줌마"가 되어버린 자신의 처지 때문에 괴로워
하지만 지금과는 질적으로 다른 어떤 삶이 가능하다는 생각을 조금도
하지 않는다. 삶의 모험을 꿈꾸는 대신에 그녀가 하는 것은 남편 몰래
글을 쓰는 것이다. 흥미로운 것은 그녀가 자신의 일상적 경험을 기록하
면서 자신이 누군가의 아내가 아니라 애인이라고, 가정이 아니라 직장
에서 일한다고 쓰는 식으로 거짓말을 한다는 점이다. 그것은 말하자면
글의 허구적 공간 속에서 펼치는 연극적 자기 연출이다. 그리고 이러한
작위는 『새의 선물』에서 진희의 그것이 그렇듯이 삶에 대한 모든 기대
가 헛됨을 인정하고 불우함을 견디는 자기 보존의 방식이다. 「빈처」의
아내는 그렇게 냉철한 만큼 비루한 일상에 진지하다. 그녀가 자신의 똥
을 보고 더럽지 않다 하고, 그것을 자세히 보는 자신을 거울로 보니 "참
정답다"고 하는 것은 당연하다.

　은희경 소설에서 삶을 대하는 이러한 이지적이고 현실적인 태도는
사랑의 허구적 성격에 대한 통찰과 한 짝을 이룬다. 앞에서 우리는 사랑
이 미혹임을 뒤늦게 깨달은 여성인물들을 보았지만, 「특별하고도 위대
한 연인」은 희극적 화법의 묘기를 통해 사랑의 미혹을 신랄하게 폭로한
다. 이 작품의 전지적 작중화자는 그들 스스로를 '특별하고도 위대한
연인' 이라고 여기는 남녀가 어떤 경위로 사랑에 빠졌고, 어떻게 헤어졌
는가를 밝히면서 작중인물들의 서로 다른 내심을 투시하는 유리한 시
점을 활용하여 사랑이란 감정의 이면에 감춰진 착각, 연인이란 관계에
숨어 있는 허위를 속속들이 들추어낸다. 예컨대 그들의 사랑이 시작된
계기인, 회식을 마치고 집으로 돌아가는 택시 안에서의 은밀한 교감은
남자가 깜빡 잠든 바람에 연쇄적으로 일어난 서로간의 오해라는 것, 그
들의 열정은 이기적인 동기에서 비롯된 응석에 불과하다는 것을 알려

준다. 작중화자는 그들을 위대한 연인이라고 부르면서도 그들을 움직이는 것이 실은 그러한 명칭과 완전히 어긋난 비열한 동기임을 강조한다. 그들은 결국 그들 각자 자신밖에는 사랑하지 않는 것으로 드러난다. 그들의 우발적이고 변덕스러운 관계에서 우리는 타인과의 소통에 대한 절망이라는 은희경 소설의 주요 테마를 다시금 만나게 된다. 그들은 어떤 특정 형태의 비속한 연인을 예시한다기보다 사랑이란 가소로운 허구에 불과하다는 일반적 인식으로 독자들을 유도하는 것이다. 사랑에 대한 조롱은 바로 이 작품의 서술적 특징인 희극적 화법의 결과이기도 하다. 위대한 연인이라는 낭만적 관념과 유치하고 속물적인 인간의 실제 사이의 불일치를 부단히 강조함으로써 웃음을 유발하는 그 화법은 사랑으로부터 모든 숭고한 인간적 유대의 가치들을 제거하고 그것을 약점 많은 인간들의 촌극으로 격하시킨다. 그것은 한마디로 사랑의 탈낭만화를 매정하리만큼 가차없이 수행하는 것이다.

은희경은 「타인에게 말 걸기」에서 사랑의 환상이 여성에게 초래한 불행을 극히 냉담한 시선으로 그리는가 하면, 「특별하고도 위대한 연인」에서는 사랑의 낭만적 관념을 신랄하게 조롱한다. 여기에는 우리 시대 삶의 현실에 대응하는 은희경 소설의 독특한 방식이 압축되어 있는 것으로 보인다. 타인과의 소통이 불가능한 현실을 정직하게 시인하려는 자세와 아울러 타인과의 소통에 집착하는 삶의 정형(定形)으로부터 탈피하려는 충동이 자리잡고 있는 것이다. 「타인에게 말 걸기」나 「특별하고도 위대한 연인」의 작중화자가 사랑을 탐하는 인물들을 무감동하게 관찰하고, 그들의 희극성을 날카롭게 포착한다는 사실은 그저 우연의 소치가 아닐 것이다. 무엇인가를 희극적으로 만든다는 것은 그것의 정형성에 대한 예리한 인식과 그것으로부터의 자유를 향한 움직임을 동시에 표시하는 것이기 때문이다. 베르그송의 말마따나 웃음을 낳는 기교는 인간의 삶을 경직된 정형들로부터 풀어놓고, 유연하고 활동적인 상태로 돌아가게 하려는 충동을 핵심으로 한다. 은희경이 사랑에 관한 이야기에서 종종 희극적 화법을 즐기는 가운데 표현하는 것 역시 그러한 종류의 충동이다. 이런 맥락에서 시사적인 것은 「짐작과는 다른 일들」이나 「먼지 속의 나비」 같은 단편들이다. 「짐작과는 다른 일들」의 '그녀'는 연애 시절에는 청순한 여성, 결혼중에는 악착같은 주부, 남편과의 사별 후에는 커리어 우먼, 다시 연애중에는 '부정한 여자'로 변신한다. 작중 이야기는 그녀가 그처럼 다수의 정체성을 실현하는 유동적인 삶의 과정에 상응하여 그녀 자신을 어느 한 남자에게 종속되지 않은 성적 존재로 형성한다는 것을 보여준다. 게다가 작중화자는 그녀의 편력을 장자의 말을 빌려 존재의 무한함이라는 관점에서 두둔하기도 한다. 또한 「먼지 속의 나비」는 남자와의 관계에서 일종의 유목민적 자유를 구가하는, 선희라는 여성을 제시한다. 그녀는 섹스에 대한 억압에서 벗어나 있는 동시에 섹스에 특별한 의미를 부여하지 않는다. 그녀가 남성 작중화자와 관계를 가진 후 '사랑의 맹세'를 기대하는 그에게 싸늘한 경멸을 보내는 장면에는 그녀의 급진적인 분방함이 선명하게 돌출되어 있다. 이 작품은 그녀의 부유하는 삶이 문란한 성풍속을 배경으로 하고 있음을 알려주지만 그녀를 추잡한 여성으로 보이게 하진 않는다. 오히려 그녀의 '나비의 비행' 같은 성생활은 그녀 나름대로 원칙을 가지고 자유를 행사하는 것이라는 암시가 있다. 「짐작과는 다른 일들」이나 「먼지 속의 나비」는 모두 편력하는 여성을 통해 도덕적 정형에서 자유로운 삶의 이미지를 제공한다.

사랑의 미혹으로부터의 자유 혹은 도덕적 정형으로부터의 자유를 위한 탐구에서 은희경이 거둔 최고의 성과는 『새의 선물』을 제쳐두면 아마도 「그녀의 세번째 남자」일 것이다. 이 중편은 「이중주」 이후 은희경의 중단편에 나타난 중요한 주제적, 구조적 요소들을 골고루 갖추고 있으며 그런 점에서 지금까지의 은희경 소설의 종합판이라고 보아도 무방하다. 이 작품의 이야기는 기업체 홍보실에서 일하고 있는, 직장 경험이 많은 노처녀인 '그녀'가 근무중인 어느 날 서울 일원 하늘에 '한낮 속의 밤' 같은 현상이 일어났다는 기상 이변에 관한 신문기사를 읽고 무엇인가 마음의 동요를 느끼면서 시작된다. 삶의 변화를 추구하는 열정이 남다른 한 친구가 동거하던 남자를 버리고 엉뚱한 남자와 결혼하기로 했다는 소식을 듣고, 그녀는 마치 그 친구를 닮아보려는 시도라도 하듯 갑자기 일상의 궤도를 이탈하여 직장을 그만두고 영추사라는 절을 찾아간다. 영추사는 그녀가 팔 년 전에 한 남자로부터 사랑의 서약으로 금반지를 받았던 추억의 장소이다. 그 남자는 영추사에서 사랑을 약속한 후 구 개월 만에 다른 여자와 결혼했으나 그녀는 미온적이고 수동적인 성격 탓에 그의 요구를 뿌리치지 못하고 지금까지도 관계를 유지하고 있다. 그녀의 기억에 남아 있던 영추사가 댐이 들어서는 바람에 물속에 잠겼음을 알게 되면서 그녀는 자신을 구속한 사랑의 환상에서 깨어나는 조짐을 보인다. 산꼭대기로 자리를 옮겨간 영추사에 방을 얻어 묵으면서 신원을 감추고 묵묵히 절간의 일을 도우며 예사로이 지내는 동안 그녀의 심리적 변화는 일정한 방향을 갖게 된다. 그녀의 남자가 누리고 있는 단란한 가정에 대하여 그녀는 '초라한 틈입자'에 불과하다는 것, 그의 사랑이 실은 극히 이기적인 집착이라는 것, 그녀 자신은 스스로를 억압하고 위장하는 부자연한 삶을 살아왔다는 것을 그녀는 깨닫는다. 여기서 특히 중요한 것은 그녀가 지금까지 그녀의 자아를 규정한 정체성을 스스로 폐기하는 과정을 밟아간다는 사실이다. 이것은 '안경'을 마지막으로 그녀에게 남아 있던 모든 굳어진 정체성의 상징들을 버린다는, 그리고 절간에서 목공일을 하고 있는 짐승스러운 남자에게 자신의 몸을 주어버린다는 계기를 포함한다. 그녀가 통과하는 자아의 상징적 죽음과 재생의 과정은 영추사에서 열린 천도재에서 그녀의 애인의 이름을 영가의 명부에 올림으로써 끝난다. 그녀는 "사랑이란 천상의 약속"임을 간파한 여자로, 어떤 남자와 관계하든 그것에 집착하지 않을 여자로 변신해 서울로 돌아온다.

이처럼 「그녀의 세번째 남자」는 「짐작과는 다른 일들」이나 「먼지 속의 나비」와는 다르게 삶의 도덕적 정형에서 탈출하려는 시도를 그것의 내면적 측면에서 이해하게 해준다. 여주인공이 거쳐가는 자아의 상징적 죽음과 재생은 여성의 자아를 수동적이게 하는 기성의 도덕적 규범들의 초탈이라는 성격을 내포한다. 그녀가 사회로부터 자신을 격리시킨 상태에서 펼치고 있는 일련의 반성과 각성은, 한 남자에게 처음 몸을 허락했으면 영구히 그의 소유라는 관념을 비롯하여, 그녀의 자아 정체성을 사회의 필요에 맞추게 하는 억압적 규범들로부터 자유를 획득하는 것으로 나아간다. 그녀가 보여주는 도덕적 정형으로부터의 탈피는 「이중주」의 인혜가 「먼지 속의 나비」의 선희로 이행한 형태라고 보아도 크게 잘못은 아닐 것이다. 절간에서 만난 '은빛 여우' 같은 암컷 개에게 그녀가 동일시의 욕망이 어린 눈길을 보내는 장면에서 알게 되듯이 그녀는 내심으로 존엄한 자아를 원하고 있다. 그녀가 첫번째 남자와의 관계를 괴롭게 여기는 중요한 이유 중의 하나도 그것으로 인해 그녀가 '초라한' 존재가 되었다는 사실이다. 남자와의 굴욕적인 관계보다 거만한 외로움을 택하는 그녀의 행동에서는 나르시시즘적 욕망의 기미를 느끼지 않을 도리가 없다. 그러나 그녀는 「이중주」의 인혜처럼 외로움의 운명을 고즈넉이 수락하는 것으로 끝나지 않는다. 두 명의 남자와 이미 관계를 가졌고, "셋부터는 다 똑같다"는 원시인들의 산수로부터 사랑의 해법을 배운 만큼 그녀는 자신을 '은빛 여우'로 만들어줄 남자라면 그가 몇번째 애인이 되든 개의치 않으리라. 그녀의 편력은 물론 「타인에게 말 걸기」의 '검고 깊은 구멍'의 여자가 시도한 추레한 구애와는 판이하게 다르다. 그녀는 '타인 속의 허상'을 잊지 않는 명민함과 사랑의 냉각은 바로 '사랑의 본색'이라고 여기는 냉철함을 가지고 있기 때문이다. 그녀가 펼쳐갈 사랑의 편력은 타인들간의 사랑이란 근본적으로 덧없다는 것을 통찰하고, 그럼에도 사랑을 위한 모험을 두려워하지 않는 자유의 표현이다. 그런 점에서 그것은 선희가 예시한 바와 같은 '나비'의 능동적이고 부유하는 사랑의 형식을 이룬다.

은희경의 소설에서 나르시시즘이라는 스펙트럼을 거쳐나온 젊은 여성들의 이야기는 그것대로 우리 시대 여성들의 결핍과 소망을 상기시키면서 나아가 개인의 사회적 존재를 제약하는 문제적인 조건들에 주목하도록 요구한다. 앞에서도 지적했듯이, 은희경의 작중인물들이 노출하고 있는 나르시시즘은 한국사회에서 자본주의적 모더니티가 압승한 결과로 재래의 공동체적 삶의 형식들을 잃어버렸고, 각종 사회적 제휴의 이념들이 공소하게 여겨질 만큼 개인의 단자화가 촉진된 우리 시대의 실존적 형식과 적실하게 들어맞는다. 특히 90년대에 들어 시장에서의 매력이라는 측면에서 자아를 측정하고 재형성하도록 압박을 가하는 자본주의적 생산 논리가 개인의 직업과 사회생활에 관철되면서, 소비사회와 이미지 문명의 성장이 자아의 '스펙터클'에 대한 집착을 보편적 노이로제의 수준으로까지 확산시키면서, 나르시시즘적 자아 조절은 점점 생존을 위한 필수적 기법처럼 되어가고 있다. 나르시시즘은 비단 은희경만이 아니라 90년대의 새로운 경험에 민감한 젊은 작가들, 예컨대 장정일, 윤대녕, 배수아, 김영하 등과 같은 작가들의 소설에서도 널리 나타나고 있는 심리적 현실이다. 은희경은 특히, 이미 검토한 대로, 여성 나르시시스트들의 절망과 희망을 이제까지 좀처럼 보지 못한 극명한 형태로 전해준다. 그들은 자아—타자 사이에 가로놓인 단절을 그 극한에 가깝게 체험하며, 낯선 타인들이 이루는 불안정한 관계를 불가항력의 생존 조건으로 수락한다. 그들의 이야기에서 특히 강조되고 있는 것은 유동적인 인간관계의 현실에 대응하여 기존의 도덕적 정형으로부터 탈출하고자 하는 시도이다. 사랑은 천상의 약속일 뿐이므로 천상으로 돌려보내야 한다 —이렇게 말하는 은희경 소설의 인물들은 사랑 없는 지상을 외로우면서도 자유롭게 편력한다. 어떻게 보면 그들은 '90년대식' 삶의 가장 경쾌한 리듬을 타고 노는 유목민들이다. 그들이 추구하는 자유는 물론 말썽 많은 쟁점들을 야기한다. 그러나 마찬가지로 명백한 것은 나르시시즘의 세계를 통과하지 않고서는 우리의 현실에 잠재된 삶의 가능한 형식들에 대한 어떠한 탐구도 진지하지 않다는 것이다. 개인적, 사회적 삶의 조화에 대한 희망이 다시 태어난다면 그것은 도덕적 관성으로부터가 아니라 외로운 나르시시스트들의 고통으로부터다. 어쩌면 나르시시즘적 삶의 논리와 그 모순을 이해하는 능력에 따라 가능한 삶을 탐문하는 소설의 역량이 결정될지도 모른다. 그런 점에서 은희경 소설은 우리 소설 전체의 흥미로운 지표 중의 하나다.

(『타인에게 말 걸기』해설, 문학동네, 1996)

이졸데의 손녀들, 그들의 불륜과 소설
—서하진, 전경린의 소설에 관하여

1. 트리스탄과 이졸데

간통은 진부하다. 결혼의 계약에 위배되는 사랑이란 문학적 소재는 요즘 독자들에게 충격적이지도 선정적이지도 않다. 근대소설만 참조하더라도 간통의 유혹에 사로잡힌, 혹은 불륜의 사랑에 빠진 남녀의 사연은 흔하디흔한 이야기다. 삼각관계의 연애와 마찬가지로 그것은 소설이 자신의 자산으로 믿고 있는 기문일사(奇聞逸事)의 상투적인 레퍼토리에 속하는 것이다. 근대소설사의 어느 시기엔가 간통은 부르주아 사회의 법률적, 윤리적 질서를 돌이켜보게 하는 외설의 역할을 하기도 했다. 합법적 문화에 대하여 대립적 자세를 취한 근대소설은 간통에서 문제적인 일탈의 한 형태를 발견할 수 있었다. 그러나 지금 어떤 작가가 간통을 소재로 위반의 야화를 쓰려 한다면 그것은 우매한 짓이 되기 쉬울 것이다. 근대소설이 문제삼았던 욕망에 대한 엄격한 통제와 규율은 사랑의 풍속에서 진작에 이완되었고, 그것에 비례하여 간통의 소재가 가진 도발적인 위세도 약화되었기 때문이다. 간통만이 아니라 그 어떤 불륜의 허구적 이야기도 실제의 삶만큼 외설스럽지 않은 것이 지금의 현실이다. 그럼에도 소설은 간통 이야기에서 좀처럼 떠나지 않는다. 최근 '신경숙 이후'를 기대하게 하는 몇몇 삼십대 신진 여성작가들의 소설만 해도 그러하다. 그중에서도 이 글에서 주목하고자 하는 서하진과 전경린의 소설은 간통에 대한 집착이 혹시 소설의 유별난 습벽이 아닌가 하는 억측마저 하게 한다. 불륜의 사랑은 그들 작품의 다수를 차지하는 젊은 부부의 이야기에서 더러 그것 자체로 이야기의 줄거리를 이루거나 아니면 작중 현실과 중요한 관련을 맺고 있는 것이다. 이것은 어쩌면 그들의 소설에 통속성의 혐의를 거는 빌미가 될지도 모르겠다. 그러나 간통에 대한 집착을 그저 통속적이라고 보아넘기는 것은 태만한 생각이다. 우리는 그토록 진부한 것이 어째서 그토록 질기게 살아남는지, 거기에 그럴 수밖에 없는 어떤 이유가 있지 않은지 조금 궁리해볼 필요가 있다.

간통이 사랑 혹은 정열에 관하여 중요하고 항구적인 무엇인가를 시사하는 것은 아닌가 — 이것은 간통을 취급한 문학의 고전들을 읽은 사람이라면 누구나 가질 만한 의문이다. 여기서 특히 고전적인 범례는 12세기 유럽의 설화 「트리스탄의 로맨스」다. 우리에게는 바그너의 오페라 〈트리스탄과 이졸데〉를 통해 더 잘 알려진 이 위대한 로맨스는 콘월 왕 마르크의 조카인 기사 트리스탄과, 그가 모로와의 싸움에서 살해한 적장의 누이이며 나중에 마르크의 아내가 되는 이졸데 사이의 은밀하고도 열정적인 사랑을 노래한다. 그들의 사랑은 이졸데를 마르크에게로 인도하는 임무를 수행중이던 트리스탄이 이졸데의 하녀의 실수로 '사랑의 묘약' — 이것은 그들을 사로잡은 정열이 그들 자신의 책임이 아님을 강조하는 일종의 알리바이다 — 을 이졸데와 함께 나누어 마시면서 시작된다. 마르크와 이졸데의 결혼이 성사된 이후 그들은 마르크와 그의 신하들의 의심을 받다가 급기야 모로의 깊은 숲속으로 도주한다. 그러나 숲속에서 삼 년간 험하고 고단한 생활을 하던 끝에 트리스탄은 잘못을 뉘우치고, 이졸데 또한 왕비가 되고 싶어한다. 그래서 그들은 마르크와 그의 신하들을 속여 무죄라는 판정을 받고 각자의 신분으로 돌아와 다시 밀애를 나눈다. 그러다가 트리스탄이 새로운 모험에 참가하면서 그들은 서로 헤어지게 된다. 이졸데와 떨어져 지내는 동안 트리스탄은 이졸데가 자신을 더이상 사랑하지 않는다고 생각하게 된다. 상심한 나머지 이졸데와 이름이 같은 여자와 결혼을 하지만 그녀를 버려두고 왕비 이졸데를 그리워한다. 전투에서 치명적인 부상을 입어 병상에 눕게 되자 그는 이졸데에게 전갈을 보내고 그녀와의 재회를 간절히 기다린다. 그러나 이졸데를 태운 배가 도착할 즈음에 질투에 빠진 아내의 거짓말에 속아 이졸데가 오지 않는다고 믿고 그만 절명하고 만다. 이졸데는 성에 도착하자 트리스탄의 시체를 껴안고 눕는다. 그리고 그를 따라 숨을 거둔다.

트리스탄과 이졸데의 이야기가 남녀간의 사랑을 그 강렬한 극한으로 고양시키고 있다는 것은 분명하다. 결국은 동반 죽음으로 끝나는 그들의 사랑은 정열이라는 것이 얼마나 방종하고 광일(狂逸)한 것인가를 깨닫게 한다. 그것은 결혼한 남녀의 규범을 위반한 것이면서 또한 법률상의 혼인에서 완전히 독립된 것이다. 그래서 그들의 행동을 통하여 사랑이라는 정열의 표현과 결혼이라는 세속적 계약은 서로 무관하고 대립적인 것으로 나타난다. 사랑의 코드와 결혼의 코드 사이의 대립은 「트리스탄의 로맨스」를 관통하는 기본적인 대립이라고 말할 수 있다. 이 로맨스는 실제로 사랑의 관점에서 결혼을 조롱하거나 배격하는 구절들을 적지 않게 포함하고 있으며, 혼외의 사랑을 예찬하는 방향으로 귀착되고 있다. 트리스탄과 이졸데의 사랑이 표상하는 것은 결혼이라는 남녀의 합법적, 세속적 결합에서는 바라지 못할 어떤 숭고한 삶의 형식이다. 그것은 간단히 말해서 어떠한 고난도 두려워하지 않고 정열의 화염 속에서 스스로를 불사르는 삶이다. 트리스탄과 이졸데에게서 세속적 행복을 빼앗고 그들을 격렬한 고뇌에 빠뜨린 그 정열을 가리켜 트리스탄은 '운명'이라고 말한다. 위법적 사랑에 도취한 그들은 단순히 세속적 규범에서 일탈한 것이 아니라 세속적 안락에 반하는, 인간 존재에 내재하는 운명을 스스로 실현한 것이다. 이렇듯 그들의 미친 사랑이 세속의 삶을 파괴하는 정열의 연소(燃燒)임을 고려하면 그것이 죽음으로 나아가는 것은 필연적인 결말이 된다. 그 죽음은 그들이 범한 불륜에 대한 응징이나 그들이 저지른 기만에 대한 처벌이 아니라 그들의 사랑이 처음부터 요구하고 있었던 세속의 부정, 그것의 완성이다. 그리고 죽음을 통해 그들은 고통스러운 운명적 정열의 속박에서도 벗어난다. 바그너가 그의 드라마에서 그렇게 해석했듯이, 그들의 죽음은 비극적 초월인 것이다. 그러고 보면 정열의 극한을 겪음으로써 정열에서 벗어나는 그들의 사랑은 확실히 보통의 사랑은 아니다. 그들이 진실로 사랑한 것은 어쩌면 죽음이었는지도 모른다.

드니 드 루즈몽의 『사랑과 유럽』에 의하면 「트리스탄의 로맨스」에 나타나는 사랑의 관념은 멀리는 켈트족 신화, 가까이는 중세 기독교 이단들에 유포된 마니교Manichaeism 교리와 밀접한 관련이 있다. 마니교는 낮과 밤, 선과 악의 이원적 대립으로 우주를 파악하는 도그마에 입각하여 인간의 영혼은 육체로부터 자유로워짐으로써만 밤의 세계에 유배된 삶에서 벗어나 낮의 세계로 복귀하게 된다고 가르쳤다. 마니교의 관점에서 보면 진정한 사랑은 초월적인 세계에서의 불멸을 얻기 위해 현세의 육체를 죽이는 영혼의 정열을 가리키는 것이다. 사랑에 관한 이러한 종교적 감각은 물론 근대인에게는 낯설고 거북하다. 근대를 지배하는 세속화는 사랑에서 초월적인 내용을 제거하고 반대로 사랑을 세속적 행복의 품목으로 만들었다. 사랑은 개인을 세속적 삶의 관계 속에 보다 깊이 정착시키고, 세속에서 더불어 사는 사람들의 인간적 친화를 강화하는 계기로 변질된 것이다. 결혼에 대립하는 사랑이 아니라 사랑으로 충만한 결혼을 원하는 보편화된 욕망은 사랑이 세속성에 대한 찬미와 다를 바 없게 되었음을 단적으로 말해준다. 그러나 그렇다고 해서 지금 사람들이 트리스탄과 이졸데를 사로잡았던 정열을 완전히 망각한 것은 아니다. 그것은 사람들로 하여금 죽음을 동경하도록 만들지는 않는다 하더라도 현재 살고 있는 삶과는 다른 삶을 꿈꾸게 한다. 그날 그날의 타성화된 삶에 불만을 느끼는 마음속에, 또는 일탈이나 불륜이나 범죄의 매혹을 아는 마음속에 정열은 살아 있다. 마담 보바리를 권태로운 일상의 감옥에서 탈출하게 만든 것은 바로 그 정열이 아니었던가. 그녀의 욕망과 공상이 비록 저급한 형태의 낭만주의에 근거를 두고 있다할지라도 현재와는 다른, 어떤 충일한 삶을 향한 충동이 거기에 있다는 것은 명백하다. 보바리즘이란 무엇인가 하는 물음에 답하여 쥘르 드 골티에는 그것을 '사람이 그 자신을 현재의 자신과 다르다고 믿는 능력'과 연관시키면서 근대문명의 기초가 되는 믿음, 즉 '사람이 스스로를 자유롭다고 생각하는' 믿음이라는 정의를 내렸다. 세속화된 세계에서의 정열은 골티에적인 의미에서의 보바리즘과 어딘가 흡사하다. 정열은 단지 개인의 능력에 대한 미망을 부추기는 것으로, 삶에 대한 환상을 북돋우는 것으로 끝날지도 모른다. 그러나 그것이 없다면 자유에 대한 느낌도, 자유를 위한 용기도 없지 않겠는가.

2. 현실을 낳는 정열의 로맨스 — 서하진의 소설

『책 읽어주는 남자』에 실린 중단편은 신인 작가의 소설치고는 상당히 안정된 세계를 느끼게 한다. 서하진의 소설이 주는 인상 중의 하나는 그것이 어떤 강렬한 자기 표현의 욕구로부터 나왔다기보다 오랫동안 축적된 문학 학습으로부터 나왔다는 것이다. 그녀의 소설은 선배 작가들의 좋은 작품들을 꼼꼼하게 읽고 배운 흔적이나 단편소설의 미학적 규범들에 유념한 자취를 곳곳에 가지고 있다. 굳이 족보를 따지자면 그것은 오정희가 모범을 보여준 내성적인 담론, 즉 인간의 내면을 관찰과 분석이 가능한 공간으로 제시하려는 담론의 계보에 속한다. 그리고 그러한 계보의 소설에 어울리게 그녀의 작품은 일차적으로 세심한 묘사에 치중한다. 사소한 지각이나 기분이나 기억의 세목들을 차분히 쌓아 올려 인간 내면의 그럴듯한 가상을 창출하는 기법은 『책 읽어주는 남자』에 실린 작품들에 공통적으로 나타나고 있다. 「제부도」나 「푸른 폭포 너머로」 같은 성공작들은 특히 그러한 기법의 혜택을 크게 입은 것으로 보인다. 서하진이 쓰고 있는 바와 같은 내성적인 담론의 일반적 가정은 인간의 내면이 그것 자체로 경이롭고 흥미로운 현실을 이룬다는 것이다. 소설사에서 보통 이야기의 내향적 전회(轉回)라고 부르는 중요한 변화는 알다시피 합리주의적 인간관에 대한 회의, 그리고 심리학적 사고의 성장과 밀접한 관계가 있다. 인간의 심리가 업둥이의 편력이나 매춘굴의 비화 못지않게 흥미로운 허구의 재료라는 것은 프로이트 이후의 세대라면 누구나 인정한다. 인간의 내면에서 발효되는 미스터리에 대한 감각은 서하진의 소설에서도 종종 느껴진다. 그녀의 작품들은 아예 '그림자'라는 어사에 유독 강세를 두고 있기도 하지만, 삶의 현실이 정체가 불확실한 어떤 것, 때로는 순전한 몽환과 분간되지 않는 어떤 것으로 드러나게 되는 내면적 경험은 그녀의 소설에서 특별한 관심사인 것으로 보인다.

일상의 삶이 그 지루할 만큼 정연한 관성의 이면에 섬쩟한 불안을 감추고 있다는 것은 예컨대, 부부의 생활을 다룬 몇몇 단편들 —「그림자 외출」「그림자 당신」「푸른 폭포 너머로」 등이 공통적으로 이야기하고 있는 주제이다. 이들 작품은 결혼과 사랑이 괴리된 정황을 중심으로 부부의 타성적인 관계에 잠복되어 있는 균열이 얼마나 심각한가를 보여준다. 그중에서 특히 「푸른 폭포 너머로」는 젊은 주부 명희의 내면에 대한 섬세한 관찰을 통해 허위를 내포하고 있는 부부의 불안한 관계를 강렬하게 체험토록 만든다. 명희 부부의 태국 여행이라는 서사틀 속에서 펼쳐지는 이 작품의 이야기는 우선 그녀가 성공한 치과의사인 남편 상우와의 생활에 대해 남모르는 깊은 회의를 품고 있음을 알려준다. 결혼 십 년이 넘은 그녀는 "결혼이란 것이 (……) 습관과 타성에 의해 이어지는 관계"라고 생각할 만큼 열정 없는 부부관계에 체념하고 있으며 대신에 그녀 나름대로 원칙을 가지고 속물적인 처신을 경계하고 있지만 결혼생활에 대한 깊은 회의를 떨치지 못한다. 그녀는 자신의 결혼이 상우가 제공할 안락한 생활을 기대하여 스스로 저지른 '원죄'라고 여기기도 한다. 그래서 종전에는 언제나 무심했던 상우가 갑작스레 다정하게 구는 것을 계기로 그녀는 불확실하나 끈끈한 의혹을 갖게 된다. 관광 중에 밀회를 즐기는 남녀들을 목격하면서 그녀의 의혹은 더욱 커간다. 밤늦게 바닷가 산책에 나선 그녀는 배 안에서 정사를 벌이는 남자의 모습을 보게 되고, 그 남자가 상우일지 모른다는 생각에 사로잡혀 황급히 호텔로 돌아온다. 그리고 놀랍게도 잠자고 있을 줄로 알았던 상우가 자리를 비웠음을 깨닫게 된다. 혼란과 충격에 빠진 그녀가 복도를 사이에 두고, 외출에서 돌아오는 길인 듯한 상우와 마주친 순간, 그들 부부는 상대에게 의혹의 눈길을 던지고 불현듯 서로 '낯선 사람'이 되고 만다. 이것은 말하자면 명희와 상우가 부부의 이름으로 유지하고 있었던 것이 실은 정체가 불확실한 타인들간의 공허한 관계임을 드러내는 순간이다. 여기서 상우가 과연 명희의 의심대로 다정함을 가장하고 은밀히 바람을 피웠는가 여부는 그리 중요한 문제가 아니다. 중요한 것은 부부라는 타성적인 관계가, 나아가서는 일상의 현실 자체가 근본적으로 허위에 기초한 환영이 아닌가 하는 인식이다. 작품의 절정에서 명희가 응시하는, 어둠 속 푸른 물에 괴기스럽게 어른거리는 그림자는 환영의 의혹으로 가득한 삶의 이미지를 담고 있다.

끊임없이 모양을 바꾸는 어두운 그림자, 실물의 존재를 알려주는 듯하면서도 그것이 환각은 아닌가 의심하게 만드는 그림자. 이러한 그림자들이 수없이 어른거리는 서하진 소설의 장면들은 필름 누아르의 세계를 연상시킨다. 그것은 모든 사물이 모호하고 부정형한 형태만을 보여주는 세계이며, 현실이 그 한복판에 무서운 음모를 품고 있는 불길한 의혹의 세계이다. 서하진 소설은 자명한 듯한 일상의 현실이 환영으로 돌변하는 계기들을, 혹은 반대로 미심쩍은 환각이 현실로 확인되는 계기들을 날카롭게 포착한다. 예컨대, 「그림자 거리」는 전자에, 「그림자 외출」은 후자에 속하는 작품이다. 「그림자 거리」에 나오는 노인은 정권이 바뀌자 공안 관계의 고위직에서 물러나 미국의 딸네 집에서 휴양을 하고 있다. 정권 교체 이후 전개된 이변의 충격 속에서 그 자신의 오랜 공직생활을 허무하게 느끼고 있는 그는 훔쳐보던 이웃의 우편물에서 젊은 시절에 헤어진 애인의 소식을 접하고 깊은 회한과 공상에 빠져든다. 그러나 그것은 그를 무력하게 만들려는 한국 공안당국의 간교한 음모로 밝혀진다. 「그림자 외출」의 지수는 별다른 열정도 없이 시작하여 이제 칠 년을 넘긴 결혼생활에 무엇인가 불만을 느끼고 있는 주부이다. 하지만 그것을 명확히 표출하지는 않는다. 그녀의 불만은 가끔 '깊은 한숨'을 쉰다거나 아이를 바라보며 '뜻 모를 통증'을 느낀다거나 혹은 남편의 무심함에 대한 보복으로 낭만적 공상을 한다거나 하는 식으로 어렴풋이 내비칠 따름이다. 젊은 시절 그녀의 애인이었던 한 남자의 아내가 찾아와 자신의 남편과 그녀의 관계를 의심하자 그녀는 단호히 부정한다. 그러나 그녀가 마치 공상이라도 하듯 상기하는 어떤 남자와의 통정은 바로 그녀와 옛날 애인 사이에 실제로 있었던 일로 밝혀진다. 이렇게 서하진 소설은 실물과 환영, 현실과 환상을 서로 넘나들며 삶을 매우 모호하고 불안한 경험의 연속으로 남겨둔다. 그녀의 소설 중에는 현실과 환상의 불가분성이라는 메시지를 보다 직설적으로 전하는 작품도 있다. 문학의 환상적 세계에 사로잡혀 있는 한 문학평론가가 생생한 현실과 접촉하려는 욕망에서 여성 첼리스트와 연애에 빠져들었으나 그녀와의 정사와 동일한 것을 소설 속에서 확인하게 된다는 전말을 서술한 작품, 「책 읽어주는 남자」가 그것이다. 이 작품에 나오는 "실은 보이는 것이 모두 허상이 아닐까요"라는 첼리스트의 말은 서하진 소설의 주제론적 핵심을 가리킨다 해도 좋을 것이다.

현실과 환상이 서로 불가분의 관계에 혹은 상호호환의 관계에 있다는 인식은 물론 그렇게 새로운 것은 아니다. '헛것'을 어떠한 실재보다도 생생하게 체험하는, 그리하여 환상과 현실의 경계를 지우는 존재론적 경향은 여성작가의 소설에서 종종 목격되는 것이며 근래에는 특히 신경숙의 소설에서 선연하게 표현된 바 있다. 서하진의 소설에서 우리의 눈길을 끄는 것은 그러한 현실-환상의 넘나듦이라기보다는 그것을 실존적 불행으로 체험하는 방식이다. 서하진은 환영의 엄습 아래 있는 일상의 현실은 공허한 만큼이나 고통스럽다는 것을 알려준다. 「책 읽어주는 남자」에서 허상의 세계에 갇혀 있는 비평가의 삶은 최종적으로 '매미의 허물', 모든 생명이 빠져나가고 남은 '텅 비어 있는 형해'에 비유되고 있다. 허상들을 내용으로 하는 삶이란 결국 죽음과 다를 바 없는 것이다. 서하진 소설의 인물들은 그러한 환영의 질곡으로부터 탈출하기 위한, 다시 말해 자신의 삶에 현실의 실감을 회복하기 위한 시도를 펼친다. 「책 읽어주는 남자」에서 그것은 비록 참담한 실패로 끝났지만 그것이 어쨌든 서하진의 소설에서 존재의 의미가 걸린 간절한 기획으로 남아 있다는 것은 명백하다. 이러한 맥락에서 흥미로운 것은 서하진이 묘사하고 있는 중요하거나 문제적인 행동이 대체로 일탈적 사랑의 양상을 띠고 있다는 사실이다. 「그림자 거리」에서 서울에 부인과 가족을 두고 있는 노인은 젊은 시절의 애인을 그리워하며, 「그림자 외출」의 주부는 혼전 남자친구와 정사를 나누고, 「그림자 당신」의 부부는 모두 난잡한 엽색에 몰두하며, 「책 읽어주는 남자」의 평론가는 은밀한 연애를 원한다. 서하진 소설의 결혼한 남녀들이 공통적으로 보여주는 이러한 불륜은 당연히 암시하는 바가 많다. 그것의 암시에 따르면 서하진 소설에서 그토록 고통스럽게 인식되고 있는, 부재하는 현실이 구체적으로 어떤 현실인가도 어렵지 않게 이해하게 된다. 그것은 정열이 지배하는 강렬한 삶의 상태, 정열이 명하는 대로 개인의 생명이 일체의 형식을 넘어 스스로 고양된 상태이다. 그것은 본질적으로 에로틱한 것이다.

　삶을 '리얼하게', 의심할 여지 없이 확실하게 하는 것은 어떤 규칙이나 질서가 아니라 정열이다. 현실은 정열로부터 태어난다. 서하진 소설에 담긴 이러한 함축은 그녀가 지금까지 발표한 단편 가운데 가장 뛰어난 작품인 「제부도」가 우리에게 선사하는 것이기도 하다. 「제부도」는 가정이 있는 직장 상사와 사랑에 빠진 한 젊은 여자의 이야기다. 그녀가 처한 불륜의 정황에는 일종의 운명의 아이러니가 있다. 정부(情婦)란 바로 그녀의 어머니가 놓여 있던 처지이며 그녀는 그러한 어머니의 처지로 인해 겪어야 했던 치욕에서 벗어나고자 어린 나이에 가출을 단행했기 때문이다. 작품의 서두에서 그녀는 제부도로 차를 몰아 들어간다. 하루 중 바다가 갈라지면 잠시 육지와 연결되었다가 다시 섬으로 돌아가는 제부도는 가정이 있는 남자와 언제 헛되이 끝날지 모를 안타깝고 불안한 사랑을 하고 있는 그녀의 정황과 그럴싸하게 들어맞는다. 작중의 이야기에서 그곳은 무엇보다도 그녀가 애인과 마지막 밀회를 나눈 곳이자 그녀에게서 애인을 앗아간 곳이다. 제부도에서 빠져나오는 길에 그는 밀려드는 바닷물에 휘말려 자동차와 함께 사라졌던 것이다. 애인을 잃고 혼자 제부도를 다시 찾은 그녀가 회상을 펼쳐감에 따라서 그녀의 정념은 놀라운 열기를 띠어간다. 그녀의 죽은 애인이 반드시 최선의 애정을 보였다고 하기 어려운 반면에 그녀의 사랑은 뜨거운 정열을 품고 있었음이 드러난다. 그것은 도덕적 통념을 거슬렀기에 더욱 강렬해진 사랑이며, 애인의 돌연한 죽음으로 더욱 광포해진 사랑이다. 바닷물이 불어올라 그녀의 눈앞에서 애인의 자동차를 삼키는 장면에서 그녀가 속으로 사랑을 토로하는 대목 ― "발에 감겨드는 바다가 내 몸 곳곳을 훑는 그의 손길처럼 느껴지고 한기가 돌던 몸으로 점차 뜨거운 기운이 밀려들었다"는 구절로 끝나는 수십 행의 문단에서 그녀의 정열은 절절하게 표출된다. 그래서 고통스러운 회상 끝에 애인이 사라진 길을 따라 차를 몰아 서서히 바다 속으로 빠져드는 그녀의 행동은 조금도 어색하지 않다. 그것은 정열의 운명인 것이다. 그녀는 밀려오는 파도 소리 가운데서 그녀를 부르는 애인의 '아득한 소리'를 듣는다. 그것은 물론 환각이다. 하지만 운명적인 정열에 붙들린 사람에게 그것은 다른 무엇보다도 생생한 현실이 아닌가. 정열은 환각의 한복판에서조차 현실을 낳는다.

서하진이 주목하고 있는 인간의 정열은 세속의 삶에 궁극적으로 반하는 것이다. 일탈의 죄악과 죽음의 공포를 모르는 정열은 인간사회를 존립시키는 가치들을 극히 허약한 것으로 만들어버린다. 지혜로운 고대 그리스-로마인들은 성적 쾌락을 넘어서는 사랑은 병(病)이라고 말하지 않았던가. 여주인공의 자살로 끝나는 「제부도」의 로맨스에서 서하진은 정열의 무서운 정체를 훔쳐보았다. 그러나 그녀의 소설이 단지 정열에 대한 찬가 혹은 간통을 위한 변론인 것은 아니다. 남녀의 문란한 성을 흥물스럽게 묘사한 「그림자 당신」에서 보다시피 서하진은 타락한 정열에 대해 비판적인 시선을 던진다. 여기서 보다 중요한 것은 아마도 그녀가 정열의 로맨스와는 대극을 이루는 세계, 이를테면, 전통적인 윤리의 세계를 통과한 흔적이 있다는 점일 것이다. 『책 읽어주는 남자』에 수록된 단편 중에서 「김장」은 투철한 가족 관념과 엄격한 규율로 가부장을 대리하는 재래의 어머니에 대한 예찬을 이루고 있어 매우 이색적이다. 작중화자는 남성이라는 성별이 어울리지 않을 만큼 섬세한 마음으로 어머니의 내면을 읽어내고 어머니의 세계에 온정을 표시한다. 「조매제」 또한 재래의 윤리와 풍속에 관심을 기울인 작품이다. 이 소설은 권세 있는 대종가의 장손이 가문의 짓누르는 인습과 자유를 향한 동경, 장손으로서의 책임과 사랑에 대한 열정, 그 양자 사이에서 번민하는 과정에 초점을 맞추고 있다. 이야기의 결론은 자유의 매혹을 알게 해준 여자 연희와의 사랑을 위해 그가 마침내 인습의 감옥에서 탈출하기로 결의한다는 것이다. 그렇지만 그가 가문의 전통을 대하는 태도에는 적잖이 모호한 구석이 있다. 가문의 내력이나 제사에 관한 대단히 소상하고 중후한, 간혹 정감마저 배어 있는 묘사는 그리 남자답지 않은 그의 어조와 어울려 그가 은연중에 집안의 창고(蒼古)한 기풍에 애착을 느끼고 있지 않은가 하는 의문을 갖게 한다. 이처럼 「김장」이나 「조매제」에서 엿보이는 도덕적 감각이 서하진의 소설에서 앞으로 어떤 자리를 차지할지 추단하긴 어렵다. 하지만 그것은 불가피하게 정열과의 싸움에 직면할 것이고 그러한 싸움의 진지한 수행을 통해 그녀의 소설은 어쩌면 한 차례 갱신을 이룩할지도 모른다. 그런 점에서 「조매제」는 서하진 소설의 또하나의 시작인 셈이다.

3. 불온한 정열의 비극—전경린의 소설

전경린의 『염소를 모는 여자』는 오정희의 『불의 강』, 박완서의 『부끄러움을 가르칩니다』, 혹은 양귀자의 『귀머거리 새』처럼 오래도록 기억에 남을지 모른다. 작가가 데뷔한 지 불과 일 년 반 만에 묶여져 나온 첫 소설집이지만 거기에는 하나의 세계가, 아직은 혼란스러우나 머지않아 여성소설의 지형도에서 새로운 요지를 점하리라 예측되는 하나의 세계가 잠복해 있기 때문이다. 전경린의 소설은 우선 우리가 통념적으로 알고 있는 여성소설에서 멀찌감치 벗어나 있다. '탐색'에 대립하는 '로맨스', 섬세하고 감성적인 문체, 센티멘털한 플롯, 자전적인 서사─이러한 여성소설의 일반적 특징들이 그녀의 작품들에 전혀 없는 것은 아니지만, 그것들을 가지고 그녀의 소설적 개성을 정확히 설명하기는 어렵다. 그녀의 소설은 전체적으로 여성적이라는 에피세트에 어울리지 않는 격렬함과 단호함을 가지고 있다. 그렇다고 해서 전경린이 자신의 성별을 억압하고 있는 것은 아니다. 그녀는 오히려 우리가 막연하게나마 적정성(適正性)이라고 부르는 미적 규범에 아랑곳하지 않고 여성들이 더불어 공유하고 있는 욕망이나 의식에 과감하게 출구를 열어준다. 그녀의 소설에서 듣게 되는 서술적 목소리는 보통 여성작가들이 부담스럽게 의식하는 미학적, 도덕적 금기들에서 자유롭다. 전경린의 소설에 실로 특징적인 것은 서사의 관습적 규범들을 거추장스러울 지경으로 만드는 강력한 표현의 의지이다. 그녀가 부리는 여성 작중화자들의 담론은 종종 스토리의 경제에 봉사하는 수준을 넘어 정력적인 웅변이나 독살맞은 사설을 이루며, 그것이 전하는 스토리 역시 긴축과 완결이라는 미학적 요구에 쉽사리 굴복하지 않는다. 작품에 따라 정도의 차이는 있지만 괴이한 파격은 전경린의 소설이면 어디서나 얼마만큼은 받게 되는 인상이다. 『염소를 모는 여자』에 관한 짧은 논평에서 남진우가 '바로크'라는 말로 그녀의 소설을 형용한 것은 그런 점에서 아주 적절하다.

"세상의 모든 아버지는 양부이며, 모든 교훈은 양부의 교훈이었는지도 모른다."(「새는 언제나 그곳에 있다」) 세상을 가차없이 능멸하거나 저주하는 이런 종류의 구절은 전경린 소설 곳곳에 산재해 있다. 혹자는 그런 구절들에서 퇴폐적, 위악적 언동을 보란 듯이 과시하는 젊은 세대의 취향을 감지할지도 모르겠다. 하지만 전경린의 경우 그것은 경박한 수사적 연기(演技)가 아니다. 세상에 대한 신뢰를 원천적으로 허락하지 않는, 어떤 비참한 섭리를 온몸으로 체험한 흔적을 그녀는 데뷔작 「사막의 달」에서부터 보여주고 있기 때문이다. 「사막의 달」에서 이야기의 배경을 이루는 것은 근래의 젊은 여성작가들의 소설에서 흔히 보아온 대학 캠퍼스, 화이트칼라들의 직장, 아파트촌의 중산층 가정 등이 아니라 이른바 팔자가 기구한 여자들이 모여든 도시의 상가이다. 그곳의 주민은 결혼에 실패한 여자들, 불륜을 저지른 여자들, 전과가 있는 여자들, 매춘으로 먹고사는 여자들, 한마디로 '정상적인' 사회에서 이탈한 여자들이며, 그곳의 방언은 음담과 욕설과 푸념으로 범벅된 비어(卑語)이다. 이러한 밑바닥 여성들의 황폐한 세계를 그리면서 작가가 강조하고 있는 것은 그 황폐함이 사랑에서 연유한다는 것이다. 파렴치한 호색한인 남편과 이혼한 이후 한편으론 죽고 싶은 충동에 줄곧 시달리고 다른 한편으론 사랑에 대한 미련으로 남자들을 전전하는 주혜엄마, '아저씨'와의 사랑에 현혹되어 범죄를 저질렀다가 징역을 살았고, 지금은 애처로울 만큼 곤궁한 살림을 하고 있는 일본인 현지처 출신의 옷수선집 여자, 그리고 자식까지 있는 결혼생활을 포기하고 금지된 사랑에 빠져 있는 옷가게 여자—이들은 사연은 서로 다르지만 사랑으로 인한 고난을 공통으로 겪고 있다. 그들이 몰입한 사랑은 공교롭게도 모두 법률과 윤리를 위반한 사랑이며, 그들을 필연적으로 비참한 오욕의 나락 속에 빠뜨리는 사랑이다. 그것은 탐하면 할수록 그들을 더욱 정상적인 삶으로부터 멀어지게 만든다. 그들의 도덕적 황폐함은 사랑을 위한 정열이 사람들에게 요구하는 대가가 얼마나 혹독한 것인가를 예시한다고 해도 좋을 정도이다.

「사막의 달」은 어떻게 읽으면 단순히 사랑에 눈먼 여자들의 불행에 관한 이야기 같다. 죽고 싶은 충동에 습관적으로 시달리던 주혜엄마가 결국은 스스로 목숨을 끊고, 사랑에 대해 극히 천진한 집념을 가진 듯하던 옷수선집 여자가 "이제 사랑은 싫다"고 고백하고, 옷가게 여자 해연이 마침내 금기의 장벽 앞에 좌절하는 결말에서 사랑에 대한 낭만적 몰입의 한계가 드러난다. 그러나 「사막의 달」이 진실로 강조하고 있는 것은 사랑의 기만적 성격이 아니라 사람을 맹목으로 만드는 정열의 열기 그 자체이다. 이것은 무엇보다도 사랑의 고통을 가장 심오한 형태로 보여주는 해연의 이야기에서 확인된다. 해연이 두 살 연하의 휘승에게 느끼고 있는 사랑은 그가 그녀의 집안에서 부리던 행랑아범의 손주가 아니라 같은 부계의 근친이라는 사실이 밝혀지면서 위반적 성격을 드러내지만, 그것은 애초부터 가족과 사회를 지배하는 도덕적 규율과 모순되는 성격을 가지고 있다. 휘승에 대한 '근원적인 감정'이 싹튼 계기가 엄혹한 아버지의 훈육과는 확연히 다른 휘승의 따뜻한 보호에서 비롯되었다는 삽화가 암시하듯이, 그녀의 사랑은 도덕적 규율에 선행하는 인간 생명의 자발적인 발로와 같은 것이다. 이것은 그녀의 휘승과의 사랑과 그녀가 뛰쳐나온 시가(媤家) 사이의 대조를 통해 보다 명확히 입증된다. 그 집안은 그녀를 '본데없는 여자'로 취급하는 시어머니와 그 시어머니를 맹종하는 남편의 행동 속에서 순수한 정열과 대척적인 지점에 놓이는 관습적 도덕의 세계로 나타난다. 따라서 사회의 관점에서 보면 해연의 사랑은 근본적으로 불온한 것이다. 그러면서 그것은 또한 불온한 것이 대개 그렇듯이 지극히 강렬하고 폭발적이다. 「사막의 달」에서 실로 인상적인 것은 해연을 사로잡고 있는 지독한 정념을 광란과 흡사한 열병의 상태로 드러낸 대목들이다. 그리움은 그녀의 심신을 피폐하게 만들지만, 피폐한 가운데 표출되는 그녀의 사랑은 격정의 극치를 향한다. 그녀에게 입맞춤은 "피비린내 나도록 오랜 입맞춤"이며 휘승과의 섹스는 "그의 이빨이 가슴에 박히고", 그녀의 "얼굴(이) 눈물에 흠뻑 젖"는 섹스이다. 근친상간이라는 패륜의 음침한 세계를 배경으로 펼쳐지는 그녀의 사랑은 고통과 쾌락, 슬픔과 환희가 혼란스럽게 뒤섞인 어떤 황홀의 순간을 향해 돌진한다. 이러한 정열의 표현은 결국 휘승을 단념하는 해연의 비통한 모습을 남기고 이야기가 끝나게 됨에도 불구하고 잊기 힘든 장면이다. 사랑은 관습과 제도에 거역하는 지점에서 그 강력한 전율을 완성한다는 것을 정확히 통찰한 자취가 거기에는 있는 것이다.

「사막의 달」에 나타난 바와 같은 사랑에 붙잡힌 여자들의 비참한 삶의 섭리는 전경린 소설에서 종종 변주되고 있는 주제이다. 사랑으로 인한 원한에 사무친 여자들의 유형은 예를 들어 「안마당이 있는 가겟집 풍경」「낯선 운명」「꽃들은 모두 어디로 갔나」 등에서도 발견된다. 「안마당이 있는 가겟집 풍경」은 한 소녀가 경험하는 성장의 일면을, 조금 구체적으로는, 여성성을 습득하는 과정을 보여준다. 소녀의 이야기는 여성적 자아의 획득이 남자에게 사랑받는 존재가 되려는 욕망을 그 중요한 계기로 포함한다는 것을 시사하면서 아울러 그것이 여성에게 초래하는 불행에 대한 암시도 빠뜨리지 않는다. 아버지의 숨겨진 애인인 세련된 여교사와 대조적으로 그려지는 어머니가 실은 아버지의 사랑을 간절히 바란 나머지 아이를 줄줄이 낳는 추레한 여자가 되었음을 알려준다. 「낯선 운명」의 큰언니 역시 사랑에 희생된 여자이다. 그녀는 곱추임에도 불구하고 인물이 출중한 남자와 결혼했으나 남자가 돌연히 사라지면서 그것은 그가 그녀 집안의 재산을 탐내고 벌인 사기인 것으로 판명된다. 오래도록 남편이 돌아오기를 기다리다 지친 그녀는 처녀 시절에 퇴짜를 놓았던 볼품 없는 인부와 재혼한다. 이것은 작가의 표현을 빌리면 '허영스러운 연사'에 필연적으로 침투하는 슬픈 운명에 해당하는 것이다. 「꽃들은 모두 어디로 갔나」는 소녀가 작중화자인 두 작품과는 다르게 스무 살 무렵의 여자 대학생이 스스로 사랑의 허망한 전말과 슬픈 운명과의 조우에 관해 이야기한다. 그녀가 가족이나 세상 어디에도 소속이 없는 외로움 속에서 만나 사랑한 영원이라는 남자는 "먼 나라의 낯선 섬"으로 영원히 남고, 그녀는 "살 속에 녹슨 칼이 든 것처럼 고통스러울" 그리움만을 얻는다. 그녀의 삶을 잠시 강렬하게 만들었다 회한만 남기고 사라진 사랑은 그녀에게 남녀간의 사랑을, 나아가서는 인생 전체를 지배하는 무상함을 깨닫게 해준 것으로 서술되고 있다. 전경린의 소설에서 여성인물들이 체험한 사랑은 이처럼 정열의 요구에 반하는 그 허망한 생멸을 통하여 그들의 삶에 비참한 운명의 그림자를 드리운다.

『염소를 모는 여자』에 흩어져 있는 사랑의 일화들에서 전경린은 우리가 다소 낡은 어휘로 정한(情恨)이라고 명명하곤 하는 비극적 정념의 세계에 근접한 것으로 보인다. 하지만 그것은 종래의 감상적인 이야기에서처럼 도덕적 율법에 대한 불가피한 순종에서 발생하는 것이 아니라 사랑의 가혹한 운명에서 생겨나는 것이다. 정열은 사람에게 고난을 부르고 고난 속에서 사람은 정열적이 된다. 괴로우나 도취적인 정열에 붙들린 인간은 우리가 이미 「사막의 달」의 여자들에게서 보았듯이 타락을 두려워하지 않는다. 삶의 심오함과 만나는 타락이란 야만의 상태로 하강하는 것만이 아니라 운명을 철저히 사는 비극의 상태로 상승하는 것이기도 하다. 전경린도 스스로 "우리가 파란 하늘이라고 부르는 것은 사실은 눈에 보이는 심연이라고" 또는 "있는 것과 없는 것 사이의 심연 속에 현실보다, 현실의 현실보다 더 강한 구름의 다리가 있다고" 쓰고 있다. 타락한 삶에 깃들인 숭고한 비극에 관한 전경린의 관심을 알아보려면 「봄 피안」을 참조하는 것이 좋을 것이다. 이 작품에 등장하는 미리 엄마는 결혼 십 년 만에 남편의 변심으로 억울하게 쫓겨나 창녀로 전락한 인물이다. 그녀는 오로지 남편과 그의 새 아내에 대한 복수에 희망을 걸고 비참한 삶을 견디고 있다. 작중에 표현된 그녀의 원한은 실로 극렬한 것이지만 신이엄마는 그녀의 전도된, 극악한 정열에서 '불행의 신비, 불행의 매혹'을 감지한다. 복수가 가져다 줄 '피비린내 가득한 반전'을 자기 인생의 끝으로 상정한 미리엄마의 행동은 파멸을 무릅쓰고 "제 운명을 꽃피우는" 용기의 표현으로 여겨지는 것이다. 이러한 미리 엄마의 비극에 감응한 신이엄마의 심리적 추이 또한 「봄 피안」에서는

314

중요한 대목이다. 신이엄마는 '그'라는 남자를 향한 내밀한 마음이 말해주듯이 괴로운 정열에 시달리고 있으며, 번뇌와 고통을 넘어선 '피안'을 꿈꾼다. 그러나 그녀가 미리엄마와의 만남을 계기로 깨닫는 것은 정열의 명령에 따르는 길에 정열을 넘어서는 길이 있다는 것이다. 피안은 "언제나 내가 놓은 불 안에 있었다"고 그녀는 말하고 있다. 우리는 여기서 전경린의 발상법이 「트리스탄의 로맨스」의 정열관과 어지간히 흡사하다는 것을 느끼지 않을 수 없다.

　전경린의 소설은 도덕에 길항하는 정열을 이야기하고 그것을 사람 저마다의 운명의 완성이라는 비범한 덕목과 연관시킨다. 정열의 삶에 대한 그녀의 소설적 변론은 한국의 여성작가들이 이제까지 남긴 어떤 불륜의 로맨스보다도 급진적이라고 생각된다. 혹자는 그러한 정열의 급진주의가 내포하는 몰윤리적 맹목성에 염려를 느낄지 모르지만, 그것이 그저 '본데없는' 천격의 방종이 아니라 개인의 자유를 확인하려는 열정임을 알아보는 일은 중요하다. 사람 각자를 괴롭히는 정열의 명령 속에 바로 자유의 가능성이 있다는 것은 「염소를 모는 여자」의 여주인공 윤미소가 우리에게 행동으로 보여주는 것이기도 하다. 윤미소라는 삼십대 주부는 일상에 권태를 느끼고 있을 뿐만 아니라 자신의 삶이 '나'라는 존재를 억압하고 있음을 깨닫고 있다. 이러한 자아의 불만에 대한 자각은 주부의 반란을 다룬 소설에서 이미 질리도록 보아온 것이어서 새삼스럽다. 그러나 윤미소가 어떤 남자의 부탁으로 염소를 돌보게 되고, 항상 검은 우산을 쓰고 다니는 미친 청년을 알게 되면서 그녀의 자각은 깊이를 얻게 된다. 여기서 염소라는, 아파트촌에 어울리지 않는 동물이 나타내는 것은 문명화된 세계에서 밀려난 어떤 낯선 자연이다. 그것은 미친 청년이 우산에 대한 강박을 통해 표출하고 있는 소원인 '숲'과 연결되어 야생적인 삶에 대한 동경을 불러일으킨다. 그러나 그것은 단순히 자연 속에 거주하고 싶은 욕구를 가리키는 것은 아니다. 염소가 '영혼의 성소'에 비유되고, 혹은 '검은 수수께끼'로 여겨지는 데서 짐작이 가듯이 윤미소가 진정으로 바라는 것은 내면의 어두운 자연, 즉 정열을 억압에서 해방시키는 것이다. 따라서 윤미소가 추구하는 '나'의 자유는 정열적인 삶을 향한 용기의 획득과 같은 것이 된다. 「염소를 모는 여자」의 이야기는 윤미소가 우산을 쓰고 염소를 몰아 비바람 치는 아파트 단지를 빠져나가는 것으로 끝난다. 그것은 기괴하기 짝이 없는 장면이다. 하지만 개인적 자유에 대한 열정을 그처럼 기괴하게 만들어버린 것은 일상의 평온과 안락을 바라는 우리들 자신의 욕망이며, 그 욕망이 성립시킨 타성의 체제이다. 윤미소는 각자 정열의 심연을 들여다보고 거기에서 개인적 자유의 희망을 찾으라고 권유한다. 여기서 우리는 「염소를 모는 여자」에 이르러 전경린의 소설이 삶의 현실과 보다 확대된 관계를 맺기 시작하는 조짐들을 발견할 수 있다. 윤미소가 아파트 단지를 나오면서 '로맨스'는 이제 '탐색'으로 넘어간 것이 아닌가. 여성소설의 새로운 진로를 궁금히 여기는 독자들이라면 그녀가 들려줄 탐색담을 흥분된 마음으로 기다릴 것임에 틀림없다.

4. 강렬한 비원(悲願)의 성

서하진과 전경린의 소설에서 우리는 현대 한국 여성들의 내면적 삶의 표현을 부분적으로나마 만날 수 있다. 개체적 자아의식의 심화, 공허한 결혼과 가족 체험, 사랑과 자유를 향한 충동 등이 그것이다. 전통적으로 여성들에게 가해진 억압과 통제가 이완되면서, 여성들 자신이 사회적, 문화적으로 성장하면서 여성들에게 새롭게 다가온 욕구와 불만이 얼마간 노출되어 있는 셈이다. 그러나 서하진, 전경린 소설에 나타난 여성적 경험에 대한 관심을 페미니즘적이라고 규정하기는 어렵다. 정치적으로 계몽된 여성의식이 그들의 소설이 전하는 여성이나 가족의 이야기에서는 좀처럼 보이지 않는다. 서하진은 젊은 주부의 일상에서 많은 소재를 구하지만 가정으로 제도화된 억압이나 차별에 중점을 두지 않는다. 그녀가 다룬 여성의 경험 가운데에는 일부러 사회적 연원을 따지기로 하면 가부장제 관습에서 비롯되는 불행이 없지 않지만 그것은 특별히 그러한 참조가 필수적인 맥락 속에 제시되어 있지도 않다.『책 읽어주는 남자』의 작중화자들이 남성과 여성으로 거의 반분되어 있는 것을 보면 서하진은 페미니즘적 주제에 소설이 한정되는 것을 스스로 꺼리고 있는 듯도 하다. 전경린 소설의 경우에는 여성들의 경험에 관심이 집중되어 있고, 여성적 정체성에 관한 인식도 보통은 넘는다.「안마당이 있는 가겟집 풍경」같은 소녀의 성장담은 여성이 문화적으로 구성된 성이라는 일반적 통찰에 접근하고 있으며,「남자의 기원」이라는 남성들의 근원적 심리에 물음을 던진 작품 또한 심리적, 문화적 성차를 분별하는 안목을 나름대로 보여준다. 하지만 전경린은 그러한 페미니즘적 모티프들을 현시적으로 드러내지는 않는다. 그것은 앞에서 살펴본 대로 사랑과 정열의 비극 속에 용해되어 있다.

서하진, 전경린의 소설이 이처럼 페미니즘과 연관이 적은 것은 물론 약점은 아니다. 우리가 그들의 소설에서 주목할 필요가 있는 것은 여성의 정치적 이해와의 관련이 아니라 자명한 듯이 보이는 경험적 현실의 허위에 대한 인식이며, 삶의 내용을 자유의 깊은 전율로 채우고자 하는 열망이다. 이러한 인식과 열망은 넓게 보면 그들의 소설이 90년대 지금의 삶의 상황과 진지하게 대결하고 있다는 증거이기도 하다. 일상에 매몰된 존재의 고통을 폭로하고, 삶에 내재하는 부정과 초월의 가능성을 위해 고민하는 것은 90년대 소설의 기본적인 소명이 아니던가. 특히 서하진과 전경린은 타성화된 일상과 싸우는 노력에 인간의 정열에 대한 재인식을 포함시켜야 한다는 것을 일깨운다. 그들이 발견한 정열은 불온하고 위험하다. 하지만 정열의 관점에서 일상을 부정하지 못하는 것은 자유의 관점에서 사회를 부정하지 못하는 것만큼이나 비겁한 일이다. 정열의 운명을 감지하는 그들의 소설에서 부정의 정신은 새로운 활기를 찾아가는 것이 아닐까. 그들 여성작가들은 전근대인을 사로잡은 신비한 사랑의 성이 여성이었다는 사실을 떠올리게 한다. 여성은 남성으로 대표되는 세속의 인간들에게 뜨거운 정열을 일으키고 '신성한 광란'을 체험케 함으로써 초월적 세계로 인도하는 구원자적 존재였다. (물론, 육체적 쾌락에 몰입하여 영원히 세속에 처형된 삶을 살게 하는 존재이기도 했지만.) 「트리스탄의 로맨스」의 주요 원천을 이룬 켈트족 문화의 정신적 중심이었던 드루이드족의 관습은 그들 종족 최고의 여성에게 사제의 권한을 부여하는 것이었다. 그들은 초월적인 세계로 통하는 경로가 여성에게 있다고 믿고 있었다. 근대 합리주의의 아들인 우리는 이러한 여성 숭배 신앙을 믿지 않는다. 그러나 "영원히 여성적인 것은 우리를 인도한다"는 괴테의 말은 지금도 새겨들어야 하지 않을까. 트리스탄을 사로잡은 신비한 사랑의 성이 여성이었다면, 서하진과 전경린의 소설은 자유에 대한 강렬한 비원(悲願)의 성은 아직 여성임을 느끼게 한다.

(『문학동네』 1996년 겨울호)

서민적 삶의 훈기와 활력

—한창훈의 소설

　우리가 알고 있는 문학 장르들 중에서 소설은 유독 말의 모방이라는 성격이 강한 장르이다. 인간 경험의 구체적이고 복합적인 성격을 그려 내고자 하는 소설은 바로 사람들이 사용하는 말의 다양한 형태를 모방함으로써 그러한 목표를 달성한다. 소설에 주어지는 말의 현실은 지독한 혼란으로 느껴질 만큼 풍부하고 다채롭다. 한 언어 공동체에서 통용되는 말을 우리는 보통 동질적인 것으로 생각하지만 사실은 그렇지 않다. 단일 민족어라고 해도 거기에는 역사적 변천에서 비롯되는 많은 차이와, 사회적 형성에서 연유하는 많은 차이들이 포함되어 있다. 사람들이 널리 공유하는 비근한 일상의 낱말조차도 여러 세대에 걸쳐서, 여러 집단들에 의해서 사용되는 가운데 획득한 서로 다른 의미, 음영, 강세를 그것 내부에 지니고 있는 것이다. 그래서 말을 한다는 것은 어떤 추상적인 언어 규칙에 따라 게임을 하는 일이라기보다는 서로 차이가 나는 방언들의 투기장(鬪技場) 속으로 들어가는 일이다. 말하는 주체가 되기 위해서는 직업적 담론에서 항간의 속어, 국가의 표준어에서 지방의 사투리에 이르는 다양한 방언들 사이의 어디에 자리잡을 것인가 눈치를 보지 않으면 안 된다. 그리고 어떤 상대를 두고 말하느냐, 어떤 제도 속에서 말하느냐에 따라 화법이 달라지기 때문에 사람은, 비유하건대, 복화술사이다. 그러나 서로 경쟁하는 방언들의 눈치를 보고 있다는 것, 정도의 차이는 있지만 누구나 복화술을 부리고 있다는 것을 실제의 언어생활에서 의식하기란 극히 드문 일이다. 우리가 사회적 방언들이 교차하는 말 속에 있는 우리 자신을 실감하는 것은 주로 문학이라는 특별한 언어 사용 형식에서다. 특히 소설은 성별, 세대, 지역, 계층, 제도에 따라 달라지는 말의 현실에 민감하게 반응할 뿐만 아니라 그것을 사실적으로 체험하게 해준다.

말의 혼성적 현실에 대한 예민한 감응이 소설의 중요한 장르적 속성이라는 것은 바흐친 이후의 문학이론에서는 이미 상식이다. 소설의 특별한 효과로 흔히 지목되는 인간사의 풍부한 표상들이란 결국 풍부한 사회적 방언들의 모상(模像)과 다를 바 없는 것이다. 그러나 소설이 혼성적인 말에 대해 열려 있다는 것은 그것이 단순히 사회적 언어들의 박물지(博物誌)라는 뜻은 아니다. 소설의 언어적 개방성의 가장 중요한 의의는 언어에 대한 정치적, 사회적 통제로부터의 자유라는 점에서 찾아야 한다. 사실, 사회에서 통용되는 언어들은 그저 다양한 채로 공존하고 있는 것이 아니라 암암리에 차별을 받고 있다. 보편적이라거나 특수하다거나, 고상하다거나 비속하다거나, 이성적이라거나 감정적이라거나 하는 식으로 말이다. 현재 우리가 살고 있는 사회처럼 동질적인 언어 공동체의 유지가 정치적으로나 문화적으로나 중대한 과제를 이루고 있는 사회에서 사회적 방언들에 가해지는 통제는 엄격하다. 표준어라는 중앙집권적 공식 언어는 사회에서 보편적 통용의 특권을 가지는 데에 필요한 담론의 조건을 규정함으로써 현존하는 잡다한 방언들의 참정권을 제한한다. 표준어의 규칙들에 어긋나는 사회적 방언들은 언어 공동체의 공동 경험과 지식을 정당하게 표현할 자격이 있음을 인정받지 못한다. 그러나 소설의 담론에서 이러한 권력의 언어 통제는 강력한 저항을 만난다. 일상생활 속에 살아 있는 말과 접촉하고자 하는 가운데 소설은 공식적인 담론과 대립되는 사회적 방언들을 널리 수용하며, 나아가 그 방언들의 진실성을 알아보는 것이다. 동아시아에서 오래도록 영향력 있는 소설 개념이었던 '도청도설(道聽塗說)'은 비공식적, 혹은 반공식적 담론들과의 이러한 친연성이 소설 장르에 근본적인 것임을 일깨워준다.

　이번에 처음 묶여져 나오는 한창훈의 소설을 읽으면서 우선 주목하게 되는 것은 그 문체가 공식적 담론에 반하는 소설 특유의 활력으로 충만하다는 점이다. 작가는 근래의 신인들에게서는 좀처럼 접하기 어려운 걸쭉하고 능청스러운 입담으로 작품들 도처에서 공식적 담론의 그늘 속에 있는 사회적 방언들을 풍성하게 살려내고 있다. 그의 소설 문체는 그 어휘와 억양의 특색이 생생한 사투리, 농어촌의 생활 체험에 뿌리박은 토속어, 하층사회의 속어, 비어, 은어 등의 활달한 구사에서 크게 돋보인다. 그의 문체에 동원된 사회적 방언들은 넓게 보아서 한국사회의 하층부를 형성하는 시골 태생 서민들의 담론에 해당한다. 권력과 부와 교육의 혜택에서 멀리 떨어져 있고, 그만큼 공식 문화의 압력에서 자유로운 그 서민들의 질박하고 정감 있는, 때로는 황폐하고 비속한 언어가 그의 문체에서는 흥미의 초점을 이루고 있다. 하층민의 사회적 방언들을 생기 있게 구사하는 구술적 문체는 그의 개성적인 작품이면 어디서나 뚜렷하게 드러난다. 가난을 원망하는 도시 변두리의 한 가정주부의 일화가 주요 내용인「증인」이나, 고단한 노동에 짓눌린 중년의 농촌 아낙네가 등장하는「목련꽃 그늘 아래서」나 계란차 행상을 하는 청년의 하루가 다루어진「오늘의 운세」나 모두 그 작중인물들의 발언에서는 물론 그들의 상념을 전달하는 서술에서도 서민풍의 담론을 현저하게 드러내고 있다. 특히「바다가 아름다운 까닭」이라는 중편에서 주인공 노인이 서술자로 나서서 자신이 살아온 내력을 술회하는 대목은 구술적 화법에 숙달된 작가의 자신감을 느끼게 하는 야심적인 사설(辭說)

한마당을 이루고 있다.

이처럼 가난한 서민의 담론을 소설화하려는 작가의 의욕은 90년대 소설에서는 상당히 희귀한 것이다. 다국적 스타일의 생활이 지배하는 도시 환경이 최근 소설에서 당대의 삶의 일반적 테두리로 나타나면서 하층 서민의 담론은 점차 자기 표현의 자리를 잃어가고 있는 것이 사실이기 때문이다. 한창훈의 소설은 마치 이러한 소설 문체의 추세에 저항이라도 하듯이 서민적 담론의 활기와 묘미에 크게 경도되어 있고 그것이 실어나르는 서민들의 욕구와 의식과 열망을 적극적으로 표출한다. 그의 소설의 반공식적 담론에서 우리가 느끼는 것은 개인과 사회의 현실을 권력이 규정하는 것과는 다르게 인식하려고 하는 의지이다. 현재 우리사회에서는 90년대 현실의 새로운 인식을 둘러싸고 후기산업사회론, 정보화사회론, 대중소비사회론, 탈근대론, 포스트포디즘, 세계화론 등의 이론들이 각축을 벌이고 있고, 또한 그것들을 통해 권력이 새롭게 창출되고, 유지되고, 변형되는 중이지만 한창훈의 소설은 그러한 이론들의 성행이 결과적으로 망각하게 만들지 모를 삶의 현실—모든 정치적, 경제적, 문화적 특권으로부터 소외된 사람들이 일상적으로 경험하는 현실에 문학적 표상(혹은 대의代議)의 권리를 찾아주려고 한다. 이러한 한창훈 소설의 의지는 우리에게 비교적 친숙한 것이다. 일찍이 이문구의 『관촌수필』을 위시한 70년대의 중요한 소설들은 근대화 이념의 전횡에 맞서서, 토착적, 농본적 세계의 관점에서 한국사회의 진실한 표상을 만들려는 작업으로부터 생겨났기 때문이다. 여러 가지 점에서 이문구 세대의 농촌소설, 향토소설의 잔상을 담고 있는 한창훈 소설의 서민적 담론은 바로 그러한 근대화 비판의 전통을 잇는 사회의식의 표현으로 읽힌다.

그러면 그의 소설에서 서민의 삶은 구체적으로 어떤 표상을 얻고 있는가. 우리는 우선 그의 소설에 그려진 인물들이 예외 없이 발전과 풍요의 그늘진 이면에 거주하는 사람들이라는 점에 주목하지 않을 수 없다. 「목련꽃 그늘 아래서」의 음암댁은 물자와 인력의 도시 집중을 초래한 사회적 · 경제적 변화에 따라 공동화(空洞化)의 위기에 처한 농촌사회의 아낙네, 「까치 노을」의 몽이는 어장의 고갈로 인해 급격히 몰락한 섬마을의 젊은 뱃사람, 「오늘의 운세」의 용표는 그날 그날의 운세, 혹은 세상의 변덕에 생계가 달려 있는 시골 태생의 떠돌이 장사꾼, 「증인」의 소라댁은 공사장 잡역부인 남편의 수입으로 도시 변두리에서 근근이 살림을 하고 있는 농촌 출신 주부, 「바다가 아름다운 까닭」의 노인은 젊은 시절에는 남녘 섬에서 고깃배를 탔으나 지금은 서울역의 지하도에서 노숙을 하는 부랑자이다. 이러한 음지의 인물들은 한국사회가 물질적 성장을 위하여 무참히 파괴하고 왜곡시킨 지방 토착 사회과 그곳 생활세계의 파편들이다. 그들이 펼치는 상념 속에는 그들의 삶을 한때 아늑하게 했던 옛날의 고향에 대한 그리움이 종종 나타난다. 그 토착적 세계를 향한 그리움에서 어린 시절에 체험한 남녘 바다의 추억은 특히 진한 정감을 수반하고 있다. 한창훈의 인물들이 추억하는 바다는 고기잡이 나갔다가 돌아오지 않는 사람들의 슬픈 전설이 남아 있는 바다이고, 젊은 연인들이 은밀하게 사랑을 나누던 동굴이 있는 바다이며, 섬마을을 온통 축제로 몰아넣던 은혜로운 풍어(豊漁)의 바다이다. 그들이 처해 있는 현재의 황량한 현실과 날카롭게 대조되는 그러한 추억 속의 세계는 그들의 언행이나 심성에 흔적을 남기고 있다. 그러나 그 흔적들은 그들의 신원을 알려주는 데에 그치지 않고 그들이 직면한 삶의 곤경을 직감하게 해준다. 그것들은 지금은 사라져버린 세계의 흔적들이라는 바로 그 이유에서 그들 존재의 본원적인 소속을 잃어버린 불행의 증표가 되는 것이다.

한창훈이 그려낸 인물들은 이른바 도시종주성을 심화시킨 사회 변화의 와중에서 자기 본래의 세계를 박탈당한 존재일 뿐만 아니라 새로운 세계에도 정착하지 못하고 있는 인물들이다. 이것은 그들이 생활하는 곳이 버려진 농어촌을 제외하면, 도시 '외곽'이거나 도시의 '지하'로 설정되어 있다는 사실에서 우선 드러난다. 그 외곽이나 지하라는 공간적 표지는 그들이 도시사회로의 진입에 곤란을 겪고 있다는, 혹은 그로부터 배제되어 있다는 것을 말해준다. 그들이 당하는 배제의 고통은 특히 도시생활에서 실패한 젊은이들을 등장시킨 작품, 「닻」 「까치 노을」 「느리게 혹은 더 빠르게」 등에서 뚜렷하게 환기되고 있다. 「닻」의 불행한 연인—고향에서 결혼을 약속한 사이였으나 서울생활에서 각자 아픈 상처만 입었고, 결국 고향 가는 뱃길에 올랐다가 우연히 재회한 연인, 「까치 노을」에서 도시를 전전하는 동안 갈보가 되었다는 소문 속에 섬마을로 돌아온, 치장이 요사스러운 술집 딸, 「느리게 혹은 더 빠르게」에서 역경과 싸우며 화가의 꿈을 키웠으나 대학 진학에 실패하여 결국은 좌절로 마감한 시골 출신의 젊은 여성, 이들 모두는 삶의 희망이 없는 고향을 등지고 도시로 나갔으나 마침내는 참담한 배척을 당한 사람들이다. 그들은 도시생활에 걸었던 성공의 기대가 무참하게 배반되는 환멸을 맛보았을 뿐만 아니라 도시에서 겪은 굴욕과 좌절의 결과로 더욱 깊은 불행에 빠져 있다. 「닻」의 연인이나 「까치 노을」의 술집 딸의 정황처럼, 쓰라린 회한과 상처를 안은 채로, 마지막 은신처를 구하듯이, 전에 버렸던 고향을 다시 찾은 젊은 남녀의 서러운 정황은 사람들에게 새로운 삶의 약속이면서 동시에 착취의 체계가 되는 도시사회의 비정함을 처연히 상기시킨다.

이런 맥락에서 보면 한창훈의 소설에서 도시가 강렬한 증오로 착색된 모습을 보이는 것은 그럴 법한 일이다. 「바다가 아름다운 이유」에서 서울의 도시사회는 작중의 부랑자 노인이 "저리도 너른 것이 저리도 평평했다"고 추억하는 남쪽 바다, 그 광활하고 평등한 세계의 이미지와 완전히 대립적인 것으로 나타난다. 그것은 간단히 말해서 부정과 패륜의 타락한 방식으로 세워진 삼엄한 서열사회이다. 도시에서는 그 서열의 계단을 오르기 위한 살벌한 싸움이 진행되고 있으며, 그 싸움에서 피해를 입은 사람들은 노인이 묵고 있는 서울역 지하도로 위안을 찾아서 도망치듯 들어온다. 도시를 지배하는 인간관계의 난폭한 성격은 「닻」에서 명실의 입을 통해 보다 가차없이 언표된다. 서울로 찾아가 만난 애인과 공교롭게 헤어져 유흥가에서 일을 하다가 이제 수치스러운 임신까지 한 몸으로 고향에 돌아온 그녀는 살벌한 도시의 풍속을 "사람이 빠지면 달려들어 한순간에 찢어발겨 먹는 갈치떼"에 견주어 말한다. 이러한 약육강식의 인간관계는 한창훈이 그의 소설에서 적시하고 있는 우리 사회의 도덕적 타락의 극치를 이루고 있다. 비유적인 의미에서 식인사회의 흉포한 풍속은 그의 단편 중 특히 「마리아가 사는 마을」에 나오는, 어느 소읍 시장에 흘러든 미친 여자의 일화에서 강렬하게 환기되고 있다. 말끝마다 '말이야' 소리를 붙인다고 해서 '마리아' 라는 이름을 얻었다고 추측되고 있는 그 미친 여자는 좁게는 남성, 넓게는 세상 전체의 폭력에 의해 무참하게 희생된 순진한 인간성을 표상한다. 그녀는 과거에 무자비한 성적 학대를 당하여 정신이상에까지 이른 것으로 암시되고 있는데, 장터의 젊은 패들에게 다시 당한 강간의 충격과 장터 사람들의 조롱과 박대 속에 세상을 떠나고 마는 그녀의 참상은 착취적인 사회에 잠재된 잔혹함을 섬뜩하게 느끼게 한다.

한창훈은 인간 착취와 왜곡의 현실을 제시하면서 산업화–도시화가 시작된 이래 우리 사회에서 계속 악화되고 있는, 윤리의식이 마비된 상황을 다시 직시하도록 요구한다. 그러나 그의 소설을 단지 사회의 도덕적 타락상에 대한 근심스런 보고로 읽는 것은 잘못이다. 그의 소설에서 돋보이는 덕목은 도덕적 갱생이 무망한 듯한 사회 속에도 어딘가 따스한 훈기가 통하는 인간적 유대의 공간이 살아 있음을 탐구하여 보여주려는 노력에서 태어나고 있기 때문이다. 그의 소설에서 중요한 관심은 서민들의 불행과 고통에 대한 사실적 관찰에 있다고 하기보다는 그들 속에 존재하는 순박한 인간상을 그려내는 작업에 있다고 보는 편이 합당하다. 그의 소설에서 서민적인 경험의 세목들이 중요하게 처리되지 않는 것은 아니지만, 그것들은 서민들의 사회적 현실을 전체적으로 인식하게 하는 역할 대신에 주로 서민들의 순박한 인간적 풍모를 부각시키는 효과를 담당한다. 사실, 한창훈의 소설 중에서 그의 기량이 성공적으로 발휘되었고, 그의 개성 또한 분명하게 표출되었다고 판단되는 작품은 서민들이 고달프고 굴욕적인 체험에도 불구하고 근본적으로 잃지 않고 있는 인간적 덕성을 명쾌한 인상으로 포착한 작품들이다. 예컨대 「오늘의 운세」 「목련꽃 그늘 아래서」 「증인」 「까치 노을」 등이 그것이다. 이러한 작품들에서는 과거 촌락사회의 공동체 문화가 오랜 세월 동안 배출한, 순진하고 질박한 심성의 인물들이 생생하게 성격화되어 나타난다. 물론, 그들은 지난 시대의 소설적 인상학 속에 이미 수많은 선조와 형제를 두고 있는 인물이다. 하지만, 도시인의 강력한 에고와 심리적 기교(奇矯)를 특성으로 삼고 있는 최근 소설의 인물들 사이에서 그들이 발하는 인간의 향기는 특별히 순후한 것이다.

한창훈 소설의 순박한 인물 중에서 그 인간적 개성이 재미있게 그려진 인물 하나가 「증인」의 소라댁이다. 이 작품에서 소라댁은 불안한 가계에 대한 근심에 사로잡혀 있는, 가난한 가정의 중년 주부로 등장한다. 그녀는 가족 공동의 현실과 자신의 현실을 일치시키고 있는, 그래서 개인적 자아가 자연히 약한 재래 주부의 모습을 하고 있다. 그녀가 절실하게 느끼는 결핍과 욕망은 가족생활의 물질적 불안이라는 가족 공동의 일상적 문제에서 발생하여 그 테두리를 크게 벗어나지 않는다. 이러한 소라댁의 형상에서 도드라져 보이는 것은 그녀가 시골 농촌 출신으로서 가지고 있는 투박하고 꾸밈없는 성격이다. 서술자는 증언의 대가로 얻을지 모를 목돈의 유혹을 중심으로 그녀의 속내를 펼쳐 보이는 가운데 그녀의 촌스러운 인상의 이면에 있는, 위선과 가식을 모르는 순박한 인간을 느끼게 해준다. 그녀의 순박함의 표현 중에서 사람이든, 개든 '살'이 쪄야 좋다고 한다거나, 남편과 '살'을 붙이는 재미로 산다거나, 푸지게 먹어야 직성이 풀린다거나 하는 대목은 특히 눈길을 끈다. '살'을 찌우고 붙이는 행위에 대한 이러한 무의식적 숭배는 육체성에 대한 긍정이라는, 전통적으로 민중적 세계의 근간을 이루었던 가치를 상기시킨다. '살'로 사는 삶에 대한 소라댁의 애착에서 우리는 아마도 공식 문화의 규범과 통제에 순치되지 않는 건강하고 왕성한 인간 생명의 충동을 발견할 수 있을 것이다. 「증인」의 이야기는 사실상 소라댁의 건강한 야성에 대한 예찬과도 같다. 내키지 않는 법정 증언을 해서라도 목돈을 마련하겠다는 결정은 그녀에게 가능한 것이지만 그녀의 육체는 그녀를 실리주의의 유혹에 굴복하도록 놓아두지 않는다. 증언을 부탁한 여자에게서 음식을 얻어먹어 생긴 체증이 풀리고, 무심했던 남편이 그녀의 욕구에 응해준 이후 평온함이 그녀의 마음에 내비치는 장면에서 그녀는 법정으로 상징되는 악착같은 시비와 이해(利害)의 현실에 속박되지 않은 순박한 인간성의 화신임을 스스로 증명한다.

소라댁처럼 민중적·토착적 세계에 근원을 두고 있는 순박한 인물들은 우리 사회의 하층 서민들에게 잠재된 건강한 삶의 활력을 예시하는 것으로 보인다. 그 활력은 자본주의 시장 원리가 생활의 영역들 속으로 속속들이 침투하면서 우리가 점차 잃어가고 있는 인간적 덕성의 일부이다. 한창훈은 순박한 심성의 인간이 경쟁적이고 착취적인 사회에서 당하는 고난을 이야기하면서 다른 한편으로는 그 순박한 심성이 가능하게 하는 인간적 유대의 소중함을 잊지 않고 일깨운다. 그가 들려주는 불행한 서민들의 이야기 속에는 언제나 그들이 역경에도 불구하고 서로 나누는 따뜻한 인정의 기류가 흐른다. 그의 소설을 읽고 나서 독자들이 잠시 되새기게 되는 장면들이 있다면 대체로 그것들은 아마도 없는 사람들끼리의 훈훈한 교감이 강조된 장면들일 것이다. 「오늘의 운세」는 젊은 행상의 비근한 일상사를 제시하는 가운데, 그 자신 아직 장가도 못 들고 떠돌이 장사를 하는 처량한 처지임에도 누이동생네 걱정에 마음이 앞서는 장면들을 담고 있으며, 「닻」은 각자 비참한 상처를 안고 고향에서 재회한 옛날의 연인이 끈끈한 연민으로 서로를 용서하는 순간을 보여준다. 또한 「닻」에는 아내의 배신을 당한 이후 폐인처럼 살아온 늙은 뱃사람과 그에게 불행의 원인을 제공한 책임이 있는 늙은 술집 작부와의 곰삭은 우정을 전해주는 삽화가 있으며, 「바다가 아름다운 까닭」에는 부랑자들이 운집한 지하도에서 한 사람의 울음이 그곳 사람들 모두의 울음을 불러오는 대목을 비롯하여 밑바닥 사람들끼리의 인정 어린 소통에 주목하게 하는 장면들이 있다. 이처럼 비참하고 낙망한 사람들 사이에 존재하는 인간적인 유대에서 한창훈은 일종의 공동체적 사랑을 보고 있어서, 그의 「바다가 아름다운 까닭」에서는 부랑자들의 지하 소굴이 아예, 없어서 살가운 사람들의 자유로운 연합으로까지 그려지고 있다.

한창훈의 작품들이 전하는 낙오자, 패배자, 부랑자들의 이야기는 분명히 비참한 사연이다. 하지만 거기에 각인된 순박한 인간상과 그들간의 순정의 교류는 그것을 마냥 암담한 절망의 기록이 되게 하지 않는다. 그의 소설은 절망적인 궁지로 몰린 사람들의 고통을 이야기하는 경우에도 그들의 순박한 마음에서 우러나오는 애틋한 정경을 주시하게 만든다. 여기서 우리는 삶을 바라보는 작가 자신의 시선 자체가 따뜻하다는 것을 지적하지 않을 수 없다. 그는 농어촌이나 도시 변두리에서 벌어지는 서민들의 자잘한 일상사를 비교적 소상하게 그의 소설 속에 끌어들이고 있다. 보기에 따라서는 따분하기도 하고 비속하기도 한 그 일상사의 세목들은 서민들이 살아가는 나날의 삶 그 자체에 대한 애정이 없었다면 관찰하기도 기록하기도 쉽지 않았을 것들이다. 그의 따뜻한 시선이 미치는 자리에서는 물질적으로나 정서적으로 궁색한 사람들의 욕구가 불가피하게 갖게 마련인 구차한 내용까지도 그리 불쾌감을 주지 않는다. 일상의 남루한 생활을 구성하는 비속한 욕구와 행동에서 그는 오히려 웃음을 유발하는 계기들을 찾아내고 있다. 「증인」「목련꽃 그늘 아래서」「오늘의 운세」 같은 작품에서 발휘되고 있는 해학적인 묘사는 자자분하고 궁상맞은 일상을 종종 생기 있는 삶의 광경으로 바꾸어놓는다. 강간의 상처를 입고 장터 거리를 배회하는 미친 여자에게서 거룩한 순결함을 보게 하는 「마리아가 사는 마을」의 발상을 빌려 말하면, 작가는 사람의 천진성과 순박함이 남아 있는 일상사 속에 가장 인간적이고 소설적인 사연이 있다고 믿고 있는지도 모른다.

한창훈 단편의 특징을 이루는 서민의 일상사에 대한 따뜻하고 해학적인 처리는 그 소재 자체의 친숙성에서 비롯되는 진부함을 크게 덜어주는 동시에, 섣부른 추단의 위험을 무릅쓰고 말하자면, 서민의 현실을 다루는 90년대적 소설 방식까지도 암시하는 것으로 보인다. 그는 지난 연대에 성황을 보였던 민중의 정치적 신화로부터 자유로울 뿐만 아니라 서민의 현실을 해석하는 이론적 공식들에서도 멀리 떨어져 있다. 종래의 민중주의적 서사에서 유행한 거창한 대의와 비장한 정열 대신에, 일상화된 풍속의 세목에 대한 관심과 경쾌한 해학의 추구가 그의 소설에서는 두드러진다. 이러한 특징은 그의 소설이 민중문학의 전통 속에 있으면서 90년대 소설에 널리 나타나는 '가벼움'과도 어딘가에서 상통하는 것은 아닌가 하는 추측을 불러일으킨다. 물론, 이제 처음 작품집을 간행하는 작가의 소설을 두고 너무 많은 억측을 하는 것은 어리석다. 그의 소설이 재래의 문학적 민중주의나 향토주의와 구별되는 개성을 확고히 하려면 서둘러 버리는 편이 나을 습벽도 있다. 그러나, 하층 서민의 고달픈 삶을 이야기하는 방법상의 폐습을 그의 소설이 어느 정도나 극복했는가 하는 문제와는 별도로, 90년대 소설에 서민적 삶의 훈기와 활력을 소생시켰다는 점에서 그의 성과는 뚜렷하다. 삶의 현실에 대한 일률적이고 공식적인 정의에 맞서야 하는 것이 소설의 당위라면 그의 하층 서민 탐구는 그러한 당위의 미더운 실천으로 보아도 좋을 것이다. 소설이 첨단의 풍속을 반영하기에 급급한 혐의가 적지 않은 시대에 한창훈과 같은 신예의 출현으로 우리 마음은 든든하다.

(『바다가 아름다운 이유』 해설, 솔, 1995)

소설의 악몽

—백민석의 『목화밭 엽기전』

1. '초과'의 환상

　얼마나 끔찍한 괴담이 가능할까. 얼마나 기괴한 소설이 가능할까. 백민석의 『목화밭 엽기전』은 기괴한 것에 굶주린 소설의 흡혈귀적 야행 같다. 작중인물 한창림, 박태자 부부는 김대중 정부가 출범하기 직전의 경기도 과천 일대라는, 경험적으로 실재하는 시간과 장소 속에 존재하고, 학업, 사교, 결혼, 직업 등과 같은 이력에서 사실적이라고 믿을 만한 개인적 행적을 갖고 있다. 가장 기본적인 수준에서 그럴듯함의 원칙은 준수되고 있는 셈이다. 그러나 그들 부부의 이야기는 그러한 처지와 이력을 지닌 인물들에 대해 독자들이 통상적으로 가질 법한 예상을 마치 조롱하듯 뛰어넘는다. 그들은 텔레비전과 침대와 식탁이 있는 평범한 주택의 지하에 포르노그라피를 찍기 위한 밀실을 감춰두고 있으며, 교육 서비스업에 종사하는 젊은 부부로서의 범상한 생활의 이면에서 패악을 저지르고 광란에 빠져 있는 것이다. 그들의 이야기가 기괴하다는 느낌은 주로 사람들 사이에 자행되는 폭력을 극히 적나라한 양태로 보여준다는 데에서 온다. 한창림 부부가 청담동 사내애를 유괴해놓고 학대하는 '지하 작업실', '뷰티풀 피플'의 남편이 자기 아내를 발가벗기고 거꾸로 매달아 세간과 함께 '세일'하고 있는 그 부부네의 뒤뜰, 박태자가 윤간을 당하고 살해된 다음 소각기에 던져지게 되는 '펫숍', 한창림이 스스로 불러들인 경찰과 마지막 일대 혈전을 벌이는 '서울랜드'. 이렇게 소설의 주요 사건이 벌어지는 곳곳에서는 인간 존재를 한낱 물리적 사실에 불과한 것으로 만드는 폭력이 난무한다. 그 잔혹한 폭력의 장면들은 새도-매저키즘적 과장이 역력할 정도로 강렬하게 처리되어 문학적이라기보다는 다분히 연극적이다. 공포와 스릴 효과를 극단적으로 추구한 그 일련의 장면들은 소설 전체를 통해서 충격적인 스펙터클을 이룬다. 이러한 폭력의 스펙터클화는 확실히 기괴한 것이다. 그것은 어떤 적정한 정도를 넘어 활개치는 인간의 욕망, 정열, 권력에 걷잡을 수 없이 매혹된 상태를 보여준다. 한창림, 박태자 이야기의 서사를 움직이는 것은 한마디로 말해서 '초과 excess'에 대한 열광이다.

『목화밭 엽기전』에 제시된 바와 같은 지나친 욕망, 정열, 권력의 환상은 결코 생소한 것이 아니다. 그것은 신화와 전설 이래 이야기 전통 속에 줄곧 명맥을 유지해왔고, 리얼리즘의 기율과 마찰하면서 혹은 타협하면서 현대적인 감성과 미학의 중요한 부분을 차지해왔다. 광기, 폭력, 패악의 환상은 특히 현대문학과 예술에 널리 퍼져 있는 반문화 혹은 '적대적 문화'의 주요 스타일에 해당한다. 블레이크의 '지옥', 사드의 '소돔', 니체의 '디오니소스'가 표시하는 그 반문화적, 비윤리적 에너지에 대한 고양된 감각을 떠나서 삶에 대한 현대적인 감각을 얘기하기란 거의 불가능하다. 현대문학과 예술의 특별히 현대적인 요소는 인간 문화의 규범을 위반한 삶의 무서운 매혹, 섬뜩한 숭고의 새로운 입법화라 해도 좋을 정도이다. 현재로 보면 초과의 환상은 무엇보다도 대중문화의 두드러진 특징 중의 하나이다. 브람 스토커의 『드라큘라』에서 파피 Z. 브라이트의 『아름다운 시체』에 이르는 소설, 파울 베게너의 〈프라하의 학생〉에서 데이빗 린치의 〈블루 벨벳〉에 이르는 영화에는 그런 종류의 기괴한 환상이 하나의 전통을 이루고 있다. 신비주의, 오컬티즘, 뱀파이어리즘, 악마주의, 새도-매저키즘, 페티시즘, 정신분열증 등은 이제 매체, 장르, 스타일의 차이를 넘어 대중문화 일반에서 끊임없이 재생되고 있는 레퍼토리에 속한다. 그 대중적 환상물은 바로 『목화밭 엽기전』의 텍스트가 관계를 맺고 있는 다른 주요 텍스트들의 유형이기도 하다. 사내아이를 아무런 거리낌 없이 납치하여 학대하기도 하고 한밤의 대공원에서 경찰을 상대로 한바탕 살육의 축제를 벌이기도 하는 한창림의 연극화된 행동에서는 스릴러나 호러 무비에 등장하는 인간 야수를 자연스레 떠올리게 된다. 더욱이 한창림의 '수컷' 다움이, 그의 아내 박태자와의 관계에서 때때로 드러나듯, 우스꽝스러운 경직성을 동반하고 있음을 감안하면 항간에서 '퓨전'이라고 부르는 장르 혼합적 스타일의 호러 무비까지 연상하게 된다. 작중화자 스스로도 한창림과 그의 아내를 가리켜 '괴물의 운명을 타고난' 존재라고 하면서 〈13일의 금요일〉의 제이슨이나 〈나이트메어〉의 프레디'에 견주고 있는 판이다.

『목화밭 엽기전』이 갖고 있는 호러 무비의 주제나 서사와의 연관은 그것이 문학적인 측면에서는 고딕 픽션gothic fiction의 전통과 닿아 있다는 것을 말해준다. 연애 소설, 탐정 소설, 공상과학 소설 등과 함께 대중 소설의 주종 장르를 이루고, 본격 소설의 낭만적, 환상적 계열과도 밀접한 고딕 픽션은 초과에 대한 관심을 다른 어떤 서사 장르보다도 열렬하게 표출한다는 특징이 있다. 사실 『목화밭 엽기전』 주제의 재료들은 고딕 픽션의 관습을 일정하게 따르고 있다. 예컨대, 사회로부터 고립되어 살고 있는데다가 사회 질서와 공존하기가 생래적으로 불가능한 '괴물' 집단으로 그려진 한창림 부부는 E. T. A 호프만의 「장자상속」이나 에드가 앨런 포의 「어셔가의 몰락」 이후 고딕 픽션에 전형적으로 등장하는 이상한 가족의 형상을 닮아 있다. 그들은 유전병 때문이든 근친상간 때문이든 아니면 다른 무엇 때문이든 간에 악의 저주를 받아 고립과 몰락의 운명에 처해진 가족의 한 변형이다. 또한 한창림이 보여주는 인간과 원숭이의 이중성 역시 로버트 루이스 스티븐슨의 『지킬 박사와 하이드 씨의 이상 사례』를 비롯한 고딕 환상물에 빈번히 나오는 '도플갱어' 모티프에 연속되어 있다. 인간 분신으로서의 원숭이에 대한 기묘한 환상으로 말하면 그것은 멀리 셰리던 르 파뉘의 「녹차」나 카렌 블릭센의 『일곱 편의 고딕 테일』 중의 「원숭이」 같은 이야기를 그 원조로 한다. 『목화밭 엽기전』은 특히 그 인간 야수의 이야기를 통해 황량한 디스토피아의 비전을 창출한다는 점에서 현저하게 고딕적이다. 고딕이라는 말의 연원인 고트는 알다시피 오 세기초에 로마를 침략하여 폐허로 만든 스칸디나비아와 동부 유럽 태생의 부족에게 그리스, 로마인들이 붙인 명칭이다. 고트 족은 호전적이고 약탈적이기로 악명이 높았기 때문에 고트라는 말은 지금도 탐욕스럽고 잔인하기 그지없는 어두운 권력을 연상시킨다. 18세기 이래 문학과 예술에 나타난 이른바 '고딕 부흥'은 계몽주의가 인간과 인간사회로부터 몰아내고자 했던 야만, 광기, 미신, 변덕에 대한 새롭게 일어난 매혹이었다. 고딕적인 것의 본질은 이성의 인도에 따라 정열과 공포를 정복함으로써 인간의 행복과 성취가 가능하다는 계몽주의의 낙관적 믿음에 대한 반발이다. 그리고 이것은 이제 보겠지만 『목화밭 엽기전』의 바탕에 깔려 있는 초과에 대한 열광의 핵심이기도 하다.

2. '뷰티풀 피플'의 아이러니

『목화밭 엽기전』의 작중인물들은 정부종합청사, 서울랜드, 동물원, 자동차, 카메라, 암페타민 같은 문명의 산물과 함께 살고 있지만 그들의 이야기는 문명이라는 이름의 인간 성취가 순전한 허구임을 느끼게 한다. 한창림이 집 앞 둔덕에 사람 시체를 묻는 장면을 시작으로 작중인물들이 펼쳐 보이는 행동은 인간에 대한 모든 문명화된 관념을 무색하게 만드는 야만성을 도처에서 드러낸다. 그들의 행동의 두드러진 특징을 이루는 잔혹한 폭력은 인간 문명이 정복했다고 자부하는 어두운 정열과 권력이 고스란히 살아 있는 상태를 보여준다. 그 폭력의 디스토피아에서 인간은 그 자신의 자연을 통제하고 순화시킴으로써 획득한 모든 영광과 위엄을 잃어버리고 자연의 물리적 법칙에 운명이 달린 생물학적 존재가 된다. 『목화밭 엽기전』에 나오는 납치, 구금, 린치, 강간, 살상 등의 행동은 인간의 야만적인 정열을 섬뜩한 양상으로 예시하고 있을 뿐만 아니라 인간 자체의 생물학적 환원을 일관되게 수행하고 있다. 그 끔찍한 폭력의 장면들에서 나타나는 신체에 대한 묘사들 ─ 펫숍의 사내가 내려치는 해머에 머리를 맞아 '스프링' 같은 동작으로 즉사하는 검찰 직원, 가죽과 쇠줄에 결박당한 채 악취 나는 대변을 배설하며 감금되어 있는 청담동 사내애, 세간 사이에 거꾸로 매어져 사타구니를 드러내고 있는 나체의 뷰티풀 피플 언니, 젖가슴 한쪽으로는 살점이 떨어져나가고 아래로는 끈적한 액체를 흘리며 펫숍의 시멘트 바닥에 앉아 있는 박태자 등의 비틀리고 망가지고 부서지는 신체에 대한 특별한 강조는 인간이란 처음부터 아무런 의미도 없는, 우발적인 물질 합성에 불과하다는 메시지를 전달한다. 이러한 인간의 생물학적 환원은 인물을 묘사하는 언어 속에도 일관되게 작용하고 있는 논리이다. 특히 인물의 성격이나 인상을 규정하는 주요 기능을 하고 있는 단어인 '냄새'의 환원주의적 효과는 특별하다. 그것은 인간을 인간 문명의 모든 나르시시즘적 관념으로부터 분리시키고, 본능에 좌우되는 즉물적이고 원시적인 삶의 상태 속으로 돌려놓는다. 다른 어떤 인상보다도 후각적 자극을 통해 서로 반응하고 판별하는 인간이란 야생의 종류, 결국 동물에 지나지 않는다.

이처럼 인간이 동물로 환원된 세계에서 인간사회는 당연히 정글의 이미지를 띤다. 『목화밭 엽기전』의 작중인물들은 인명 존중이라는 문명화된 인간의 기본 규범을 태연히 위반하고 약육강식의 법칙에 따라 행동한다. 그들의 관계는 본질적으로 정복적이고 착취적이다. 예컨대, 펫숍 삼촌은 엽색적 향락을 위해 한창림을 이용하고 한창림은 삼촌의 폭력으로부터 자신을 지키기 위해 아이들을 약취하고 있으며, 한창림에게서 우발적으로 폭행을 당한 대치동 회계사는 비교적 가벼운 상해를 입었음에도 강도상해자로 몰아 이천만원의 보상금을 요구하고, 뷰티풀 피플의 남편은 자신이 운영하던 제조업체를 매각한 이후 아내 소유의 점포인 그 뷰티풀 피플을 처분하겠다며 아내에게 폭행을 가하다가 급기야는 세간과 함께 아내를 세일하겠다고 광기를 부린다. 이러한 인간 정글의 세계에서 지고한 가치는 말할 것도 없이 막강한 권력이다. 한창림은 군주적 권력을 행사하는 펫숍의 삼촌을 자신의 모델로 삼고 있으며, 박태자는 러시아의 여황제 에카테리나 2세의 전설적인 카리스마를 선망한다. 한창림과 박태자가 처한 세계는 또한 그 원시적, 야생적 성격에 걸맞게 남성과 여성의 성별이 현저하게 차이화된 사회라는 특징을 갖고 있다. 한창림은 예술적인 취미가 있는 대학 강사이고 박태자는 만성적 조울증이 있는 수학 과외 선생이지만 그러한 사실은 그들이 '수컷'이고 '암컷'이라는 사실에 비하면 사소한 것이다. 한창림은 수컷 중에서도 유달리 기질이 난폭하고 공격적인 수컷으로, 박태자는 암컷다운 간지(奸智), 육감, 모성이 있는 암컷으로 그려진다. 한창림이 포르노그라피의 영상을 제작하고 '만드릴 원숭이'의 '핏빛'에 반해 있는 반면에 박태자는 '하늘을 향해' 손을 펼쳐들고 잠을 자며 '꽃밭'의 꿈을 꾼다. 하지만 수컷과 암컷의 관계는 단지 대조적인 차이의 관계가 아니라 치명적인 강약(强弱)의 관계이다. 한창림과 박태자가 살고 있는 세계의 정글적 성격은 다른 무엇보다도 폭력의 가장 비참한 제물이 바로 박태자와 뷰티풀 피플 언니 같은 여자들이라는 데에서 뚜렷하게 드러난다. 『목화밭 엽기전』의 세계는 인간 야수의 정글이자 남성 원리의 왕국이다.

『목화밭 엽기전』에는 박태자와 뷰티풀 피플 언니 사이에 펼쳐진 단명한 자매애의 삽화를 제외하면 사람간의 사랑이나 우정의 이야기가 좀처럼 보이지 않는다. 한창림, 박태자 부부, 뷰티풀 피플 부부 같은 남녀 커플이 나오지만 그들의 관계는 친밀하고 에로틱한 유대와는 거리가 멀다. 뷰티풀 피플 부부는, 한창림이 대학에서 가르친 호암아트홀 회원 여학생의 이혼한 부모와 비슷하게, 마치 결혼이 얼마나 허망하고 불행한 계약인가를 입증하는 사례처럼 그려져 있다. 한창림, 박태자의 경우 양상은 비록 다를지라도 카메라 앞에서 '트리플 섹스'를 벌이는 그들 역시 '정상적인' 부부라고 말하기는 어렵다. 박태자를 "성난 라틴 여자, 암페타민 먹고 젖꼭지까지 뾰족해진 여자"라고 느끼는 한창림과 한창림을 지독하게 "나쁜 냄새"가 나는 "수컷 중의 유별난 수컷"이라고 여기는 박태자가 상기시키는 것은 친밀한 교감에 장애가 있는 부부의 모습이다. 이야기 중에 단 한 번 언급된 한창림과 박태자의 섹스가 불발로 끝난다는 사실은 다분히 암시적이다. 『목화밭 엽기전』에서 리비도적 욕망은 사람 사이의 친화와 융합의 원천이 아니라 오히려, 동성애적이고 관음증적인 호색한 펫숍 삼촌이 보여주듯이, 인간관계를 '도착'시키는 에너지이다. 그러고 보면 인간적 친화는 소설에 그려진 모든 가족관계에서도 결여된 경험이다. 한창림의 친가와의 관계나 박태자의 친가와의 관계는 가족이 이미 의미 있는 사회적 삶의 구조가 아니라는 것을 말해준다. 오랜만에 한창림의 집을 찾아온 그의 아버지는 한창림 세대의 안위에는 아무런 관심 없이 오직 자식을 낳고 기른 대가만을 누리려 드는 비루한 모습을 보여주며, 오래도록 연락 없이 살아온 박태자와 그녀의 아버지는 서로 만난 순간 "흥미도 애정도 솟아나지 않는" 공허한 혈연을 확인한다. 그들의 가족 속에는 그토록 흔한 오이디푸스 콤플렉스조차 발동할 소지가 없는 것처럼 보인다. 가족을 포함한 어떤 사회 집단도 그들의 세계에서는 윤리적으로 조화로운 삶의 형식이 되지 못한다. 그들을 인간 정글로부터 잠시나마 보호해주는 것이 있다면 그것은 사회적 소속이 아니라 박태자가 자면서도 켜놓아야 안심하는 그 텔레비전이다.

이처럼 『목화밭 엽기전』은 인간 윤리가 부재하는 세계를 그리고 있을 뿐만 아니라 인간생활의 윤리적 가능성 자체를 조롱한다. 이를테면 인간이 야수의 상태를 넘어선 윤리적 존재라는 믿음은 작중인물들이 신랄하게 비웃고 있는 미신이다. 그것은 한창림의 풍자적인 표현을 빌리면 "호암아트홀 풍의 진부한 휴먼 드라마"에 속한다. 한창림의 수업을 들은 한 여학생은 그에게 불려나온 자리에서 자신의 부모가 서로 독하게 배신한 끝에 갈라선 전말을 이야기하면서도 그들이 다시 합치리라는 기대를 피력한다. 호암아트홀이 즐겨 상영하는 영화처럼 인간에 대한 신뢰를 담고 있는 그런 종류의 이야기는 한창림에겐 "휴머니티를 결국엔 외면하게 되는" 인간관이다. 그것은 시험지 답안을 남의 논문에서 반쯤 베껴 적은 그 여학생 자신의 기만, 펫숍 삼촌이 좋아할 "엉덩이가 예쁜" 재료라서 그 여학생을 불러낸 한창림의 속셈과 같은 추악한 진실을 알아보지 못하게 한다. '휴먼 드라마'적 통념은 박태자에게도 조롱거리이다. 박태자는 대학 졸업을 앞둔 시절 자신에게 두 학기 연속해서 나쁜 학점을 주어 취업길을 방해한 여자 강사에게 복수하려고 간계를 발휘하다가 중도에 그만둔다. 여자 강사와 함께 〈오셀로〉 연극을 관람하던 중에 박태자는 여자 강사가 "사람과 사람 사이의 신뢰에 대해 묻고 있었"던 셰익스피어가 얼마나 낡았는가를, "서로, 속고 속이는" 인간에 대한 긍정이 얼마나 현대적인 세계관인가를 전혀 이해하지 못하고 있음을 발견하고 그녀의 "어리석음"이 너무도 한심해서 그저 비웃어주기로 결정했던 것이다. 한창림, 박태자의 이러한 인간 불신이 그들의 이야기를 서술하는 고딕풍의 담론, 즉 인간을 동물로 가차없이 환원하고 인간사회의 정글적 황폐함을 적나라하게 노출시킨 담론과 정신적으로 일치한다는 것은 두말할 필요가 없다. 『목화밭 엽기전』은 인간과 인간사회를 미화하는 모든 휴머니즘 담론에 대항하여 그 담론이 억압하고자 하는 일종의 트라우마적 traumatic 아이러니를 잔인하게 작동시킨다. 그것은 '뷰티풀 피플'이 실은 야수가 군림하는 종족이라는 아이러니, 바로 그것이다.

3. 권력은 숭고하다

한창림, 박태자의 세계에서 야수성은 엄벌에 처할 죄악이라기보다는 그 세계가 돌아가는 이치이다. 그래서 한창림, 박태자는 자신을 포함한 작중인물들은 수컷, 암컷이라고 부르고 경찰서를 비롯한 공공기관을 '동물원'이라고 느끼며, 휴머니즘의 멜로드라마에 역행하는 인생을 살아간다. 그러나 야수성은 그들이 표출하고 경험하고 있는 것이긴 해도 그들의 인식과 통제의 범위 안에 있는 것은 아니다. 대치동 회계사의 교활한 모략에 분노한 한창림이 그를 찾아가 위협하는 대목을 보면, 한창림의 '수컷 냄새'는 "수천 세대 이전에 존재했다가 이젠 잊혀진 그런 냄새"이지만, 그것에 노출된 사람에겐 "염색체들이나 겨우 감지"하여 "온몸으로 엉엉 울음을 터뜨리"는 발작을 일으키고, 그것을 방출하는 사람에겐 몸 속의 피가 "초고속으로 혈관 속을 질주"하다가 "대기 속으로 흩어"져 온몸이 "달아오르고" 공기마저 "훈훈해지는" 느낌에 휩싸이게 한다. 이처럼 사람의 기억에도 남아 있지 않은 '냄새'라는, 측정과 표상이 불가능한 감각으로 그 존재를 알리는 동시에 공포에 떠는 울음과 우주적 해방의 느낌을 유발하는 야수성의 체험은 거대한 준령이나 광활한 바다와 같은 장대한 자연의 광경 앞에서 느끼는 경이의 체험과 흡사하다. 그런 점에서 야수는 숭고한 것이다. 『목화밭 엽기전』의 야수들은, 펫숍 삼촌의 살벌하게 무정한 포즈든 한창림의 희열에 넘친 난동이든 간에, 그들의 광기, 테러, 폭력이 연극적으로 행동화된 장면들에서 야수적인 것의 웅장한 기력과 불가해한 위풍을 발산한다. 숭고한 것의 체험에 수반되는 특수한 감정, 즉 공포는 그들의 야수성이 발현되는 장면이면 어디서나 빠짐없이 환기되고 있다. 한창림이 포르노그라피를 전하러 가서 해머로 사람을 죽이는 광경과 함께 만난 펫숍 삼촌의 희롱, 대치동 회계사에게 얼이 빠진 울음을 계속 울게 만드는 한창림의 위협, 뷰티풀 피플 아내를 발가벗기고 노끈으로 온몸을 감아 거꾸로 매어놓은 거구의 남편과 그에 달려들어 핏물을 뿌리며 그의 한쪽 귀를 잡아뜯는 한창림의 폭행, 온몸이 망가지고 정신이 혼미해서 시체나 다름 없는 박태자를 윤간하는 펫숍 직원들의 만행, 서울랜드의 '모험의 나라'에서 살육의 잔치를 벌이는 한창림의 광란 —이런 종류의 행동에는 하나같이 전율적인 공포가 흘러넘친다.

『목화밭 엽기전』에서 공포는 야수성을 원리로 하는 그 세계의 비근한 경험이면서 또한 그 세계에 존재하는 사회 질서의 기초이다. 한창림의 행동을 보면 그는 무서움을 느끼기 때문에 펫숍 삼촌과의 비굴한 관계를 계속하고 그가 저지른 범행의 진상을 경찰에게 감추려 하며, 자신이 얼마나 무서운가를 과시함으로써 대치동 회계사의 계략과 뷰티풀 피플 남편의 광기를 물리친다. 한창림의 세계에서 수컷들은 그들이 발산하는 공포의 크기에 따라서 우열이 갈라진다. 무서운 수컷은 "진짜 수컷"이거나 "슈퍼 수컷"이고 무섭지 않은 수컷은 "싱거운" 수컷이거나 "계집애" 같은 수컷이다. 그 수컷들은 모두 동물이지만 야수성의 정도에서 차이가 있고 따라서 그들 사이에는 보이지 않지만 일정하게 짜여진 서열이 있다. 그들이 벌이는 각종 간계와 테러는 동물들이 "자기 영역"을 지키려고 벌이는 싸움과 동일한 경쟁, 즉 수컷사회의 서열 속에 자기 위치를 확보하려는 경쟁에 해당한다. 그들의 사회적 관계를 지배하는 메커니즘은 결국 권력인 셈이다. 이렇게 보면 그들의 이야기에서 중요하게 취급된 장소인 '동물원'과 '서울랜드'는 대단히 암시적이다. 동물들을 가두고 길들여 그 야성을 안전하게 이용하는 동물원, 사람들로 하여금 '모험'에 대한 욕망을 안전하게 해소하게 만드는 서울랜드는 인간 야수를 사육하고 관리하는 권력 체계가 존재하고 있음을 나타낸다. 더욱이 동물원과 서울랜드는 단지 그러한 이름으로 불리는 특정 구역에만 있지 않다. 동물원은 과천 경찰서든, 정부종합청사든, 커피숍, 레스토랑이든, 사람들의 생활이 일률적으로 통제되어 "한결같은" 곳이면 어디에나 있으며, 서울랜드는 "사랑도, 불륜도, 파격도 뻔"한 텔레비전 연속극을 보며 "뻔한 안식과 뻔한 평화"를 원하는 사람들의 집 안에도 있다. 한창림을 비롯한 인물들이 비윤리적 방식으로 스스로를 보존하는 동물임에도 불구하고 그들의 세계에 그 나름의 질서가 있는 것은 그들의 야수성을 억압하고 관리하는 그 동물원과 서울랜드의 메커니즘이 작동하고 있기 때문이다.

인간 동물에 대한 관리 체계를 나타내는 소설 중의 여러 비유 중에서 특히 중요한 것은 한창림이 펫숍이라고 부르는 장소 혹은 조직이다. 한창림이 미성년의 학생 시절 '구로동 시장통'의 '공단 동물병원' 앞에서 우리에 갇힌 동물들을 풀어주는 장난을 쳤다가 이튿날 그 '공단 동물병원' 건물 속으로 잡혀들어가 협박을 당하면서 처음 인연을 맺은 그 펫숍은 여기저기 자리를 옮겨다니면서 세상에 드러나지 않게 활동하고 있는 공포스런 폭력 조직이다. 그것은 작중에서 가장 포악하고 따라서 가장 숭고한 형태의 야수성을 보여준다. 과천 펫숍의 기괴한 특징 — 한 빌딩의 오층 전체를 차지하고 통째로 비워놓아 아무런 인간의 자취라곤 전혀 없는 냉기 어린 "암회색"의 생시멘트 공간을 이루고 있는데다가 사람들의 통행이 통제된 육층에는 정체 불명의 "수수께끼" 같은 공간과 미로를 갖고 있다는 물리적 특징 — 은 살벌하고 불가해한 야수성을 연상시키기에 충분하다. 또한 그것은 단순히 조직화된 폭력을 이용하는 불법 사업 집단이 아니라 펫숍이라는 명칭이 나타내는 바대로 인간이라는 동물을 관리하고 이용하는 권력 체계의 일부이다. 한창림이 삼촌이라고 부르는 펫숍의 보스는 그의 억양 없는 목소리나 "몰취미"한 생활에서 이미 섬뜩한 규율을 체현하고 있으며, 펫숍 안에서 "생살 여탈의 권리와 책임"을 온전히 쥐고 치안 권력과도 동업자적 관계를 맺고 있는 인물이다. 그는 특히 "어디에도 없으면서 어디에나 있는 그런 사람"이라는 한창림의 인식 속에서 부재하는 동시에 편재하는 권력 그 자체의 화신으로 나타난다. 한창림에게는 때때로 "유령처럼" 느껴지기도 하고, 실물이 아니라 "흰 연기"로 현현하기까지 하는 펫숍 보스는 한 특수한 인물이라기보다는 기독교의 신과 유사한 절대적 권력의 아이콘이다. 펫숍 보스에서 한창림에 이르는 작중인물들의 서열적 질서는 그 권력의 섭리이며, 그들 사이에 벌어지는 행동은 그 권력의 활동이다.

그렇다면 그들의 세계를 휩싸고 있는 공포에 대해서도 새로운 해석이 가능하다. 그것이 인식과 통제를 벗어난 야수의 공포라면 그것은 또한 인간사회를 체계적으로 지배하는 불가해한 권력의 공포이다.

『목화밭 엽기전』은 그 축자적 literal 층위에서는 인간이 동물로 환원된 세계의 이야기이지만 그 비유적 figurative 층위에서는 권력의 지배 아래 있는 인간사회의 이야기이다. 이러한 소설 텍스트의 알레고리적 구조를 감안해 읽으면 동물적 혹은 야수적 인간이란 권력의 메커니즘에 의해 그 인간성이 왜곡되고 도착된 인간과 동일하다. 권력은 인간의 신체에 충격을 미쳐 그것을 무의미한 물질 합성으로 변화시키듯이 인간사회에 작용을 가해 그것을 살육, 테러, 윤간 등의 반인륜적 관계의 체계로 변형시킨다. 인간을 동물로 만들고 인간사회를 정글로 만드는 것은 다름아닌 권력이다. 한창림이 지하실에 감금한 사내애에게 자신을 탓하지 말라고 하면서 "누군가를 탓해야 한다면, 그건 삼촌이야"라고 말하는 것은 따라서 전혀 이상하지 않다. 한창림이 펫숍 삼촌을 두고 "진짜 삼촌은 아"니지만 "그 어떤 피붙이보다도 더 가깝"다고 하는 말에는 그의 존재 조건과 권력의 메커니즘 사이의 연관이 암시되어 있다. 한창림의 이야기 중에서 그러한 연관을 짐작하게 해주는 것은 그가 펫숍 삼촌의 요구에 따라 주도적으로 행하고 있는 포르노그라피 제작이다. 이 포르노그라피 제작이란 그 자체로 이미 권력의 행위이다. 그것은 신체를 관음증적 쾌락의 대상으로 변형시키는 가운데 그 대상을 시각적으로 지배하는 일이기 때문이다. 한창림이 스스로 짜놓은 포르노그라피의 콘티를 검토하는 대목을 보면, 그는 '섹스의 향연'을 열여섯 개의 장면으로 나누어 다채롭게 구상하고 있을 뿐만 아니라 각각의 장면의 이미지와 그 효과를 치밀하게 계산하고 있다. 포르노그라피 전체를 통해서 대상의 시각적 표상을 완전히 장악하고 있는 한창림의 풍모는 평소에 박태자에게서 어리석고 옹졸하다는 타박을 사곤 하는 그의 나약한 모습과 확연하게 다르다. 그것은 그가 세계에 대한 시각적 지배를 통해 능동적, 목자(牧者)적 능력을 지닌 남성으로 회복되어 있음을 보여준다. 다른 남자와 섹스를 하더라도 자기가 '보는 앞에서', 자기 카메라 앞에서 하라고 박태자에게 소리치는 그의 태도는 마지못한 관용의 표현만은 아니다. 한창림의 포르노그라피 제작에 담긴 이러한 암시에 따르면 그의 존재와 권력은 불가분의 관계로 얽혀 있음에 틀림없다. 남성이라는 그의 성별화된 주체성이야말로 권력의 산물이라는 판단도 가능하다. 그의 남성적 주체성은 어쩌면 권력의 지배 아래 훈육된 동물성이라고 고쳐 말해야 옳을지 모른다.

4. 매저키즘, 새디즘, 인간화의 논리

한창림, 박태자는 앞에서 언급한 바와 같이 인간성 왜곡과 도착을 현실로 받아들이고 그러한 현실을 초래한 권력의 명령에 따라 아이 유괴와 학대의 범행을 저지르고 있다. 포르노그라피 제작을 둘러싸고 그들이 드러내는 행동, 특히 한창림의 관음증적, 능동적 행동과 박태자의 노출증적, 수동적 행동은 그들이 심리적으로 권력의 메커니즘에 연루되어 있음을 알려준다. 그러나 그들의 성격은 훈육된 동물로서의 인간성, '정상적인' 인간성을 초과하는 부분이 있다. 한창림이 '이상 체질'의 수컷이며 박태자가 극심한 '조울증' 환자라는 것은 여기서 중요한 사항이다. 그들의 정신병리학적 증후는 권력이 자체의 도구로 이용하기에 알맞은 일관성 있고 통일성 있는 성격, 바로 그것의 결여를 나타내기 때문이다. 실제로 그들의 성격은 명백히 분열증적이다. 한창림은 자기가 린치한 사내애를 대면할 용기가 없는 '겁쟁이'인 동시에 '화끈한' 야수적 기질이 있는, 수컷 중에서도 '유별난 수컷'이며, 박태자는 약한 인간에게 연민을 느끼는 모성의 화신인 동시에 아이 학대에서 묘한 쾌감을 느끼는 도착된 암컷이다. 분열증적 성격의 전형적인 특징, 즉 세계에 대한 반응에 있어서 초민감성과 무감각성 사이를 왕복하는 경향이나 끊임없는 자기 검열과 타인에 대한 경멸 사이에서 이동하는 경향은 사실상 한창림, 박태자라는 인물의 성격에 대한 가장 정확한 묘사가 된다. 그런 만큼 그들이 권력의 지배 아래 있는 사회에 소속되기 어려우리라는 것은 충분히 가능한 예측이다. 소설 중에는 그들의 집이 "과천 서울랜드와 동물원이 지어질 때 고립되어버렸다"는 의미심장한 말이 나오지만 사회로부터의 소외, 사회 질서와 양립하기 어려운 존재는 그들의 불가피한 운명이다. 디드로는 괴물을 정의하여 사회 질서와 공존해선 살아남지 못할 존재라고 했다. 한창림, 박태자는 그런 의미에서 괴물이다.

『목화밭 엽기전』에서 가장 중요한 사건은 한창림과 박태자가 스스로 괴물임을 입증하는 것, 그들의 분열증적 성격에 잠재된 권력과의 갈등을 현실화하는 것이다. 이것은 궁극적으로 권력의 요구에 따라 욕망을 조직함으로써 그들이 획득한 행위력, 즉 주체성의 해체로 나타난다. 이러한 탈주체화의 가능성은 박태자의 경우 뷰티풀 피플의 플라스틱 '인형'과 관련된 그녀의 생각에 암시되어 있다. 그녀는 우선, 그녀의 세계에서 인간이란 해체되기 쉬운 물질 합성에 불과하다는 사실에 걸맞게, "휘면 휘고 자르면 잘리고 뽑으면 뽑혀"진다는 성질 면에서 인형은 인간과 다르지 않다고 생각한다. 그녀가 말하는 인형의 비유는 여성이 단지 남성 권력-응시의 대상으로 존재하는 그녀의 세계에서는 당연히 그녀 자신과 같은 여성에게 적합하다. 이어 그녀는 여자아이들이 "바비인형의 팔다리를 뽑고 머리카락을 태우고" 해체하며 쾌감을 느낀다는 사실을 상기시킨다. 해체된 인형에서 자연스럽게 연상되는 망가진 여성은 그녀가 "평안과 안도"를 느끼면서 꾸는 '초록 빛깔' 피의 꿈속에서 어린 시절의 그녀 자신의 모습으로 출현한다. 머리를 두 줄기로 땋아내리고 치맛단이 짧은 원피스를 입은 박태자는 뭔지 모를 방들을 뒤로하고 더러운 마루를 가로질러 "무릎 관절이 없는 인형"처럼 걸으며 허벅지 양쪽으로 흥건하게 피를 흘린다. 정황으로 보면 강간을 당한 이후의 처참한 장면임에도 그녀는 "눈을 감고 영원히 잠이라도 잘 수 있을 것 같"은 기분에 젖는다. 이처럼 자기 파괴에서 쾌감을 느끼는 박태자의 심리적 메커니즘은 물론 매저키즘이다. 여기에는 아이 납치와 학대에 도취되어 있는 그녀의 정신병적 기벽, 그리고 그녀의 몸이 펫숍에서 끔찍하게 망가지는 중에 그녀가 보여주는 묘한 침묵과 눈물을 설명할 근거가 있다. 펫숍의 직원들에게 방에 끌려가 윤간을 당한 이후 마루로 나와 핏덩이를 쏟으며 힘겹게 걸음을 걷는 행동 속에서 그녀는 꿈속에서 보았던 어린 시절 그녀 자신의 모습을 재연한다. 그녀의 망가지고 부서지는 몸이 시사하는 것은 탈주체화의 매저키즘적 방식, 즉 사회적으로 구축된 주체가 능욕과 파괴를 당하도록 버려두는 방식이다.

한창림이 행하는 탈주체화는 박태자의 그것과 대조적이다. 그는 박태자처럼 권력에 길들여진 자신을 훼손시키는 방식이 아니라 자신의 권력을 지나치게 행사하는 방식을 보여준다. 그가 권력에 대한 욕망이 '유별난' 남성이라는 사실은 여기서 좀더 분명하게 확인할 필요가 있다. 예를 들어, 그가 자기 부모에게 드러내는 싸늘한 경멸의 배경에는 그들이 육체적으로나 경제적으로 무력하다는 사정이 깔려 있다. 그는 가난에 찌들어 쇠약했던 어머니의 인상 중에서 유독 "한 대 쥐어박고 싶은 충동을 일으키게 하는" 처량하고 볼품없는 얼굴을 기억하고, 그가 아예 '별볼일 없는 수컷'이라고 부르는 아버지에게서는 늙고 약한 남성의 비루함을 관찰한다. 무력한 인간의 치욕에 대한 한창림의 감각이 남다른 만큼 그가 펫숍 보스를 삼촌이라고 부르는 것은 별로 이상하지 않다. 권력이 막강한 펫숍 보스는 그의 마음속에서 아버지의 역할을 대행하여 '슈퍼 수컷' 혹은 초자아superego로 기능한다. 펫숍 보스가 한창림으로 하여금 스스로를 검열하고 규율하게 하는 존재라는 것은 그가 야수처럼 행동할 때면 언제나 "경쾌하고 발랄하고 속이 텅 빈 듯한 목소리"를 지어낸다는 사실, 즉 펫숍 보스의 냉정한 살인마 스타일을 흉내낸다는 사실에서 뚜렷이 드러난다. 게다가 권력에 대해 한창림이 품고 있는 욕망은 워낙 유별나서 펫숍이 상징하는 훈육과 통제조차 넘어선다. 만드릴 원숭이의 광포한 야수성에 매혹된 그의 마음이 말해주듯이 그는 무제한의 권력을 갖고 싶어하며, 권력의 메커니즘에 순응한 그 동안의 생활이 파탄에 이르렀음을 깨닫게 되자 마침내 서울랜드 '모험의 나라'의 '킹 바이킹'을 무대로 그러한 욕망을 한껏 표출한다. 일종의 원시주의적 카니발처럼 그려져 있는 그 한창림의 광란은 펫숍의 동물 중의 하나가 아니라 펫숍의 보스 자체가 되려는 반란이다. 그리고 그것은 그의 초자아에 자신을 일치시키는 행동이라는 점에서 새디즘적이다. 그의 모험은 물론 경찰의 진압으로 끝나지만 펫숍 삼촌조차 "치사한 새끼"임을 알아본 그는 권력 체계에 스스로를 종속시킴으로써 획득한 주체성을 이미 갖고 있지 않다.

박태자의 매저키즘과 한창림의 새디즘이 『목화밭 엽기전』에 묘사된 초과의 경험에 핵심적인 것임은 물론이다. 그것은 모든 초과의 경험이 그렇듯이 주어진 삶의 구조나 체계로부터의 해방을 가져다 준다. 그러한 해방은 한창림이 우리에 갇힌 동물들을 풀어준 자신의 장난을 이야기하면서 사용한 말대로 '탈주'에 해당하는 것이다. 소설 텍스트에는 그들이 행한 탈주의 성격을 보다 구체적으로 인식하게 해주는 중요한 이미지가 하나 있다. 목화밭이 그것이다. 목화밭은 아이들의 시체가 묻혀 있는 한창림 집 앞 둔덕에 자라난 잔디밭의 다른 이름이다. 한창림의 집을 방문한 오장근 형사가 공터로 버려두지 말고 목화를 심으라고 엉뚱한 제안을 했기 때문에 목화밭이라는 이름을 얻었지만 그곳은 "세상에, 목화밭이라니! 생각지도, 예상치도 못한 단어였다"라는 한창림의 당혹한 반응이 암시하듯이 그의 삶에서는 불가능한 다른 세계를 상징한다. 그 푸른색의 식물성의 세계는 피의 붉은색이 압도적인, 그가 처한 동물성의 세계와 현저한 대조를 이룬다. 그것은 '나쁜 수컷'들을 '거름'으로 해서, 모든 야수적 인간들의 사멸 위에 비로소 자라날 세계이다. 그래서 목화밭은 자연히 죽음의 이미지를 띤다. 그것은 박태자가 자기 해체의 꿈에서 만나는 '꽃밭'과 연결되며, 서울랜드에서의 광란 이후 한창림이 의식을 잃어가는 중에 떠올리는 그 자신의 무덤과도 연결된다. 목화밭은 한창림과 박태자가 권력의 억압 혹은 주체성의 속박으로부터 해방된 순간에 느끼는 희한한 안락감이나 행복감을 따라다닌다. 이렇게 보면 한창림과 박태자의 탈주는 그들의 삶을 죽음의 상태로 돌리려는 충동의 방출과 다를 바가 없다. 그들은 그들의 탈주에 중요한 에너지가 되어준 새도-매저키즘적 욕망의 흐름과 완전히 일치되는 방식으로 그들 자신을 죽음 본능에 맡기고 있는 것이다.

이처럼 죽음을 불러오는 지나친 욕망의 흐름을 통해 한창림, 박태자가 보여주는 것은 권력에 대한 분열증적 저항의 한 형식이다. 그들은 권력과 공모하고 있는 자신의 동일하고 통일된 자아를 파괴함으로써 권력에 대항한다. 그들이 도달하는 죽음은 생물학적 유기체의 소멸을 의미한다기보다는 자아 정체성의 파괴를 의미한다. 그들의 죽음 본능은 쥘리아 크리스테바가 『시적 언어의 혁명』에서 프로이트의 죽음 본능 개념을 수정하여 주체의 정체성을 파괴하려는 모든 경향이라고 정의한 것과 정확히 일치한다. 그들의 분열증적 저항은 물론 권력에 대한 복잡한 반감의 표현이다. 소설에 그려진 그들의 행동을 보면 그들은 한편으로는 권력의 억압 아래 있는 인간의 왜곡된 삶의 증후를 드러내지만 다른 한편으로는 권력의 휘하에 있는 인간사회에 대한 적의를 내비친다. 한창림이 우리에 갇힌 동물들을 풀어주었다가 펫숍 보스에게 끌려가 그의 '애인'이 되고 만 사건의 현장이 '구로동'이라는 독재형 경제개발 시대 인권 유린의 전설적 장소라는 것, 한창림과 박태자가 포르노그라피의 재료로 삼는 아이들이, 저명한 대기업 간부의 집안에 태어나 방자하게 악행을 저지르는 '청담동' 사내애처럼, '나쁜 수컷'이라는 것은 하찮은 사실이 아니다. 특히 한창림의 권력에 대한 분열증적 저항은 무력함의 치욕과 고통을 일찍이 체험한 결과 길러진 권력에 대한 유별난 선망과, 사람을 죽여도 신문에 나지 않는 자신의 익명화된 존재를 희극적으로 표현한 그의 발언에 감춰진 바와 같은 원한, 즉 자신을 인정하지 않는 권력에 대한 원한이라는 양면적인 동기를 가지고 있다. 그 저항의 배경에는 — '동물원'과 '서울랜드' 건설과 함께 그의 집이 '고립되었다'는 구절에 함축되어 있는 — 권력에 의한 성취와 박탈이 다른 어디에서보다 예리하게 느껴지는 주변부 경험이 중요하게 자리잡고 있다. 그러므로 공포의 야수라는 형태로 표출된 그의 분열증적 저항은 단순히 권력에 대한 총체적 거절이라고 읽기보다는 그 자신의 권력 경험에 내재하는 괴로운 모순의 숭고한 해소라고 읽어야 한다. 그가 서울랜드에서의 광란으로 '수컷 냄새'가 '소진'된 이후 목화밭의 환각을 보던 끝에 소리내어 우는 울음, 그리고 "손을 들어 삼촌을 향해 흔들어" 보이는 작별의 포즈는 그 괴로운 모순이 해소되었고 그에 따라 정신적 평화가 찾아왔음을 의미하는 행동일 것이다. 권력 체계에 대한 그의 도전은 실패로 끝났지만 그것은 결코 인간의 운명에 대한 페시미즘이 아니다. 인간을 동물로 만드는 권력의 억압과 유혹으로부터 해방된 한창림, 그는 이제 인간이다.

5. 하위문화로서의 소설

이십세기의 마지막 십 년간 한국소설에 일어난 주요 변화 중의 하나는 인간 개체들의 조화로운 종합에 대한 믿음이 사라졌다는 것이다. 역사적 이성에 대한 신뢰를 기초로 하는 인간 공동체의 비전은 레닌 동상이 레닌그라드의 민중들 자신의 손에 의해 쓰러진 이후 애잔한 향수만을 남기고 자취를 감추었고, 전통적으로 공동체적 사회에 대한 메타포 중의 메타포였던 가족은 권위와 사랑의 흉물스런 잔해로 뒤덮인 황량한 폐허가 되었다. 조화로운 사회적, 윤리적 삶의 형식에 대한 환멸은 사랑, 우정, 신념, 이성과 같은 인간 통합의 원리들에 대한 냉소를 동반했다. 제도화된 모든 인간관계는 억압적인 권력 체계로 비쳐졌고, 일탈, 위반, 전복은 개인들의 자유롭고 충만한 삶의 원천으로 새롭게 발굴되었다. 금지와 억압의 체계 밖으로 탈출하려는 '욕망하는 기계'로서의 자신을 발견한 개인의 전율과 고뇌, 희망과 절망은 지난 십 년간 한국소설에 기록된 실존적 경험의 개요를 이룬다. 이러한 인간학적 테마의 변화와 맞물려 소설은 자유주의적, 휴머니즘적 교육 형식이 더는 아니게 되었다. 개인의 의식과 덕성을 함양시키고 정체성의 모델을 제시하는 역할 속에서 소설이 습득하고 정비한 언어적, 형식적 규범들은 휴머니즘의 신화로부터 벗어난 작가들에게 효력이 다한 부적처럼 여겨졌다. 환멸과 냉소는 소설에 그려진 인간에게만이 아니라 소설이라는 형식 그 자체로도 향했다. 그래서 소설은 교육적 서사의 신전에서 저자로 내려와 '농담'이 되고 '만담'이 되었으며, 사제의 고독한 언어를 버리고 대중의 세속적 화법과 한몸이 되었다. 그것은 인간에 대한 신뢰를 버렸듯이 인간화의 예술을 버렸다. 테마에 있어서나 형식에 있어서나 위악은 소설의 두드러진 책략이 되었다.

위악적 책략은 백민석의 『목화밭 엽기전』에 이르러 절정에 달한 느낌이 든다. 한창림, 박태자의 이야기는 인간이 사회를 만듦으로써 그 자신을 자연으로부터 해방시켰다는 문명화의 서사를 전복시키고 사회 바로 거기에서 인간의 자연에 대한 종속이 여전히 반복되고 있음을 보여준다. 인간이 욕망과 권력을 스스로 제어하여 인간의 윤리적 목적에 합치되는 방향으로 진보하고 있다는 믿음은 인간의 나르시시즘적 자기기만에 지나지 않는다. 인식하지도 통제하지도 못하는 권력의 공포 속에서 자기 종족을 착취하고 살상하며 스스로를 보존하고 있는 동물이 인간이다. 개인이 그 자연의 상태로부터 해방될 가능성은, 박태자가 자연의 광포한 이치 속으로 자신을 무화시키거나 한창림이 자기 내부에 남아 있는 야성의 자연을 회복하는 것처럼 이성의 빛이 미치지 못하는 자연의 어둠 속으로 더욱 깊이 침잠하는 데에 있다. 그들의 이야기에서는 인간 아닌 괴물이 비로소 인간이다. 이러한 반문명, 반휴머니즘의 테마는 또한 그에 걸맞은 비인간화의 담론을 갖고 있다. 한창림, 박태자의 이야기를 서술하는 언어는 인간활동에 대한 감정 이입을 최대한 억제하고 있을 뿐만 아니라 물질적 세계로부터 모든 인간적 의미를 제거하고 있다. 그 냉혹하고 초연한 언어 속에서 인간성의 대표적인 표상은 지각하고 의식하는 통일된 인간 주체의 이미지가 아니라 피, 고름, 오줌, 똥, 눈물, 냄새, 시체 등과 같은, 인간이 스스로를 폐기한 흔적들이다. 게다가 사람들 공동의 기억과 체험에 호소하는 서사적 관습은 뒤틀린 욕망, 광포한 권력, 분열된 성격의 스펙터클에 대한 환상으로 대체되었다. 그 서사적 스타일은 리얼리즘 소설의 '호암아트홀'이 아니라 고딕 픽션이라는 '공포의 집'에 속한다. 『목화밭 엽기전』의 괴담은 지금까지의 어떤 농담이나 만담보다 훨씬 불경한 방식으로 휴머니즘 서사와 결별한다.

『목화밭 엽기전』의 불경한 미학은 물론 대중문화 체험과 불가분의 관계가 있다. 소설에 등장하는 연극화된 행동이나 장면들은 문학적 측면에서는 고딕 픽션의 장치들을 연상시키면서 시각적 측면에서는 호러 무비, 스릴러 무비, 갱스터 무비의 기표들에 호소한다. 주어진 문화적 기표들을 당면한 목적에 맞게 배열하고 조합하는 방식, 즉 브리콜라주 bricolage는 『목화밭 엽기전』에 이용된 텍스트 구성의 가장 중요한 원리이다. 이것은 지금까지 씌어진 백민석론에서 누누이 지적된 대로 그가 대중소비를 위해 생산된 문화 속에서 성장한 세대라는 사실에 비추어 보면 전혀 놀라운 일이 아니다. 그러나 백민석의 브리콜라주는 대중문화의 기표들을 장식적으로 재활용하는 데에 그치지 않고 그 재활용에 내재하는 전복의 능력을 발현시킨다는 점에서 특별하다. 그의 브리콜라주는 휴머니즘 문화 속에서 길러진 소설적 이야기에 대한 기대와 예상을 가차없이 배반하고 실제생활에서 인간의 이름으로 금지되거나 억압된 환상을 새겨넣음으로써 소설 형식 자체를 괴물로 만들어버린다. 특히 그것의 전복적 정열은 사회의 주변부에서 박탈과 소외의 체험을 안고 사는 젊은이들의 원한과 울분을 실어나른다. 브리콜라주의 박력은 한창림이라는 인물이 작중에서 구현하고 있는 그 소외된 젊은이의 저항과 미학적으로 일치하는 것으로 보인다. 그런 점에서 『목화밭 엽기전』의 불경한 미학은 단순히 대중문화와 관련된다기보다는 하층계급 젊은이들에 의한 비판적인 문화 전유(專有), 즉 하위문화 subculture와 관련된다. 제목에서부터 '엽기전'이라는 말로 소설의 약호를 교란하고 새디즘적, 매저키즘적 탈주를 구가하는 이 기괴한 환상물에서 펑크록의 폭발적 리듬과 난잡한 무대를 연상한다면 그것은 아마도 그 미학적 핵심과 통하는 반응일 것이다. 하위문화 스타일이 누구에게나 유쾌하진 않다. 섹스 피스톨즈의 록을 역겨워하는 청취자가 있듯이 백민석의 괴담을 싫어하는 독자가 있을 수 있다. 그러나 그의 괴담이 현재 젊은 세대의 작가들에게 요망되는 스타일의 반란을 과감하게 수행하고 있다는 것은 의심할 여지가 없다. 『목화밭 엽기전』은 앞으로 한동안 창조적, 비판적 의식을 끊임없이 괴롭힐 소설의 악몽이다. 아마도 이 악몽을 해석하고, 활용하고, 처치하는 가운데 한국소설은 새로운 원년을 이룩할 것이다.

(『목화밭 엽기전』 해설, 문학동네, 2000)

V

모더니즘의 망령을 찾아서

—마셜 버먼의 『단단한 것은 모두 녹아 날아간다』에 관하여

1. 과거를 기억하는 모더니즘

모더니즘 연구에 관건이 되는 문헌 중의 하나인 『반시대적 고찰』의 제2장 「삶에 대한 역사의 공과」에서 니체는 삶과 역사 사이에 존재하는 대립을 한 극단으로 발전시키고 있다. 그는 과거에 대한 존중이 정도를 지나쳐 역사 인식이 다른 모든 활동 위에 군림하고 있는 사태에 주목하고, 거기서 인간이 그 자신을 저해하기에 이른 정신적 퇴화의 증후를 발견한다. 19세기 역사주의의 절대적 권위가 가져온 그 '역사적 교양의 과잉'은 니체에게 삶으로부터 모든 창조적인, 초월적인 활력을 앗아가고 결과적으로 삶 자체를 불가능하게 만드는 치명적인 위협을 의미한다. 그는 "순수하고 군주적인 학문으로 화한 역사는 인류에 대해서 삶의 종결이자 청산의 일종"이며 "역사적 교양은 실로 생래적인 백발의 일종이어서 그것을 어려서부터 드러내는 자는 인류의 노년을 본능적으

로 믿고 있음에 틀림없다"고 쓰고 있다.[1] 그처럼 인류의 노화를 부추기는 '역사라는 병(病)'에 대하여 니체가 내리고 있는 처방은 '망각'의 힘을 기르는 것이다. 망각은 그가 생각한 삶의 위생학에서 첫째 가는 원리이다. 푸르른 젊음을 삶에 회복하기 위해서는 역사적인 것을 서슴없이 잊어버리고 인간 자신을 제한된 시계(視界)내에 가두어놓는 능력과 생성에 대한 광신을 버리고 현재의 존재를 영원화하는 능력이 요구된다고 그는 주장하고 있다.(62, 65, 120쪽) 이러한 망각, 혹은 '비역사적인 것'과 '초역사적인 것'의 추구는 니체 자신이 경험하고 있던 근대라는 전혀 새로운 실존적 조건과도 정신적으로 부합된다. 그가 묘사한 바대로 "토대라는 토대는 모두 미쳐서 날뛰듯이 산산이 부수고 엉망으로 만드는 것, 모든 토대를 녹여서 부단히 흘러가는 진화를 계속하게 하는 것, 존재하는 것이라면 모두 쉽없이 해체하고 역사화시키는 것"(108쪽)이 근대의 실상이라면 위대한 청춘의 삶이란 정녕 역사에 대한 능동적이고 무자비한 망각을 필요로 하는 것일 수밖에 없다.

니체가 천명한 망각의 이념은 일차적으로는 19세기 역사주의, 그것의 실증주의적이고 과학주의적인 이데올로기와의 전면적 단절을 추구한 그의 철학적 입장을 예시하는 것으로 보인다. 그러나 좀더 넓게 보면 그것은 훗날 모더니즘 예술가들의 각종 선언문과 비평문에서 보게 되는 부정과 파괴의 정신을 선취하여 표현한 것이기도 하다. 망각의 이념과 모더니즘 사이에 존재하는 이러한 친족성은 이미 많은 사람들에 의해 간파된 바 있다. 예컨대 폴 드 만은 유명한 에세이 「문학의 역사와 문학의 근대성」에서 니체의 문제의 글을 표본으로 삼아, 근대성을 향한 진정한 충동과 역사의식의 요구가 서로 충돌하는 지점에서 발생하는 문제들에 대해 흥미로운 고찰을 하고 있다. 그의 설명에 따르면 삶을 위한 망각이라는 니체적 이념은 역사와의 정면적인 대립을 통해서만 스

---

1) Friedrich Nietzsche, "On the Uses and Disadvantages of History for Life", *Untimely Meditations*, trans. R. J. Hollingdale, Cambridge : Cambridge University Press, 1983, 67쪽, 101쪽. 앞으로는 본문 중에 인용 쪽수만 표시한다.

스로 존립하는 근대성의 참다운 정신을 포착한 것이다. 망각이란 "종래의 모든 경험의 부담을 덜고 행동에 투신하게 하는 맹목"이며, 그런 점에서 그것은, 시인에게 사람들이 기대해야 하는 것은 새로움이 전부라는 랭보의 신념을 비롯한 모더니스트들의 미학적 이념과 곧바로 통한다.[2] 사실, 우리가 모더니즘이라는 이름으로 일괄하고 있는, 19세기 후반 상징주의 이래의 각종 문학, 예술운동에서 어떤 공통된 속성을 찾자면 니체적 의미에서의 망각, 즉 자신이 처한 역사적 순간에 대한 극도로 고조된 의식 속에서 행하여지는, 모든 역사적 선례에 대한 끊임없는 부정 외에는 별로 없다고 해도 그리 무리는 아니다. 모더니즘의 두드러진 특징으로 지목되곤 하는 '전통과의 결별'이라는 것은 단순히 기존의 문학적, 예술적 관습의 파괴와 혁신을 뜻하는 것이 아니다. 그것은 역사적인 것을 경험하는 근대 특유의 방식이라는 차원에서, 다시 말하여 유동적인 현재에 대한 의식에 압도된 생산적인 망각의 전략이라는 차원에서 이해되어야 한다.[3]

모더니즘의 근원적인 충동을 이루는 망각의 이념은 흥미롭게도 문학과 예술에서의 포스트모더니즘에 대한 이론적 변호 속에서도 심심치 않게 발견된다. 포스트모더니즘의 몇몇 변론가들은 모더니즘을 잊어도 무방한 죽은 전통으로 만드는 부친 살해의 수사를 종종 구사한다. 그러한 수사의 가장 도발적이고 전투적인 사례는 아마도 레슬리 피들러에게서 찾을 수 있을 것이다. "우리는 이십여 년에 걸쳐 모더니즘의 최

---

2) Paul de Man, "Literary History and Literary Modernity", *Blindness and Insight: Essays in the Rhetoric of Contemporary Criticism*, 2nd ed., Minneapolis : University of Minnesota Press, 1983, 147쪽.

3) 모더니즘이라는 용어는 "종전의 모든 발전을 '전통'이라는 쓰레기통에 호기 있게 버리게 해주는 유리한 지점인 당면한 현재의 격렬한 충격 속에서 역사를 중지시키고 거부하는 행동을 암시하는 동시에, 절박할 만큼 현실적이지만 안타깝게도 불분명한 자신의 직접적 경험의 범위 내에서 역사가 유달리 세차고 다급하게 움직인다는 어리둥절한 느낌을 암시한다"는 이글턴의 지적은 여기서 음미할 가치가 있다. Terry Eagleton, "Capitalism, Modernism, and Postmodernism", *Against the Grain : Selected Essays 1975~1985*, London : Verso, 1986, 139쪽.

후의 단말마적 고통과 포스트모더니즘의 잉태의 아픔을 지켜보며
(……) 살아왔다. 모던이라는 용어를 스스로에게 적용한 이 문학은 제
1차세계대전 직전의 어느 시점부터 제2차세계대전 직후의 어느 시점
까지 가장 화려한 활동을 펼쳤지만 이제는 죽어서 역사에 귀속되고 만
것이다"라고 그는 쓰고 있다.[4] 그런가 하면, 피들러보다는 좀더 신중한
비평가인 할 포스터도 모더니즘을 역사적 기억 속으로 밀어내는 사형
선고를 주저없이 내린다. 그는 부르주아 계급의 문화 질서에 도전한 모
더니즘이 현재는 공식 문화에 통합되었음을 상기시키면서 그것이 "우
세하기는 하나 죽었다"고 선언하고 있다.[5] 이처럼 포스트모더니즘에
대한 중요한 변론에서 니체적 망각의 수사가 동원되고 있다는 사실은
그것이 죽이고자 하는 아버지를 보통 짐작하는 것 이상으로 많이 닮았
다는 것을 일깨워준다. 포스트모더니즘이 어떻게 모더니즘과 이념상
으로, 미학상으로 연속되는가는 이미 누차 검토된 바 있으므로 여기서
는 언급하지 않아도 좋을 것이다. 다만, 포스트모더니즘의 정당화에 봉
사하는 비판적 담론들이 근본적으로 모더니즘적 수사에 기생하고 있다
는 것은 강조될 필요가 있다. 위기와 변화로 충만한 현재의 경험 속에
자신의 시계를 제한하는 문화의 전략은 애초부터 모더니즘의 패러다임
속에 존재하는 품목인 것이다. 이렇게 보면 일찍이 프랭크 커모드가 언
급한 진실, 즉 "지금까지는 단 하나의 모더니즘 혁명만 있었으며 그것
은 오래 전에 일어났다는 진실"은 새겨들을 만한 것이다.[6]

　이 글에서 살펴보고자 하는 마셜 버먼의 『단단한 것은 모두 녹아 날
아간다 ― 근대성의 경험』(앞으로는 『근대성의 경험』으로 약칭함)은 '단
하나의 모더니즘'에 대한 신념을 강화시키기에 충분한 책이다.[7] 그것

　4) 레슬리 피들러, 「경계를 넘어서고 간극을 메우며」, 정정호 · 강내희 편, 『포스트모더니즘
　　론』, 터, 1989, 30쪽.
　5) Hal Foster, "Postmodernism : A Preface", *The Anti-Aesthetic : Essays on Postmodern
　　Culture*, Hal Foster, ed., Port Townsend, Wash : Bay Press, 1983, ix.
　6) Frank Kermode, *Continuities*, New York : Random House, 1968, 24쪽.

은 모더니즘이 근대의 위대한 문학적, 예술적 표현들에 근본적인 지속성을 부여했으며 지금도 참여와 계승을 요구하는 문화로 남아 있음을 인식하도록 열정적으로 설득한다. 그와 같이 살아 있는 전통으로서의 모더니즘을 역설하는 것은, 포스트모더니즘의 대두를 계기로 형성된 현재의 이념적 구도 안에서는 신보수주의의 반격으로 보이기 십상이다. 그것은 문화적 엘리트주의, 유럽 중심주의, 가부장제 이념, 또는 계몽주의의 노회한 설교를 연상시킬지 모른다. 그러나 버먼의 모더니즘 옹호는 포스트모더니즘의 쇄도를 유발한 법전화된 형태의 모더니즘, 그것에 대한 새로운 추인과는 종류가 다르다. 그는 오히려 영미의 학계에서 모더니즘의 특정한 유산들에 정전의 지위를 부여하고 모더니즘 자체를 문학사에 편입시킴으로써 유실된 그것의 현재성 — 현재의 생활과 문화에 대한 그것의 적실성을 새로운 시각에서 파악하고자 한다. 이러한 목적에서 그가 집중적으로 검토하고 있는 것은 이른바 본격 모더니즘 시대(1890~1930)의 위대한 작가들이 아니라 맑스, 보들레르, 도스토예프스키 등과 같은 19세기의 문학자, 사상가들이다. 버먼은 그들의 저작에 대한 독창적이고 유려한 해석을 통하여 근대적 삶에 대응하는 심오하고 창조적인 정신의 고전적 형태들을 찾아내고 있으며 그것들을 근거로 20세기의 예술가와 사상가들이 지금까지 인식하고 구현한 것보다도 훨씬 풍부하고 강대한 생명력이 모더니즘에 있음을 주장하고 있다. 『근대성의 경험』에는 모더니즘의 문화와 역사를 파악하는 새로운 관점이 시사되어 있을 뿐만 아니라 모더니즘과의 단절을 공허한 환상으로 만드는 강렬한 비전이 담겨 있다.

이러한 이유에서 버먼의 『근대성의 경험』은 포스트모더니즘 자체를

---

7) Marshall Berman, *All that Is Solid Melts into Air : The Experience of Modernity*, New York : Simon and Schuster, 1982 / London : Verso ; Harmondsworth : Penguin, 1988, 제2판. 이 책의 한국어 번역판이 최근 『현대성의 경험 : 견고한 모든 것은 대기 속에 녹아버린다』(현대미학사, 1994)라는 제목으로 출간되었다. 앞으로 이 글에 나오는 버먼의 모든 구절은 펭귄판을 저본으로 하여 필자가 다시 번역한 것임을 밝혀둔다.

정면으로 다루고 있지 않음에도 불구하고 그것에 대하여 지금까지 제기된 가장 강력한 비판 중의 하나라고 말할 수 있다. 최근에 어떤 논자는 "80년대에 한쪽에서는 버먼이 다른 한쪽에서는 하버마스가 포스트모더니즘의 지나치게 맹렬한 강습에 저항하려면 반드시 참조할 필요가 있는 논점을 제공했다"고 지적한 바 있다.[8] 이처럼 포스트모더니즘에 대한 비판적 견제에 크게 공헌한 버먼의 논의에는 한 가지 흥미로운 사실이 있다. 전통의 '망각' 위에 성립된 모더니즘을 그는 '기억'하고자 하는 것이다. 그가 여전히 살아 있는 창조적 기획으로 간주하는 모더니즘은 자신의 과거를 기억하는 모더니즘이다. 기억하는 모더니즘에는 확실히 역설의 기미가 있다. 그러나 버먼이 『근대성의 경험』에서 하고 있는 회고, 그 자신의 표현을 빌리면, 모더니즘의 '망령들'과의 대화는 근대성의 현실에서 물러서기 위한 것이 아니라 그것과 보다 정직하게 대면하고 보다 대담하게 싸우기 위한 것이다. "만일 모더니즘이 자신의 찌꺼기와 누더기, 자신을 과거와 이어주는 거북한 이음새를 내던져버리기라도 한다면 자신의 모든 무게와 깊이를 잃어버릴 것이며 근대 생활의 소용돌이에 휩쓸려 어쩌지 못하고 떠내려갈 것이다. 모더니즘이 현재와 미래의 근대인들의 자유에 도움을 주는 것은 자신을 과거의 근대성들과 연결시키는 속박을 계속해서 살려둠으로써만 가능한 일이다."(346쪽) 버먼이 모더니즘의 갱생을 위해 망각이 아니라 기억을 실천하고 동시에 촉구하는 배경에는 근대성이라는 것이 그저 유동적인 현재의 경험이 아니라 역사적인 실체성을 갖는 경험이라는 전제가 깔려 있다. 무자비한 망각을 필요로 하는 삶, 그것의 본질적인 역사성을 그는 강조한다. 그가 기억하는 모더니즘은 현재 우리의 삶이 여전히 역사적 근대성의 난제와 곤경 속에 있음을 직시하도록, 문화적 단절의 환상에서 깨어나도록 자극한다. 그것은 근대성의 극복을 위한 싸움이 근

---

8) Scott Lash and Jonathan Friedman, "Introduction", *Modernity and Identity*, Oxford : Basil Blackwell, 1992, 2쪽.

대성에 대한 수사학적 고별보다 더욱 깊은 고뇌와 정열을 요구한다는 것을 일깨워준다. 이 글에서 행하고자 하는 것은 그의 모더니즘을 구성하는 몇 가지 주제들에 대한 간략한 검토이다.

2. 근대화와 모더니즘의 변증법

『근대성의 경험』에서 버먼이 제기한 가장 중요한 주제는 모더니즘과 근대화 사이에 존재하는 복합적이고 역동적인 관계이다. 버먼이 근대화라고 부르고 있는 것은 과학적 발견, 생산의 산업화, 인구 변동, 도시의 팽창, 대중매체의 성장, 민족국가의 탄생, 대중운동의 확산, 자본주의적 세계시장의 성립 등과 같은 일군의 사회적 과정이다. 근대생활을 끊임없는 파괴와 생성의 소용돌이 속에 몰아넣은 이러한 근대화는 문화의 영역에서도 놀랄 만큼 다양한 비전과 이념을 성장시켰으니, 그것이 바로 모더니즘이라고 그는 말하고 있다. 모더니즘의 비전과 이념은 "모든 사람들을 근대화의 객체이자 주체로 만드는 것, 그들을 변화시키는 세계를 변화시킬 힘을 그들에게 부여하는 것, 소용돌이를 헤치고 나가 그것을 자신들의 것으로 만드는 것"을 목표로 한다.(16쪽) 모더니즘이 근대화와 맺고 있는 관계는 대단히 복합적인 것이다. 모더니즘은 근대화에 의존하면서도 근대화에 도전하며, 근대화를 반영하면서도 근대화에 개입하고, 근대화에 적응하면서도 근대화에 반발한다. 그것 양자 사이의 관계는 어느 한쪽이 다른 한쪽을 일방적으로 결정하는 관계가 아니라 서로 관여하고 제약하는 상호작용의 관계이다. 모더니즘을 이처럼 근대화와의 관련 속에서 느슨하게 규정하는 것은 어쩌면 모더니즘의 엄격한 이론적 구성에 대한 기대를 처음부터 저버리는 것인지도 모른다. 버먼의 모더니즘 정의는 우리가 보통 모더니즘에 대한 학술적, 비평적 검토에서 만나게 되는 정의보다는 확실히 광범하고 포괄적이다. 그러나 그의 모더니즘론의 강점은 바로 그러한 정의의 유연함으로부터 온다. 근대화와의 복합적인 관계에 주목함으로써 우리는 모더니즘을 모든 예술적, 사상적, 정치적, 경제적 활동을 포함하는 단일한 변증법적 과정 속에서 인식하게 되는 것이다. 버먼은 그의 저서가 "모더니즘과 근대화의 변증법에 대한 연구"(16쪽)라고 스스로 밝히고 있다.

모더니즘과 근대화의 변증법적 관계에 대한 이해를 강조하면서 버먼이 특히 중요하게 사용하고 있는 개념적 도구는 근대성이다. 근대화의 산물이자 모더니즘의 자원인 근대성은 그의 논의에서 그것 각각의 역사적으로 특수한 성질을 표시하면서 동시에 그것 양자를 서로 매개하는 범주의 역할을 하고 있다. 바꿔 말하면, 그것은 모더니즘이라는 문화적 비전과 근대화라는 사회적 과정의 변증법이 작동하는 지점을 나타낸다. 근대성의 개념은 비단 버먼의 경우만이 아니라 모더니즘에 대한 근래의 모든 논의에서 중요하게 취급되고 있는 문제이다. 그것은, 계승을 위해서든, 극복을 위해서든 간에 모더니즘의 역사적 본질을 진지하게 탐구하려는 사람이라면 누구나 불가피하게 직면하게 되는 난제 중의 하나이다. 우리는 현재, 근대성을 추동시킨 인간활동의 사회적 분화에 치중한 하버마스의 이론에서부터 근대성의 조건을 이루는 담론적 관행들에 주목한 푸코에 이르기까지 서로 경합하는 다양한 근대성의 이론들에 접하고 있다. 버먼의 근대성 논의에 특이한 점이 있다면 그것은 근대성을 어떤 규범이나 법칙들의 추상적인 체계로 파악하지 않는다는 점이다. 그는 근대화의 과정에서 생겨난 인간 경험 양식의 차원에서 근대성의 본질에 접근한다.

오늘날에는 세계 전역에 걸쳐 모든 사람들이 공유하는 극히 중요한 하나의 경험 양식 ─공간과 시간, 자아와 타자, 가능한 삶과 위험한 삶을 경험하는 양식─이 존재한다. 나는 이러한 경험 일체를 '근대성'이라고 부르고자 한다. 근대적이 된다는 것은 우리에게 모험, 권력, 기쁨, 성장, 우리 자신 및 세계의 변혁을 약속하면서 동시에 우리가 가진 모든 것, 우리가 아는 모든 것, 우리 자신을 구성하는 모든 것을 파괴하려 위협하는 환경에 처한다는 것을 말한다. 근대적 환경과 경험은 지역, 인종, 계급, 민족, 종교, 이데올로기의 모든 경계들을 넘어선다. 이러한 의미에서 근대성은 인류 전체를 통일시킨다고 말할 수 있다. 그러나 그것은 역설적인 통일, 분열 속의 통일이다. 근대성은 영원한 해체와 갱신, 투쟁과 모순, 모호함과 괴로움의 소용돌이 속에 우리 모두를 빠뜨린다. 근대적이 된다는 것은 맑스가 말했듯이 "단단한 것은 모두 녹아 날아가는" 세계의 일부가 되는 것이다.(15쪽)

버먼이 말하는 근대성의 경험은 근대화가 유럽 봉건사회를 체계적으로 파괴하고 세계 전체로 확대되면서 인류에게 초래한 보편적인 경험이다. 근본적으로는 세계적 규모의 자본주의에 의해 추동되는 근대성은 비록 시간과 정도에 있어서는 차이가 있을지라도 인류 전체가 공유하는 경험이 되었다고 그는 보고 있다. 모든 지역적, 종족적, 이념적 경계를 넘어서 사람들의 개인적, 사회적 생활에 침투한 이러한 근대성은 사람들의 생활을 안정적이고 확실하게 하는 모든 질서 또는 토대의 원천적인 결여를 기본 특징으로 한다. 근대적인 삶을 산다는 것은 모든 가치를 덧없게 하고, 모든 활동을 스스로 모순되게 하며, 모든 관계를 서로 갈등에 빠지게 하는 조건 아래서 산다는 것을 뜻한다. 그것은 물질적인 의미에서뿐만 아니라 정신적인 의미에서도 생성과 분해, 창조와 파괴가 끊임없이 반복되는 과정 속에 있는 유동적인 삶이다. 그러한 유동성은 버먼이 근대에서 발견한 모든 위대한 인간적 모험과 시련, 각성과 고뇌, 승리와 패배의 원동력을 이룬다. 그것은 근대적 인간에게 희망의 원천이면서 동시에 절망의 온상이고, 행복의 약속이면서 동시에 재앙의 저주이다. 그러한 의미에서 근대성은 본질적으로 역설의 경험이다.

3. 파우스트적 발전 이념과 자본주의의 동력학

버먼의 논의에서 근대성이라는 역설의 경험은 그것의 정신적 근원을 따지면 근대적 인간을 지배하는 깊고 강한 충동과 연관된다. 그 인간적 충동을 그는 "발전development에 대한 욕망"(39쪽)이라고 부른다. 여기서 발전이란 일차적으로는 개인의 잠재된 능력을 함양하고 실현한다는 의미에서의 '자아 발전'을 가리키며, 나아가서는 자아를 둘러싸고 있는 물질적, 사회적 환경의 개발이라는 의미에서의 '경제 발전'까지도 포함한다. 버먼에게 괴테의 『파우스트』는 이러한 발전의 욕망에 붙잡힌 근대적 영웅의 이야기이다. 그가 『파우스트』에서 찾아내고 있는 특히 중요한 이념 중의 하나는 "자아 발전이라는 문화적 이상과 경제 발전을 향한 실제의 사회적 운동 사이의 친연성에 대한 이념"(40쪽)이다. 괴테의 파우스트는 자아를 고양시키기 위해서는 그의 능력을 억압에서 해방시켜야 할 뿐만 아니라 그가 처해 있는 자연적, 사회적 세계 전체를 변화시켜야 한다는 근대적 의식을 처음으로 철저하게 예시한 원형적 인물이다. 일찍이 루카치는 이러한 파우스트의 영웅적 기획을 진보성과 악마성을 아울러 지닌 자본주의적 발전과 연관하여 풀이하는 해석을 제시한 바 있었다.[9] 그러나 버먼은 파우스트의 모험을 자본주의적 활동으로 간주하기보다는 개인의 성장과 사회의 진보가 아울러 가능한 세계를 창조하려는 보다 포괄적이고 장기적인 노력으로 이해한다. 파우스트의 모험에 구현된, 인류 발전을 위한 종합적이고 원대한 비전을 살피면서 버먼은 그것이 수반하고 있는 역설, '발전의 비극'이라는 역설을 특히 세심하게 탐구하고 있다. 파우스트의 모험은 발전에 대한 인간의 절박한 요구에서 자라나오는 창조적 기획이지만 그것의 추진은 엄청난 인간적 희생을 필연적으로 불러온다. 그러한 발전의 악

---

9) Georg Lukacs, "Faust Studies", *Goethe and His Age*, trans. Robert Anchor, London : Merlin, 1968. 특히 192~194쪽에 『파우스트』의 자본주의적 발전 이념에 대한 루카치 해석의 요점이 실려 있다.

마성은 필레몬과 바우치스라는, 전근대적 세계에 사는 순박한 늙은 부부의 무참한 희생을 가져올 뿐만 아니라 위대한 개발자이자 냉혹한 파괴자인 파우스트 자신의 삶까지도 삼켜버린다. 돌연한 눈멂에 이어지는 그의 죽음은 개발을 완수한 이상 세상에 존재할 이유를 잃어버린 개발자의 비극적 운명을 나타낸다고 버먼은 지적하고 있다. 이러한 발전의 비극은 루카치 식으로 보면 궁극적으로 자본주의적 발전의 지양을 요구하는 비전을 함축한 것인지 모른다. 그러나 버먼은, 어둠에 둘러싸인 자신의 내면 속에서는 눈부신 불빛이 발하고 있음을 확인하는 임종 직전의 파우스트에게서 오히려 발전에 대한 위대한 긍정을 읽어내고 있다. 파우스트의 이야기가 결론적으로 뜻하는 바는 근대성의 상처를 치유하는 방법은 근대성의 발전적 지속밖에 없다는 비극적 영웅의 믿음이다. 『파우스트』가 "근대성의 모험과 로맨스를 가장 열렬하게 포용하는" 인간 정신으로부터 유래한, "근대성에 대한 가장 심오하고 충일한 비판"이라면 그것은 또한 발전의 인간화를 가져올 "새로운 양식의 근대성을 상상하고 창조하라는 (……) 도전이기도 하다"(86쪽)고 버먼은 말하고 있다. 그의 이러한 『파우스트』 해석에는 근대화와 모더니즘의 열려 있는 변증법을 강조하는 그의 입장이 명확하게 제시되어 있다.

괴테의 『파우스트』가 일종의 모더니즘적 비전의 원형을 창출할 수 있었던 배경에는, 물질적 세계의 근대화를 숭고한 정신적 성취로 여기는 파우스트의 행로가 예시하듯이, "근대생활이 하나의 일관된 전체를 이룬다는 믿음"(88쪽)이 자리잡고 있다. 근대생활에 대한 이러한 전체적 인식과 비전은 근대성의 경험에 불멸의 표현을 부여한 사람들에게서 공통적으로 나타나는 미덕이라고 버먼은 보고 있다. 이러한 맥락에서 그가 관심을 기울인 19세기의 문학자, 사상가들 중에서 특히 문제적인 인물은 맑스다. 맑스는 우선, 모더니즘 문화와 그것의 원천인 근대화의 세계(부르주아 경제 및 사회)와의 관계를 통일적으로 이해하게 해주는 이론적 모델을 제시했을 뿐만 아니라, 근대생활 전체를 지배하는 부단한 해체와 갱신의 역학을 명확하게 파악하고 표현했기 때문이다. 『근대성의 경험』의 원제가 「공산당선언」에서 따온 구절이라는 사실에서도 짐작이 가듯이, 버먼은 근대성이라는 인류 보편의 경험 양식을 기술할 언어와 개념들이 맑스의 저작들에 훌륭하게 마련되어 있다고 보고 있다. 맑스에 대한 논의에서 그가 특히 각별한 공감을 가지고 검토하고 있는 것은, "단단한 것은 모두 녹아 날아간다"는 용해와 증발의 역동적 이미지가 표상하는, 부르주아 사회에 있어서의 풍부한 삶의 가능성에 관한 진술들—근대사회의 모든 영역 속에 펼쳐지는 영원히 활동적이며 생성적인 과정, 그리고 발전을 수용하고 추구하는 인간 능력의 해방에 관한 맑스의 진술들이다. 버먼은 이러한 진술들을 근거로, "맑스는 자본주의적 발전—사람 각자의 발전이자 사회 전체의 발전—의 동력학 속에서 좋은 삶의 새로운 이미지를, 논란이 끝난 전범의 삶이 아니라, 미리 규정된 정태적 본질들의 구현이 아니라, 계속해서 일어나고 멈추지 않으며 결말도 없고 한정도 없는 성장의 과정을 본다. 따라서 그는 보다 충일하고 심오한 근대성을 통해서 근대성의 상처를 치유하기를 바란다"(98쪽)고 주장한다. 이러한 주장은 맑스를 파우스트적 발전의 이념에 연결시키면서 또한 그에게 모더니즘의 위대한 원조라는 새로운 위치를 부여하는 결과를 가져온다.

맑스를 모더니즘 문화의 계보 속에 자리잡게 한다는 것은 맑스주의와 모더니즘을 적대적 관계로 여기는 20세기적 통념에 친숙한 사람들에게는 적잖이 충격적인 일이다. 그러나 맑스의 '녹는 비전melting vision'이라는, 근대 부르주아 사회의 동력학에 대한 비전을 검토하는 가운데 버먼이 발굴한 맑스의 모더니즘적 주제들은 실로 풍부하다. 그는 그것들을 간략히 정리하여, "근대적 에너지와 역동성의 영화, 근대적 분해작용과 니힐리즘의 참화, 그러한 영화와 참화의 이상한 친밀함. 모든 사실과 가치들이 빙빙 돌고, 터지고, 흩어지고, 다시 모이는 회오리 속에 휘말렸다는 느낌. 무엇이 기본적인지, 무엇이 가치 있는지, 심지어 무엇이 진짜인지도 기본적으로 확실치 않다는 불안, 희망을 근본적으로 부정하는 상황 한복판에서 난데없이 타오르는 급진적 희망의 불꽃"(121쪽)이라고 말하고 있다. 버먼이 이처럼 맑스 사상과 모더니즘 문화 사이에 존재하는 의외로 풍부한 유사성을 밝혀낸 것은 확실히 주목할 만한 성과이다. 그러나 그것은 페리 앤더슨을 비롯한 비판자들이 이미 지적했듯이 맑스에 대한 적지 않은 곡해를 동반한 것이다. [10] 사실 버먼은 맑스의 '단단한 비전'을 성의 있게 고려하는 대신에 그의 녹는 비전에서 야기되는 아이러니, 즉 근대성의 종언에 대한 전망을 뒤흔드는 아이러니를 극대화하는 논법을 취하고 있다. 맑스에게서 발견되는 아이러니의 핵심은 그가 통찰한 자본주의 사회의 활동적이고, 역동적이고, 발전적인 힘은 그가 전망한 공산주의 사회 건설의 모든 기반을 사라지게 할지 모른다는 것이다. 그러므로 '맑스의 근대성의 변증법'은 "그것이 묘사하는 사회의 운명을 재연하고, 그것 자체마저 녹여 날아가게 하는 에너지와 이념들을 산출하고"(105쪽) 있는 것으로 보인다. 다시 말해, 맑스의 변증법적 논리는 그것이 해결하려던 근대성의 역설을 스스로 구현하는 것으로 보이는 것이다. 이러한 버먼의 해석은 결과적으로, 맑스의 자본주의 사회 비판을 정열과 고뇌로 가득 찬 모더니즘적 모험으로 바꿔놓는다. 맑스에게 나타나는 "비판적 통찰과 급진적 희망 사이의 긴장"(120쪽)은 근대성의 경험을, 그것에 내포된 역설의 극한까지 포용하여 반영한다는 점에서 모더니즘의 위대한 증표가 된다. 버먼은 맑스의 공적이 "근대생활의 모순을 빠져나오는 길이 아니라 그 모순 속으로 더욱 확실히 더욱 깊숙이 들어가는 길"을 가르치고 "근대성을 넘어서는 길이란 그것을 끝까지 통과하는 길일 수밖에 없다"(129쪽)는 것을 일깨운 데에 있다고 쓰고 있다. 그러니까 버먼은 괴

---

10) Perry Anderson, "Modernity and Revolution", *New Left Review 144*, March~April, 1984 참조. 이것에 후기(1985)를 보태어 증보한 논문이 근래 우리말로 번역되었다.(페리 앤더슨, 「근대성과 혁명」, 김영희·유재덕 옮김, 『창작과비평』 1993년 여름호) 앤더슨의 논문은 버먼의 저서에 대한 논평으로서뿐만 아니라 모더니즘에 대한 논고로서도 매우 주목할 만한 글이다. 이 글에 대해서는 뒤에 가서 다시 언급할 기회가 있을 것이다.

테의 『파우스트』에 담긴 발전의 비극에서 종결 없는 근대성에 대한 최종적 승인을 찾아내고 있는 것과 유사하게 맑스에게서는 근대성과의 정직하고 철저한 싸움에 대한 권고를 발견하고 있는 셈이다.

4. 도시, 근대의 원초적 장면

버먼에게 있어서 맑스를 비롯한 19세기 모더니스트들의 위대성은 근대성에 내재한 양면적이고 복합적인 성격을 통찰하고 그것과 긴장된 싸움을 벌였다는 점에 있다. "19세기의 위대한 모더니스트들은 모두 (근대적) 환경을 격렬하게 공격했으며 그것을 철거하거나 아니면 그것 내부로부터 폭파하려고 노력했다. 하지만 그들은 모두 근대적 환경을 희한할 만큼 편하게 느끼고 있었고 그것에 잠재된 가능성에 민감했으며, 근본적인 부정을 하는 가운데서도 긍정적이었고 진지함과 심오함의 가장 엄숙한 순간에도 장난기와 아이러니가 있었다"(19쪽)는 그의 진술은 고전적 모더니즘을 지배하는 긴장을 단적으로 적시하고 있다. 보들레르는 근대성의 양면성에 대한 감각이 특히 예민해서 그에게서는 20세기를 거치면서 '근대 숭배 modernolatry'와 '문화의 절망 cultural despair'이라는 형태로 양극화되는 근대성에 대한 서로 다른 반응 양식의 원형이 뚜렷하게 나타난다.(134쪽) 예컨대, 그는 한편으로는 근대생활이라는 '하나의 거대한 패션쇼', 사람을 현혹시키는 찬란한 의장(意匠)과 황홀한 장관(壯觀)의 체계를 찬미하면서도, 다른 한편으로는 근대적인 진보의 로맨스와 그것이 야기하는 삶의 타락에 대해 탄핵을 가한다. 그러나 보들레르의 모더니즘의 심오한 깊이는 근대성에 대한 그러한 대조적인 반응 자체가 아니라 그것을 유발한 근대성의 양면이 실은 서로 표리의 관계에 있음을 투시하고 그것의 안이한 분리를 스스로 거부하는 시각에서 오는 것이다. 버먼은 그러한 긴장된 시각을 "정치적이든, 미학적이든 어떠한 종류의 최종적 해결에도 저항하고 (근대생활)

내부의 모순들과 대담하게 씨름하는 시각"(134쪽)이라고 부연하고 있다. 게다가 보들레르의 모더니즘적 시각은 근대생활의 내적 모순들이 응집된 장소인 근대 도시와 그곳 군중의 일상에 대한 공감과 관용의 자세를 포함한다는 점에서 특별한 의의를 갖는다. 버먼은 군중의 도시에 대한 보들레르의 열렬한 관심과 탐사—"거리의 모더니즘 modernism in the streets"[11)]으로부터 근대성의 변증법을 예시하는 문제적 장면들이 출현하고 있음을 본다. 역사적으로 보면, 그 "원초적인 근대의 장면"(148쪽)은 근대 메트로폴리스의 장려한 풍모를 갖추어가는 중이던 19세기 중반의 파리—오스망 남작이 나폴레옹 3세의 칙령을 받아, 도심을 관통하는 거대한 대로망 건설을 시작으로 체계적인 도시개발사업을 벌임으로써 면모를 일신한 파리를 배경으로 한다. 버먼은 보들레르의 산문시집 『파리의 우울』에 실린 두 편의 시, 「가난한 사람들의 눈」과 「후광의 상실」에서 보들레르가 관찰한 근대의 원초적 장면들을 확인하고 그것들에 내포된 다양한 인간적 의미를 천착하고 있다. 전자의 작품에 대한 논의에서는 도시의 환상적 풍경이 제공하는 감각적 환희와 흥분, 도시의 현란한 광채를 무색케 하는 계급적 격차의 어두운 현실, 계급적 대립이 개인의 내면 속에 일으키는 분열이 이야기되고, 후자의 작품에 대한 논의에서는 부르주아 사회에서 예술이 겪는 신성성의 박탈, 도시 교통의 한복판에서 그것의 무정부적 에너지로부터 태어나는 모더니즘 미학, 도시의 '움직이는 대혼돈'에 저항하는 대중운동이 다루어지고 있다. 이러한 버먼의 보들레르 해석에서 두드러진 특징은 혼란과 갈등으로 충만한 도시에서 생성되는 미학적, 정치적 삶의 풍부한 가능성들을 끈질기게 추구하는 독특한 논법이다. 이러한 논법에 의해서 근대성은 언제나 새로운 모순을 잉태하며 새로운 반전을 거듭하는 과정

---

11) '거리의 모더니즘'은 라이오넬 트릴링이 1960년대 후반 뉴욕의 대학생들이 벌였던 가두시위를 가리켜 처음 사용한 말이다. 뉴욕의 컬럼비아 대학에서 트릴링에게 배우기도 했던 버먼은 부르주아 문화에 적대적인 모더니즘의 특성을 강조하는 맥락에서 나온 트릴링의 이 비유를 전용하여 도시생활과 모더니즘의 풍부한 상관관계를 표시하는 용어로 삼고 있다.

으로서의 성격을 확연히 노출하게 된다.[12]

근대 도시생활과 모더니즘이 서로 밀접한 관계에 있다는 것은 흔히 지적되는 사실이지만 버먼은 그것들의 관계에 대한 정밀한 파악이 모더니즘 이해에 결정적으로 중요하다는 것을 다시금 깨닫게 한다. 도시는 혼란과 충격과 유동성의 감각적 경험을 수용하는 미적 형식의 출처라는 점에서뿐만 아니라 공공의 삶을 향한 욕망과 투쟁의 장소라는 점에서도 모더니즘에 핵심적인 공간이다. 도시적 삶의 정치적 차원은, 『근대성의 경험』의 제3장에서 뻬쩨르부르그의 역사를 배경으로 러시아 문학에서의 근대적 감성의 발흥과 전개를 다루면서 버먼이 각별히 주목하고 있는 주제이기도 하다. 그는 19세기 러시아라는 저발전 국가의 "뒤틀리고 기묘한 근대성"(181쪽)의 경험 속에서 성장한 모더니즘과, 러시아의 절대군주 표트르에 의해 제국의 부흥을 목적으로 건설된 뻬쩨르부르그를 자신들의 자유와 연대의 터전으로 소유하고자 하는 러시아인들의 험난한 투쟁 사이의 평행적 관계를 세심하게 조명하고 있다. 그의 해석에 따르면 러시아의 왜곡된 근대성이 문학에서 표현되는 가장 두드러진 방식은 뻬쩨르부르그가 '비현실적 도시'로 그려진다는 데에서 찾아진다.[13] 고골리의 작품들에서 특히 인상적으로 묘사되고 있는 그 도시의 환상적이고 마술적인 풍경은 그곳이 러시아인들에게

---

12) 이러한 특징은 버먼의 논의를 벤야민의 유명한 보들레르론과 구별되게 하는 결정적 요인이다. 버먼은 벤야민에 대한 간략하지만 의미심장한 논평 속에서, 벤야민이 감성적으로는 근대성의 유혹에 이끌리고 있으면서도 이념적으로는 근대성으로부터의 구원을 구하는 모순에 빠져 있다고 하면서 자신은 근대의 "신진대사적, 변증법적 흐름의 보다 지속적인 동향을 다시 파악하려 한다"고 말하고 있다.(147쪽)

13) 러시아 근대문학에 그려진 뻬쩨르부르그의 몽환적, 유령적 성격에 대해서는 버먼 이전에도 많은 연구가들이 주목한 바 있다. 버먼 자신도 적지 않게 의존하고 있는 Donald Fanger, *Dostoevsky and Romantic Realism*(Cambridge, Mass. : Harvard University Press, 1967)은 이 주제에 대한 고전적 연구서에 속한다. 그러나 버먼의 논의에서 중요한 특징을 이루는 뻬쩨르부르그 로망스의 정치적 차원에 대한 관심이 팽거에게는 결여되어 있다. 참고로 말하면, '비현실적 도시unreal city'는 엘리엇의 「황무지」에 그 전고(典故)가 있는, 근대도시론의 주요 표어이다.

자유와 충족의 삶을 약속하지만 그러한 약속을 믿을 만하게 하는 현실적 조건이 결여되어 있다는 사실을 반영한다. 고골리 시대의 뻬쩨르부르그 시민들의 생활은 여전히 봉건적 사회관계로부터의 해방을 한갓 허망한 꿈으로 만드는 삼엄한 권력과 질서 아래 있었던 것이다. 뻬쩨르부르그 모더니즘의 전통이 버먼에게 시사하는 것은 바로 이러한 곤경에 위축되어 신음하는 인간 형상들의 계보이며, 그 곤경을 타개하려는 정열의 점진적인 발전이다. 뻬쩨르부르그 모더니즘의 고뇌와 정열의 표현으로서 버먼에게 가장 중요하게 여겨지고 있는 것은 말할 것도 없이 도스토예프스키의 소설들이다. 그는 도스토예프스키의 허약하고 내성적인 인물들의 행로를 역사적, 정치적 상황과의 관련 속에서 조명하면서, 혹독한 자기 혐오와 학대의 기나긴 과정 끝에 자신의 인간적 존엄성을 스스로 확인하는 새로운 인간이 탄생하고 있음을 밝혀내고 있다. 이를테면, 『지하생활자의 수기』의 가난한 서기가 뻬쩨르부르그의 네프스키 특구의 군중 속에서 자신이 장교와 사회적으로 동등한 존재임을 스스로 확인하는 장면에서는 도시의 로맨스를 자기 것으로 삼는 정신의 출현, "정신적 근대화 속에서의 거대한 전진적 도약"(228쪽)을 보고 있다.

도스토예프스키에 이르러 정점에 달한 19세기 뻬쩨르부르그 모더니즘은 버먼이 보기에 단지 러시아만이 아니라 제3세계 전체의 근대화의 현실에 대해서도 적실성을 갖는다. 그는 19세기 러시아가 20세기 제3세계의 원형이라고 간주하는 관점에서 그것을 '저발전의 모더니즘'의 선례로 이해한다. 그의 설명에 따르면 발전의 모더니즘과 저발전의 모더니즘은 '모더니즘의 세계사' 속에서 중요한 대립적 유형을 이룬다. 우선, 전자는 "경제적, 정치적 근대화라는 재료에 곧바로 의존하여 성립하며, 급진적인 방식으로 근대화된 현실에 도전할 때조차 바로 그 현실(맑스의 공장과 철도, 보들레르의 대로)로부터 비전과 에너지를 끌어낸다". 반면에 후자는 "어쩔 수 없이 근대성에 대한 환상과 몽상에 의존하여 성립하며, 환영과 유령에 친해지고 갈등하는 덕분으로 성장한다".

이처럼 근대화와 현실적인 유대를 맺지 못한다는 사실로 인하여 저발전의 모더니즘은 발전의 모더니즘과는 구별되는 독특한 성격을 획득한다. "그것은 그것의 유래가 되는 삶에 충실하기 위해 어쩔 수 없이 격하고 거칠고 미숙한 것이 된다. 혼자서 역사를 만들 능력이 없다는 이유에서 자신 속에 틀어박혀 자신을 고문하거나, 아니면 역사의 부담 전체를 스스로 짊어지려는 터무니없는 시도에 투신한다. 격앙된 자기 혐오 속으로 자신을 매질하여 끌고 가며, 대량으로 비축된 자기 조롱을 통해서만 자신을 보존한다. 그러나 이러한 모더니즘이 자라나온 괴상한 현실과, 활동하고 생존하면서 받는 견디기 힘든 압력(정신적 압력만이 아니라 사회적·정치적 압력)은 자기 세계를 훨씬 더 편하게 느끼는 서구 모더니즘이 좀처럼 따라가지 못할 지독한 열광을 그것에 불어넣는다." (231~232쪽) 버먼이 여기서 말하는 '지독한 열광'은 현상적으로는 저발전의 모더니즘을 발전의 모더니즘과 상이하게 하지만 본질적으로는 그것과 연속되게 한다. 왜냐하면 그것은 근대화라는 창조의 로맨스를 스스로 실행하고 지속하고자 하는 욕망의 발현이기 때문이다. 버먼이 이해한 도스토예프스키의 위대함은 그가 바로 후진성의 통렬한 고뇌로부터 '공학'으로 표상되는 인간의 건설적, 창조적 활동을 긍정하는 비범한 각성에 도달했다는 데에 있다. 버먼은 특히 도스토예프스키의 지하생활자에게는 도시생활에 잠재된 욕망과 고통, 투쟁과 환희의 모든 가망한 현실을 포용하는 비전, 정체와 안주를 모르는 영웅적인 근대화의 비전이 있다는 것을 강조하고 있다. "모험으로서의 근대화"(243쪽)라는 그 비전은 도시의 갈등과 혼란을 종식시킬 계획과 발전을 추구하는, 그리하여 결국은 근대화마저 삶의 활기를 죽이는 판에 박힌 관례로 전락시키는 모든 근대화의 이념들에 대한 가차없는 비판을 내포한다고 한다. 이러한 방식으로 버먼은 근대화의 모험적 성격을 통찰한 도스토예프스키에게서 도시생활의 역동적인 활력 속에 구현된 근대성의 요구―끊임없는 부정과 갱신의 요구에 충실한 모더니즘 정신의 탁월한 표현을 발견하고 있다.

5. 근대성의 열린 지평

『근대성의 경험』에서 맑스, 보들레르, 도스토예프스키가 예시하는 모더니즘의 고전적 형태는 근대성의 경험을 둘러싼 20세기적 관념들에 대한 포괄적이고 비판적인 시각을 열어준다. 버먼이 지적한 바에 따르면 20세기는 모더니즘 예술이 최고도로 만개했음에도 불구하고 근대성에 대한 대응에서는 전반적인 퇴행을 겪어왔다. 무엇보다도 '근대 생활의 찬미자이자 동시에 적대자'였던 19세기의 선구적 모더니스트들의 복합적인 태도, 근대생활에 내재한 모호하고 모순된 경험들과 지치지 않는 씨름을 벌인 그들의 강인한 자세가 20세기에 들어서는 사라진 것이다. "그들의 20세기 후계자들은 엄격한 양극적 대립과 평면적인 전체화에 훨씬 더 기울어졌다. 근대성은 맹목적이고 무비판적인 열광으로 포용되거나 아니면 새로운 올림포스신 같은 초연하고 경멸적인 투로 비난을 당한다. 어느 경우에든 그것은 근대인이 만들거나 바꾸지 못하는 닫혀진 동질의 물체로 인식된다. 근대생활에 대한 열린 비전은 닫힌 비전으로, '이것도 저것도'는 '이것이냐 저것이냐'로 대체된 것이다."(24쪽) 그처럼 양극화된 20세기적 근대성 비전의 한쪽에는 근대의 물질적, 기술적 진보에 대한 열광적인 숭배가 있다. 이것의 사례는 이탈리아 미래주의의 기술공학 찬양, 바우하우스에서 마셜 맥루한에 이르는 인공 낙원의 랩소디, 그리고 전후 미국 사회학계의 근대화 이론에서 발견된다. 이러한 '미래주의적 전통 속에 있는 모든 모더니즘들'은 기계나 기계적 체계에 인간생활의 모든 주도적 역할을 위임하는 중대한 오류를 범하고 있다고 버먼은 보고 있다.(27쪽) 그런가 하면, 다른 한쪽에는 근대생활에 잠재된 인간적 가능성에 대한 전면적인 부정이 있다. 이것은 근대의 합리화 과정 속에서 삶을 왜소화시키는 '쇠우리'의 음울한 이미지를 보았던 베버에 의해 예시되어, 오르테가, 슈펭글러, 엘리엇과 같은 20세기의 귀족적 · 우파적 성향의 지식인들은 물론 『일차원적 인간』의 마르쿠제를 위시한 맑스주의자들, 『감시와 처벌』의 푸코에게서도 증폭된 표현을 얻고 있다. 버먼은 이러한 베버적 근대 탄핵의 계승자들이 미래주의적 모더니스트들과 대립하면서도 결국은 동일한 오류를 범하고 있다는 점에 주목한다. 즉, 그들은 근대의 인간이 주체로서 근대적 세계에 대응하고 작용할 능력을 보지 못하고 있는 것이다. 인간의 주체성 부정은 근대성에 대한 20세기의 양극화된 이론들에서 버먼이 검출하고 있는 모든 심각한 문제들의 핵심이다.

　이와 같이 인간의 주체성이라는 관점에서 20세기 근대성의 이론들을 비판하고 있는 버먼의 입장을 보다 정확하게 이해하려면 우리는 그가 말하는 '거리의 모더니즘'에 담긴 함축을 좀더 자세히 살펴볼 필요가 있다. 버먼이 그의 보들레르론에서 도시의 '교통'에 대한 비유적 해석을 통하여 말하고 있는 것은 사람들을 끊임없는 갈등의 관계에 빠뜨리는 혼란의 위험이다. 이러한 위험으로 인해 도시는 자연히 근대화의 주체들이 꿈꾸던 바와 같은 새로운 전원이 되지 못한다. 버먼은 도시에 내재한 이러한 분열과 혼란의 위험에 대처하는 미학적 방식의 원형을 보들레르에게서 찾고 있다. 그것은 교통의 무정부적이고 폭발적인 에너지를 수용한 새로운 예술의 힘으로 도시생활에 대한 사람들의 감성적, 미학적 관련을 심화시키고 도시의 물질적, 인간적 세력들의 화합을 촉진하는 것이다. 그러나 교통의 난제와 씨름하면서 20세기의 모더니스트들이 발견한 가장 유력한 방안은 반대로 도시의 거리를 궁극적으로 쓸모 없게 만드는 것이다. 이것의 가장 전형적인 사례로 버먼은 르 코르뷔지에의 도시계획을 든다. 20세기 모더니즘 건축과 설계에 전범을 제공한 르 코르뷔지에의 기본적 구상은 모든 인간적, 사회적 세력들이 서로 만나고 부딪치고 뒤섞이는 대혼돈의 거리를, 정연하게 구획되고 통제된 인간활동 공간으로 대체하는 것이다. 버먼에게 있어서 20세기의 새로운 도시 환경을 특징짓는 '간선도로'는 거리를 폐기한, 그래서 결국에는 도시생활 자체를 파괴한 20세기 모더니즘의 대표적인 형상이다. 그러나 20세기의 도시 문화에는 간선도로, 또는 '고속도로'의 모더니즘에 대항하는 다른 형태의 모더니즘 또한 존재한다. "도시의 외로운 대다수를 하나의 대중으로 전환시키고 인간생활을 위한 도시 거리를 되찾으려는 혁명적 저항"(166쪽)이 그것이다. 「상징의 숲속에서」라는 『근대성의 경험』의 마지막 장에서 르 코르뷔지에의 전통을 이은 건축가 로버트 모제스의 개발에 대한 정치적, 미학적 도전이라는 배경 속에서 버먼이 생생하게 전하고 있는 60년대 뉴욕의 모더니즘은 바로 그 혁명적 저항의 최근 형태에 해당한다. 도시 거리를 둘러싸고 전개된 모더니즘의 역사적 변화에 대한 이러한 고찰에 따른다면 모더니즘의 가장 근원적인 추동력은 근대생활의 모순과 투쟁하는 인간 자신의 창조적 능력이다. 그것은 근대화의 진전을 위한 투신의 형태로든, 근대화의 상처를 치유하려는 저항의 형태로든, 인간의 주체적인 작용을 그것의 중요한 동기로 포함하는 것이다.

20세기 모더니즘을 비판하는 버먼의 입장과 관련하여 우리는 아마도 그의 모더니즘론이 60년대 뉴욕의 모더니즘과 상당한 친연성이 있다는 사실에 잠시 주목할 필요가 있을 것이다. 안드레아스 후이센이 정확하게 지적했다시피, 60년대의 모더니즘(혹은, 그의 말로는 포스트모더니즘)은 정치 권력에 이용되고 문화산업에 오염되어 이미 체제 순응적 문화로 전락한 모더니즘에 대한 반란이었다.[14] 60년대의 저항적 모더니즘은 특히 모더니즘 본래의 충동을 일상생활 속으로 확산시키고 제도의 후원 속에서가 아니라 거리의 자유를 통해 표현하고자 했다. 도시 거리의 혼란과 갈등에 잠재된, 정치적, 이념적, 감각적 생활의 열린 가능성을 모더니즘에 핵심적인 것으로 간주하는 버먼의 이론은 제인 제이콥스의 정통 모더니즘 도시계획 비판, 머스 커닝햄의 반무용운동, 클레스 올덴버그의 팝 아트, 그리고 68년 대학가의 격렬한 학생시위 등과 같은 뉴욕 예술과 문화에서의 거리의 복권과 분리해서 생각할 수 없다. 이러한

---

14) 안드레아스 후이센, 「포스트모더니즘의 위상 정립을 위해」, 정정호·강내희 편, 『포스트모더니즘론』, 280~283쪽 참조. 모더니즘의 전략과 그것의 역사적, 제도적 배경에 대해서는 Bruce Robbins, "Modernism in History, Modernism in Power", *Modernism Reconsidered*, Robert Kiely, ed., Cambridge, Mass: Harvard University Press, 1983, 참조.

사실은 역설적이게도 버먼의 모더니즘 옹호가 포스트모더니즘과 상통하는 측면이 있다는 것을 시사한다. 그것들은 정전화된, 제도화된 모더니즘에 대한 환멸과 저항의 표현이라는 점에서 서로 동일한 것이다. 그러나 그것들 간에는 거리의 반란이라는 60년대의 역사적 경험을 해석하는 방식에 있어서, 결국은 그것들을 완전히 갈라지게 만든 중요한 차이가 존재한다. 그 역사적 경험이 포스트모더니스트들에게 모더니즘의 고갈을 입증한 것이라면, 버먼에게는 모더니즘의 가능성의 토대가 되는 근대성의 역설을 계시한 것이다. 이것은 「상징의 숲속에서」를 구성하는 뉴욕 모더니즘에 대한 역사적 서술에서 가장 중심이 되는 주제이다. 거기에서 버먼은 발전의 이상에 대한 헌신 속에서 폐허를 만든 '고속도로의 세계'나 발전에 대한 욕망을 스스로 거스르는 '거리의 절규'나 모두가 근대적 삶에 내재하는 '비극적 아이러니'(328쪽)에 걸려들어 있음을, 일련의 고통스러운 추억과 반성 끝에 확인하고 있다. 그리고 이러한 60년대의 교훈은, 파우스트의 발전의 비극이 그러하듯이, 근대성으로부터의 탈출이 아니라 그것 속으로의 보다 깊은 침잠을 요구하는 것이다.

포스트모더니즘과 대립되는 버먼의 입장은 60년대의 활발한 논의를 통하여 성립된 모더니즘의 개념과 이론들에 대한 그의 비판을 보면 더욱 분명하게 드러난다. 그는 모더니즘에 연관된 60년대의 사상과 논쟁이 근대성에 대한 풍부한 비전들을 산출했음을 인정하면서도 모더니즘과 근대생활의 관계를 인식하는 방식에 있어서 우직하고 소박한 성격을 드러냈다고 보고 있다. 근대생활 전체를 대하는 태도를 근거로 해서 보면, 60년대의 모더니즘은 '후퇴적' '부정적' '긍정적'의 세 가지 경향으로 나누어진다. 이들 중의 첫번째, 근대생활로부터의 후퇴를 추구하는 모더니즘은 문학에서는 롤랑 바르트, 미술에서는 클레멘트 그린버그가 대표한다. 그들에게 "모더니즘이란 순수한 자기 지시적 예술품을 향한 탐색"이며, 따라서 근대예술과 근대생활과의 관계는 아무런 의의도 갖지 못한다. 버먼은 이러한 후퇴적 경향의 모더니즘이 예술에 부여하는 자유는 "아름답게 만들어지고 완벽하게 봉합된 무덤의 자유"라고 말하고 있다. 두번째의 부정적 경향은 모더니즘을 "근대적 생존의 전체성에 대항하는 끝없는 영구 혁명"으로 간주한다. "전통을 타도하는 전통"이라는 해롤드 로젠버그의 용어나 "적대적 문화"라는 라이오넬 트릴링의 용어에 집약되어 있는 이러한 모더니즘의 이미지는 근대 생활을 긍정하고 그것의 건설에 참여한 수많은 모더니스트들의 위대한 로맨스를 부당하게 제외하고 있을 뿐만 아니라 "모더니즘적 전복(顚覆)이 제거된 세계에 대한 신보수주의적 환상"을 조장한다고 버먼은 지적한다. 『자본주의의 문화적 모순』의 다니엘 벨은 전복으로서의 모더니즘이라는 이미지를 신보수주의를 위해 전용한 대표적 인물이다. 세번째, 모더니즘의 긍정적 비전은 대체로 60년대 초반 팝 아트의 출현과 때를 같이하여 발전했다. 주로 포스트모더니즘을 표방한 예술가, 비평가들에 의해 제시된 이러한 비전은 순수 형식의 모더니즘이나 순수 저항으로서의 모더니즘 양쪽 모두를 배격하고 "근대세계가 무진장으로 산출한, 엄청나게 다양하고 풍부한 사물, 재료, 생각들에 대해 스스로를 개방하는 것을 이상으로 삼는다". '팝 모더니즘', 혹은 포스트모더니즘에 대한 버먼의 비판은 그것이 근대세계에 대한 개방적 자세에 적정한 절도를 부여할 비판적 시각을 발전시키지 못하고 있다는 것, 다시 말하면, 근대생활의 정치적, 도덕적 문제들에 전혀 개의치 않는 극단적인 허무주의의 위험을 안고 있다는 것이다. (29~32쪽)[15]

---

15) 포스트모더니즘에 내포된 허무주의에 대한 버먼의 비판은 『근대성의 경험』에 후속된 최근의 에세이 "모더니즘은 왜 아직도 문제인가 Why modernism still matters", *Modernity and Identity* (Scott Lash and Jonathan Friedman, ed., Oxford : Basil Blackwell, 1992, 33~58쪽 ; 윤호병·이만식 번역본, 429~460쪽)에서 보다 많은 방증을 가지고 부연되고 있다. 거기에서 그는 60년대 미국의 포스트모더니즘에 대해서는 오히려 호의적이고 70년대 이래 프랑스 지식인들과 그들의 추종자들의 포스트모더니즘에 대해서는 대단히 신랄하다. 그는 그들이 "모더니즘의 급진적 돌파의 언어 전체를 전용하여 그것의 도덕적, 정치적 맥락에서 떼어내고 순전히 미적인 언어 게임으로 전환시켰"으며 "모더니즘이 거리에서 자신의 성취와 파멸을 보았다면 포스트모더니즘은 그것의 신봉자들에게 밖으로 나가는 곤란을 아예 없애주었다"(44쪽)고 말하고 있다. "눈물 없는 니힐리즘"(45쪽)이라는 구절은 그의 포스트모더니즘 비판을 집약한다.

60년대 모더니즘의 세 가지 경향에 대한 버먼의 비판은 모더니즘에 대한 그 자신의 비전이 지닌 포괄적이고 복합적인 성격을 다시 한번 상기시킨다. 버먼의 모더니즘은 근대생활과의 긴밀한 관계를 유지할 뿐만 아니라 긍정이나 부정 어느 한쪽으로 평면화되지 않는 모호하고 긴장된 대응을 내포한다. 그것은 근대생활과의 교섭을 통해서 자신의 존립에 필요한 활력과 자원을 마련하고, 모순되고 분열된 근대생활을 가장 심오하고 충만한 상태로 경험하는 방식이다. 더욱이 그것은 어느 한 가지 고정된 양식으로 존재하지 않는다. 앞에서 언급한, 도시의 거리를 둘러싼 모더니즘 양식들의 역사적 교체가 예시하듯이 그것은 자기 비판과 갱신의 가능성을 언제나 안고 있다. "모더니즘은 그 나름의 내적 모순과 변증법을 포함하고 있다. 모더니즘 사상과 비전의 형태들은 교조적인 정통으로 응고되고 고풍으로 변할 수 있다. 그것들과 다른 모더니즘 양식들은 폐기되지 않은 채로 수세대 동안 잠복되어 있을 수 있다".(171쪽) 변화와 교체를 통해서 꾸준히 지속되는 모더니즘 문화에 대한 버먼의 이러한 믿음이 근대생활은 종결 없는 생성과 해체의 변증법적 과정이라는 생각과 불가분의 관계에 있다는 것은 두말할 필요가 없다. 그는 자본주의적 근대화의 과정은 본질적으로 위기와 혼란에 의존하여 성장하고 번창하는 만큼 "모더니즘 문화는 계속해서 삶의 새로운 비전과 표현들을 창출할 것"이라고 말하고 있다.(348쪽) 자본주의가 모더니즘 문화에 가하는 변질과 부식을 강조하는 사람들과는 전혀 다르게, 그는 자본주의의 번창이 오히려 모더니즘이 필요로 하는 근대성의 자원과 활력을 꾸준히 생산하리라 믿고 있다. 근대성의 지평은 언제나 열려 있는 것이다. 이것은 모더니즘을 인식하는 그의 입장을 맑스주의와 포스트모더니즘 양쪽 모두와 구별되게 하는 결정적인 요인이다.

6. 모더니즘과 아이러니의 철학

『근대성의 경험』에서 논의되고 있는 모더니즘은 지금까지 우리에게 알려진 어떠한 모더니즘의 이론적 구성물보다도 포괄적이다. 그것은 정신적으로는 괴테의 『파우스트』까지 거슬러올라가며 살만 루시디의 『악마의 시』까지 내려온다. 게다가 미래주의적 근대 숭배와 엘리엇류의 근대 탄핵의 경계를 가로지르며, 선진국 근대문화와 후진국 근대문화의 구분을 넘어선다. 『근대성의 경험』을 읽으면서 모더니즘에 대한 보다 명확한 이론적, 역사적 한정의 필요성을 느끼는 독자는 아마 적지 않을 것이다. 버먼에 대한 뛰어난 비판적 검토를 담고 있는 에세이 「근대성과 혁명」에서 페리 앤더슨이 일차적으로 지적하고 있는 것도 바로 그의 모더니즘 개념이 역사상의 모더니즘에 나타나는 많은 차이들에 대해서 충분한 고려를 하지 못하고 있다는 사실이다. 앤더슨에 의하면 버먼은 첫째, 일반적인 의미에서의 모더니즘보다는 시기적으로 앞선 문학작품들을 모더니즘의 범주에 포함시킴으로써 역사적 시간성에 있어서의 미적 형식들의 차이(예컨대, 리얼리즘과 모더니즘의 차이)를 불분명하게 만들고 있다. 둘째, 20세기 초반 영국은 유럽의 몇몇 나라들과는 다르게 어떤 중요한 자생적 모더니즘 운동도 산출하지 못했다는 사실이 시사하는 문제, 즉 모더니즘의 지리적 배분에 있어서의 불균등이라는 문제를 감안하지 못하고 있다. 셋째, 모더니즘이라는 공통의 명칭으로 묶이는 다양한 미적 경향이나 실천들의 차이, 특히 자본주의적 근대성과 맺었던 관계에서의 차이를 인정하지 못하게 한다. 마지막으로, 근대성에 관한 20세기의 이론과 실천, 예술과 사상 사이의 괴리를 설명할 여지를 남겨두지 않고 오히려 모더니즘의 고전적 정신으로 돌아감으로써 20세기 근대성 이론의 쇠퇴 과정을 역전시키려 하고 있다.[16] 모더니즘이라는 것이 대상이 결여된 명목에 불과하다는 유명론

---

16) 페리 앤더슨, 「근대성과 혁명」, 『창작과비평』 1993년 여름호, 344~345쪽.

적 견해를 고수하는 사람이라면 버먼의 모더니즘은 그것이 갖게 마련인 모호함과 애매함을 최악의 상태로 보여준다고 생각할지 모른다.

버먼의 모더니즘론에 내포된 이러한 난점들과 관련하여 앤더슨이 무엇보다도 중요하게 여기고 있는 것은 버먼이 의거하고 있는 역사적 시간 개념의 맹점이다. 그는 버먼이 근대성을 무한히 반복되는 하나의 과정으로 파악하는 데서 특징적으로 나타나는 역사적 시간은 본질적으로 '동질적인' 시간이라고 하면서, 그것은 역사상의 어떤 국면이나 시대를 다른 국면이나 시대와 구별하는 것을 근본적으로 무의미하게 만든다고 비판하고 있다.(342쪽) 앤더슨은 자본주의의 역사적 시간을 복합적이고 차별화된 것으로 파악하는 맑스주의적 입장에서 모더니즘에 대한 그 나름의, 대단히 시사적인 역사적 설명을 시도한다. 그의 시도의 두드러진 특징은 모더니즘에 각인되어 서로 교차하고 있는 다양한 역사적 시간성을 확인하는 것을 기초로 하여 모더니즘에 대한 '종합국면 차원'의 설명을 모색한다는 점이다. 모더니즘의 종합국면을 규정하는 좌표로서 앤더슨은 제1차세계대전 전까지의 귀족계급이나 지주계급의 정치적·문화적 지배의 존속, 제2차 산업혁명의 핵심적인 과학기술과 발명의 성과들의 출현, 혁명이 임박했다는 예견의 사회적 확산 등을 지목하고 "20세기 초 유럽의 모더니즘은 아직도 사용 가능한 고전적 과거, 기술이 발전하고 있지만 아직까지는 불확실한 현재, 그리고 아직 예측할 수 없는 정치적 미래라는 공간 속에서 꽃피었다"고 말하고 있다.(349쪽) 앤더슨은 또한 모더니즘에 활력을 불어넣은 그러한 좌표들이 제1차세계대전으로 변화를 겪기 시작하여 제2차세계대전을 거치면서 모두 파괴되었다는 사실에도 주목한다. 제2차세계대전 이후 부르주아 민주주의가 보편화됨에 따라 전자본주의적 과거와의 중요한 연결이 끊어졌고, 새로운 기술의 발전은 획일적인 자본주의 문명의 정착으로 귀착되었으며, 혁명의 전망이 서구에서 사라졌다고 한다. 이것은 결국 제2차세계대전 이후 모더니즘 예술의 미적 발견과 혁신의 가능성이 봉쇄되고 말았다는 것을 의미한다. 이러한 맥락에서 그는 전후 모더니즘 예술에 폭넓게 나타나는 쇠퇴의 징후들과 그것들을 은폐하는 모더니즘 이데올로기들의 성황을 아울러 지적하고, 모더니즘의 이름에 매달리는 일체의 문화적 모색이 허황된 기획일 수밖에 없음을 역설하고 있다.

「근대성과 혁명」이 모더니즘의 발생과 쇠퇴를 바라보는 맑스주의적 관점의 투시력과 설득력을 크게 높였다는 것은 확실하다. 앤더슨이 제시한 종합국면의 좌표들에 대해서는 논란의 여지가 있다고 할지라도[17] 20세기 초반의 모더니즘이 역사적 시간에 있어서 서로 이질적인 세력들의 중첩에 의해 태동되었음을 밝히려는 그의 시도는 버먼의 논의에 미진한 채로 남아 있는 모더니즘의 역사적 특수성에 대한 인식에 크게 도움이 되는 것으로 보인다. 모더니즘 운동이 발생된 역사적 맥락에 대한 전체적 파악에 기초하고 있는 만큼 전후 모더니즘의 쇠퇴에 대한 그의 판단 역시 간단히 보아넘기기 어렵다. 그의 역사적 설명이, 제1차세계대전을 전후한 경이적인 풍작의 시기 이후 광범위한 침체와 쇠락의 증후를 보여온 서구 모더니즘의 전말에 버먼의 종결 없는 모더니즘 역사보다 훨씬 정확히 합치되는 것임은 명백하다. 그러나 앤더슨의 역사적 설명에 타당성이 있다고 하더라도 그것으로 해서 버먼의 중요한 통찰들이 전적으로 부정되지는 않는다고 생각된다. 우선, 역설과 모순을 본질로 하는 근대성의 경험이 모더니즘에 핵심적이라고 하는 그의 주장은 여전히 유효하다. 모더니즘의 발생을 규정한 종합국면에 대한 앤더슨의 설명은 어떻게 보면 그것을 오히려 보강해주는 것 같기도 하다. 모더니즘에 활기를 부여한 '문화적 역장(力場)' 속에 서로 다른 역사적 시간에 연결되는 이질적인 가치, 이념, 비전들이 복합되어 있었다는 사실에는 모더니즘의 초기 단계에서 근대성의 역설에 철저한 문학적, 예술적 표현들이 유독 번창한 역사적 이유가 들어 있는지도 모른다. 또한 역사적으로 규정된 미적 형식 내지 실천으로서의 모더니즘이 이미 쇠

---

17) Alex Callinicos, *Against Postmodernism : A Marxist Critique*, New York : St. Martin Press, 1990, 38~48쪽 참조.

퇴했다고 해서 근대성의 내적 모순과의 싸움이 창조적 활동의 원천이라는 생각이 공소해지지는 않는다. 문화의 새로운 가능성이 봉쇄되었다고 주장하는 앤더슨이 모더니즘을 서구적 맥락 안에서 파악하는 관점을 고집하고 있는 반면에 모더니즘의 자기 갱신의 능력을 믿는 버먼이 그것을 제3세계에까지 적용되는 세계적 차원의 문화로 이해하고 있다는 것은 여기서 대단히 암시적이다. 전후 라틴 아메리카 문학을 비롯한 제3세계 문학의 급격한 부상을 모더니즘이라는 용어로 정리하는 것이 타당한가는 의문일지라도 그것이 근대화의 양면성을 혹독하게 경험하고 있는 제3세계 국가들의 사정과 불가분의 관계에 있다는 것은 부인할 수 없는 사실이다.

버먼이 올바르게 인식했다면 그가 말하는 근대성은 현재 사람들이 처해 있는 유일한 실존적 조건이다. 그것에 대해 우리는 찬양할 수도 있고 규탄할 수도 있지만 그것 밖으로 나가지는 못한다. 그것을 떠나서는 삶도 없고, 따라서 혁명도 없다. 근대성의 철폐를 위한 모든 시도가 처음부터 실패하도록 되어 있다는 버먼의 암시는 우리를 몹시도 괴롭힌다. 그러나 근대성의 무서운 역설이 미치지 않는 어떤 특권적인 지점이 현재의 문화 속에 존재한다는 것은 믿기 어렵다. 역설의 고통을 철저히 겪는 것이야말로 어쩌면 역설의 고통에서 해방되는 가장 현실적인 방법인지 모른다. "우리 모두에게 있어서 모더니즘은 리얼리즘"(14쪽)이라는 버먼의 말은 이러한 의미에서 옳다. 역설과 모순으로 가득 찬 삶을 철저히 사는 리얼리스트는 바꿔 말하면 아이러니스트이다. 버먼도 참조하고 있는 키에르케고르의 말―"근대의 가장 심오한 진지성은 아이러니를 통해서 자신을 표현한다"(14쪽)는 말은 모더니즘의 정신 속에서 아이러니가 갖는 지대한 의의를 대변하고 있다. 알다시피 아이러니는 세계의 조화로운 통일성에 대한 관념이 붕괴한 이후 근대인이 획득한 가장 비범한 철학적 태도이다. 그것은 근대인 앞에 경악스럽게 펼쳐진 무질서와 유동성의 세계와 정직하게 대면하고, 불확실, 모호함, 가변성을 어떤 인간적 이상을 향한 전진의 전제로 수락하는 정신의 기술을 나타낸다. 아이러니의 이러한 의미를 일찍이 누구보다 정확히 간파한 프리드리히 슐레겔은 그것을 "영원한 생동성에 대한, 한없이 풍부한 대혼돈에 대한 명료한 의식"이라 정의했고, 그것에 "자기 창조와 자기 파괴(의) 무한한 능력을 소유하게 되는 지점들"이 존재한다고 보았다.[18] 버먼이 생각하는 진정한 모더니스트는 슐레겔적 의미에서의 아이러니스트와 놀라울 만큼 유사하다. 그는 생성과 파괴, 혼란과 동요로 구성된 자신의 현실 속에 자기 초월의 변증법적 가능성이 무한히 열려 있음을 믿는다. 절대적 부정성으로서의 아이러니에는 언제나 심각한 위험이 따른다. 그것은 자기를 해방하는 황홀한 상승 대신에 불확실성에 대한 각성 속으로의 침통한 하강을 야기할지 모른다. 세계의 모든 존재가 우연에 맡겨져 있다고 보는 이른바 기연론(機緣論, occasionalism)은 아이러니스트로서는 뿌리치기 힘든 유혹이다. 그러나 어쨌든 중요한 것은 근대성의 경험에 충실하는 것, 그것에 내재한 변증법적 가능성을 극한까지 밀어붙이는 것이다. 근대성의 생산적인 역설을 포용하는 아이러니의 철학에 따른다면, 근대성과의 싸움이 어느덧 불임의 운명에 처하게 되었다고 믿을 이유는 없다. "누가 알겠는가 ― 이것을 미리 알기는 불가능하다 ― 어떤 대작이나 혁명이 발전중임을 보게 될지".[19]

(『세계의문학』 1994년 여름호)

---

18) David Simpson, ed. *The Origins of Modern Critical Thought : German Aesthetic and Literary Criticism from Lessing to Hegel*, Cambridge : Cambridge University Press, 1988, 198쪽, 189쪽.

19) Marshall Berman, "The Signs in the Street : a response to Perry Anderson", *New Left Review 144*, March~April, 1984, 123쪽.

근대성을 둘러싼 모험
— 서영채, 이광호의 비평에 관하여

1. 근대성 논의의 새로운 맥락

근대는 학술적 담론에서는 물론 일상의 화법에서도 전혀 어색하지 않은 용어이다. 그것은 수세대 동안 한국사회가 추구하는 성장과 발전의 목표를 가리켰으며, 그것을 둘러싼 각종 이론들은 삶의 구조적 변화를 위한 모색에 긴요한 지침이 되어왔다. 한국사의 어떤 시기를 근대라고 명명하는 데에, 한국사회와 문화의 어떤 특징을 근대성과 연결하는 데에 불편을 느끼는 사람은 아무도 없다. 근대의 개념이 우리가 겪어온 역사적 경험에 대한 탐구에 불가결한 수단을 제공해왔다는 것은 부인할 수 없는 사실이다. 근대의 개념을 활용함으로써 얻은 각성은 이제 우리가 우리 자신에 대해서 획득한 역사적, 비판적 의식의 소중한 부분을 이루고 있다. 물론, 근대라는 용어와 그 개념이 아무리 친숙하다고 해도 그것의 외래성은 쉽사리 잊혀지지 않는다. 근대에 관해 사유한다는 것은 근본적으로 서양인들의 사유에 기대는 일이다. 근대, 혹은 근대성이란 서양인들이 자신들의 경험을 해석하고 반성하는 가운데 만들어낸 다양한 담론의 산물이기 때문이다. 근대성의 담론에 성격과 방향을 정해준 것은, 과학적 이성의 승리, 산업 생산의 팽창, 민족국가의 형성, 근대 도시의 발전, 자본주의 세계 체제의 성립, 테크놀로지의 발달 등과 같은 거대한 변화를 수세기에 걸쳐 겪어오는 동안, 서양인들이 절실히 필요로 했던 새로운 자기 이해였다. 그러나 근대성의 담론이 이처럼 서양 사회의 경험적 맥락 속에 있다고 해서 그것의 보편성이 의심되는 것은 아니다. 근대성의 담론에서 문제시된 역사적 경험은 반드시 서양 사회에 특유한 것이 아니기 때문이다. 그것들은 자본주의 시장의 전지구적 팽창에 의해, 서양 제국주의의 세계 정복에 의해 비서양 사회에서도, 비록 정도나 내용은 동일하지 않지만, 지배적 추세를 형성한 경험이다. 에드워드 사이드의 말대로, '겹치는 역사, 섞이는 영토'가 근대의 특징이라면, 근대성의 담론은 결코 서양인들의 이야기만은 아니다. 그것은 근대적 세계에 거주하는 모든 나라, 지역, 인종들이 많든 적든 공유하는 자기 인식과 재현의 언어이다.

　지금까지 근대성의 담론과의 싸움은 동서양을 막론하고 가장 치열한 열정과 가장 빛나는 창의가 동원된 논제였다. 그것은 근대를 사는 개인이나 집단의 삶이 어떤 조건 아래, 어떤 가망 속에 있는가, 근대가 어떤 삶의 가능성을 열어놓는가, 혹은 봉쇄하는가 하는 물음을 끊임없이 되묻게 했다. 근대 서양이 축적한 바와 같은 성장과 발전의 경험이 없거나 빈약한 사회에서 그러한 물음은 특히 절박하고 곤혹스런 문제이기도 했다. 근대성의 담론이 저발전 사회의 지식인들에게 안겨준 충격적인 발견 중의 하나는 그 담론이 묘사하는 삶의 현재가 그들의 현실에는 존재하지 않는다는 것이다. 삶의 현재는 런던, 파리, 뉴욕의 시간이었고 그들의 시간이 아니었던 것이다. 서양의 근대와의 대면을 통해서 그들이 발견한 것은 근대가 결별한 인류의 과거 속에 여전히 남아 있는 자신들의 모습이었다. 옥타비오 파스의 말마따나 그들은 현재에서 추방당

했음을 절감해야 했다.[1] 이러한 '현재에서의 추방'이라는 형벌이 저발전 사회의 엘리트들을 어떠한 정치적, 이념적 기획으로 내몰았는가는 우리 자신이 지난 시대 군부치하의 경험을 통해 익히 알고 있는 터이다. 서양의 자본주의적 근대를 모형으로 하는 사회 개조가 그것이다. 근대성의 실현을 지고한 목표로 삼는 논리, 혹은 근대주의는 예전이나 지금이나 저발전 사회의 강력한 에토스로 남아 있다. 더욱이 그것은 비단 공공연한 서양추수적 근대화의 주장들 속에만 자리잡고 있는 것이 아니다. 서양 근대의 패권에 대한 부정을 표방하는 역사 발전의 이념에도 근대주의는 은밀하게 침투해 있다. 종래에 우리 학계에서 민족주의의 물결을 타고 분분하게 펼쳐졌던 '자생적 근대화'론을 상기해보라. 서양사의 근대 개념들로부터 유추한 궁색한 논리를 가지고, 서양의 동아시아 진출 이전의 한국사회에서 '근대의 맹아'를 찾아보기에 골몰했던 일련의 담론들은 우리가 근대의 신화에 완강히 사로잡혀 있음을 여실히 드러낸 것이 아닌가. 근대와의 조우(遭遇)가 안겨준 치욕이 충격적인 만큼 근대주의의 유혹은 강력하다.

이처럼 인식과 발견의 도구이면서 또한 수치스런 기억과 얽혀 있는 근대성이 근래의 학술과 비평에서 주요한 관심사로 부상하는 추세다. 이것은 일차적으로는 서양 학계에서 모더니티-포스트모더니티를 둘러싼 논의가 여러 각도에서 활발히 진행되고 있는 것과 관련이 있다. 포스트모더니즘의 대두를 계기로 근대성의 인식에 중대한 변화가 일어났다는 것은 이제 의심할 나위가 없다. 프레드릭 제임슨은 최근 「다른 근대를 거울로 삼아」라는 글에서 지금까지 근대성에 대한 사변적 물음이 보여준 세 차례의 갱신을 언급하는 가운데 포스트모더니즘이 영웅적 계몽의 시대, 회의와 탈신비화의 시대에 이어지는 셋째 시대를 이룬다고 말한 바도 있다.[2] 우리나라에서도 포스트모더니즘은 지난 몇 년간

---

1) 옥타비오 파스, 『현재를 찾아서』, 김홍근 편역, 범양사 출판부, 1992, 27~30쪽 참조.

2) Fredric Jameson, "Foreword : In the Mirror of Alternate Modernities", Karatani Kojin, *Origins of Modern Japanese Literature*, Durham : Duke University Press, 1993, vii~ix.

떠들썩한 화제가 되었지만, 외국에서 들어온 첨단 사조들이 하나같이 그러했듯이, 덧없는 해프닝의 오욕을 면치 못했다. 그것은 정치적 급진주의의 약화, 소비자 사회의 부상, 대중문화산업의 팽창, '신세대'의 출현 등을 전후하여 등장한 까닭에 처음부터 의혹과 저항의 눈길을 받았고, 문학의 경우, 대중 추수나 표절을 위한 변론에 동원되는 촌극까지 빚음으로써 급속하게 외면을 당하고 말았다. 그러나 포스트모더니즘이 표현하고 있는 문제의식이 진중히 경청할 가치가 있다는 것은 명백하다. 무엇보다도 그것은 근대의 경험을 근본에서부터 다시 생각하도록, 근대에 대한 신화적 관념들을 폐기하도록 도저한 압력을 가하고 있기 때문이다. 이념적으로 근대주의의 유혹에서 좀처럼 놓여나지 못했던 우리에게 포스트모더니즘의 교훈은 결코 적은 것이 아니다. 근대성에 대한 철저하고 전면적인 반성은 이제 시대의 정언과도 같다. 그러한 반성은 물론 포스트모더니즘이 생산한 근대 부정의 담론들을 복습하는 것 이상의 노력을 요구한다. 근대란 어쩌다 우연히 탑승한 역사의 객차 같은 것이 아니다. 우리는 그것의 담론적, 이념적 권역(圈域) 안에서, 바로 그것 때문에 숱한 갈등과 분쟁을 겪으면서 우리 스스로를 형성한 역사가 있다. 따라서, 근대성을 반성하는 작업은 우리의 자아를 심문의 대상으로 삼는 것에 버금가는 발본적 사고를 필요로 하는 것이다.

근대성이란 무엇인가를 묻는 반성의 시도는 90년대의 문화적 상황에서 단순히 사변적인 문제가 아니다. 90년대도 중반을 지나고 있는 지금, 문화 생산과 소비는 어느 모로 보나 기존의 지식이나 이념을 신속히 폐품으로 만들고 있고, 사고의 모험을 요구하는 많은 현상들을 노정하고 있다. 최근에 근대성의 탈신비화에 공헌한 프랑스 철학자, 이론가들의 저작이 지식 엘리트들 사이에서 공명을 얻고 있다거나, 성 sexuality을 비롯한 근대적 담론의 변방에 있었던 논제들이 시세가 있다거나 하는 사실은 그저 부박한 유행이라고 보기 어려운 일면이 있다. 그것은, 이를테면, 변혁과 진보의 이념이 퇴장하면서 남겨놓은 이념의 공백 속에서 자기 시대의 문화를 묘사하고 기획하려는 지적 노력이 다발적으로 진행되고 있음을 시사하기 때문이다. 근대성에 대한 반성의 작업에서도 그러한 실천의 동기는 뚜렷하다. 최근 몇 년 사이『창작과비평』지면에 등장한 일련의 근대성론에 주목한 사람들이라면, 근대성의 문제가 문화적 향도의 책략과 얼마나 깊이 연관되어 있는가를 어렵지 않게 짐작할 것이다.[3] 문화 혹은 문학의 길 찾기를 위한 반성적 근대성론은 특히 90년대에 들어 활약하고 있는 젊은 세대 비평가들의 작업에서 두드러진 강세를 보이고 있다. 이 글에서 주목하고자 하는 서영채와 이광호의 비평은 그 대표적인 사례이다. 그들은 90년대에 들어 우리 문학이 종전과는 매우 다른 역사적·사회적 환경에 처하게 되었고, 아울러 심오한 전환의 징후들을 보여왔다는 것을 그들 나름대로 명확히 인지하고 있으며, 그러한 변화에 응답하는 비판적, 해석적 작업의 일환으로 근대성의 문제를 제기하고 있다. 그들이 각자 동원하고 있는 근대성의 이론들은 반드시 같은 것이 아니지만, 근대성에 대한 반성적 사유의 이점을 활용하여 90년대 문학의 달라진 조건을 규정하고 가능한 활로를 탐색한다는 점에서 그들의 비평은 서로 통하는 데가 있다. 그러므로 근래의 비평에 나타난 근대성론의 호황이 과연 어떤 성과가 있는가, 반성과 탐색의 과업에 어떤 기여를 하고 있는가를 살펴보자면, 그들의 평론에서 견본을 구해도 무리가 없을 것이다.

2. 근대의 변증법, 혹은 부정의 정신

서영채의『소설의 운명』은『정신현상학』과『드라큘라』와『원형의 전설』을 넘나들고, 인문주의에서 문화산업에 이르는 다양한 이슈들을 다루고 있음에도 불구하고, 평론집으로서는 보기 드물게 하나의 통일된

---

3) 예컨대, 백낙청,「문학과 예술에서의 근대성 문제」(『창작과비평』1993년 겨울호)와 최원식,「한국문학의 근대성을 다시 생각한다」(『창작과비평』1994년 겨울호)는 서로 역점은 다르지만 근대성론과의 대결을 통한 민족문학론의 자기 확인을 예시한다.

세계가 느껴진다. 이것은 무엇보다도 그의 관심이 근대성의 문제에 집중되어 있기 때문일 것이다. 서영채의 비평은 90년대 문학비평에서 근대성에 대한 사변적인 물음이 성취한, 가장 철저하고 야심적인 형태를 보여준다 해도 좋을 정도이다. 그가 펼치고 있는 텍스트 해독과 비판적 고찰의 바탕에는 근대성의 본질을 추궁하는 정력적인 사색이 있으며, 그의 비평을 돋보이게 하는 통찰들은 대부분 근대성의 고전적 담론에 조예가 깊은 능란한 변증으로부터 나온다. 근대성에 대한 철학적 사변이 서영채 비평의 특장이자 개성임은 데뷔작 「이성중심주의와 장미— 에코의 『장미의 이름』 읽기」에서 이미 역력히 드러난 사실이다. 『장미의 이름』이 항간에서 포스트모더니즘 소설의 범례처럼 칭송되고 있던 시기에, 그는 그것의 추리소설적 텍스트를 근대성의 핵심에 놓여 있는 이성의 승리와 그로 인해 발생한 서양정신사의 중요한 테마들과 관련하여 면밀하게 읽으면서 그것을 일종의 형이상학적 알레고리로 재구성하는 참신한 해석을 보여주었다. 『장미의 이름』론이나 문학적, 영화적 텍스트들을 다룬 그 이후의 평론에서 그가 자못 화려하게 발휘하고 있는 것은 근대성의 철학적 인식에 기초한 해석의 기예(技藝)이다. 극단적인 경우, 그는 작품이나 논제를 공정하게 취급한다기보다는 그것을 휘하에 두고 근대성에 대한 사변을 전개한다는 인상마저 준다. 그의 평론에는 『정신현상학』『비극의 탄생』『문명 속의 불만』『직업으로서의 학문』『소설의 이론』『계몽의 변증법』 등과 같은 근대성 이론의 고전적인 저작들에 대한 참조나 인유가 풍부하게 들어 있으며, 그는 종종 그러한 저작들을 전거로 삼아 근대성의 일반 이론을 모색하기도 한다. 우리가 그의 비평에서 먼저 주목할 것은 그에게 해석적, 비판적 사유의 모형이자 그 자체로 추구의 대상인 근대성의 철학이 어떤 내용인가 하는 점이다.

서영채의 철학적 사변의 중심에는 그리 생소하지 않은 역사철학적 관념이 있다. 그것은 근대를 성립시킨 계몽 이성이 주체적인 인간 개체의 탄생을 가져온 동시에 인간에게 새로운 압제와 질곡을 불렀다는 생각이다. 예컨대 헤겔이 주체성의 원리에서 비롯된 지복(至福)의 자유를 강조하는 가운데 그것의 이면인 인륜적 조화의 상실에 주목한 것, 혹은 『계몽의 변증법』의 저자들이 자연의 지배로부터 인간을 해방시킨 계몽의 형식 바로 그것 속에 인간을 복속시키는 야만이 잠재되어 있음을 통찰한 것을 우리는 기억한다. 서영채는 이러한 역사철학의 사변에 기대어 근대가 본질적으로 아이러니한 이중성을 띠고 있다는 인식을 첨예화하고 있다. 근대란 "인간에게 자유를 선물한 해방자"이자 또한 "인간을 생존경쟁의 난투극 속으로 밀어넣은 난폭한 파괴자"라는 식으로[4] 근대의 모순된 이중성을 강조하는 주장은 그의 글 곳곳에 산재되어 있다. 개화기의 박영효와 유길준의 근대관에서도 그는 그것이 "우승열패의 싸움터"와 "아름다운 인륜적 이상"이라는 대조적인 모습으로 구현되고 있음을 찾아낸다.(80쪽) 그가 즐겨 말하기를 "근대의 변증법"이라고 하는 것은 바로 그처럼 모순과 반전을 통하여 스스로를 실현하는 근대의 역동적인 전개를 가리키는 것이다. 이러한 근대의 변증법이 그에게 특히 중요하게 여겨지는 것은 그것이 근대의 모든 산물들 속에 편재하여 있으면서 그것들의 "운명"을 결정하는 것으로 보이기 때문이다. 그는 근대의 일반적 변증법에 주목하는 것과 비례해서 그것이 개개의 근대적 산물들에서 표출되는 양상들에 대해서도 유의하고 있다. 소설은 선험적 규율에 따르지 않는 형식의 자유를 획득한 반면에 상품의 형식에 자신을 맡기는 예속의 위험을 안고 있음을 지적하는가 하면(16~17쪽), 그 밖에 인문학과 처세술의 관계, 진지한 예술과 대중문화의 관계, 본격소설과 통속소설의 관계 등에서도 변증법적 반전의 형식은 마찬가지로 발견된다는 것을 상기시킨다.(96~101쪽, 196~197쪽)

서영채의 근대의 변증법이라는 개념은 이른바 '근대의 기획'이 그 원래의 약속에 반하는 아이러니한 결과들을 낳고 있음을 목격하면서 서양의 사상가들이 발전시킨 비판적 사유의 형식을 일정하게 이어받고

---

4) 서영채, 『소설의 운명』, 문학동네, 1996, 14쪽. 앞으로는 본문에서 인용 쪽수만 표시한다.

있다. 앞에서 참조한 프레드릭 제임슨의 구분에 따르면 그것은 대체로 회의와 탈신비화 시대의 사변적 근대론과 연결된다. 그렇다면, 근대의 변증법을 강조한다는 것이 지금-이곳에서 어떤 의미가 있는가. 거칠게 말해서, 그것은 한편으로는 근대의 신화들에 함몰된 근대주의를 격파하면서 다른 한편으로는 반근대, 혹은 탈근대의 환상을 경계하는 것이다. 근대의 변증법에 충실하다면, 근대가 어떤 본질을 함유하고 그것을 스스로 실현하는 단일한 과정이라고 보는 생각, 그리고 근대에 대립하거나 근대를 넘어서는 인식적 · 실천적 가능성에 대한 믿음, 양쪽 모두를 철회하지 않을 수 없다. 서영채 스스로도 "근대성은 근대에 대한 비판과 거부까지 포함하고 있는 것, 말하자면 근대는 스스로에게 문제를 제기하며 또 그에 대한 해결책을 제시하고 있는 셈"이라고 말한다.(83쪽) 이렇게 근대성을, 스스로를 규율하는 하나의 전일체(全一體), 혹은 전체성으로 파악하게 되면, 근대성과의 올바른 정신적 싸움은 대단히 어려운 사고의 곡예술이 되지 않을 수 없다. 근대성의 논리가 스스로를 표현하는 변증법을 관찰하여 그것이 배출하는 근대성 부정의 논리를 장악해야 하며, 다시 그 부정의 논리가 근대성의 논리적 경계 안에 있음을 인식해야 하는 것이다. 이러한 인식의 조건에 따른 비판적 사유의 양식을 그는 「드라큘라와 계몽의 변증법」에서 얼마간 구체적으로 밝히고 있다. 거기서 그는 근대에 내재한 계몽과 광기의 대립, 오디세우스와 디오니소스의 대립을 자세히 조명하고 나서, "두 극단의 부정을 오가며 균형을 유지하는 일"이 20세기 말 근대인에게 남겨진 "매우 협소하지만 또한 유일한 논리적 거점"이 아닌가 묻고 있다.(219쪽) 그러한 양극 사이에서 균형을 잡는 사유, 혹은 양극의 긴장을 사는 사유를 그는 한마디로 "부정의 변증법"(218쪽)이라고 부른다.

단순화의 잘못을 무릅쓰고 말하자면, 서영채 비평의 가장 중요한 목표는 바로 부정의 변증법을 우리 문학에 가동시키는 것이다. 90년대의 문학, 특히 소설의 현황에 관련된 평론들에서 그는 근대의 변증법 속에 있는 '소설의 운명'에 대한 이해가 90년대 소설이 직면한 위기를 파악하는 데에 관건이 된다는 것을 보여주고, 또한 소설에 "부정의 정신"
(128쪽)을 회복하려는 노력이 작가들에게 주어진 긴급한 과제임을 역
설하는 주장을 맥락을 달리해가며 반복해서 펼치고 있다. 그가 90년대
소설에서 발견한 가장 심각한 위기는 자본주의 시장에서 상품의 형태
로 존재해야 하는 소설의 운명이 표면으로 급격히 발현되었다는 것, 구
체적으로 말해서, 소설이 상품미학에 순응하는 징후들을 보이고 있다
는 것이다. 그러나 그가 헤겔, 루카치, 아도르노의 계보 속에서 이해하
고 있는 소설은 형식적 안정을 거부하는 충동, 부재하는 유토피아에 대
한 열망을 통해 부정의 정신을 체현하는 장르이다. 근대가 산출하는 부
정의 변증법 속에서 언제나 새롭게 자신의 위치를 확인하는 것은 소설
이 가지고 있는 '미적 근대성'(372쪽)의 중요한 성질에 속하는 것이다.
그래서 그는 근대의 신화들 — 합리성·생산성·유용성의 신화 — 과 대
척적인 위치에 있는 소설의 자리를 부단히 강조한다. 그러나 소설에 부
정성의 계기를 보존하기 위한 그의 논의는 어느 특정한 문학 이념을 제
창하거나 지지하는 것으로 귀착되지 않는다. 그는 부정성의 개념을 때
로는 니체의 예술론을 연상시키기도 하고 때로는 리얼리즘론과 연결되
기도 하는 다채로운 맥락에서 설명하고 있으며, 형식이나 경향이 서로
다른 소설들에 대한 관용을 저해하지 않을 만큼 유연하게 구사한다. 부
정성의 원리를 정치적으로나 미학적으로 엄격하게 규정하기보다 자본
주의적 근대의 신화들에 적대적인 문학 본연의 소속을 강조하는 것이
그의 논법의 특징이다.

90년대에 들어 비평의 이념적 기획이, 역사에 대한 '전망'이 사라짐
과 동시에 크게 퇴화된 사정에 비추어보면 서영채의 비평은 상당히 고
무적이다. 그의 비평은 문학의 현재를 역사철학의 거시적 구도 안에서
포착하는 동시에 자본주의적 근대와 대결하는 문학의 논리에 이론적
정합성을 돌려준다. 그러나 그의 비평은 또한 전망 부재의 시대를 사는
비평의 불우함을 그의 세대의 다른 누구의 비평보다 아프게 상기시킨
다. 그가 강조하는 근대의 변증법이라는 개념은 삶의 근본적 변화에 아

무런 희망도 갖지 못하는 영혼의 곤경을 반영하는 것이 아닐까. 그의 방식대로 근대성을 생각하면, 우리는 그것을 극복하는 것은 물론이고, 그것의 극복을 사유한다는 것조차 불가능하다. 근대의 변증법이란 결국 근대성에 대한 첨예한 각성의 논리이면서 또한 음울한 체념의 논리이다. 그것은 근대성에 대한 대안적 사고의 여지를 좀처럼 열어두지 않는다. 그가 근대성의 변혁을 위한 탐색의 요구에 응한다면, 그의 「인문주의, 근대성, 문화」의 결론 그대로, '비판정신'이 소중하다는 원칙을 강조하는 선에서 멈출 수밖에 없다. 그가 취하는 겸허한, 그러나 그만큼 막연한 원칙론은 그의 문학이론에도 적지 않은 영향을 미치고 있다. 미적 부정과 관련해서, 그는 그것의 근본적 의의를 니체의 예술론에서 리얼리즘론에 이르는 여러 이론들을 배경으로 정확히 갈파한 반면에, 90년대 문학 현장에서 미적 부정을 실천하려면 구체적으로 어떤 문학 원리, 규범, 형식을 갖추어야 하는가 하는 실제적인 문제에 대해서는 확실하게 말하지 않는다. 강조하건대, 근대성이 우리의 존재와 사고에 가하는 제약에 관한 그의 승인은 서양의 탈근대론에 장단을 맞춘 항간의 어떠한 주장보다도 근대성의 진실 앞에 정직한 것이다.[5] 그렇지만 근대의 변증법을 전일화함으로써 그의 비판적 사고를 자신도 모르게 막다른 골목으로 내몰고 있지 않은가 하는 염려가 드는 것도 사실이다. 어쩌면 그는 부정의 변증법을 끌어들여 근대의 운명을 견디는 정신적 태도로 삼기보다 근대성의 전일적 개념을 낳는 사변적 양식, 바로 그것을 회의하는 방법으로 삼아야 할지도 모른다. 그렇게 하는 것이야말로 실은 부정의 변증법을 제창한 아도르노의 교훈에 충실한 자세가 아닌가.

---

5) 근대성과의 근본적 단절을 주장하는 사상이나 예술에 대해 필자는 서영채와 마찬가지로 회의적이다. 근대성에 대한 필자 자신의 입장에 관해서는 졸고, 「모더니즘의 망령을 찾아서」, 『모더니티란 무엇인가』, 김성기 편, 민음사, 1993, 194~198쪽, 224~225쪽 참조.

3. 무수하고 이질적인 근대성들

근대성 문제에 대한 이광호의 관심은, 서영채의 사변적 물음과 마찬가지로 90년대의 현실에 대응하여 문학의 존재방식을 다시 규정하려는 노력과 밀접하게 관련되어 있다. 이광호의 경우, 그것은「징후와 맥락」이후 새로운 글쓰기의 가능성을 두고 꾸준히 펼쳐온 일련의 탐색과 분리되지 않는다. 그의 비평은 세대적 자의식을 뚜렷하게 드러내고 있을 뿐만 아니라 그의 세대의 문학적 정체성 확보를 주요 과제로 삼고 있다. 자기 세대가 공유하고 있는 경험들의 특성을 강조한다거나, 자기 세대가 직면한 현실의 새로움을 확인한다거나, 자기 세대에 특유한 창조의 과제를 설정한다거나 하는 식으로, 그 자신의 세대를 하나의 변별적인 문학 세대로 정립하려는 시도는 그의 평론에서 흔히 목격된다. 자기 세대의 문학을 위한 그의 비평적 모색은 적어도「징후와 맥락」의 시점에서는 "아직 현실화되지 않은 역사적 가능성"[6] 에 대한 기대에서 동력을 얻고 있으며, 그의 세대가 살고 있는 현재의 새로움에 투신하려는 전위주의적 열정에 종종 이끌리고 있다. '위반' '전복' '시작' '생성' 같은 어사들을 즐기는 그의 수사적 취향은 그런 점에서 필연적인 것이다. 그의 도전적인 수사가 행하는 것은 문학을 기존의 권력이나 이념의 통제로부터 풀어놓고 현재의 새로움에 적응하도록 변화를 도모하는 것이다. 80년대 후반 이후의 현재에 대한 그의 설명이나 '일상의 생태학'과 같은 글쓰기의 전략들이 과연 타당한가 하는 의문과는 별도로, 90년대의 비평은 그에게 적지 않은 빚을 지고 있다. 미연의 가능성을 탐문하는 90년대의 비판적, 반성적 사유가 그의 평론에서 명민하고 도발적인 표현을 이루고 있다는 것은 명백하기 때문이다. 그가 최근에 전개하고 있는 근대성에 관한 논의에서도 급진적인 기세는 마찬가지로 느껴진다. 그는 근대의 극복에 관한 성찰을 스스로 중요한 현안으로 삼고 있으

---

6) 이광호,「징후와 맥락」,『위반의 시학』, 문학과지성사, 1993, 33쪽.

며, 암암리에 탈근대의 이론에 호응하는 방식으로 근대성을 문제시하고 있다. 근대성에 대한 이러한 비판적 인식은 그의 논쟁적인 평론 「문제는 '근대성'인가」에서 명료하게 드러난다.

「문제는 '근대성'인가」에서 이광호가 논의 대상으로 삼은 것은 서양에서 진전을 보고 있는 근대성-탈근대성 이론에 대응하여 우리나라에서 나온 가장 유력한 이론, 즉 백낙청의 근대극복론과 김윤식의 근대초극론이다. 그는 "우리 시대의 근대성 이론 체계의 자기 한계를 문제화하려 한다"는 취지에서[7] 백낙청과 김윤식의 이론을 여러 항목에 걸쳐 비판적으로 검토하고 있다. 그의 비판의 요지는 그들의 이론이 모두 표면적으로는 근대를 넘어서려는 것처럼 보이지만, 실은 "근대성의 문제틀"(37쪽) 안에 있으며, 그렇기 때문에 그 극복이나 초극의 논리가 스스로 모순에 빠지고, 심지어는 "근대주의와 내연(內緣)의 관계"(36쪽)까지 갖는다는 것이다. 백낙청과 김윤식 이론의 모순을 추궁하면서 이광호가 보여주고 있는 사고의 스타일은, "문제틀"이라는 알튀세르 식 용어에도 불구하고, 푸코의 고고학적-계보학적 비판을 연상시킨다. 근대성의 문제틀, 혹은 "근대적 인식틀"(24쪽)이라는 이름으로, 사유를 가능하게 하는, 그래서 사유에서 벗어나 있는 사전(事前) 지식을 비판의 표적으로 삼고, 근대성의 이론적 점유가 '전략' 혹은 ─그 스스로 이렇게 말하지는 않았지만─권력과 관계가 있음을 주목하게 한다는 점에서 그러하다. 그의 이러한 이론적 배경을 생각하면 그가 "역사철학적 근대성에의 경사"에 대해 비판적인 것은 자연스럽다. 집합적 단수의 역사를 상정하고 그것의 합리적 발전을 추적하는 역사철학적 담론은 근대성을 언제나 동일한 것으로 전일화하며, 따라서 그것을 가지고는 진정한 근대의 극복에 관한 사유가 불가능하기 때문이다. 그래서 이광호는 역사철학에 의지하여 '거대한 근대성'의 이론을 지향하는 대신에, "무수하고 이질적인 근대성(의) 발견"(38쪽)에서 사유를 시작해야 한

---

7) 이광호, 『환멸의 신화』, 민음사, 1995, 16쪽. 앞으로는 본문에서 인용 쪽수만 표시한다.

다고 주장한다. 여기에는 보편적인 규범으로부터 가치 영역들의 분화를 가져온 근대의 합리화 과정을 존중하자는 생각과 함께, 합리화 과정에 따라 생성된 국지적 근대성들의 차이를 강조하려는 의도가 깔려 있다. 이것은 결국 근대성이 자기 동일적 개념으로 고착되지 못하도록 그것 내부의 모순, 분열, 대립을 극화하려는 발상인 셈이다.

이처럼 근대성을 탈전일화de-totalization하는 사유의 가능성은 『환멸의 신화』에서 이광호가 발전시키려는 주요 테마에 해당하는 것으로 보인다. 우리는 우선 「영원의 시간, 봉인된 시간」이라는 서정주론에 주목할 필요가 있다. 이 글은 서정주의 중기시에 나타나는 영원주의에 대한 해석이나 평가에서 근대, 혹은 근대에 대한 대응이라는 맥락이 중요하다는 것을 일깨워준다. 그는 서정주의 영원주의가 근대의 단선적인 진보의 시간이 가하는 무자비한 폭력에 직면하여 인간 경험의 "동일성과 지속성을 회복하려는 정신적 투쟁"(245쪽)과 연관된다고 보고 있다. 이것은 서정주 시를 근대의 경험과 대립적 관계에 세우는, 말하자면, 그것의 반근대적 계기를 강조하는 해석이다. 그런데 이광호는 여기서 나아가 좀더 대담한 주장을 편다. "서정주의 경우를 통해 우리는 도저한 반근대적 지향을 통해 한국문학의 근대적 자기 정체성을 이룩하는 문학사의 모순과 비밀을 볼 수 있다"(247쪽)는 것이다. 이러한 주장은 근대성이라는 것을 언제나 스스로 동일한 단수로 보지 않으려는 생각을 명백히 드러낸다. 적어도 정치적, 사회적 근대성과 문학적 근대성은 서로 다르고, 서로 모순된다는 것에 주의를 환기시키고 있는 것이다. 근대성 내부의 차이와 모순들을 이처럼 강조한다는 것은 바꿔 말하면 근대성의 아이러니를 냉정하게 승인하는 것이기도 하다. 자기 동일성의 관념을 교란하는 수사가라면 아이러니스트가 아니던가. 그런 점에서 그의 오규원론 「에이런의 정신과 시쓰기」는 우리의 눈길을 끈다. 그는 서정시의 세계와 구별되는 오규원의 자의식적인 언어가 경험의 모순에 대한 투철한 인식을 지향한다는 것을 밝히고 이어서 그의 시를 아이러니의 정신과 연결시키고 있다. 이광호가 오규원의 시에서 찾아낸 첨예한 아이러니 감각과 흡사한 것을 우리는 그의 근대성론에서 발견할 수 있을지 모른다.

근대성이 내적 모순과 아이러니를 산출하고 있다는 것, 그것의 동일체적 가상을 훼손하는 '틈'을 스스로 만들어내고 있다는 것은 이광호가 90년대의 시에서 읽어내고 있는 시적 통찰의 일부이다. 『환멸의 신화』에서 그는 실제의 텍스트 해독에서 내재적 비평 혹은 현상학적 묘사에 일단 충실하고 그렇게 하여 얻어진 텍스트들의 함축적 의미를 근대성의 비판적 인식과 관련하여 발전시키는 방법을 곳곳에서 구사하고 있다. 그는 특히 타성화된 지각과 인식을 뒤흔드는 시적 언어가 근대성의 담론들에 반성의 계기를 열어주고 있음을 빈번히 역설한다. 예를 들면 「묵시(默視)와 묵시(默示)」에서 그는 기형도 이후의 시에서 죽음에 대한 탐구가 묵시론적 전망으로 옮겨왔음을 지적하면서, 그러한 이행이 "모더니티의 균열, 혹은 계몽주의의 좌절과 긴밀하게 연관된다" (108쪽)고 말하고 있다. 그리고 묵시론적 전망이 "인간의 시간, 인간의 역사가 인간의 부단한 자기 계발을 통해 완성으로 나아간다는 계몽주의적 직선적 시간관에 대한 전복이다"(109쪽)라는 논평도 보태고 있다. 또한 「몸살의 시, 배설의 생태학」에서는 몸에 대한 관심을 드러낸 몇몇 시인들의 작업을 근대적 주체성의 담론과 대결시키는 논법을 부분적으로 보여준다. '몸의 시학'은 단일한 개별적 주체라는 관념을 거스르며 "주체의 경계에 관한 새로운 인식의 가능성을 열어준다"고 그는 쓰고 있다.(122쪽) 그것은 조금 구체적으로는 "동일성의 주체를 붕괴시키는 차이의 세계에 대한 긍정과 해체의 전략 위에 서 있는 이른바 탈현대적 사유의 가능성"이다. 이처럼 90년대 시의 동향을 근대성의 비판적 인식과 결부시키는 이광호의 해석은 어떻게 보면 다분히 실험적인 것이다. 그가 근대성 담론의 전복이나 잠복중인 탈근대적 사유의 증표로 삼고 있는 시적 인식은 반드시 90년대 시에 특유한 것이 아니기 때문에 그의 해석은 지나친 읽어넣기가 아닌가 하는 의심의 소지가 있다. 하지만 과장의 부담을 무릅쓰고 근대성의 담론적 성분들 ―직선적

시간관, 모나드적 주체론 ― 의 위기에 시선을 집중시키는 그의 태도는
그 자체로 흥미롭다. 그것은 그가 공식적으로는 탈근대론을 표방하고
있지 않음에도 불구하고, 전일적 개념의 근대성을 거부하는 그의 발상
이 탈근대론과 접속되어 있음을 뚜렷이 시사하는 것이다.

　앞에서 살펴본 이광호의 비평적 독법으로도 충분히 짐작이 가는 사
실이지만, 그는 시, 혹은 문학에 특별한 반성적, 비판적 인식의 권능이
있다고 믿고 있다. 그래서 그의 비평은 문학작품들이 문제의 대상을 어
떻게 새롭게 인식하게 만드는가, 그것을 어떻게 회의와 반성의 대상으
로 구성하는가를 부단히 묻는다. 그의 비평적 열정을 사로잡다시피하
는 그러한 문학의 권능은 문학이 근대의 합리화 과정의 결과로 보유하
고 있는 자율성의 효과이다. 이광호는 "문학이 도구적 근대성을 비판할
수 있는 힘"은 근대성의 다른 영역에서 분리된 "미적 근대성 혹은 미적
합리성"에서 비롯된다고 말하고 있다.[8] (35쪽) 부르주아적 합리성에 대
한 불복(不服)의 자리인 미적 근대성을 그는, 무수하고 이질적인 근대
성들을 말하는 것과 같은 맥락에서, 그것 자체로 존중할 가치가 있다고
주장한다. 백낙청과 김윤식의 근대성론을 비판한 글에서도 그는 그들
이 "선험적으로 설정된 근대성 체계를 통해 미적 근대성을 억압한다"
는 것을 문제삼고 있다.(35쪽) 여기서 흥미로운 것은 그가 근대성의 기
획이 노출한 위기와 한계에 관해서는 다변인 반면에 미적 근대성이 20
세기에 들어 겪은 동요에 대해서는 침묵한다는 점이다. 미적 근대성의
원리들이 탈근대의 서양에서 이미 쇠진했다는 것은 포스트모더니스트
들만이 아니라 현대의 많은 예술사학자, 이론가들이 지적한 사실이 아
니던가. 근대성에 대한 비판적 인식을 요구하고, 탈근대성의 이론들에

---

8) 이광호의 이러한 발언은 부르주아 예술에 관한 하버마스의 유명한 구절을 상기시킨다.
"오직 부르주아 예술만이, 예술의 본질과 상관없는 이용에 대한 수요에도 불구하고 자율화
된 예술만이 부르주아적 합리화의 희생물들을 대표하는 지위를 차지했다. 부르주아 예술은
부르주아 사회의 물질적 삶의 과정에서, 말하자면, 불법화된 요구들을 비록 가상으로나마
만족시키기 위한 보호구역이 되었다." (Jürgen Habermas, *Legitimation Crisis*, trans. Thomas
McCarthy, Boston : Beacon, 1975, 78쪽.)

서 적지 않은 영감을 얻고 있는 비평가인 이광호가 미적 근대성에 대해서 변호의 논리를 펴고 있는 것은 모순으로 느껴진다. 우리는 그가 백낙청과 김윤식에게 묻는 것과 같은 방식으로 그 역시, 문학에 관한 사고에서는, '근대성의 문제틀' 속에 머물러 있지 않은가 물을 수 있다. 사실, 이광호식의 모순된 논리는 그만이 아니라 근대 극복의 당위에 동의하는 지금 시대의 문학비평가들 대다수에게 불가피한 것이다. 서양추수적 탈근대론자가 아니라면 한국문학의 새로운 가능성을 위해 미적 근대성을 철폐하자고 주장할 사람이 있겠는가. 그러나 어쨌든 이광호 스스로 불러들인 과제가 무엇인가는 명백하다. 미적 영역에서의 근대성이 어떻게 해서 탈근대의 일반적 추세에서 면제되는지, 어떻게 해서 다른 영역에서의 근대성들보다 유독 장수하는지 해명해야 하는 것이다.

4. 미적 근대성의 이론을 위하여

지금까지의 검토를 통해 얼마간 드러난 사실이지만, 근대성에 관한 서영채와 이광호의 논의는 상당한 편차를 보이고 있다. 그들은 모두 근대성에 대한 근본적인 성찰이 필요하다고 믿고 있으나, 그러한 성찰이 필요한 이유에 대해서는 서로 생각이 다른 듯하다. 서영채의 경우, 그것은 90년대 우리의 일상과 문화를 규정하고 있는 것이 자본주의적 근대라는 보편사적 현실이며, 따라서 그것을 철학적으로, 비판적으로 사유하는 일이 절실한 과제라는 인식에 기초를 두고 있다. 이광호의 경우, 그것은 근대의 기획이 한계에 다다랐다고 보고, 근대의 극복을 당위적인 명제로 여기는 탈근대적 발상과 많든 적든 관련이 있다. 근대성에 관심을 기울이는 이유가 다른 만큼 근대성을 파악하는 방식에서도 그들은 대립이라 해도 지나치지 않을 정도로 현저한 차이를 보여준다. 서영채가 근대성의 중심에 계몽 이성의 모순을 두고 근대적 삶을 전체적으로 지배하는 변증법에 주목한다면, 이광호는 합리화의 결과를 강조하여 각자의 내적 논리에 따라 존립하고 움직이는 작은 근대성들을 상정한다. 근대성의 경험과 인식에서 서영채가 근대의 양극 사이에서 균형을 잡는 긴장된 부정의 정신을 요청하는 반면에 이광호는 근대성의 표현들, 혹은 산물들 사이에 존재하는 균열, 모순, 대립에 대한 첨예한 각성을 존중한다. 그들의 철학적 전거는 매우 풍부하고 다양하지만, 서영채가 독일 비판이론에서, 이광호가 프랑스 탈구조주의에서 각기 받은 감화는 그들의 이론적 성찰에 특히 핵심적인 것으로 여겨진다. 그들이 개진한 근대성 이론들의 차이는 아마도 변증법과 이종론(異種論, heterology)의 차이로 줄여 말해도 괜찮을 것이다. 그러니까 그들은 포스트모더니즘을 둘러싸고 서양에서 전개된 두드러진 이론적 대립에 준하는 날카로운 대조를 이곳에서 펼치고 있는 형국이다.

그러나 근대성에 관한 그들의 논의는 이론상으로 흥미로운 차이를 드러내는 한편으로, 미적 근대성을 위한 변론이라는 성격을 함께 갖고 있다. 그들은 문학이 근대적 변화를 겪으면서 획득한 자질이나 기능을 중요하게 고려하고 있으며 그것이 90년대의 문학 현실에도 유효하다는 입장을 취하고 있다. 예를 들면 서영채는 문학적 근대성을 근대성의 일반적 변증법에 통합시키는 관점에서 그 변증법의 문학적 표현을 발견하는 작업의 일환으로 근대적 '주체'의 형성과 전개에 주목한다. 그가 식민지 시대 작가들에 관한 연구를 바탕으로 구축한 계몽-주체, 예술가-주체라는 계보학적 가설은 한국문학의 근대성에 대한 역사적 재인식의 기초가 되는 동시에 90년대 문학에 부정의 변증법이 요청되는 이유를 뒷받침한다. 그런가 하면, 이광호는 문학에서 근대성이 실현되는 층위들을 세심하게 구별하여 문학적 근대성을 이해하자고 제안하기도 하고, 문학적 근대성과 정치적, 사회적 근대성 사이에 존재하는 차이에 관심을 촉구하기도 한다. 이러한 주장의 궁극적 취지는 근대문학의 자율적 성격을 확인하고, 거기에서 생겨나는 반근대-탈근대의 가능성을 살려두는 것이다. 서영채, 이광호에게서 보이는 미적 근대성의 이념은 한국문학의 맥락에서는 확실히 숙고할 가치가 많은 논제이다.

문학이 근대화의 결과로 획득한 자율성은 종전의 한국문학에서 진지하게 탐구된 적이 별로 없는 것이다. 글쓰기 문화에 잔존하는 유교적 의식 때문에, 문학의 정치적 참여를 요구하는 시대의 압력 때문에, 혹은 '순수문학'을 표방한 문학자들의 과오 때문에 그것은 차라리 한국문학의 억압된 욕망으로 남아 있었다고 말하는 편이 옳을 것이다. 게다가 자본주의적 근대 이후를 꿈꾼 지난 시대의 문학이 얼마나 공상적이었던가를 깨달은 지금의 시점에서는 미적 근대성에 무심한 것이 한국문학의 중대한 결함임을 시인하지 않을 수 없다. 근대를 통과하지 않는 근대의 극복이란 한갓 미망에 불과하다면, 미적 근대성의 영역에서 문학이 보유한 비판과 부정의 능력을 존중하자는 것은 당연한 요청이다. 근대의 극복을 위한 문학의 사명이 크면 클수록 미적 자율성에 기초한 문학의 권능은 주목해야 마땅하다.

서영채, 이광호의 미적 근대성 논의가 근대성론, 탈근대성론의 압력 아래 갱신의 부담을 안고 있는 오늘날의 한국문학에 새로운 자기 정의의 논리를 찾아주고 있다는 것은 인정할 만한 사실이다. 그러나 미적 근대성에 관한 그들의 생각은 아직 원론적 확인에 집중되어 있고 그만큼 발전시킬 여지가 많다. 그것이 비평의 실제에서 견인 역할을 하기에 충분할 만큼 정련되지 않았다는 것은, 예컨대, 그들의 장정일론에서 받게 되는 인상 중의 하나이다. 그들은 장정일 소설을 저항 혹은 부정의 정신과 관련시키는 독법을 제시했지만, 거기엔 다소 무리가 있다. 간단히 말해, 저항이나 부정의 대상인 현실, 그것에 대한 장정일의 인식이 그들이 유념한 것보다 훨씬 심각하게 추상적이기 때문이다. 가령, 『너에게 나를 보낸다』에서 작가의 세계 인식을 압축한 것으로 보이는, 그래서 요긴하게 참조되곤 하는 '수정궁'의 상징을 보자. 수정궁은 본래 1851년 대영박람회 장소용으로 런던의 하이드 파크에 세워진 유리 건물이다. 그때까지 최고 수준의 공학기법으로 지어진 수정궁은 기계문명의 장엄한 승리를 알리는 기념비적 건물로 여겨졌고, 그렇게 형성된 수정궁의 상징적 가치는 당시의 작가들에게 이내 간파되었다. 특히 도스토예프스키의 『지하생활자의 수기』에서 그것은 합리주의와 물질주의가 지배하는, 압제적인 근대문명의 전형적 표상이 되었다. 요컨대, 수정궁이란 진부한 상징이다. 그것을 가지고 근대적−현대적 삶의 세계를 이야기하는 것은 전혀 창의적인 발상이 아니다. 더욱이 20세기 후반의 시점에서 그렇게 하는 것은, 지각이나 인식을 쇄신하는 효과가 없을 뿐만 아니라 문학적 선례에 의존하는 편법적 글쓰기의 혐의만 가중시킬 따름이다. 그래서 장정일의 소설에 대해 저항, 전복, 부정의 정신을 인정하는 발언들을 만나면, 그의 소설이 지닌 현실과의 추상적인 관련을 너무 후하게 용인하고 있는 것이 아닌가 하는 의문이 든다. 그리고, 이러한 의문은 저항의 포즈와 저항의 정신을 준별하는 일을 소홀히 하고 있지 않은가 하는 우려와도 연결된다.

　미적 근대성이 우리 문학에 유효한 이념임을 설득하려면 90년대 문학에서 근대성에 대한 저항이나 반성의 주제들을 찾아내는 작업으로는 충분하지 않다. 미적 근대성이 서양과는 다른 글쓰기의 역사적·문화적 조건 때문에 우리 문학에서 철저하게 추구되지 못했다는 사정을 감안하면, 그리고 20세기 서양의 아방가르드 예술에서 미적 근대성이 노출한 심각한 위기를 감안하면 특히 그러하다. 문학의 미적 근대성을 위한 변론은 근대의 수혜자이자 근대에 대한 반항이라는 이중적 성격이 여전히 문학적 생명의 정수라는 것을 문학의 주제론적 목록 속에서가 아니라 존재론적 원리 속에서 확인해야 한다. 이것은 바꿔 말하면 합리화의 혜택을 입으면서 동시에 합리화에 저항하는 주체성의 장소로 문학을 다시 인식하는 것이다. 이런 점에서 교훈적인 것은 예술의 미메시스와 합리성의 변증법에 착안한 아도르노의 이론이다. 그의 주장에 따르면 미메시스는, '동일성'의 논리를 통해 주체와 대상의 대립을 창출하는 개념적 사고와는 달리, 주체를 대상과의 유기적인 '친연성' 속에 자리잡게 한다. 그러나 미메시스적 행위가 예술화되려면 일정한 형식적 조직을 갖추어야 한다는 점에서 그것은 부득이하게 그것의 반대인 합리성과 결합한다. 아도르노가 인식한 예술의 비판적 기능은 바로 예술이 미메시스와 합리성을 긴장된 불화의 상태로 자기 내부에 보유하고, 그리하여 현실의 해소되지 않는 대립을 표현한다는 데서 비롯된다. 미적 근대성의 이론을 위해 반드시 아도르노에게 기댈 이유는 없을 테지만, 미적 주체화의 가능성이 중요한 철학적 현안임을 그의 미학은 일깨워준다. 합리주의의 압제에서 자유로운 탈중심화된 주체성의 문학적 실천을 구체적으로 이론화하는 작업은 바로 우리 비평이 짊어진 과제 중의 하나이다. 그것은, 좁게는 문학에 부정과 반성의 이념을 보존하는 데에, 넓게는 문학의 정당성의 논리를 강화하는 데에 필수적인 것임에 틀림없다. 근대성을 둘러싼 90년대 문학비평의 모험은 아마도 여기서 성패가 갈릴 것이다.

(『창작과비평』1996년 가을호)

현대성, 혹은 번화한 폐허

—이형기의 시론에 관하여

1

이형기는 1960년대와 70년대를 통해 시뿐만 아니라 평론 분야에서
도 활발하게 활동하면서 시에 관해 적지 않은 분량의 글을 썼다. 그러나
그것은 본격적인 시론과는 얼마간 거리가 있는 글이다. 1976년 문학과
지성사의 '오늘의 시론집' 시리즈의 한 권으로 간행된 그의 『감성의 논
리』는 시보다는 오히려 소설 쪽에 무게가 기울어 있는 평론집이며, 그
의 두번째 평론집 『한국문학의 반성』(1980)에서도 시에 관한 논의는 집
중성을 얻고 있지 못하다. 이형기 시론이라고 부를 만한 것이 그 나름대
로 체계화되기 시작한 것은 아무래도 80년대에 들어서, 나중에 그의 시
론집 『시와 언어』(1987)에 '시를 위한 팡세' 라는 소제목으로 묶이게 되
는 일련의 에세이들을 발표하면서부터라고 보아야 옳을 것이다. 그러
니까 이형기는 그의 나이 오십을 전후해서 비로소 시론가로서의 자기

세계를 정립한 셈이다. 이것은 그가 시인으로서의 개성을 일찌감치 획득한 것에 견주어보면 확실히 뒤늦은 소득에 속한다. 그러나 80년대 이후 발표되고 있는 그의 시론들은 그가 오랜 세월 동안 축적한 시의 체험과 발견의 성과들을 집약하여 보여줌으로써 이제는 그의 시와 함께 이형기라는 시인적 개성의 중추적인 부분을 이루고 있다. 더욱이 그것은 그의 세대의 시인들에게는 흔치 않은 학구적 정열과 집념의 산물이라는 점에서 널리 주목을 받기에 모자람이 없다. 이형기의 시론에 역사적 평가를 내리기는 아직 이르지만 그것이 시인의 시론으로서는 김수영이나 김춘수의 시론 이후의 돋보이는 자리를 차지할 만한 것이라는 점에는 아마도 많은 사람들이 동의할 것이다.

창작과 이론을 겸하고 있는 시인들에게 대체로 그러하듯이 이형기에게 있어서도 시의 이론적인 문제들에 대한 관심은 어떤 체계적인 시학의 수립을 위한 학문적 연찬과는 다소 차이가 있다. 그는 현대시 교육자로서의 필요나 의무에 따른 개론류의 글을 종종 쓰곤 하지만 그의 시론의 본령은 시인으로서의 창작을 위한 미학적, 비평적 탐구에 더욱 밀접하게 관련되어 있다고 보는 것이 옳다. 이형기 자신의 회고에 의하면 시를 포함한 문학이론에 관한 그의 연구는 애초부터 시작(詩作)의 새로운 활로를 찾기 위한 모색에서 생겨난 것이다. 그런 점에서 우선 주목을 요하는 것은, 그의 비평적·이론적 관심이 그의 초기 시의 전통적 리리시즘에서 탈피하려는 노력 속에서 형성되고 발전되었다는 사실이다. 서정주나 청록파류의 서정적 가락을 극복하기 위한 그의 시도는 제1시집 『적막강산』(1963)에서 제3시집 『꿈꾸는 한발』(1975)에 이르는 그의 시편들 속에서 대담한 변신의 궤적을 그리고 있으며 그것의 정점에는 흔히 악마주의라고 부르는 세기말 미학의 일종이 돌올하게 나타난다. 이러한 시적 변모의 과정은 그의 시가 독특한 개성의 세계에 도달한 과정이면서 동시에 비평과 이론에 대한 그의 관심이 본격적으로 발전된 과정이기도 하다. 그 과정에서 그는 특히 오스카 와일드, 보들레르, 쉐스토프, 고바야시 히데오, 알베르 티보데에 심취하면서 서양 모더니즘 문학에 대한 역사적, 이론적 이해를 심화시키게 된다. 『꿈꾸는 한발』의 「서문」에 나오는 다음과 같은 당당한 선언은 그가 모더니즘의 세계에 얼마나 깊이 잠행했는가를 단적으로 말해준다.

여기에 이르러 나는 비로소 시인이란 자각을 갖게 되었다. 시란 필경 언어로써 구축되는 가공의 비전이다. 가공의 비전, 꿈이 아닌가. 그러므로 나에게 있어서의 시인이란 자각은 꿈꾸는 사람의 자각이라 할 수도 있다. 그러나 나의 꿈은 장밋빛으로 채색되어 있지는 않다. 오히려 어둡고 음산하다. 어떤 것은 지나치게 그로테스크해서 독기 같은 것을 느끼게 할지도 모른다.

흔히 말하는 장밋빛 꿈은 그 바탕에 그 실현의 가능성을 내다보는 기대가 있다. 설령 실현되지 않는다 하더라도 그것이 실현되기만 하면 인간은 틀림없이 행복해질 수 있다는 옵티미스틱한 믿음이 있다. 장밋빛은 행복을 표상하는 빛깔이다.

나의 꿈엔 그러한 장밋빛이 없다. 물론 의식적으로 배제한 것이다. 그렇게 되면 꿈은 그 실현의 가능성에 대한 기대를 박탈당해버린다. 박탈당하면 어떤가. 꿈은 어차피 실현될 수 없는 것이고 또 실현될 수 있다고 해도 별수가 없는 것이다. 그러한 꿈이 장밋빛 외양을 갖는 것은 이유가 어디 있든 위장이라 할밖에 없다. 위장을 벗어던진 참다운 꿈은 실현되기 위해서 있는 것이 아니고 실현되지 않기 위해서 있는 것이다. 희망이 아니라 절망을 확인하기 위해서 있는 꿈, 그것이야말로 참다운 꿈이다. 당연한 일이지만 그러한 꿈은 이른바 행복이라는 것을 믿지 않고 세계와의 화해를 거부한다.

여기서 이형기가 자각했다고 말하고 있는 꿈꾸는 사람으로서의 시인은 세계와의 화해를 거부하는 정신 또는 세계에 대한 비판적 부정의 정신을 그 본질로 한다. 세계를 부정하는 자아로서의 시인이라는 관념은 물론 그렇게 특이한 것은 아니다. 그것은 계몽의 이념에 반발하여 세속적 · 물질적 세계로부터의 정신적 망명을 택한 서양 낭만주의 시인들의 잔영을 담고 있다. 그러나 이형기의 꿈꾸는 시인이라는 관념은 낭만주의의 테두리를 벗어난다. 낭만주의는, 엄격하게 말하면, 시인 자신보다 훨씬 강대한, 어떤 신성하고 초월적인 세력과 융합되고자 하는 욕망을 불가결한 조건으로 한다. 노드롭 프라이가 말하고 있듯이 "보다 광대한 창조적 에너지가 있는 힘과의 동일성에 대한 감각은 낭만적 문화에서는 어디서든 나타나는 것이다". 이형기가 말하는 꿈꾸는 시인이 낭만적이라고 한정되지 않는 것은 바로 그러한 시인을 넘어서는 강대한 힘과의 동일성에 대한 감각이 그에게는 결여되어 있기 때문이다. 그의 꿈 또는 비전은 위의 인용문에 나와 있다시피 어떤 초월적인 것으로의 도약을 나타내는 것이 아니라 세계에 대한 절망을 반복하는 부정적 정신의 활동 그 자체를 나타내는 것이다. 이러한 사실은 『꿈꾸는 한발』의 시인을 낭만적 예지자(豫知者)보다는, 혁명과 이단을 향한 자각된 (혹은 도착된) 욕망 외에는 어떠한 창조의 정신적 원천도 가지지 못한 모더니스트에 가깝게 한다. 그로테스크한 파멸과 도착과 절망의 이미지를 잔혹할 만큼 집요하게 보여주는 그의 악마주의는 "모든 절대적인 것은 정신병리학에 속한다"는 니체의 발언을 상기시키기에 충분하다. 그것은 많든 적든 모더니즘 미학으로부터 감화를 받은 자취를 지니고 있는 것이다.

　이형기 시론의 정신적 기초가 19세기 후반, 20세기 전반의 서양 모더니즘에 있다는 것은 확실해 보인다. 이것은 그가 자신의 비평적 주장을 명확히 하기 위해 전거로 삼는 시인들이 보들레르, 말라르메, 엘리엇 등과 같은 모더니즘 문학의 대가들이라는 사실로 미루어보더라도 쉽게 짐작이 간다. 그러나 그의 시론에서 서양 모더니즘과의 조응을 보여주는 증거들은 비교적 단편적인 형태로 나타나며 때로는 일괄적인 설명을 불가능하게 한다. 더욱이 그는 역사상으로 존재했던 어떤 특정한 모더니즘 유파를 편들어서 시론을 전개하고 있지 않다. 그의 시론에 있어서의 모더니즘은, 앞으로 보게 되겠지만, 모더니즘에서 유래한 개념이나 용어들을 적당히 편의적으로 사용하는 것과는 차원이 다르다. 서양 모더니즘이 이룩한 철학적, 미학적 발견과 혁신의 결과들은 그의 시론에서 문제를 발견하고 해결하는 방식을 기본적으로 결정하고 있다. 이형기에게 미친 모더니즘의 영향은 그의 내면 속에 아주 깊숙이 침전되어서 시를 쓰고 읽는 행위에 대한 반성적 의식의 기저를 이루고 있다고 해도 무방하다. 그의 세대의 시론가들 중에는 모더니즘에 대한 역사적, 이론적 지식에 있어서는 그보다 나은 사람이 있을지 모르지만 그만큼 투철하게 모더니즘과 정신적으로 일체화된 사람은 드물다. 외곬로 보일 정도로 열정적인 모더니스트의 풍모를 알아보지 못한다면 이형기 시론을 읽는 보람은 아마도 그리 많지 않을 것이다.

2

"절대로 현대적이어야 한다(Il faut être absolument moderne)" — 모더니스트들 사이에서 금언처럼 여겨지는 랭보의 이 유명한 1873년 선언은 이형기에게도 변치 않는 진리의 명제이다. 그는 「시의 세계성이란 무엇인가」라는 글의 결론에서 "현대에 살고 있는 시인이 쓴 시라 해서 모두 현대시가 되는 것은 아니다. 현대성을 갖추고 있을 때 비로소 그것은 현대시가 된다"고 쓰고 있다. 그가 현대시의 필수적 조건으로 언급하고 있는 '현대성'은 시의 주제적, 형식적, 기법적 측면들 모두에 연관되면서 동시에 시의 영역에 국한되지 않고 현대 인간생활의 근본적이고 특징적인 조건에까지 이어지는 문제이다. 그는 현대성이라는 것을 역사적으로 윤곽이 분명한 삶의 조건으로 인식하고 있다. 「시의 세계성이란 무엇인가」에 따르면 그것은 르네상스 이후 서양 근대문화에 있어서 통일 원리의 상실이라는 중대한 변화가 야기한 결과이다. 통일 원리의 상실은 한편으로는 인간활동의 개개의 영역에 자율성을 부여함으로써 문화의 다원화·전문화를 가져오며, 다른 한편으로는 삶의 모든 가치들을 상대적인 것이 되게 함으로써 삶을 심각한 혼란과 분열 속에 방치한다. 이형기는 이러한 현대적 삶의 모순된 본질에 대한 인식이야말로 현대시를 현대적이게 하는 정신적 근간이라고 보고 있다. 그가 포와 보들레르를 근대시의 선구자로 여기는 관점에 동의하면서 강조하고 있는 것은 바로 그 모순된 현대성의 경험이 그들의 시에서 뚜렷한 표현을 얻었다는 사실이다. 그들은 "시를 인간 영위의 다른 분야와는 엄격하게 구분지어서 시 그 자체로서 독립시켰"으며 "통일 원리의 결락 때문에 풍요가 도리어 분열과 혼란의 가중을 뜻하게 된 시대의 실상을" 통찰했다고 그는 말하고 있다. (이형기가 쓰고 있는 현대성보다는 근대성이 적절한 용어라고 필자는 생각하지만, 논의의 편의를 위해 그의 용어에 따른다.)

시의 현대성에 관한 논의에서 이형기가 역설하고 있는 현대시의 두 가지 측면, 즉 미적 자율성과 비판적 기능은 말할 것도 없이 모더니즘 문학의 중추적인 요소이다. 모더니즘 문학의 모든 창조적 활력은 문학을 포함한 예술이 정치나 법률이나 경제에서 작용하는 논리와는 별개의 논리에 따라 자율적으로 존립한다는 믿음에서 연유하며, 그러한 믿음의 구체적인 표현인 다채로운 형식상의 실험과 쇄신은 현대의 지배적인 문화에 대한 부정적 인식과 결합되어 있다. 모더니즘 문학에서 미적 자율성과 비판적 기능의 결합이 가장 특징적으로 나타나는 것은 널리 알려진 바와 같이 언어를 둘러싼 혁신적인 작업을 통해서이다. 모더니스트들에게서 공통적으로 발견되는 언어의 예술적, 표현적 가능성의 자각적이고 체계적인 추구는 언어를 매체로 하는 창조적 활동에 내재적으로 존재하는 논리를 관철시킨 것이면서 또한 기존의 언어적 관습 위에 세워진 지각과 인식의 질서, 그리고 그것에 연계되어 있는 정치적, 도덕적, 사회적 삶의 조건들을 회의하고 심문하는 방법을 이루는 것이다. 언어적 관습 속에서 억압되고 퇴화된 삶의 현실을 발견하고 말의 연금술이 가져다 주는 자유와 해방의 비전을 섬기는 것이 모더니즘 문학의 공통 분모에 속하는 것임은 새삼스레 부연할 필요도 없는 사실이다. 언어적 관습의 부정에 관련된 모더니스트들의 실험적 작업은 러시아 형식주의에서 탈구조주의에 이르는 20세기의 문학이론의 발전을 통해서 세심하게 고찰되었을 뿐만 아니라 정교한 개념화를 보게 되었다. 낯설게하기를 비롯한, 모더니즘의 문학적 혁신에서 유래된 개념들은 이제 모더니즘 문학만이 아니라 문학 일반에 적용되는 이론적 개념으로 활용되고 있는 터이다.

이형기 시론의 일차적인 주제는 그처럼 모더니즘과의 역사적 관련 속에서 발전된 언어이론을 토대로 현대시의 본질을 규명하는 것이다. 그의 논의는 특히 시적 언어를 그 밖의 언어와 구별되게 하는 것이 무엇인가를 밝혀내는 데 중점을 두고 있다. 이처럼 시적 언어의 변별적 자질을 중심으로 시의 본질을 이해하고자 하는 것은 물론 선례가 많은 일이다. 그것은 러시아 형식주의나 영미 신비평을 위시한 20세기의 문학비평이 실증주의적, 역사주의적 연구의 관행을 타파하고자 노력하면서 이룩한 가장 창의적인 업적에 해당하는 것이다. 시적 언어를 이론적으로 논의하는 데에는 일반적으로 말해서 서로 다른 두 가지 모형이 있다. 그 하나는 소쉬르의 언어학에서 연원하는 구조주의적 모형이며 다른 하나는 C. K. 오그던과 I. A. 리처즈의 『의미의 의미』(1922)와 같은 저작을 통해 알려진 경험주의적 모형이다. 이 두 가지 이론적 모형의 차이는 간단하게 말하면 언어를 기호로 파악하는 것과 상징으로 간주하는 것의 차이이다. 소쉬르의 교훈에 따라서 기호의 자의적인 결합이라는 측면에 역점을 두게 되면 시적 언어는 그것이 지시하는 대상과 분리되어 인식되며 의미화 작용의 일반적인 체계 내에서의 그것의 특정한 기능에 대한 해명이 과제가 된다. 반면에 상징으로서의 언어라는 전제에서 출발하면 시적 언어와 그것의 지시 대상 사이에 존재하는 관계의 특수성에 대한 이해를 중심으로 시의 의미론적 일탈과 파격을 확인하는 것이 중요하게 된다. 이형기가 시적 언어의 변별성을 밝히기 위해 참조하고 있는 선행 이론들은 아주 다양하며 영미 형식주의에서 구조주의 시학에 이르는 광범한 영역에 걸쳐 있다. 그러나 그의 논의는 기본적으로 영미 시론의 경험주의적 모형에 의거한다. 이것은 시적 언어의 변별적 특성에 대한 그의 관심이 가장 집중적으로 표출된 글인 「시와 언어」를 보면 금방 알게 된다.

'의미론적 관점에서' 라는 부제가 붙어 있는 「시와 언어」에서 시적 언어의 특성에 대한 설명은 언어 기능에 관한 리처즈의 유명한 이분법적 설명을 원용하면서 시작된다. 이형기는 언어의 지시적 기능과 환정적 기능의 구별을 기본적인 전제로 받아들이고 그것으로부터 언어의 보편적 의미와 개별적 의미의 구별을 발전시킨다. 언어의 보편적 의미는 언어 사용 집단의 사회적 관습에 의해 결정된 의미이며, 개별적 의미는 발화자 개인의 주체적 경험에 충실한 의미이다. 전자는 흔히 외연적 의미라고 부르는 것에, 후자는 내포적 의미라고 부르는 것에 상응한다. 이러한 구별을 통해 이형기가 강조하는 것은 언어가 인간 경험의 표현을 위한 매체라는 점에서 가지고 있는 이중의 기능이다. 그 하나는 경험의 사회적 전달과 공유라는 실용적 목적에 따르는 기능이며, 다른 하나는 인간 경험을 그 개별성과 독자성을 보전하면서 표출하는 기능이다. 전자의 기능에 치우친 언어가 경험되는 대상에 대한 관습화된 해석을 온존시킨다면, 후자의 기능에 충실한 언어는 대상을 경험하는 주체의 새롭고 독특한 인식을 드러낸다. 이형기가 말하는 시의 언어는 대상에 대한 관습화된 해석을 거부하는 언어이며 대상의 개인적이고 상상적인 경험에 봉사하는 언어이다. 그것은 세계를 관습적인 지각과 인식의 틀로부터 벗어나게 하는 '해방의 언어' 이다.

인간이 해석한 세계는 이미 그 나름의 틀을 잡고 있다. 그리고 우리는 그렇게 틀 잡힌 세계를 당연한 것으로 받아들이고 있다. 말하자면 우리는 이미 해석된 세계의 그 테두리 속에 갇혀 있는 수인인 것이다. 이러한 갇힘의 벽을 뚫기 위해서는 세계를 여태까지의 그것과 달리 해석하는, 그리하여 그것을 새로운 모양, 새로운 내용의 것으로 만드는 상상력이 요청된다. 그리고 그것은 대상의 관습적 해석을 거부하는 시인의 필수적인 능력이기도 하다. 그 능력, 즉 상상력이 시인으로 하여금 대상의 관습적 해석을 거부하게 만들면 그 결과는 필경 그 대상의 총화인 세계의 새로운 해석으로 귀착되는 것이다.

모든 해석이 그러하듯이 이때의 해석도 구체적으로는 언어를 통해 이루어질밖에 없다. 이미 해석된 세계란 그 세계를 그렇게 해석한 이미 있는 언어의 질서와 그 용법을 떠나서 따로 존재하는 것이 아니다. 그래서 시인은 언어의 해방을 기한다. 실용적인 전달 기능을 박탈당한 시의 언어는 시인에 의해 해방된 언어의 새 모습이다. 이러한 언어의 해방이 세계의 해방을 뜻하는 것임은 새삼 두말할 나위가 없다. 그리고 우리는 세계의 해방 그것을 통해 그 세계를 다시 새롭게, 창조적으로 해석할 수 있는 것이다.[1]

세계의 새로운 해석을 가져오는 언어로서의 시라는 관념을 의아하게 여기는 사람은 별로 없을 것이다. 그것은 낯설게하기 defamiliarization, 현상학적 괄호치기 phenomenological bracketing, 소격 Verfremdung, 비인간화 dehumanization 같은 철학적·미학적 개념들을 가지고 사물의 지각과 인식에서 문학이 발휘하는 독특한 쇄신의 효과에 주목해온 현대 비평가들의 공통된 견해에 부합되는 것이다. 관습적인, 또는 자동화된 지각과 인식의 형식을 뒤흔들고 사물을 새롭게 경험하도록 해주는 시의 효과는 이형기의 시론에서 실로 열성적으로 취급되고 있는 문제이다. 그것을 이형기는 의미론의 측면에서뿐만 아니라 형식론, 수사론, 기법론 등의 맥락에서도 부연하고 있으며 보다 명확한 설명을 위해서 무카르롭스키나 야콥슨의 구조주의 시학의 개념들까지도 부분적으로 활용하고 있다. 최근에 연재가 끝난 그의 장편논문 「시란 무엇인가」에서는 그가 구조주의 시학을 명석하게 이해하고 있음을 알려주는 대목들이 눈에 띈다. 그러나 구조언어학의 모델에 입각한 시학에 대한 그의 입장은 어디까지나 제한적이고 절충적이다. 시의 본질을 주체(시인)-대상(세계) 사이의 인식관계 안에서 규명하고자 하는 그로서는 표

---

1) 「시와 언어」, 『시와 언어』, 문학과지성사, 1987, 55~56쪽.

현론적, 모방론적 범주들을 처음부터 배제하고 언어의 시적 기능을 지배하는 규약들의 체계를 묘사하는 데에 집중하는 구조주의자들의 작업을 전폭적으로 수용하는 것이 불가능하다. 그의 시론의 지배적인 동기는 사실상 시적인 것의 문법이 아니라 시의 특별한 상상적 인식을 밝히는 데에 있다. 시에 의한 언어의 해방을 강조하고 그것을 세계의 해방과 등치시키는 위에 인용한 발언은 그가 시를 논하면서 확인하고자 하는 최종적인 진실이라고 해도 지나치지 않다. 이러한 이형기 시론의 특징은 그것을 현대문학이론의 법칙론적 과학주의보다는 모더니즘의 창조적 정신에 가깝게 한다.

기성의 언어적 관습을 파괴하고 초월함으로써 세계의 새로운 해석과 전유를 가능케 한다는 것은 이형기가 이해하고 있는 시의 본질이자 특권이다. 그의 모더니즘적 시관이 얼마나 투철하고 완강한 것인가는 「현대시와 선시」(1992)라는 그의 유니크한 평론에서 특히 확연하게 드러난다. 그 글에서 이형기가 추구하고 있는 목표는 선시라는, 불교적 전통에서 자라나온 독특한 시의 관행을 종교적·철학적 관념의 차원에서만이 아니라 현대시의 일반적 원리와의 관련 속에서 새롭게 정의하는 일이다. 선시와 현대시 사이에 존재하는 유사성 내지 친연성의 발견으로 나아가는 그의 논의에서 우선적으로 고려되고 있는 것은 사물의 고유한 실체(自性)를 부정하는 불교의 존재론적 사상이다. 그는 사물에 대한 차별적 인식을 폐기하도록 요구하는 불교적 존재론으로부터 선시의 특이한 성질이 생겨나는 것으로 보고 있다. 그 선시의 특성이란 사물들의 동일성과 차이에 대한 상식화된 관념을 위반하는 이미지 구성의 방법을 가리킨다. 이형기가 모순어법 oxymoron으로 규정하고 있는 선시의 반상식적인 이미지 구성 방법은 선시와 현대시의 관계를 설정하는 근거가 된다. 여기서 말하는 현대시는 「시의 세계성」이라는 글에서 그렇듯이, 현대성의 관점에서 규정된 현대시이다. 이형기는 보들레르가 시의 두 가지 근본적인 특질이라고 지목한 아이러니와 초자연주의를 현대시의 기본적인 원리로 받아들이면서 그것이 지향하는 바가 모순어법의 관철이라는 것, 다시 말해서 정상적이라고 여겨지는 사물들의 존재와 관계를 기형화시키는 존재론적 인식의 전환이라는 것을 강조하고 있다. 그러니까 그가 선시와 현대시 사이에서 찾고 있는 유사성이란 양자 모두가 사물 인식에서 상식화된 동일성과 차이의 관념을 부정한다는 점에 있는 것이다. 선시와 현대시의 관계에 대한 이형기의 이러한 고찰은 선시에 내포되어 있는 시학적 함축을 밝히는 데에 있어서나 현대시의 철학적, 미학적 특성을 확인하는 데에 있어서나 많은 도움이 되는 통찰을 낳고 있다. 중요한 것은 그의 통찰이 자라나온 근거이다. 그것은 두말할 것도 없이 세계의 인식과 재현에 있어서 관습으로부터의 해방이라는 문제틀 안에서 시를 생각하는 모더니스트의 감각이다.

「현대시와 선시」에서 이형기가 서로 무관한 듯한 시의 두 가지 전통을 대비하면서 결론적으로 역설하고 있는 것도 실은 모더니즘 시의 정당성이다. 그는 "수술대 위에서 재봉틀과 우산이 만난 것처럼 아름답다"는 로트레아몽의 유명한 구절 속에 단적으로 표현되어 있는 모더니즘 시의 초자연주의 미학을 적극적으로 옹호한다. 사물들의 존재와 관계를 파악함에 있어서 자연의 질서를 기준으로 삼는 관습을 전면적으로 파기한 결과로 모더니즘 시는 심오한 난해성을 띠지만 그는 그것을 현대성이라는 삶의 조건에 대한 정당한 대응이라는 맥락에서 이해한다. 통일 원리의 상실에 따른 세계의 혼란과 분열이 지배하고 있는 현대적 삶의 조건에 대한 시적 대응은 본질적으로 양가성을 띤다. 우선 그것은 혼란되고 분열된 기존 세계를 초월하고자 하는 충동을 표현한다. 그러한 충동의 표현을 이형기는 오르테가 이 가세트의 주장에 의거하여 기존 세계의 현실에 그 자체로는 존재하지 않는 현실을 첨가함으로써 세계를 재창조하는 작업이라고 규정하고 있다. 그러나 세계의 재창조를 위한 현대시인의 노력은 기존 세계의 부정이라는 일방적인 방향에서 이루어지는 것이 아니다. 세계를 재창조할 가능성은 분열과 혼란에 처해 있는 세계의 현실 그 자체로부터 생겨난다. 이형기는 이러한 '아이러니컬한 사실'을 강조하여 "확고한 통일 원리가 세계를 지배하고 있다면 세계는 그 원리에 합당한 모습으로만 존재할 뿐 달리 재창조될 수가 없고 또 그래야 할 필요성도 생겨나지 않는 것"이라고 말하고 있다. 이처럼 현대성과 모더니즘 사이에 존재하는 양가적인 관계에 대해서 이형기가 하고 있는 지적은 경청할 가치가 충분하다. 그것은 비록 구체적인 검증을 하기보다는 수사적 강변에 치우친 감이 있긴 해도 모더니즘 문학을 떠받치는 모든 원리들의 핵심에 육박한 지적이면서 모더니즘이 현대문화의 우세종일 수밖에 없는 이유를 저절로 드러나게 하는 지적이다. 여기서 우리는 현대성과의 고통스런 싸움을 현대시의 요체로 간주하는 이형기의 확고한 입장을 본다.

3

현대성과 싸운다는 것은 만물유전(萬物流轉)의 헤라클레이토스적 명제를 교훈으로 삼는 일이다. 모더니스트들의 모색과 탐구는 삶의 세계를 구성하는 모든 형태의 인간적, 사회적 관계들이 끊임없이 유동하는 상태에 있음을 인식하는 것으로부터 출발한다. 인간 개체가 주위의 사물, 인간, 집단과 맺고 있는 모든 관계들의 근본적인 유동성은 모더니즘에서 일반적으로 발견되는 인간 현실의 다의성과 복합성에 대한 감각, 풍부한 가능성으로서의 세계에 대한 비전의 모태를 이룬다. 한국의 모더니스트 중에는 아마도 이형기만큼 삶의 세계의 유동적이고 불확정적인 성격을 끈질기게 의식하고 있는 사람도 드물 것이다. 현대성의 본질적인 속성을 분열과 혼란에서 찾고 그러한 실존적 조건과의 대결을 시의 형벌이자 영예로 여기는 시인답게 그는 세계의 덧없음·가변성·공허함에 관한 명상을 그의 시론 여기저기서 전개한다. 『꿈꾸는 한발』에 이르러 면모를 일신한 이후 이형기 시의 특징적인 테마가 파멸이고 허무라는 것은 이미 여러 차례 지적된 사실이지만 그것은 그의 시론에서 정력적으로 탐구되고 있는 주제이기도 하다. 시에 관한 논의에 바쳐진 그의 글 가운데서 그의 시인적 개성이 보다 뚜렷하게 노출되어 있고 따라서 그의 독특한 창작시론이라고 부를 만한 것들, 예컨대 「시를 위한 팡세」라는 제목으로 묶여진 일련의 에세이는 유동하는 세계라는 관념을 특히 날카롭게 노정하고 있는 글이다.

　이형기에게 세계란 저기에 그렇게 처음부터 존재하는 것이 아니다. 그것은 언제나 인간에게 의식된 것으로, 해석된 것으로 존재한다. 세계의 존재는 인간에 의한 인식의 조명이 가해짐으로써 현실적인 것이 된다. 인간이 행하는 세계 인식의 활동은 말할 것도 없이 언어에 의존하며, 그러한 활동의 원초적인 형태는 명명이다. 기독교의 창세기 신화에 따라서 이형기는 명명을 창조와 동일한 것으로 간주하고 있다. 사물은 인간이 이름을 붙임으로써 비로소 존재한다고 보는 것이다. 그러나 사물은 그것이 태초에 인식되었던 대로 존재하지 않는다. 인간의 언어는 오히려 사물이 인간의식과의 관련 속에서 무수히 다양한 형태를 취한다는 것을 보여준다. 시인의 언어는 특히 그러하다. 여기서 이형기에게 중요한 것은 사물의 무수히 다양한 형태 중에서 어느 것이 진짜이고 어느 것이 가짜인지, 어느 것이 실체이고 어느 것이 허상인지 판별할 수 없다는 것이다. 사물이 다양하고 가변적인 형태로 존재한다는 것이 궁극적으로 뜻하는 바는 사물의 본질적인 허무이다. 그는 「체호프의 비」에서 이렇게 말하고 있다. "무한한 다양성, 그것은 우리가 도저히 그 전모를 파악할 수 없는 세계, 즉 우리의 이해의 한계를 넘어선 세계인 것이다. 그러한 세계는 없는 것은 아니지만 실체를 확인할 수 없기 때문에 있어도 없는 것과 다름이 없다". 이렇게 모든 사물이 실체 없는 것, 본질적으로 허무한 것으로 믿어지게 되면 사물과 인간의 관계로 이루어진 세계 역시 확고한 질서가 결여된 채로 덧없는 변화에 맡겨져 있는 것으로 인식될 수밖에 없다.

　이러한 이형기의 견해는 철학적인 귀에는 극단적인 불가지론처럼 들린다. 그의 불가지론은 더욱이 불교의 유심론에서 세례를 받은 흔적까지 느끼게 한다. 사물의 존재를 인간의식의 산물로 가정하고 사물의 무한한 가변성에서 그것의 본질적인 허무를 발견하는 그의 논법은 세계를 인간의 마음이 만들어낸 허상(幻)들의 만화경으로 파악하는 불교 존재론과 농후한 친연성을 띠고 있다. 그가 만물의 허무를 주장하면서 존재론상의 많은 난제들과 씨름할 필요를 느끼지 않은 것은 어쩌면 불교의 존재론적 전제들을 자명한 것으로 은연중에 가정하고 있었기 때문인지도 모른다. 그러고 보면, 선시를 논의하는 자리에서 그가 모든 사물에 고유한 본질이 없다는 것을 가르치고 있는 불교적 개념들에 유독 주목하고 있는 것도 예사로운 일은 아니다. 「현대시와 선시」에서 참조되고 있는 불교적 개념들 가운데 특히 이형기의 사물관과 상당한 관련이 있다고 추측되는 것은 연기(緣起)의 개념이다. 모든 사물을 존재하게 하는 것은 그것들 사이의 가변적인 상호의존 관계임을 말하고 있는 연기설은 사물을 사물로서 있게 하는 질서라는 것이 결코 고정되어 있는 것이 아니라고 누누이 강변하는 이형기에게는 기댈 만한 철학적 지주인 것처럼 보인다. 연기의 개념에 의지하면 사물의 실체는 그 실체 자체의 근원적인 부재(空)를 통해서만 의식된다는 논리가 성립한다. 이형기의 「상상적 이해」라는 글에서는 지나가는 발언 속에서이기는 하지만 이러한 공의 논리가 세계의 상상적 이해와 전유의 철학적 타당성을 뒷받침하는 근거로 등장하고 있어서 그의 사물관, 세계관과 불교 존재론 사이의 단순치 않은 관계를 엿보게 한다. 그러나 그의 창작시론의 불교적 요소에 관해서 근거가 빈약한 추측을 여기서 길게 늘어놓을 필요는 없을 것이다. 우리에게 보다 중요한 것은 그처럼 허상이 판치는 허무의 세계에서 시인이란 무엇인가 하는 점이기 때문이다.

이형기가 말하는 시인은 명명이라는 행위에 담긴 창조성, 사물을 사물로서 존재하게 하는 창조성을 의식적이고 능동적으로 실현하는 존재이다. 사물에 고정된 불변의 실체가 없으며, 따라서 그것을 경험하는 사람에게 무한히 새로운 발견과 해석을 허락한다는 것을 시인은 본능적으로 깨닫고 있다. 시인이란 본질적 허무의 세계가 보내오는 유혹의 손짓, "새로운 해석, 새로운 신화를 기다리는 손짓"에 민감하게 호응할 줄 아는 사람이다. 시인의 창조적인 언어는 기존의 관념에 의해 결정된 사물의 특정한 형태들을 부정하며 그것을 언제나 새롭게 태어나게 한다. 달리 말하면, 시인의 언어는 사물에 새로운 인식의 조명을 가함으로써 그것을 이미 형성된 허상의 굴레로부터 풀려나게 하는 것이다. 사물의 허상을 깨는 시인의 언어에는 사물의 진정한 실체의 포획을 향한 갈망이 잠재되어 있다. 그러나 사물의 실체가 본래부터 부재하는 세계에서 시인의 존재론적 탐구는 언제나 허사로 끝날 따름이다. 시인의 언어로부터 새롭게 태어난 사물은 그것 자체로 또하나의 허상을 이룬다. 시인이 만드는 것은 정녕 '가공(架空)의 비전'에 지나지 않는 것이다. 이러한 도로(徒勞)에 빠진 시인의 곤경을 이형기는 「아레프 또는 자각적 모방」에서 이데아의 부재를 스스로 알면서도 이데아를 추구하는 플라톤주의자의 고뇌와 같은 것으로 묘사하고 있다. 그에 따르면 시인의 창조적 작업은 스스로 알지 못하는 절대적인 것의 원형을 상상하고, 그렇게 상상된 원형을 다시 상상적으로 모방하는 행위가 된다. 시적 창조란 결국 원형 없는 모방을 계속하는 것, 허상들의 복제(複製)를 반복하는 것을 의미하는 것이다. 사물의 진정한 실체 또는 절대적인 존재를 추구하는 시인은 자신의 기획이 실패로 끝날 수밖에 없다는 것을 알고 있다. 그럼에도 불구하고 그는 그의 추구를 멈추지 않는다. '그럼에도 불구하고'라는 말이 표시하는 비극적 영웅주의, 그것은 아마도 이형기적 시인의 고뇌와 영광을 아울러 수식하기에 알맞을 것이다.

영원에의 도전자인 시인은 영원히 그 뜻을 이룰 수 없는 숙명적인 실패자인 것이다. 그러나 실패한 그 자리에서 그는 다시 도전한다. 실패했기 때문에 도전이 가능하다. 그 도전 역시 실패로 끝날 것은 두말할 나위가 없는 일이다. 역설적인 표현을 빌린다면 시인은 실패하기 위해 도전하고 또 도전하기 위해 실패하는 것이다. 이러한 실패와 도전, 도전과 실패의 사이클은 나에게 입으로 제 꼬리를 물고 있는 하나의 우로보로스의 이미지를 떠올리게 한다.

포엠은 그 우로보로스의 꼬리다. 그리고 그 꼬리를 물고 있는 입, 그 입이 달려 있는 머리는 다시 포에지를 좇고 있다. 좇아서 얻게 될 새로운 포엠의 자리가 어디인가는 새삼 말할 필요가 없다. 그래서 시인은 언제나 허망 위에 허망을, 절망 위에 절망을 쌓고 있는 것이다.

보르헤스의 『환상동물사전』에 나오는, 고대 그리스인의 상상이 만들어낸 뱀의 이름을 빌려 이형기가 우로보로스의 시학이라고 부르고 있는 것은 존재론적 탐구의 비극적 운명을 중심으로 전개되고 있는 그의 창작시론의 요점을 보여준다. 입으로 꼬리를 물고 있는 원형 모양의 한 마리 뱀 우로보로스는 반복되는 도전과 실패의 슬픈 운명에도 불구하고 자기 부정으로 일관하는 시인정신의 표상이 되어 있다. 이형기적 시인은 존재의 허무를 응시하는 인간이자, 그것을 후회 없이 사는 인간이다. "허망 위에 허망을, 절망 위에 절망을" 쌓는 작업을 자각적으로 벌이는 시인은 존재의 허무를 스스로 실천하고 있는 셈이 아닌가. 이형기는 허무를 영원히 되풀이하는 시인의 행동을 '영구혁명'이라고 부른다. 이러한 명명은 어쩌면 그의 우로보로스의 시학이 부정의 끊임없는 반복을 창조의 유일한 비결로 삼는다는 것을 돋보이게 하기 위한 수사적 과장에 불과할지도 모른다. 그러나 그의 모더니즘적 교양과 감각을 감안하면 그것은 그렇게 공소한 수식에 그치지 않는다. 영구혁명이란 말이 「공산당선언」에 등장한 이래 맑스주의자들 사이에서 사회주의 건설을 향한 중단 없는 변혁의 지속을 나타내는 것으로 사용되어왔다는 것은 누구나 안다. 그러나 「공산당선언」에서 그것이 지니는 의미는 자본주의 사회의 전역을 지배하고 있는 끊임없는 동요와 격변의 역학과 결부되어 있다. 그것은 모든 사회적 관계들이 덧없고, 우연한 것으로 경험되는 삶의 조건, 바로 현대성이란 조건을 적시하고 있는 말이다. 이형기가 영구혁명이라는 말을 자신의 시학적 술어로 채택하면서 그것의 역사적 의미를 얼마나 의식했는지는 분명치 않다. 그러나 그 공교로운 수사적 선택은 그의 허무주의와 모더니즘 사이의 내면적 연관을 상기시키고도 남음이 있다. 부정의 지속을 창조의 핵심적인 원리로 내세우는 그의 우로보로스의 시학은 불교 존재론에서 얻었을 것으로 보이는 철학적 영감 못지않게 파괴와 창조를 하나로 여기는 모더니스트의 미적 감성, 특히 아방가르드 예술가의 감성에 깊이 침윤되어 있다는 것을 실감하게 된다.

이형기의 시론은 그가 스스로 의식하고 있는 것 이상으로 현대성의 문제와 긴밀하게 연결되어 있다. 현대성의 경험과 인식은 그가 생각하는 시의 존재 방식을 결정적으로 좌우하고 있는 것처럼 보인다. 그러나 이렇게 말하는 것은 그가 현대적인 것에 대하여 그저 개방적인 자세를 취하고 있다는 것을 뜻하지는 않는다. 그는 오히려 기회가 있을 때마다 현대화의 산물들에 반감과 적의를 표시한다. "시인은 은성을 극하는 대도시의 한복판에서 폐허를 보는 사람이다"라는 그의 「불꽃 속의 싸락눈」 중의 아포리즘은 현대사회의 물질적 성취에 대한 그의 반감이 얼마나 싸늘한 것인가를 알려준다. 언어의 해방을 통한 기존 세계의 초월이라는 시의 사명에 관한 그의 열변도 확대하여 해석하면 현대적 삶의 관습과 제도에 대한 불복(不服)의 표시가 된다. 여기서 중요한 것은 이형기 시론의 허무주의가 허상들의 복제를 반복하는 시적 창조의 존재론적 기반을 제공할 뿐만 아니라 현대화의 공적 그 자체를 무화시키는 논리를 산출하기도 한다는 사실이다. 「무용성의 의미」라는 글에 나와 있듯이 그가 "일체를 무로 돌리는 커다란 심연"의 비전을 이야기하면서 정의하고 있는 시의 특권은 바로 유용성의 범주, 현대 자본주의 사회를 향상된 사회로 여기게 만드는 범주를 위반하는 것이다. 이형기식으로 허무주의를 견지한다는 것은 현대가 그 자신에게 부여한 신화들—번영, 발전, 성취의 신화들을 폐기하도록 자극하는 일과 다를 바 없다.

이형기에게 나타나는 비판적 현대의식은 물론 문학상으로 유래가 깊은 것이다. 그것은 현대성과 싸우는 시인의 원형을 보여준 보들레르에게까지 거슬러올라가며, 일찍이 라이오넬 트릴링이 '적대적 문화

adversary culture' 라고, 레나토 포지올리가 '부정의 문화 culture of negation' 라고 부른 모더니즘의 본류와 이어진다. 이형기는 모더니즘의 유산에 담긴 부정의 정신에 실로 민감하다. 그는 「시의 세계성이란 무엇인가」에서 현대성과의 모순된 관계에서 태어난 현대시의 속성을 밝히고 있는 대목에서도 현대의 공식적인 사회적, 문화적 질서에 대한 저항에 유독 주의를 쏟고 있다. 현대시의 선구자들이 "삶이 아니라 죽음을, 희망이 아니라 절망을, 환한 햇빛이 아니라 음산한 달빛을, 그리고 정수(正數)의 세계가 아니라 부수(負數)의 세계를 노래한 시인들"임을 강조하면서 그는 현대의 '잡동사니 풍요'에 대한 반감은 현대시의 기조가 되어 있다고 단정하기까지 한다. 그의 모더니즘론에서 특히 돌출되어 있는 부분은 현대적 '세계와의 격절(隔絶)'을 추구한 시인들의 고고한 귀족주의를 위한 변호이다. 보들레르 이래 저주받은 시인의 계보 속에서 모더니스트들이 현대의 공식적 질서와 대중적 관심으로부터 격절되어 있기를 바란 것은 현대의 잡동사니 풍요에 적의를 느끼는 영혼으로서는 필연적인 일이라고 그는 보고 있다. 그가 이처럼 모더니스트들에게서 발견되는 귀족주의에 동정적인 눈길을 보내고 있다는 사실은 그의 창작시론의 주인공인 허무주의자의 형상을 보다 선명히 부조되게 하는 것으로 보인다. 그의 시론을 이해할 만한 독자치고 일체를 무로 돌리며 유의 세계로부터 이탈된 지점을 향해 끊임없이 돌진하는 허무주의자에게서 정신적 귀족의 오연한 풍모를 느끼지 못하는 사람은 아마도 없을 것이다.

혼란과 분열의 현대적 세계에 대처하는 정신의 기율로서 이형기가 각별히 강조하고 있는 '격절'의 귀족주의는 분명히 모더니즘의 전통 속에 존재한다. 그러나 아방가르드 예술운동까지 포함하는 넓은 범주로 모더니즘을 이해한다면 그것은 이형기가 믿고 있는 것처럼 그렇게 널리 편재되어 있는 것은 아닐뿐더러 그렇게 중요한 것도 아닐 것이다. 20세기의 모더니즘 예술가들 중에는 현대사회에 대한 환멸과 증오를 보다 사회적인 형태로, 이를테면 정치적 참여의 형태로 발전시킨 사람

들이 결코 적지 않다. 러시아 미래주의자들, 다다이스트와 초현실주의
자들, 그리고 베르톨트 브레히트가 걸어간 삶의 역정을 격절의 개념으
로 설명하기는 곤란하다. 이형기를 사로잡고 있는 귀족주의는 19세기
후반 프랑스의 문학가, 예술가들이 부르주아 사회로부터의 소외를 경
험하면서 스스로 함양한 개성, 즉 댄디와 보헤미안을 양극으로 하는 인
간 개성에 가깝다. 이형기의 귀족주의는 공식적인 사회에 저항하는 예
술가적 방식의 하나임에 틀림없으나 그것은 어디까지나 사회로부터의
소외를 정신적, 혹은 도덕적 우월성의 대가로 여기는 개인주의적 저항
의 방식이다. 이러한 맥락에서 보면, "시인은 은성을 극하는 대도시의
한복판에서 폐허를 보는 사람이다"라는 구절을 비롯해서, 시인이라는
존재에 과감한 정의를 내리고 있는 이형기의 수많은 구절들이 세상과
더불어 살기 어려운 반골적(反骨的) 인간, 우리의 다정한 이웃이 되기
어려운 열외적 인간의 특성에 대한 묘사와 같은 종류의 것이라는 사실
은 그리 놀라운 일이 아니다. 이형기에게 개인주의는 현대적 삶의 세계
를 부정하고 비판하는 시인정신의 지주를 이루고 있는 것이다.
　세계와 격절된 귀족적 개인주의에 이형기가 얼마나 깊이 경도되어
있는가는 그의 이한직론 「어느 귀족주의자의 자각적 파멸」에서 보다
명확하게 확인된다. 지금까지 씌어진 이한직론으로는 가장 뛰어난 것
에 속하는 이 글에서 이형기는 이한직의 전기적 사실을 면밀하게 참조
하고 그의 시편들에 세심한 분석을 가하면서 거의 감추어져 있었던 그
의 모더니스트로서의 개성을 명석하게 포착하고 있다. 이형기에 의해
새롭게 부각된 이한직의 시인적 개성은 그가 추구한 모더니즘이 1930
년대 김기림에서 1950년대의 『후반기』 동인에 이르는 그것과는 뚜렷이
구별되는 특질을 함유하고 있다는 데에 있다. 그 특질은 이한직이 스스
로를 '유찬(流竄)의 황제'로 인식하고 있었다는 사실에 암시되어 있는
바, 자각적이고 공공연한 형태의 귀족주의로 요약된다. 이형기는 이한
직의 귀족적 삶의 기율을 부르주아적 비속성을 매몰차게 거부한 프랑
스 시인들과 대비하여 고찰하고 그것의 본질이 근대사회에 저항하는

420

'병든 퇴폐의 모더니즘'에 있음을 밝혀내고 있다. 어떻게 보면 이한직이 자임한 귀족주의는 19세기 프랑스의 시인들의 그것과 동일시하기 어려운 것이다. 그것이 거물급 친일파 집안의 장남으로 태어나 이례적인 혜택 속에 자라면서 몸에 익힌 선민의식에 뿌리박고 있다는 것, 그것이 배격하고자 하는 한국 근대 부르주아 사회라는 것이 프랑스의 그것과 역사적 성격이 판이하다는 사실을 감안하면 특히 그러하다. 그러나 이형기의 논의는 이한직의 귀족주의에 내포된 근대주의와 반근대주의의 복합을 찾아내고 그것의 의의를 천명하는 쪽에 일방적으로 기울어 있다. 보기에 따라서는 선뜻 공감하기 어려운 귀족적 자의식의 표현들에 그는 '역설적 근대주의'라는 서양의 모더니즘의 특성을 읽어넣으면서 최종적으로 우호적인 평가를 내리고 있는 것이다. 이형기의 논의가 어째서 이렇게 통찰과 맹목으로 뒤범벅이 되어 있는가는 자명하다. 이한직의 귀족주의—이형기가 말하기를, 근대의 비속성을 증오하고 저주하면서도 그로부터 도피하지 않고 오히려 그것의 한복판에서 당당하게 자각적 파멸의 운명을 택하는 삶의 기율이라고 하는 그 귀족주의란 바로 이형기 자신이 현대성과의 싸움에서 취하고 있는 개인주의적 방식이기도 하기 때문이다. 그가 이한직에게서 발견하고 있는 귀족주의자는 이한직을 닮아 있는 것만큼이나 이형기적 시인을 닮아 있다. 그런 점에서 이형기가 요시다 겐이치에게서 빌려와 쓰고 있는 역설적 근대주의라는 용어는 이형기의 모더니즘에 대해 지금까지 행한 모든 분석과 검토의 결어로 삼아도 무방하다. 그것으로 우리는 현대성을 시의 유일한 존재 조건으로 승인하면서 동시에 그것으로부터의 자유를 꿈꾸는 이형기의 역설을 오차 없이 정의할 수 있을 것이다.

4

지금까지의 논의를 통해 얼마간 드러났기를 바라지만 시에 관한 이형기의 생각에는 일정한 체계가 있다. 그것은 다분히 폐쇄적인 체계이다. 그의 시론을 체계적이게 하는 기본 원리와도 같은 모더니즘에 대한 애착은 지나치게 완강한 것이 아닌가 하는 느낌을 준다. 보들레르를 위시한 서양 모더니스트들의 시와 시학을 전범으로 삼아 현대시를 이야기하는 그의 논법에 거부감을 갖는 독자들은 아마도 적지 않을 것이다. 모더니즘이란 현대 서양문화의 퇴폐적 증후에 불과하다거나 모더니즘의 청산이 한국시의 사명이라거나 하는 생각은 한동안 시세가 있었고, 지금도 일각에서는 유력한 통설이다. 그러나 이형기가 하고 있는 바와 같이 현대성의 관점에서 현대의 시와 삶에 접근하고자 하는 한, 서양 모더니즘에서 교훈을 구하는 것은 불가피한 일이다. 현대성이란 개념을 가지고 사고하는 경우, 우리는 처음부터 서양사회의 경험을 기준으로 삼을 수밖에 없도록 되어 있다. 계몽사상, 프랑스혁명, 산업혁명으로 표출된 유럽사회의 구조적 변화와 그 지구적 확산은 바로 현대성의 내용을 이루고 있기 때문이다. 현대성이 모든 민족에게 동일하게 경험되는 것은 아니지만, 민족에게 고유한 현대성이 따로 있다고 보는 것은 망상에 지나지 않는다. 현대성을 서양과 분리시키려는 시도는 언제나 모순을 불러오게 마련이다. 예를 들어, 최근까지 한국사 연구를 주도한 내재적 발전론은 현대(근대)를 향한 변화의 계기들이 한국사회 내부에서 자생되었음을 강조하면서 서양의 출현이 한국의 현대에 대하여 갖는 의의를 격하시키지만, 정작 그러한 변화를 식별하게 해주는 역사의 보편적 범주들(가령, 상인자본의 축적, 시민계급의 대두, 민족국가의 형성 등)은 서양인들의 역사적 자기 해석에 유래한 것이다. 사정이 이러하다면, 현대성의 개념에 기초한 시론 정립을 목표로 하면서 서양 모더니즘에 의지하는 것은 조금도 잘못이 아니다. 서양 모더니즘이 현대의 보편적 경험과 대결하는 시에 불변의 모델을 제공한다고는 말할 수 없지만, 거기에 유용한 자원이 풍부하게 들어 있다는 것은 의심할 나위가 없는 것이다.

그럼에도 불구하고 이형기의 시론이 폐쇄적이라는 것은 사실이다.

그 폐쇄성은 무엇보다도 거기에서 다루어지고 있는 현대성과 싸우는 시인의 이념이 개인주의의 패각적(貝殼的) 세계에 갇혀 있다는 데에서 비롯된다. 이형기적 시인은 대도시 사회의 현대성 그것의 한복판을 떠나지 않으려는 집념을 보여주고 있지만 그것과 내면적으로 의미 있는 교류를 꾀하지는 않는다. 일체를 허무로 돌리는 그는 그것에서 허상들의 폐허를 응시하며 스스로 허상들을 창조하면서 자유와 해방의 덧없는 비전을 추구할 따름이다. 그러나 이형기 자신이 누구보다 잘 알고 있듯이 비전의 '순간Augenblick'으로 세계가 바뀌지는 않는다. 이것은 모든 모더니스트들이 직면한 곤혹스럽기 짝이 없는 딜레마에 속한다. 그 딜레마는 과거의 많은 모더니스트들을 언어의 연금술사에서 정치적 행동주의자로 나아가게 했다. 20세기 모더니즘 문학과 예술에서 가장 창조적이고 혁신적인 작업들이 의식의 혁명적 전복과 세계의 정치적 변혁 사이의 연관을 실천적으로 모색하는 가운데 이루어졌다는 것은 누구나 아는 사실이다. 그것은 현대성이 문학, 예술만이 아니라 삶의 모든 영역에 끊임없이 풀어놓은 역동적인 변화의 에너지를 통찰하고 그것의 극대화를 노리는, 진실로 모더니스트의 사명에 어울리는 모험이었다. 이형기의 시론에서 배제되어 있는 것은 바로 그와 같은 종류의 모험에 대한 고려이다. 그의 시론에서 현대성은 시인을 창조적이게 하는 어떤 활력의 원천으로서보다는 시인을 세계로부터 고립되게 하는 갖가지 추악함과 비속함의 총화로서 이야기되고 있다. 그는 현대성과 모더니즘 사이에 존재하는 양가적 관계를 원칙적으로 이해하고 있음에도 불구하고 현대성의 사회적, 물질적 표현들은 그에게 극히 역겨운 것으로밖에는 인식되지 않고 있다. 더욱이 이형기적 시인은 만물이 허무임을 달관한 외로운 단독자의 냉소주의를, 또는 세계에 자학적인 방식으로 대처하는 스토이시즘을 숭상하면서 현대적 세계와의 격절을 도모하고 있는 터이다.

그러나 이렇게 말하는 것은 이형기적 시인이 파시스트나 볼셰비키가 아니어서 유감스럽다는 뜻은 아니다. 시인이 반드시 선동선전가나 행동주의자가 되어야 할 이유는 없다. 중요한 것은 현대성과의 싸움에 있어서의 딜레마를 비켜가는 개인주의는 모더니즘에 기대되는 철학적, 미학적 발견의 영역을 크게 제한한다는 것이다. 현대성과 모더니즘의 관계는 사실 이형기가 설명하고 있는 것 이상으로 복잡하고 다원적이다. 그의 시론에 언급되어 있는 대로 모더니즘 미학에서 결정적으로 중요한 원리의 하나는 이질적인 사물들의 폭력적인 결합이다. 그러나 그 로트레아몽의 꿈은 예술가들의 전유물이 아니다. 사물들 사이의 정상적인 관계가 무너짐으로써 발생되는 미적 효과의 추구는 19세기 중반부터 대도시의 상점 경영자들 역시 통달한 기술이다. 1852년 최초의 백화점 봉 마르쉐의 탄생 이후 개발된 새로운 상품 판매 방식을 주의 깊게 관찰한 다브넬은 백화점 쇼윈도를 묘사하는 가운데 "서로 다르기 짝이 없는 물건들은 나란히 놓여지면 서로를 지탱해준다"고 말한 바 있다. 물건들이 상례대로 배치되지 않으면 그것들의 쓸모가 일시적으로 정지되어 낯설고 기발한 물건이 된다는 것, 그리하여 구매욕을 자극하기에 더욱 알맞게 된다는 것을 뜻하는 말이다. 여기에는, 프랑코 모레티가 『기적이라고 여겨지는 신호』에서 지적하고 있듯이, 모더니스트들이 중시하는 일상적 지각의 탈자동화, 바로 그것과 동일한 원리가 이미 간파되어 있다. 굳이 루카치 이래 맑스주의 비평가들의 주장에 따르지 않더라도 모더니즘이 자본주의와 쌍생아 또는 공모자의 관계에 있다는 증거는 많다. 그러나 그것이 모더니스트들에게, 특히 한국처럼 모더니즘의 자생적 형식을 갖지 못한 지역의 모더니스트들에게 언제나 명확하게 인지되는 것은 아니다. 그들은, 노후한 이념의 사도들이 흔히 그러하듯이, 자신들의 활동을 가능케 하는 현실적 조건을 잊어버리고 그것을 순수한 자율의 행사라고 믿는 경향이 있다. 그러한 모더니즘의 자기 도취는 그것이 내세우는 자본주의적 현대성과의 대결을 자연히 따분하고 공소하게 만든다. 모더니즘의 활력은 그것이 현대성과의 쌍생적, 공모적 관계에서 얻은 가능성의 조건과 한계를 냉철하게 의식하지 못하고 자유와 해방의 밀교에 안주하는 한, 고갈의 위험에서 벗어나기 어렵다. 이형기는 그의 모더니즘 시론이 허무주의의 언저리에서 동어반복을 하는 경향이 있다는 사실을 염려할 필요가 있을지 모른다.

이형기의 시론에서 실로 우리의 눈길을 끄는 것은 정신적 귀족의 자발적인 소외와 파멸을 예찬하면서까지 삶의 현대적 조건에 대해 도저한 반감과 적의를 드러내고 있는 대목들이다. 그러한 대목에서는 그가 보들레르와 세기말 미학에서 받은 세례의 영향 못지않게 한국 현대문학에 퍼져 있는 반근대주의의 동맥이 느껴진다. 그의 반근대주의가 이태준이나 김동리류의 그것과 판이하게 다르다는 것은 두말할 나위가 없지만, 그것은 어쨌든 자본주의적 현대성에 대한 강력한 부정의 형식을 이루고 있다. 지금까지 씌어진 시론 가운데에는 아마도 이형기의 시론만큼 문학적 현대성에 대한 애착과 사회적 현대성에 대한 증오 사이의 균열을 심하게 보여주는 예도 드물 것이다. 이러한 특성은 이형기가 한국 모더니즘의 계보에서 차지하는 위치를 문제적이게 한다. 현대성에 대한 대응에서 모순과 착종을 풍부하게 담고 있다는 점에서 그의 시론은 김수영이나 김춘수와 같은 그의 선배들의 시론보다도 훨씬 극적으로 한국 모더니즘의 곤경을 암시한다. 이처럼 어떤 사태를 그 곤경에까지 추궁하여 들어간다는 것은 그의 탐구가 그만큼 치열하고 왕성하다는 것을 뜻한다. 시론에서 접하게 되는 이형기는 정녕 구도자적 정열과 집념을 지닌 비평가이다. 그가 끊임없는 자기 부정을 원리로 하는 창조의 교훈을 갈파하고 있음을 확인한 우리로서는 이제까지 도달한 비평적, 이론적 인식의 체계를 스스로 깨뜨릴 새로운 부정이 그에게 준비되고 있으리라 믿는다. 종래에 진전된 그의 탐구가 한국 모더니즘에 예각과 박력을 부여한 것처럼 그의 새로운 부정이 한국 모더니즘의 곤경을 타개할 지혜의 발견으로 이어지기를 기대한다.

(『현대시』1993년 5월호)

반근대(反近代)의 정신
―식민지시대 이태준의 단편소설에 관한 고찰

1

　일반적인 근대, 그런 것은 세상에 존재하지 않는다. 존재하는 것은 각자 자기 나름으로 근대적이 되는 민족 집단들뿐이다. 그러나 민족 집단의 생활 속에서 근대화가 진행되는 과정에는 어떤 질적인 변화가, 과거와 현재를 전혀 판이한 것으로 보이게 만드는 변화가 공통적으로 나타난다. 근대의 새로움을 관찰하면서 19세기 및 20세기 초반의 유럽 사회학자들이 고안한 개념들 ―뒤르켐의 '기계적 연대'와 '유기적 연대', 퇴니스의 '게마인샤프트'와 '게젤샤프트', 메인의 '신분'과 '계약', 베버의 '전통주의'와 '합리화' ―은 근대화에 따른 변화가 인간생활의 근본에 걸쳐 있음을 알려준다. 근대화를 겪고 있는 사회에서 파괴되고 있는 것이 무엇이고 생성되고 있는 것이 무엇이든지 간에 그 사회에서의 개체적, 집단적 삶을 지배하고 있는 것은 피로를 모르는 운동,

해체와 쇄신, 파괴와 건설의 소용돌이이다. 근대화의 과정을 밟는다는 것은 그러한 끊임없는 동요와 혼란 속에 민족을 살게 하는 것이다. 근대화는 민족에 따라 서로 다른 양상을 띠지만 그것은 민족적 경험의 테두리를 넘어서는 세계사적 과정이며, 그것의 기저에는 자본주의의 세계 제패가 놓여 있다. 끊임없는 동요와 혼란은 실상은 자본주의의 역동적 성질로부터 오는 것이다. 맑스와 엥겔스는 이렇게 쓰고 있다. "생산의 지속적인 혁명화, 사회적 조건 일체의 중단 없는 교란, 영원한 불안과 격동으로 인해 부르주아 시대는 그 이전의 모든 시대와 구별된다. 고정되어 단단히 응고된 모든 관계들은 (……) 쓸려나가고 새로 형성된 모든 관계들은 굳어지기도 전에 구식이 되어버린다. 단단한 것은 모두 녹아 날아간다."[1]

근대적 삶이 끊임없는 동요와 혼란을 조건으로 한다는 것을 최초로 명제화했다는 점에서 「공산당선언」을 각종 모더니즘 선언과 운동의 원형이라고 규정한 사람도 있지만,[2] 그러한 근대성의 자질을 가장 명료하게 의식하고 있었던 것은 서양의 모더니즘 예술가들이다. 보들레르가 「근대생활을 그리는 화가 Le Peintre de la vie moderne」(1863)에서 "근대성, 그것은 무상한 것, 순간적인 것, 우발적인 것이다. 그것은 예술의 반면이며 다른 반면은 영구적인 것, 불변적인 것이다"[3]라고 썼을 때 그가 가리킨 것은 근대적 삶에 특유한 덧없음의 경험, 모든 것이 신속하고 지속적인 변화의 와중에 있다는 경험이었다. 일반적으로 말해서 모더니즘은 그와 같은 근대적 삶의 속성을 자신의 존재 조건으로 삼아 성립된 예술이라고 할 수 있다. 모든 것이 덧없이 변화하고 있는 만큼 어떤 역사적 지속에 대한 감각을 유지한다는 것은 불가능하다. 근대적 경험의 의미는 변화의 소용돌이 내부로부터 발견되고 정의되어야

1) Robert C. Tucker ed., *The Marx-Engels Reader*, New York : Norton, 1972, 475쪽.

2) Marshall Berman, *All That Is Solid Melts Into Air: The Experience of Modernity*, New York : Simon and Schuster, 1982, 89쪽.

3) Charles Baudelaire, *OEuvre Complètes II*, Paris : Gallimard, 1961, 695쪽.

하며, 그 의미를 포착하는 형식 또한 그 소용돌이의 영향에서 자유롭지 않다. 이와 같은 생각은 모더니즘의 역사에서 급진적 역할을 담당한 아방가르드 예술의 이론적 기초로 이미 널리 알려진 것이다. 모더니즘 예술이 덧없음 내지 일회성의 경험을 그 존재 조건으로 삼는다는 것은 물론 그것이 근대성에 대한 찬가로 시종한다는 것을 의미하지는 않는다. 모더니스트들은 종종 근대적 삶에 대한 찬미자이자 동시에 적대자였다. 그들에게 있어서 근대적 삶은 다의성(多義性)으로 가득 찬 것이었고, 모순된 경험과의 씨름은 열광과 절망 사이의 폭넓은 진폭을 그들의 예술에 부여했다. 그러나 어쨌든 분명한 것은 그들이 끊임없는 동요와 혼란의 경험과 대결하는 것에서 진정한 예술의 가능성을 구했다는 것이다.

정도의 차이는 있지만, 근대적 삶에 특유한 경험들과 대결하고자 하는 의지는 30년대 한국의 모더니즘 문학에서도 발견된다. 기존 연구에서 종종 지적된 바와 같이, 30년대 모더니스트들의 실험과 모색은 그들이 종전과는 전혀 판이한 역사적 환경 속에 살고 있다는 인식에 근거를 둔다. 그 새로운 역사적 환경은 일본 자본주의의 이식에 따른 변화의 산물이었으며, 그것의 축도는 경성―근대도시의 풍모를 갖추고 있던 30년대의 서울이었다. 그들은 식민지 조선을 새롭게 변화시키고 있는 근대문명의 존재를 예민하게 느끼고 있었고, 근대문명을 사는 감각과 의식의 훈련이 조선이 필요로 하는 문화적 쇄신에 관건이 된다고 믿고 있었다.[4] "창녀의 목쉰 소리, 기관차의 '메커니즘', '무솔리니'의 연설, 공중변소의 박애사상, 공원의 기만, '헤겔'의 '변증법', 전차와 인력거의 경주"[5] 등은 이제 한국에서도 뜻 깊은 문학적 원천일 수밖에 없다는 것이 30년대 모더니스트들의 생각이었다. 식민지 한국의 근대적 변화

---

4) 서준섭, 「모더니즘과 1930년대의 서울」, 『한국학보』 45(1986 겨울), 그리고 『한국 모더니즘 문학 연구』(일지사, 1988) 참조.

5) 김기림, 「시인의 포즈」, 조선일보, 1935. 6. 8 ; 『김기림 전집 2 : 시론』, 심설당, 1988, 183쪽.

가 어느 수준에 이르렀든지 간에 근대 도시의 새로운 자극과 충격 속에서 삶의 환희와 고뇌, 충족과 결핍을 찾아내려는 노력은 그들의 작품에서 자연히 중심적인 위치를 차지한다. 예컨대, 이상의 작품 「날개」의 바탕에 깔려 있는 것은 도시적 삶에 담긴 지옥과 낙원의 모순된 현실을 끝까지 살고자 하는 집념이다. 작품의 주인공은 도시의 죄악(화폐로 매개된 인간관계) 속에서 무기력하고 기형적인 생활을 하고 있지만 그에게 있어서 자기 구원의 가능성은 정오 사이렌이 울리는 도시의 한복판, 그 '회탁의 거리' 외에 다른 곳에 있지 않은 것이다.

식민지 시대의 모더니스트들에게서 발견되는 근대 인식이 서양문학 또는 일본문학의 전례에 크게 의존하고 있다는 것은 널리 알려진 사실이다. 그들은 다다이즘, 초현실주의, 주지주의 등과 같은 사조들의 세례를 통해서 근대에 특유한 삶의 조건과 경험들을 파악하고 그것에 예술적 형식을 부여하는 방법을 배웠다. 그들이 문학사에서 모더니스트라는 이름 아래 하나의 동류 집단으로 취급되는 근거도 실은 그들의 문학에 변별적 성격을 부여한 것이 외국의 모더니즘이라는 사실에 있는 것이다. 그러나 어떤 논자가 '몰주체적 서구주의'라고 불렀던 그들의 서양추수적 지향은 근대 인식의 필요보다 더욱 심오한 동기를 갖고 있었다. 그것은 넓게 보면 모더니스트들뿐만 아니라 식민지의 지식인 일반에게 강박적인 것이었던 진보를 향한 욕망과 연관되는 것이다. 그들에게 있어서 근대란 인식되고 재현되기를 기다리고 있는 새로운 경험적 사실이면서 동시에 민족이 사회의 모든 부문에서 실현하지 않으면 안 되는 가치이기도 했다. 그리고, 서양문명이 세계의 어느 민족에게나 적용되는 인류 발전의 일반적 경로를 대표한다는 관념을 역사의 공리로 전제하면서 그들은 근대 서양이 밟아온 과정들을 모방의 형태로나마 속성하는 것이 한국에 근대의 실현을 가져오는 길이라고 믿었다. 그러한 낙관적 신념이 모더니즘 운동에서 중요한 추동력이 되었음은 말할 것도 없다. 30년대의 모더니스트들에게 있어서 서양 모더니즘의 한국판을 만드는 것은 근대적 변화를 겪고 있는 민족의 현실을 인식하고 재현하는 것보다 다급한 과제였다고 해도 무방하다.

식민지 문인들에게 일반적으로 나타나는 서양추수적 진보주의는 근대적 경험의 인식에 있어서 신선한 통찰과 함께 심각한 맹목을 초래한 것으로 여겨진다. 그들의 맹목은 무엇보다도 그들의 작품에 그려진 근대적 삶의 단면들에 민족적 경험의 차원이 빈약하다는 데에서 발견된다. 식민지 한국에서의 근대적 변화란 본질적으로 일본 독점자본의 팽창이 야기한 변화이며 민족의 내발적인 필요와는 동떨어져 있는 것이다. 식민 지배하에서의 타율적 근대화는 근대화가 풀어놓는 해체와 쇄신의 운동을 보다 파괴적이고 고통스러운 것이게 한다. 일본 자본주의의 충격에 따른 풍속의 혼란과 사회의 동요를 단순히 문명의 축복으로 또는 역사적 필연으로 승인하지 못하는 문화적 세력들이 식민지 사회 내부에 존재하고 있었으리라는 것은 누구나 짐작할 만한 것이다. 유교 윤리를 비롯해서 오랜 세월 동안 민족의 삶을 지배한 가치와 규범들은 점증하는 근대문명의 외관 속에서 여전히 중요한 기능을 하고 있었음을 한국 근대사는 말해주고 있다. 전근대의 문화적 '잔여종 the residual'과 근대를 구가하는 문화적 '우세종 the dominant' 사이의 대립과 갈등이야말로 어쩌면 식민지 시대를 통해 민족이 거친 근대화에 핵심적인 것인지도 모른다.[6] 식민 지배하에서의 타율적 근대화에 저항과 환멸을 느낄 수밖에 없었던 민족의 경험이 민족해방운동이라는 이념적, 정치적 명분에 대한 헌신과는 다른 차원에서 은밀하고 구체적인 형태로 드러나는 것도 그러한 문화적 역학을 통해서이다. 한국문화의 관습과 전통에서 자라나오는 근대에 대한 저항과 환멸은 서양추수적 근대주의가 팽배한 식민지 시대의 문학에서 충분한 표현을 보지는 못

---

6) '잔여종'과 '우세종'의 개념에 관해서는 Raymond Williams, *Marxism and Literature*, Oxford : Oxford University Press, 1977, 121~127쪽 참조. 한 시대의 문화적 과정에 나타나는 잔여종과 우세종 사이의 관계를 대립적 관계로만 파악하는 것은 잘못이다. 윌리엄즈의 지적대로 그것은 순-역(順逆) 양쪽 모두의 양상을 띤다고 보는 편이 합당하다. 이를테면, 식민지 사회에서 유교 문화의 유산은 근대 관료 체제의 운영에 도움이 되는 측면이 있었을 것이고 식민주의자들의 문화적 헤게모니에 대한 저항을 지속시키는 측면도 있었을 것이다.

했다. 그러나 그것을 알아보게 해주는 문학적 사례가 전혀 없는 것은 아니다. 앞으로 살펴볼 이태준은 30년대를 통하여 그러한 사례를 남긴 작가 중의 한 사람이다.[7]

2

이태준 소설의 두드러진 특징으로서 이제까지 빈번히 강조되어온 것은 불우한 인생을 살고 있는 사람들의 사연이 중요한 관심사가 되어 있다는 것이다. 이태준이 자기 소설의 본령이라고 여기고 써낸 단편들을 보면 현실의 벽에 부딪혀 좌절한 우국지사, 생활의 터전을 잃고 유랑하는 농민, 시대의 흐름에 밀려난 노인, 세상의 그늘에 묻혀 있는 순박하고 가련한 자연아(自然兒) 등이 반복해서 등장한다는 것을 누구나 알게 된다. 그리고 그러한 인물들의 성격을 선명하게 그리면서 동정과 연민을 불러일으키는 것이 이태준 단편의 가장 특징적인 전략을 이루고 있다는 것도 쉽게 감지된다. 그러나, 그의 단편에는 불우한 인물의 형상화에 대한 관심 못지않게 중요한 특징이 또하나 있다. 그것은 많은 이야기들이 이태준 자신의 신변담 형식으로 작품화되어 있다는 사실이다. 30년대 후반과 40년대 초반에 발표된 단편들, 예컨대 「장마」(1936) 「패강냉」(1938) 「토끼 이야기」(1941) 「사냥」(1942) 「무연」(1942) 「석양」(1942) 등은 서술자나 주인공의 개성, 또는 서술된 사건들의 정황을 통해서 이태준이 자신의 신변에 일어난 이야기들을 솔직하게 들려주고 있다는 인상을 준다. 이태준 단편의 이러한 특징은 당대의 평론가들에

---

7) 이 글은 이태준의 작품에 다소간 친숙한 독자들을 염두에 두고 씌어졌다. 이태준의 소설에 관하여 보다 친절한 해설이 필요하다고 느끼는 독자들은 기왕에 발표된 글들, 특히 유종호의 「'인간사전'을 보는 재미―이태준의 단편」, 『1930년대 민족문학의 인식』(이선영 편, 한길사, 1990)과 신동욱의 「이태준의 소설에 나타난 민족의식」, 『동방학지』 74(연세대학교 국학연구원, 1992)에서 도움을 받을 수 있을 것이다.

게 이미 간취된 것으로서 이원조(李源朝)는 그것을 '수필적 경향'이라고 간명하게 명명한 바 있었다.[8] '수필적 경향'이란 추측건대 이태준의 신변담 형식의 단편들에서 이야기의 허구적 창안보다 작가의 자기 노출이 더욱 현저하다는 것을 나타내기 위한 말이었을 것이다. 30년대 후반과 40년대 전반 이태준의 단편에서 신변담 형식이 우세한 것은 상투적으로 말해서 당시의 암울한 사회적 상황과 밀접한 관련이 있다. 군국주의 체제에 반하는 일체의 활동이 금압에 처해지고 부역의 유혹과 압력이 날로 커지고 있던 상황에서 공공의 현실에 정직하게 대응하는 문학을 하기란 엄청난 영웅적 용기를 필요로 하는 일이었을 것이다. 더욱이, 일본의 사소설(私小說)이 가르친 바대로 작가가 신변사의 테두리 내에서 자기 개인의 심경을 반추하고 토로하는 것이 진정성이라는 가치의 실현에 유효한 것이라면 신변담 형식은 활용하기에 따라서는 작가의 책임을 다하지 못하는 죄과를 보상해주리라 여겨졌을 법도 하다.

　이태준이 자신의 신변사를 취급한 단편 가운데 전형적인 예로 언급될 만한 것은 「장마」이다. 여기에서 이태준은 이야기의 서술자이자 주인공인 '나'로 자신의 존재를 드러내면서 심리적으로 위축된 소설가의 고백이라는, 그의 신변담 형식의 단편에서 연달아 변주되는 주제를 정면으로 다루고 있다. 「장마」에서 토로되고 있는 소설가의 곤경은 일차적으로는 낭만적 사랑이든 도덕적 순결이든 삶을 고양시키고 비범하게 하는 가치들이 지켜지기 어려운 일상의 현실에서 비롯된다. 생활의 물질적 곤란을 원망하는 아내, 관변에 빌붙어 출세한 중학 동창은 그가 가급적 외면하고 싶어하는 삶의 세속적 차원을 끊임없이 의식하게 하는 존재들이다. 이처럼 소설가를 범속한 일상성 속에 갇혀 있게 하는 원인의 구극에는 문화의 존립을 갈수록 위태롭게 만드는 식민 권력의 광포함이 놓여 있다. 이것은 그가 서울의 동네 이름들이 일본식으로 바뀌어 가고 있음을 의식하면서 나치스의 폭력을 떠올리고 창씨개명의 위협을

---

8) 이원조, 「丁丑一年間 문예계 총람」, 『조광』 1937년 12월호, 45~46쪽 참조.

예감하는 대목에 암시되어 있는 바이다.[9] 「장마」는 소설가가 마지못해 서이기는 하지만 결국 평범한 생활인으로서 자신을 인식하고 긍정하는 계기들을 보여준다. 아내를 얻으면 어려운 살림은 안 시킨다는 중학 동창의 발언을 되뇌이면서 자신의 경제적 무능에서 비롯된 아내의 불편을 이해하고 아내가 좋아하던 음식을 사들고 귀가하는 그의 마지막 행동에는 일상과의 씁쓸한 화해가 집약되어 있다.

그러나 여기서 「장마」를 특별히 문제삼는 것은 거기에 창작에 대한 집념과 생활의 중압 사이에서 동요하는 이태준의 심경이 숨김없이 토로되어 있다는 것과는 조금 다른 이유에서이다. 「장마」는 단순히 이태준의 자화상이라는 점에서가 아니라 배경이 모호하게 처리된 자화상이라는 점에서 눈길을 끈다. 작가가 자기 신변사에 관심을 집중한다는 것은 따지고 보면 그가 익히 알고 있는 친근한 사물과 경험의 영역에 안주한다는 것을 의미한다. 시대의 변화에 따라 새롭게 열려진 삶의 풍경을 체험하고 탐구하려는 노력, 이를테면 일종의 지지학적(地誌學的, topographical) 발견에 대한 관심은 따라서 희박해질 수밖에 없다. 사소설이라는 장르가 날로 가속화되는 사회적, 문화적 변화의 한복판에서 가공의 피난처를 마련하려는 욕망과 긴밀한 관련이 있다는 것은 종종 지적되고 있는 바이지만,[10] 이태준의 신변담 역시 변화의 와중에 있는 국면들과 격절된 양상을 띠고 있다. 따지고 보면,「장마」라는 작품은 이태준의 다른 어떤 단편보다도 새로운 지지학적 풍경이 출현할 소지가 많았던 작품이다. 이 작품에서 소설가의 무료한 발걸음이 닿는 곳은 30년대 경성의 도심이다. 알다시피, 30년대 경성은 식민지의 행정 · 상업 · 금융 · 문화의 중심지로서 외형상으로는 이미 근대 도시의 구색을 갖추고 있었으며 특히 일본인 거류지였던 지금의 진고개, 충무로 일대

---

9)「장마」,『가마귀』, 한성도서, 1937, 156~157쪽 참조.

10) Paul Anderer, "Tokyo and the Borders of Modern Japanese Fiction", *Visions of the Modern City : Essays in History, Art, and Literature*, William Sharpe and Leonard Wallock ed., Baltimore : The Johns Hopkins University Press, 1987, 228쪽.

(당시의 본정통)의 번화가를 중심으로 문명의 현란함, 이국적 정취, 생활의 유동감이 어울려 환각적인 광경을 이루고 있었다. 30년대의 경성은 말하자면 식민지 한국에서 일어난 근대적 변화의 단면들을 감각적으로 가장 풍부하게 담은 풍경이었던 셈이다. 그러나 「장마」에서는 도시의 감각적 자극과 인상에 대한 반응이 전혀 발견되지 않는다. 작중의 소설가는 성북동-안국동-종로-진고개-견지동 순으로 시내를 돌아다니고 있지만 도시를 관찰할 가치가 있는 경이와 미지의 영역으로 취급하지 않고 있다. 박태원의 「소설가 구보씨의 일일」에서 보는 바와 같은, 도시생활에 특유한 경험들을 자신의 안팎에서 포착하는 관찰자의 시선이 「장마」에는 결여되어 있다. 도시의 감각적 충만함에 무관심한 소설가의 상념은 아내, 동료, 친구들을 중심으로 사사롭고 친근한 인연의 주변을 떠나지 않는다. 그래서 경성은 결국 거리와 구역의 이름으로만 존재할 뿐 사람 사는 풍경으로서의 물체성을 갖지 못한다.

「장마」가 우리에게 시사하는 것은 삶의 근대적 변화에 특별한 의의를 부여하기를 꺼리는 어떤 의식의 편향성이다. 이태준은 모더니즘 운동을 촉진시킨 문학단체 구인회에서 주도적인 역할을 했고 박태원이나 이상과 같은 작가들의 유력한 후견인이기도 했지만 정작 그 자신은 근대의 새로움을 중요한 사회적, 실존적 문제로 여기지 않은 것처럼 보인다. 흥미롭게도 그의 신변담에서 사회적, 문화적 변화의 현장은 탐사되지 않은 채로 스쳐 지나가는 반면에 해묵은 것, 친근한 것, 정태적인 것은 세심하게 조명된다. 이태준의 애정 어린 시선은 주로 고도, 사찰, 농촌, 자연 등 시대의 변화를 견디며 남아 있거나 아니면 아예 변화를 타지 않는 것들에 머문다. 그리고 그것들이 빚어내는 낯익은 풍경은 근대도시와는 대조적으로 확실성과 구체성이 충만한, 인지 가능한 공간으로 부각된다. 예를 들면 「패강냉」에서 평양이 지닌 고도의 풍모는 이렇게 묘사된다.

다락에는 제일강산(第一江山)이라, 부벽루(浮碧樓)라, 빛 낡은 편액

(扁額)들이 걸려 있을 뿐, 새 한 마리 앉어 있지 않았다. 고요한 그 속을 들어서기가 그림이나 찢는 것 같어 현(玄)은 축대 아래로만 어정거리며 다락을 우러러본다.

질퍽하게 굵은 기둥들, 힘 내닫는 대로 밀어던진 첨자와 촛가지의 깎음새들, 이조(李朝)의 문물(文物)다운 우직한 순정이 군데군데서 구수하게 풍겨나온다.

다락에 비겨 대동강은 너무나 차다. 물이 아니라 유리 같은 것이 부벽루에서도 한 뼘처럼 들여다보인다. 푸르기는 하면서도 마름(水草)의 포기포기 흐늘거리는 것, 조약돌 사이사이가 미꾸리라도 한 마리 엎디었기만 하면 숨쉬는 것까지 보일 듯싶다. 물은 흐르나 소리도 없다. 수도국 다리를 빠져, 청류벽(淸流壁)을 돌아서는 비단필이 훨적 펼쳐진 듯 질펀하게 깔려나갔는데, 하늘과 물은 함께 저녁놀에 물들어 아득한 장미꽃밭으로 사라져버렸다. 연광정(鍊光亭) 앞으로부터 까뭇까뭇 널려 있는 매생이와 수상선들, 하나도 움직여 보이지 않는다. 끝없는 대동벌에 점점이 놓인 구릉(丘陵)들과 함께 자못 유구한 맛이 난다.[11]

이태준의 신변담은 그것이 단편의 형태를 이루든 수필의 체재를 취하든 간에 변화하는 시대에서 심리적으로 격리된 세계를 형성하고 있다. 그런 점에서 위의 인용문에 제시된 부벽루의 경치는 근대 도시 평양에 이방(異邦)처럼 남아 있는 '이조(李朝)'의 풍경이면서 동시에 이태준 신변담의 풍경이라고 할 수 있다. 부벽루의 경치와 같은 과거의 잔해는 이태준에게 가장 보배로운 신변의 품목에 속한다. 그의 자기 노출적인 수필들에서는 고문헌, 고서화, 고도기(古陶器) 등의 골동품을 비롯해서 예로부터 전해지는 각종 물품과 풍속을 음미하는 일이 자랑스러운 도락을 이루고 있다. 이태준의 신변담이 지니고 있는 여러 특징들 중에서 과거의 유물에 대한 강렬한 애착만큼 그 신변담의 반시대적 취향

---

11) 「패강냉」, 『이태준단편집』, 학예사, 1942, 109~110쪽.

을 분명하게 증거하는 것도 없다.

과거의 유물을 벗하고 감상하는 행위를 가리켜서 이태준은 '고완(古
翫)'이라는 말을 종종 사용했다. 축자적으로 읽으면 '옛것을 가지고 논
다'는 뜻이 되는 그 말은 이태준이 자신의 유물애호벽(遺物愛好癖)에
내포된 딜레탕티즘을 스스로 의식하고 있었다는 것을 말해준다. 실제
로 과거의 유물을 두고 그가 지은 어떤 글에서도 진지한 학술적, 비평적
접근은 발견되지 않는다. 그는 문학서든 미술품이든 그것이 주는 흥취
와 감동을 극히 인상주의적인 방식으로 기록하고 있을 따름이다. 이태
준에게 있어서, 적어도 「고완품과 생활」(1940)에서 딜레탕티즘의 오류
를 자인하기 이전의 이태준에게 있어서, 과거의 유물은 역사적·학술
적 인식의 자료가 아니라 사사롭고 자족적인 미적 경험의 원천이다. 그
의 진술에 따르면 전래된 물품을 완상하는 일은 그것을 가지고 생활한
사람들의 심경과 하나가 되는 경지를 지향한다. 과거의 유물을 통해 얻
게 되는 미적 경험은 따라서 현재적 삶의 속박에서 벗어나 지나간 시대
를 사는 환상에 젖어드는 것과 같은 것이다.[12] 그러한 비의적(秘義的)
경험의 순간에 과거의 물품은 그 물질적, 실용적 성질을 떠나 심미가가
영위하는 하나의 독자적인 상상적 세계를 이룬다. "남 보기에는 한낱
파편기명(破片器皿)에 불과하나 그 주인에게 있어서는 무궁한 산하(山
河)요 장엄한 가람(伽藍)일 수 있"[13]는 곡절이 생기는 것이다. 이렇게
보면 이태준이 추구한 딜레탕티즘은 현재의 당면한 현실에 좌우되지
않는 개인적인 행복과 충족의 세계, 한마디로 사사로움의 영역에 대한
집념의 표현이라고 말할 수 있다.

이태준의 수필에서 우리는 골동품 완상을 비롯한 고아한 취미들을
즐기며 유유자적하게 삶을 관조하는 딜레탕트의 면모를 수시로 접한
다. 그는 찬비에 젖는 수석을 바라보며 동양인의 미의식을 되새기기도

---

12) 「고완」, 『무서록』, 한성도서, 1941, 237~241쪽 참조.
13) 「고완품과 생활」, 위의 책, 246쪽.

하고, 겨울 매화의 정취를 못 이겨 한시를 읊조리기도 하고, 김정희(金正喜)의 묵향(墨香)에 싸여 명상에 잠기기도 한다. 이처럼 취미와 관조의 삶을 사는 이태준의 포즈는 역사적으로 대단히 친숙한 인간상을 연상시킨다. 그것은 조선 시대 사대부 문화의 전통 속에서 성립된 처사(處士)의 형상이다. 어느 특정한 지식이나 기예의 노예가 되기를 꺼리는 딜레탕티즘, 사사로운 경험 속에서 작은 행복을 구하며 자족하는 개인주의, 삶을 보다 한가롭고 세련되게 하는 취미에 대한 탐닉─이태준의 수필에 다분히 과시적으로 나타나 있는 이러한 삶의 기율(紀律)은 조선 시대 사대부들이 관직에 연연하지 않고 자기 함양에 힘쓰는 문인 ·학자의 생활을 이상화한 이래 세상 사는 지혜로운 방법으로 전해져온 것이다. 이태준의 수필 가운데에서 사대부 문인정신에 경도된 흔적을 보여주는 예는 적지 않다. 그중에서 대표적인 것은 아마도 꽃에 관련된 수필들일 것이다. 과거에 매란국죽을 둘러싸고 만들어진 수많은 시문과 일화에서 보듯이 꽃을 즐기는 일을 고결한 인격의 함양이라는 도덕적 차원에서 인식하도록 만든 사대부 문화의 관습이 이태준에게는 그렇게 진부한 것이 아니었다. 「난초」라는 제목의 수필에서 그는 다음과 같이 쓰고 있다.

…… 數三日後 芝溶大仁에게서 편지가 왔다.
"가람 선생께서 난초가 꽃이 피었다고 이십이일 저녁에 우리를 오라십니다. 모든 일 제쳐놓고 오시오. 淸香馥郁한 망년회가 될 듯하니 즐겁지 않으리까."
과연 즐거운 편지였다. 동지섣달 꽃본듯이 하는 노래도 있거니와 이 영하 이십도 嚴雪寒 속에 꽃이 피었으니 오라는 소식이다.

이날 저녁 나는 가람댁에 제일 먼저 들어섰다. 미닫이를 열어주시기도 전인데 어느덧 호흡 속에 훅 끼쳐드는 것이 향기였다.
옛 사람들이 聞香十里라 했으니 방과 마당 사이에서 놀라는 者 어리석거니와 大小十數盆 중에 제일 絲蘭이 피인 것이요 그도 단지 세 송이가 핀 것이 그러하였다. 난의 본격이란 一莖一花로 다리를 옴초리고 막 날아오르는 나나니와 같은 자세로 세 송이가 피인 것인데 방 안은 그윽히 향기에 찼고 창호지와 문틈을 새어 바깥까지 풍겨나가는 것이었다.

우리는 옷깃을 여미고 가까이 나아가 잎의 푸름을 보고 뒤로 물러나 橫一幅의 墨畫와 같이 百千劃으로 벽에 엉클어진 그림자를 바라보았다. 그리고 가람께 養蘭法을 들으며 이 방에 눌러 一卓의 盛餐을 받으니 술이면 蘭酒요 고기면 蘭肉인 듯 입마다 향기로웠다.

豊歲蘭 두어 盆도 내가 三越溫室에서 보던 것처럼 花莖들이 불쑥불쑥 올려 솟았다.

주인 가람 선생은 이야기를 잘하신다. 객중에 지용은 웃음소리가 맑다. 淸香淸談淸笑聲 속에 塵雜을 잊고 半夜를 즐기었도다.[14]

난이 예로부터 군자의 고결한 인격을 표상하는 식물로 간주되어왔음은 익히 아는 바와 같다. 유교 문화권에서 난의 향기와 군자의 기품의 비유적 동일성은 상식화된 통념이어서 옛날의 시인들이 난을 노래할 때 그것은 타락한 세상에 물들지 않은 선비의 고결한 정신에 대한 동경이나 찬미의 형식이 되었다. 사대부 문인들이 반속(反俗)의 정신을 함양하기 위해 가까이 두었던 꽃 중에서 난은 당연히 윗자리에 놓인다. 전차와 버스를 이용하고 미츠코시 백화점에서 쇼핑을 하던 30년대 경성 문인들이 반드시 옛날의 유교 문인들이 하던 식으로 난의 자태와 향기를 즐길 이유는 없다. 그러나 나중에 문예지 『문장』의 아성을 이루게 되는 세 사람의 청향복욱(淸香馥郁)한 하루 저녁의 일화를 전하면서 이태준은 난의 완상이 하찮은 유희일 수 있다는 것을 애써 부정하고 있다. "우리는 옷깃을 여미고 가까이 나아가 잎의 푸름을 보고 뒤로 물러나 (……) 엉클어진 그림자를 바라보았다"는 구절에 나와 있는 것처럼 그

---

14) 「난초」, 『상허문학독본』, 백양당, 1946, 14~15쪽.

는 난을 완상하는 일을 경건한 마음과 적정한 법도를 요하는 참례(參禮)의 일종으로 묘사하고 있는 것이다. 이태준은 난을 즐기는 그들의 행위가 사대부 문인들이 남긴 관례에 따르는 심오한 도락으로 보이기를 바라고 있다. 이러한 기대는 "淸香 (……) 속에 塵雜을 잊고"라는 표현 속에 단적으로 나타난다. '淸香'과 '塵雜'의 이분법은 '아(雅)'와 '속(俗)', 사적 영역에서의 고아한 삶과 공적 영역에서의 속악한 삶을 양극화한 사대부 문인의 논리를 그대로 수용한 것이다. 그러니까 이태준에게 난을 완상하는 행위는 풍아의 세계에 노닐며 반속의 정신을 함양하는 것과 같은 일이다. 수필 「난초」가 처음에 구인회의 기관지 『시와 소설』에 「雪中訪蘭記」라는 고창(古蒼)한 제목으로 발표되었다가 해방 후 『상허문학독본』(1946)에 수록되면서 삭제된 한 줄의 마지막 문장 — "다만 恨됨은 옛 선비들을 따르지 못하여 如此良夜를 有感而無詩로 돌아온 것이다"[15]라는 문장은 실로 암시적인 데가 있다. 그것은 겉으로는 옛 선비들을 따르지 못했다고 말하고 있으나 결국은 이태준이 난을 즐기는 자신의 행위를 옛 선비들이 행하던 풍류운사(風流韻事)와 결부시켜 의식하고 있었다는 진술이 되는 것이다.

사대부 문인들의 정신적 유산은 당면한 현실과 정면으로 대결하기를 회피한 이태준에게 그럴듯한 명분과 적지 않은 위안을 주었던 것처럼 보인다. 처사의 교훈에 따르면 개인이 시대로부터 도피하여 취미와 관조의 삶을 사는 것은 패배주의의 발로이기는커녕 자신을 고결한 도덕적 주체로 세우기 위한 용기 있는 선택이다. 이태준은 처사라는 전통적 인간상 속에 영웅적인 항일투사도 범속한 생활인도 되지 못한 자신의 모순을 해결할 길이 있다고 생각했는지도 모른다. 그러나 처사적 삶을 사는 일이란 그것에 도덕적 정당성을 부여한 유교가 공식적 권위를 잃어버린 시대에는 개인의 자유를 상상적으로 체험하고 향유하는 것 이상의 의미를 갖기 어렵다. 개인적인 문화로의 도피가 비록 간절한 이유

---

15) 「설중방란기」, 『시와 소설 1』, 1936. 3쪽. 6쪽.

가 있는 것이라고 해도 결국은 시대의 파괴적인 진전 앞에 허망한 것일 수밖에 없다는 것은 어느 순간엔가 이태준 자신도 깨닫고 있었던 것이다. 「무연 無緣」이라는 단편에서 그는 처사적 삶의 위엄과 기품은 과거의 기억 속에만 존재하며 현재의 자신과는 인연이 끊어졌음을 고통스럽게 확인하고 있다. 그럼에도 불구하고 이태준이 처사적 삶을 모방함으로써 양식화한 반시대적 고립의 자세는 식민지 시대에 있어서의 근대화의 경험과 관련하여 주목할 만한 점이 있다. 거기에는 근대화가 야기한 인간생활의 황폐화에 대한 가차없는 도덕적 비판의 예봉(銳峰)이 잠복되어 있는 것이다.

3

현재 우리는 조선 후기에 관한 연구가 진전된 덕택에 서양 자본주의의 침략 이전에 한국사회 내부에 일어난 근대지향적 변화의 단면들을 알게 되었고 '자생적 근대화'라는 말에도 익숙해지게 되었다. 그러나 조선사회의 내부로부터 근대가 자라나온다는 것은 식민지 시대의 문인들로서는 하기 어려웠던 생각이다. 이것은 일차적으로는 그들이 과거 조선의 역사와 문화에 대하여 많은 편견을 가지고 있었기 때문이지만 보다 근본적으로는 그들이 근대화와 서양화를 동일시하는 역사의식에 사로잡혀 있었기 때문이다. 서양이 어느 민족에게나 적용되는 인류 발전의 일반적 과정을 대표한다는 생각은 사실 '신문화운동'을 주도한 여러 지식인 집단에 공통적으로 발견되는 것이다. 식민지 시대의 계몽주의, 맑스주의, 모더니즘은 서로 판이한 이념적 내용을 가지고 있지만 그것에 수반된 진보의 이론들 ─ 문명개화론, 유물론적 역사발전론, 도시-기술문명의 동시대성론은 서양문명을 선두의 위치에 세우는 단선론적 역사발전론을 공유하고 있는 것이다. 김기림이 한국에 있어서의 근대정신의 출발을 유럽 르네상스의 세계화 과정으로 파악하거나 임화가 한국 근대문학을 서양 및 일본 근대문학의 이식형으로 규정한 것은 그러한 특수한 역사의식을 감안하지 않고서는 제대로 이해하기 어렵다. 이태준에게도 조선의 근대화란 서양의 전례에 따르는 자기 변형의 과정이었던 것으로 보인다. 그러나 그는 서양 추수가 그저 역사적 진보라는 이름으로 환영할 수만은 없는 결과를 초래한다는 것을 분명히 느끼고 있었다. 그는 서양 추수라는 것이 식민지 조선에게는 일종의 불가피한 운명임을 의식하면서도 그것이 본질적으로는 삶의 향상보다는 타락에 기여하는 것이라는 판단을 내리고 있었다. 이것은 그의 「동방정취」(1938)라는 글을 보면 쉽게 확인된다.

暝想은 동양인의 천재다. 명상은 본질상 생활에 어둡고 운명에 밝았다. 나올 것은 悲觀이었다. 佛道는 현실로 본다면 비관의 종교다. 동양의 교양으로 고도의 것이면 고도의 것일수록 禪의 경지를 품지 않은 것이 드물 것이다. 서구 사람들은 방 속에서 미인의 나체를 그리고 있을 때 동양 사람은 정원에 나와 怪石을 寫生하고 있지 않았는가? 이런 취미는 미술에뿐이 아니다. 동양의 교양인들은 詩, 書, 畵를 一元의 것으로 여겼다. 한 사람의 기술로서 이 세 가지를 다 가졌을 뿐 아니라 정신으로 괴석을 시, 서, 화에 다 신봉하였다. 나체를 생각하고 생활을 구상하는 것은, 즉 雅가 아니요 俗인 모든 것은 결코 예술일 수 없었다.

그래서 동양에선 雅의 표현인 운문엔 자랑스러운 署名들이 전해와도 俗의 표현인 소위 稗史, 小說류에는 작자가 성명을 남김조차 떳떳치 못했던 것이다.

(……)

石壽라 하였대서 돌에서 壽를 탐내었나 하면 壽者多辱이라 하여 오히려 그와는 딴 쪽이었다. 常樂獨處 常樂一心, 이 淸淨爲宗하는 禪趣味에서 일 것이다. 孤古飄逸한 東方詩文에다 셰익스피어나 도스토예프스키의 모든 작품을 견주어보라. 얼마나 그 살덩이와 피의 비린내로 찬 閭風巷俗類에 墮한 것뿐이랴.

그러나 현대의 승리는 서구 저들에게 있다. 下視는 하면서도 저들의 뒤
를 슬금슬금 따러야 하는 데 동방의 탄식이 있는 것이다.[16)]

　동서양의 문화적 차이를 '아' 와 '속' 이라는 범주로 파악하는 이태준
의 견해가 얼마나 소박한 것이든 간에 거기에는 전통적 교양의 이상에
비추어 서양 추수적 근대화를 인간생활의 속악화로 파악하는 이태준의
관점이 여실히 투영되어 있다. 그의 단편에서 다루어진 모든 문화적,
사회적 변화는 대범하게 보아서 속악화라는 개념을 가지고 설명이 가
능하다. 그가 공들여 다룬 모든 몰락과 좌절의 이야기는 하층민의 순박
함이든, 지식인의 양심이든, 기생의 예도(藝道)이든 간에 고결한 도덕
적, 문화적 가치들이 훼손되고 소멸되어가는 상태를 보여주고 있는 터
이다. 위의 인용문에서 이태준은 서양을 경멸은 하면서도 그것의 뒤를
따라가야 하는 동양의 슬픔에 주의를 환기시키고 있는데, 그가 파악한
식민지 조선의 원형적인 비극은 근대적 변화가 초래하는 타락과 파멸
로부터 스스로를 보호할 능력이 조선에 결핍되어 있다는 데에서 생겨
난다. 이태준의 대표적인 단편소설로 널리 알려진 「복덕방」(1937)은
그러한 비극에 대한 감각이 특히 농도 짙게 드러난 작품이다.
　「복덕방」에 등장하는 세 노인, 안초시, 서참의, 박희완은 모두가 시
대의 변화에 밀려난 과거 조선의 얼굴들이다. 안초시는 초시라는 관명
이 암시하는 대로 양반의 말예쯤으로 취급할 만한 인물이며, 복덕방 주
인인 서참의는 대한제국 시절에 무관(武官)으로 봉직한 경력이 있는 인
물이다. 영락한 상태로 조선의 근대를 살고 있는 그들 존재의 기생적 성
격은 항상 갓을 쓰고 앉아 손님을 기다리는 거간꾼 서참의의 풍모와 복
덕방 주변에 늘어가는 고층건물, 문화주택 사이의 대조를 통해 극명하
게 부각된다. 이미 그늘진 그들의 삶을 더욱 비참하게 만드는 것은 근대
와 '인연' 을 맺고자 하는 욕망이다. 그들을 사로잡고 있는 세속적 욕망

　16) 「동방정취」, 『무서록』, 한성도서, 1941, 88~90쪽.

은 다 늙어 일본어 공부에 열심이고 관변에서 떠도는 소문에 민감한 박희완, 화투점을 떼고 앉아 경제적 재기를 꿈꾸는 안초시의 모습에 구체화되어 있다. 지금의 "세상과 자기와는 자기 손에서 돈이 떨어진, 그 즉시로 인연이 끊어진 것"이라고 믿고 있는 안초시는 박희완이 귀띔해준 정보를 믿고 딸을 부추겨 부동산 투기를 한다. 이러한 안초시의 행동을 단순히 부에 대한 그 개인 특유의 집념으로 풀이하는 것은 적절치 않다. 거기에 암시되어 있는 것은 '예순이 넬모레'인 사람조차도 탐욕으로 들끓게 하는, 세대를 가리지 않고 속물들을 배양하는 문명의 힘이다. 안초시를 부동산 투기로까지 이끈 것은 그저 막연한 물질적 충족에 대한 기대가 아니라 '그림 같은 문화주택' '미끈미끈한 자동차' '금시계' '피죤 담배' 등과 같은 근대문명의 품목들이 약속하는 특정한 복락(福樂)에 대한 갈망이다.

안초시가 누리고 싶어하는 근대적인 복락이 어떤 성질의 것인가에 대해서 이태준은 아주 확고한 견해를 지니고 있다. 그것은 안초시의 딸, 안경화라는 인물을 통해서 전달된다. 일본 유학에서 돌아와 현대무용가로 성공했다는 경력이 말해주듯이 안경화는 작중인물 중에서는 유일하게 시대의 혜택을 받아 자기를 실현한 존재이다. 이태준은 안경화가 구가하고 있는 근대의 영화(榮華)에 주목하면서 그것의 이면에 감추어진 속악한 본질을 가차없이 들추어낸다. 그러한 폭로의 작업에서 능률적으로 활용되고 있는 소설적 장치는 시대에 뒤진 노인들의 시각이다. 예를 들면, 안경화의 첫번째 귀국 공연을 관람하고 있는 노인들의 반응을 그는 다음과 같이 전해준다.

"허! 저기 한가운데서 지금 한창 다릿질하는 게 자네 딸인가?"
남은 다 멍멍히 앉았는데 서참의가 해괴한 것을 보는 듯, 마땅치 않은 어조로 물었다.
"무용이란 건 문명국일수록 벗고 한다네그려."
약기는 한 안초시는 미리 이런 대답으로 막었다.

"모르겠네 원…… 지금 총각놈들은 모두 등신인가 봐……."

"왜?"

하고 이번에는 다른 친구가 탄하였다.

"우린 총각 시절에 저런 걸 보문 그냥 못 백이네."

"빌어먹을 녀석…… 나잇값도 못 하구 개야 저건 개……."

벌써 안초시는 분통이 발끈거려서 나오는 소리였다.

한 가지가 끝나고 불이 환하게 켜졌을 때다.

"도루, 차라리 여배우 노릇을 댕기라구 그래라. 여배운 그래두 저렇게 넙적다린 내놓구 덤비지 않더라."

"그 자식 오지랍 경치게 넓네. 네가 안방 건넌방이 몇 칸이요나 알았지 뭘 쥐뿔이나 안다구 그래? 보기 싫건 나가렴."

하고 안초시는 화를 발끈 내었다. 그러니까 서참의도 안방 건넌방 말에 화가 나서 꽤 높은 소리로

"넌 또 뭘 아니? 요 쫌보야."

하고 일어서버렸다.[17]

안경화의 현대무용에서 천박한 창부의 모습을 느끼는 서참의의 감각은 작중의 이야기가 전개되면서 단순히 고루한 것이 아니라 통찰력 있는 것으로 판명된다. 아버지에게 인색하기 짝이 없던 안경화는 횡재할 기미가 보이자 무용연구소 건물을 저당잡혀 투기금을 마련하고, 아버지도 모르는 애인을 데려와 그에게 모든 수속을 맡긴다. 안경화의 속물성은 투기의 실패로 절망한 그의 아버지가 자살하자 보다 확연하게 드러난다. 아버지의 자살이 자신의 명예에 끼칠 영향을 우려하여 서참의에게 그것을 비밀로 해달라고 부탁하고 그의 요구대로 성대한 장례식을 치르는 것이다. 「복덕방」의 독자들은 안경화라는 인물을 기본적으로 서참의의 관점에서 인지하고 평가하도록 되어 있다. 장례식 장면에

---

17) 「복덕방」, 『가마귀』, 한성도서, 1937, 183~184쪽.

대한 서술, 특히 "안경화도 제법 눈이 젖어가지고 신식 상복이라나 공단 같은 새까만 양복으로 관 앞에 나와 향불을 놓고 절하였다"와 같은 비아냥거리는 서술은 서술자가 서참의의 의식 속에서 사태를 바라보고 있다는 것을 말해준다. 그렇게 서참의의 관점에서 파악된 안경화는 세속적 명리에 노예가 되어버린 추악한 속물이다. 그리고 그것은 「복덕방」이 독자에게 알려주는 근대의 표정이기도 하다.

「복덕방」에서 이야기의 중심을 이루고 있는 것은 물론 안초시의 좌절이다. 새로운 세상과 인연을 맺고자 하는 그의 투기는 그가 알지 못하는 그 세상의 운세에 의해 참담한 패배로 끝난다. 그의 좌절에는 근대화가 조선에 대해 의미하는 바가 무엇인가에 대한, 그것으로부터 소외된 세대(노인들)의 관점에서 마련된 메시지가 담겨 있다. 그 메시지에 따르면, 근대화는 한마디로 인간 타락의 무자비한 전일화 과정이다. 그것은 "칼을 차고 훈련원에 나서 병법을 익힐 제는, 한번 호령만 하고 보면 산천이라도 물러설 것 같던 기개"가 있었던 서참의가 "한낱 가쾌(家僧)로 복덕방 영감으로 기생, 갈보 따위가 삭월세방을 한 간 얻어달래도 네-네-하고 따라나서야 하는" 신세가 되어버린 사정에 시사되어 있는 바 그대로 존엄한 삶의 가능성을 철저하게 말살하는 것이면서 안경화로 대표되는 부도덕하고 속물적인 인간들에게 특권과 영광을 부여하는 것이다. 세속적 영화의 유혹에 넘어가 마침내 스스로 목숨을 끊기에 이른 안초시의 불행은 근대화가 초래하는 타락과 파괴의 무자비성을 나타내준다. 근대로부터 소외되어 있는 자의 관점에서 보면, 근대의 진전은 가공할 재앙과도 같은 것이다. 서참의가 안초시의 시체를 발견하기 직전의 장면에서 작자는 이렇게 한 토막의 풍경을 그려 보인다 — "여름이 극성스럽게 더웁더니, 추위도 그럴 징조인지 예년보다 무서리가 일찍 내리었다. 서참의가 늘 지나다니는 식은관사(殖銀官舍)에들 울타리가 넘게 피었던 코스모스들이 끓는 물에 데쳐낸 것처럼 시커멓게 무르녹고 말았다". 여기서 '무서리'가 무엇을 표상하는 이미지인가는 굳이 설명할 필요가 없을 것이다.

근대화가 개인에게나 민족에게나 재앙을 초래한다는 생각을 이태준의 작품에서 확인하기란 그리 어려운 일이 아니다. 「패강냉」의 주인공 현이 서울을 닮아가는 도시 평양에서 '폐허'를 느끼고 있는 대목 역시 근대화가 본질적으로 개체적, 민족적 삶의 황폐화를 의미한다는 이태준의 판단을 집약하고 있다. 그의 판단에 따르면, 근대와 적극적으로 교섭하고자 하는 사람들은 그 동기가 무엇이든지 간에 무참한 희생을 당하게 되어 있다. 「복덕방」의 안초시처럼 세속적 욕망에 붙들린 사람은 물론 「영월영감」(1939)의 박대하 영감처럼 지사적(志士的) 사명감에서 문명을 선택한 사람조차도 근대의 재앙에서 면제되지 않는다. 「영월영감」은 이태준의 작품 중에서는 다소 이채로운 데가 있다. 거기에 등장하는 영월영감은 이태준이 일찍이 「불우선생」(1932)에서 다루었던 영락한 지사의 이미지를 지니면서 보다 뚜렷하게 영웅적 의지를 드러내고 있는 인물이다. 일찍이 영월군수를 지냈고 기백과 풍채가 예사롭지 않았던 영월영감이 조카에게까지 자금을 빌려야 하는 궁색한 형편의 노다지꾼이 되어버린 것은 조카 성익의 관점에서 보면 명백히 전락이다. 그러나 성익은 영월영감이 금광에 빠져 있는 것이 범속한 물욕과는 차원이 다르다는 것을 이내 깨닫게 된다. 영월영감은 성익이 추구하는 처사적 삶의 방식에 이의를 제기하면서 "우리 동양사람들은, 그중에두 우리 조선사람이지 자연에들 너무 돌아와 걱정이야 (……) 자연으루 돌아와야 할 건 서양사람들이지. 우린 반대야. 문명으루, 도회지루, 역사가 만들어지는 데루 자꾸 나가야 돼"[18]라고 충고한다. 영월영감은 근대화가 민족의 당위라는 신념에서 금광 개발에 생애를 걸고 있는 것이다. 그 영웅적인 기개로 해서 성익에게 강렬한 인상을 남긴 영월영감은 광산에서 우발적인 사고를 당해 머리를 다치고 그로 인해 마침내 세상을 떠난다. 영월영감도 결국은 스스로 혼신의 힘을 다해 추구하던 근대, 그것의 제물이 되어버린 것이다.

---

18) 「영월영감」, 『돌다리』, 박문출판사, 1943, 54쪽.

안초시와 영월영감은 서로 다른 동기에서 근대적 삶을 추구했지만 좌절로 생을 마감했다는 점에서는 동일하다. 그들이 겪은 좌절은 특히 투기의 실패에서 비롯된 것이라는 점에서 동일한 성격을 갖는다. 안초시와 영월영감이 시도한 근대적 삶의 추구가 그들 자신이 알지도 못하고 통제하지도 못하는 운세에 신명(身命)을 맡기는 형태를 취한다는 것은 대단히 중요한 문제이다. 거기에는 이태준이 스스로 의식했다고는 믿어지지는 않지만 근대성에 대한 놀라운 통찰이 있다. 맑스의 말마따나 "단단한 것은 모두 녹아서 날아가는" 상태, 모든 것이 불확실하고 유동적이고 무질서한 상태에서 사는 삶이란 무한한 성공과 무한한 실패의 가능성 속에서 산다는 것, 순전한 우연의 연속을 산다는 것을 의미한다. 근대적 삶이란 본질적으로 투기적인 것이다. 영월영감이 벌인 금광 개발 사업은 그러한 근대적 삶의 투기적 성격을 단적으로 집약하고 있다. 금은 그것이 가져다 주는 보상의 확실함 때문에 불확실한 운세에 생애를 거는 모험을 무릅쓰게 한다. 영월영감은 자신이 벌이고 있는 사업의 모험적 성격을 스스로 알고 있을 뿐만 아니라 "실패가 많아질수록 성공에 가까워" 간다고 믿고 있다. 체념을 모르는 근대적 인간의 입지전(立志傳)에는 당연히 속물적 추악함이 있다. 영월영감은 비록 지사(志士)의 위엄을 갖추고 있지만 노다지를 찾아 헤매는 그가 고결한 인격일 수는 없다. 이것은 이태준 역시 간파하고 있는 바다. 사고로 패혈증에 걸려 온몸이 썩어가는 줄도 모르고 산에서 날라온 광석을 감별하기 위해 혼탁한 눈을 부릅뜨는 영월영감에게는 갈데없는 황금광(黃金狂)의 모습이 있다.

5

이태준이 사대부 문화의 잔여 속에서 추구한 삶의 방식은 영웅적 모험, 속물적 투기와는 완전히 단절되어 있다. 그것은 타락한 시대와 내면적으로 교섭하기를 거부하고 신변의 영역에서 조그만 행복을 찾아 자족하는 것을 특징으로 한다. 그 처사적 삶의 기율은 이태준이 파악한 근대화의 현실과는 정면으로 대립하는 것이다. 그것은 동요와 변화의 와중 속에서 이루어지는 세속적 성취를 부정하고 체념과 관조의 자세로써 정신적 평온을 구한다. 「영월영감」에서 성익이 표상하는 것은 바로 이태준 자신이 지향한 삶의 정적주의(靜寂主義)이다. 성익에게 있어서 영월영감의 투기는 허망하기 짝이 없는 것이다. 그는 영월영감이 운영하는 광산을 둘러보며 "하나를 위해 구만구천구백구십구의 헛일을 해야 하는" 모험은 이해하기 어렵다고 느낀다. 그런데 흥미로운 것은, 그러한 처사벽(處士癖)의 성익이 영월영감과의 대비를 통해서 자신의 나약함을 깨달을 뿐만 아니라 영월영감에게 깊은 동정을 느끼는 것으로 그려지고 있다는 사실이다. 영월영감이 임종하기 직전에 그는 시내에서 노다지 한 덩어리를 사다가 보여주며 개발중인 광산에서 나왔다고 거짓말을 하기까지 한다. 몰락해가는 문명개화주의자에게 그처럼 성익이 드러내고 있는 동정적 태도는 무엇을 의미하는가? 불우한 삼촌에 대한 단순한 인간적 연민의 표현인가 아니면 문명개화주의에 대한 동의의 표시인가? 필자의 생각으로는 그 어느 쪽이 옳다고 단언하기 어렵다. 다만, 한 가지 분명한 것은 성익의 행동 속에는 종래에 이태준이 추구한 처사적 삶에 대한 반성의 기미가 있다는 것이다. 「영월영감」이 발표된 1939년 무렵의 이태준에게서는 무엇인가 변신을 시도하려던 흔적이 발견된다. 그는 완물상지(玩物喪志)의 교훈을 상기시키며 자신을 포함한 젊은 사람들이 고완의 세계에 탐닉하는 것을 경계하기도 하고, 자신의 소설이 속악한 삶의 현장에서 비켜나 '산문의 수예화(手藝化)'로 기우는 경향이 있음을 스스로 비판하기도 했다. 「영월영감」에서 젊은 처사 성익이 보여주는 반성의 태도는 일단 이태준의 자기 변신을 위한 노력의 일환으로 이해할 필요가 있다. 그러나 중요한 것은 그러한 자기 변신의 노력이 삶의 근대적 변화에 대한 뒤늦은 긍정을 뜻하지는 않는다는 사실이다. 이태준의 단편은 그것이 오히려 더욱 완강한 반근대적 태도로 고착되었음을 알려준다.

문약(文弱)한 처사의 세계로부터 벗어나고자 했던 이태준의 노력을 가장 실감 있게 전해주는 것은 그의 단편 「농군」(1939)이다. 이태준의 소설에 대해서 사뭇 비판적이었던 임화조차도 격찬을 보낸 바 있는[19] 이 작품에서 이태준이 다루고 있는 것은 일찍이 「꽃나무는 심어놓고」(1933)와 같은 작품에서 조명한 바 있는 유민(流民)의 고난이다. 이태준은 고향을 버리고 만주로 이주한 젊은 농부 윤창권 일가를 내세워 야생의 자연과 중국 토착민에 맞서서 삶의 뿌리를 내리고자 투쟁하는 과정을 박진감 있게 묘사하고 있다. 「꽃나무는 심어놓고」를 비롯한 종전의 작품에서 도시로 이주한 유민들이 좌절을 겪고 실의와 울분에 빠져 있는 데 반하여 「농군」에서의 만주 유민은 역경을 딛고 일어서는 불굴의 의지를 드러낸다. 중국 토착민들과 그들에게 고용된 군인들의 탄압에도 굴하지 않고 수리공사를 강행하여 밝아오는 아침과 함께 수로를 뚫는 그들의 투쟁에는 이태준의 작품에서 일찍이 보지 못한 강인한 활력이 있다. 「농군」의 이례적인 투쟁과 활력의 세계를 두고 혹자는 그것이 영월영감의 좌절을 모르는 영웅적 투기와 동일한 것이라고 생각할지 모르겠다. 그러나 그것은 별개의 것이다. 여기서 우리는 그 투쟁과 활력이 펼쳐지는 공간이 농촌이라는 점에 주목하지 않으면 안 된다. 그것은 비록 만주라는 낯선 배경이기는 하나 결국은 자연의 섭리에 인간의 생명을 의탁하고 공동체의 지혜와 관습에 따라 삶을 영위하는 공간이다. 그것은 근대성의 경험, 모든 것이 해체와 쇄신의 과정 속에서 탈바꿈하는 경험과는 격리되어 있는 공간이다. 「농군」에서 이태준이 처사의 정적주의를 스스로 부정하는 듯한 의식의 전환을 보여준 것은 분명하다. 그렇지만 그로 하여금 처사적 태도를 취하게 했던 정신, 근대에 특유한 삶의 속성과 대립되는 경험 속에서 삶의 진정성을 찾는 정신은 여전히 살아 있는 것이다.

---

19) 임화, 「燦! '농군'의 비극미」, 조선일보, 1939. 7. 19.

농촌은 본질적으로 근대주의자가 존중하는 삶의 세계가 아니다. 거기에서 사람들의 사회적 관계는 엄격한 위계(位階)로 고정되어 있고 개인은 관습적 도덕의 대행자로 존재할 따름이다. 근대주의자가 추구하는 삶의 해방은 도시에서 비로소 가능하다. 거기에서 사람들 개개인은 이론상으로 자유롭고 평등한 삶의 주체로 만나 사회적, 경제적 관계를 형성하며 시장이 제공하는 풍부한 자기 실현의 기회를 갖는다. 그러나 이태준에게 도시는 그와 같은 해방과 충족의 세계가 아니다. 그의 작품에서 도시생활은 언제나 결핍, 타락, 범죄, 죽음으로 얼룩져 있다. 인간적 존엄과 진실이 존재하는 사회적 공간이 있다면 그것은 농촌뿐이다. 이렇게 말하는 것은 그가 농촌생활을 목가적인 것으로 파악하고 있다는 말은 아니다. 그는, 농토를 잃은 유민들의 고난이 그의 중요한 문학적 제재가 되어 있다는 사실에서도 알 수 있듯이, 식민지 조선의 농촌이 심각한 동요를 겪고 있다는 것을 분명히 간파하고 있었다. 그럼에도 그에게 있어 농토는 여전히 사람을 존귀하고 성실하게 하는 가치들의 터전이다. 이태준이 섬기는 흙의 종교는 「돌다리」(1943)에서 조상 대대로 농사를 지어온 늙은 농부의 위엄 있는 형상에 구체화되어 있다. 땅을 처분하고 자신이 의사로 개업중인 서울로 올라가자고 권유하는 아들 창섭에게 노인은 이렇게 말한다.

"천금이 쏟아진대두 난 땅은 못 팔겠다. 내 아버님께서 손수 이룩허시는 걸 내 눈으로 본 밭이구, 내 하라버님께서 손수 핏땀을 흘려 모신 돈으루 작만허신 논들이야. 돈 있다구 어듸가 느르지논 같은 게 있구, 독시장밭 같은 걸 사? 느르지논둑에 선 느티나문 하라버님께서 심으신 거구 저 사랑마당엣 은행나무는 아버님께서 심으신 거다. 그 나무 밑에를 설 때마다 난 그 어룬들 동상(銅像)이나 다름없이 경건한 마음이 솟아 우러러보군 헌다. 땅이란 걸 어떻게 일시이해에 따져 사구 팔구 허느냐? 땅 없어봐라 집이 어딋으며 나라가 어딋는 줄 아니? 땅이란 천지만물의 근거야. 돈 있다구 땅이 뭔지도 모르구 욕심만 내 문서쪽으로 사모으기만 하는 사람들, 돈놀이처럼 변리만 생각허구 제 조상들과 그 땅과 어떤 인연이란 건 도시 생각지 않구 헌신짝 버리듯 하는 사람들, 다 내 눈엔 괴이한 사람들 루밖엔 뵈지 않드라."

(……)

"땅을 밟구 다니니까 땅을 우습게들 여기지? 땅처럼 응과(應果)가 분명 헌 게 무어냐? 하눌은 차라리 못 믿을 때두 많다. 그러나 힘 드리는 사람에 겐 힘 드리는 만큼 땅은 후헌 보답을 주시는 거다. 세상에 흔해빠진 지주 들, 땅은 작인들헌테나 맡겨버리구, 떡 도회지에 가 앉어 소출을 팔어다 모다 도회지에 가 앉어 도회지에 낭비해버리구, 땅 가꾸는 덴 단돈 일원을 벌벌 떨구, 땅으루 살며 땅에 야박한 놈은 자식으로 치면 후레자식인 셈이 다. 땅이 말을 할 줄 알어봐라? 배가 고프단 땅이 얼마나 많을 테냐? 해마 다 걷어만 가구 땅은 자갈밭이 되니 아나? 둑이 떠나가니 아나? 거름 한 번을 제대로 넣나? 정 급허게 돼 작인이 우는 소리나 해야 요즘 너이 신의 들 주사침 놓듯, 애꾸진 금비(藥品肥料)만 갖다 털어넣지. 그렇게 땅을 홀 대허군 죽어서 땅이 무서서 어딜루들 갈 텐구!"[20]

부재지주들에게 분노를 토하는 형식으로 노인이 자식에게 이르고 있 는 것은 땅이 지니는 재화적 가치 이상의 의미이다. 농사를 짓는 일은 들인 만큼 거두는 정직한 노동의 철학을 생활화하는 것을 의미한다. 거 기에서 모험과 투기는 허용되지 않는다. 땅에 뿌리박은 삶은 무한한 성 공과 실패의 기회를 제공하는 우연이 아니라 궁극적으로 자연의 유장 한 질서로 귀속되는 필연이 지배한다. 그 분명한 응과의 원리가 농토에 목숨을 의지하는 힘없는 인간의 생활에 우주적 장엄성을 부여한다. 흙 과 함께 공생하는 것은 또한 가문과 민족의 집단적 기억 속에서 사는 것 을 뜻한다. 농토에는 조상들의 생활한 자취가 남아 있고 그것을 통해서 농부는 자기 존재의 역사성을 깨닫는다. 집단적 기억 속에서 사는 농부

---

20) 「돌다리」, 『돌다리』, 박문출판사, 1943, 221~223쪽.

에게는 다방면의 유동적인 사회적 관계 속에서 항상 내가 누구인가를 되물어야 하는 근대 도시인의 불안과 고민이 없다. 그는 주변의 사물들 속에서 자신의 정체성을 산출한 역사의 숨결을 느끼고 숙연할 따름이다. 여기서 우리가 주목할 것은 이태준의 상상적 세계 속에서 농토와 골동품이 갖는 유사성이다. 그것들은 모두가 현재의 생활 속에 남아 있는 과거의 흔적이며, 선조들의 존재를 상기시키는 시간의 잔해이다. 농토를 지키는 일과 골동품을 벗하는 일은 근대화의 단선적, 발전적 시간을 거슬러 역사적 기억의 삶을 사는 것이라는 점에서 서로 동일하다. 이태준은 고완에 빠진 나머지 진취적, 실천적 의지를 잃게 되는 것에 우려를 느끼고 일종의 자기 비판을 「고완품과 생활」에서 시도했다. 그러나 「돌다리」에서 늙은 농부가 설파하고 있는 흙의 종교는 고완이라는 행위를 떠받치던 반시대적 고립의 욕망이 사라지기는커녕 오히려 더욱 강화되어 있다는 것을 말해준다. 이제 그것은 근대성을 모르는 농본적 세계 속의 인간적 가치들에 대한 경건한 신앙으로 발전되어 있는 것이다.

맑스가 규정한 바에 따르자면 근대성은 영원한 젊음의 이미지를 떠올리게 한다. 개인적, 사회적 삶의 모든 영역에 걸쳐서 쉼없이 지속되는 파괴와 갱신, 맑스가 '영구혁명'이라고 부른 그것은 확실히 활기에 넘치고 안정을 모르는 젊은이의 속성을 지니고 있다. 근대의 '청춘적' 속성은 젊은이들을 시대의 총아이면서 동시에 문제아이게 한다. 모든 질서가 고정적이고, 모든 가치가 확실한 시대의 젊은이들은 선조들이 살았던 방식대로 젊음을 살면 그만이다. 그러나 세상의 무엇 하나 자명하지 않고 모순으로 팽만한 시대의 젊은이들은 자신들의 삶을 지탱해 줄 질서와 가치를 스스로 찾아나서지 않으면 안 된다. 루카치가 『소설의 이론』에서 기술하고 있는 '문제적 개인', '언제나 찾는 자'로서의 소설의 주인공이라는 개념 속에는 근대성을 자신의 실존적 조건으로 받아들이는 젊은이의 운명이 집약되어 있다.[21] 이태준은 20세기의 여명

---

21) 게오르그 루카치, 『소설의 이론』, 반성완 역, 심설당, 1985, 77쪽. 근대성과 젊음의 유비

과 함께 태어나 일본 유학을 통해 근대문명을 호흡하고 식민 지배하에서의 조선의 근대화를 최초로 경험한 세대이다. 어떻게 보면 그는 식민지 조선에 나타난 근대의 징후들에 기민하게 반응했을 뿐만 아니라 근대적 징후들을 스스로 표현하고 있었다고 말할 수 있다. 그가 이룩한 단편소설과 산문문체의 예술적 세련은 그것 자체로 한국문화가 식민지 시대를 거치면서 자율적으로든 타율적으로든 획득한 근대성의 일부인 것이다. 그는 분명히 구세대의 젊음을 반복하려 하지 않은 근대적 청년이었다. 그러나 그의 정신적 탐험은, 식민지 시대의 활동에 국한해서 하는 이야기이지만, 근대적 현실과의 불화로 일관되었다. 골동과 농토의 세계가, 근대적 현실을 지배하는 변화와 동요의 역동성이 철저하게 배제된 세계가 그의 문학에서는 인간적인 삶의 진정한 터전이다. 우연의 일치인지 모르지만, 식민지 시대 말기에 이태준은 별로 젊은이로 남고 싶어하지 않았다. 「돌다리」는 삶의 모순과 갈등으로부터 초연한 노경(老境)에 그가 얼마나 강한 유혹을 느끼고 있었던가를 웅변하듯 말해준다. 농본적 질서 속에 존재의 뿌리를 박고 종교적 달관의 경지에 도달한 늙은 농부―이것은 이태준이 고집한 반근대적 정신의 명료한 화신이다.

(『세계의문학』 1992년 겨울호)

적 관계에 대해서는 Franco Moretti, *The Way of the World : The Bildungsroman in European Culture*, London : Verso, 1987, 3~13쪽 참조.

문학동네 평론집

비루한 것의 카니발

ⓒ 황종연 2001

1판 1쇄 │ 2001년 2월 23일
1판 2쇄 │ 2013년 8월 16일

지은이 황종연
펴낸이 강병선
책임편집 김현정 박규정
마케팅 신정민 서유경 정소영 강병주 │ 온라인 마케팅 김희숙 김상만 이원주 한수진
제작 서동관 김애진 김동욱 임현식 │ 제작처 (주)상지사P&B

펴낸곳 (주)문학동네
출판등록 1993년 10월 22일 제406-2003-000045호
주소 413-120 경기도 파주시 회동길 210
전자우편 editor@munhak.com │ 대표전화 031)955-8888 │ 팩스 031)955-8855
문의전화 031) 955-8890(마케팅) 031) 955-8864(편집)
문학동네카페 http://cafe.naver.com/mhdn

ISBN 978-89-8281-372-6 03810
✳ 이 책은 한국문화예술위원회의 문예진흥기금을 받아 출간되었습니다.
✳ 이 도서의 국립중앙도서관 출판시도서목록(CIP)은 e-CIP 홈페이지(http://www.nl.go.kr/ecip)에서
  이용하실 수 있습니다.(CIP제어번호: CIP2013014537)

www.munhak.com